자랑스런 우리 아이들

유럽한인총연합회 편

인간과자연사

자랑스런 우리 아이들

C/O/N/T/E/N/T/S

유럽한인 차세대의 꿈,
대한민국의 희망

유럽한인총연합회
총회장 유제헌

유럽에 한인단체인 '재법한국민회(在法韓國民會)'로부터 시작된 유럽한인들의 이주 역사가 2019년도에 100주년을 맞이하고 새로운 100년을 힘차게 출발했습니다. 지난 100년은 조국의 광복을 위해 투쟁한 발걸음이었고, 민주화와 조국의 근대화를 견인하며, 세계 경제 10대 강국으로 도약하는 과정에 유럽한인들은 눈부신 활약을 해왔습니다.

유럽 46개 현지국가에서 우리는 모범적인 국민으로 한민족의 뿌리와 긍지를 지키며 살아가고 있습니다. 유럽에는 90여 개의 한인회와 수많은 한인단체가 활동을 하고 있으며, 유럽한인총연합회가 중심이 되어 한인단체들을 하나로 묶어내고 협력하는 활동을 펼쳐 나가고 있습니다.

대표적인 활동은 매년 3월 중에 열리는 '유럽한인 차세대 한국어 웅변대회', '유럽한인 체육대회', '꿈과 기적을 향한 청소년 통일캠프', '유럽한인회장단 고국방문 및 워크숍' 등과 각 지역의 한인회들이 지역사회와 손잡고 펼치는 여러 행사가 있습니다. 이러한 행사들은 회장님과 임원님이 조국에 대한 애국심과 미래 한인사회를 위한 일념으로 사재를 털어 자발적이고, 희생적으로 개최하고 있다는 사실은 크게 칭찬받을 일입니다.

지난 3월 18~20일 크로아티아 자그레브에서 개최한 '제9회 유럽한인 차세대 한국어 웅변대회'에 대한 내용을 접하시고, 크게 감명을 받으신 '인간과자

연사' 이호림 대표님께서 웅변대회에 대한 책을 출판하고 싶다고 연락을 해오셔서, 『자랑스러운 우리 아이들』이라는 제목으로 책을 만들어 펴내게 되었습니다. 100% 재정적인 지원과 편집, 편찬에 수고를 아끼지 않으신 이호림 대표님과 임직원들, 그리고 앞과 뒤에서 알게 모르게 수고하신 모든 분들에게 감사의 말씀을 드립니다.

『자랑스러운 우리 아이들』에 실린 모든 분들에게 일일이 양해를 구하지 못함을 송구하게 생각합니다. 책이 아이들에게 긍지를 심어주고 자랑이 되며, 모두에게 희망이 될 수 있기를 기대합니다. 유럽한인 차세대의 꿈은 크게 자라나 대한민국의 희망이 될 것이라 확신합니다. 감사합니다.

자랑스런
우리 아이들

여러분! 환영합니다

재외동포재단
이사장 김성곤

안녕하십니까.
재외동포재단 이사장 김성곤입니다.

유럽한인총연합회가 그동안 한국어 웅변대회에 참가하여 실력을 겨뤘던 차세대 청소년들의 작품들을 모아 책자로 발간하게 된 것을 진심으로 축하드립니다.

2011년 처음 시작된 한국어 웅변대회는 지난 12년 동안 우리 동포 청소년들이 한민족 정체성을 확립하는 계기가 되었을 뿐만 아니라 유럽 동포사회가 화합하며 발전해 온 역사로 자리매김했습니다.

1회부터 9회 대회까지 차세대 동포들이 발표한 원고가 수록된 이 책자 속에는 유럽 지역 동포들의 헌신과 차세대 청소년들의 꿈을 향한 열정이 고스란히 녹아 있습니다.

유럽 여러 지역에서 동포들이 대회를 위해 한자리에 모이는 것은 쉽지 않은 일입니다. 그런데도 웅변대회가 유럽 동포사회의 상징적인 대회가 된 것은 우리의 정체성을 지키며 더 큰 미래를 열어가고자 하는 유럽 동포들의 열망이 있었기 때문이라고 생각합니다.

이번에 발간되는 웅변대회 책자를 통해 유럽 동포사회가 더욱 결속하여 발전하기를 바랍니다. 책자를 만들기까지 수고해 주신 유럽한인총연합회 유제헌 회장님 등 관계자와 인간과자연사 편집진 여러분께 감사를 드리며, 여러분 모두의 건승을 기원합니다. 감사합니다.

웅변대회 취재기

『월드코리안신문』
발행인 이종환

크로아티아 자그레브에서 열린 제9회 유럽한인 차세대 웅변대회까지 그동안 거의 빠짐없이 이 대회에 참여했다. 『월드코리안신문』은 세계한인사회 소식을 전문으로 전하는 매체로서, 한편으로는 현장 취재를 하면서, 한편으로는 웅변대회 심사위원 혹은 심사위원장으로 참여했다.

이 대회는 코로나로 인해 2020년과 2021년에는 개최되지 못했다. 올해 제9회 대회는 지난 3월 크로아티아 자그레브에서 열렸고, 제8회 대회는 스페인의 마요르카섬에서 열렸다. 마요르카섬은 애국가를 작곡한 안익태 선생이 만년을 보낸 곳으로, 안익태 기념관이 있다.

제7회 대회는 폴란드 바르샤바에서, 제6회 대회는 루마니아 부쿠레슈티에서, 제5회 대회는 그리스 아테네에서, 제4회 대회는 불가리아 소피아에서 열렸다. 2011년 오스트리아 빈에서 첫 대회가 열린 후 이듬해에는 체코의 프라하에서 제2회 대회가 열렸다.

나는 이 행사에 거의 빠짐없이 참여하면서 유럽 현지에 있는 우리 차세대들이 성장하는 모습을 지켜봐 왔다. 웅변하는 실력이 늘어나는 현장을 눈과 귀로 확인했다. 그러면서 그 현장을 기사로도 보도했다. 『월드코리안신문』에는 당시 웅변대회 현장의 모습이 생생히 기록되어 있다.

이 웅변대회에 나온 연사들의 기록이 책으로 나오기까지의 과정에도 『월드코리안신문』이 관련되어 있다. 출판사에서 책으로 엮고 싶다는 연락을 월드코리안신문사로 해왔고, 이에 유럽한인총연합회와 연결되어 책으로 묶어 나오게 된 것이다. 그런 인연으로 책이 출판되면 더욱 감회가 새로울 것이다.

참고로 2019년 스페인 마요르카에서 열린 웅변대회 기사를 소개한다. 그해는 3·1운동 100주년이자 대한민국 임시정부 수립 100주년을 맞은 뜻깊은 해였다. 또 유럽한인이주 100주년을 기념한 행사이기도 했다. 다음은 기사 내용이다.

"3월 2일 제가 다니는 로마한글학교에서 3·1운동 100주년 기념 연 날리기를 했습니다. 모든 학생들이 정성 들여 예쁘게 연을 만들었습니다. 저는 연 위에 '대한민국'이라는 글자를 크게 써놓았습니다. 콜로세움 앞에서 우리는 마음껏 연을 날렸습니다. 태극기가 그려진 연들과 '대한민국'이라 쓰여진 연들이 콜로세움을 배경으로 휘날렸습니다. '대한독립만세'의 목소리가 큰 함성으로 울려 퍼졌습니다."

중고등부, 이탈리아, 쥬세삐 나혜원, '우리나라 대한민국'

"제가 다니는 노르웨이국제학교에서도 K-POP은 유명합니다. 최근 저 때문에 더 유명해졌다고 생각합니다. 저희 학교에서 일주일 뒤에 춤 경연대회가 있는데요. 저는 그룹을 만들어 친구들한테 한국의 K-POP을 가르치고 있습니다. K-POP을 통해 대한민국의 문화를 알리고 대한민국의 명예를 높이는 어린이가 되겠습니다. K-POP 전도사가 되겠습니다."

초등부, 노르웨이, 신효경, '한국문화 K-POP 전도사'

"안중근 의사가 당긴 그 권총의 방아쇠는 단지 이토 히로부미만 겨냥한 게 아니라 우리를 유린하고 집어삼키려 했던 일본제국의 야만적인 행동과 비인간적인 처사에 대해 우리 민족 모두가 함께 쏜 방아쇠였습니다. 왜냐하면 그분들은 우리에게 부끄러운 유산을 물려주지 않으려고 했던 것입니다."

중고등부, 독일, 최한나, '포기할 수 없는 역사'

"3·1운동으로 이름도 알려지지 않은 많은 소녀들이 소중한 목숨을 잃었습니다. 소녀들은 하나밖에 없는 목숨을 버리면서도 대단한 것을 바라지 않았습니다. 그저 우리끼리 사랑한다고 우리말로 말할 수 있는 자유, 그 당연한 권리를 주장했던 것입니다. 어린 영혼들의 이 작은 소망은 대한민국 민주주의의 탄생을 낳는 기적을 일으켰습니다. 대한민국은 이렇게 간절한 외침으로 탄생한 소중한 나라입니다. 하지만 요즘 김치녀, 한남, 헬조선이라며 서로를 비난하고 비하하는 부끄러운 글들을 인터넷에서 종종 봅니다. 그때면 눈을 감고 그날의 함성을 떠올려 봅니다."

중고등부, 스페인, 이보미 엘리사 가스탈디, '숭고한 사랑'

3월 23일 스페인의 마요르카섬에서 낭랑한 웅변소리가 호텔 실내에 울려 퍼졌다. 유럽한인총연합회(회장 유제헌)가 주최하고 재스페인한인총연합회(회장 김영기)가 주관한 제8회 유럽한인 차세대 웅변대회가 열렸다. 3·1운동 및 임시정부 수립 100주년 기념, 유럽한인 이주 100주년 기념의 뜻도 담은 유럽한인 차세대 웅변대회에는 유럽 각국에서 온 청소년 연사 26명이 참여해 열띤 경연을 벌였다.

웅변대회는 마요르카 중심지인 팔마데마요르카의 멜리아 팔마 마리나호텔에서 오전 10시부터 오후 6시까지 열렸다. 마요르카는 휴양지로 유명한 지중해의 섬이다. 바르셀로나에서는 비행기로 1시간이 채 걸리지 않는 가까운 거리이며, 유럽 각지로도 항공노선이 연결된다.

이 섬은 특히 〈애국가〉를 작곡한 안익태 선생이 타계할 때까지 살았던 곳으로, 당시 그가 살던 집에는 셋째 딸이 지금까지 살면서 기념관으로 꾸며놓고 있다. 행사 참가자들은 여유 시간을 이용해 이곳을 찾기도 했다.

이날 행사는 웅변대회에 참여한 연사들과 가족, 유럽 지역 전·현직 한인회장 등 200명이 참여한 가운데 〈애국가〉 제창으로 막이 올랐다. 유제헌 유총연 회장은 개회사에서 "올해는 3·1운동과 대한민국 임시정부 수립 100주년을 맞은 해이며, 유럽 최초 한인단체인 '재법한국민회(在法韓國民會)'가 설립되어 조국 독립에 기여했고, 1921년에는 독일 베를린에서 최초의 유학생 단체인 '유덕(留德)고려학우회'가 설립됐다"라고 소개하며, "우리의 아이들이 3·1운동의 정신을 노래하고 외치는 오늘이 남북통일을 향한 위대한 역사의 출발점이 될 것"이라고 역설했다.

김영기 스페인연합회장은 "말 한마디로 천 냥 빚을 갚는다는 옛말이 있다"면서 웅변의 중요성을 강조하고, "힘든 여건에서도 열심히 한글을 가르치는 선생님들과 우리말을 배우는 유럽한인 차세대들의 노력에 감사드린다"라고 환영사를 대신했다.

이 행사를 축하하기 위해 제주도에서 참석한 재외동포재단 오영훈 기획이사는 "재외동포재단은 가칭 재외동포교육문화센터 건립을 추진하고 있다. 이 센터를 통해 재외동포의 모국에 대한 기여를 알리고 내외동포 간의 이해의 폭을 넓혀갈 것"이라며 적극적인 성원을 당부하는 한우성 이사장의 축사를 전달했다.

마드리드에서 온 전홍조 주스페인 한국 대사는 "스페인에서도 한국 문화와 한국어에 대한 열기가 뜨겁다. 스페인 내 5개 대학에 한국학과가 개설되어 있고, 세종학당도 2곳이 있다"면서 "우리 차세대들의 고민과 미래에 대한 포부를 공유하는 자리가 되어달라"고 축사했다.

이어 심사기준에 대한 소개와 함께 웅변대회가 시작되었다. 연사들은 초등, 중고등, 다문화부 구분 없이, 전날 제비뽑기를 한 순서대로 연단에 올랐다.

"제가 처음으로 친구들한테 알려준 말은 '안녕'입니다. 만날 때도 안녕! 헤어질 때도 안녕! 그리고 보니 한글을 만드신 세종대왕은 참 똑똑한 것 같습니다."

초등부, 독일, 이나라, '아름다운 우리말'

"'역사를 잊은 민족에게 미래는 없다'는 말이 있습니다. 세상 살기가 어렵고 고달픈 것은 압니다. 학생이나 어른 모두 인생이 힘든 것은 다 똑같습니다. 그렇기에 아무리 바쁘고 힘들어도 역사를 계속 상기하며 살아야 한다고 말하고 싶습니다."

중고등부, 스페인, 박하이, '3 · 1운동을 아십니까?'

"처음 본 사회 시험에 이런 문제가 나왔습니다. '죽은 사람을 왜 화장할까요?' 저도 궁금했습니다. 결국 저는 '죽어서도 예쁘게 보이고 싶어서'라고 답을 썼습니다."

중고등부, 폴란드, 서동민, '내 이름표, 대한민국'

연사들의 '돌출적' 발표내용에 객석에서는 웃음꽃이 터지는 해프닝도 반복되었다. 초등부와 중고등부 다문화부의 3개 부문으로 나눠 치러진 이날 대회에는 초등부에서 11명, 중등부에서 10명, 다문화부에서 5명의 연사가 참여해 기량을 겨뤘다. 오전과 오후에 걸쳐 치러진 열띤 대회에서 대상인 외교부장관상은 이탈리아에서 온 초등부 양서연 양이 받았다.

"스페인에는 한국 민요와 가곡을 부르는 '스페인 밀레니엄 합창단'이 있습니다. 지휘자를 제외하고는 모두 스페인 사람들로 이루어진 최고의 합창단입니다. 이 합창단이 부르는 〈아리랑〉을 들으면 벅차오르는 감정을 느낍니다. 이 외국 사람들이 머나먼 나라에서 우리의 음악을 세상에 알리고 있습니다. 이제 우리 개개인이 나서야 할 때입니다. 입에서 입을 통해 세계인이 함께 부르는 〈아리랑〉이 될 때까지 여러분의 목소리를 보태 주세요."

초등부, 이탈리아, 양서현, '세계 속의 〈아리랑〉'

최우수상인 재외동포재단 이사장상은 '아름다운 우리말'을 발표한 독일의 이나라(초등부), '애국의 길'을 발표한 오스트리아의 유준(중고등부), '나라를 사랑하는 노래'를 발표한 이탈리아의 마르코 아울렐리오 가스틸리(이율, 다문화부)가 수상했다.

우수상인 주스페인대한민국대사상은 '대한독립만세'를 발표한 스페인의 권용현(초등부), '숭고한 사랑'을 발표한 이탈리아의 이보미(중고등부), '3·1독립만세와 유관순'을 발표한 스위스의 엘리사 와그너(다문화부)가 받았다.

심사는 내용, 표현력, 발음, 태도, 호응도 등 5개 분야를 두고 채점했으며, 오영훈 재외동포재단 기획이사, 나상원 프랑스한인회장, 이종환 『월드코리안신문』 대표가 심사위원을 맡았다.

심사평에서 오영훈 이사는 "연사들이 발표를 위해 공부하고 연구한 흔적이 보인다"며, "너무 잘한다"라고 말했고, 나상원 회장은 "웅변대회인 만큼 낭독이 아니라 음의 높낮이를 통한 전달력에 주의를 기울여야 한다"라고 조언했다. 이종환 『월드코리안신문』 대표는 "오늘의 키워드는 '100년의 반성과 다짐'인 듯하다"며, "3·1운동에 대한 발표는 많은데 임시정부 주제에 대한 발표가 없어 아쉬웠다"라고 덧붙였다.

시상식에 앞서 재능자랑도 이뤄져 생기발랄한 유럽 차세대들이 무대에 올라 각자의 재능을 활발하고 재미있게 펼쳐 웃음과 감탄을 자아냈다.

유럽한인총연합회는 웅변대회 전날인 22일에는 같은 호텔에서 임시총회를 개최하고, 유럽한인이주 100주년 기념행사 진행을 위한 추진위 결성, 여름 유럽총연 체육대회 개최 장소 선정 등을 두고 밤늦게까지 토의해 집행부에 결정을 위임했다.

22일부터 23일까지 2박3일로 열린 이 행사는 23일 마요르카섬 관광과 팔마데마요르카 시내 관광으로 막을 내렸다.

Ⅰ

유럽 한인 차세대 웅변대회

제Ⅰ부
유럽 한인 차세대 웅변대회

제1장

제9회

한국어 웅변대회의 의미

이수리 / 스페인

안녕하십니까. 저는 스페인 발렌시아에서 온 이수리입니다.

저는 오늘 유럽에 사는 한국인으로서, 한국어 웅변대회가 저에게 어떤 의미인지 말하고자 합니다.

첫째, 저에게 웅변대회는 노력과 발전을 의미합니다. 제가 여섯 살 때 처음으로 유럽한인 차세대 웅변대회에 참가했습니다. 그때는 너무 떨리고 부끄러워서 앞을 볼 수가 없었습니다. 그래서 저는 이렇게 웅변을 했습니다. "안녕하십니까. 저는 이수리입니다." 그런데, 다음번 대회에서는 고개를 똑바로 들고 앞을 보며, 큰 목소리로 말할 수 있게 됐습니다.

떨리지 않았냐고요? 물론, 떨렸고 지금도 엄청 떨립니다. 하지만 제가 하고 싶은 말을 자신 있게 말할 수 있게 됐습니다. 제가 웅변대회에 나가지 않았다면, 이런 노력을 하지 않았을 것이고, 발전도 없었을 것입니다. 여전히 부족하지만, 지난번보다는 더 좋아진 것에 의미를 두고, 오늘도 이 자리에 섰습니다.

둘째, 저에게 웅변대회는 설렘과 기쁨입니다. '웅변대회', 이 말을 들으면 저는 가슴이 설렙니다. 왜냐하면 웅변대회에서만 만날 수 있는 친구들이 있기 때문입니다. 이탈리아 시은 언니, 노르웨이 효경 언니, 스위스의 아이린 언니. 모두 정말 보고 싶습니다. 언니들과 놀며 행복한 추억을 만들게 해준 웅변대회에 진심으로 감사드립니다.

그리고 저는 여행을 좋아합니다. 웅변대회를 통해 유럽 여러 나라를 갈 수 있었고, 새로운 문화를 알게 되어 기뻤습니다. 특히, 폴란드에서 먹었던 만두 비슷한 음식인 피에로기는 정말 맛있었습니다.

마지막으로, 저에게 웅변대회는 희망과 비전입니다. 웅변대회를 통해 한국 역사와 통일에 대해 진지하게 생각하게 됐습니다.

지난 유럽한인 차세대 웅변대회에서 저는 '백범김구선생님상'을 받았습니다. 그런데 그때는 김구 선생님이 누구인지 잘 몰랐습니다. 왜냐하면 저는 스페인에서 태어나 자라서 한국 역사를 잘 알지 못했습니다. 그 상을 받고 나서 김구 선생님이 누구인지, 무슨 일을 하셨는지 궁금해졌습니다. 그래서 한글학교 선생님과 함께 김구 선생님에 관한 책을 읽기 시작했습니다. 책을 읽고 한국의 슬픈 역사를 알게 됐고, 통일에 대해 생각하게 됐습니다.

특히, 김구 선생님이 독립운동을 하다 일본경찰에게 잡혀가서 엄청 맞았지만, 포기하지 않고 끝까지 독립운동을 했다는 것이 놀라웠습니다. 3·1운동과 유관순 열사, 그리고 다른 많은 분들의 희생으로, 지금의 대한민국이 존재하고, 이렇게 한국말도 자유롭게 할 수 있다는 걸 알게 됐습니다.

웅변대회를 통해 노력하면 발전할 수 있다는 확신을 갖게 됐고, 새로운 경험을 통해 시야가 넓어질 수 있다는 걸 알게 됐고, 대한민국의 역사를 배움으로써 미래를 생각하게 됐습니다. 그래서 이 자리를 빌려 웅변대회의 기회를 주신 여기 계신 모든 분들께 진심으로 감사드립니다. 저는 비록 스페인에서 살고 아직 어리지만, 제가 커서 통일을 위해 무엇을 할 수 있을지 고민하겠습니다. 그래서 제가 받은 '백범김구선생님상'이 빛날 수 있도록 이 연사 열심히 노력하겠습니다. 감사합니다.

한 마리 학처럼

김시온 / 이탈리아

안녕하세요? 저는 로마한글학교에 다니는 김시온입니다. 매일 이탈리아 학교를 다니고, 토요일마다 한글학교를 다니고 있는 저는 친구들과 장난도 치고, 몸싸움과 힘겨루기도 좋아하는 열 살의 장난꾸러기 남자아이입니다.

어느 순간부터 친구들이 힘도 세지고 덩치도 커지기 시작하면서, '이러다가 내가 너무 약해질 거 같은데?' 하는 생각에 한글학교 특별활동으로 태권도를 배우기 시작했습니다. 그런데 문득 K-POP이나 〈오징어 게임〉처럼 우리나라의 문화가 사랑받고 있는데, 우리나라 전통무술도 전 세계 사람들이 알고 있을까? 하는 생각이 들었습니다.

올림픽 정식 종목이 된 태권도는 유럽과 전 세계에 많이 알려져 있는 자랑스러운 대한민국의 국기(國技)입니다. 그러나 저는 고려시대 이전부터 행해졌을 거라고 전해지는 우리의 전통무술 택견을 우연히 보게 되었고, 알고 싶었습니다.

택견은 흰색의 단아한 저고리와 바지를 입고, 춤을 추듯이 움직이는 유연하고 율동적인 춤과 같은 무술입니다. 그 동작은 부드럽고 우아하게 날갯짓하는 한 마리의 학의 움직임이 연상되지만, 공격기술은 매와 같이 빠르고 민첩하게 움직이는 강한 면도 갖고 있습니다. 이 무술의 특징은 상대에게 상해를 입히지 않고 물러나게 할 수 있고, 체력단련과 정신수양뿐만 아니라 배려를 가르칩니다. 그래서 택견의 기본 동작을 보면 공격적이기보다는 춤을 추는 동작처럼 보이며, 우리 민족 고유의 '흥'을 느낄 수가 있습니다.

택견은 굼실굼실하는 세 박자의 '품밟기', 손놀림으로 이루어진 '활갯짓', 공격의 근본이라 할 수 있는 발기술인 '발질'로 구성되어 있습니다. 택견은 '이크' 하며 강하게 외침으로 수련자의 기를 모으고, 호흡을 단련하는 기합을 넣습니다.

여러분! 제가 말씀드린 우리나라 전통무술 택견이 2011년에 유네스코 무형문화유산으로 등재되었다는 사실을 알고 계십니까? 무형문화유산 무술 부분에서는 처음으로 등재되었다고 하니 너무 자랑스럽고 널리 알리고 싶은 마음입니다.

유럽 곳곳에 택견 도장들이 있다고는 하지만, 제가 살고 있는 이탈리아 로마에는 아직 배울 수 있는 곳이 없어서 많이 아쉽습니다. 그 대신 한국의 김치, 한복, K-드라마와 K-POP을 알고 싶어서 한글을 배우는 외국인이 점점 많아지고 있습니다. 우리의 문화가 전 세계에서 더 인기를 얻고 많은 사람들이 공유해서 우리나라가 자랑스러운 문화 선진국으로 앞장서 나가기를 바랍니다.

이에 더하여 단아한 흰색의 한복을 입고 한 마리 학처럼 고고한 자태를 보여 주는 우리의 전통무술 택견도 널리 알려지기 간절히 바라며, 문화 종주국으로서 우리나라의 무예와 전통을 전 세계에 전하는 대한민국의 아들이 되겠습니다.

감사합니다.

자랑스런 한국, 한국인

전단아 / 그리스

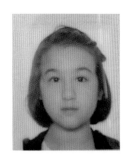 저는 그리스인 아버지와 한국인 어머니에게서 태어나 아테네에서 살고 있는 아테네한글학교 초등반 5학년 전단아입니다. 저에게 한국어는 그리스에서 멀리 떨어진 어머니의 나라 한국과 저를 이어주는 소중한 끈입니다.

한국어는 글씨가 참 예쁘다고 생각합니다. 이렇게 예쁜 글씨를 제가 쓰는 것을 보면 그리스 친구들이 신기해하며 무슨 뜻인지 어떻게 읽는지 물어보곤 합니다. "백성이 나라의 근본이니 백성의 생활을 편리하게 하는 것"이 왕의 도리라 생각하신 세종대왕이 훈민정음을 창제하여 오늘날 제가 아름다운 한글을 읽고 쓸 수 있어 좋습니다. 훈민정음으로 쓰인 첫 번째 책 『용비어천가』에서 "뿌리깊은 나무는 바람에 아니 흔들리므로 그 꽃이 아름답고 그 열매 성하도다." 이는 조선이라는 나무가 태어나 자라기까지 선조의 뿌리가 있었고 그 뿌리가 있어 흔들리지 않으니 꽃과 열매가 풍성하다는 뜻으로 나라의 영원한 발전을 바랐어요. 그 바람대로 오늘날 한국은 다양한 분야에서 세계를 주도하고 있습니다.

최근 드라마 〈오징어 게임〉은 '넷플릭스'에서 사상 최장 1위에 올라 숨바꼭질과 딱지치기, 뽑기 등의 한국 놀이까지 세계적으로 유행하게 됐고, 저도 제가 다니는 학교에서 그리스 친구들과 한국어로 "무궁화 꽃이 피었습니다"를 하며 놀았습니다. 그리스에서 그리스 친구들과 한국어를 말하며 놀다니요! 신기해서 하교 후 집에 돌아와 엄마께 자랑을 했습니다.

제가 유치원을 다닐 때에는 가수 싸이의 〈강남 스타일〉이 재밌는 춤과 신나는 리듬으로 그리스에서도 큰 인기를 얻어 댄스 시간에 많은 친구들과 이 노래를 부르며 춤을 췄습니다. 또 유튜브 사상 최초로 100억 뷰를 달성한 〈아기 상어〉는 그리스 어린이들이 부르는 것을 들을 때면 마치 가족 같은 생각이 들었습니다. 이렇듯 K-콘텐츠 산업 규모는 세계 7위이고 한류 동호회 회원 수만 1억 명에 이른다고 합니다. 이렇듯 한국의 문화 콘텐츠가 그리스에서도 인기가 많다는 것이 한국인으로서 얼마나 뿌듯한지 모릅니다.

한류 열풍에 힘입어 한국 음식도 인기가 많습니다. 어릴 땐 김치를 먹으면 눈물이 나서 한입도 못 먹었는데 이제는 밥 먹을 때 같이 먹으면 너무 맛있습니다. 한식을 먹어본 경험이 있는 그리스 사람들이 가장 좋아하는 메뉴는 비빔밥, 김밥, 김치, 불고기, 떡볶이, 라면 등 모두 제가 좋아하는 음식들입니다. 특히 엄마께서 김밥을 도시락으로 싸주실 때면 선생님과 친구들이 부러워하는데 코로나 때문에 나눠 먹을 수가 없어서 아쉽습니다.

어서 코로나-19가 물러나 한국 음식을 나눠 먹을 수 있는 시간이 왔으면 좋겠습니다.

또 저는 한국에서 먹은 바삭한 찹쌀 핫도그를, 제 동생은 무지개떡을 그리워합니다. 한국에 빨리 가서 저는 제가 제일 좋아하는 찹쌀 핫도그를, 제 동생은 무지개떡을 먹을 날을 손꼽아 기다립니다! 오늘도 저희를 반갑게 맞아주실 외할머니, 외할아버지, 이모들과 사촌 언니, 형제들과 카카오톡으로 사진과 문자, 이모티콘을 날리며 그리움을 달래고 있습니다. 매일마다 신나고 즐거운 일이 많은 한국을 사랑합니다!

그리고 대한민국을 사랑합니다.

자랑스런 한국 사람

김건 / 터키

안녕하세요? 저는 터키에 사는 김건입니다.

저희 집 식탁엔 큰 지도 하나가 깔려 있습니다.

그 지도를 볼 때마다 전 엄마 아빠에게 물었습니다. 왜 우리나라는 이렇게 작나요??

작은 우리나라가 싫었습니다.

여러분!!! 여러분은 무엇을 좋아하시나요?

전 자동차를 좋아합니다. 그리고 핸드폰을 가지고 노는 것도 좋아합니다. 텔레비전도 좋아합니다. 그런데 여러분!!! 이 모든 것을 우리 한국 사람들이 만든다고 합니다. 정말 대단하지 않나요? 똑똑한 사람들만이 만들 수 있는 것이랍니다. 우리나라는 작지만 똑똑하고 훌륭한 사람이 많은 것 같습니다.

저는 터키학교를 다니고 있습니다.

어느 날 저의 담임 선생님은 손흥민을 아냐고 물었습니다. 그 손흥민을 저의 담임 선생님은 제일 좋아한다고 하셨습니다.

저는 제가 손흥민은 아니지만 기분이 좋았습니다. 손흥민도 한국 사람, 저도 한국 사람이기 때문입니다.

전 이제 식탁의 세계지도를 볼 때면 큰 땅덩어리를 가진 다른 나라가 부럽지 않습니다. 이 작은 나라 한국이지만 세계 사람들이 찾아 쓰고 세계 사람들에게 사랑받는 한국인이 많아 전 한국인으로서 너무나 자랑스럽습니다.

한국 사람으로 태어나게 해준 저의 엄마 아빠에게 감사합니다. 앞으로 저도 한국 사람으로서 전 세계 사람들에게 한국을 알리고 싶습니다.

너의 꿈은 뭐니?

이노아 / 불가리아

안녕하세요? 저는 불가리아 소피아에서 온 초등학교 4(5)학년 이노아입니다. 언젠가부터 "너는 꿈이 뭐니?"라는 질문을 자주 듣게 됩니다.

부모님을 비롯하여 주변 어른들이 "노아는 나중에 어떤 사람이 되고 싶니?"라고 물으시면 저는 항상 "잘 모르겠어요"라고만 대답했었습니다.

"나는 정말 꿈이 뭘까?", "나는 어떤 사람이 되고 싶지?", "내가 스무 살, 서른 살 어른이 되었을 때, 나는 어떤 사람이 되어 있을까?"

그렇게 고민에 빠진 저에게 엄마와 아빠는 제가 제일 좋아하는 것이 무엇인지 생각해 보라고 말씀해 주셨습니다. 그렇게 생각해 보니 저의 꿈에 대한 생각이 조금은 쉬워졌습니다. 저는 운동을 너무 좋아합니다. 그중에서도 친구들과 축구하는 것을 너무 좋아해서 손흥민 선수처럼 멋진 축구선수가 되는 것도 좋다고 생각합니다. 하지만 요즘 체중이 많이 늘어서 조금은 고민입니다.

그런데 제가 이렇게 체중이 늘어난 데에는 또 특별한 이유가 있습니다. 그것은 제가 요리를 하거나 먹는 것을 너무나도 좋아하기 때문입니다. 요즘은 계란에 치즈를 곁들인 식빵 위에 토마토소스까지 뿌려서 맛있는 토스트를 아침마다 만들어 먹습니다.

엄마와 아빠는 제가 만든 토스트를 먹을 때마다 "노아야, 멋있는 요리사가 되면 어때?"라고 말씀하시곤 합니다. 그렇지만 사실 요리는 취미로만 하고 싶습니다. 왜냐하면 제가 정말 좋아하는 건 따로 있거든요. 저 역시 다른 친

구들처럼 인터넷 게임하는 것을 너무너무 좋아합니다. 그래서 프로게이머가 되는 것이 저의 최고의 꿈입니다.

새로운 걸 도전해 보고, 또 다른 친구들과 함께 팀플레이하면서 특별한 목표를 이루어내는 일들이 매우 흥미롭고 재미있어서, 하면 할수록 신이 납니다. 제가 프로게이머가 된다는 것은 참 멋있는 일인 것 같습니다. 운동선수들이 올림픽에서 금메달을 따는 것처럼 저도 언젠가 세계 대회에서 월드 챔피언이 되어 보고 싶습니다. 하지만 여전히 저는 제가 어떤 사람이 될지 참 궁금합니다. 아직 꿈에 대해 확신은 없지만, 중요한 것은 제가 그 꿈을 찾고 있다는 사실입니다.

그리고 저는 믿습니다!

제가 믿는 하나님께서 저를 더 좋은 모습으로 인도하실 것이라는 것을 굳게 믿습니다. 제가 이 세상에서 영향력을 끼칠 수 있는 그 누군가가 되는 그 날까지 나의 꿈을 찾아 열심히 달려가겠습니다! 여러분, 제가 끝까지 포기하지 않고 그 꿈을 찾아갈 수 있도록 저를 응원해 주시지 않으시겠습니까?

감사합니다!

한반도 통일과 미래

한지안 / 스페인

"우리의 소원은 통일, 꿈에도 소원은 통일, 이 정성 다해서 통일, 통일을 이루자.

이 나라 살리는 통일, 이 겨레 살리는 통일, 통일이여 어서 오라, 통일이여 오라."

안녕하세요? 저는 스페인 마드리드한글학교 5학년에 재학 중인 한지안입니다.

평양에서 남북한 가수들이 손잡고 함께 부른 〈우리의 소원은 통일〉이란 노래를 유튜브로 보았습니다. 전 세계 하나밖에 없는 유일한 분단국가, 아직 전쟁이 끝나지 않은 지구촌의 유일한 나라, 바로 제가 태어난 한국입니다.

1953년 6·25전쟁이 휴전하고 어느덧 70년이란 세월이 흘렀습니다. 5000년을 함께 살아온 한민족, 그러나 지금은 가고 싶어도 가지 못하고, 만나고 싶어도 만나지 못하는 게 현실입니다. 같은 음식을 먹고, 같은 말과 글을 사용하고 같은 역사를 가진 우리는 한민족이자 하나의 가족, 형제자매입니다. 왜 우리는 아직 전쟁을 끝내지 못하는 걸까요? 언제까지 서로 총칼을 겨누고 전쟁의 공포에서 살아가야 할까요?

통일에는 장점과 단점이 있습니다. 통일의 장점으로는 크게 군사적 이점과 경제적 이점이 있습니다. 반대로 단점으로는 막대한 통일비용과 정치적 차이로 인한 이질감이 있습니다.

사람들은 통일을 하면 한국에서 북한으로 지원을 해줘야 할 돈이 엄청나다고 생각을 합니다.

그렇다면 우리는 지난 70년 동안 남북한 분단으로 인해 얼마나 많은 돈을

썼을까요? 또 전쟁이 끝나지 않는다면 우리는 앞으로 얼마나 많은 돈을 써야 할까요? 남북한이 그동안 써온 분단 비용도 많을 뿐만 아니라 앞으로 써야 할 돈도 계속 늘어만 갑니다.

반면 통일로 인해 한반도가 누릴 수 있는 경제적 효과는 얼마일까요? 배나 비행기가 아닌 화물차와 기차로 상품을 수출하는 미래, 한국에 계신 할머니, 할아버지를 만나러 자동차와 기차를 타고 유럽에서 서울로 여행가는 꿈, 유라시아 대륙의 서쪽 끝 스페인과 동쪽 끝 한국, 우리는 땅으로 연결되어 있습니다. 더 이상 북쪽으로 가지 못하는 섬나라가 아닌 대륙으로 뻗어 나가는 더 큰 나라 바로 평화와 통일로 우리가 꿈꾸는 한반도의 미래입니다.

이젠 전쟁을 끝내고 평화의 길로 가야 합니다. 평화의 길에서 통일로 가야 합니다. 대륙으로 뻗어 나가는 한반도의 큰 꿈, 그 꿈을 여러분과 함께 만들어가고 싶습니다. 평화와 통일로 가는 길에 제가 앞장서 나가겠습니다. 가자! 평화와 통일로!

감사합니다.

둘이 아닌 하나의 뉴스

신효경 / 노르웨이

정성을 다하는 국민의 방송 한국방송. 뚜뚜뚜.

"최근 소위 말하는 K-문화의 열풍이 해외에서 걷잡을 수 없을 만큼 커졌습니다. 넷플릭스 오리지널 드라마 〈지옥〉, 〈오징어 게임〉, 〈지금 우리 학교는〉과 같은 드라마와 세계적인 그룹 방탄소년단이 각기 자기 분야에서 1위라는 기록을 갱신해, 해외에서는 폭발적인 반응을 얻고 있습니다."

요즘 10대, 20대들 사이에서 김정은 수령의 말을 어기고 남조선에서 제작한 영상과 가요를 중국에서 불법으로 받아 퍼트리는 사건이 일어나고 있습니다. 이러한 행동들은 처벌받아 마땅하며 남측 문화에 접하는 게 적발될 시 최대 징역 15년, 유포할 시 최대 사형까지 당할 수 있습니다.

여러분, 이런 뉴스, 기사, 또는 이야기를 한번쯤이라도 들어보신 적이 있죠? 우리나라 대한민국은 이제 아무도 따라올 수 없을 만한 세계적인 문화와 콘텐츠를 자랑할 정도로 발달해, 지구 반대편에서 지내고 있는 저희도 이 모든 것을 즐기며 행복한 나날을 보내고 있습니다.

하지만 남방한계선과 북방한계선 사이, 고작 4km에 거리를 두고 서로와 정반대되는 일상이 존재합니다. 같은 언어와 역사를 공유하지만, 누릴 수 있는 권리와 자유는 다른 남한과 북한, 과연 어디서부터 잘못된 걸까요? 가슴 아팠던 일제강점기를 지나 1945년 해방이 되고, 남쪽은 미국, 북쪽은 소련을 따라 각각의 민주주의와 공산주의의 정치체제를 만들었습니다. 얼마 지나지 않아, 한국인이라면 절대 잊을 수 없는 민족상잔의 비극인 6·25전쟁이 발발해, 아직 끝나지 않은 그 전쟁을 기반으로 대한민국과 북한은 나뉘어졌습니다. 그 후, 북한의 시민들은 원하지 않은 통제와 사회적 억압을 받고, 어릴 적부터 정부에서 원하는 가르침과 어쩌면 왜곡된 역사를 배우기도 합니다. 제 또래 아이들이 자유롭게 보고 싶은 것을 보지 못하고 듣고 싶은 것을 듣지 못하며, 세계 반대편에 있는 사람들도 쉽게 즐길 수 있는 대한민국의 문화를 못 느껴보는 안타까운 날들을 보내는 게 저는 마음이 아프고 불쌍합니다.

그래서 저는 그들에게 통일로써 '다른 문화에 접할 수 있는 자유'라는 선물을 주고 싶습니다. 물론 통일은 쉽게 되는 것은 아닐 겁니다. 서로 살아온 배경이 다르다 보니 문화적 차이로 인한 갈등은 피할 수 없고, 몇 백에서 몇 천조에 이를 수 있는 통일비용으로 인한 경제 악화에 맞닥뜨릴 것입니다. 지금 당장 현실적으로 힘든 일이 많겠지만, 저는 미래에 다가올 가능성이 더 중요하다고 생각합니다. 통일로 인한 국방력 강화와 국방비 감소, 북한의 풍부한 지하자원, 국가신용등급 상승과 누군가에게는 평생 소원인 이산가족 만남을 성사시킬 수 있습니다. 또한, 남과 북으로 나뉘어져 있을 때는 상상도 못했던 대륙으로 향하는 교통망을 확충하여 유럽까지 뻗는 물류 통로와 고속열차를 건설할 수 있을 것입니다. 그 무엇보다도, 북한 친구들에게 K-문화를 접할 수 있는 자유를 선물하며, 나아가 통일된 K-문화를 전 세계에 전파하는 문화 강국의 모습으로 다시 태어날 것입니다.

통일 후, 둘이 아닌 하나의 뉴스를 상상해 봅니다. 뚜뚜뚜!

"이번 통일 한국의 첫 협작 아이돌이 최근 전 세계에서 인기를 발휘하는 중입니다. 예전 '북한'과 '남한'의 협력으로 인해 우리 문화가 지금까지 통일 한국의 노력을 알아봐주는 듯 예전보다 더 많은 빛을 받고 있습니다."

멀다고 생각하면 멀게 느껴지고, 가깝다고 생각하면 가깝게 느껴지는 남한과 북한, 원래 한민족이었던 우리가 통일한국으로 다시 뭉쳐 더욱 멋지게 통일된 대한민국을 전 세계에 알리는 그날이 반드시 올 것이라고 이 연사 강력하게 외칩니다.

나의 꿈 '나 한국 사람이다'

최윤서 / 크로아티아

안녕하세요?

저는 크로아티아에 살고 있는 만 열한 살 한국인 최윤서입니다. 제 방식대로 말하자면 저는 손흥민의 나라에서 태어나 루카 모드리치의 나라에서 살고 있는 열세 살의 남자아이입니다.

이쯤 말씀 드리고 나면 이제 제가 앞으로 무슨 이야기를 하고 싶은지 눈치 채신 분들도 많을 것 같습니다. 우리는 프리미어 리그도, 라리가도 새벽에 알람 맞춰 일어나 졸린 눈 비비지 않아도 생방송으로 볼 수 있는 특권을 가진 '유럽한인'이니까요.

저는 축구를 정말 좋아합니다. 축구클럽에 다니면서 일주일에 네 번씩 훈련을 받지만 그래도 모자라 틈만 나면 학교 운동장에 나가 친구들과 축구를 합니다. 부모님을 졸라 텔레비전에 스포츠채널 패키지를 추가해 두고 볼 수 있는 경기는 다 보려고 합니다. 지금 저 팀은 어떤 포메이션, 어떤 전략을 쓰고 있는지 보고 내가 감독이라면 이 선수는 여기, 저 선수를 여기에 쓸 텐데 고민해 보기도 합니다. 그럼 제 꿈은 무엇일까요? 네, 맞습니다. 저는 축구선수가 되고 싶었습니다. 그런데 제가 진짜 하고 싶은 얘기는 조금은 다른 방향의 이야기입니다.

어느 날 크로아티아어를 배우는 어학당에 다녀오신 엄마가 크로아티아어 배우기도 힘든데 매일 한두 가지씩 '우리나라에는 무엇이' 그리고 '누가 유명하지'를 찾아야 하는 것이 어렵다며 저한테 도와달라고 하셨습니다. 저는 삼성, 현대, 기아 또, 손흥민 선수, 김연아 선수, 피아니스트 조성진, 성악가 조수미 등 크로아티아에 와서 제가 본 모든 한국 제품이나 한국 사람을 다 떠올리며 엄마와 얘기를 나누었습니다. 엄마는 이미 다 발표했던 거고 그렇게 얘기해도 전혀 모르는 사람도 많다고 하시며 한숨을 쉬셨습니다. 그러면서 미국에서 온 형은 "너희 나라에는 무엇이 유명하니? 그리고 누가 유명하니?"라는 질문에 "헤이~ 나 미국 사람이야"라고 답했다고 하셨습니다. 얄미우면서도 유명한 미국 사람이 줄줄이 떠올라 부러웠다고요(사실은 이보다는 훨씬 거칠게 말씀하셨습니다).

그때 저는 "엄마, 자기가 미국 사람이라고 말하는 게 뭐가 부러워? 자기가 아닌 다른 사람이 그런 대답할 수 있게 만들어주는 게 더 좋은 거 아냐?"라고 얘기했습니다. 그때는 깊이 생각해서 말한 것도 아니었고 그저 엄마를 좀 위로해 주려다 보니 무심코 나온 대답이었지만 이 말은 그 이후로도 꽤 자주 떠올랐고 제가 꿈에 대해 생각할 때마다 큰 영향을 주었습니다.

저는 축구를, 정확히 말하자면 축구와 관련된 일을 하면서 누구보다 신나고 재미있게 살고 싶습니다. 하지만 제 진짜 꿈은 무엇을 하는지가 아닌 어떤 마음으로 그 일을 하는지에 초점이 있습니다.

어느 나라에서 한국을 이야기 하든 '나 한국 사람이야'라고 말하면 사람들이 저를, 그리고 여기 모인 차세대 한인들을 줄줄이 떠올릴 수 있는 짜릿한 순간을 꿈꿉니다. 어떤 일을 아주 잘 해서도 좋고, 마음이 멋져서 감동을 주어서도 좋고, 그냥 위로가 되는 표정을 가지고 있어서라는 이유여도 괜찮습니다. 그렇게만 된다면 뭐가 되든지 상관없이 보람 있고 자랑스럽고, 그래서 행복할 것 같습니다.

멀지 않은 미래에 '나 한국 사람이야'라고 말하며 서로를 자랑스러워할 수 있는 멋진 어른이 되어 다시 만나길 바랍니다. 모두 한마음으로 응원해 주시리라 믿습니다.

감사합니다.

자랑스러운 우리나라, 대한민국의 통일과 미래

성혁종 / 터키

 안녕하세요? 저는 터키 이스탄불에서 온 성혁종입니다. 오늘 이 자리에서 제가 여러분들께 말씀드리고 싶은 주제는 '자랑스러운 우리나라, 대한민국의 통일과 미래'입니다. 이 자리에 서니 무척 떨리는데요. 우선 저 스스로에게 용기를 주는 구호를 외치고 시작하겠습니다.

"대~한민국", "대~한민국."

여러분! 여러분은 대한민국 헌법 제4조를 알고 계십니까?

'대한민국은 통일을 지향하며, 자유민주적 기본질서에 입각한 평화적 통일 정책을 수립하고 이를 추진한다'입니다. 헌법에서도 얘기하듯, 통일은 우리 국민의 선택이 아닌 반드시 이루어내야 할 의무입니다. 우리 민족은 오랜 시간 동안 여러 고난과 역경 속에서도 흔들리지 않고, 단일 국가의 의지를 이어온 위대한 민족입니다.

저는 하루 빨리 통일된 조국에서 살고 싶습니다. 그리고 어차피 이뤄질 통일이라면 5년 이내로 이뤄지길 바라봅니다. 제가 군대 갈 나이거든요. 우리나라가 통일을 해야 하는 또 다른 이유는 막대한 경제적 이익이 생긴다는 것입니다. 물론, 통일비용은 엄청나겠지만 우리가 짊어질 부담이 아닌 미래를 위한 현명한 투자라고 생각합니다.

우리나라의 앞선 기술력과 경제력, 북한의 무궁무진한 자원이 합쳐진다면 통일을 망설일 이유가 없지 않을까요?

그렇다면 여러분, 우리는 어떤 통일을 해야 할까요?

우리는 독일통일을 거울로 삼아 배울 것은 배우고 버릴 것은 버려 진정한 의미의 통일을 이루어야 한다고 생각합니다. 정치적 통일보다 먼저 나라의 주인인 국민의 마음을 통일했더라면, 보다 성공적인 통일이 되었을 것입니다. 우리는 같은 실수를 반복하지 말아야 합니다. 통일을 위한 통일은 그 누구를 위함도 아님을 우리는 잘 알고 있습니다. 저는 우리나라의 통일은 바깥에서 안으로가 아닌 안으로부터 바깥으로의 통일이어야 한다고 생각하는 바입니다.

여러분!

저는 아직 어리고 경험도 많이 부족합니다. 그렇지만 그러기에 무엇이든 될 수 있고 어떤 미래든 꿈을 꿀 수 있습니다.

어릴 때부터 자연을 사랑하고 환경에 관심이 많으며 유럽 곳곳을 다니며 아름다운 건축물에서 영감을 받아온 저는 세계적인 건축가가 되어 통일된 우리나라를 더욱더 아름답게 만드는데 일조하고 싶습니다.

백범 김구 선생께서 말씀하신 "나는 우리나라가 세상에서 가장 아름다운 나라가 되기를 원한다"라는 바람을 대신 이루어 드리고 싶습니다.

통일 이후의 우리 사회가 어떻게 변화할지 예측하고 준비하는 것은 저와 같은 미래세대가 기꺼이 담당해야 할 일입니다. 그날이 올 때까지 우리는 부지런히 상상하고 준비하여 통일 미래를 맞이해야겠습니다.

그리고 저는 지금 이 자리에 계신 여러분들께, 자랑스러운 한국인의 근면 성실함으로 이 시대를 잘 버티고 살아와 주심에 감사를 표합니다. 정말 감사 드립니다! 이젠 저희에게 조국의 밝은 미래를 기대하셔도 좋습니다. 저희는 저희의 꿈을 절대로 포기하지 않겠습니다. 또한 저와 같은 미래 세대에게는 이런 용기의 말을 전하고 싶습니다.

여러분, 우리는 무엇이든 할 수 있습니다!

저희 집에는 제가 태어나기도 전부터 걸려 있는 가훈이 있습니다. 어릴 때부터 익숙하게 보아온 이 네 글자 속에 앞으로 우리가 어떤 모습으로 통일조국에서 살아가야 할지에 대한 해답이 있다고 생각합니다.

여러분께도 직접 보여 드리고 싶어 이 자리에 가져왔습니다.

'더불어 숲!' 지금은 돌아가신 고 신영복 선생님께서 친히 쓰시고 저의 어머님께 선물하신 귀한 말씀이라고 합니다. 나무가 나무에게 말했습니다. 우리 더불어 숲이 되어 지키자. 이 얼마나 사이 좋은 말입니까? 서로의 다름을 인정하고 포용하고 건설하면 우리는 울창하고 빽빽한 그 어떤 자연재해가 찾아와도 이겨낼 수 있는 아름드리 나무숲을 일궈낼 수 있을 것입니다.

여러분, 이제 더 이상 낭비할 시간 따윈 없습니다. 통일은 반드시 이루어야 하는 숙명이고 더 늦기 전에 우리는 우리의 미래를 준비해야 합니다. 우리 모두 마음 모아 함께 더불어 숲을 만들어가지 않으시겠습니까?

감사합니다.

나의 꿈

김지안 / 터키

안녕하세요?

저는 터키에서 올해로 14년째 살고 있는 김지안이라고 합니다. 저는 외국 나이로 두 살 때 터키에 와서 한국에서 살아본 적이 없습니다. 저는 얼마 전 웅변대회라는 것이 있다는 것을 듣고 이것이 무엇인지 알아보기 시작했습니다. 그러다가 부모님이 보여 주신 영상과 예시를 몇 가지 봤는데 일단 굉장히 충격적이었습니다. 예를 들어 "이 연사 강력하게 외칩니다!"를 들었을 때는 …… 어 뭔가 …… 왠지 모르게 제가 굉장히 창피함을 느꼈습니다. 저도 압니다. 그게 사람들의 주목을 끌기 위해서라는 것을요. 하지만 무조건 이런 식으로 해야 할까요? 그래서 저는 상을 받는 것보다는 저의 웅변을 보여 주고 다른 이들의 웅변을 듣기 위해 참가하게 되었습니다.

저는 어렸을 때부터 공부에 관심이 없어서 성적이 그다지 좋은 학생은 아니었습니다. 하지만 제가 유일하게 잘할 수 있는 것이 있었습니다. 바로 '말'이었죠. 저는 말을 굉장히 잘했습니다. 시험은 못 봐도 발표 혹은 연설 쪽에선 나름 자신이 있었습니다. 그러다가 갑자기, 코로나-19가 발발하면서 저의 사춘기가 시작되었습니다.

사춘기가 시작되면서 말이 적어지고 화가 치밀어 오르는 질풍노도의 시기가 제에게도 찾아왔습니다. 이 시기에는 학교에도 가지 못하고 형제자매도 없는 저에게는 하루하루가 힘든 시간이었습니다. 여러분들도 코로나로 많이 힘드셨죠? 저는 미치는 줄 알았습니다. 그러다가 중학교 3학년쯤에 저에게 굉장히 특이하고 한국 교육 사회에서는 상상도 못할 선생님이 나타나셨습니다. 그 선생님의 이름은 Mr. Abizaid입니다. 선생님은 저희에게 틀린 생각을 가졌어도 개개인의 생각을 중요하게 여기고 저희가 말로 충분히 증명을 한다면 저희의 생각 또한 신중하게 여기셨습니다. 선생님도 그러셨고요. 말을 거침없이 지루하지 않고 재밌게 하시는 선생님이셨죠(욕도 적절히 섞으셨고요). 이 선생님이 저에게 큰 변화를 주셨습니다. 저의 장점을 확실히 드러낼 수 있었던 시기였죠. Mr. Abizaid는 저에게 그 꿈을 만들어주신 분이십니다. 선생님의 수업을 들으며 사춘기의 스트레스를 풀 수 있었고, 그로 인해 저는 이 선생님을 존경하게 되었습니다.

Mr. Abizaid으로 인하여 저는 꿈이 생겼습니다. 하지만 남들보다는 조금 특이하죠. 저는 말을 마음껏 하고 싶습니다. 남들의 눈치를 보지 않고 저의 생각을 마음껏 말하고 싶죠. 남들을 설득하고, 토론하는 것이 제 삶의 즐거움입니다. 사람들은 말하기를 생각보다 어려워합니다. 특히 한국 사람들은 웅변이나 발표에서는 대다수 말수가 적죠. 이렇게 말을 잘 안하게 되면 다른 이들의 생각을 알기 어렵습니다. 사실 저희 선생님도 저희에게 계속 말을 시킨 것도 저희의 생각을 알기 위해서였습니다. 저는 저 자신만이 말을 마음껏 하는 게 아니라 다른 사람들도 같이 말을 잘할 수 있게 되는 것이 저의 꿈입니다. 저는 돈, 명예, 권력을 벗어나 제가 하고 싶은 걸 하며 살고 싶습니다. 저는 아직 이뤄내지 못했지만 제 꿈을 실현하기 위해서 이곳에 왔습니다. 여러분들에게 묻겠습니다. 여러분들은 꿈을 실현하기 위해 어떻게 하십니까? 여러분들의 꿈은 모든 것을 벗어나, 진정으로 원하시는 것입니까? 여러분들이 원하시는 게 무엇입니까? 꿈은 개인의 욕망입니다. 자기가 원하는 것을 실현한다면, 당신은 꿈을 이뤄낸 것입니다.

세계 안에서 우리의 정체성

이하린 / 불가리아

안녕하십니까?

저는 불가리아에서 13년째 살고 있는 이하린이라고 합니다. 이번에 제가 나눌 이야기에 재외동포라면 많이 공감하실 거라고 생각합니다.

"어디에서 왔니?"

외국 생활을 하며 가장 많이 들어본 질문일 겁니다. 대부분의 외국에 사는 한국인들은 '한국'이라고 대답할 것입니다. 저 역시 그랬으며 그저 내가 태어난 곳이니까, 우리 조상님의 고향이니까, 그렇게 생각했던 것 같습니다. 한국에서 온전하게 보낸 시간이 4년도 채 되지 않던 저는 대한민국을 '나의 나라'보다는 '우리 부모님의 나라'로 여기곤 했죠.

아이러니하게도 이곳 불가리아에서는 '한국인'으로, 한국에 가서는 '불가리아에서 온 아이'라고 불리고 있습니다. 그렇게 한동안 저는 한국인과 불가리아인 사이에서 애매한 정체성을 갖고 살았습니다. 그러나 저의 나라를, 제가 가장 사랑하는 저의 조국은 그들이 판단하는 것이 아닙니다. 그럼에도 저는 불가리어보다 한국어로 대화하는 것이 더 편하고, 한국의 음식을 더 좋아하고, 한국을 칭찬하는 말을 들을 때 더 큰 자부심을 느낍니다. 언젠가 불가리아에서 한국을 무척 좋아하는 사람을 만난 적이 있습니다. 케이팝도 많이 듣고 한국어를 공부 중이며 심지어는 제가 잘 알지도 못하는 한국 역사를 줄줄 읊기도 했습니다. (누군가는 그 사람이 더 한국인 같다고 생각할 수도 있습니다.) 그럼에도 그 사람과 저의 차이가 있습니다. 한국 어른들을 만나면 고개를 숙이며 높임말을 쓰는 것, 한잔으로 나눠 먹고 마시는 문화, 그리고 한국인만이 느낄 수 있는, 우리나라 사람이 상을 받거나 세상에 알려질 때 누구보다 기뻐하고 하나 되는 마음, 그것이 한국의 '정'입니다. 오직 한국인만이 느낄 수 있는 저희 민족의 연결고리는 저희가 어디 있든지 서로를 잃지 않게 잡아주는 끈 같다고 생각합니다.

현재는 K-DRAMA, K-POP, 한국 전통놀이와 음식 등이 전 세계에 퍼져 있어 우리나라의 위상을 높이곤 합니다. 또한 최근에는 베이징올림픽을 통해 다시 한 번 우리나라의 이름이 널리 퍼지는 중입니다. 이러한 대한민국을 만들기 위해 얼마나 많은 사람들이 노력했을까요? 우리는 우리나라를 자랑스럽게 여길 만하며 더 나아가 더욱 자랑스러운 나라를 만들 수 있습니다. 저희의 다음 세대가 저희를 자랑스러워하게 되는 날이 오기를 바랍니다.

여러분. 외국에서 생활하는 것이 때론 힘들고 억울할 때도 있겠지만 저희가 이 경험을 통해 한국인이라는 사실이 얼마나 대단한지, 우리가 한국을 위해 할 수 있는 게 무엇인지 깨닫는 기회가 될 거라 믿습니다.

여러분은 만약 여러분이 원하는 곳에서 다시 태어날 수 있다면 어느 나라를 선택하실 건가요? 다시 한 번 대한민국의 국민이 되실 건가요? 저는 여러분의 상황을 다 알지 못하지만 여러분의 인생 가운데서 내가 한국인이라고 느끼는 순간이 오기를, 그리고 여러분이 그 사실을 기뻐하는 순간이 반드시 오기를 응원하며 기다리고 있겠습니다.

저희가 어디에 살고 있는지는 저희에게 영향을 끼칠 수 있으나 저희를 뿌리째 바꿀 수는 없습니다. 아니, 오히려 이곳에서 저희가 저희의 정체성에 대해 더욱 깊이 생각하고 우리나라에 대한 자부심을 가지면 그 누구에게도 부끄럽지 않은 '한국인'이 될 겁니다. 그렇기에 저는 세상에 서서 여러분께, 그리고 저 자신에게 당당하게 외칠 수 있습니다. 저는 자랑스러운 한국인입니다!!

감사합니다.

두 개의 문화, 하나의 뿌리

박시은 / 이탈리아

안녕하세요?

저는 이탈리아에서 온 박시은이라고 합니다. 저는 열네 살이고 현재 고등학교 1학년에 재학 중입니다. 저희 아빠는 교포 2세이고 저는 흔히 말하는 교포 3세입니다. 그리고 제 안에는 뜨거운 한국인의 피가 흐릅니다.

지금의 저는 누구에게든 저 자신을 '자랑스러운 한국 사람'이라고 자신 있게 말할 수 있습니다. 하지만 늘 그래왔던 것은 아닙니다. 대부분의 교포들이 그렇듯 저에게도 한국 사람임을 부정하던 시기가 있었습니다.

저는 3개 국어를 합니다. 한국어, 영어, 이탈리아어. 그러나 안타깝게도 저의 한국어 실력은 나머지 두 언어에 비해 상대적으로 많이 부족하고, 이 사실은 저 자신을 '한국 사람'이라고 부르는 것에 늘 마음의 짐이 되었습니다.

아주 어렸을 때는 제가 한국인이라는 것을 의심해 본 적이 없습니다. 왜냐하면 제 주변의 모든 분들이 "너는 한국 사람이야"라고 늘 말씀하셨기 때문입니다. 하지만 초등학교 고학년이 되면서 조금씩 의문이 생기기 시작했습니다.

'나는 정말 한국 사람일까?'

시작은 학교 친구의 작은 질문에서 비롯되었습니다. "너 중국 사람이야?" "아니, 난 남한 사람이야."

"그럼 너 한국 가본 적 있어?" "아니, 없어." 그리고 나서 친구는 그 후 여러 해 동안 저를 괴롭히게 될 질문을 던졌습니다. "그런데 네가 어떻게 한국 사람이야?" 저는 뭐라고 대답을 해야 할지 몰라 그저 가만히 있었습니다. 그리고 자신에게 물었습니다. '시은아. 너는 왜 한국 사람이야?' 대답할 수 없었던 질문은 제 안에 작은 외로움을 만들기 시작했습니다.

그때부터 저는 한글학교 수업에 집중하지 않았습니다. 한글학교 친구들과도 이탈리아말만 했습니다. 이탈리아 친구들이 "너는 우리와 다르다"라고 말할 때마다 '너는 아무리 노력해도 절대 우리에게 속할 수 없다'라는 뜻으로 들려서 너무 화가 났습니다.

나는 한국에 가보지도 못했고, 한국말보다 이탈리아말이나 영어를 훨씬 잘하는데도 저의 겉모습만 보고 저를 '한국 사람'이라고 단정짓는 게 싫어서 나의 뿌리를 부정했습니다. 그러나 이상하게도 한국인으로서의 나를 부정하면 부정할수록 저는 점점 혼자가 되어갔습니다. 제 안에는 언제나 채우지 못한 퍼즐 한 조각이 있었고 이것은 저를 너무나 외롭게 했습니다. 그렇게 저는 한국인도, 이탈리아인도 아닌 채 살아가고 있었습니다.

그러다가 로마한글학교 대표로 유럽한인 차세대 웅변대회에 참가할 기회가 생겼습니다. 그리고 태어나서 처음으로 저와 비슷한 삶을 살아온 한국 친구들을 만났습니다.

제가 한국 사람으로서 이탈리아에서 사는 삶의 어려움에 대해 이야기하면 친구들은 "와! 나도! 나도!"라고 격하게 공감했습니다. 제가 똑같은 이야기를 이탈리아 친구들에게 했을 때 "아, 그래?"라는 흥미로운 반응을 보였던 것과는 너무나 달랐습니다.

유럽 교포인 저와 친구들은 시간이 지나는 줄 모르고 수다를 떨었고, 그렇게 우리는 서로의 상처를 밤새 보듬었습니다. 그날, 저는 비로소 비어 있던 제 마음속 마지막 퍼즐 한 조각을 채우게 됩니다. 저의 외로움을 온전히 이해하는 친구들. 우리를 묶는 하나의 단어는 "한국인"이었습니다.

이제 저는 '다름'은 '특별함'의 또 다른 의미라는 것을 압니다. 스스로가 한국인임을 인정했을 때 저는 비로소 이탈리아의 문화를 온전히 받아들일 수 있었습니다.

55년 전 이탈리아에 태권도를 가지고 오셔서 한국인의 뿌리를 심으신 우리 할아버지와, 어린 시절 지금의 나보다 훨씬 더 심한 차별을 겪으며 자랐을 우리 아빠가 그 힘들고 외로운 시절을 지나오며 눈물과 사랑으로 지켜온 소중한 한국의 문화와 언어, 긍지, 자부심이 제 안에 있습니다. 한국 사람이기도 하고 이탈리아 사람이기도 한 제 안에는 이렇게 이탈리아와 한국, 두 나라의 문화가 함께 살아 숨 쉬고 있습니다. 그러나 제 뿌리는 언제나 하나입니다. 이제 저는 더 이상 한국인의 뿌리를 부정하지 않습니다.

비록 한국어를 조금밖에 못하지만, 한국에 가본 적도 없고 한국 국적도 없지만, 저는 〈아리랑〉을 들으면 눈물이 흐르고, 태극기를 보면 가슴이 뜨거워지는, 아주 특별하고 자랑스러운 한국인입니다.

한국의 위상이 날로 높아지고 있습니다.

유럽의 많은 국가들이 한국에 관심을 갖기 시작합니다. 두 개의 문화를 품은 우리 유럽 교포들이 한국을 위해 빛을 낼 수 있는 시간이 다가오고 있습니다.

여러분!

우리는 한국인임을 잊지 맙시다. 한국인의 자부심을 가지고 각자의 삶에서 최선을 다합시다. 그리하여 우리가 살고 있는 유럽 땅에 우리 조국 대한민국의 이름이 더욱더 널리 알려질 수 있도록 우리 함께 힘을 모읍시다!

바로 제 꿈

담브로시오 구스타보 세종 / 이탈리아

안녕하세요?

저는 담브로시오 구스타보 세종입니다. 저는 게임을 좋아합니다. 그중에서도 세상을 여행하며, 모험을 하는 게임을 특히 좋아합니다. 제가 제일 잘하는 게임은 포켓몬 게임입니다. 여행을 하면서 포켓몬을 모으고, 다양한 풍경과 신기한 동물 캐릭터들을 알아가는 것은 정말 재미있습니다. 다른 사람들과 포켓몬 대결을 할 때는 심장이 마구 떨립니다. 그렇게 게임을 하던 어느 날, 어머니가 말씀하셨습니다. "한국이 나오는 게임은 없니?"

그래서 어머니와 함께 한국이 나오는 게임을 찾아보았습니다. 그리고 여러 나라의 장군과 왕들이 나오는 게임을 찾았습니다. 저는 한국을 선택했고, 이성계 장군이 되어 나라를 세웠습니다. 그런데 이 게임은 너무도 어려웠습니다. 매일마다 성과 요새를 짓고 병사들을 훈련시키고, 전쟁 계획을 세웠습니다. 저는 친구들과 모험을 하고 싶었는데, 이 게임에서는 매일 전쟁을 해야 했습니다. 저는 그저 한국 텔레비전을 보는 것처럼 한국이 나오는 게임을 하고 싶었을 뿐인데 말입니다. 저는 아름다운 대한민국이 나오는 게임을 만들고 싶습니다. 우리나라를 게임 속으로 옮겨서 전국을 여행하고, 많은 친구들과 함께 신나는 모험을 하고 싶습니다. 게임 속에서는 진짜 세상에서는 하기 어려운 일들도 할 수 있습니다. 남산타워에서 번지점프를 하고, 갯벌에서 썰매를 타고, 독도에서 수영을 하는 그런 모험들 말입니다.

그중에서 제가 제일 가고 싶고, 가장 하고 싶은 것은 북한에 가는 것입니다.

　자전거를 타고 비무장지대도 달리고 싶습니다. 금강산에 오르고, 대동강에서 배를 타고, 백두산 천지에 발을 담그고 싶습니다. 북한 친구들도 만나고 싶습니다. 우리는 같은 말과 글을 쓰니까 번역기도 필요하지 않습니다. 이런 모험들은 아직 진짜로 할 수는 없지만, 게임 속에서는 할 수 있습니다. 하지만 제가 커서 어른이 되었을 때, 이 모든 일을 게임이 아니라 진짜로 할 수 있다면 정말, 정말 좋겠습니다. 게임 속에서는 상상이 현실이 될 수 있습니다. 그리고 그렇게 매일 꿈꾸다 보면, 언젠가 현실도 상상처럼 더 멋져질 것입니다.

　아름다운 대한민국을 게임 속에서도, 현실 속에서도 만나는 것, 이것이 바로 제 꿈입니다!

　고맙습니다.

자랑스런 한국, 한국인

전봄 / 그리스

안녕하세요?

저는 아테네한글학교 초등학생 전봄입니다.

저는 훌륭한 축구선수가 되고 싶습니다. 그러려면 축구 연습을 정말 많이 해야 하는데 그리스어, 영어, 또 한국어 수업도 가야 하니 정말 힘이 듭니다.

저는 매일 축구 생각만 합니다. 제가 제일 좋아하는 축구선수는 리오넬 메시(Lionel Messi)입니다. 제가 국가대표팀이 되면 한국팀에서 뛰어야 할지, 그리스팀에서 뛰어야 할지 고민이 됩니다.

그래서 저는 메시가 있는 파리 생제르맹에 가는 것이 꿈입니다.

가족들은 나와 같이 축구를 하며 놀아주지 않습니다. 매일 축구놀이만 하자고 하니 지루하다고 합니다. 난 너무 심심합니다. 거실에서 혼자 공차기만 합니다. 그래서 거실의 샹들리에를 여러 번 깨먹었습니다. 제가 엄마 말씀을 안 듣고 거실에서 축구공을 계속 차서 가족이 제 공을 숨기려고 합니다.

한국어를 잘하면 엄마께서 축구만 할 수 있게 해준다고 약속하셨습니다. 빨리 그날이 왔으면 좋겠습니다.

감사합니다.

제8회

대한민국의 미래는 우리의 손에 달려 있습니다

박수연 / 오스트리아

안녕하세요? 저는 5학년 박수연입니다.

저는 오늘 우리의 조국 대한민국이 왜 대단한 나라인지, 우리가 이 나라를 어떻게 지켜가야 하는지를 말씀드리고자 합니다.

여러분도 아시다시피 1592년 임진왜란 때 우리나라는 왜군에게 침략당했습니다. 불과 20일 만에 한양까지 빼앗길 정도로 피해가 컸지만, 우리 조선인들은 그저 물러서지만은 않았습니다.

이순신 장군과 권율 장군 등이 목숨을 걸고 싸워서 마침내 일본군을 물리쳤습니다. 우리가 한국인, 즉 조선인이라는 사실을 잊지 않고 열정을 다해 싸워서 거둔 승리였습니다.

그로부터 약 300년이 지난 1910년 우리는 일본으로부터 나라를 빼앗기게 됩니다.

하지만 1919년 3·1만세운동 때 우리는 일본의 총칼 앞에서도 두려워하지 않고 '대한민국만세'를 외치며 맞서 싸웠습니다.

전국에서 50만 명의 사람이 거리로 나와서 만세를 외쳤고 유관순 열사 같은 분은 감옥에서도 조선의 독립을 외쳤습니다.

올해는 3·1만세운동이 100주년을 맞이하는 해입니다. 우리나라는 100년 동안 얼마나 변했을까요? 6·25전쟁 이후의 폐허 위에서 집과 공장을 지어 나라를 다시 일으켜 세웠습니다.

우리는 임진왜란 때처럼, 3·1운동 때처럼 절대 포기하지 않고 스스로를 믿고 따랐습니다.

마침내 우리 대한민국은 자랑스러운 선진국 대열에 서게 되었습니다. 1988년 서울올림픽, 2002년 월드컵, 2018년에는 동계올림픽도 개최했습니다.

방탄소년단(BTS)은 전 세계에 한국을 알리고 있습니다. 영국 BBC 방송에서는 "BTS 덕분에 한국어 배우기 열풍이 불었다"라고 표현하기도 했습니다.

이처럼 자랑스러운 대한민국을 지키기 위해 우리는 어떻게 해야 할까요? 3·1운동의 정신을 잊지 않고 살아야 합니다. 우리의 선조들이 나라를 지켜낸 것처럼 우리도 이곳 유럽에서 우리가 한국인이라는 자부심을 품고 모든 일에 최선을 다하며 살아야겠습니다.

"마지막 한 사람까지, 마지막 한 순간까지, 민족의 정당한 뜻을 마음껏 드러내라"라는 독립선언서의 한 구절처럼, 앞으로 100년 뒤에는 우리 대한민국이 더 훌륭한 나라가 될 수 있도록 우리 모두 노력합시다.

우리가 지켜야 할 것

전지성 / 오스트리아

안녕하세요.

비엔나한글학교 2학년 전지성입니다.

저는 체코에서 태어났고 지금은 빈에서 살고 있습니다.

처음 학교에 갔을 때 반 친구들과 외모뿐 아니라 이름도 말도 달라서 처음에는 무척 힘들었습니다.

반 친구들은 '지성' 발음을 못해 '이승~', '지숭~'이라고 불렀습니다.

"내 이름이 다른 아이들처럼 니콜라우스, 크리스토퍼였다면 좋았을 텐데."
"내가 한국에 살았다면 마음껏 친구들과 한국말로 이야기했을 텐데"라고 생각했습니다.

저는 아버지에게 발음하기 힘든 제 이름과 한국어를 쓰지 못하는 답답함을 말씀드렸습니다. 아버지께서는 지금 우리가 한글이름을 쓰고 한국어로 말할 수 있는 건 옛 어른들이 나라를 지키기 위해 싸우셨기 때문이라고 말씀하셨습니다.

1910년, 일본은 우리나라를 침략하고 모든 것을 빼앗아 갔습니다.

그중에서도 한글로 말하는 것, 쓰는 것, 배우는 것도 못하게 하였고, 강제로 이름을 바꾸어 일본 사람처럼 만들려고 했습니다.

한글과 이름을 지키는 것은 매우 중요했습니다. 한글은 우리나라의 정신과 생명이 있어 한글을 빼앗기면 우리의 정신과 생명이 사라지는 것이었습니다.

죽음을 각오하고 일본의 총칼에 맞서 1919년 3월 1일 대한독립만세를 외

첫습니다. 3·1운동은 우리나라의 자주독립과 세상 모든 사람은 평등하다는 것, 대한민국 후손들이 우리의 것을 지켜나가야 한다는 것이었습니다.

100년 전, 할아버지, 할머니, 아버지, 어머니, 형, 누나들이 대한독립을 외치지 않았다면 지금 저는 어떤 나라, 어떤 말, 어떤 이름으로 살았을까요?

저는 생각했습니다. "내가 지킬 수 있는 것은 무엇인가?" 그것은 나의 이름, 나의 말을 지키고 배워야겠다고 다짐했습니다.

저는 지금 유럽에 살고 있고 한국말과 함께 독일어를 써야 하지만 그 정신을 잊지 않고 한국인으로서 자부심을 가지고 살 것을 약속드립니다.

감사합니다.

세계 속의 아리랑

양서현 / 이탈리아

안녕하십니까!!

저는 이탈리아 로마에서 온 초등학교 5학년 양서현입니다.

3·1운동 100주년을 기념하기 위한 이번 유럽한인 차세대 웅변대회의 주제는 초등학생인 저에게 참으로 어렵고 무거운 주제입니다.

저는 정말 열심히 고민했습니다. 그리고 이 모든 것을 하나로 엮을 수 있는 주제를 생각해 냈습니다. 그것은 바로 〈아리랑〉입니다. 일제강점기 독립운동가들은 빼앗긴 나라와 민족의 혼을 되찾기 위해 '대한독립만세'를 외쳤고 식민지 시대의 힘들고 절망적인 상황을 이겨내기 위해 〈아리랑〉을 불렀을 것입니다. 얼마 전 우리는 올림픽 경기에 남북 단일팀을 꾸려 출전하면서 하나 된 마음으로 화합과 평화를 기원하며 〈아리랑〉을 불렀습니다. 〈아리랑〉은 우리 민족의 정서를 대표하는 노래로 전 세계에 있는 우리 민족을 하나로 똘똘 뭉치게 할 수 있는 힘을 가진 노래입니다.

제가 처음 〈아리랑〉을 접한 건 한국에 계신 외할머니 덕분이었습니다. 외할머니께서는 오래전부터 고전무용을 취미로 하고 계시는데 4년 전 여름방학을 맞아 한국에 갔을 때였습니다. 그때 할머니는 부채를 이리저리 휘날리시며 〈아리랑〉에 맞춰 멋들어진 무용 연습을 하시곤 했습니다.

춤도 멋있었지만 전 그 귀에 쏙쏙 들어오는 〈아리랑〉 노래가 너무 근사해서 금방 배웠습니다. 〈아리랑〉은 슬프게 부르면 마냥 슬퍼지고 빠른 박자로 부르면 금세 기분이 좋아지는 〈아리랑〉은 저에게는 마법 같은 노래입니다.

그래서 몇 년이 지난 지금도 자주 부르는 노래가 되었습니다.

　지금 대한민국은 '세계 아리랑 축제'나 '세계적인 오케스트라'와의 협연을 통해 〈아리랑〉의 세계화를 위해 노력하고 있다고 합니다. 그래서 저도 작은 힘이라도 보태려고 〈아리랑〉에 대해 좀 더 깊이 있게 알아보았습니다. 하지만 제가 아직 어려서인지 '한', '은근과 끈기', '흥' 등 〈아리랑〉을 대표하는 말의 깊이를 사실 잘 이해하지는 못했습니다. 저도 이해하기 어려운 내용을 과연 다른 나라 사람들은 쉽게 이해할 수 있을까요? 쉽고 간단하게 우리의 〈아리랑〉을 알릴 방법이 있습니다. 〈아리랑〉의 단순하지만 아름답고, 여러 감정을 표현할 수 있는, 따라 부르기 쉬운 반복적인 멜로디를 노래로 불러서 알리는 것입니다. 바로 지금까지 〈아리랑〉이 전해졌던 방식처럼 입에서 입으로 전하는 것입니다. 믿기지 않겠지만 교민 2~3세대 중에는 아직 〈아리랑〉을 모르는 친구들이 있습니다. 〈아리랑〉은 국민 노래라고 할 정도로 유명하지만 정작 여러분은 얼마나 자주 부르고 계신가요? 유명한 한국 가수들의 재편곡한 〈아리랑〉을 따라 불러도 좋고 친한 외국 친구들에게 가르쳐서 같이 불러도 좋습니다. 어떤 방법이든 우리 스스로가 많이 듣고 많이 불러야 합니다. 여러분들께서는 이곳 스페인에 세계에서 유일하게 한국 민요와 가곡을 부르는, 지휘자를 제외하고는 모두 스페인 사람들로만 이루어진 최고의 합창단인 '스페인 밀레니엄 합창단'이 있다는 사실을 알고 계십니까? 이 합창단의 〈아리랑〉을 듣고 있으면 벅차오르는 감정을 느낍니다. 말로 표현할 수 없을 정도입니다. 여러분!! 이 외국 사람들이 머나먼 나라에서 우리의 음악을 세상에 알리고 있었습니다. 정말 감사하고 또 감사합니다. 이분들 외에도 다양한 분야에서 한국을 대표하는 분들이 〈아리랑〉을 세계 속에 알리고 계십니다. 이제는 우리 개개인이 나서야 할 때입니다. 우리들의 입에서 입을 통해 세계인이 함께 부를 수 있는 〈아리랑〉이 될 때까지 여러분의 목소리를 높여 주십시오!! 우리들의 노래가 하나 되어 세계로 뻗어 나간다면 〈아리랑〉의 세계화는 결코 멀지 않다는 것을 저는 확신합니다. 여러분!!!!

한국 사람인 것을 자랑하고 싶을 때

정리사 / 스페인

안녕하세요?

저는 스페인 발렌시아에 살고 있는 여덟 살 정리사입니다.

열세 살인 저의 오빠와 저는 스페인에서 태어났고요. 일요일마다 발렌시아한글학교에서 한국어 공부도 열심히 하고 있습니다.

저는 노래 부르기도 좋아하고 음악 듣는 것도 아주 좋아해요. 그런데 혹시 여러분들 BTS 아세요? BTS는 일곱 명의 멋진 오빠들로 이루어진 한국의 가수인데요. 다른 나라에서도 정말 유명하답니다.

저희 엄마와 저는 BTS를 너무너무 좋아해서 매일 BTS 노래를 듣는데요. 저희 아빠는 "아휴 또 BTS 노래야? 아주 지긋지긋하다 지긋지긋해"라고 하시면서도 자신도 모르게 또 흥얼거리세요. 제가 왜 BTS 얘기를 했냐면요? 제가 그 가수를 좋아하기도 하지만 너무 고맙기도 해서예요. BTS 오빠들은 저를 모르겠지만 전 모르는 사람이라도 누가 BTS를 알고 좋아한다고 하면 제가 한국 사람인 걸 자랑하고 싶어진답니다.

저의 꿈은 가수예요. 제가 가수가 되면 제가 부른 노래를 다른 나라 사람들이 한국어로 따라 부르고 저처럼 다른 나라에서 태어나 살고 있는 한국 어린이들이 한국 사람인 것을 자랑하고 싶어지도록 하고 싶습니다.

제가 그랬던 것처럼요. 제 이름은 정리사입니다. 꼭 기억하시고 지켜봐 주세요.

감사합니다.

사랑하는 나의 조국

이우주 / 독일

안녕하세요! 제 이름은 이우주입니다.

저는 축구 국가대표 이재성 선수가 있는 독일의 가장 북쪽의 주 '홀슈타인 킬!(Holstein Kiel)'에서 왔습니다.

부모님, 그리고 동생과 함께 행복하게 하루하루를 킬(Kiel)이란 도시에서 지내고 있습니다. 저는 축구를 아주아주 좋아합니다.

지난해까지 제가 살고 있는 곳의 유소년 축구팀에서 중앙 수비수로 즐겁게 축구를 했습니다. 5학년에 올라가면서 공부를 해야 한다는 부모님 성화에 축구를 그만두게 되었습니다.

그 이후로는, 유튜브 동영상을 보거나 아버지께서 신문을 읽으실 때, 스포츠면만 빼내어 정독함으로써 그 허전함을 달래고 있습니다. 그러면서 놀랍게도 저에겐 확고한 감정 하나가 생기게 되었습니다.

'아! 난 한국 사람이구나.' 이 느낌은 제가 앞으로 어떻게 살아야 할 것인지에 대해 생각하게 만들었습니다. 동시에 저 스스로에게 기대하도록 만들어주었습니다. 저는 한국 사람입니다. 독일에서 태어났지만 한국 사람의 생각과 정서가 고스란히 배어 있는 한국 사람입니다.

여러분! 지난해 러시아에서 열린 월드컵을 모두 기억하십니까? 우리나라가 독일을 이겼습니다. 그 어떤 해설가도 한국의 승리를 예상하지는 못했습니다. 부모님께서는 독일에게 2:0으로 이긴 다음 날, 학교에 가지 말고 집에 있으라고 하셨습니다.

전, 아니! 그게 무슨 말씀이시냐고? 왜 학교에 안 가냐고? 가서 해야 할 일이 있다고 말씀드리고 흥분된 마음으로 학교에 갔습니다.

그리고 그 전날까지 한국이 질 거라고 저를 약 올리던 친구들에게 그대로 갚아주려고 했습니다. 그러나 친구들의 기가 죽은 눈빛과 손흥민을 외치며 엄지척을 날리는 모습을 보니 참을 수밖에 없었습니다. 그날의 한국 사람으로서의 감동은 아마도 얼마 살지 않은 제 열한 살 인생에 가장 기억에 남는 감동이었습니다. 이렇게 내 나라를 사랑하기 시작했습니다. 축구 강국 독일을 이긴 그 자신감으로 그에 걸맞은 실력을 쌓도록 노력해야겠습니다.

손흥민, 이재성, 이강인 축구선수처럼 저도 앞으로 한국 사람을 대표해서 유럽에서 멋지게 살아가는 사람이 되고 싶습니다. 독일어 외에 다른 언어도 더 열심히 공부하고 우리말도 더 학습해서 유럽의 언어와 문화를 통해서 더 자세히 들여다보고 배우겠습니다.

지난 러시아월드컵 때 독일과의 경기에서 손흥민 선수의 마지막 골(Goal) 장면의 해설로 저의 이야기를 마무리하겠습니다. "가야 줘 …… 가야 줘 …… 가야 줘 …… 손흥민 …… 손흥민 …… 손흥민 …… 가야 줘 …… 가야 줘 …… 숫……골!(Goal)입니다. 이게 어떻게 된 일입니까! 대한민국이 2:0으로 독일을 이깁니다." 이 순간에 모든 대한민국 국민이 느낀 감동과 기쁨이 저에게도 마음 깊이 자리 잡고 있습니다!

내 나라! 나의 조국! 대한민국을! 사랑합니다!

대한독립만세!!

권용현 / 스페인

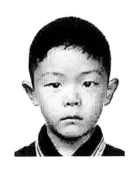

안녕하세요? 마드리드한글학교 3학년 권용현입니다. 저는 한국에서 태어났지만 두 달 만에 스페인으로 왔습니다. 그래서 스페인어가 한국어보다 편합니다. 하지만 한글학교를 다니며 열심히 한국어를 배우고 있습니다.

올해 3·1절을 맞아, 학교에서 유관순 누나의 이야기를 들었습니다. 열일곱 살밖에 안 된 유관순 누나는 얼마나 무서웠을까요? 일본 사람들은 누나같이 용감한 사람들을 잡아가서 고문하고 죽이기도 했답니다. 제가 만약 그때 태어났다면 누나처럼 용기 있는 일을 할 수 있었을까 생각해 봅니다. 일본의 총과 칼 앞에서 태극기를 흔들며 대한독립만세를 외쳤던 분들, 정말 대단합니다. 일본은 우리나라를 완전히 빼앗기 위해 우리말을 쓰지 못하게 하고 일본 이름을 쓰게 했습니다.

그래서 저희 증조할머니도 한때 일본 이름을 쓰셨지만 지금은 한국 이름을 쓰신답니다. 우리말을 지키기 위해 힘쓴 분들 덕분에 지금도 한글을 사용하고 있습니다. 우리나라 말이 있다는 것이 얼마나 좋은지요! 친구들은 스페인보다 훨씬 작은 한국에서 휴대폰, 텔레비전, 자동차를 만들어내고 전통음식과 언어, 문화가 있는 것을 신기해합니다. 저는 한국 사람으로서 무척 자랑스럽습니다. 점점 많은 사람들이 방탄소년단 노래를 부르고 한국어를 배우고 싶어합니다. 옛날에는 총이나 칼, 탱크와 미사일로 싸웠지만 이제는 똑똑한 머리로 싸워서 나라를 지킬 수 있다고 생각합니다. 1919년 3월 1일 두려움 속에서도 희망을 가지고 소리 높여 외친 한 마디. 저도 외쳐봅니다.

대한독립만세!

내 친구에게 소개시켜 주고 싶은 나라, 대한민국

이수리 / 스페인

안녕하세요.

저는 스페인 발렌시아에서 온 이수리입니다.

여러분, 스페인에 오신 걸 환영합니다. Bienvenidos a Espana!

저는 이 대회에 세 번째 나왔어요. 처음으로 여기 온 친구들, 너무 떨지 말아요. 다 잘 될 거예요. 친구들 화이팅!! 저는 작년 여름에 한국에 갔어요. 그래서 한국 이야기를 하고 싶어요.

이야기 하나, 한국에는 가족들이 정말 많아요. 이모가 말했어요. "수리는 교포 3세대인데 한국말을 참 잘한다."

사촌 언니가 말했어요. "그런데 엄마, 수리는 스페인 사투리를 써. 그게 나는 참 귀여워!" 여러분, 제가 스페인 사투리를 쓰나요? 뭐, 중요한 건 한국말을 할 수 있다는 게 참 좋다는 거예요! 왜냐하면, 오빠 언니들과 신나게 놀 수 있으니까요.

이야기 둘, 제 증조할머니 이야기예요.

저는 왕할머니라고 불러요. 제 왕할머니는 방금 한 말을 금방 잊어버려요. 왕할머니가 아빠와 나를 계속 보더니 말했어요. "호재야, 네 딸이야?" "네." "어째 하나만 있어. 둘은 있어야지!!" 하고는 아빠 등을 찰싹 세게 때렸어요. 조금 있다가, "호재야, 네 딸이야?" "네." "어째 하나만 있어. 둘은 있어야지!!" 찰싹 그렇게 여섯 번을 때렸어요. 제가 아빠한테 "아빠 많이 아파? 왕할머니 너무 했다" 했더니, 아빠가 말했어요. "아니야. 하나도 안 아파. 아빠는 기분이 좋아. 왜냐하면 왕할머니가 아빠를 기억하잖아."

그렇게 힘이 세던 왕할머니가 작년 가을에 하늘나라로 가셨어요. 많이 슬펐지만, 왕할머니를 만나서 좋았어요.

이야기 셋, 마지막 이야기예요. 엄마랑 아빠랑 지리산에 있는 화엄사에 갔어요. 제가 너무 더워서 스님한테 물을 달라고 했어요. 스님이 물었어요.

"어디서 왔니?" "스페인요." "뭐, 스페인?" "네." "이리 와라. 저녁 먹고 가라!" 그런데 저는 밥을 안 먹고 싶었어요. 왜냐하면, 반찬이 김치, 김치, 또 김치였어요. 스님이 왜 안 먹냐고, 그럼 뭘 먹고 싶냐고 해서, 제가 라면이 먹고 싶다고 했어요. 그랬더니 스님이, "너, 라면 끓일 수 있어?" 하고 물었어요.

여러분, 제가 일곱 살인데 어떻게 라면을 끓여요? 그래서 모른다고 했더니 스님이, "먹고 싶으면 배워야지. 따라오너라!" 그래서 스님과 함께 라면을 끓였어요. 막 먹으려고 하는데, 또 스님이 말했어요. "욕심내지 말고 먹을 만큼만 가져가거라."

그때는 스님이 너무 무서웠는데 지금도 생각나요. 그리고 스님이 선물한 부채도 여기 있어요. 예쁘죠!! 끝으로, 저에게 한국은 정말 아름다워요. 그래서 내 친구들에게 이렇게 멋진 한국을 꼭 보여 주고 싶습니다.

감사합니다.

독도는 대한민국의 땅

아이린 와그너 / 스위스

안녕하십니까.

저는 스위스에서 온 아이린입니다.

여러분 한국의 섬 독도를 일본인들은 어떻게 부르는지 아시나요?

'다케시마'라고 부르며 자기 나라 섬이라고 거짓 주장을 합니다.

'다케시마'를 거꾸로 읽으면 '마시케다.' 그들 입장엔 먹고 싶고 갖고 싶은 마음이 있어 그런 표현을 했겠죠! 하지만 우리에게는 독도는 아주 중요한 바윗섬으로 바다의 지하자원이 풍부하고 자연동식물만 살고 우리나라와 일본의 경계선입니다.

엄마 친구가 울릉도와 독도를 여행하시던 중 하필 거센 풍랑이 불어 독도엔 가질 못 하고 울릉도에서 며칠을 더 머무셨다는 이야기를 들었습니다.

3일 후 행운이 왔어요. 파란 하늘에 잔잔한 물결. 그래서 그날 배로 독도에 가셨답니다. 섬 주위를 돌아보신 후 잠시 내려 독도에 관한 이야기를 들었습니다.

독도엔 약 60여 종에 식물과 130여 종의 곤충, 그리고 수많은 동물도 있답니다.

식물로는 땅채송화, 해국, 돌피나무와 사철나무, 곤충으로는 된장잠자리, 민집게벌레, 딱정벌레가 있습니다. 나비와 새에는 바다제비, 슴새, 괭이갈매기 등 과거엔 강치도 많았지만 일본 어부들의 남획으로 이젠 사라지고 없습니다.

　북쪽 바다의 차가운 기류와 대마도에서 올라오는 따뜻한 기류가 만나 황금 어장이 되어 있고, 바다 밑엔 독도새우와 해삼, 홍게, 소라 등 해산물이 풍부합니다. 그래서 동해 용왕님의 생신상에는 독도의 해산물이 필수랍니다.

　또한 해저 200미터 이상에는 천연가스와 자원이 풍부하고 해양관광의 무한한 가치와 해양지질과 지각 활동 등이 관찰되는 곳입니다. 이런 다양한 이야기를 듣는 동안 알 수 없는 뜨거운 눈물을 흘리며 "그래! 독도는 우리의 땅"이라고 외치고 독도가 얼마나 중요한지를 가슴에 담으셨답니다.

　저는 아직 독도를 가보지 못했어요.

　그리고 얼마나 중요한지는 잘 모릅니다. 하지만 엄마는 독도에 대한 뉴스가 나오면 말씀을 해주셨습니다. 그리고 한국말로 욕도 하셨어요. "나쁜 놈들"이라고요. 저는 엄마의 이런 행동과 표현으로 독도의 소중함을 알 수 있습니다. 여러분! 독도는 우리들이 함께 보호해야 할 우리나라 대한민국의 땅입니다.

　감사합니다.

아름다운 우리말

이나라 / 독일

안녕하세요! 저의 이름은 이나라입니다.

저의 이름은 부모님께서 우리말로 아름답게 지어주셨습니다.

제 이름 참 예쁘죠? 학교가 끝나면 여러 친구들과 함께 모여 숙제도 하고, 점심도 먹고, 숨바꼭질도 하고 즐겁게 시간을 보냅니다.

제가 처음으로 친구들에게 알려준 우리말은 "안녕"입니다. 발음이 조금 어렵지만 시간이 조금 지나고 나니, 모두들 "안녕! 안녕!" 잘도 따라합니다.

엄마가 저를 데리러 오셔서, 친구들이 우리말 하는 것을 듣고, 미소 지으실 때, 저는 정말 기분이 좋습니다.

만날 때도 안녕! 헤어질 때도 안녕! 그러고 보니 그 오래전에 한글을 만드신 세종대왕은 참 똑똑한 것 같습니다.

아빠는 항상 우리말을 잘 해야 한다고 이야기하십니다. 그래야 나중에 한국에 가서 할아버지 할머니와 이야기도 나눌 수 있다고 말입니다. 그렇기도 하지만, 저는 아무런 이유 없이 우리말이 좋습니다. 무엇보다 제가 한국 사람이란 느낌이 있어서 좋습니다.

그리고 한글 모양이 정말 예쁩니다! 하루는 아빠한테 "아빠! 아빠는 한글이 쓰여진 옷이 있어요?" 하고 여쭈어 보았습니다.

아빠가 한참 옷장을 바라보시더니, "…… 어…진짜 하나도 없네." 작은 목소리로 대답하십니다.

저는 우리 집에 우리말 한글이 크게 쓰여진 옷이 없다는 것이 너무 서운했습니다. 요즘 한국의 아이돌 그룹 방탄소년단이 독일에서도 인기입니다.

친구들은 벌써 우리말과 한국에 대해 관심이 많아진 것 같습니다.

그래서 제 물건에는 독일 이름 옆에 한글 이름을 적어 놓았습니다. 친구들의 공책 안에도 틈틈이 우리말을 써놓았습니다.

이렇게 저는 우리말이 좋습니다. 아직도 많은 선생님들과 친구들은 중국말, 일본말, 한국말이 다 같다고 생각하는 것 같습니다. 유치원에서는 그런 적이 없었는데, 초등학교에 들어가고 나니, 학교에서 언니 오빠들이 저에게 중국 사람이라고 놀립니다.

제가 아무리 한국 사람이라고 해도 다음 날이 되면 또! 중국 사람이라고 놀립니다.

왜? 자꾸 중국 사람이라고 놀리는지 잘 모르겠습니다.

그래서 저에게 한 가지 꿈이 생겼습니다. 반 아이들이 '안녕?'이란 말을 더 많이 사용할 수 있도록 해야겠습니다.

우리 반 모두가 그렇게 되도록 가르쳐줘야 할 것 같습니다. 앞으로 독일에서 사는 동안 아름다운 우리말을 널리널리 알리겠습니다!

한국문화 K-POP 전도사

신효경 / 노르웨이

안녕하세요.

저는 K-POP을 좋아하는 열 살 신효경입니다.

저는 춤을 좋아하지도 싫어하지도 않았던, 그냥 춤에는 별로 관심이 없었던 평범한 학생이었습니다.

그러던 어느 해, 기다리고 기다리던 여름방학이 되었고, 저는 해외동포학생 조국학교 체험 프로그램을 통하여, 한 달 반 동안 방산초등학교 2학년 3반 학생이 되어 난생처음으로 한국 초등학교 체험을 시작하게 되었습니다.

여러분, 그때 그 시절로 같이 돌아가 보실래요? 삐리삐리…… (우아하게 음악……) 신나는 음악, 경쾌한 멜로디, 화려한 무대, 한 4~5학년쯤 되어 보이는 언니들이 트와이스의 〈OOH-AHH하게〉라는 노래를 부르면서 강당에서 춤을 추고 있는 게 아니겠어요?

너무나 신나는 춤과 음악에 저도 모르게 어깨를 들썩이며 노래를 따라 부르고 있었습니다. 학교를 마치고 아침에 들었던 노래를 흥얼거리며, 룰루랄라 룰루랄라 태권도장에 갔습니다.

태권도장 문을 열자 마자…… (Cheer up 음악……) 트와이스의 〈Cheer up〉이라는 노래가 흘러나오는 게 아니겠어요? 저는 그때부터 한국 문화의 대명사. K-POP의 전도사가 되기 시작했습니다.

제가 다니고 있는 노르웨이 국제학교에서도 K-POP은 유명합니다. 최근 저 때문에 더 유명해졌다고 생각합니다. 저희 학교에서 일주일 뒤에 있을 문화라는 주제의 춤 경연대회가 있습니다.

저는 친구들과 함께 그룹을 만들어 한국의 문화인 K-POP을 가르치고 있습니다. 얼마 전에는 노르웨이 어린이 신문에 K-POP에 대한 기사가 크게 나온 적도 있고, 노르웨이 극장에서 K-POP 뮤직 비디오를 상영해 크게 흥행한 적도 있습니다.

저는 친구들에게 K-POP이 어떠할 것 같느냐고 물었습니다. 저의 친구들은 K-POP을 이렇게 표현합니다. "I would like describe K-POP as songs that really hit you in the face when you hear them." 이 뜻은 K-POP을 들으면 정신이 번쩍 든다는 뜻입니다.

그럼, K-POP이 왜 이렇게 인기가 있는 것일까요? 한국국제문화교류진흥원의 2018년 조사에 따르면, K-POP의 인기 이유를 이렇게 이야기하고 있습니다.

첫째, 중독성이 강한 후렴구와 리듬.

둘째, 가수의 매력적인 외모와 스타일.

셋째, 강렬하고 뛰어난 퍼포먼스라고 합니다.

이러한 K-POP이 가지고 있는 아름다운 리듬과 퍼포먼스는 우리 뇌파에 긍정적인 영향을 주어, 기분이 좋을 때 뇌에서 분비되는 신경전달물질인 도파민을 많이 분비한다고 합니다. 요즘 국내외적으로 최고의 인기를 누리고 있는 방탄소년단을 아시지요? 〈Love Yourself〉라는 앨범으로 미국 빌보드 200에서 1위에 오른 것은 영어가 아닌 언어로 12년 만이고, 한국 가수로서 최초라고 합니다. 2018년 9월 UN총회 무대에서의 연설은 많은 청소년들에게 꿈과 희망, 위안과 용기를 주었다고 합니다. 제 주변에 한국 문화에 관심 있는 친구들이 많습니다. 이 친구들에게 저도 K-POP을 통하여 대한민국 문화의 우수성을 알리고, 대한민국의 명예를 드높이는 어린이가 되겠습니다.

저에게 K-POP 전도사가 되겠냐고 물으신다면 저의 대답은 언제나……(Yes or Yes!!!)

3·1독립운동 100년이 지난
지금 후손들이 해야 할 일

윤홍인 / 덴마크

우리 조상님이 없었다면 지금의 대한민국은 없었습니다.

우리는 한민족입니다. 어찌 자기 나라의 역사를 잊는 사람이 있겠습니까? 그 누구도 잊으면 안 되는 역사는 3·1운동입니다. 1910년 8월 29일은 한국이 일본의 식민지가 되고 더 이상 우리나라를 우리나라로 못 부르게 된 끔찍하고 고통스러운 날입니다. 34년 11개월 동안 일본이 한국을 지배했던 나날은 절대 잊을 수 없는 역사와 지워질 수 없는 아픈 기억을 만들었습니다.

일본은 한글과 한국어를 못 쓰게 하고 무차별 살인과 강간, 위안부, 재산 강탈 그리고 인간이 해서는 안 되는 짓을 했습니다.

일본은 피도 눈물도 없는 짓을 했고, 우리나라의 물자를 훔치고, 한국 정서와 전통을 짓밟았고, 절대 다시는 돌릴 수 없는 야만의 역사를 만들었습니다.

1910년, 일본은 우리나라가 강제 합병당한 때부터 집회와 단체 운동을 일절 엄금했습니다. 하지만 3·1운동 때 한반도 전역에서 사람들이 탑골공원에 모여서 모두 다 같이 비폭력시위 만세운동을 했습니다.

조상님들은 위험을 무릅쓰고 대한독립만세를 목청껏 외쳤습니다. 대한자주독립은 우리의 주권이라는 것을 세계만방에 고했습니다.

일본은 이것을 막으려고 평화롭게 만세운동을 하는 우리 조상님들에게 총을 쏘았고 칼로 위협을 하고 무자비한 폭력을 가했습니다.

그로 인해 무고한 수많은 조상님들이 돌아가셨습니다. 그때 우리 조상님들의 마음이 어떤지 알 수 있을 것 같습니다. 한민족의 독립 의지가 강한 것을 보여 주자, 죽어서라도 독립을 하자, 나 죽고 너 죽자, 조상님들이 이런 마음을 가진 게 아닌가 싶습니다.

같이 살면서 힘들면 서로 도와주는 게 인간이 아닌가요? 자유와 인간의 존엄성 그리고 평등을 짓밟은 인간이 인간인가요?

저는 절대 일본이 우리나라를 지배했던 일을 이해할 수 없습니다. 무고한 사람을 죽이고서 헤헤 웃으며 그 앞에서 사진을 찍었습니다.

과거 왜놈들은 코와 귀를 잘라 무덤을 만들었습니다. 자기가 했던 짓을 인정하고 나쁜 짓을 하면 사과를 해야 하는 것이 인간의 도리 아닌가요?

인간에게는 꼭 해야 할 일과 하지 말아야 할 일이 있습니다. 일본은 이것을 무시하고 인간의 존엄성을 억누르는 짓을 했습니다.

한일강제병합 때 일본은 절대 인간이 아닌 동물도 안 하는 짓을 자행했습니다. 과연 일본이 한국을 지배할 때 했던 일이 인간으로서 했던 일이 맞나요? 아니면 그들은 인간이 아닌가요? 아니면 우리가 그들을 착각하는 것인가요?

"과거를 잊어버리는 자는 그것을 또다시 반복하게 된다." 철학자 조지 산타야나(George Santayana)가 말했습니다.

"인류에게 가장 큰 비극은 지나간 역사에서 아무런 교훈도 얻지 못한다는데 있다." 역사학자 아널드 토인비(Arnold Toynbee)가 말했습니다.

일본은 지금도 왜곡된 역사를 가르치고 그로 인해 제2의 이토 히로부미(伊藤博文)와 침략을 꿈꾸는 사람들이 생겨나고 있습니다.

이처럼 일본은 가해의 역사에서 교훈을 얻지 못하고 또 다른 갈등과 대립을 조장한다면 인류는 제3의 비극을 피할 수 없습니다.

이제 우리는 한일강제병합 109년, 3·1운동 100주년이 되는 이때, 새로운 100년을 준비해야 할 시기를 맞이했습니다. 조상님들이 목숨 바쳐 지키려

했던 이 나라를 후손들이 해야 할 일은 단 한 가지입니다. 바로 치욕의 과거
가 반복되지 않도록 잊지 않고 역사를 통해 미래의 교훈을 얻는 것입니다. 이
제 한국과 일본은 침략과 수탈이라는 단어 대신에 공존과 공생이라는 단어를
함께 쓸 수 있도록 우리 모두 힘을 합하여 3·1운동의 숭고한 교훈을 기억합
시다.

무력의 시대를 보내고 도덕의 시대를 맞이합시다.

조상님들 고맙습니다. 제가 쓴 글이 도움이 되었으면 좋겠습니다.

감사합니다. 덴마크에서 온 윤홍인입니다.

3 · 1운동을 아십니까?

박하이 / 스페인

여러분은 혹시 조지 워싱턴(George Washington)을 아십니까? 에이브러햄 링컨(Lincoln, Abraham)은요?

저는 대부분의 사람들이 이 두 사람의 이름을 들어 보았을 것이라고 생각합니다. 그렇다면 여러분은 혹시 신태윤이라는 사람을 아십니까?

김향화라는 분은요? 정칠성이라는 분이 어디에서 무엇을 했는지 아십니까? 이 사람들은 모두 3·1운동에 참가해 자신의 목숨을 희생하신 분들입니다. 우리에게 3·1운동 하면 떠오르는 인물을 말해 보라 하면, 우리는 대부분 유관순 열사를 생각하게 됩니다. 하지만 3·1운동에 참가한 사람은 유관순 열사뿐만이 아니었습니다. 3·1운동에는 200만 명이 참가하여, 8,000여 명이 사망, 5만여 명이 체포되었고, 그 외에도 수많은 사람이 희생되었습니다. 이렇듯 3·1운동은 우리 민족이 모두 힘을 합쳐 일제에 항거했던 위대한 혁명이었습니다.

그럼, 저는 이제 여러분에게 묻고 싶습니다. 왜 우리는 미국 대통령의 이름을 3·1운동에 참가하신 의사나 열사들의 이름보다 더 잘 알고 있는 것일까요? 전 생각해 보았습니다.

그리고 깨달았습니다. 세상은 빠르게 나아가고 있고, 다른 나라보다 늦게 시작하고 더 불리한 입장에 서 있던 우리에게는 뒤를 돌아볼 시간이 없었습니다. 다시 말해 우리는 과거를 살펴보고 역사를 다시 되새길 시간이 없었다는 것입니다.

사실 저는 3·1운동에 대하여 정확히 잘 모릅니다. 한국에서는 이곳보다 3·1운동을 더 자세하게 배우기에 저 이름을 아는 사람들도 물론 있을 것입니다. 하지만 그건 소수일 뿐입니다. 혹시 몰라 부모님께도 여쭈어보고 한국에 사는 친구들에게도 물어보았지만 아무도 그들을 몰랐습니다.

전 아직 학생입니다. 어른보다는 상대적으로 시간이 많고 역사를 지금 배우고 있습니다. 그렇기에 지금만 특별히 역사에 관심을 가지고 있는 것일지도 모릅니다. 또한 만약 어른이 된다면 너무 바빠서 삼일절은 잊어버리고 제 앞날만을 중요하게 여기며 살 수도 있습니다. 그런데 그렇게 생각을 하니 저는 안타까웠습니다. 3·1운동은 정말 중요한 운동입니다.

3·1운동은 비폭력 시민항쟁 독립운동이며, 후에 중국과 인도 간디의 독립운동의 도화선이 되었고, 우리나라의 임시정부에도 영향을 주었으며, 그 시절의 독립선언서는 지금 헌법의 기초가 되었고, 우리나라 사람들은 3·1정신으로 세계가 놀라워하는 평화로운 민주주의 국가를 이루었습니다.

그리고 3·1정신이란 우리나라가 3·1운동을 하면서 머릿속에, 가슴속에 품고 있던 정신으로, 자주독립정신, 즉 다른 나라의 간섭을 받지 않고 우리가 직접 자주권을 행사하겠다는 정신과, 희생정신, 즉 큰 숙원, 자주독립을 위해 자신들의 목숨을 아끼지 않겠다는 정신이며, 지금 우리가 마음에 각인해야 할 정신이기도 합니다.

"역사를 잊은 민족에게 미래는 없다"라는 말이 있습니다. 세상 살기가 어렵고 고달픈 건 압니다. 학생이나 어른 모두 인생이 힘든 건 다 똑같습니다. 그렇기에 아무리 바쁘고 힘들어도 역사를 계속 상기하며 살아야 한다고 말하고 싶습니다.

우리는 3·1운동 때 참여했던 모든 사람의 이름을 알 수는 없습니다. 그렇지만 우리는 그분들이 이루어낸 민족정신을 압니다.

올해는 3·1운동 100주년을 맞은 특별한 해입니다. 이를 계기 삼아 우리 모두 이제 3·1운동과 3·1정신을 기억하며 삽시다.

통일을 위한 나의 작은 노력, 그리고 큰 결실

신재성 / 노르웨이

안녕하세요. 저는 노르웨이에서 중학교 1학년에 재학 중인 신재성입니다.

저는 여느 중학생들과 마찬가지로 친구들과 같이 운동을 하고, 컴퓨터 게임 하는 것을 좋아하고요. 유튜브 보는 것도 사랑하고요. 바이올린 연습은 …… 음 …… 좋아하진 않지만, 게임을 하기 위해서 간신히 밀린 연습량만 채우는, 그리고 대한민국 통일에 대해서는 전혀 관심이 없는 그런 평범한 학생입니다.

그러던 어느 날, 저의 대한민국 통일에 대한 가치관을 뒤집어 놓은 한 가지 사건이 발생했습니다. 때는 2017년 봄. 제가 속해 있는 노르웨이 오케스트라팀이 2018년 가을 연주회를 한국으로 가는 것을 계획하고 있다는 소식이 들려왔습니다.

저는 그 말을 듣고 너무 기뻤고, 정말 기대를 많이 했습니다.

제 오케스트라 친구들에게 제 고향, 한국을 보여 주고, 자랑할 수 있는 좋은 기회였으니까요. 노르웨이에서는 먹을 수 없는 짜장면, 탕수육, 떡볶이, 오뎅을 먹으며, 친구들과 함께 롯데월드에 간다는 생각을 하니, 밤잠을 설칠 정도였습니다.

하지만, 그해 여름 6월 북한의 독재자 김정은은 수십 발의 지대함 순항미사일을 동해안으로 발사하는 사건을 시작으로, 7월 4일 대륙간 탄도미사일(ICBM)을 39분간 고도 2,800km 상공에 안착시키는 데 성공하였으며, 급기야 9월 15일 3,700km에 달하는 탄도미사일을 일본 상공을 거쳐 북태평양에 낙하시키는 미사일 실험을 강행하였습니다.

이 소식은 전 세계로 빠르게 확산되었고, 결국 대한민국에서 8,000km 멀리 떨어져 살고 있는 노르웨이 오케스트라팀에게도 이 소식은 생생히 전달되었습니다. 결국 남과 북으로 분단된 대한민국의 긴장된 상황 때문에 노르웨이 오케스트라팀이 계획한 가을 한국 연주회는 결국 취소되었습니다. 아, 독재자 김정은의 무분별한 도발의욕이 전 세계를 불안하게 만들었고, 이것이 통일에 관심이 전혀 없던 저의 일상에까지도 영향을 미칠 줄은 꿈에도 상상치 못했습니다.

그 일을 계기로 저는 대한민국의 통일에 대해 관심을 갖기 시작했고, 우리나라가 평화통일을 이루기 위해 어떠한 노력을 하고 있는지 인터넷으로 검색하기 시작했습니다.

그리고 우리나라 대한민국 정부는 통일을 위해서 아주 많은 노력을 하고 있다는 것을 알았습니다.

2018년 2월에 개최한 평창올림픽에서 남북 선수들의 공동 입장, 최초의 남북 아이스하키 단일팀 결성으로 시작되어, 4월 17일 판문점 평화의 집에서 열린 역사적인 남북정상회담, 비무장지대 확성기 방송 중지로 비무장지대를 평화지대로 바꾸려는 노력.

8월 이산가족 상봉행사 등 대한민국의 남북평화를 위한 노력은 힘차게 계속되고 있다는 것을 알게 되었습니다. 우리나라가 지금 통일이 된다면 어떻게 될까요? 남북한 인구는 독일과 같아집니다.

남북한 군사력은 프랑스와 같아진다고 합니다. 경제력은 현재 남한이 세계 11위, 북한과 합치면 그래도 11위라고 합니다. 하지만 향후 경제성장률을 계산해 보면 10년 안에 경제력은 영국과 같아진다고 합니다. 인구는 독일, 군사력은 프랑스 그리고 경제력은 영국과 같아져 세계 5대 강국이 된다고 합니다. 여러분!!!

그때, 저는 결심했습니다. 그래! 나도 대한민국의 평화통일을 위해서 할 수 있는 일을 찾아보자. 하지만 현실은 제 생각과는 달리 가혹했습니다.

15살 소년이 대한민국의 평화통일을 위해서 할 수 있는 일은 하나도 없었습니다. 제가 유일하게 할 수 있었던 일은 제 주변 친구들에게 우리나라의 분단의 역사를 가르쳐주고, 통일을 위한 대한민국의 노력을 알려주는 일이었습니다. 처음에는 별로 관심이 없던 친구들도 차차 관심을 갖기 시작했고, 친구들이 관심을 가져주어 저도 마음이 뿌듯했습니다. 저의 이러한 작은 노력의 결실이었을까요? 저는 그렇게 믿고 싶습니다. 오는 9월 노르웨이 오케스트라팀이 드디어 한국으로 가을 연주회를 가기로 결정했습니다.

이제 노르웨이 친구들과 한국에 가서 짜장면, 탕수육, 떡볶이에 오뎅까지 먹을 수 있게 되었습니다. 여러분.

여러분, 비록 한 사람의 노력이 무엇을 바꿀 수 있을까 생각하시는 분들도 계시겠지만, 저는 체험했습니다.

한 사람 한 사람이 대한민국의 평화통일을 위해서 맡은바 자기 자리에서 작은 일에 최선을 다한다면 그 작은 노력이 큰 결실로 나타난다는 것을 말입니다.

대한민국 세계 5대 강국. 여러분의 작은 노력으로 이루어질 수 있습니다. 가자. 가자. 통일로 가자!!!

애국의 길

유준 / 오스트리아

안녕하십니까? 저는 비엔나한글학교 중등 2반 유준입니다.

저는 오늘 여기 계신 여러분들과 함께 재외국민으로서, 애국하는 길에 대하여 논의하고자 합니다.

재!외!국!민

대한민국이 아닌 해외에 살고 있는 대한민국 국민이라는 뜻입니다. 저도, 그리고 여기 계신 여러분들도 바로 모두 대한민국 재외국민인 거죠. 저희 부모님은 항상 말씀하십니다. "해외에서 살고 있는 우리 모두가 대한민국 민간 외교관이다. 너는 너희 교실에서 대한민국을 대표한다. 항상 당당해라, 항상 최선을 다해라."

그러나 사실 저에게 재외국민이란 단어는 와닿지 않습니다. 독일어를 사용하지만 그냥 저는 중학교를 다니고 엑소를 좋아하는 평범한 학생이라고 생각했습니다.

그러던 어느 날 저희 반 불가리아 친구 테오가 저를 도발했습니다. "야, 너희 나라는 쌀농사나 하는 못사는 나라 아니냐? 쌀농사로 먹고살 수 있냐?"

순간 너무 화가 났죠. "야, 너는 도대체 뭘 알고 말하냐?" 그러나 저는 깨달았습니다. 대한민국 정말 훌륭한 나라이고 K-POP이 세계적으로 유명해져서 빈에서 엑소와 방탄소년단의 신곡을 바로 구입할 수 있지만 정확하게 전달할 만한 정보가 하나도 없었습니다.

화가 나서 눈물이 차올랐지만 이를 악물고 집으로 돌아와 조사를 하기 시작했습니다. 역사적으로 위대한 것이 무엇인가 찾아보았고, 지금 현대사회에서 내세울 것이 무엇인지 찾아보았습니다. 그리고 다음 날 다시 논쟁을 시작했습니다. "대한민국은 경제순위인 GDP 순위는 11위, 오스트리아는 27위, 불가리아 74위 그리고 알고는 있느냐? 세계적으로 최초의 금속활자는 우리나라 거다. 또 네가 쓰고 있는 갤럭시 핸드폰도 바로 대한민국 기업이 만든 거다. 현대, 기아, 삼성, 엘지도 일본이 아닌 한국 기업이다."

제가 이겼습니다. 테오와의 작은 말다툼은 저에게 깨달음을 주었습니다. 대부분 유럽 친구들을 보면 별것도 아닌데도 자신의 나라에 대하여 자랑을 엄청나게 합니다. 유네스코 문화유산으로 등재되었다고 이름도 모르는 다리를 자랑하고, 월드컵 16강에도 오르지 못해도 축구를 하는 날이면 마치 피파 랭킹 1위처럼 흥분하지요. 또 모국어도 못하면서 자신들의 역사를 이야기할 때는 너무 자랑스러워하며 이야기합니다. 역사를 중요하게 여기는 거지요. 그러나 저를 되돌아보며 많은 것을 생각해 봤습니다. 나는 나의 조국의 역사를 얼마나 아는가? 일제강점기, 3·1운동, 6·25전쟁 등 단편적인 사건은 이해하지만 우리 민족의 우수성을 언제 어디서나 누구에게나 주장할 만큼 알고 있는가? 테오처럼 정말 아시아에 대하여 아무것도 모르는 무지한 사람들에게 설득시킬 만한 내용을 알고 있는가?

여러분! 나라사랑의 길이 멀고 어려운 것이 아니라고 저는 생각합니다. 대한민국에 대하여 자부심을 느끼는 만큼 대한민국에 대하여 역사를 공부하고 경제를 공부하고 사회를 공부하는 것이 진정한 나라사랑입니다.

저는 엑소의 팬입니다. 누군가 엑소가 별로라고 이야기하면 엑소의 훌륭한 점, 좋은 노래를 들려주고 끝까지 설득해서 엑소 노래를 함께 듣도록 만듭니다. 엑소 멤버의 생년월일도 모두 외우고, 데뷔하며 있었던 에피소드도 책으로도 쓸 만큼 모두 알고 있습니다. 애국도 같습니다. 대한민국을 사랑하는 만큼 알아야겠죠. 여러분, 대한민국의 광팬이 됩시다. 여러분, 한국을 사랑하는 만큼 한국을 배웁시다.

자부심으로 똘똘 뭉친 대한민국 열정 광팬이 되어 우리 모두 민간 외교관이 됩시다. 감사합니다.

우리는 한민족

한서영 / 영국

안녕하세요? 저는 영국에서 태어나고 자란 열다섯 살 소녀 한서영입니다.

저는 어릴 적엔 사람들이 어느 나라에서 왔냐고 물어보면 자랑스럽게 Korea라고 말했습니다. 그러면 사람들은 장난 섞인 목소리로 North? South? 하고 또 되물어봅니다. 도대체 남한과 북한은 뭐가 다르길래, 우리나라는 왜 남한과 북한으로 나뉘었을까요?

저의 엄마는 중학교 때 이런 글짓기로 대상을 받으셨다고 합니다. 할아버지께서 예쁘게 가꾸어 놓은 화단에 생긴 꽃벌레인 진드기를 보고서 우리 국민들이 열심히 일하고 노력하여 발전시켜 놓은 우리나라를 호시탐탐 쳐들어올 기회만 노리는 북한 사람들이 마치 꽃벌레 같다고 했다는 것입니다. 그리고 〈똘이장군〉이라는 만화를 찾아서 보여 주셨는데, 거기에서는 북한 사람을 돼지나 늑대로 표현했습니다. 저는 이것을 보고 너무 깜짝 놀랐습니다. 북한 사람들도 우리와 똑같은 사람인데 말입니다. 저에게는 북한에서 온 선희라는 친구가 있습니다. 선희는 어릴 적 엄마와 함께 목숨을 걸고 압록강을 건너왔다고 했습니다. 북한과 중국 사이를 흐르는 압록강 폭의 최단 거리가 48미터밖에 되지 않아 많은 사람들이 이곳으로 건넌다고 합니다. 그래서 이 강 주변에는 기관총을 가진 저격수들이 있습니다. 선희에게 들은 북한 이야기는 너무나 슬프고 무서웠습니다.

우리가 왜 통일을 해야 하냐고 물어본다면 저는 자신 있게 "우리는 한민족이기 때문입니다"라고 얘기하겠습니다. 남한과 북한 사람이 만나도 통역이 필요하지 않은 같은 언어를 쓰는 민족이란 말입니다. 우리 민족이 하나 되기 위해 드는 통일비용을 아깝다고 생각할 것이 아니라 더 건강하고 안정된 국가를 만들기 위한 투자라고 생각해야 합니다. 한반도가 하나가 되었을 때 비로소 우리 한민족의 잠재성을 최대한 끌어낼 수 있기 때문입니다.

북한은 지금 변하고 있습니다. 남한 드라마를 보고 노래를 들어야 세련된 사람이라고 합니다. 또한, 이런 변화는 옷차림이나 말투 등 일상생활 문화로까지 확산되고 있습니다. 이렇게 70년이라는 시간 동안 너무나 달라져 버린 남과 북이 서로의 문화를 미리 경험하는 것은 남북한 사회 문화 통합에 긍정적인 영향을 미칠 것입니다.

제가 살고 있는 런던 뉴몰든(New Malden)에는 약 1,000명 정도의 북한 사람이 살고 있습니다. 옛날에는 한인 교포가 많이 살아서 '리틀 코리아'라고 불렸지만, 최근에는 '서양 속 북한'이라는 새로운 별명이 생겼습니다. 대한민국을 제외하고 가장 많은 탈북자들이 거주하기 때문입니다. 우리는 학교에서, 교회에서, 직장에서, 식당에서 함께 만나고 생활하므로 북한 사람에 대한 편견이 없습니다. 이런 환경에서 자란 제가 바로 진정한 통일 차세대인 것입니다.

여러분, 중유럽과 동유럽을 지배하는 자가 세계를 지배한다는 말을 들어보셨습니까? 지금은 이 유라시아를 연결하는 철도가 북한에 의해 막혀 있지만 우리나라가 통일이 된다면 북한을 지나 러시아, 중국을 거쳐 유럽으로 뻗어나가는 통일 한국이 될 것입니다.

저는 지금 이런 꿈을 꿉니다. 남과 북이 통일이 되어 친구 선희가 북한에 있는 가족과 친구들을 만나는 꿈, 영국에서 기차를 타고 시베리아 벌판을 가로 질러 한국에 계신 할아버지, 할머니를 만나러 가는 꿈 말입니다. 그때는 우리 대한민국이 세계의 오직 하나뿐인 분단국가라는 오명을 씻어버리고 세계를 지배하는 나라가 될 것입니다.

우리 모두 최강 한국, 하나 된 한국으로 가게 될 당당한 통일의 주인공이 되어보자고 이 연사 소리 높여 힘차게 외칩니다.

내 이름표, 대한민국

서동민 / 폴란드

여러분, 이것이 무엇인지 잘 아실 겁니다. 네, 대한민국 여권입니다. 어느 나라 사람인지, 이름은 무엇인지 알 수 있는, 제 이름표입니다. 저는 다섯 살 때 여권을 처음 받았습니다. 그 여권을 들고, 온 가족이 아빠의 해외 발령지로 가는 비행기에 올랐습니다.

우리 가족이 간 곳은 '남아프리카공화국'이었습니다. 어디인지도 모르고 '아프리카'에 간다고 하니 마냥 신났습니다. 저는 사자·코끼리·코뿔소 같은 야생동물과 한 동네에서 살 줄 알았습니다. 그래서 동물 친구들을 그리기 위해 스케치북도 챙겨갔습니다. 하지만 그곳엔 야생동물 대신, 저와는 생김새가 다른 사람들만 살고 있었습니다. 말이 통하지 않는 저에게 유치원은 감옥 같았습니다. 매일 아침 유치원 문 앞에서 엄마 다리를 붙들었습니다. 틈만 나면 '집'에 가자고 떼를 썼습니다.

네, 그곳은 저에게 '우리 집'이 아니었습니다. 우리 집은 한국에 있었습니다. 우리 집으로 돌아가고만 싶었습니다. 집을 떠난 여행은 5년이나 걸렸습니다. 국제학교에 다니면서 영어도 익숙해졌고, 그곳 생활에도 완전히 적응할 때쯤, 긴 여행이 끝나 드디어 '집'으로 돌아왔습니다. 초등학교 3학년, '초딩' 인생이 시작됐습니다.

한국 학교에서 처음 본 사회시험에 이런 문제가 나왔습니다.

"죽은 사람을 왜 화장할까요?" 오히려 제가 묻고 싶었습니다. '왜 죽은 사람한테 화장을 하지?'

무척 당황했습니다. 결국 저는 '죽어서도 예쁘게 보이고 싶어서'라고 답을 썼습니다. 당연히 틀렸습니다. 외국에 오래 살다 보니 처음엔 한국말이나 한국 생활이 어색하기도 했습니다. 하지만 학교 문 앞에서 엄마 다리를 붙들지는 않았습니다. 방과 후에는 컵떡볶이를 즐기며 한국 '초딩'의 소소한 행복도 알게 됐습니다.

그토록 바랐던 한국 생활 1년 만에, 또 다른 긴 여행을 떠나게 됐습니다. 2014년에 아버지께서 이번엔 폴란드로 발령을 받으셨지요.

폴란드에서도 벌써 6년째, 돌아보니 저는 한국보다 외국에서 더 많이 살았습니다. 어렸을 땐 '집'에 가자고 '떼'를 썼지만, 지금은 '집'에 돌아갈 준비를 하려고 '애'를 씁니다. 여기서는 스케치북과 컵떡볶이도 아닌 펜을 들었습니다. 한국에 돌아가도 어색하지 않도록, 한국에 대한 공부도 다른 공부 못지않게 열심히 하고 있습니다. 한국 학교 공부도 하고, 미디어를 통해 한국 사회가 변화하는 모습도 꾸준히 지켜보고 있습니다. 덕분에 저는 '우리 집', 대한민국을 좀 더 깊이 이해하게 됐고 자긍심도 더 높아졌습니다. 이제는 우리 집이 마음속에 지어져 있고, 제 가슴에는 항상 '대한민국', 제 이름표가 걸려 있습니다.

여러분, 저 서동민, 여러분께 자신 있게 말씀드릴 수 있습니다. 세계 어디서라도 항상 마음속 '우리 집', 대한민국에 살겠습니다. 그리고 바르고 당차게 자랑스러운 제 이름표를 빛낼 것입니다!

감사합니다!

우리나라 대한민국

쥬세삐 나혜원 / 이탈리아

안녕하세요? 저는 이탈리아 로마에 사는 쥬세삐 나혜원입니다.

제가 이탈리아 사람들에게 "한국에 대해서 알고 있습니까?"라는 질문을 한다면 어떠한 대답을 할 것 같습니까? 많은 이탈리아 사람은 북한의 김정은에 대해서 이야기할 것입니다. 그리고 자동차와 핸드폰을 떠올리며 현대와 삼성에 대해서 이야기를 할 것 같습니다. 아마도 이탈리아 젊은이라면 케이팝에 대해서도 이야기할 수 있습니다. 이러한 대답들은 아직 우리나라가 통일되지 못한 채 남한과 북한으로 분단된 나라이며 또한 세계 최고의 미디어 기술을 가지고 있다는 것을 보여 줍니다. 그리고 최근에는 한국의 대중문화가 세계적으로 확산되고 있다는 증거입니다.

저 개인적으로 더 욕심을 내자면 우리나라의 역사도 알릴 수 있는 많은 기회가 있었으면 좋겠습니다. 우리나라의 공식 명칭은 대한민국입니다. 1919년 3월 1일, 우리나라 방방곡곡에서 태극기를 휘날리며 대한독립만세를 부르며 독립을 위한 3·1운동이 펼쳐졌습니다. 그해 4월 11일 대한민국 임시정부가 수립되었고 대한민국이라는 명칭이 사용되기 시작했습니다.

6·25전쟁이 발발하고 38도선을 경계로 국토가 분단되어 오늘날까지 남한과 북한으로 나누어져 있습니다. 어릴 적 한국에 갔을 때 통일전망대를 방문한 적이 있습니다. 전망대 앞쪽으로 펼쳐지는 들판은 갈 수가 없다고 했습니다. 그때는 왜 그곳이 갈 수가 없었는지 이해하지 못했습니다. 통일이 되면 그 들판을 지나 북쪽에 가보고 싶습니다.

2월에 제가 다니는 고등학교에서 다양한 주제를 선택하여 학생들이 직접 참가하고 준비한 자료를 다른 학생들에게 소개하는 문화행사가 있었습니다. 저는 같은 학교에 다니는 선배 언니와 함께 우리나라 대한민국을 소개하는 전시물을 만들었습니다. 학생들이 몇 명이 올까 하고 두근거리는 마음으로, 우리들의 자료를 소개했습니다. 그리고 기대 이상으로 많은 학생들이 참석했습니다. 우리들은 한국의 역사·한글·문화·음식을 설명했습니다.

우리나라의 역사가 단군 왕검이 세운 고조선이 최초의 나라이고 그 시기가 기원전 2333년이라고 설명하니 로마 건국시기보다 훨씬 더 이전이라며 모든 학생이 놀라워했습니다. 우리나라의 언어는 한국어이고 한글을 사용한다고 하니 한국어와 한글을 배우고 싶다고 했습니다. 이 작은 우리들의 전시를 통해서 많은 이탈리아 학생이 한국에 대해 관심을 갖게 되고 더 알고자 하는 것을 느낄 수 있었습니다. 저는 우리나라를 알릴 수 있는 기회가 더 많아 지기를 바랍니다. 그래서 다음에 제가 사람들에게 한국을 아느냐고 질문을 하면 단군, 한글, 3·1운동에 대해서 안다고 하는 이탈리아 사람들이 많았으면 좋겠습니다.

2019년은 우리나라 대한민국의 건국 100주년이 되는 해입니다. 3월 2일 제가 다니고 있는 로마한글학교에서 3·1운동 100주년 기념 연 날리기를 했습니다. 모든 학생이 정성 들여 예쁘게 연을 만들었습니다. 저는 연 위에 대한민국이라는 글자를 크게 써놓았습니다. 콜로세움 앞에서 우리들은 힘껏 연을 날렸습니다. 태극기가 그려진 연들과 '대한민국'이 쓰여진 연들이 콜로세움을 배경으로 휘날렸습니다. 한 사람 한 사람이 외치던 '대한독립만세'의 목소리가 큰 함성으로 울려 퍼졌습니다.

3·1운동 때 외치던 대한독립만세가 바람을 타고 다시 로마에 되살아 펼쳐진 듯했습니다. 작은 힘이 모아져 큰 힘이 됩니다. 작은 소리가 모아져 큰 함성이 됩니다. 우리나라 대한민국은 큰 힘의 나라, 큰 함성의 나라입니다. 저는 힘과 소리의 역할을 다하는 대한민국의 한 사람으로 살고 싶습니다.

감사합니다.

숭고한 사랑

이보미(엘리사 가스탈디) / 스페인

여러분, 2002년 월드컵, 우리 붉은 악마들의 거리 응원을 기억하시나요? "대한민국 ……", "대한민국 ……", "대한민국 …….."

한밤중 거리를 가득 메운 관중이 태극기를 들고 열광적으로 응원하는 모습은 전 세계를 감동케 했었죠. 21세기 현재 우리는 우리의 국호인 '대한민국'을 응원 구호로 외치며 즐겁게 축구경기를 관람하는 시대에 살고 있습니다. 하지만 우리 국호인 대한민국 첫 외침의 탄생은 그렇게 즐겁지도, 더구나 자유롭지도 못했습니다.

때는 1919년 3월 1일 탑골공원. 대한독립만세를 목이 터져라 외치며 잔인한 일제의 총칼 앞에서 손에 무기가 아닌 태극기를 들고 항거하다가 죽어간 젊은이들이 있었습니다.

그들은 며칠 전부터 가슴에 품어온 독립선언서를 꺼내 들고 "우리는 독립한 나라이며 자주적인 민족임을 선언한다"라고 공표한 뒤 일제히 "대한독립만세"를 외치기 시작했습니다. 그날 그들의 용기는 3·1운동의 불씨를 지폈고 순식간에 거대한 불길이 되어 전국적으로 퍼져 나갔습니다.

그리고 그 불꽃의 중심에 흰 저고리, 검은 치마, 검은 댕기를 맨 소녀들도 있었습니다. "더 이상 울고만 있을 수는 없다!" 그리고 학교마다 생겨나는 소녀들의 비밀결사대!

어느 날 동급생 언니들이 들고 온 보따리 안에는 독립선언서가 있었습니다. 소녀들은 독립선언서를 베끼며 태극기를 그리기 시작했습니다. 몇 번밖에 보지 못한 태극기를 떠올리며 사괘를 몰라 아무렇게나 그린 태극기는 우리나라의 국기가 되었습니다.

밤을 새우며 눈에 띄는 모든 종이에 그린 태극기를 장롱 속 깊이 숨겨 두었다가 집집마다 돌리며 어린 동생들에게는 "오늘은 절대 나가지 마라"라는 당부도 잊지 않았습니다.

그렇게 소녀들은 태극기를 휘날리며 시위에 나섰습니다. 소녀들은 체포되었고 일본 경찰들은 소녀들을 다그쳤습니다. "독립만세를 부르자는 생각은 어디서 났는가? 누가 이런 생각을 너희 머릿속에 넣어주었나?"라는 질문에 대답하는 한 소녀가 있었습니다. "왜 우리가 선생님 조종을 받지 않고는 못 나온단 말이에요? 조선 사람은 삼척동자도 나라를 사랑할 줄 알아요!"

그 소녀의 이름은 김정애, 그 당시 나이 열네 살이었다고 합니다. 3·1운동으로 이름도 알려지지 않은 많은 소녀들이 모진 고문으로 소중한 목숨을 잃었습니다. 소녀들은 하나밖에 없는 아까운 목숨을 버리면서 대단한 것을 바라지 않았습니다.

그저 우리끼리 한국말로 사랑한다고 말할 수 있는 자유! 그 당연한 권리를 주장했던 것입니다. 어린 영혼들의 이 작은 소망은 대한민국 민주주의 탄생을 낳는 엄청난 기적을 일으켰습니다.

대한민국은 이렇게 간절한 외침으로 탄생한 소중한 나라입니다.

하지만 요즘 저는 김치녀, 한남, 헬조선이라며 서로를 비난하고 비하하는 부끄러운 글을 인터넷에서 종종 봅니다. 그때마다 저는 눈을 감고 그날의 함성을 떠올려봅니다.

포기할 수 없는 역사

최한나 / 독일

"우리는 여기에 우리 조선이 독립된 나라임과 과 조선 사람이 자주적인 민족임을 선언하노라." "불쌍한 아들, 딸들에게 부끄러운 유산을 물려주지 않으려면, 자자손손 길이 완전한 행복을 누리게 하려면, 겨레의 독립인 것을 뚜렷하게 하려는 것이다." "대한독립만세! 대한독립만세!"

지금으로부터 100년 전 1919년 3월 1일 기미년 수많은 선조가 군홧발에 찍히고 총칼의 위협을 받으며 '대한독립만세'를 목이 터지도록 외쳤던 민족의 외침, 독립선언문의 일부입니다.

우리의 독립의지를 온 세계에 알리는 외침과 울부짖음이었습니다. 그 무자비하고 악랄한 군홧발과 총칼은 처참했습니다. 그러나 우리의 선조들은 일제에 굴하지도 않았지만 그들 또한 일제의 억압에서 벗어나려는 우리 선조들의 그 울부짖음까진 짓밟지 못했습니다.

"내 나라에서 만세시위를 하는 것이 무슨 죄요? 오히려 죄 없는 내 나라를 침략하고 강제로 억압하는 당신들이 죄입니다." 유관순 열사가 죽어가며 외친 말입니다. 우리의 선조들은 그 어떤 아픔과 희생을 두려워하지 않았으며 그들의 목숨을 바쳐가며 지금 우리에게 이런 모습의 삶을 안겨주기 위해 스스로를 희생했습니다.

독일에서 태어나고 자란 저는 외국어 고등학교를 다녀서 나름 한국어, 독일어, 영어, 프랑스어, 스페인어를 제법 할 줄 압니다. 그러나 대한민국의 역사를 전혀 모른 채 살고 있었습니다.

그런 저에게 2018년 여름 KBS 통일 골든벨 프로그램에 참여할 수 있는 기회가 있었습니다. 받아 본 문제집의 첫 장을 넘기고 둘째 장을 넘기고…… 한숨과 걱정만이, 아는 문제보다 모르는 문제가 훨씬 많았기 때문입니다. 그러던 중 한 문장이 제 눈에 들어왔습니다. 그것이 바로 "역사를 잊은 민족에겐 미래는 없다"라는 신채호 선생님의 말씀이었습니다.

지금까지 저는 검은 머리의 독일 사람인 줄 알았습니다. 통일 골든벨 참가를 계기로 저의 뿌리에 대해 고민이 생겼습니다.

나는 누구일까? 나의 역사는 어떤 것일까?

잊어버린 나의 역사는, 그렇다면 미래가 없는 걸까? 역사는 바로 나의 미래를 말해 주고 대비해 주는 원동력임을 깨닫게 되었고, 그 깨달음이 저를 이 자리까지 이끌어주었습니다.

우리의 역사는 찬란하게 빛나기도 했지만 이렇게 외세와 일제에 의해 처참하게 일그러지기도 했습니다.

우리는 우리의 역사를 더 이상 회피하지 말고 바로 알아야 합니다.

안중근 의사가 당긴 그 권총의 방아쇠는 단지 이토 히로부미에게만 겨냥한 것이 아닌, 우리를 유린하고 집어삼키려 했던 일본제국의 야만적인 행동과 비인간적인 처사에 대한 우리 민족 모두가 함께 쏜 방아쇠였습니다.

왜냐하면, 그분들은 우리에게 부끄러운 유산을 물려주지 않으려고 했던 것이었습니다. 피를 흘리며, 감옥에 끌려가 온갖 고초를 당하여도 사랑하는 민족과 후손을 위해 희생한 그들이 있었기 때문입니다.

우리는 더 이상 그들을 외면해서는 안 됩니다. 우리의 역사를 알아야합니다. 역사는 사실입니다. 그 사실은 우리의 마음대로 붙였다 뗐다 할 수 없습니다.

우리 또한 언젠가 또 다른 세대의 선조가 될 것이며 그들에게 더 나은 미래와 삶을 물려줄 의무와 책임이 있습니다.

독립 이후 6·25전쟁으로 인해 다시 한 번 모든 것을 잃어버렸고, 가장 못

살던 나라에서 빠른 경제성장과 민주화를 이루고 세계의 중심 그리고 리더 국가가 되어 다시 일어설 수 있었던 것은 그들이 역사를 잊어버리거나 포기하지 않았기 때문입니다. 그 역사에는 지혜와 교훈, 슬픔, 감동, 사랑, 정, 한, 기쁨 등이 담겨 있습니다.

한 나라를 이루는데, 사람이 사람답게 살아가는데 위의 한 가지라도 없어서도 안 되지만 또한 대신해 줄 수 있는 것은 없다고 생각합니다. 일본은 우리의 민족말살정책으로 한국어 대신 일본어를 쓰게 하며 부단히도 노력했습니다. 그러나 우리의 선조들은 우리의 언어 한국어를 포기하지도 잊어버리지도 않았습니다. 오늘 우리가 이렇게 모국어인 한국어로 웅변대회를 할 수 있었던 것은 위대한 우리 선조들의 덕분입니다.

여러분!

100년 전의 '대한민국만세' 그 울림이 이 작은 우리의 가슴에 아직도 메아리쳐 울립니다. 이 울림이 더욱 크게 울려 우리의 친구, 우리의 후손에게 전해질 수 있도록 여러분 모두 함께합시다.

'대한민국만세!'

대한민국, 만세! 불가리아, 만세!

오준석 / 불가리아

안녕하십니까? 저는 불가리아, 소피아한글학교에 다니고 있는 오준석이라고 합니다. 이곳에 계신 많은 분들께서는 해외에 살고 계시죠? 그런 여러분에게 한국인이 아닌, 외국인이 3·1절의 의미에 대해서 물어본다면 여러분은 바로 답하실 수 있을까요?

저는 얼마 전 학교에서 있었던 저의 경험을 나누어 보려고 합니다.

저는 불가리아에서 불가리아어로 공부하며, 현지 학교를 다니고 있습니다. 3·1절 즈음하여 역사 수업시간에 있었던 일입니다.

선생님께서 들어오시더니 저의 이름을 부르셨습니다. 그러시곤 저에게 3·1절에 대해서 이야기해 줄 수 있냐고 물으셨습니다. 의미야 알고 있었지만 갑작스런 선생님의 질문에 저는 적잖이 당황하였습니다. 결국 저는 대답을 하는 둥 마는 둥 얼버무리며 그저 독립을 위한 시민들의 운동이었다고만 간단히 말씀드렸습니다. 선생님께서는 한국의 3·1운동에 대하여 우리에게 설명을 해주셨습니다.

1919년 3월 1일 나라의 독립을 위해 어린 여학생들부터 일반 시민들이 함께 한 평화, 자주적 독립운동이었다고 말씀해 주셨습니다. 그러시면서 선생님은 한국이 일본에 의해 35년간 나라를 잃고 빼앗겼던 것처럼 불가리아도 터키에 의해 주권을 빼앗기고 무려 500년 가까이 통치를 받았던 시절이 있었음을 말씀해 주셨고 한국과 같이 자주적 독립운동이 시작된 중요한 날이 있음을 알려주셨습니다.

바로, 1876년 4월 20일에 있었던 사건인데요, 이 사건 또한 불가리아 독립의 구심점이 되는 사건으로 그 당시 수많은 희생자를 낳은 가슴 아픈 날이었지만 얼마 지나지 않아 불가리아의 독립에 큰 영향을 끼친 러시아-터키 전쟁에 시발점이 된 날로 불가리아 사람들은 매년 그날을 중요한 날로 기억하고 기리는 날이라고 하셨습니다.

그러시면서 한국과 불가리아가 외세에 의해 통치를 받았었으나 그 기상을 잃지 않고 끝까지 자국의 주권 회복을 위해 애쓰고 포기하지 않았고 또한 그 밑바탕에는 자국을 지키기 위한 자발적인 시민들의 움직임이 큰 역할을 하였다고 하셨습니다.

이 사실을 그때 알았냐고요? 물론 아닙니다. 그러나 선생님께서는 이 두 사건을 이야기해 주시면서 한국인들과 불가리아인들은 독립을 향한 의지가 정말 강했던 점과 나라를 위해 목숨을 바치는 것을 두려워하지 않았다는 점 등 두 나라는 많은 부분이 닮았고 또 비슷한 역사와 아픔이 있기 때문에 서로 더 공감하고 이해해 줄 수 있다고 말씀해 주셨습니다.

외국인에게 듣는 우리나라의 역사! 여러분! 그 당시 저의 마음이 어떠하였을지 혹시 상상이 가시나요?

네, 저는 저의 선생님이, 그리고 제 친구들이 저의 모국인 대한민국의 이야기를 알고 있고 함께 나누는 그 상황이 참 기분 좋기도 하면서 무언가 새로운 마음가짐을 갖게 했던 시간이었습니다.

왜냐하면 그저 학문으로서의 역사 지식이 아닌, 진정으로 타 문화와 역사를 이해하고 소통하려 했던 그 수업시간이 저에게 많은 가르침을 주었기 때문입니다.

사실 저는 불가리아에서의 삶이 만족스럽지만은 않았습니다. 대한민국과 불가리아의 많은 것을 비교하게 되었고, 왜 이곳은 우리나라만큼의 삶의 수준을 이루지 못했을까 하는 아쉬움이 늘 있었습니다.

그러나 이 수업시간에 제가 깨닫게 된 것은 나에게 대한민국이 소중하듯이 불가리아인들에게는 그들이 목숨 걸고 지켰던 역사와 문화가 있다는 것이었습니다. 그러했기에 그런 사실을 잘 인지하지 못한 채, 그들의 역사와 문화를 함부로 평가했던 저 자신이 부끄러웠습니다. 제가 해외에 살면서 갖게 되는 바람직한 자세는 이해 없는 평가가 아니라 함께하는 마음이었습니다.

우리 역사선생님께서 그러하셨던 것처럼요. 너와 나는 평가의 대상이 아니라 함께 역사와 문화를 공유할 수 있는 지구촌 공동체임을 인식하고 나아가야 한다는 것을 다시 한 번 깨달았습니다.

1919년의 삼일절은 저에게 오랫동안 기억에 남을 중요한 날이 되었음을 이 자리에서 함께 나누고 싶었고 그러한 저의 결의를 여러분 앞에 굳게 보여드리고 싶었습니다.

여러분은 저의 개인적인 사건을 들으신 청중이기도 하지만 제가 앞으로 바람직한 지구촌 공동체의 일원으로서 살아가겠다는 다짐의 시간을 보아주신 증인들이기도 하십니다.

저의 미래를 기대해 주십시오. 마지막으로 삼일절을 맞아 제가 간단한 삼행시를 지어보았습니다. 여러분께서 첫 운을 떼어주시겠습니까?

(삼) 35년이라는 긴 시간 동안

(일) 일제의 탄압에 맞서 싸우신 모든 분들의 희생을

(절) 절대 잊지 않겠습니다. 감사합니다. 대한독립만세!!

감사합니다.

독도는 우리 땅

케찌아 코르프 / 오스트리아

울릉도 동남쪽 뱃길 따라 이백 리 외로운 섬 하나 새들의 고향. 그 누가 아무리 자기네 땅이라 우겨도 독도는 우리 땅 우리 땅!

안녕하십니까! 비엔나한글학교 6학년 케찌아 코르프입니다.

저는 오늘 대한민국의 독도에 대해 여러분에게 알려드리려고 이 연단에 섰습니다.

여러분! 대한민국의 아름다운 영토! 독도를 아십니까? 경상북도 울릉군 울릉읍 1-96번지에 위치한 독도는 1982년 11월 문화재청 천연기념물 제336호로 지정되어 있는 섬입니다.

동경 137, 북위 37, 평균기온 12도, 강수량은 1,800mm, 독도는 우리나라 땅입니다. 독도는 울릉도, 제주도보다 훨씬 오래된 화산섬입니다.

우리나라 동쪽 제일 끝에 위치한 섬으로 동도와 서도 2개의 바위섬과 주위의 약 89개의 크고 작은 섬들로 이루어져 있습니다.

그리고 특이한 화산지형으로 풍부한 천연자원이 무지 많아요. 특히, 우리 엄마가 좋아하는 해산물! 오징어, 꼴뚜기, 대구, 명태, 홍합, 연어알도 많아요.

여러분! 독도는 보기에 아주 작은 섬으로 보이지만, 밑바닥의 지름 25km, 수심이 약 2,000m가 넘을 것으로 추정되고, 전문가들은 독도를 세계적인 '야외 지형 박물관'으로 부르고 있습니다. 그렇기 때문에 우리는 반드시 독도를 지켜야 합니다.

여러분! 이젠 전 국민이 한자리에 모여 '독도는 우리 땅'이라고 큰 목소리로 외쳐야 할 때입니다.

어제도 오늘도 그리고 내일도 독도는 언제나 우리 땅입니다. 우리 모두 대한민국의 독도를 사랑합시다. 독도는 누구 땅입니까? 우리 땅입니다.

지증왕 13년 섬나라 우산국

세종실록지리지 50쪽 3째줄

하와이는 미국 땅

대마도는 조선 땅

독도는 우리 땅, 우리 땅!

나라를 사랑하는 노래

마르코 아우렐리오 가스탈디(이율) / 이탈리아

안녕하십니까?

저는 이탈리아에서 온 마르코 아우렐리오입니다. 한국 이름은 이율입니다. 저는 기계체조 선수입니다. 제가 어렸을 때 부모님께서 축구공을 사주셨는데 저는 공을 차지 않고 공을 들고 구르기만 했다고 합니다.

그렇게 구르기와 물구나무서기를 좋아하는 저를 아버지께서 체육관에 데려가셨고, 그때부터 체조를 배우게 됐습니다. 그리고 체조를 시작한 지 6개월 만에 선수로 뽑혔습니다. 또 작년에는 라치오주 주니어 남자 개인전에서 2위를 했습니다.

저의 꿈은 올림픽에 나가는 것입니다. 저는 올림픽에 두 번 이상 나가고 싶습니다.

한 번은 이탈리아 국기를 달고 또 다른 한 번은 태극기를 달고 금메달을 따고 싶습니다. 저는 금메달을 목에 걸고 애국가를 부르는 상상을 합니다. "동해물과 백두산이 마르고 닳도록 하느님이 보우하사 우리나라 만세. 무궁화 삼천리 화려강산. 대한 사람 대한으로 길이 보전하세."

여러분, 여러분께서는 애국가를 부르면 어떤 느낌이 드십니까? 혹시 가슴 속에서 뜨거운 감정이 올라오는 느낌이 드십니까? 그렇다면 여기 있는 여러분들은 모두 다 애국자이십니다.

애국가는 '나라를 사랑하는 노래'라는 뜻입니다.

그리고 이 아름다운 노래는 우리나라의 슬픈 역사가 있습니다. 우리나라는 35년간 일본에 나라를 빼앗기고 자유를 잃어버린 아픔의 시간이 있습니다.

그때 많은 사람들이 애국가를 부르며 위로를 받고 희망을 가졌다고 합니다.

처음에는 애국가 가사를 스코틀랜드 민요 〈올드 랭 사인(Auld Lang Syne)〉에 넣어 부르다가 1935년 안익태 선생님께서 지금의 애국가를 완성하셨다고 합니다. 그리고 제가 지금 서 있는 이 아름다운 섬 마요르카는 안익태 선생님과 깊은 인연이 있습니다. 그래서 이곳에서 여러분과 같이 부른 애국가가 저에게 더 특별하게 느껴집니다.

만약 제가 올림픽에서 금메달을 딴다면 오늘 여러분과 같이 부른 애국가를 기억하겠습니다.

또한 독립을 위해 수고하신 위대한 희생도 기억하겠습니다.

저는 아름답고 소중한 우리 애국가가 올림픽에서 자주 울려 퍼졌으면 좋겠습니다.

저는 그러기 위해서 노력할 것이며 자랑스러운 대한민국을 세계에 빛낼 것을 이 연사, 여러분 앞에 약속드립니다.

3 · 1독립만세와 유관순

엘리샤 와그너 / 스위스

오등은 자에 아, 조선의 독립국임과 조선인의 자주민임을 선언하노라.

안녕하십니까. 지금 이 대목은 1919년 3월 1일에 발표한 독립선언서의 한 구절입니다.

3월 1일 하면 제일 먼저 생각나는 유관순 열사의 이야기 중 우리들이 잊지 말아야 할 중요한 내용을 말씀 드립니다.

유관순은 17세 학생으로 독립선언서가 발표되던 종로에서 만세를 외치다 일본군의 무자비한 진압을 보고 다음 날 이화학당 학생들과 다시 독립만세를 외치다가 붙잡혔지만 기독교 선교사들이 어린 학생들의 석방을 요구해 곧 풀려나 고향인 충청도로 내려와 학교와 교회를 찾아다니며 동지를 모았고 농민들에게도 시위 참가를 권유하며 밤마다 거사에 필요한 태극기를 만들었습니다.

4월 1일 아우내장터엔 약 3,000명의 군중이 모인 가운데 유관순은 독립선언서를 낭독했고 평화적으로 독립만세를 외치며 장터를 순회하던 중 일본경찰들의 무자비한 총칼의 휘두름에 부상을 입고 붙잡혀 공주감옥에 갇혀 고문을 받으며 재판에 섰지만 끝까지 의연함을 잃지 않고 "나는 한국인으로 일본인에게 재판을 받을 수 없다"라고 항변하였지만 법정은 5년형을 선고한 후 서울 서대문형무소로 이감시켜 고문을 계속하였습니다.

그러던 중 1920년 3월 1일 독립선언서 발표 1주기를 맞아 유관순은 감옥 안에서 또다시 독립만세를 외치며 숭고한 민족의 혼을 불살랐습니다.

"대한독립만세."

1920년 9월 28일 유관순은 모진 고문에 장기가 파열되어 옥중에서 순국하셨습니다. 이때 나이가 열여덟 살이었습니다.

유관순은 죽음에 임해서도 굴하지 않은 뜨거운 애국심과 독립을 향한 마지막 유언에 많은 사람들은 눈시울을 적셨습니다.

내 손톱이 빠져나가고 내 귀와 코가 잘리고 내 손과 다리가 부러져도 그 고통은 이길 수 있으나 나라 잃어버린 고통만은 견딜 수가 없습니다.

나라에 바칠 목숨이 오직 하나밖에 없는 것만이 이 소녀의 유일한 슬픔입니다. 전 유관순 열사의 이야기와 영상을 보고 엄마 나라의 아픈 역사를 알게 되었고 만약 저였으면 어찌했을까 생각해 보았습니다.

'아마 무서워서 꼼짝도 못했을 텐데…….'

이런 유관순과 같은 수많은 열사분의 나라 사랑은 너무나 자랑스러웠습니다.

감사합니다.

100년 된 선물

정 다니엘 / 폴란드

얼마 전이 제 생일이었습니다. 저는 이번 생일에 정말 받고 싶은 선물이 두 개 있었습니다. 드론과 자전거였습니다. 엄마, 아빠한테 어떤 걸 사달라고 할까 고민하다가 좋은 생각이 떠올랐습니다.

여러분, 제 생일은 두 개입니다. 폴란드 생일은 3월 7일인데, 한국 생일은 3월 8일입니다. 제가 폴란드에서 태어날 때 한국은 벌써 다음 날이었습니다. 한국 생일 때 드론을 받고, 폴란드 생일 때 자전거를 받고 싶다고 엄마한테 말했습니다. 엄마는 당연히 안 된다고 했습니다. 아빠한테도 똑같이 말했습니다. 아빠는 크게 웃으시면서 안 된다고 했습니다. 아빠 말씀이, 선물은 달라고 하는 게 아니랍니다. 주는 사람이 고르는 거랍니다. 여러분, 꼭 100년 전 우리 할아버지, 할머니들이 우리에게 골라 준 선물이 있습니다. '대한독립만세.' 일본 군인들아 물러가라, 여기는 우리 땅이다! 평화롭게 살고 싶다! 자유롭게 살고 싶다! 그런 뜻이라고 배웠습니다. 일본 군인들은 태극기를 들고 있는 사람의 팔을 칼로 잘랐습니다. 그래도 그 사람은 다른 팔로 태극기를 들고 만세를 외쳤습니다. 일본 군인들이 총을 쏴도 그냥 만세만 외쳤습니다. 많은 사람들이 피를 흘리면서 쓰러졌습니다.

여러분, 여러분이 일본 사람이라면 그런 일본 군인 할아버지가 자랑스럽습니까?

저라면 부끄러워서 도망칠 것 같습니다. 그러면 우리 할머니, 할아버지는 자랑스럽습니까? 네, 여러분처럼 저도 우리 할머니, 할아버지가 너무 자랑스럽습니다. 도둑들을 쫓아내고 우리 땅을 지켰으니까요.

여러분, 저는 이번 생일에 벌써 선물을 두 개나 받았습니다. 우리 땅, 그리고 자랑스러운 역사. 꼭 100년 전에 할머니, 할아버지가 주신 선물입니다.

할머니, 할아버지 고맙습니다! '대한독립만세!'

3·1독립운동과 나

프란체스코 피나찌 / 이탈리아

 안녕하세요? 저는 이탈리아에 살고 있는 아홉 살 프란체스코 피나찌입니다.

저는 이 발표를 위해 삼일운동에 대한 많은 이야기들을 읽었습니다. 그리고 과거 일본이 한국에 어떤 일을 했는지 배웠습니다. 또한 100년 전 한국에서 삼일운동을 해야 했던 이유를 알게 되었습니다.

100년 전, 민족대표들은 한국의 독립을 알리기 위해 독립선언문을 만들고, 만세운동을 준비하였습니다. 그리고 그날 놀라운 일이 일어났습니다. 전국의 수많은 사람들이 종로 탑골공원으로 모여든 것입니다. 모두들 이 나라의 주인이 누구인지 보여 주기 위해 스스로 모여든 것입니다. 삼일운동은 저와 같은 사람들이 이루어낸 소중한 역사입니다. 한국의 주인은 우리 모두입니다. 우리는 언제, 어디서나 한국을 사랑하고 도와야 합니다.

저는 외할아버지, 할머니가 살고 있는 한국을 너무 좋아합니다. 한국은 여러 분야에서 발전하였고 지금은 평화를 위해 노력하고 있습니다. 하지만 이런 한국을 모르는 사람들이 많이 있습니다. 그래서 저는 친구들에게 한국과 한국어를 소개했습니다. 저처럼 전 세계에 살고 있는 사람들이 한국을 사랑했으면 좋겠습니다.

마지막으로 저도 100년 전 한국 사람들처럼 용기 있고 정의로운 사람이 되기 위해 열심히 공부하고 바르게 살겠습니다.

감사합니다.

제7회

자랑스런 한국

이수리 / 스페인

안녕하세요. 저는 스페인에서 온 이수리입니다. 이 대회에는 두 번째 출전하는 거예요. 작년에는 온몸이 떨리고 부끄러워서 말을 잘 못했어요.

지금도 많이 떨리지만 작년보다는 좀 더 잘할 수 있을 것 같아요.

저는 스페인 발렌시아 지방에서 태어났어요. 제 아빠도 저처럼 한국 사람이지만 스페인에서 자랐어요.

그래서 아빠와 저는 함께 한글학교에 다녀요.

엄마가 가끔 말씀하세요.

제가 아빠보다 한국말을 더 잘한다고요. 참, 우리 엄마는 한글학교 선생님이에요.

그러면 아빠가 말씀하세요.

"수리가 한국말을 잘 하는 건 다 '뽀로로의 힘!'이다. 내가 어렸을 때 뽀로로가 있었다면 나도 수리처럼 말을 잘했을 거다." 뭐, 믿거나 말거나! 중요한 건 엄마랑 아빠랑 함께 한글학교에 다니는 게 참 좋다는 거예요. 한글학교에는 스페인 친구들도 있어요. 어느 날 친구인 디에고가 말했어요.

디에고는 한국을 좋아하고, 한국을 더 알고 싶어서 한국말을 공부한다고 했어요. 왜냐하면, 언어는 새로운 문화로 들어가는 문이라고 했어요. 그래서 한국말을 공부하는 게 재미있다고 했어요.

그 말을 듣고 저도 한국말을 배운다는 게 정말 자랑스러웠어요.

그리고 저는 아빠랑 태권도를 해요. 저희 할아버지가 스페인에서 태권도를 가르치셨어요. 그런데 할아버지가 하늘나라로 가셔서 저는 할아버지를 만나지 못했어요. 저는 태권도가 참 좋아요. 왜냐하면, 태권도를 할 때 제가 용감해지는 것 같아요. 태권도 품새 시합에 나가서 상도 받았어요. 저 잘 했지요! 그리고 저는 매운 한국 음식도 좋아해요. 특히, 짬뽕이랑 김치가 좋아요. 엄마가 만들어준 김치전은 세상에서 최고로 맛있어요.

저의 스페인 친구들도 좋아해요. 끝으로, 한국말을 하는 뽀로로도 있고, 나를 지켜주는 태권도도 있고, 맛있는 음식도 많은 한국이 저는 너무 좋아요. 그리고 정말 대한민국이 자랑스럽습니다!

감사합니다.

독도

김하나 / 오스트리아

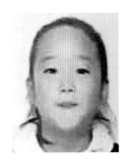 안녕하세요? 저는 비엔나한글학교 6학년에 다니는 김하나입니다.

저는 오늘 '독도'란 주제로 이야기를 해볼까 해요? 독도는 동해의 남서부, 울릉도와 오키제도(隱岐諸島) 사이에 있는 섬입니다.

동도와 서도를 포함한 총 91개에 크고 작은 섬들로 이루어져 있습니다. 일본에서는 독도를 '다케시마(竹島)'라고 부르며, 영유권을 주장하고 있습니다. 제3국에서는 중립적으로 리앙쿠르 암초(Liancourt Rocks) 등으로 부르고 있습니다.

일본에서는 이 섬을 대한민국이 불법으로 점거하고 있다고 항의하며 영유권을 주장하고 있어요.

한국에서는 1952년 당시 이승만 전 대통령이 평화선을 널리 알려 일본에 대해 강경하게 맞선 경우를 제외하고는 독도 문제에 대하여 대체적으로 조용한 외교정책을 취하고 있습니다. 여러분! 일본 사람들은 독도가 자기네 땅이라고 아직도 우기고 있습니다.

하지만 독도는 대한민국의 땅이 확실한데 인정하지 않고 고집을 피우는 일본이 저는 정말 이해가 되지 않습니다.

우리나라가 더욱더 힘을 가진 대한민국이 되어 전 세계가 인정하는 독도는 한국의 땅이 확실하다는 것을 알려주고 싶습니다.

대한민국

전혜린 / 오스트리아

안녕하세요. 저는 비엔나한글학교 3학년 전혜린입니다. 여러분! 세상에는 훌륭한 사람이 참 많이 있습니다. 그중에서도 죽어가는 사람의 생명을 구해 주시는 의사 선생님은 정말 훌륭한 사람이지요!

저는 작년 겨울 아주 특별한 의사 선생님에 관한 이야기를 들었습니다. 자유가 없는 북한을 탈출한 병사 한 분이 목숨을 걸고 남한으로 내려왔어요. 그런데 북한 사람들은 이 병사가 남한으로 가지 못하게 하려고 총을 쏘기 시작하여 5번이나 총을 맞았다고 해요? 그런데 우리 대한민국의 정말 훌륭한 의사 선생님께서 이 병사의 생명을 구해 주셨다고 합니다. 피를 많이 흘려서 거의 죽을지도 모르던 북한의 병사는 이 의사 선생님이 아니었다면 살 수 없을지도 몰랐을 거예요. 그러면 이 병사는 차라리 북한을 탈출하지 않는 편이 나았을 수도 있었겠지요? 정말 다행히 대한민국의 훌륭한 의사 선생님은 이 북한 병사를 살려 주셨어요! 우리나라는 왜 이렇게 남한과 북한이 서로 나뉘어 있을까요?

왜 남한과 북한은 목숨을 걸 만큼 위험하게 갈 수 없는 곳이 되었을까요? 이렇게 생각하면 마음이 아프지만 그래도 북한 병사를 살려 주신 의사 선생님을 생각하니까 대한민국 짱! 이런 생각으로 마음이 좋아졌어요. 그리고 우리 대한민국에서 평창동계올림픽만이 아니라 계속 한 팀이 되었으면 좋겠습니다! 우리가 한 팀이 되면 1등을 할 수 있는 운동경기가 더 많아져서 다른 나라 사람들이 분명히 부러워할 거예요! 제가 1등을 할 때마다 제 동생이 엄청 부러워하는 것처럼요! 우리가 한 팀이면 목숨을 걸고 남한으로 내려오는 사람도 없겠지요? 대한민국 한 팀! 우리는 한 팀! 한 팀인 대한민국을 사랑합니다! 감사합니다!

정이 넘치는 한국의 시장

나윤채 / 노르웨이

안녕하세요. 노르웨이 오슬로에서 온 나윤채입니다.

제가 오늘 이야기하고 싶은 주제는 정이 넘치는 한국의 시장입니다. 제가 아주 어렸을 때 살았던 아파트 근처에는 시장이 있었습니다. 그곳은 어린 저에게 참 신기한 곳이었습니다. 할머니와 함께 그곳을 둘러볼 때면 맛있는 냄새와 이상한 냄새를 동시에 맡을 수 있었습니다.

맛있는 냄새는 아빠가 제일 좋아하는 옛날 과자와 엄마가 좋아하는 빵들, 그리고 제가 제일 좋아하는 뻥튀기와 떡에서 나는 냄새였고요. 이상한 냄새는 제가 처음 본 생선과 해산물에서 나는 냄새였습니다. 할머니의 손을 잡고 시장에 갈 때면 이상한 냄새보다 좋은 냄새가 더 많이 났습니다. 할머니는 시장에는 사람 사는 냄새도 나고 정도 넘쳐서 참 좋다고 하셨습니다.

시장에서 장사하시는 할머니들은 아주 친절했습니다. 우리 할머니가 사는 것보다 덤으로 더 많이 주시기도 하고 어린 제가 아무렇지도 않게 과자나 떡을 집어먹어도 화를 내지 않으셨습니다. 아마 이런 것이 한국의 정이 아닐까요?

노르웨이에서 엄마를 따라 쇼핑을 가면 노르웨이 사람들은 어린이들에게 아주 친절합니다. 지나가다 눈이 마주치면 대부분의 어른들은 웃어주거나, 'Hei Hei!'라고 하면서 인사해 주십니다. 지금도 아기들이 지나가면 아기들을 참 예뻐해 주십니다.

하지만 이곳에서는 한국에서 태어나 자란 저에게 정 이란 것을 느끼기가

어렵습니다. 설명하기는 힘들지만 이곳에서는 가슴 따뜻한 정보다는 친절함
을 느끼게 됩니다.

엄마는 이곳에서도 예전에 제가 한국에서 많이 사 먹었던 한국 스타일의 꽈
배기, 팥빵, 소보로빵, 소시지빵, 핫도그 그리고 다양한 케이크를 제가 먹고
싶을 때는 언제든지 만들어주십니다.

저는 이런 엄마의 빵들을 먹을 때면 정보다는 사랑을 느끼게 됩니다. 한국
의 시장을 생각할 때면 가슴이 따뜻해지는 느낌을 가지게 됩니다. 이런 느낌
이 '한국의 정' 아닐까요?

올여름에 아주 오래간만에 한국으로 놀러가게 되었습니다. 그곳에서 할머
니와 함께 예전에 가봤던 시장에 가서 한국의 정을 듬뿍 느끼고 돌아오도록
하겠습니다.

나의 뿌리, 나의 열매

박시은 / 이탈리아

 **안녕하세요?** 저는 이탈리아 로마한글학교에서 온 박시은입니다. 저는 열 살이고 미국에서 태어났습니다. 그리고 아빠의 고향인 이탈리아로 왔어요. 사람들은 저에게 교포 3세라고 부릅니다.

저는 어릴 때부터 이탈리아 학교를 다녔지만 다행히 로마에도 한글학교가 있어서 한글도 배우고 한국어를 잊지 않고 삽니다. 게다가 집과 교회에서도 한국어를 쓰니 잊을 수가 없지요! 저희 할머니는 한국문화원에서 한글을 가르치는 선생님이시고, 할아버지는 태권도를 이탈리아에 가져오시고 전파하신 분입니다. 그런 저희 할아버지를 이탈리아 사람들은 '그란데 마에스트로'라고 부릅니다. 저는 해마다 여름이면 엄마의 가족들을 만나러 미국과 캐나다에 갑니다.

한번은 제 사촌들이랑 다 함께 TV로 올림픽 경기를 보고 있었습니다. 그때 미국·캐나다·이탈리아의 세 팀이 나왔어요. 미국에서 태어난 사촌 언니는 미국팀을 보고 "USA! USA!"라고 응원하고, 캐나다에서 태어난 사촌 언니랑 오빠는 캐나다팀을 보고 "캐나다! 캐나다!"라고 응원하고, 저는 이탈리아에 살고 있으니 이탈리아팀을 보고 "이탈리아! 이탈리아!"라고 응원했습니다.

그런데 그때 한국팀이 나온 거예요! 우리는 누가 먼저랄 것도 없이 한목소리로 힘차게 외쳤습니다.

"대~한~민~국~!" 우린 정말 어쩔 수 없는 한국 사람들인가 봐요! 얼마 전 엄마, 아빠와 여권을 신청하러 미국대사관에 갔습니다. 캐나다 여권을 가진 엄마, 이탈리아 여권을 가진 아빠, 그리고 미국 여권을 가진 저를 보시더니 영사님이 웃으시면서 말씀하셨어요. "와 …… 여러분 가족이야말로 진짜 유엔이네요?"

그렇습니다. 저희는 비록 국적은 다르지만 모두가 자랑스러운 한국인입니다. 저는 단 한순간도 제가 한국인이라는 것을 잊지 않습니다. 저는 이것이 바로 우리 이민 3세의 힘이라고 생각합니다. 할머니, 할아버지께서 새로운 땅에 '한국인'이라는 나무를 심으셨고, 우리는 그 땅에서 뿌리를 내리며 살고 있습니다.

그렇지만 제가 맺는 열매는 이탈리아의 비와 바람, 햇빛을 받으며 자란 '특별한 한국인'이라는 열매입니다.

저는 한국과 이탈리아의 문화를 공유하는, 그래서 그 누구보다도 양쪽의 문화를 가장 많이 사랑하고 가장 깊게 이해하는 '특별한 한국인'입니다. 저는 제가 이 '특별한 한국인'이라는 것이 정말 자랑스럽습니다. 그리고 이 자리에 함께 계신 여러분도 저와 같은 '특별한 한국인'입니다.

여러분! 이 특별함을 살려서 각자가 살고 있는 나라에서 우리 조국 대한민국을 더욱더 빛내는 사람이 됩시다!!

김치
많이 드시고 건강하세요

신효경 / 노르웨이

짜장면, 탕수육, 불고기, 양.념.치.킨.

새우깡, 홈런볼, 고래밥, 맛.동.산, 초코파이, 고깔콘, 보석바, 쭈.쭈.바. 꽈배기빵, 곰보빵, 붕어빵, 호빵, 호떡, 호두과자, 딸기우유, 바.나.나.우.유!!!!!!!!!!

여러분 지금 어떤 생각이 떠오르시나요? 혹시 꿀꺽 군침이 돌지 않으신가요?

그런데 왜 그럴까요? 왜냐하면 우리는 모두 자랑스러운 대한민국 사람이기 때문입니다.

저희 가족이 노르웨이로 이사 온 지 5년 동안 저희 할머니께서는 맛있는 한국 음식이 가득 담긴 선물상자를 자주 보내 주십니다. 그러면서 이렇게 말씀하시지요. "아니 …… 너희들은 노르웨이라는 선진국으로 이사했다면서, 거기는 그렇게 먹을 게 없냐?"

아니요. 노르웨이도 먹을 게 많이 있습니다. 하지만 한국 음식처럼 맛있는 음식은 절대 없지요.

저는 한국 음식이 세계에서 제일 맛있는 음식이라고 생각합니다.

한국 음식은 맛있을 뿐만 아니라 우리 몸에 아주 건강한 음식이라고 생각합니다.

첫째, 한국 음식은 균형 잡힌 음식입니다.

제가 좋아하고 외국인 친구들도 즐겨 먹는 김밥과 잡채에는 5대 영양소인

탄수화물, 단백질, 지방, 비타민, 무기질이 다량 함유되어 있습니다.

둘째, 한국 음식은 우수한 발효식품입니다.

수백 가지의 김치, 그리고 된장, 간장, 고추장 등 발효식품이 발달되어 있습니다. 김치에 들어 있는 마늘과 고춧가루는 암을 이겨내는 효과가 있다고 합니다.

김치가 익을 때 생기는 유산균은 장 내의 독성물질을 만드는 균을 억제하고 암세포의 확장을 막아주는 역할을 한다고 합니다.

셋째, 한국 음식은 아주 예쁘고 다양한 그릇에 담겨 나옵니다.

보기에 좋은 음식이 맛도 좋은 법이지요.

제가 살고 있는 노르웨이에서는 매년 한식경연대회를 개최하고 있습니다.

이렇게 맛있고 건강한 한국 음식을 외국인에게 소개하는 자리이지요.

저는 이런 한국 음식이 아주 맛있고 자랑스럽습니다.

그래서 앞으로도 한국 음식을 전 세계 여러 곳에 전파하는 신효경이 되고 싶습니다.

한국의 설

아이린 / 스위스

 여러분! 한 달 전에 바로 한국의 설이 지났습니다. 늦게나마 새해 인사드립니다.

"새해 복 많이 받으세요."

겨울방학에 저의 가족은 언제나 스위스 집에서 지내는데 갑자기 엄마께서 저와 언니를 데리고 엄마의 고향인 한국에 가신다며 비행기 티켓을 예약하셨습니다.

저희들에게 한국의 설을 보여 주고 싶어서 결정을 하셨답니다.

한국에 도착한 후 엄마는 이번 설에는 꼭 친척들께 새해인사를 해야 한다고 말씀하셨습니다.

우리들은 친척들 앞에서 한번도 '새배'라는 걸 해보질 않았어요. 스위스에 있을 땐 "몇 일 후면 한국 설이니 새배하는 모습을 동영상에 담아 보내자"라고만 하셨지요.

그러니 저희는 이번 설이 아주 특별했습니다.

저와 언니가 입은 한복을 이모들이 보고 "어머! 때때옷 아주 예쁘네"라고 칭찬과 용돈을 주셨습니다. 전 한복을 아주 좋아합니다.

한복을 입으면 하늘에서 날개옷을 입고 내려온 선녀가 된 기분입니다. 설날 여행 도중 꽹과리소리, 북소리, 장고소리, 징소리의 짧고도 긴 리듬에 맞추어 덩실덩실 어깨춤이 저절로 날 것 같은 내 마음은 어디서 온 걸까요?

또한 높이 던져 떨어지는 윷짝에 와~ 하는 환호성과 깔깔대며 사촌과 웃고 즐기던 그 순간이 지금도 '설' 하면 제 머릿속에 잔잔하게 흐릅니다.

여러분! 상상이 가시나요? 박수 한번 쳐주세요. 그렇습니다. 난 여태 모르고 지냈습니다.

산 높고 물 맑은 아름다운 스위스에서 태어났고 동시에 부드러운 곡선의 나라 야트막한 산들과 파아란 가을하늘, 잔잔한 바다. 그리고 정 많고 인심 좋은 한국 사람이기도 합니다.

"아이린" 너희들이 이 자리에 있기까지는 너의 부모님들과 유럽 조상님들 그리고 한국의 조상님들께도 언제나 감사하는 마음을 지녀야 한다는 외할아버지의 말씀을 마음속 깊이 간직하고 있습니다.

설날 한국 여행을 통하여 얻은 큰 교훈은 저희들이 어느 한쪽이 아닌 코리아.

유럽을 넘어 넓은 세계인으로 거듭나 서로가 서로를 사랑하여 평화를 실천하는 사람이 되도록 노력해 나아가겠습니다.

감사합니다.

평화의 대한민국, 열정의 대한민국, 자랑스런 우리 대한민국

양채원 / 스페인

사랑하는 재외동포 여러분, 여러분은 언제 대한민국을 자랑스럽게 느끼십니까?

저는 지난 2월, 우리나라가 평창동계올림픽을 성공리에 마치는 것을 보면서 우리 대한민국이 한없이 자랑스러웠습니다.

하계올림픽과 동계올림픽을 모두 개최한 나라는 세계에 단 여덟 개국뿐이고, 아시아에서는 대한민국이 두 번째입니다.

지금으로부터 30년 전 제 어머니가 제 또래였을 때에도, 우리 대한민국은 서울올림픽을 성공리에 개최하였습니다.

자유민주진영과 공산진영이 모두 손에 손을 잡고, 냉전을 마무리하며 세계 평화의 문을 여는 첫 시작이었다고 제 어머니는 말씀하셨습니다.

그리고 30년 만에 다시 열린 평창동계올림픽은 남과 북이 손에 손을 잡고 하나의 팀을 이루어, 평화를 완성하는 평화올림픽이었습니다.

사랑하는 재외동포 여러분.

우리 대한민국은 평창올림픽 개막식과 폐막식에서 드론과 증강현실을 통해 최첨단 과학기술을 자랑했습니다.

예부터 내려오는 정선 〈아리랑〉과 세계를 선도하는 K-POP을 접목하여 우리 문화의 우수성을 온 세계에 드높였습니다.

우리 선조들은 동족상잔의 비극으로 폐허가 된 국토에서 열정 하나로 한강

의 기적을 이루었고, 우리 대한민국은 60년 만에 세상이 부러워하는 IT강국
이 되었습니다.

올림픽에 녹아든 발전된 기술과 우수한 문화를 보면서, 저는 제가 대한민국
국민이라는 사실에 너무 가슴이 벅찼습니다.

최근 제가 다니는 바르셀로나한글학교에는 수많은 스페인 친구가 한글을
배우러 옵니다.

평화의 바탕에서 마음껏 꽃피운 창의성과 열정은 K-POP과 한류의 밑바
탕이 되었고, 우리 문화의 우수성에 감탄한 외국 친구들은 한글과 한국 음식
을 배우며 대한민국을 알아가고 있습니다.

이 몸은 비록 내 조국 대한민국과 멀리 떨어져 있지만 이곳 유럽 땅에서도
평화의 대한민국, 열정의 대한민국, 자랑스러운 대한민국을 널리 알리겠다고
이 연사 두 손 들어 외칩니다!

나의 장래희망

이가인 / 폴란드

오늘 제가 얘기할 주제는 '나의 장래희망'에 대한 것입니다.

저는 제 또래의 친구들처럼 되고 싶은 것이 참 많았습니다.

타닥타닥 칼이 도마에 부딪히는 소리와 함께 맛있는 음식을 도깨비처럼 뚝딱 만드는 요리사도 되고 싶었고 한국에 계신 할아버지 할머니를 만나러 갈 때면 보게 되는 따뜻한 미소의 스튜어디스 언니들처럼 되고 싶기도 했습니다.

그러던 어느 날, 한글학교 수업시간에 독립운동에 대해 배우게 되면서 저의 장래희망은 바뀌었습니다.

일본이 36년 동안 우리나라를 지배하면서 많은 사람들이 고통과 죽임을 당했습니다.

유관순 열사, 안중근 의사, 김구 선생님과 같은 수많은 독립운동가들이 저마다 다른 방법으로 우리나라의 독립을 위해 애쓰셨던 슬픈 역사를 알게 된 후 저는 독립운동가에 대한 고마움과 죄송한 마음이 들었습니다.

저는 폴란드에서 태어나 자랐기 때문에 한국의 역사에 대해 그동안 잘 알지 못했습니다.

저는 저 자신이 부끄러웠고 한국의 역사에 대해 더 많이 알고 싶고, 알리고 싶어졌습니다.

그래서 지금 저의 장래희망은 한국의 역사를 제대로 알릴 수 있는 역사학자가 되는 것입니다.

한국의 역사를 아는 것은 아주 중요하다고 생각합니다.

그 이유는 첫째, "역사를 잊은 민족에게 미래는 없다"라는 말처럼 고통스럽고 슬픈 우리의 역사를 마음에 새겨 더 이상은 그러한 아픔이 되풀이되지 않도록 하기 위해서입니다.

둘째, 위안부 문제, 독도 문제와 같이 다른 나라의 잘못된 주장을 역사적 근거를 제시해 억지 주장임을 알리기 위해서입니다.

셋째, 과거의 역사적 경험을 통해 보다 나은 미래를 계획할 수 있기 때문입니다.

아직 저는 모르는 것이 너무 많습니다.

하지만 저는 한국의 역사를 조금씩 더 배우고 알아갈 것입니다.

여기 폴란드에서 유럽에서 그리고 세계에서 자랑스런 대한민국을 널리 알릴 수 있도록 노력하겠습니다.

나의 조국과 나의 삶

김다니엘 / 체코

 비행기를 타고 체코 공항에 내리면 〈나의 조국〉 이라는 노래가 웅장하게 흘러나옵니다.

이 곡은 체코의 작곡가 '스메타나(Smetana)'가 귀가 거의 멀어져 갈 때 마지막 안간힘을 다해 조국의 독립을 바라보며 음악으로 표현한 것입니다.

한국이 6·25전쟁으로 남북이 초토화되고 더 이상 살 길을 찾지 못했던 우리의 조부모님들은 북미로 남미로 독일로 일자리를 찾아 떠났습니다.

비록 가난 때문에 조국을 떠났지만 모두 다 대한민국이 잘살 수 있는 발판이 되어 주었습니다. 1997년 금융외환위기가 닥쳤을 때 한국은 금모으기 운동으로 금융외화위기를 극복했습니다.

10돈짜리 별을 내놓은 장군도 있고 자식의 첫돌 선물 금반지도 바쳤습니다. 이 소식을 들은 조선족 학교에서는 금모으기 운동에 감명을 받고 학생들이 모은 돈을 한국에 보내기도 했습니다.

2016년 랜드마크로 자리매김한 123층 롯데월드 타워가 세워졌습니다. 첨성대와 고려청자의 전통적인 곡선의 아름다움을 나타내고 첨탑에는 서예 붓 끝의 우아함을 담았습니다. 대한민국이 오늘에 이르기까지 모두 다 한마음이 되어 경제위기를 극복하고 눈부신 경제발전을 이루고 여기까지 오게 되었다고 믿습니다. 대한민국의 오늘날이 있었듯이 나의 오늘이 있기까지는 부모님과 주위에 계신 많은 분들의 도움이 있었기 때문입니다. 제가 한글을 가르치고 케이팝 그룹을 이끌 수 있었던 것은 함께 연습장에 찾아주시고 격려해 주신 부모님의 적극적인 후원이 있었기 때문입니다.

유럽총연합회에서 주관하는 유럽한인 차세대 웅변대회를 통해서는 한국어를 말하는 실력이 향상되었습니다. 민주평통에서 주관하는 통일골든벨대회에서는 한국의 근대 역사를 잘 이해할 수 있었습니다. 제2회 한국에서 있었던 통일안보비전발표대회 날에는 할머니의 장례식이 있었습니다.

그러나 할아버지께서는 조국의 통일이 먼저라며 저를 독촉하여 대회장으로 먼저 보내셨습니다. 대회 후에 돌아가신 할머니의 묘 앞에 대회우수상 트로피를 안겨 드릴 수 있었습니다. 그 후로도 부모님께서는 통일안보교육 세미나와 한국에 관련된 교육에 저를 참석시키면서 "지속적인 교육은 한국인이라는 정체성을 각인시키고 뿌리 내리는 게 중요하다"라고 하셨습니다.

부모님께서는 제가 겸손하도록 가르치셨고, 자신감 있도록 가르치셨고 제가 행복할 수 있는 길을 가도록 도우셨습니다.

저는 앞으로 합리적이고 열려 있는 글로벌 인재가 되어 세계와 소통하는 사람이 되기를 기도합니다. 2018년 평창올림픽 주제는 '하나 된 열정'으로 전 세계인이 언제 어디서나 즐길 수 있는 시간이었습니다. 한국의 새로운 도전 부분인 금메달리스트 스켈레톤의 윤성빈 선수와 여자 컬링 영미! 영미! 영미!팀은 한국인에게 큰 기쁨을 선사했습니다. 수술을 7번이나 받고 부상도 많았던 임효준 선수는 끝까지 포기하지 않고 1,500m 쇼트트랙에서 금메달을 땄습니다.

금메달이 유력했던 1,000m 쇼트트랙 경기에서 최민정과 심석희 선수가 넘어져서 메달 획득에는 실패했지만 서로가 다치지 않았는지 걱정해 주며 4년 후에 또 도전장을 내밀었습니다.

저는 6·25전쟁의 아픔을 딛고 월드컵과 하계올림픽, 동계올림픽까지 모두 훌륭하게 치른 나의 조국, 대한민국에 감사드립니다. 그리고 여러분께 감사드립니다. 여러분! 이제는 세계가 주목하는 한국의 시간표가 왔음을 믿습니다. 이제부터는 한국인에 대한 자부심과 긍지에 뿌리를 내리고 237개국에 필요한 글로벌 인재가 되어 새로운 세계, 새로운 미래에 도전하시기를 간절히 바랍니다.

꿈을 경영한다!

김다빈 / 오스트리아

안녕하십니까? 저는 독일에서 태어났고, 지금은 빈(Wien)에 살고 있는 김다빈입니다.

저는 오늘 여러분에게 저의 꿈에 대해 말씀드리려고 합니다. 저는 음악가이신 부모님의 영향을 받아 피아노를 치고 있습니다. 더욱이 음악의 도시인 빈에 살고 있기에, 부모님처럼 음악가가 되는 것을 당연하게 여기며 살았습니다. 그러던 중 수많은 영화와 드라마, 다양한 음악을 접하면서 '종합예술', 그중에서도 연기에 큰 관심을 가지게 되었습니다.

이른바 남들이 말하는 '가슴이 뜨거워진다'는 말이 무엇인지 처음으로 느껴봤었습니다. 또, 배우라는 직업은 비전이 있는 일이란 생각이 들었습니다! 지금 이 시대는 많은 직업이 로봇으로 대체되었습니다.

그러나 '배우, 연기자'라는 직업은 로봇으로 대체될 수 없습니다. 사람만이 가진 고유하고 다양한 감정과 표현은 창조주의 형상대로 만들어졌기 때문에 감히 고도의 테크닉으로도 따라할 수 없는 최고의 가치라고 생각합니다. 그래서 저는 이 최고의 가치를 표현하는 연기자가 될 것입니다! 저는 이 꿈을 이루기 위해서 제가 가지고 있는 장점이 무엇인지 또 할 수 있는 일이 무엇이 있을지 고민해 보았습니다.

첫째, 공부와 언어입니다. 제게 있어서 가장 큰 강점은 공부와 언어라고 생각합니다. 저는 한글학교와 부모님 밑에서 엄격하게 모국어인 한국어를 배웠습니다. 덕분에 작년 여름 한국에서 드라마 오디션에 도전하여 더욱! 자신감을 얻었습니다.

한글학교 재학 중에는 반 친구들과 독일어 책을 한국어로 번역해 책으로 만들며 제게 숨어 있는 열정을 발견했습니다.

최근에는 교회에서 전도사님의 한국말 설교를 독일어로 통역하며 순간순간 순발력도 몸으로 익히고 있습니다. 또 오스트리아 현지 학교를 다니고 있기 때문에 독일어를 모국어처럼 구사합니다. 그렇기에 저는 한국어뿐만 아니라 독일어로도 현지인만 알 수 있는 뉘앙스까지 아주 잘 전달할 수 있는 배우가 될 수 있다고 생각합니다.

이를 위해서 빈의 학교에서도 연극반에 들어가 고전 독일어 문체들을 접하며 표현하는 법을 배우고 있습니다.

둘째, 피아노입니다.

제게는 아주 특별한 오스트리아 피아노 선생님이 계십니다. 선생님께서 제게 꿈이 뭐냐고 하시기에 연기자가 되는 것이라고 했더니 피아노도 연기의 일종이라고 하셔서 놀란 기억이 있습니다. "무대에서 너의 연주로 사람들에게 감동을 주는 것! 이것이 연기자랑 뭐가 다르냐"라고 하시는 거였습니다. 그래서 이제 곧 빈에서 열리는 청소년 피아노 콩쿠르에 나가려고 합니다. 제 연주로 심사위원과 청중을 감동시킬 수 있는지 도전해 보고 싶어졌습니다.

셋째, 큰 꿈을 경영하는 마음입니다.

저는 지금 제가 할 수 있는 것 위에 저의 꿈, 경영의 날개를 달고 싶습니다. 앞으로 통일 세대가 될 저는, 대한민국과 북한을 하나 되게 하는 문화 연기자로 나아갈 것입니다. 두 개로 나뉘어 있는 가치관과 이념을 하나로 화합하기 위해서는 구심점이 필요합니다. 그 구심점이 바로 문화 콘텐츠가 아닐까 합니다.

지금도 한류는 날개를 달고 여러 나라를 두루두루 다니며 대한민국의 위상을 드러내고 있지요? 이처럼 최고의 가치를 표현하는 연기자가 되어 굳게 닫힌 문 위를 날아 먼저 저들을 만나는 …… 꿈을 경영하는 사람이 될 것입니다.

여러분은 이제 곧 이 꿈을 이루어 특히 저와 같은 2세 친구들과 동생들에게 영향력을 끼칠 수 있는 전문 꿈 경영자, 김다빈을 만나게 되실 것입니다!

감사합니다.

통일비전세대

김다윤 / 오스트리아

여러분 안녕하십니까?

오스트리아 빈에서 태어나 살고 있는 자랑스런 대한민국 2세 김다윤입니다.

가끔 저를 처음 본 외국 사람들은 저에게 어느 나라 사람이냐고 묻습니다.

그래서 'Korea'라고 소개하면 Sud oder Nord? 질문을 다시 받게 됩니다. 그럴 때마다 저는 웃으면서, "남한이지!"라고 대답합니다. 제가 생각하는 코리아는 하나인데 저들이 알고 있는 한국은 두 개라는 것이 참 이상했었습니다.

부모님이 들려주신 이야기로는 원래 하나였던 우리 조국 대한민국이 분단이 된 지 70년이 넘었다고 했습니다. 지금도 수많은 가족이 분단으로 인해 서로의 소식도 알지 못하고 지내야 하는 상황을 생각하면 …… 참 가슴이 아픕니다. 저처럼 외국에 사는 대한민국 2세 여러분! 지금도 분단이라는 아픔을 갖고 있는 대한민국에 대해 어떤 생각을 가지고 계십니까?

노래로 부르는 것처럼 꿈에도 이루어야 할 소원, 통일을 위해 우리가 할 수 있는 일은 과연 무엇이 있을까요? 제일 먼저! 겉모습만이 아닌 …… 뿌리 깊은 곳까지 대한민국 사람이 되는 것입니다. 그러기 위해서는 저 같은 2세에게 올바른 대한민국 역사 공부가 꼭 필요하다고 생각합니다. 저는 작년 한글학교에서 실시한 역사체험학습을 통해 우리 대한민국을 좀 더 가깝게 알게 되었습니다. 네덜란드 헤이그 특사인 이준 열사를 비롯해 여기 유럽에서 우리나라를 위해 애쓰신 열사들을 배웠고, 그것을 통해 나라 사랑에 애틋함을 느낄 수 있었습니다.

제가 느낀 이 감동이 바로, 통일의 다음 세대로서 제 안에 흐르고 있는 대한민국의 피가 아닐까요?

둘째, 나도 통일의 주역이 될 수 있다는 책임감을 키우는 것입니다!

몇 년 전 저희 교회에 탈북자 형과 누나들이 오셔서 북한의 생생한 삶을 전해 주었던 적이 있습니다.

그리고 그들의 말투와 이해가 되지 않는 이야기를 들으며 불쌍한 마음이 들었습니다. 우리에게 당연한 것들이 그들에게는 치열한 고통으로 이어진 것을 보면서 통일을 위해서는 관용하고 배려하는 '통일 책임감'을 갖는 것이 중요하다고 생각했습니다.

그렇기 때문에 2세인 제가 살고 있는 빈은 하나의 훈련장이라고 생각합니다. 저는 오스트리아인들과 다른 모습으로 크고 작은 갈등을 접하며 살고 있습니다. 제가 겪었던 이런 환경이 모양은 다르지만 저들을 마음으로 이해하고 배려할 수 있는 '통일 책임감의 바탕'이 될 거라 믿습니다!

셋째, 통일 비전을 끝까지 품어야 합니다.

서로 다른 가치와 방향을 가지고 살아온 두 나라가 하나가 되기 위해서는 단순히 몸이 하나가 되는 통일을 넘어 이념, 가치관, 관습, 문화가 통합되기 위한 과정이 필요합니다.

여러분! 물은 99도까지는 절대 끓지 않습니다. 100도가 되었을 때 끓게 되죠. 그러나 그 물의 온도는 서서히 100도를 향해 올라가고 있습니다! 마찬가지로 우리가 통일비전을 끝까지 품는다면 100도의 끓는 지점! 통일의 그날이 속히 올 것이라 확신합니다!

저는 이제 통일 국가의 밑거름이 되어 자랑스런 대한민국인! 통일 책임감으로 비전을 이루는 세대!

역사의 주인공이 될 것을 여러분께 약속합니다~!

행복을 빼앗긴 소녀

김성령 / 이탈리아

안녕하십니까? 저는 이탈리아 로마에 사는 천진난만한 열여섯 살 소녀 김성령입니다.

예로부터 어른들이 흔히 하는 말들이 있습니다. 사춘기 때는 꽃다운 나이라고요. 꿈을 키우고, 커가면서 지금까지는 할 수 없었던 일도 해보고, 울고 웃으면서 해맑게 시간을 보낼 수 있는 유일한 기회라고들 말씀하십니다. 저도 웃다가도 우울해지고, 꿈이 항상 바뀌고, 빨리 어른이 되고 싶은 마음이 가장 큽니다. 이런 행동이 자연스러운 이 꽃다운 나이에 이 모든 걸 누리지 못했던 소녀들이 있습니다. 여러분은 서울의 종로구를 지나가 보신 적이 있으십니까?

경복궁과 TV에 자주 나오는 세종대왕 동상 등 중요하고 유명한 우리의 문화재들이 있는 이 거리를 한 번쯤은 가보셨을 것입니다.

그곳에는 또한 일본 대사관이 있습니다. 우리나라와 일본이 정치 외교적으로 소통하는 중요한 곳입니다. 이곳에서 혹시 일본 대사관을 응시하는 한 소녀를 보신 적이 있으십니까? 치마저고리를 입고 단발머리를 한 채 작은 손을 꽉 쥐고 의자에 앉아 있는 이 소녀를요. 이 소녀는 바로 '위안부 평화비'로서 '평화의 소녀상'이라는 이름으로 널리 알려져 있습니다.

평화의 소녀상은 2011년 12월 14일 한국 정신대문제대책협의회가 계획하여 서울특별시 종로구 일본대사관 앞에 처음으로 세워졌습니다. 소녀상은 그 당시에는 소녀였던 위안부 할머니들을 재현한 모습입니다.

또 소녀상 옆에는 빈 의자가 놓여 있는데, 이유는 소녀와 함께 일본군 위안부 문제를 되새기기 위함입니다. 평화의 소녀상은 이후 국민모금 등으로 전국 각지와 해외 곳곳에도 세워져 일본군 위안부 문제의 실상을 외부에 알리는 역할을 하고 있습니다. 제가 소녀상을 알게 된 계기는 인터넷 기사를 통해서였습니다.

한 여고생이 울면서 소녀상을 지키는 모습이었고, 그 모습이 멋있다고 생각했습니다. 그러던 어느 날, 위안부의 고통을 숨기며 살아온 한 할머니의 내용을 바탕으로 영화화한 〈아이 캔 스피크〉를 보며 가슴이 너무 아팠고, 이 역사적 슬픔을 우리 모두가 공감하며 온 세계에 알려야겠다고 다짐하게 되었습니다.

저와 같은 마음으로 이 소녀상을 사랑하고 지켜주는 사람들이 많이 있습니다. 근무하던 경찰이 우산을 씌워주고, 한겨울이면 추울세라 털모자와 털목도리를 둘러주고 어버이날에는 카네이션을, 크리스마스에는 작은 트리를 놔두고 간다고 합니다. 혼자 있으면 외로울까 봐 옆에 빈 의자에 앉기도 합니다. 사실이 소녀는 손에서 온기가 느껴지지도, 겨울에는 추위를 느끼지도 않습니다.

오스카 와일드(Oscar Wilde)의 동화 『행복한 왕자』처럼 생각을 하지도 않죠. 또한 소녀상은 피해자들의 소녀 때 모습을 재현한 것뿐인데도 왜 사람들은 이렇게 이 소녀상을 소중히 여길까요?

그런 저 자신은 왜 이 동상을 사진으로 보고만 있어도 눈물이 날까요?

소녀상을 보면서 저는 항상 상상을 해보곤 합니다. 내가 저 상황에 처했으면 어땠을까. 생각만 해도 가슴이 아프고 너무 괴로울 것 같습니다. 꽃다운 나이를 보내고 있는 저를 비롯한 수많은 소녀들에게 다시는 이런 일이 일어나지 않도록 소녀상을 통해서 역사의 아픈 과거를 깨달아야 한다고 생각합니다. 그리고 남아 있는 피해자 할머니 분들을 위해서라도 소녀상을 앞으로 계속 지키고 유지해야 한다고 생각합니다. 저를 포함한 여러분들이 이 일을 중요하게 여기지 않는다면, 이 사실은 시간이 지나면 잊힐 것이고 남은 소수의 위안부 할머니들께서는 편히 눈을 감지 못하실 것 같습니다. "침묵은 고문하는 이를 도울 뿐 고문당하는 이를 돕지 않는다." 죽어서도 잊을 수 없을 듯한 이 상처를 침묵으로 흘려보내지 않기 위해 제가 앞장서서 소녀상을 지키고 널리 알리겠습니다! 감사합니다.

나의 장래희망

박현중 / 불가리아

안녕하십니까? 여러분.

저는 불가리아에 살고 있는 박현중이라고 합니다. 저는 한국어를 잘하지도 못하고, 그렇다고 용기가 많은 것도 아닙니다. 그럼에도 불구하고 제가 이 자리에 서게 된 것은 여러분들, 특히 청소년 여러분에게 드리고 싶은 말이 있어서입니다.

여러분은 어느 대학이 한국에서 제일 좋다고 생각하십니까?

아마 모두 서울대, 고려대, 연세대, 줄여서 SKY대가 제일 으뜸이라고 생각하실 겁니다. 저 역시 스카이가 제일 좋다고 생각하며, 제 누나들이 이미 K대, Y대를 다니므로 스카이가 완성되기 위하여 저 역시 S대에 가기로 결심했습니다.

하지만 여러분들이 생각하는 서울대가 아닌 불가리아에 있는 소피아대를 다니기로 결심했습니다!

제가 소피아대를 가기로 한 이유는, 솔직히 말하자면 서울대 가기엔 제가 그리 똑똑하지 않아서이기도 합니다.

하지만 그렇다고 저는 그걸 부끄럽게 여기지는 않습니다. 몰론 서울대를 가면 인정도 더 많이 받겠지만 그럼에도 제가 소피아대를 결정한 이유는 소피아에 남아서 저희 아버지처럼 불가리아로 오는 한국인들을 도와주며 불가리아에 관하여 뭐든지 할 수 있는 불가리아 박사가 되고 먼 훗날에는 불가리아 한인회장, 그걸 넘어서 유럽 한인회장이 되고 싶어서입니다!

여러분의 꿈은 무엇입니까? 그저 단순히 좋은 대학 갈 생각만 하고 계시진 않으십니까?

좋은 대학도 물론 좋은 점이 있습니다. 의사, 판사 등 여러 가지 어려우면서도 많은 것을 이루어내면, 인정받는 직업인이 될 수 있습니다.

하지만 여러분은 진정 그 일을 하시고 싶으십니까?

여러분은 그저 남에게 인정받기 위하여 그 꿈을 가지시는 것은 아닙니까?

그 꿈은 자기 자신을 위한 겁니까, 남을 위한 겁니까?

여러분의 진정한 꿈은 오로지 좋은 대학에만 있습니까?

자기 자신의 꿈을 가집시다. 그 꿈을 실천해 나갈 열정을 가집시다.

꿈을 생각만 하고 실천을 안 한다면 그냥 상상으로 남지만 그 꿈을 이루기 위해 노력한다면 그건 단순히 꿈이 아닌 여러분의 미래가 될 것입니다.

삼겹살

와그너 엘리샤 / 스위스

안녕하십니까? 오늘 저는 여러분께 한국 음식 하면 제일 먼저 떠오르는 것 중 제가 제일 좋아하는 삼겹살 이야기를 하려고 합니다.

저희 가족들이 한국에 갈 때면 제 머릿속엔 삼겹살 먹을 즐거움에 '야호'를 외치며 입맛을 다십니다. 가끔씩 저희 집에 손님이 오시면 엄마는 특별음식을 준비하시는데 그 메뉴가 삼겹살이란 걸 저는 잘 알고 있습니다. 엄마는 제일 먼저 삼겹살이 있는지 고기집에 확인한 후 주문합니다. 그럼 고기집 주인 내외분께서는 고기의 두께까지 잘 알아서 썰어 주십니다. 그 후엔 신선한 상추, 고추, 파절이, 쌈장 등을 준비하시고, 아빠는 식탁에 불판과 부탄가스를, 그리고 우리들은 수저와 접시를 예쁘게 준비합니다.

그때 빠지지 않는 게 있습니다. 그것은 한국에서 씨앗을 가져와 심은 깻잎과 여름에 잎을 따서 고춧가루와 간장을 넣어 만든 장아찌입니다. 이 깻잎장아찌를 불판 위에서 갓 구운 삼겹살과 함께 먹으면 고기의 맛이 아주 일품입니다. 그래서인지 손님들은 고기를 한입 먹은 후 모두들 엄지손가락을 번쩍 치켜올리며 "very delicious"라고 말씀하십니다.

그리고 이 맛있는 음식이 한국의 삼겹살이냐며 칭찬을 아끼지 않습니다. 당연히 저희 할머니와 할아버지, 고모들은 저희 집모임에는 꼭 삼겹살을 해 달라고 하십니다. 또한 아빠의 절친인 만우엘과 니콜은 한국 여행 도중에 먹었던 삼겹살 맛을 잊을 수 없다며 우리 집에서 다시 먹은 후에 한인회에 등록을 하여 한국 음식의 마니아가 될 정도입니다.

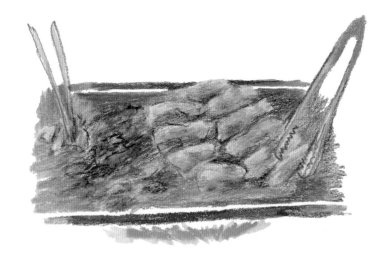

그러니 이 삼겹살이 한국 최고의 음식 아닌가요? 여러분! 제가 삼겹살을 맛있게 먹는 방법을 알려드릴게요.

그것은 바로 '연탄불구이 삼겹살'입니다. 저희는 한국에 가면 꼭 가는 식당이 있습니다.

서울 시내에서 조금 떨어진 작은 식당인데 바로 연탄구이 삼겹살집입니다. 그곳엔 빨갛게 활활 타오르는 연탄불에 철사로 만든 구이판 위에 두툼하게 썬 삼겹살을 올려 소금을 살짝 뿌려 지글지글 구워 먹는 삼겹살. 냄새도 좋지만 맛은 아주 환상적입니다. 그러니 여러분들께서도 한국 가시면 꼭 한번 드셔 보세요.

세계인들이 모두들 입을 모아 'Korea food is very good'이라고 하면 전 한국이 너무나 자랑스럽습니다. 이런 한국의 음식문화를 더욱 아끼고 보존하고 싶습니다.

감사합니다. 복 많이 받으세요.

자랑스런 한국, 한국인

율리아 포드굴스카 / 폴란드

안녕하세요? 율리아 포드굴스카입니다.

학교에 가면 아이들이 한국에 대해 많이 물어봅니다.

한국 사람이 쓰는 말이 무엇인지 물어보면 저는 친구들에게 이렇게 말해 줍니다.

옛날 옛날에 백성들을 아주아주 많이 사랑하시는 세종대왕이 계셨는데, 아이들도 쉽게 배울 수 있는 한글을 만들어주셨어. 그리고 한국말을 가르쳐 주면 까르르 웃으며 따라합니다. 어떤 아이는 저희 엄마를 '이모'라고 부르며 재미있어 합니다.

저는 네 살 때부터 한글학교를 다녔습니다. 요즘 점점 한국에 대해 많이 알게 되어 기쁩니다.

선생님께서 고조선을 세우신 단군할아버지 얘기를 해주셨습니다.

100일 동안 캄캄한 동굴에서 쑥과 마늘만 먹으며 견딘 곰이 있습니다.

끝까지 포기하지 않고 마침내 인간이 된 곰, 바로 저희의 어머니입니다.

이순신 장군이 거북선을 만드셔서 우리나라에 쳐들어온 왜적을 크게 물리친 이야기를 듣고 늠름한 거북선 그림을 그렸습니다.

지혜롭고 용감하시며 남을 생각하는 마음을 가지셨던 저희 아버님입니다.

그분들이 자랑스럽습니다. 그분들의 자식인 제가 자랑스럽습니다.

일본이 한국을 무참히 짓밟았던 얘기는 저를 많이 슬프게 했습니다. '대한독립만세'를 외치던 유관순 언니의 얼굴이 떠오릅니다. 저도 같이 만세를 부릅니다.

외할머니는 열 살 때 한국전쟁으로 아버지를 잃으셨습니다.

같은 민족이 총칼을 겨누고 싸웠던 전쟁은 아직도 끝나지 않았습니다.

이제 다시 하나가 되어 북한 친구들과 손잡고 단군할아버지가 만들어주신 동산으로 놀러가고 싶습니다. 그곳에서 아이 여섯 명을 낳고 행복하게 살겠습니다.

그 아이들의 이름은 각각 '자' '랑' '스' '런' '한' '국'입니다.

고맙습니다.

내 두 손

정다니엘 / 폴란드

여러분, 저는 폴란드 브로츠와프에 살고 있습니다.

아빠는 한국 사람이고, 엄마는 폴란드 사람입니다. 제가 아빠를 많이 닮았다는 사람도 있고, 엄마를 더 많이 닮았다는 사람도 있습니다. 그리고 아무도 안 닮았다고 하는 사람도 있었습니다. 농담인 거 잘 압니다. 그럴 리가 없으니까요.

여러분, 여기 이 손을 보십시오. 이 손은 폴란드 손입니까? 네, 아닙니다.

그러면 이 손은 한국 손입니까? 역시 아닙니다. 이 두 손은 그냥 둘 다 저의 손입니다. 정다니엘, '내 두 손'입니다. 그렇지 않습니까, 여러분?

아무도 제 두 손을 한국 손, 폴란드 손으로 나눌 수 없습니다. 아빠를 더 많이 닮을 수도 있고, 엄마를 더 많이 닮을 수도 있지만, 한국 아들, 폴란드 아들로 나눌 수는 없습니다. 그렇게 말하는 사람도 없습니다.

여러분, 저는 폴란드가 좋습니다. 폴란드에는 우리 가족과 친구들이 있습니다. 저는 한국도 좋아합니다. 한국에도 우리 가족과 친구들이 있습니다.

만나면 똑같이 즐겁고, 똑같이 사랑하는 가족과 친구들입니다.

제 두 손처럼 나눌 수가 없습니다. 저는 두 손처럼 한국말도 폴란드말처럼 잘하고 싶습니다. 한글도 잘 읽고, 잘 쓰고, 한국에 대해서 많이 알고 싶습니다.

하지만 이것은 두 손처럼, 가족이나 친구처럼 그냥 있는 게 아니라 배워야 됩니다. 한국이 멀리 있어서 쉽지 않지만, 저는 할 수 있습니다. 한국은 제일 가까운 곳에도 있으니까요. 바로 여기 이 두 손! 이 두 손에 있기 때문입니다!

한국 전통의 우수성

지스몬디 마르티나 / 이탈리아

우리나라 전통 옷 한복에 대해 말하겠습니다.

디자이너이신 엄마의 영향으로 전 한복에 대한 관심이 많습니다. 단조로우면서도 우아한 전통 한복은 예전엔 신분과 계급에 따라 달리 입었습니다. 궁중에서 왕은 용포를 입었고 왕비는 당의를 입었는데 각각 가슴, 등, 어깨에 금실로 수를 놓은 의상이었습니다.

양반들은 비단에 수를 놓은 고급스런 옷을 즐겨 입었는데 도포라는 옷이 그중에 하나였습니다.

서민들에게 금지되었던 이 의상은 제사 때에는 계급에 상관없이 누구든 입게 허락했답니다. 중인들에겐 철릭이란 청색과 홍색으로 된 옷이 있었는데 색깔로 계급을 구별했습니다.

그리고 서민들은 단순한 무명옷을 입었다고 합니다. 단지 전통 혼례식에는 서민들도 화려한 궁중 의상과 같은 활옷을 입고 혼례를 할 수 있었습니다.

이런 전통 의상은 많은 세월이 지난 지금도 전해 내려오고 있습니다. 과연 세계에 몇 나라가 전통 의상을 지켜오고 있을까요?

제가 살고 있는 이탈리아 로마에선 고대 의상인 토고나 튜니카를 볼 수가 없습니다. 정말 안타까운 일이죠.

몇 년 전 중학교 졸업 시험에 주제를 한국으로 선택했습니다. 시험 보는 날 머리를 땋고 할머니가 보내 주신 한복을 입고 시험장에 들어갔습니다.

그 순간 선생님들의 감탄과 끊임없는 박수를 한 몸에 받았습니다.

학교에서 배운 한국 무용의 기본 동작도 선을 보이며 맘껏 과시했습니다. 이렇듯 우리 한복은 아주 아름답습니다.

직사각형으로 재단된 치마를 몸에 걸치면 주름이 잡혀 유연한 곡선이 생깁니다. 특히 한국 무용 의상은 아주 화려합니다.

부채춤에서 한복은 부채와 어울려 한 다발의 꽃과 같습니다. 살풀이춤에선 무용가의 손에 쥔 한 가닥의 긴 천은 한복의 품위를 더욱 돋보이게 해줍니다.

그리고 불교 의식에서 전래된 법무는 흰 장삼에 파란색 치마와 빨간색 띠를 어깨에 메고 흰 고깔을 쓰고 춤을 춥니다.

저는 흰색, 빨간색, 파란색을 보면 제일 먼저 생각하는 것이 태극기입니다. 자랑스런 대한민국의 국기 말입니다. 전 이탈리아에서 태어나서 이탈리아 국적을 가지고 있지만 한국 사람이란 자부심을 가지고 우수하고 아름다운 우리 전통 문화를 널리 알리고 싶습니다.

I

유럽 한인 차세대 웅변대회

제 I 부
유럽 한인 차세대 웅변대회

제 2 장

제1회

자랑스런 우리나라, 대한민국

문성일 / 독일

지난여름 우리 가족은 한국으로 여행을 다녀왔습니다.

저는 한국에서 태어났지만, 두 살 때 이곳 독일로 이사를 왔기 때문에 한국에 대한 기억이 전혀 없었습니다. 하지만 지난 여행을 통해서 우리나라 대한민국이 얼마나 멋지고 훌륭한 나라인지 깨달았습니다.

저희 할머니댁은 서울 잠실에 있습니다. 할머니댁 앞에는 커다란 올림픽 공원이 있는데, 그곳에서 저와 제 동생은 자전거를 탔습니다.

그런데 평화의 문 앞에서 활활 타오르는 불을 보았습니다. 저는 깜짝 놀라서 할머니께 여쭈어 보았습니다. 할머니께서는 그것이 성화라고 대답해 주셨습니다. 성화는 예전에 우리나라에서 올림픽 경기를 할 때 사용했던 것인데, 이미 시간이 많이 지났는데도 그 불을 끄지 않은 이유가 있다고 하셨습니다. 그 이유는 오래전에 우리나라에서 큰 전쟁이 있었는데, 전쟁 동안에 많은 사람들이 가족을 잃고 헤어지게 되었다고 하셨습니다.

저는 그 말씀을 듣고 너무 마음이 아팠습니다. 사랑하는 가족을 만나지 못하는 것은 아주 슬픈 일이기 때문입니다. 그래서 올림픽이 끝난 후 성화를 그곳으로 옮겨 사람들이 그 불을 보며 분단된 남한과 북한이 하루 빨리 하나가 되기를 바라는 마음과, 헤어졌던 가족이 다시 만나 모두가 행복한 우리나라가 되기를 간절히 바라는 마음이라고 하셨습니다. 그래서 저도 그 성화를 보며 우리나라가 어서 통일이 되어 더 많이 웃을 수 있는 행복한 나라가 되기를 기원했습니다.

그리고 한번은 이른 아침에 아버지와 함께 가락시장에 갔습니다. 이른 아침인데도 수많은 사람이 정말 바쁘고 활기차게 움직이고 있었습니다.

그리고 저는 그곳에서 일하시는 아주머니와 아저씨들을 보며 많이 힘드실 것이라고 생각했지만, 그분들의 표정은 매우 밝았습니다.

아버지께서는 "어떤 일이든지 이렇게 자기가 맡은 일에 성실히 일하시는 분들이 계시기 때문에 우리나라가 더욱 행복해질 수 있는 것"이라고 말씀해 주셨습니다.

저는 지금 아직 어리지만, 가락시장에서 열심히 일하시는 그분들처럼 제가 많은 일에 최선을 다한다면, 앞으로 우리 모두가 행복해질 수 있다는 생각에 몹시 기분이 좋았습니다.

그리고 많은 사람이 진심으로 행복하기를 바라는 우리나라가 정말 멋지고 자랑스럽습니다.

자랑스런 우리나라, 대한민국 파이팅!

저는 우리 전통문화가 정말 좋아요

최우진 / 독일

안녕하십니까? 저는 독일 두이스부르크한글학교의 최우진입니다. 저는 오늘 우리나라의 재미있는 전통문화에 대해서 이야기하고 싶습니다.

저는 2003년 양띠 해에 태어났습니다. 양띠 사람들은 순한 양처럼 서로 나누고 양보할 줄 안다고 합니다.

한국 사람들은 모두 저처럼 띠를 가지고 있는데, 그 열두 띠 동물은 모두 좋은 점을 가지고 있습니다. 예를 들면, 쥐띠는 부지런하고, 소띠는 힘이 세고, 토끼띠는 지혜롭고, 원숭이띠는 재주가 많습니다.

열두 띠 이야기는 독일에는 없고 한국에만 있는 우리나라의 고유한 문화입니다. 그래서 제가 이런 띠 이야기를 독일 친구들에게 들려주면 친구들이 아주 신기해합니다.

작년 여름 우리 가족은 한국을 방문했습니다. 마침 윤진이라는 귀여운 사촌동생의 돌잔치가 있었는데, 저는 돌잡이가 아주 재미있었습니다. 윤진이도 저처럼 연필을 잡았습니다. 돌잡이에서 실을 잡으면 장수를 하고, 쌀을 잡으면 부자가 된다고 합니다.

저는 연필을 잡았으니까 앞으로 공부를 잘할 거라고 어른들께서 말씀하셨습니다. 저는 가끔 독일 아기들을 보면 '이 아기가 돌잔치를 한다면 무엇을 잡을까?' 하고 궁금해하기도 합니다.

우리나라에는 즐거운 명절도 많이 있습니다. 지난 설날에는 한복을 입고 세배도 드리고, 맛있는 떡국도 먹었습니다.

또 이번 추석에는 예쁜 송편도 먹고, 둥근 보름달을 보면서 소원도 빌었습니다. 소원을 빌고 나면 소원이 다 이루어질 것 같아 기분이 좋아집니다. 저는 두 살 때 부모님을 따라 독일에 왔습니다. 독일에 올 때는 말도 못하는 아기였는데, 지금은 친척들과 한국말로 대화할 수 있습니다.

한글학교에 열심히 다니면서 한글도 익히고, 우리 문화에 대해서도 많이 배웠습니다. 얼마 전에는 우리가 만든 탈을 쓰고 '둥둥둥 얼쑤' 소리를 내며 신나게 탈춤공연을 하기도 했습니다.

앞으로 저는 우리의 좋은 전통문화를 더 잘 익히고, 독일 친구들에게도 많이 알리는 자랑스러운 한국 사람이 될 것을 약속드립니다.

감사합니다.

테순이의 다짐

황규민 / 독일

여러분은 테순이라는 말을 아십니까? 저는 우리 어머니가 말씀하시는 테순이입니다. 테순이는 독일 텔레비전은 물론이고 한국 텔레비전 프로그램까지 텔레비전 보는 것을 좋아해서 생긴 제 별명입니다.

독일 프랑크푸르트에서 태어나 독일학교를 다니고 있는 저는 텔레비전으로 한국 드라마를 보고 한국 가수의 노래를 듣는 것을 좋아합니다. 특히 사극을 볼 때면 내가 역사속의 주인공이 된 듯 너무나 재미있습니다. 제가 텔레비전 보는 것을 싫어하시는 어머니도 사극 보는 것을 허락해 주셔서 고구려를 건국한 〈주몽〉, 당나라와 맞서 싸운 〈연개소문〉, 신라의 선화공주와 결혼한 〈서동왕자〉, 발해를 건국한 〈대조영〉, 최초의 여왕 〈선덕여왕〉 등을 보았으며 지금은 우리나라의 영토를 가장 넓게 개척한 광개토태왕의 이야기를 담은 드라마를 즐겨 보고 있습니다.

예쁜 덕만이 언니가 나중에 선덕여왕이 되고 세계에 자랑할 만한 첨성대를 만들면 저도 덩달아 기뻤고, 을지문덕 장군이 살수의 물을 모아 수나라의 10만 대군을 물속에 빠트릴 때에는 배꼽이 빠져라 웃었으며, 연개소문이 당태종을 향해 화살을 날리고 당나라 군대를 물리치는 장면을 보면 저도 모르게 박수를 쳤습니다.

우리는 평화를 사랑하는 민족이지만 주변국이 침략해 오면 우리의 강인함을 똑똑히 보여 주었고, 반만 년의 유구한 역사와 우수한 문화를 지닌 아시아의 패권국이라는 사실을 보며, 한국을 사랑하고 한국어와 역사를 더욱 열심히 공부하여 우리의 문화를 유럽 땅에 전하는 자랑스런 한국인이 되겠다고 이 소녀 여러분께 소리 높여 말씀드립니다.

슬로바키아의 작은 거인

전재환 / 슬로바키아

제가 살던 곳은 노란 개나리꽃이 피고, 분홍빛 진달래꽃이 피는 아름다운 대한민국입니다. 봄날이면 강남 갔던 제비가 다시 돌아와 집을 짓고, 새끼를 낳아 재미있게 노래하던 곳입니다.

그곳에서 우리 아버지는 나를 업어주고 뛰어다니며 같이 놀아주셨으나, 몇 년 전 기아자동차를 따라 슬로바키아로 이사를 하게 되었습니다. 이리 봐도 껑다리, 저리 봐도 뚱땡이 천지였습니다.

저는 많이 걱정했습니다. 우리 아버지는 키가 매우 작습니다.

아버지가 근무하는 회사에는 수백 명이 있다고 하는데, 혹시 우리 아버지가 슬로바키아 사람들에게 키로나, 힘으로 이길 수 없어 몰래 울고 있지 않을까? 많이 걱정했습니다.

여러분!

우리 아버지가 얼마나 힘이 센지를 저는 처음 알았습니다.

아주 힘센 슬로바키아 사람들이 우리 아버지의 부하직원이라는 것을 알게 되었습니다.

저는 매일, 마음속으로 웃고 있습니다.

지구상에 아주 작은 우리나라, 우리 아버지 같이 작은 키, 아무 문제없습니다. 우리 아버지는 이제 제 마음속에 거인이고, 저는 대한민국의 강한 아들이 될 것을 여러분께 강력히 다짐합니다.

한글과 한국어의 우수성

이경준 / 루마니아

레알, 안습, 눈팅, 쨋든, 여튼, 므훗 ······.

여러분은 이 말들이 무슨 뜻인지 아십니까? 요즘 한국에서 유행하는 말들입니다.

저는 외국에서 초등학교 1학년부터 자랐습니다. 한글학교에서 계속 한국어를 배워 왔기 때문에 한국어를 잘 할 수 있다고 생각했습니다. 그런데 이번 여름방학에 한국을 방문했을 때 그곳에 있는 친구들과 형들이 대화하는 내용을 들었습니다. 알아듣기 힘든 말이 많았습니다. 너무 많은 줄임말과 은어, 비속어, 그리고 욕을 사용했기 때문입니다. 저는 이해가 잘 되지 않았습니다.

우리 한글은 세종대왕이 무지한 백성들을 위해 정성들여 연구하여 만든 우리만의 글입니다. 세계 어느 나라에서도 한글처럼 어느 특정한 시기에 연구를 통해 만들어진 문자는 없습니다. 문자는 아주 오랜 세월 동안 살아오면서 형성되어 왔기 때문입니다.

그러나 우리 한글은 조선시대 세종대왕이 여러 학자들과 함께 하늘과 땅, 그리고 사람을 생각하며 오랫동안 연구와 연구를 거듭하여 만들어낸 가장 과학적이면서 창의적인 문자입니다.

그 우수성은 이미 세계의 여러 학자들로부터 인정을 받았습니다. 중국, 일본을 비롯한 아시아를 넘어 이곳 유럽까지 한글을 배우려는 사람들이 점점 많아지고 있습니다. 한글과 한국 문화에 대한 관심이 점점 커지고 있기 때문입니다.

그런데 우리가 그렇게 자랑스러운 한글을 함부로 줄이고 바꿔서 재미로 사용해서야 되겠습니까?

요즘 아이들 사이에서는 은어나 비속어, 줄임말을 몰라서는 서로 대화가 되지 않는다고 합니다. 점점 나쁘게 변화해 가는 우리말을 들을 때 외국에 살고 있는 저에게는 자꾸 한글이 낯설게만 느껴집니다.

여러분!

아름다운 우리말을 우리가 지키지 않으면 누가 지키겠습니까? 저는 아직 어려서 한글을 어떻게 아끼고 지켜야 하는지 몰랐습니다. 그러나 이제는 알겠습니다. 그것은 바로 우리말을 바르게 사용하는 것입니다.

우리가 한국 사람으로서 큰 자부심을 갖고 우리말, 우리글을 제대로 사용할 때 한글의 아름다움을 세계 속에 빛나게 할 것이며, 세계의 모든 사람이 함께 사용할 그날이 올 것이라고 굳게 믿습니다.

여러분, 우리 모두 한글을 바르게 사용합시다.

감사합니다.

유럽한인 차세대로서의
우리가 가야 할 길

안서영 / 스위스

여러분 안녕하십니까?

저는 스위스 제네바에 살고 있는 안서영 어린이입니다.

이렇게 구름처럼 많으신 우리나라 사람들 앞에 서니 다리가 후들거리고 입술이 바짝바짝 마릅니다. 하지만 한편으로는 모든 분이 저와 비슷하게 생기셔서 우리 부모님 앞에 선 것처럼 마음이 편안 합니다.

여러분, 제 나이는 여덟 살입니다.

제가 철이 들면서부터 제 주위 사람들과는 조금 다르게 생겼다는 것을 알게 되었고, 한복이 제게 참 잘 어울린다는 것도 알게 되었습니다.

월드컵 경기나 김연아 언니의 트리플 점프를 보면서 지붕이 흔들리도록 환호성을 지르기도 하였습니다. 그렇습니다. 어느 순간부터 대!한!민!국!은 제 자랑이 되었습니다.

이곳 스위스에서는 우리 한국인이 만든 상품이 선망의 대상입니다. 자동차, 핸드폰, 텔레비전, 세상에 필요한 많은 상품은 이제 거의 다 한국산입니다. 이것은 여기 앉으신 분들이 일궈놓으신 것이라고 생각합니다. 그리고 정말 가슴 깊이 감사드립니다.

이제 이렇게 잘 가꾸어 놓은 밭에 우리 차세대가 씨앗을 뿌리고 가꾸어야 한다고 생각합니다. 그렇다면 지금 내가 할 수 있는 일은 무엇일까? 3일 밤낮을 생각해 보았습니다.

첫째, 먼저 한국 역사, 현대사 책을 모두 읽겠습니다. 한국인이 한국의 어제와 오늘에 대해 모른다는 것은 말도 안 되지 않겠습니까?

둘째, 우리나라에 대해 열심히 배우겠습니다. 한글 쓰기, 말하기는 한국에 사는 사람처럼 능숙하게 해야 하지 않겠습니까?

셋째, 제 재능을 개발하겠습니다. 저는 사람들 앞에서 춤추기를 좋아합니다. 그래서 한국 사람이 모이는 곳에서 제 춤실력을 보여 주면 많은 분들이 좋아합니다.

제 장점을 살려서 배우고 노력하여 유럽 최고의 한국인이 되겠습니다. 그리고 대한민국을 더욱 알리도록 하겠습니다.

여러분, 저 안서영을 기억해 주십시오.

미래에 우뚝 설 자랑스러운 차세대입니다.

제 연설을 끝까지 들어주셔서 진심으로 감사드립니다.

자랑스런 한국, 한국인

주예랜 / 스페인

저는 '모로코'에서 태어났습니다. 그곳에서 자라다가 지금은 '스페인'에서 살고 있습니다. 그래서 한국 사람들과 다른, 여러 나라 사람들과 함께 살아왔습니다. 저는 어디를 가든지 외국인 속에서 '나는 한국 사람'이라고 자랑스럽게 소개합니다.

제 부모님께서 벽에 붙여 놓은 '한국 지도'와 오빠가 문에 걸어 놓은 '태극기'를 보면서, 그리고 세 살 때부터 '한글학교'에 다니면서 우리나라를 배워 왔습니다.

한국 사람과 만나 한글을 배우고 우리말로 함께 뛰놀던 '한글학교'는, 항상 제 가슴을 기쁨으로 가득하게 했습니다. 초록빛 나무로 우거진 산들이 많고 봄, 여름, 가을, 겨울이 펼쳐지는 고국의 모습이 멋지지 않습니까? 한국의 단풍은 정말 아름답습니다.

우리 부모님께선 우리나라의 사계절 덕택에, 한국 사람은 어디를 가든지 잘 적응하며 살 수 있다고 했습니다. 생각만 해도 즐거운 우리나라, 한국을 저는 너무도

자랑스럽게 생각합니다. 제가 좋아하는 한복도 있고, 할머니, 할아버지, 언니, 오빠 그리고 사랑하는 많은 사람들이 한국에 살고 있기 때문에, 더욱 좋은 곳입니다.

세계 여러 나라 국기 중에서도 가장 멋있게 생긴 '태극기', 그리고 세계 여러 글씨들 중에서도 가장 예쁘고 깔끔하게 생긴 '한글'을 어떻게 자랑스럽게 생각하지 않을 수 있겠습니까!

또한 한국에서 만든 모든 제품은 얼마나 좋은지 모릅니다. 필통도, 연필도, 지우개도, 색연필도, 참 아름답고 편리합니다. 한국의 아이스크림과 붕어빵은 제가 제일 좋아하는 먹거리입니다.

이따금 한국에 가면 한국 사람 속에서 따뜻하고 포근한 엄마 품에 있는 듯한 느낌을 받습니다. 우리나라는 길거리도 깨끗하고, 관공서에 가면 아줌마, 아저씨들이 참 친절하게 대해 주기 때문에 기분이 좋습니다.

저는, 학교에서 돌아오면 한국어 공부하기를 좋아합니다.

왜냐하면, 저는 자랑스런 한국인이기 때문입니다. 아빠와 함께 '한자' 공부하는 것도 참 재미있습니다. 아빠께서 한국 사람은 '한자'도 알아야 된다고 하셨기 때문입니다. 우리나라 국어책에 나오는 글을 읽어보면 얼마나 재미가 있는지 모릅니다. 역시, 한국이 최고라고 생각합니다.

부모님을 통해서, 예전에는 우리나라가 가난하고 지저분했는데, 온 국민이 다 함께 열심히 일하고 깨끗이 청소하고 부지런히 공부해서 잘 살게 되었다는 것을 알게 되었습니다.

그리고 우리나라는 무엇을 만들 수 있는 자원이 없는데도 땀 흘리며 기술을 익혀서 우리나라가 발전했다고 했습니다.

그래서 저도 열심히 공부하고 있습니다. 제가 너무도 좋아하는 자랑스런 한국을 위해서…….

감사합니다.

어허! 다현!

함다현 / 런던

"어허! 다현!!"

오늘도 엄마는 저에게 한 마디 아주 짧게 주의를 주십니다.

엄마는 제가 영어로 이야기할 때마다 "다현! 한국말~ "이라고 말씀을 해주십니다.

저는 두 살이 되던 해 영국에 와서 지금 7년째 영국에서 살고 있습니다. 집에서는 한국말만 쓰라고 하시지만, 동생과 놀거나 일기를 쓸 때, 가끔은 저도 모르게 영어가 먼저 나오기도 합니다.

"엄마! 나는 영어가 편한데 영어로 하면 안 돼?"라고 말해 보지만 우리 집에서는 어림도 없습니다.

엄마는 왜 제게 한국말을 하라고 할까요? 늘 그것이 궁금했습니다.

"한국 사람이잖아!"라고 말씀해 주시지만, 제가 한국말을 모른다고 해서 영국 사람이 되는 것은 아니잖아요.

여러분!

우리는 왜 한국말을 배워야 할까요?

전 세계에 흩어져 사는 한국 사람들이 우선 편하다는 이유로 자기가 살고 있는 나라 말만 배우고 산다면 한국 사람들끼리 만나게 되었을 때 우리는 어떤 말로 서로 이야기를 할 수 있을까요?

엄마, 아빠는 늘 대화가 중요하다고 합니다.

아마 어른들이 말하는 대화라는 것은 마음속을 이야기하여 서로 잘 알게 되는 것을 말하는 것 같습니다.

같은 나라 사람끼리는 자기네 말로 이야기를 나누어야 서로의 마음을 제일 잘 알게 되지 않을까요? 또 우리끼리 모여서 다른 나라 말로 이야기하는 것은 무언지 모르게 조금 이상하고 부끄럽다는 생각이 들기도 합니다.

또, 제가 이 자리에서 한국어와 영어, 둘 중 하나를 골라서 발표를 해야 한다면 전 어느 나라 말로 해야 할까요? 다른 나라 말로 이야기할 수도 있겠지만 한국 사람들끼리 모였으니 다른 나라 말보다는 한국말로 발표를 하는 것이 맞는 것 같아요. 어른들은 한국을 빛내는 훌륭한 사람이 되라고 합니다.

열심히 노력해서 훌륭한 사람이 되었지만 내 나라 말인 한국말도 못하는데 과연 그 사람이 한국을 대표하는 훌륭한 사람이라고 할 수 있을까요?

한국말을 잘하면 한국에 갔을 때 할아버지, 할머니 그리고 많은 사람들과 많은 이야기를 할 수 있고 쉽게 친해집니다. 또 한국에 대해 많이 알게 되고 영국에 있는 친구들이나 선생님께도 많은 이야기를 해줄 수 있습니다.

그리고 한국에 대해 엄마, 아빠가 지금 제게 말씀하여 주시듯이 이다음에 제가 어른이 되었을 때 우리 아이들에게 저도 한국말로 한국에 대해 이야기하여 주고 싶어요.

여러분!

저는 이제부터 더 열심히 한국말을 배우고 익혀 잘 쓸 수 있게 노력하려고 합니다. 그래서 엄마가 "어허! 다현!!"이라고 하시는 일이 다시는 없도록 할 것을 다짐합니다. 그리고 오늘 이 자리에 온 많은 언니 오빠들과 같이 한국말로 이야기하며 재미있게 지내고 싶습니다. 영어나 다른 나라 말로 하는 것보다 한국말로 하는 것이 훨씬 더 제 기억에 남을 것 같습니다.

한국에서 살고 있지 않은 저희들이지만 서로 만났을 때 한국말로 이야기를 나누고 재미있게 놀 수 있도록 한국말을 잘할 수 있게 도와주세요. 저도 다른 공부도 열심히 하고 한국말과 글도 열심히 배워 자랑스러운 한국 어린이가 되겠습니다.

감사합니다.

한국인의 힘을 보여 줄 테다

김규리 / 오스트리아

저는 현지 초등학교 2학년에 다니고 있는 일곱 살 김규리입니다.

저는 2살 반에 부모님을 따라 빈(Wien)에 왔습니다. 유럽 생활이 처음이신 부모님과 저는 이 모든 것이 낯설기만 했습니다. 말과 뜻이 통하고 친근한 한국과는 전혀 다른 곳이라 느꼈습니다.

저희 부모님은 유럽의 한국인으로서 어떻게 살아가야 할지를 고민하셨습니다. 다른 부모님들 같으면 독일어를 먼저 가르치셨겠지요. 하지만 저는 한글을 쓰고 읽고 말하는 것부터 배웠습니다. 그래서 지금도 다른 아이들보다 좀 더 나은 한국어 실력을 갖추게 된 것 같습니다.

제가 초등학교에 입학하면서 독일어에 대한 고민을 많이 하게 되었습니다. 그러던 중 모국어가 모든 배움의 우선되어야 한다고, 모국어를 잘하면 외국어도 잘할 수 있다고 충고해 주신 독일어 과외 선생님의 말씀이 저에게 큰 용기가 되었습니다.

그래서인지 저는 독일어 또한 빨리 배우고 익힐 수 있었습니다. 물론 다른 현지 학생들에게 뒤지지 않기 위해서 학교생활도 적극적으로 했습니다. 그 결과 2학년에 올라오면서 전 과목에 1점을 받을 수 있었고, 모든 것에 최선을 다하고 결코 뒤지지 않는 한국인으로서의 제가 더욱 자랑스러웠습니다.

저는 도서관에 자주 갑니다. 물론 독일어 책을 보기 위함입니다. 영어나 터키어로 된 아동 서적 코너는 볼 수 있었지만 우리나라 책은 어디에서도 찾아볼 수 없었습니다. 정말 안타까웠습니다.

한국에서는 제 또래 아이들의 독서량은 엄청나다고 들었습니다. 그 아이들과 함께 세계에 우뚝 서려면 빈에서도 한글책을 읽고, 한국말로 서로 토론하며, 한국을 느낄 수 있는 곳이 있었으면 좋겠다고 생각했습니다.

그 바람이 이제 현실로 이루어진다고 합니다. 빈에 한인문화회관이 완공되어 한국어 책을 마음껏 빌려 볼 수 있는 도서관이 생깁니다.

다른 해외의 모든 나라에도 한인회관이 세워져 저와 같은 친구들이 한글책을 마음 놓고 읽을 수 있는 도서관이 설립되었으면 좋겠다고 힘주어 말합니다!

저는 가끔 겉모습만 한국인인 사람들을 봅니다. 물론 빈에 자리 잡은 한국인 2세들이지만 한국어보다 독일어가 더욱 자연스러운 그분들이 진정한 한국인일까요?

순대와 떡볶이를 좋아하고 슈니첼을 먹어도 스파게티를 먹어도 김치가 생각나는 저보다 더 한국인의 정서를 이해한다고 하겠습니까?

여러분의 자녀가 세계 어느 곳에서도 떳떳하고 자랑스러운 한국인으로 인정받으며 자랄 수 있으려면 우리말 한글을 배우고 익혀 잘 사용할 수 있도록 부모님 또한 노력해야 할 것입니다.

빈에 사는 제가 우리의 말과 글과 정서를 잊지 않고 이다음에 어른이 되어서도 한국인이라는 자부심을 가지고 이 땅에 우리의 힘을 보여 줄 것이라고 작은 주먹 불끈 쥐고 소리 높여 외칩니다!

나는 국가대표입니다

김다빈 / 오스트리아

안녕하십니까? 저는 비엔나한글학교 3학년 김다빈입니다.

여러분! 여러분은 '세종대왕' 하면 무엇이 제일 먼저 떠오르십니까?

네! 맞습니다. 세종대왕은 세계적으로 가장 우수한 언어, '한글'을 탄생시킨 위대한 왕이십니다. 그래서 우리는 이 훌륭한 한글을 가지고, 우리의 생각을 마음껏 글로 표현할 수 있는 것입니다.

저는 이 훌륭한 한글을 사용하는 한국인이지만, 독일에서 태어났고 지금은 오스트리아 빈에 살고 있습니다. 그래서 여기에 있는 한국 친구들과 독일어로 이야기하는 것이 솔직히 더 편합니다.

그러나 제가 한글을 잘 읽거나 쓰지 못하고 또 학교에서도 독일어로 공부하고 독일어가 편하다는 이유로 한국말을 잊어버리게 된다면, 훗날 저는 한국인도, 그렇다고 오스트리아 사람도 아닌, 어떤 사람으로 살게 될까요?

또, 한국에 계신 할아버지, 할머니와는 무슨 말로 이야기해야 할까요?

여러분!

우리가 지금 오스트리아에 살고, 독일 말을 하며, 현지음식을 먹고, 유럽식 교육을 받는다 하여도 우리의 겉모습까지 오스트리아 사람이 될 수는 없습니다.

여러분! 우리는 한국 사람입니다. 그렇기 때문에 우리 대한민국을 사랑하고 배워나가며 모국어인 한국말을 잘해야 한다고 힘주어 말씀드립니다.

나라를 대표하는 운동선수를 국가대표라고 합니다. 비록 운동에만 국가대표가 있는 것이 아니라 유럽 땅에 살며, 세계 속에 한국을 알리는 바로 저와 여러분이 대한민국 대표입니다.

저는 비록 지금은 어리지만 머지않아 우리나라를 대표하고, 우리나라를 지킬 수 있으며, 우리의 우수한 한글을 다른 나라 언어로도 마음껏 표현해 낼 수 있는 자랑스런 한국 국가대표가 될 것입니다. 한국말은 제 뿌리이기도 합니다. 뿌리가 약한 나무는 바람이 불 때 쉽게 꺾이지요? 저는 세계라는 땅 속에 한국어라는 튼튼한 뿌리를 가진 훌륭한 나무로 자라고 싶습니다.

여러분, 우리가 독일어와 한국말을 다 잘한다는 것이 얼마나 어려운지 저는 잘 알고 있습니다. 그러나 우리가 한국 사람인지를 지켜주는 것이 무엇인지 잊어버리지 맙시다.

오스트리아에서 한국어를 사랑하는 것! 이것이 우리가 우리의 부모님을, 할머니, 할아버지를, 그리고 우리의 친구들을 사랑하는 방법입니다.

바로 저와 여러분 모두가 자랑스런 대한민국 국가대표입니다.

우리를 통해 세계인들이 대한민국을 새롭게 발견하게 될 것입니다.

대한민국 파이팅!!!

아름답고 자랑스러운 우리만의 것

김규리 / 이탈리아

"나랏말싸미 듕귁에 달아 문짜와로 서르 사맛디 아니할쌔 이런 젼차로 어린 백성이 니르고져 홇배 이셔도 마참내 제 뜨들 시러 펴디 몯핧 노미 하니라."

여러분! 우리나라 문화유산의 결정체라 할 수 있는 훈민정음 서문의 일부입니다. 세종대왕과 집현전 학자들의 노력으로 만들어낸 우리 민족의 독창적이며 자주적인 글자인 한글, 바로 우리의 언어입니다.

여러분, 여러분은 알고 계십니까?

우리 한글은 24개의 문자로 1만 2,000개나 되는 소리를 표현할 수 있는데 비해, 일본어는 300개, 중국어는 400개에 불과한 소리밖에 표현할 수 없다고 합니다. 이 얼마나 놀라운 일입니까?

또한 한국어는 풍부한 표현력에 있어서 가히 세계 최고라고 할 수 있습니다! 파란색을 표현할 때도 영어나 이탈리아어에서는 진한 파랑, 연한 파랑 정도로밖에 표현할 수 없지만, 우리 한국어에서는 그 상태에 따라 푸르다, 퍼렇다, 시퍼렇다, 푸르스름하다 등의 여러 다양한 표현이 가능할 정도로 한글은 인간의 감정과 생각을 가장 사실에 가깝게 드러낼 수 있는 문자입니다.

우리 한글은 글 중에 유일하게 세계 유네스코 기록유산으로 지정되어 있는 자랑스러운 우리글입니다. 또한 최고의 언어 연구학을 자랑하는 옥스퍼드 대학교의 언어학에서 모든 글자 중 최고의 글자는 한글이라고 발표했습니다. 더욱 자랑스러운 것은 인도네시아 소수 민족 중 하나인 찌아찌아족이 공식문자로 한글을 채택했다고 합니다. 저는 우리 한글이 너무나도 자랑스럽습니다.

그런데 지금 우리들은 어떻습니까?

우리는 이와 같이 소중한 우리만의 언어를 가지고 있음에도 불구하고 우리 말을 바로 사용하지 못하고 있으며, 원래의 순수했던 우리말은 한자와 일본 어, 외래어에 눌려 점점 사라져 가고 있습니다.

순수 우리말로만 대화를 하고자 한다면 우리는 당장 의사소통에 불편함을 느낄 것입니다. 우리말의 어감도 좋고 정말 예쁜 말이 많은데, 잘난 척하고 싶어 하는 일부 사람 때문에 사라져 가는 현실이 너무나도 안타깝습니다. 그 렇다면 자랑스러운 우리글의 우수성을 세계에 알리려면 우리가 할 수 있는 일은 무엇일까요? 그것은 그리 어려운 일이 아니라고 생각합니다. 우리 한 사람, 한 사람이 한글 홍보대사라는 생각으로 우리의 단짝 친구들에게 한국 어를 알려 주는 일부터 시작해 보는 것입니다. 이런 우리들의 작은 노력이 모 여 한국어가 전 세계에서 쓰여지는 날이 언젠가 올 수 있으리라 믿습니다.

여러분, 우리 한글, 한국어는 아름답고 자랑스러운 우리만의 것입니다.

우리가 아끼고 사랑하며 전 세계에 자랑해야 한다고 이 연사 힘주어, 힘주 어 외칩니다. 감사합니다.

한국어의 필요성

강소망 / 체코

여러분, 전 한국을, 그리고 한글을 아주 자랑스럽게 생각합니다.

우리의 선조, 세종대왕께서 만드신 우리의 한글은 현재 유네스코가 세계기록유산으로 지정하고 있습니다. 또한 언어학 연구 분야에서 세계 최고로 인정받는 영국 옥스퍼드대학교가 합리성, 독창성, 실용성 등의 기준에 따라 최고의 점수를 준 언어입니다.

저는 다섯 살 때, 한국을 떠나 체코로 왔습니다. 그런데 체코의 낯선 친구들 속에서 체코어를 모른다고 왕따를 당했습니다. 하루에도 몇 번을 울었습니다. 그러나 그 모든 어려움을 이겨낼 수 있었던 것은 한국 동화책이었습니다. 동화책을 읽으며 부모님과 한국어로 말하면서 어려움을 이겨나갔습니다. 그리고 체코어도 열심히 공부하였습니다. 그래서 지금은 저희 반에서 체코어를 가장 잘하는 아이로 인정을 받았습니다. 지금은 많은 체코 친구들이 생겼습니다.

저는 우리나라의 교훈적인 동화를 친구들에게 소개해 주고, 한국어 인사말도 알려 주었습니다. 제 친구들은 저를 통해 한국이란 나라를 알게 되었습니다. 저는 어느새 친구들 속에서 한국 대표가 되어 있었습니다.

제가 만일, 왕따를 당해서 한국어를 하지 않고 체코어만 했다면 과연, 친구들 속에서 한국 대표가 될 수 있었겠습니까? 한국 사람이 한국어를 제대로 하지 못하면 과연 친구들이 저를 한국 사람으로 인정하겠습니까?

여러분, 한국어를 잘할 때 우리는 한국을 대표하는 차세대가 될 수 있습니다. 한국어를 반드시 합시다. 그래서 한국을 유럽에 널리 알리는 한국 대표들이 됩시다.

전 요즘에 우리의 친구들이 한국어를 부끄러워하고 영어를 더 좋아한다는 소식을 듣고 아주 안타까웠습니다. 영어는 세계 속에서 어깨를 나란히 하고 선의의 경쟁을 해야 하기 때문에, 그 필요성에 의해서 반드시 배워야 합니다.

물론, 외국에서 살고 있는 우리들이 한글을 배우고 사용할 때에 어려움이 있습니다. 그러나 우리의 한글은 우리 대한민국 차세대들이 한마음, 한 뜻으로 모여 한 공동체를 이루고 하나의 목표를 향해 나아갈 수 있도록 단결시켜 주는 힘이 있습니다.

저는 체코 학교에 다니므로 체코 책을 많이 읽습니다. 그러나 우리나라 전래동화나 위인전, 역사책, 동화책 등을 읽으면 그곳에서 왠지 모르는 감동이 느껴집니다. 그것은 제가 체코 책을 읽었을 때와는 전혀 다른 느낌이었고, 제가 바로 한국인의 정서가 있는 분명한 한국인 2세라는 것을 깨닫게 해주었습니다. 이처럼 한국어는 우리들에게 대한민국 사람이라는 정체성을 갖게 해줍니다.

그러므로 우리들은 반드시 한국어를 바르게 배우고, 익혀야 합니다.

여러분, 한글은 세계 어디에 내놓아도 부끄럽지 않습니다. 이는 세계가 이미 인정한 것입니다. 그러므로 우리가 우리의 한글을 아주 자랑스럽게 여겨야 합니다. 더욱더 발전시켜 나가야 합니다. 그럴 때 우리는 세계 속에서 으뜸이 되어가는, 대한민국을 대표하는 차세대가 될 수 있습니다.

여러분 한국어를 사랑합시다. 한국어를 알립시다. 그리하여 우리 모두가 한국을 대표하는 자랑스런 차세대가 됩시다.

우리말, 우리글 바로 쓰기

김종현 / 체코

여러분.

여러분이 생각하기에 왜 우리말을 바르게 써야 할까요?

우리들이 배우고 익히며 쓰고 있는 우리말, 우리글인 한글은 1443년 조선 제4대 임금 세종대왕이 훈민정음(訓民正音)이라는 이름으로 창제하여 1446년에 반포했습니다. 비록 까마득한 옛날에 만들어진 글이지만 과학적인 언어라는 연구 결과가 벌써 여러 군데에서 나왔습니다. 한글은 배우고 익히기 쉽기 때문에 우리나라는 세계에서 문맹률이 가장 낮은 나라이고 또 1997년 유네스코가 세계기록유산으로 지정한 문자이며 옥스퍼드대학교(Oxford University)에서도 한글의 합리성, 독창성, 실용성 등을 인정받아 당당히 1등한 자랑스러운 우리글입니다.

이렇게 여기서도 엿볼 수 있듯이 우리글인 한글은 예로부터 내려오고 있는 우리 조상들의 얼과 혼이 담겨 있는 말과 글이라고 저는 생각합니다. 하지만 우리의 이런 자랑스러운 한글이 시간이 흐르고 시대가 변하면서 여러 가지 이유로 훼손되고 있다고 생각합니다.

특히, 방송이나 인터넷 등 대중매체를 통해 쏟아져 나오는 나쁜 말과 유행어가 쉽고 재미있다는 이유로, 간편하고 멋있어 보인다는 이유로, 또한 친구들이 남발하는 외래어 등에 의해 훼손되고 있습니다. 이렇게 오염되고 있는 우리의 얼은 하루아침에 와르르 무너지거나 사라져 버리지는 않겠지만 친구들의 귀와 입을 통해 무한대로 그리고 아무 생각 없이 우리가 사용하고 받아들여져서 잘못된 언어의 사용이 계속된다면 우리의 정신인 말과 글은 곧 이 세상에서 사라져 버릴지도 모를 일입니다.

여러분!

'잠실 선착장'이 원래는 '누에 나루'로, '육교'는 '구름다리'로 불렸었다는 것을 알고 있습니까? 듣기 좋고 말하기에도 아름다운 '나루'와 '구름다리'가 왜 '선착장'과 '육교'로 쓰이고 있을까요? 이것은 바로 우리나라가 다른 나라의 침략으로 나라를 빼앗긴 것도 부족하여 우리의 훌륭한 말과 글까지 빼앗겨 버린 지난 역사 때문입니다.

만약 우리가 앞장서서 바르게 쓰려고 노력하지 않는다면 불행히도 우리 후손들은 우리말인 한글 대신 외래어와 정체 모를 말과 글을 쓰는 일이 더욱 잦아질 것이며, 우리의 얼과 혼이 담긴 우리글에서 느낄 수 있는 소중한 역사와 자랑스러움을 느껴보지도 못한 채 살아갈 수도 있을 것입니다. 이런 일을 막기 위해서 가장 우선해야 할 일 중 하나는 외래어를 자주 사용하면 왠지 멋있어 보일 것이라는 착각을 버려야 합니다. 외래어 속에 너무 많은 말이 남용되고 있음을 생각하고 줄이려고 노력해야 하며, 다른 형이나 친구들이 바꿔 쓰고 있는 말을 따라하지 말아야 합니다. 욕도 일종의 저주나 나쁜 말을 줄여 말한 것이니 여러 사람이 공개 웹사이트에서 주고받는 나쁜 글이 많은 곳은 스스로 피하고, 또 바른 말과 글로서 보이지 않는 곳에서도 예의를 지키려 노력하는 것도 좋은 방법이 될 수 있다고 저는 생각합니다.

여러분! 지금 여기 계시는 분들은 전부 적어도 외국인 친구 한 명 정도는 있을 거라 생각합니다. 저는 학교에서 방과 후 활동으로 한국어에 관심 많은 외국 선생님을 도와 한국어 수업에 참가하고 있습니다.

한글을 배우고 싶어 하고 또 배우며 즐거워하는 모습을 보면 뿌듯합니다. 그렇지만 가끔 누군가로부터 욕을 배우거나 잘못된 표현을 배워서 마구 쏟아내는 것을 볼 때면 슬프기도 하고 부끄럽기도 합니다. 누군가는 재미로 가르쳐 준 것이겠지만 이것은 우리가 절대 하지 말아야 할 것 중의 하나라고 저는 생각합니다.

이렇게 우리가 잘못 선택한 언어를 최소한 줄이려고 노력하고 유행어나 욕, 뻴과 헐 등과 같은 줄임말 등을 쓰지 않으려고 우리 스스로 노력한다면 앞에서 지금까지 말한 일은 실제로 일어나지 않을 수도 있습니다.

여러분, 이렇게 우리의 얼이 담긴 말과 글은 우리가 스스로 노력하여 지키지 않는다면 누가 강제로 빼앗아 가지 않아도 자연스럽게 사라져 버릴지도 모릅니다. 생각해 봅시다. 친구들과 부모님과 대화를 할 때 우리말이 아닌 다른 나라 말로 대화를 해야 하고 표현해야 한다면 얼마나 슬플까요? 우리나라가 가진 아름다운 사계절과 풍경을 외래어로 표현해야 한다면 얼마나 슬플까요? 전 세계가 하나처럼 살고 있는 요즘 영어, 중국어, 프랑스어를 배우는 것이, 그리고 쓰는 것이 나쁘다는 것이 아닙니다. 미래에는 지구촌 곳곳을 누비며 활동을 해야 할 테니까요.

하지만 제일 먼저 전 세계가 인정한 우리나라만이 가지고 있는 우리 고유의 언어를 우리 스스로 아끼고 사랑하고 아름답게 사용한다면 우리나라만이 가질 수 있는 고유의 언어를 지킬 수 있을 것이고, 우리나라 말과 글을 바탕으로 훗날에는 우리가 전 세계를 이끌어갈 수 있을 것이라고 저는 강력하게 주장합니다.

감사합니다.

미래의 리더

김영일 / 독일

제2차 세계대전 후 식민지로부터 독립된 나라는 147개국이며 그중 단 한 나라만이 선진국의 대열에 우뚝 섰습니다. 그 이름, 자랑스러운 내 나라 대한민국입니다, 여러분.

한국은 아프리카 대륙 52개국 전체 수출의 2배에 달하는 수출로 세계 10대 수출 강국이 되었습니다. 그뿐 아니라 세계 1위 전자 기업체, 세계 1위 조선술, 인터넷 보급률 세계 1위, 온라인 통신에 더해 유네스코로부터 가장 적합한 글로 인정받은 한글, 세계적 수준의 영화 애니메이션 제작술, 세계를 진동시키고 있는 한류 문화 등 모든 분야에서 세계 1위를 달려가고 있는 한국입니다.

세계 국토 면적의 0.07퍼센트 면적, 세계 인구의 1퍼센트에 해당하는 작은 나라 한국, 이 작은 나라가 세계인들이 무모한 불가능이라고 우려한 걱정을 제치고 어떻게 이 짧은 기간 안에 '한강의 기적'을 만들 수 있었겠습니까?

1964년 12월, 한국에 잊지 못할 역사의 하루를 울음바다로 채웠던 그날을 여러분은 기억하십니까?

독일 함보른 탄광에서 애국가가 울려 퍼지던 그날, 대통령도, 광부들도 함께 울었습니다.

가난한 조국을 위해 가난한 나라 출신의 외국인 노동자로 이역만리 이국땅에서 꽃다운 청춘을 바쳐 일한 파독 광부와 간호사입니다.

그분들이라고 꿈이 없었겠습니까? 고국에서 공부하고 싶지 않았겠습니까?

젊은 날의 꿈을 접고 오로지 내 가족, 내 나라 한국의 경제발전을 위해 반평생을 바친 그분들의 심신의 아픔을 우리는 함께 어루만져야 할 것입니다.

독일에서 태어나고 자란 저는 몰랐습니다. 그저 한국 사람들은 독일 사람들과 정서가 다르다고 생각했습니다. 한국은 원래 잘사는 나라인 줄 알았습니다.

그러나 지금은 그분들을 보면서 그분들의 한을, 그리고 지금 우리가 누리는 풍요로움의 원천을 알게 되었습니다.

지금 우리가 누리는 풍요로움은, 지난날 그분들의 피와 땀과 눈물로 일구어낸 것임을 결코 잊어서는 안 되겠다고 힘주어 외칩니다!

『강대국의 흥망』을 쓴 세계적인 역사학자 폴 케네디(Paul Kennedy)는 21세기 태평양 시대를 예언했습니다. 21세기는 아시아의 시대이며 그 중심 국가, 리더가 될 국가는 한국이라고 세 가지 이유를 들어 말했습니다. 첫째 사회 도덕심을 가진 민족, 둘째, 그 나라의 혼을 가진 문화, 셋째 자유 민주주의를 갖춘 민족이라는 점을 들어서 말입니다. 그는 단순한 이론만을 보여 준 것이 아니라 각국의 상황과 시대 구분법을 통해 분석했습니다.

한국은 다른 나라를 침략해 국제적 도덕심을 구기지 않았고 한국인의 정신, 혼이 살아 있는 고유한 문화를 가지고 있으며, 원칙과 소신의 희생으로 이룬 자유 민주주의 국가 한국이 미래의 리더임을 믿어 의심치 않습니다.

동감하십니까? 여러분!

그러나 우리가 미래의 리더가 되기에 앞서 몇 가지 짚고 넘어가야 할 문제가 있습니다.

가난한 세대를 극복한 50~60대 세대와 신세대의 가치관 충돌, 사회복지 제도가 아직 미비한 상태에서 노동자의 콤플렉스, 한국 사회에 만연한 공직자의 도덕적 해이, 그리고 국민 대다수의 무감각은 자본만이 선진국이 아닌 국민을 위한 복지국가, 국민성의 선진국을 여는 데 걸림돌이 될 것입니다.

또한, 우리는 세계 앞에 우리 힘으로 이루어낸 평화통일을 똑똑히 보여 줘야 합니다.

여러분,

우리는 다시 반성하고 실천하여 부끄럽지 않을 미래를 준비해야 합니다.

저는, 우리 차세대는 우리 조상들이 물려준 한국인의 정신, 우리의 전 세대가 힘써 해낸 노력과 결실을 지키고 그분들이 희망했던 꿈을 이룰 것이라고, 대한민국의 내일을 진정한 이 시대의 리더로 만들어내고야 말겠다고 약속드립니다.

우리 모두 세계의 주역이 되어 최선을 다하며 진정한 미래의 리더, 선진국다운 선진국으로서의 대한민국을 한 마음, 한뜻으로 함께 다시 세우자고, 우리는 해낼 자신이 있다고 다시 한 번 여러분에게 희망의 메시지를 보냅니다!

나, 독일에 사는 한국인, 그리고 세계인

김이재 / 독일

저는 독일 마인츠에 살고 있는 열다섯 살 김이재입니다.

어른들은 좋을 때다 하시지만 열다섯 살인 저에게 얼마 전부터 고민이 생겼습니다. 언제부터인지 독일 친구들과 함께 있으면 다른 사람들이 저를 많이 쳐다보는 느낌이 들었습니다. 물론 전에도 동양적인 제 외모 때문에 눈에 띈다고 생각했지만 요즘 들어 사람들의 시선이 부쩍 많이 느껴집니다. 어머니께서는 제가 사춘기라서 더 신경이 쓰이는 것이라고 하십니다. 사실 이제까지 저는 독일 친구들과 별로 다르지 않다고 생각했습니다. 같은 학교에서 공부하고 생일파티도 함께하고 고민거리도 비슷했습니다.

그러고 보니 제가 독일 친구들과 다른 점이 또 있었습니다. 지난 월드컵 때 한국과 독일이 축구경기를 하던 날이었습니다. 저는 아무 생각 없이 학교에서 '대한민국!'을 외쳤습니다. 제 친한 친구들은 모두 독일을 응원하는데 저만 한국을 응원했습니다. 학교에서 외톨이가 된 느낌이었고 친구들이 낯설게 느껴졌습니다. 제가 다니는 한글학교 다른 친구들도 저와 비슷한 경험을 했습니다. 월드컵이 끝나고 친구들과도 다시 잘 지냈지만 그 이후로 제 마음 한 구석엔 '나는 누구인가'라는 생각이 늘 자리 잡고 있었습니다.

그러던 중 저를 뿌리째 흔들어 놓은 사건이 있었습니다. 지난 봄 독일학교 선생님의 추천으로 장학생 선발에 지원서를 냈고, 1차, 2차를 거쳐 마지막 3차 면접까지 치렀습니다. 저는 매우 기뻤고 자부심도 생겼습니다. 조금 떨리기는 했지만 심사위원들 앞에서 저 자신과 장래희망, 그리고 한국에 대해 소개했습니다. 마지막으로 한 심사위원이 나중에 한국과 독일, 어느 나라에서 살고 싶은지 제게 물었습니다. 이것은 단순히 점심에 소시지를 먹을지 김치찌개를 먹을지를 고르는 것이 아니라 한국과 독일 중 한 나라를 선택하는 문제라서 저는 당황스러웠습니다. 조금 망설이다 저는 천천히 대답했습니다. "제가 어디에 살지는 중요하지 않습니다. 한국, 독일, 세계 어느 곳이든 무엇을 어떻게 하느냐가 중요하다고 생각합니다." 면접을 마치고 나와서도 이 질문은 제 머릿속에서 계속 맴돌았습니다.

과연 '나는 누구인가?', '유럽 한가운데 독일에 사는 한국인인 나는 어떤 존재인가?' 결론은 어떤 문제도 한국을 떼어놓고 생각할 수 없다는 것입니다. 제 꿈에는 한국인이라는 뿌리가 늘 함께하고 있습니다. 독일에 살고 있지만 유난히 힘든 날이면 할머니가 끓여주신 된장찌개가 생각나는 것처럼 말입니다. 그렇다면 '지금 내가 이곳에서 할 수 있는 일은 무엇일까?' 생각해 보았습니다. 그래서 저는 지금 한국과 독일에 서로의 문화를 소개하는 일을 하고 있습니다. 한국무용을 통해 독일 사람들에게 우리 문화를 소개하고, 한국에서는 독일 문화를 소개하는 기사를 쓰고 있습니다. 이런 작은 노력이 모여서 한국과 독일 사람들이 서로를 더 잘 이해할 수 있으리라 믿습니다.

만약에 제가 한국에 살았더라면 한국이 그렇게 큰 의미로 다가오지 않았을 것입니다. 마치 늘 곁에 있어서 평소에는 고마움을 모르는 공기처럼 말입니다. 하지만 지금 독일에 사는 열다섯 살 저에게 한국은 마치 커다란 나무그늘처럼 그리고 공기처럼 늘 함께 있습니다. 단순히 한국인으로 머무르는 것이 아니라 더 나아가 독일에 한국 문화를 전달하고 한국에 독일 문화를 소개하여 두 나라 간의 문화 차이를 극복하는 데 도움이 되는 다리 역할을 하고 싶습니다. 이를 바탕으로 한국과 독일을 뛰어넘어 전 세계의 인류가 하나가 될 수 있으리라 믿습니다.

면접에서 제가 했던 대답을 다시 생각해 보았습니다.

한국, 독일, 그리고 세계! 나, 독일에 사는 한국인, 그리고 세계시민!

우리 집 정원으로 초대합니다

서하민 / 독일

저는 오늘, 여기 오신 분들을 특별히 우리 집 정원에 초대하려고 이 자리에 섰습니다. 여러분들에게 꼭 보여 드리고 싶은 꽃과 채소들이 우리 정원에서 자라고 있기 때문입니다.

벌써 3년 전인가요? 저는 우리 한글학교에서 우리나라의 꽃인 무궁화에 대해서 배웠습니다. 아빠는 제 무궁화 이야기를 들으시고는, 바로 작은 무궁화나무를 사서 우리 집 정원에 심어 주셨습니다. 그렇게 해서 무궁화는 무럭무럭 자라게 되었고, 여름이 되면 분홍색이면서도 속으로 갈수록 빠알간 예쁜 무궁화를 볼 수 있게 되었답니다.

작년부터는 봉숭아 하고 채송화도 같이 가꾸었습니다. 이뿐만이 아닙니다. 엄마는 이왕이면 우리나라 야채도 한번 길러볼까 하시고 고추와 상추, 깻잎과 같은 채소도 심으셨습니다. 이 꽃과 채소들이 무럭무럭 자랐을 때, 저는 제 독일 친구인 알리나와 율리아를 초대해서 우리 정원을 보여 주었습니다. 제 친구들은 특히 손가락에 봉숭아물을 들일 수 있다는 말을 듣고 아주 좋아했습니다. 그래서 저랑 같이 봉숭아 매니큐어를 칠했습니다. 여러분들도 들어보셨을 것입니다. 손톱에 봉숭아물을 들여서 첫눈이 올 때까지 지워지지 않으면 첫사랑이 이루어진다는 이야기 말입니다.

우리 세 사람은 작년에 첫사랑을 이루지 못했습니다. 왜냐하면 첫눈이 너무도 늦게 내려서 그 사이 손톱의 봉숭아물이 다 빠졌기 때문입니다. 또 우리 가족은 율리아 가족들을 가끔 삼겹살 파티에 초대합니다. 물론 우리가 키운 싱싱한 고추나 상추, 그리고 깻잎을 같이 대접합니다. 율리아의 아빠는 꼭 한국 사람처럼 삼겹살을 좋아하십니다. 상추, 깻잎 그리고 매운 고추와 김치도 잘 드십니다. 이렇게 한 입 싸서 드시고는 "와, 이렇게 맛있는 고기는 처음이에요."하십니다. 그래서 엄마가 조금씩 싸주시기도 하셨습니다.

율리아는 봉숭아물 들이는 것을 좋아하지만 고추와 깻잎은 그 톡 쏘는 맛과 향이 별로인지 먹어볼 엄두가 안 나는 모양입니다. "미안해, 하민. 난 이거 도저히 못 먹겠어." 여러분, 저는 이렇게 우리 정원에서 키우고 있는 우리나라의 꽃과 채소들을 친구들과 함께 보고 또 함께 나누어 먹을 수 있다는 사실이 매우 기쁩니다. 물론 모든 외국인이 우리의 먹거리를 좋아하는 것은 아닙니다. 또 좋아하지 않는 것을 억지로 강요할 수도 없습니다. 그러나 이렇게 음식을 나누면서 정을 쌓아가는 것이 우리의 아름다운 문화임을 저는 자랑스럽게 생각합니다.

제 친구와 그의 가족들도 저를 통해 우리나라의 음식문화, 함께 나누는 문화를 잘 배우고 좋은 인상을 받았다는 확신이 들었습니다. 그래서 저는 우리의 음식, 우리의 꽃과 채소에 관심을 갖는 모든 외국인에게 우리 정원을 기꺼이 보여 드리겠습니다. 여러분들도 같이 동참하시지 않겠습니까?

감사합니다.

자랑스런 한국, 한국인

박사무엘 / 루마니아

오늘도 나의 조국의 강물은 바다로 흘러 오대양 육대주를 만나고 어우러져 갑니다.

누군가 나에게 조국을 묻는다면 동방의 작고 조용한 나라, 그러나 역동적이고 세계를 집마당으로 여기는 통이 큰 나라, 자랑스런 한국, 한국인이라고 말하겠습니다.

인도의 시성 타고르(Tagore)도 아름다운 금수강산 예의지국을 가리켜 동방의 등불이 되리라 격찬을 했던 자랑스러운 나라가 바로 나의 조국 대한민국입니다.

한국은 반만 년의 역사와 전통이 있는 문화민족으로 우수한 우리글과 말을 사용하며 수많은 외침 속에서도 용감히 싸워 끝까지 나라를 지키며 한번도 남의 땅을 침략하지 않는 자유와 평화를 사랑하는 나라입니다.

외세에 의해 분단된 나라, 그래서 동족상쟁으로 폐허가 되고 고아와 가난으로 원조만 받던 한국이 반세기 만에 민주주의와 경제발전을 이루고 이제는 당당히 세계의 무대에서 국제 일원이 되어 일류의 공영과 평화에 앞장을 서며 잘사는 나라, 원조를 하는 나라가 되었습니다.

한국의 위상은 한 차례도 유치하기 어렵다는 국제대회인 올림픽을 비롯하여 월드컵과 육상대회를 유치하여 성공적으로 마치고 이제는 2018년 평창에 동계올림픽마저 유치했으니 우리 대한의 도전정신은 세계인들을 놀라게 하고 있습니다.

이제는 한국 하면 IT 강국, 자동차와 조선산업이 최강인 나라, 그래서 세계무역 8위의 경제대국으로 자리를 잡고 G20에 들어가 세계의 정상과 어깨를 나란히 하며 의장국으로 G20회의를 유치한 자랑스런 나라로 발전하였습니다.

나라의 위상만큼 세계는 한류바람이 불어오고 있습니다. K-POP을 세계인들이 열광하고 한식을 비롯한 모든 한국의 문화와 예술과 스포츠는 물론 한국의 제품들까지 선호하며 한국을 따라 배우려는 바람이 일고 있습니다.

오늘이 있기까지 우리 한국인들은 개척자 정신으로 세계의 230개국의 나라에 들어가 태극기를 꽂고 남극에서 북극까지 히말라야 높은 산에서 태평양의 깊은 심해까지 탐험을 하며 이제는 우주시대를 열려고 하고 있습니다.

한국인의 몸에는 우수한 두뇌와 무궁화꽃처럼 끈질긴 인내와 어려움을 극복할 도전의 피가 흐르고 있습니다. 어려움을 당하면 더욱 뭉치고 강해지는 뜨거운 피를 가진 민족입니다.

국내에 살든 외국에 살든 우리는 하나, 자랑스러운 한국, 한국인입니다.

이제 우리는 대한의 아들딸로서 조국을 위해 무엇을 할 것인지 고민을 할 때입니다. 강한 나라, 통일된 일류 국가를 만들기 위해서 세계 속에 한국을 알리고 국위를 선양하는 데 제외국민들이 앞장서야 합니다.

그러기 위해서는 우리의 생각과 행동 하나마저 소홀히 할 수가 없습니다. 우리가 대한의 아들딸이고 대한민국의 국민이기 때문입니다. 그러므로 우리 모두는 외교관이 되어야 합니다. 조국은 우리에게 세계의 마당을 제공했고 마음껏 재주와 끼를 발산해서 인류공영에 이바지하라고 합니다.

그러므로 우리는 세계 속의 일원으로 반기문 유엔 사무총장처럼 훌륭한 리더가 되어 세계를 선도하며 앞장서고 그들과 어울려 세계의 평화와 자유를 지키며 인류를 사랑하고 자랑스러운 한국, 한국인을 알리는 데 노력합시다. 감사합니다.

고운 말을 써서 한글의 우수성을 널리 알립시다

주안나 / 스웨덴

안녕하십니까? 저는 스웨덴에서 고등학교 2학년에 다니고 있는 주안 나라고 합니다.

저는 한국어 바로 쓰기 중 존칭어에 대해서 웅변하고자 합니다. 지금 이 대회는 한글이 없었다면 개최될 수 없었을 것입니다. 여러분, 한글이 무엇인지 알고 있습니까? 한글이란 1443년에 세종대왕이 한자를 어려워하는 국민들을 위해 발명한 언어입니다. 고로 수천 년간 천천히 발전해 온 다른 언어와는 달리 기나긴 연구 끝에 나온 언어로서 더 각별합니다.

또한 한글이란 우리가 갖고 있는 문화의 일부이기도 합니다. 한국어에는 존칭어, 다른 말로는 존댓말이 있습니다. 한국 문화는 유교에서 많은 영향을 받았고, 그래서 어른들을 공경하는 것이 중요한 부분을 차지하고 있습니다. 예를 들어 "아빠, 밥 먹어~"라고 하면 절대 안 됩니다. "아버지 식사하세요" 라고 해야 합니다.

하지만 존댓말을 쓰는 사람들이 점점 줄고 있습니다. 불필요하다고 느껴지기도 하고, 특히 외국에 사는 한인 2세에게는 다른 나라 말에는 존칭어가 없기 때문에 배우기가 어렵기도 합니다. 이러함에도 불구하고 저는 존칭어란, 바른 한국어 사용법을 위해서는 필수조건이라고 생각합니다. 이 것이 사라지는 순간 동방예의지국이라는 상징과 문화도 사라진다고 생각하기 때문입니다.

존칭어는 꼭 존댓말만 있는 것이 아니라 다른 사람을 부르는 말, 즉 호칭이 속해 있습니다. 숙부, 내당숙, 외숙, 동서. 여러분들은 이 단어 중에 몇 개를 알아들으셨습니까? 한국에서는 친척에게 외국처럼 이름을 부르지 않습니다. 이름을 부르는 것은 큰 실례입니다. 그러나 저처럼 이것이 불필요하다고 생각하시는 분들이 많을 것입니다. 왜냐하면 한국에 가서 친척들을 자주 뵙는 것도 아니고, 또한 간다고 해도 육촌, 칠촌 친척들을 볼일이 거의 없을 것 같기 때문입니다.

허나, 절대 안 보게 될 것은 아니기에, 만날 때 "이 할머니는 누구야?"라고 하면 큰일 납니다. 분위기가 갑자기 냉담해집니다. 여러분, 이 분위기 어쩌실 겁니까? 현재 어린 나이에 호칭을 잘못 부르면 웃고 넘어가겠지만, 후에 나이가 들어서도 잘못 부르면 박사학위를 여러 개 땄어도 교육 잘못 받은 사람이 되고 말 것입니다. 혹, 세 살 버릇 여든까지 간다는 말을 들어보셨습니까? 지금부터 열심히 배우고, 바르게 사용해야 끝까지 그것을 유지할 수 있다는 것입니다. 후에 배운다고 하다가는 이미 늦을 수도 있습니다.

여러분들 중 몇몇은 한국어만 잘하면 됐지, 존칭어까지 왜 배워야 하나라고 생각하실 분들이 있을 것입니다. 제가 왜 이때까지 존칭어에 대해 웅변을 하였는지 여러분은 알고 계십니까?

존칭어에는 우리가 오래 간직해 온 존경문화가 있기 때문입니다. 자랑스러운 한국인으로서 우리는, 이 문화를 계속 간직해야 할 의무가 있습니다. 존칭어가 있어야 비로소 우리말을 바로 쓰게 되는 것이고, 우리말을 바로 써야만 국민성을 지키고 서로 간에 의사소통이 완벽하게 되기 때문입니다. 그러므로 우리 모두 우리말을 바로 씁시다!

한인 2세로서의 자부심

주은혜 / 스웨덴

안녕하십니까?

저는 스웨덴에서 고등학교 3학년에 다니고 있는 주은혜입니다. 제가 발표하고자 하는 연제는 한인 2세로서 앞으로 나아가야 할 방향입니다.

저에게는 아홉 살배기 동생이 있습니다. 저와는 달리 스웨덴에서 태어났습니다. 한국말보다 스웨덴말이 더 익숙합니다. 금발머리 친구 사이에서 눈에 확 들어옵니다. 동생은 다른 외모로 인해 주눅이 들 때도 있고 혼자라고 느낄 때가 있습니다. 이런 동생을 보며 한인 2세로서 어떻게 살아갈 것인가를 생각하게 되었습니다.

한인 2세는 한국인입니다. 먼저 한국인이라는 분명한 정체성을 가지고 있어야 합니다. 서류상으로는 스웨덴 시민이지만, 제 뿌리는 한국입니다. 저희 동생도 마찬가지입니다. 한국인으로서의 뿌리를 어디에 내리고 어디에서 찾아야 합니까? 저는 말이라고 생각합니다. 그 나라의 언어에는 한 나라의 생각, 가치관, 전통 그리고 문화가 고스란히 담겨져 있습니다. 스웨덴에는 노벨상이 있습니다. 여러 종류의 상이 있지만 노벨상의 꽃은 당연 노벨 문학상입니다. 왜 그렇습니까? 언어의 힘입니다. 노벨 문학상 후보로 늘 주목받는 시인 고은님의 시에는 한국의 문화, 생활 그리고 전통이 담겨 있습니다. 무엇보다 한국의 얼이 있습니다. 스웨덴말을 더 잘하는 동생이 어떻게 한국의 얼을 배우겠습니까? 한인 2세인 저와 동생들이 한국어를 열심히 배우고 어디서든지 한국어를 유창하게 사용해야 하는 이유입니다.

한인 2세인 우리가 한국어를 열심히 배우고 사용해야 할 또 다른 중요한 이유는 한국인이라는 정체성의 역사성입니다. 앞으로 한인 3세대, 4세대가 오게 되면 그들은 제 동생보다 스웨덴말이 더 익숙해집니다. 스웨덴어를 자연스럽게 사용하므로 그들은 스웨덴 문화와 정서에 더 익숙해집니다. 한국어를 모르게 되면 그들은 한국인으로서의 뿌리가 뽑히게 됩니다. 한인 2세인 우리는 한국말을 통해 그들에게 한국의 얼과 문화를 전수해야 하는 확실한 사명감이 있어야 합니다. 그래서 한인 2세대인 우리가 열심히 한국어를 배워야 하고 한국 문화를 익혀야 하는 절대적인 이유입니다.

마지막으로 한인 2세인 우리는 한국어를 유창하게 하고 한국 문화를 습득해야 하는 이유는 스웨덴과의 교류에서 중요한 외교 역할을 할 수 있습니다. 여러분도 아시다시피 6·25전쟁 이후 한국은 급속도로 경제성장을 하였습니다. 세계경제 20개국에 속하는 한 나라요 여러 대기업이 세계 속에서 위상을 떨치고 있습니다. 더욱이 스웨덴에는 전쟁 이후 9,000명 이상이 입양되어 있습니다. 스포츠 분야에서도 예술 분야에서도 한국의 위상은 나날이 높아지고 있습니다. 앞으로 세계가 한국을 주목할 것입니다. 한인 2세인 우리는 앞으로 한국과 세계의 교두보 역할을 할 수 있는 기회가 많아질 것입니다. 이를 위해 한인 2세인 우리가 한국과 한국어를 열심히 배우고 익힘으로써 조국인 한국에 유익함을 주는 역할을 하게 됩니다.

여기에 계시는 한인 2세 여러분 그리고 3세대 여러분, 한국인으로의 자부심과 역할을 가슴에 품고 한국어와 한국 문화를 열심히 알고 배웁시다. 이 연사 강력히 주장합니다.

우리말, 우리글 바로 쓰기

안세영 / 스위스

여러분 안녕하십니까?

저는 스위스 제네바에서 온 안세영입니다.

오늘 존경하는 여러분을 모시고 우리말, 우리글 바로 쓰기에 대하여 연설할 수 있게 되어 너무나 기쁘고 가슴 벅찹니다.

저는 알프스의 나라 스위스 제네바에서 태어났습니다.

저희 부모님 모두 한국인이어서 어릴 때부터 자연스럽게 한국어를 배울 수 있었습니다. 특히, 저희 어머님께서는 "너의 뿌리는 한국인이기 때문에 한국어를 잘 못하는 것은 매우 부끄러운 일이다"라고 늘 강조하셨습니다. 그래서 저는 한인교회와 한글학교에 부지런히 다니며 한국어 공부를 열심히 하며 자랐습니다.

오늘 이 연설문 작성을 위하여 국어사전과 인터넷을 많이 활용하였습니다. 그 과정에서 "우리말이 이렇게 아름다웠구나" 하며 여러 번 감탄했습니다. 이제 제가 몇 가지 예를 들어 한국어가 얼마나 아름다운 언어인지 보여 드리고자 합니다.

첫째, 세종대왕에 의하여 창제된 한글은 말을 조합하기가 매우 쉽습니다. 예를 들어, 눈과 물이 합쳐져 눈물이 되지만, 프랑스어는 'yeux'와 'l'eau'가 합쳐져 'larme'이라는 새로운 말이 나옵니다. 여러분 한글 참 만들기 쉽지 않습니까?

두 번째로 한국어의 놀라운 묘사력, 즉 표현력을 들 수 있습니다. 프랑스어로 색을 표현하자면 'Rose', 'Rouge', 'Orange'쯤으로 말할 수 있지만, 한국어는 붉다, 불그스레하다, 불그스름하다, 불그죽죽하다, 발갛다 등 오늘 밤새도 표현의 끝이 없을 정도로 다양합니다. 그리고 우리말의 또 하나의 매력은 한글쓰기입니다. 영어는 알파벳을 나열하여 글을 쓰지만, 한글은 자음과 모음을 합쳐 글이 완성되기 때문에 영어에 비해 모양이 예쁩니다. 제 외국 친구들은 제가 써놓은 한글을 보면 "와, 한글 글씨 참 예쁘고 특이하다!"라며 탄성을 지릅니다. 그러면 저는 어깨를 들썩이며 우쭐하곤 한답니다.

여러분, 우리 한국어 너무 아름답지 않습니까?

하지만 이렇게 아름다운 우리말이 요즘 여러 가지 비속어로 많이 훼손되어 있는 것 또한 사실입니다. 이것은 누구의 잘못이겠습니까? 아무런 여과 없이 방송을 하는 방송국의 잘못이겠습니까? 웃기기 위해 속어를 많이 사용하는 개그맨의 잘못이겠습니까? 따라하는 우리의 잘못이겠습니까? 네!! 우리 모두의 잘못인 겁니다. 그래서 우리 모두가 고치려 노력해야 하는 것입니다.

저 안세영은 다짐합니다. 앞으로 "쭉쭉빵빵"은 '아름답다', "샤방샤방"은 '예쁘구나'라고 쓰고, "열라 짱나"는 '화가 나요'로, "완전 좋아"는 '너무 좋아요'로 바꿔 사용하겠다고 말입니다. 여러분 작지만 이런 노력이 우리 한국어를 보호하고 아름답게 지켜가는 길 아니겠습니까?

여러분, 저는 여러분께서 이 아름다운 우리말 지키기에 동참해 주실 것이라고 확신합니다!!

제 연설을 경청해 주셔서 감사드립니다.

한글의 우수성

이효정 / 스위스

동방의 작은 나라.

전쟁의 폐허로 잿더미에 올라앉았던 나라.

그러나 그 잿더미 속에서 꺼져가는 생명의 불씨를 살려 세계를 향하여 훨훨 타오르는 나라, 그 이름은 대한민국입니다.

저는 대한민국에서 태어나 지금은 지구 반대편에 살고 있지만 저에게 대한민국이란 네 글자는 영원히 자랑스러운 이름일 것입니다. 전쟁으로 그 존재조차도 없어질 뻔한 우리나라! 그러나 무역 15위권이라는 경제대국에 진입하는 성과를 거두었습니다. 그것은 우리나라의 높은 교육열과 그 교육을 가능케 한 자랑스러운 한글 때문이라는 것을 말씀드리고자 감격스러운 마음으로 이 자리에 섰습니다.

흔히 인간은 만물의 영장이라고 합니다.

인간이 만물의 영장이라고 자부할 수 있는 가장 큰 이유는 말이라는 도구를 통하여 의사를 소통하고 또 문자로 기록을 남겨서 끊임없이 계승하고 변화시키는 것입니다. 또한, 법과 규범 등을 만들고 그것을 문자화하여 사회질서를 형성하고 유지하기도 합니다. 따라서 언어가 없는 민족은 역사라는 것이 남아 있을 수가 없고, 국가라는 것도 존재하지 못하며 자연스럽게 소멸되고 말았습니다.

그러나 아직도 지구상에는 대략 3,000여 개 정도의 언어가 남아 있다고 합니다. 그중에는 특히 제한적으로 소수민족만이 사용하는 언어도 있고, 영어나 중국어 그리고 스페인어처럼 수많은 국가에서 많은 인구가 활용하는 언어도 존재합니다. 그러나 2080년 정도가 되면 모든 언어는 소멸되고 오로지 영어, 중국어, 스페인어, 한글 등 4개 정도의 언어만이 살아남을 것이라는 추측도 있습니다.

세계 속에서 차지하는 나라의 인구 규모로 본다면 한글이 남을 이유가 없겠지만 한글의 우수성 때문에 세계의 문명 속에서 한글은 70년 이후에도 영어나 중국어, 그리고 스페인어와 경쟁하며 살아남을 수 있다는 것입니다. 왜 그럴까요?

세계적인 언어학자들은 한글은 가장 과학적이고 배우기 쉬워서 전 세계적으로 가장 우수한 언어라고 스스럼없이 말하기 때문입니다.

UN에서는 문자가 없는 민족에게 한글을 문자로 사용할 것을 권장하여 인도네시아 소수민족이 찌아찌아족은 한글을 문자로 채택했다고 합니다. 이것은 문화와 언어가 다른 어떠한 민족에게도 한글과 한국어는 사용될 수 있음을 입증한 사례입니다. 물론, 현재로서 영어가 세계 공통어임은 부정할 수 없는 사실입니다.

그러나 그것은 국제적인 영향력에 의한 것이지, 언어로서의 우수성 때문은 아닐 겁니다. 그렇다면 한글은 어떤 면에서 우수한 언어일까요? 여러 가지가 있겠지만 저는 간단하게 세 가지만 짚어보고자 합니다.

첫째, 한글은 어휘 조합능력이 다양합니다. 한글은 소리 표현만 해도 약 8,800개 정도로 같은 문화권인 중국어 400여 개, 일본어 300여 개에 비하여 매우 뛰어난 표현력을 자랑합니다.

둘째, 한글은 발음기관의 모양까지 반영한 음성 공학적 문자로서 세계 모든 문자를 표현해 낼 수 있습니다. 예를 들어볼까요? 맥도날드를 표현한다고 합시다. 중국어로는 '마이딩로우'라고 표현합니다. 일본어로는 마그로나르도라고 하지요. 그러나 한글은 맥도날드라고 정확히 표현해 낼 수 있습니다.

셋째, 한글은 오늘날 IT 시대에 적절한 기계적 친화력이 좋아 정보사회에 가장 돋보이는 언어로서, 컴퓨터 자판기 24개의 자음과 모음으로 모든 표현이 가능합니다. 예를 들어, 알파벳 U는 여러 가지 조합에 따라 use, ugly, business 등 다양하게 발음합니다. 하지만 한글은 글자 하나에 하나의 소리를 갖습니다. 따라서 한글은 처음으로 접하는 외국인에게도 5분 정도만 설명해 주면 적어도 자기 이름은 쓸 수 있는 수준이 된다고 하니, 이 얼마나 편리하고 쉬운 언어입니까?

그런데 이렇게 우수한 한글이 변형되고 심지어는 파괴되기까지 하고 있습니다. 끊임없이 쏟아져 나오는 인터넷 용어 등 알아듣지 못할 조잡한 언어와 외국어, 특히 영어를 써야 유식하다고 생각하는 사람들도 흔히 볼 수 있습니다. 그러다 보니 우리 한글이 제2외국어처럼 되어버리는 안타까운 현실이 벌어지고 있습니다.

좋은 보석이라도 갈고닦아야 영원히 빛을 발하듯, 수천 년 수만 년을 이어갈 한글을 세계 공통어로 사랑받을 수 있도록 보존하고 발전시키는 것이 우리의 소중한 책무일 것입니다.

우리 모두 우리 민족의 위대한 유산인 한글과 한국어를 더욱더 사랑하여 세계 문명의 선도자가 되기를 강력히 희망합니다.

자랑스런 나의 조국 대.한.민.국!

고진석 / 스페인

저는 대한민국이 자랑스럽습니다.

60년 전! 우리는 같은 민족끼리 총을 겨누는 슬프고 가슴 아픈 6·25전쟁의 비극을 겪어야 했습니다.

전쟁으로 인하여 모든 것은 잿더미가 되었고 사랑하는 사람들의 죽음은 정신적으로 커다란 충격에 빠지게 했습니다.

그러나 한국인들은 좌절하지 않았고 이러한 고통을! 이러한 아픔을! 절대로! 자식들에게는 물려주지 않겠노라고 스스로를 다짐하면서 성실하게 노력한 결과 오늘날 세계 속의 대한민국으로 발전시킨, 투철한 정신력을 가진 한국인들이 너무나 자랑스럽다고 이 연사! 여러분들께 강력히 외치고 싶습니다!! 한국의 근대화는 유럽에서 시작되었다고 들었습니다. 독일에 파견된 간호사들과 깊고 깊은 땅속에서 힘들게 일하신 광부들로 그들을 격려해 주시던 대통령도 울고 간호사들과 광부들이 조국을 생각하며 잘살아 보자고 목이 메이도록 슬픈 애국가를 불렀습니다.

여러분!! 기적이 이루어졌습니다!!!

불과 60년 만에 그야말로 기적같이, 전 세계에서 가장 못살던 대한민국이 원조를 받던 나라에서, 이제는 원조를 하는 나라로 최첨단 산업에서 초강대국들과 어깨를 나란히 견주고 있으며 세계적으로 뛰어난 스포츠 선수들이 배출되고 있고 과학적인 우리의 '한글'이 수출되고 있으니 이 어찌 대한민국이 자랑스럽지 않겠느냐고 이 연사 여러분들의 가슴, 가슴속으로 힘차게 부르짖고 싶습니다!

많은 분들은 이렇게 묻습니다. 왜? 한국인들은 그렇게 한국인임을 자랑스러워하고 왜? 한국인들은 애국심이 넘쳐 흐르냐고 묻습니다.

저는 이렇게 대답하고 싶습니다. 우리는 지나온 역사 속에서 수많은 어려움을 겪었지만 결코 어려움에 포기하지 않고 더 단단하게 하나로 똘똘 뭉치는 슬기로움이 있고 선진국도 부러워하는 우리 부모님들의 높은 교육열로 대한민국을 본받을 나라로 발전시키고 있으니 이러한 자부심이 당당하게 한국인임을 자랑스러워한다고 대답하겠습니다.

저는 스페인에서 태어나 생활하지만 한국인이라는 것을 잊지 않고 있습니다. 끊임없이 발전하는 대한민국을 보며 언제나 마음이 설레고, 저 역시 자랑스러운 대한민국을 스페인에 알리는 데 보탬이 되기 위하여 열심히 배우고, 남을 위해 봉사하는 마음을 다짐합니다.

대 한 민 국 파 이 팅!!

유럽의 중심에서 우리말을 외치다

김대경 / 스페인

쩐다. 쩔어! 깜놀했어! 귀척 떨지 마! 제가 방금 말씀드린 이 문장들의 뜻을 아시는지요?

인터넷이 발달하고 스마트폰으로 편리하게 소통하는 세상이 되었지만 오히려 우리글은 점점 이해하기 어렵고 우리말은 더욱 이상하게 변하고 있습니다. 더군다나 최근에는 한국의 제 또래 친구들이 일상 대화 중에도 늘 욕설을 섞어 사용한다는 충격적인 신문 기사도 있었습니다.

하지만 이런 우울한 현상과는 달리 지구촌은 우리글과 말을 배우고자 하는 전 세계인들의 한류 열기로 뜨겁기만 합니다.

K-POP에 맞추어 춤추는 유럽의 청소년들, 한국 드라마를 보고 우리말을 익히는 아시아의 젊은이들, 비빔밥을 건강식으로 즐겨 찾는 미국의 성인 남녀들까지. 이런 한류 열풍의 중심에서 저는 지금이야말로 우리글과 말을 아끼는 노력이 그 어느 때보다도 중요하다고 힘주어 외치고 싶습니다!.

몇 년 전 어머니 친구 분께서 제가 우리말을 잘한다면서 스페인 온 지 몇 년 되었냐고 물으신 적이 있습니다. "여섯 년 되었습니다." 육 년 되었다는 말을 여섯 년 되었다고 말했던 그때를 생각하면 아직도 부끄럽고 얼굴이 화끈거립니다.

저는 멕시코에서 태어났으며 상사 주재원이셨던 아버지를 따라 아프리카 수단에서 유치원을 다녔습니다. 태어나면서부터 우리말 대신 '올라'라는 멕시코어를 먼저 들었으며 우리 노래 대신 아프리카 민속 동요를 부르며 친구들과 어울렸습니다.

　그리고 이제는 영어로 학교 수업을 하고 방과후는 스페인어로 이야기합니다.

　그러나 저는 언제나 우리말이 편하고 우리글이 좋습니다. 흥겨운 우리말로 노래를 부르고 아름다운 우리글로 책을 봅니다. 소녀시대를 좋아하고 샤이니의 음악에 열광합니다.

　이제 저는 자신 있게 외치고 싶습니다!

　다시는 여섯 년 되었다고 말하지 않겠습니다!

　이제 저는 다시는 "쩐다. 쩔어!"라는 말을 듣고 싶지 않습니다!

　이제 저는 정말 우리말과 글을 소중히 생각하고 바르게 말하는 자랑스런 대한민국의 청소년이 되겠습니다.!

한국인으로 새로 태어났습니다

최성환 / 영국

여러분! 안녕하세요? 만나서 반갑습니다. 저는 영국 런던에서 온 최성환입니다. 저는 오늘 여러분과 한국인이어서 자랑스러웠던 제 경험을 함께 나누고자 합니다.

저는 영국에서 태어났습니다. 그래서 어렸을 때부터 금발머리에 파란 눈을 가진 백인 친구들과 다를 게 없다고 생각했습니다.

그래서 한국 학교 가는 것도 싫어했습니다. 저는 이름 석 자도 못 쓰던 네 살부터 어엿한 중학생이 되기까지 9년 동안 한국 학교를 다녔습니다. 한글을 익히고 우리 동화를 읽고 우리의 문화와 역사를 배웠습니다.

그러나 9년 동안의 한국 학교! 항상 즐겁지는 않았습니다.

지루한 적도 많았습니다. 영국에 사는 제가 왜, 한글을 배우고 한국을 알아야 하는지 궁금했고 불만이었습니다.

저만 그랬을까요? 아닐 것입니다.

여기 있는 친구들도 분명 저와 같은 생각을 한 적이 있을 것입니다.

그런 제가, 한국을 다시 보게 되고, 한국인이라는 사실에 긍지를 갖게 된 계기가 있었습니다.

어느 날 아침이었습니다. 교실이 아수라장이었습니다. 많은 아이들이 한 친구를 둘러싸고 서로 뭔가 확인하느라 정신이 없었습니다. 저도 궁금해 끼어들고 싶었지만 틈이 없었습니다. 그래서 책상 위로 올라갔습니다. 가운데 있는 친구가 새로 산 스마트폰을 들고 있었습니다.

"쳇, 스마트폰이 하나 생긴 모양이군."

저는 별것 아닌 것 가지고 아침부터 흥분하는 아이들이 이해되지 않았습니다. 책상에서 막 뛰어내리려는 순간, 그 친구가 큰 목소리로 저를 불렀습니다.

"Hey, 성환! Look! It's a galaxy S 2! It's made in Korea."

순간 제 눈을 의심했습니다. 흔히 10대들이 열광하는 미국산 스마트폰이라고 짐작했는데, 그 친구가 자랑스레 내보인 휴대폰은 한국 제품이었습니다.

"It's an unmatchable smart phone!"

"Wow, awesome!"

"Korean IT technology is epic! It's world class!"

여기저기서 한국의 기술이 최고라는 칭찬이 쏟아져 나왔습니다. 반 친구들이 일제히 저를 향해 엄지손가락을 번쩍 치켜세우며 환호성을 질렀습니다. 친구들이 마치 저를 칭찬하는 것처럼 기분이 좋았습니다.

가슴이 뭉클했습니다.

한국의 우수성을 알지도 못하고, 한국 사람이라는 것조차 잊고 살아왔던 저는 친구들 눈에 분명 한국인이었습니다.

처음으로, 제가 한국 사람이라는 것이 자랑스러웠습니다. 친구들이 우리 한국제품을 최고로 인정해 준다는 사실에 가슴이 두근거렸습니다. 기뻤습니다. 한국은 더 이상 작은 나라가 아닙니다.

여러분! 저를 보십시오. 제가 어느 나라 사람으로 보입니까?

네, 저는 분명 한국 사람입니다.

까만 머리에 까만 눈동자를 한 한국 사람입니다. 누구도 저를 영국인으로 보지 않습니다. 그런데 저 혼자만 영국인이라 착각했던 것입니다. 한국인임을 자랑스럽게 생각하는 순간 저 자신이 새롭게 보이기 시작했습니다.

예전에는 내가, 우리가 그들에게 열광했지만, 이제 그들이 우리를 주목하기 시작했습니다.

그렇다면 유럽에서 자라나는 한인 차세대, 우리의 몫은 무엇일까요?

저는 우리 한 명 한 명이 한국을 대표한다고 생각합니다. 그들의 언어로 우리나라 한국이 무엇을 잘하고 어떤 나라인지 바로 알려 줄 수 있기 때문입니다.

영어로, 프랑스어로, 독일어로, 스페인어로, 이탈리아어로 한국을 바로 전하는 어린이 외교관, 생각만 해도 어깨가 으쓱해지지 않습니까?

저는 이제 한국 학교 가는 날이 기다려집니다.

내가 당당하게 설 때, 내 나라의 진정한 가치도 보인다는 사실을 알게 되었습니다.

가끔 영국 학교에서 제 피부색을 갖고 장난치는 친구들이 있곤 합니다.

"Hey yellow!" 그러면 저는 "I am not yellow, I am gold. that's why I am so special and shiny!"

기죽고 화내는 대신 이렇게 자신 있게 답해 주면 가슴이 뜨거워집니다.

제가 왜 그들 사이에서 황금처럼 빛이 나는지 그 이유를 이제 찾았습니다.

세상이 우리를, 대한민국을 지켜보고 있습니다.

저는, 우리는 빛이 나는 한국 사람입니다.

감사합니다.

한글 푸대접은 이제 그만

김현우 / 오스트리아

"나라 말씀이 중국과 달라 문자와 서로 통하지 아니하므로 일반 백성들이 말하고자 하나 제 뜻을 능히 펴지 못할 자가 많은지라, 내 이를 불쌍히 여겨 새로 스물여덟 자를 만드나니 사람마다 쉽게 사용하는 데 편케 하고자 할 따름이다."

이 구절은 세종대왕이 직접 지으신 훈민정음 서문의 첫머리입니다.

대한민국을 사랑하고 한글을 사랑하시는 교포 어르신, 그리고 청중 여러분!

우리는 평상시 공기와 물의 소중함을 느끼지 못하고 생활해 오듯이 너무나 자연스럽게 사용하고 있는 우리말과 우리글의 우수성을 모르고 지내왔고 외국어를 많이 써야 유식한 사람으로 보이는 착각에 빠져 우리말, 우리글을 천시하고 푸대접하지 않았나 주위를 돌아보면서 곰곰이 생각하고 마음속 깊이 반성해 보아야 하겠습니다.

'말이 살아야 나라와 겨레가 산다'라는 말이 있습니다.

그런데 우리 한국 사람들의 한글 푸대접이 더욱 심해져서 영어 섬기기가 도를 넘어선 것 같아 이 학생 정말 가슴이 아픕니다.

예를 들면 연예인 이름도 외국인처럼 지어야 인기가 있고 티셔츠에도 영어가 들어간 옷이 더 잘 팔리고 심지어는 아파트 이름까지도 한글과 영어를 뒤섞어 만들어야만 잘 팔린다고 하니 우리 모두 우리 것의 우수성을 잊어버린 채 한글 푸대접은 이제 그만합시다. 여러분!

한글의 우수성과 독창성은 일찍이 만천하에 드러나 유네스코에서는 1989년부터 세종대왕상을 만들어 세종대왕 탄신일인 5월 15일을 세계문맹퇴치의 날로 정하고 문맹퇴치에 공헌을 세운 단체나 개인을 뽑아 해마다 시상하고 있으며 글자로서는 유일하게 우리 한글이 유네스코 세계기록유산으로 등재되었습니다. 또 인도네시아의 소수민족인 찌아찌아족은 한글을 자기 민족어로 공식 채택해 우리 한글의 우수성과 세계 보급화의 가능성을 보여 주고 있습니다.

우리가 살아갈 21세기는 문화의 시대입니다.

국력이 문화를 창조하는 시대가 아닌, 문화가 국력을 만드는 시대입니다. 그 문화는 뛰어난 한글을 우리의 소중한 자산으로 삼아 거세게 불고 있는 한류 열풍과 함께 우리 모두 한글을 사랑하는 마음으로 배우고 익혀 세계 언어학자들이 인정하는 가장 과학적인 한글이 세계 공용어로 우뚝 서는 그날까지 세종대왕의 자손임을, 대한민국의 후손임을 자랑스럽게 생각하며 한 민족의 긍지로 당당하게 살아갑시다!

감사합니다.

유럽한인 차세대로서의 우리가 가야 할 길

홍성혁 / 오스트리아

여러분.

이곳에서 태어나고 자란 우리 2세들은 미래를 이끌어 나갈 이 땅의 일꾼입니다. 오스트리아뿐만 아니라 유럽 더 나아가 세계를 이끌 차세대로서 우리가 가야 할 길이 무엇인지 끊임없이 질문하고 생각해야 할 것입니다. 그럼 우리는 어떤 길로 가야 할까요? 제가 생각한 네 가지 길을 여러분께 전달하고자 합니다.

첫째, 우리는 넓은 시야를 갖고 꿈과 비전을 품어 목표를 세워야 하겠습니다.

꿈이 없고 목표가 없는 사람은 항상 하루를 의미 없이 보내리라 생각합니다. 즉 항상 똑같은 자리를 맴돌며 발전하지 않을 것입니다. 시간은 금이라는 말이 있습니다. 그런데 제가 말한 목표가 없는 사람은 귀한 시간만 버리며, 그에게 주어지는 기회 또한 하나하나 놓치게 될 것입니다. 그러면 나중에 후회하는 삶이 되지 않겠습니까? 우리 모두 꿈을 품고 꿈을 이루는 사람이 되어야 하겠습니다.

둘째, 한국인으로서 정체성을 확립하여야 합니다.

언어는 그 나라의 정신입니다. 한국인으로 한국어를 모른다면 한국의 정신을 모르는 것이 됩니다. 그러므로 한국어를 배우고 한국 역사를 알며 한국 문화를 익혀 이곳 오스트리아에서 한국인으로서 긍지와 자부심을 갖고 한국을 알리고 전하는 사람이 되어야 하겠습니다. 그러기 위해서 한국어를 열심히 배워, 한국인으로서의 정체성을 확립하고 실력을 키워나가, 세계 속의 자랑스러운 한국인으로 성장해야 한다고 강력히 주장합니다.

셋째로는 성실히 노력하고 책임감을 가져야 하겠습니다.

우리는 더불어 사는 세상을 살면서 자기가 맡은 일에 책임을 다하고 노력하여야 합니다. 제가 비엔나한글학교를 다니던 3학년 학예회 때, 흥부와 놀부 연극을 하였습니다. 저는 흥부 집에 살고 있던, 다리를 다친 작은 제비 역할을 맡았습니다. 비록 작은 제비 역할일지라도, 음악에 맞추어 최선을 다하였습니다. 최선을 다하는 모습을 통해 사람들에게 큰 감동을 주었고 우리 3학년이 가장 기억에 남았다는 칭찬과 많은 박수를 받을 수 있었습니다. 모든 일에 최선을 다 하고 노력하여 인정받는 사람이 됩시다.

마지막으로, 세계와 이웃을 품는 넓은 마음을 가져야 하겠습니다.

이 세상에는 가난하고, 굶고, 배우지 못하고, 전쟁에 허덕이고, 아프며 어려운 삶을 사는 사람들이 많이 있습니다. 그들을 아끼고 불쌍히 여기며 도와주고자 하는 마음을 가져야 하지 않겠습니까? 이런 마음을 가질 때 더욱 좋은 사회가 될 것이라 생각합니다. 저는 앞으로 국제 변호사가 되어 힘없는 많은 사람들에게 도움을 주고 싶습니다. 한인사회와 유럽인들 사이에 많이 베푸는 자로 우리나라를 빛낼 것입니다.

앞으로 유럽은 경제위기 속에 더욱더 외국인에 대한 차별과 역경이 있을 것입니다. 이번 독일에서 애플사가 소송을 건 삼성 갤럭시 탭2 제품에 대한 판매금지 재판을 보아도 알 수 있듯이, 더 많은 지식을 쌓고 대처할 수 있는 힘과 능력을 키워야 하고, 이때 유럽에서 공부하는 나와 여러분들의 역할이 더욱 중요하며 앞으로 나아가야 할 바를 정확히 알고 실천함으로써, 치열한 지구촌 경쟁 속에서 자부심과 긍지를 가지고 사는 세계 속의 한국인이 되어야 한다고 이 연사 여러분께 힘차게, 힘차게 외칩니다.

감사합니다.

자랑스런 한국, 한국인

전명애 / 이탈리아

안녕하세요? 저는 이탈리아 로마에서 온 전명애입니다.

오늘 저는 저희의 자랑스런 한국, 한국인이라는 주제로 제 생각을 말씀드리고자 합니다.

반만년의 역사와 문화를 자랑하던 우리나라는 불과 60여 년 전까지만 해도 일본에게 지배받고 무려 36년이란 긴 세월 동안 식민지로 살아왔습니다. 그 후로도 6·25전쟁으로 인해 남북한으로 나뉘어져 수많은 어려움과 시련을 겪었으며 항상 가난한 나라에 속해 왔습니다.

저는 월남하신 할아버지 할머니로부터 일제강점기와 6·25전쟁 시절이 얼마나 어렵고 힘든 시기였는지에 대해서 자주 들었습니다. 하지만 이러한 남북 분단의 비극과 아픔 속에서도 우리 대한민국은 절망하지 않았습니다. 오히려 피나는 노력과 열정으로 몇십 년이 지난 오늘 한국의 경제는 수많은 나라를 제치고 세계 12위까지 도달했습니다.

이뿐 아니라 문화적 또, 하이테크 면에서도 한국은 빠르게 발전해 나가 누구에게도 뒤처지지 않고 세계에 널리 알려져 있는 나라가 되었습니다.

여러분! 우리가 대한민국의 한 사람인 것이 새삼 자랑스럽지 않으십니까?

몇 년 전까지만 해도 같은 반 외국 친구들에게 제가 한국인임을 말하면 종종 한국이라는 나라를 모르는 아이들도 있었습니다. 하지만 이제는 한국이 남북한으로 나뉘어져 있는 것을 아는 것은 물론이고 한국의 K-POP, 드라마, 음식 등 한국에 관심을 갖는 친구들이 많아졌습니다.

이러한 문화적 발전이 우리의 나라를 더 널리 알리고 있습니다. 작년 9월에 처음으로 로마청소년합창단이 창단되었습니다. 저도 그 합창단에 일원입니다. 저희는 첫 연주회를 이탈리아의 소외된 노인 분들이 기거하시는 한 양로원에서 가졌습니다. 연주회가 끝나고 저는 노인 분들께서 감동의 눈물을 흘리시는 모습을 보았습니다.

이역만리 떨어져 있는 동양의 작은 나라 한국에서 온 청소년들의 보잘것없는 노랫소리가 이탈리아의 외로운 노인들에게 감동을 줄 수 있다는 사실에 오히려 제가 더 감동을 받았습니다. 또한 항상 도움을 받아야 했던 우리의 나라가 이제는 누군가를 감동시키고 희망을 줄 수 있다는 것이 매우 자랑스럽게 느껴졌습니다. 저는 이러한 것이야말로 선진국으로 진입하는 우리나라가 해야 할 일이 아닌가 하는 생각이 듭니다. 선진국이라는 것이 결코 경제적으로 부강한 나라만은 아니라고 생각합니다. 오히려 이 지구촌에서 이처럼 소외되고 어려운 사람들에게 용기와 위로를 줄 수 있고 무엇보다도 희망을 줄 수 있는 나라가 진정한 선진국이 아닐까요, 여러분?

저도 어른이 되어서 태극기 깃발 아래 세계 각 곳을 누비면서 힘들고 소외된 자들에게 작은 희망의 빛을 안겨주는 대한민국의 한 사람이 되고자 합니다. 저는 6·25전쟁과 같은 힘든 상황에서 많은 나라들이 우리나라를 도와준 사실을 알고 있습니다.

이제는 우리가 그 은혜를 갚아야 할 시기입니다. 그 역할을 미래의 주역인 우리가 해야 될 것이라고 확신합니다. 머지않아 대한민국은 전 세계의 이목이 집중되는 나라가 될 것입니다.

왜냐하면 세계의 수많은 사람이 우리 대한민국으로 말미암아 희망의 삶을 살게 될 것이기 때문입니다. 여러분! 자랑스런 우리 조국의 미래를 위해 서로 하나 되며 세계 속에 한국인으로 더욱 노력하며 전진하는 우리 모두가 됩시다!

감사합니다.

한국? 한국!

신지윤 / 체코

"너는 어느 나라 사람이니?"라는 질문을 받으면 우리는 어린아이부터 어른까지 어려운 외국어 발음으로 또박또박 한국인이라고 답을 합니다.

존재 자체를 당연하다고 받아들이던 우리의 '한국'이라는 나라.

지구상의 수많은 나라 중에서 딱 하나, 우리의 가장 가까이에 있었고 가장 특별한 의미를 부여하는 '한국'이라는 나라는 점점 더 멀고 생소한 나라가 되어갔습니다.

중국, 일본, 심지어 베트남보다도 덜 알려진 작은 반도의 나라 '한국'과 한국 사람인 우리.

타지에서 살다보니 한국인들과 접할 기회도 많지 않고 또 유럽인들이 더 가까이 느껴질 때도 있습니다. 하루하루 접하는 유럽의 문화와 언어에 묻혀 점점 우리 안에서 한구석으로 묻혀가는 한국. 이 땅에서 살아가는 우리에게 '한국'이라는 나라는 도대체 어떤 의미일까요?

차라리 일본이나 중국처럼 강대국에서 태어났으면 좋았을걸. 가끔은 이런 철없는 생각도 해봤습니다.

예의 없는 유럽의 젊은이들이 안면 없는 동양인들을 보고서 베트남인, 혹은 일본인이라는 얘기를 하거나 일본어로 "곤니치와(ごんにちわ)" 하고 버터에 절인 혀를 굴리는 경우도 이제는 일상다반사입니다.

그리고 그럴 경우마다 난 한국인이라고!

똑바로 외쳐주고 싶지만 언어에 자신이 없어서, 성격이 소심해서, 저마다의 이유로 마음속으로만 푸념하는 우리를 볼 수 있었습니다. 소용없어, 괜히 얘기했다가 한국이 어디냐는 말을 들으면 어떻게 해? 예전의 저는 이런 생각으로 번번이 참고 넘기기 일쑤였습니다.

현지 학교를 다니는 아이들은 종종 개념 없는 몇몇 사람으로부터 중국인이냐며 놀림을 받는 일에 공감할 것입니다. 물론 저도 예외는 아니었습니다.

초등학교를 다니던 시절, 태연하게 중국인이 아니라 한국인이라고 얘기하던 일이 일상이었을 무렵, 같은 한국인인 아는 언니로부터 중국인이 동양인을 비하하는 의미였다는 사실을 듣게 되었고, 이후부터 저는 무의식적으로 이런 생각에 사로잡혔습니다.

'아, 이건 아니다. 나는 아무런 잘못도 없는데 이렇게 자신이 태어난 나라가 깎이는 건 억울하다.'

그 시절, 제가 느꼈던 건 아마 애국심일까요? 그렇다면, 그때의 저와 같은 상황에 처해 있는 다른 사람들에게 달라진 제가 해줄 수 있는 말은 무엇일까요?

이에 대한 답을 내놓기 전, 우리는 우리 안의 '한국'에 대한 이미지를 명확하게 할 필요가 있습니다.

한국은 냉정한 나라입니다.

노인층 빈곤율 1위.

학부모가 가장 고생하는 나라 1위.

대학 등록금이 가장 비싼 나라 2위.

그리고 청소년 자살률 1위.

이것이 우리가 알고 있는, 혹은 모르고 있던 대한민국의 수식어이며 꼬리표입니다. 학벌이 사람을 평가하는 기준이며 그 사람의 내면까지 멋대로 추측하게 만듭니다.

그런 요소를 사회에 뿌리 깊게 박아두고 살아가고 있는 것이 지금의 한국인 것이죠.

그렇습니다. 한국은 냉정한 나라입니다.

어느 TV 프로에서 한 가지 실험을 하는 것을 본 적이 있습니다.

벌써 6년도 더 지났지만, 저는 그 장면을 아직까지도 똑똑히 기억하고 있습니다.

실험은 한국과 일본의 두 나라의 번화가에서 진행되었습니다.

실험도우미인 제작진이 길거리 한복판에서 넘어지는 척하며 지갑 속의 동전을 바닥에 모두 떨어뜨린 후, 사람들의 반응을 보는 것이었습니다.

그리고 충격적이게도, 서로 이웃나라의 모습이라고 하기에는 너무나도 부적절할 만큼 다른 반응이 쏟아졌습니다.

두 개로 나누어진 화면 왼쪽에는 한국, 오른쪽에는 일본에서 촬영한 카메라 영상이 재생되었는데, 왼쪽의 한국인들은 무관심한 눈으로 홀로 동전을 줍는 제작진을 힐끗 거렸던 반면, 오른쪽의 일본인들은 다들 자신의 일처럼 일제히 바닥에 주저앉아서 제작진의 동전을 함께 주워주고 있었습니다.

어렸던 저와 제 친구들은 그 영상을 보고 적잖은 충격을 받았습니다.

여태까지 "일본인들은 도둑놈들이야, 우리 독도를 빼앗아간 나쁜 놈들이야"라는 얘기밖에 듣지 못했던 우리들의 시야에 비친 건 도둑놈도, 나쁜 놈도 아닌 그저 곤경에 처한 누군가에게 도움을 주는 착한 사람들로밖에는 보이지 않았기 때문이었습니다.

우리는 한동안 그저 꺼진 TV 화면을 멍하니 바라보고 있었습니다.

그리고 그 이후의 저는 적어도 일본인을 무작정 나쁜 사람 취급하는 일은 하지 않게 되었습니다. 그리고 자라면서, 두 나라의 차이는 생각의 방식에 있다는 것을 어렴풋이 깨닫게 되었습니다.

답은 바로, 생각을 바꾸는 것입니다.

한국이 덜 알려졌다고 해서 일본, 중국 등 아시아의 주변 국가들을 비난하는 것은 적절한 방법이 아닙니다.

한국이 유명하지 않기 때문에 자랑스럽지 않은 것이 아니라, 내가 먼저 자랑스럽게 얘기하면 자연히 이름이 알려지는 것이라고 얘기하고 싶습니다.

우리가 자랑스럽게, 당당하게 한국인이라고 말할 수 없다면, 세상 어느 누가 한국을 자랑스러운 나라로 인정해 줄 수 있겠습니까?

우리 곁에 있는 가족, 친척, 친구들, 멀리 떨어져 있는 지인들과 나를 엮는 끈이 바로 '한국'입니다.

나를 '나'로서, '한국인'으로서 인정하는 그 순간부터 우리의 애국심은 시작되는 것입니다.

우리가 '한국'이라는 이름을 알릴 수 있는 발판은 아직까지도 많습니다.

저는 우리가 우리 자신을 믿어야 할 필요가 있다고 생각합니다.

우리가 할 수 있다는 것을, 또 부정적인 꼬리표를 언젠간 뒤엎을 날이 찾아올 것이라고 믿습니다.

나 자신이 먼저 '한국'을 자랑스럽게 여기고, 자신의 인생을 최선을 다해 부끄럼 없이 살아간다면, 어느 세계인이라 해도 '한국'을 무시하지 못할 것입니다.

부정이 있기에 긍정이 있고, 밤이 있기에 아침은 더 따뜻한 법.

마음만 먹으면 못할 것이 무엇이 있을까요?

지금의 어두운 한국 사회를 밝게 비출 우리를 믿습니다.

우리의 우리나라를, 한국인의 한국을, 지금 이 순간, 자랑스럽지 않다면, 지금부터 자랑스럽게 만들어나가면 되는 것입니다.

그것이 우리에게 주어진 과제이자 우리를 이끄는 원동력이 되기를 강력히 소망하는 바입니다.

나의 자랑, 나의 모국어

피네 쿨만 / 독일

저는 독일에서 태어나고 자랐습니다. 아빠는 독일 사람이고, 엄마는 한국 사람입니다.

저희 삼남매는 독일 유치원보다 한글학교를 먼저 다녔으며, 독일 학교를 들어가기 전에 한글을 읽고 쓰는 것을 배웠습니다.

한글을 읽고 쓸 수 있어서인지 독일어도 쉽게 배워서 각각 한 학년을 건너 뛰는 월반을 하였습니다. 그래서 저는 지금 만 열세 살이지만 9학년, 즉 중3입니다. 우리는 모두 반에서 가장 어리고, 공부도 잘합니다. 방학 때는 주로 엄마와 한글공부를 합니다.

어렸을 때부터 그렇게 엄마를 통해 자연스럽게 배우게 된 한국어와 한글은 나의 모국어입니다.

학교 친구들에게 저는 가끔씩 한글로 그들의 이름을 적어 주며 한글도 가르쳐 주기도 합니다. 그러면 그들은 쉽게 자기들의 이름을 쓰고, 또 친구들의 이름도 써보면서 기뻐합니다. 그러고는 더 가르쳐 달라고 합니다.

한글은 한국어를 표기하는 문자입니다. 세종대왕이 백성들을 위해 쉽게 배울 수 있도록 분명한 목적으로 만든 우리글입니다.

한글은 24개의 자음과 모음을 조합하면 거의 모든 소리를 표현할 수 있습니다.

이러한 한글의 우수성과 과학성은 점점 널리 인정받고 있으며, 한글을 배우려고 하는 사람들도 계속 늘어나고 있습니다. 요즘 저희 한글학교만 해도 독일 학생들이 많아지고 있습니다.

그들이 많은 관심을 가지고 오니 한글도 빠르게 열심히 배우는 것 같습니다. 그들보다 내가 더 열심이 없는 것 같아 부끄럽기도 합니다. 세종대왕의 아름다운 노력의 열매로 현재 세계에서 문맹률이 가장 낮은 나라가 한국입니다.

그런데 전 세계적으로 언어는 있지만 문자가 없는 인구가 10억 명 이상이라 합니다. 글자가 없는 그들에게 한글을 소개하여 그들의 언어를 쓸 수 있도록 도와준다면 얼마나 좋을까요? 누구나 쉽게 배울 수 있는 우리의 한글, 너무나 멋지고 자랑스럽지 않습니까?

저는 이렇게 뛰어난 한글과 한국어가 나의 모국어라는 사실이 너무나 기쁘고 자랑스럽습니다.

엄마는 우리가 한국말을 못하면 한국인 엄마로서 부끄럽다고 하십니다. 그런데 이제는 오히려 제가 더 부끄럽습니다. 왜냐하면 한국어는 나의 사랑하는 언어요, 나의 모국어이기 때문입니다.

열심히 공부하여 한국어를 모국어답게 잘하고 싶습니다.

또한 독일 친구들에게 그리고 많은 사람들에게 우리의 우수한 한글을 소개하며 알리고 싶습니다.

다문화 가정의 한국 문화 교육의 필요성

클라우디아 가리도 리(이효주) / 스페인

한국에 가면 사람들은 제게 "하이" 하며 소심하게 인사를 합니다. 처음 엔 저를 보고 하는 줄 모르고 그냥 지나쳤습니다. 그런데 목욕탕이나 찜질방 에 가도 힐끗힐끗 저를 쳐다보는 시선을 느낍니다. '아! 나를 쳐다보는 구나!' 하는 생각과 남의 시선을 의식하게 되었습니다.

그리고 목욕탕에서 사람들은 제게 말을 겁니다. 호기심에 건네는 첫 마디 는 영어로 시작됩니다.

매년 스페인 학교에서 방학이 시작되면 저는 저희 가족들과 함께 한국에 갑니다. 한국에서도 보람 있는 방학을 보내기 위해 어김없이 학원을 등록합 니다. 학원에 가면 모두들 저를 향해 "외국인이 왔다" 하며 큰 소리로 외쳐댑 니다. 제가 좋아하는 피아노 학원에서도 끊임없이 저를 쳐다보는 시선을 느 낍니다.

외국인 같은 제 외모가 괜한 이목을 끄는 것 같아 한국인처럼 보이고 싶을 때가 많습니다.

스페인에서 살다 보면, 가끔 "치나!" 하는 소리를 듣습니다. 스페인어로 '치나'란 중국 여자란 뜻인데, 동양인 외모를 가진 저는 스페인에서도 여전히 외국인과 같은 모습으로 보여지나 봅니다.

안녕하세요? 저는 이효주입니다. 스페인에서 태어나 스페인 이름도 있는 데 클라우디아라고도 합니다. 저희 엄마는 한국인, 아빠는 스페인인으로 흔 히들 말하는 다문화 가정에서 자랐습니다.

다문화 가정에서 자란 제 경험과 생각을 여러분들과 함께 나누기 위해 오늘 이 자리에 참석하게 되었습니다. 스페인, 한국 어느 한곳에도 그 나라 사람처럼 보이지 않는 저는 두 나라의 정체성을 갖고 있습니다.

그래서 그 어느 나라를 가도 완전한 국적을 가진 사람으로 보여지지 않는 것 같습니다.

하지만 아빠의 고향이자 현재 제가 태어나 살고 있는 스페인도 제겐 우리나라이고, 엄마의 고향이자 제 반쪽이 된 한국도 제겐 우리나라입니다. 이렇게 두 나라를 떼어서는 완전한 제가 될 수 없다고 생각합니다. 스페인 사람으로서 그리고 한국 사람으로서 모습을 잃지 않고 유지할 때 제가 비로소 완전한 효주가 되지 않나 생각합니다.

스페인에서 살고 있는 저는 스페인 학교를 다니고, 대부분 친구는 스페인 사람입니다. 그렇듯 한국인으로서 언어를 배우고 문화를 몸으로 익히는 일이 쉽지는 않습니다.

그런데 앞서 말씀드렸지만 저는 스페인 사람이자 한국인이기 때문에 저를 만들어가는 반쪽을 잃고 싶지 않아 끊임없이 노력하고 있습니다.

매주 토요일 아침마다 온갖 유혹을 이겨가며 등교하는 한글학교도 이젠 적응이 되었습니다. 하지만 아직도 노력 없이 한국인의 모습을 갖춰가는 건 결코 쉽게 얻어갈 수 없는 것 같습니다.

한국인으로서 맞춰가는 인생 퍼즐 한 조각, 한 조각이 얼마나 소중한지를 잊지 않습니다. 그리고 가끔 10년 뒤에 제 모습을 그려 봅니다.

저는 시끌벅적 사랑이 넘치는 한국 가족이 많은 한국에서 일을 하고 싶습니다. 어린 시절의 대부분을 스페인에서 보냈다면 20대 아가씨가 되면 한국에서 시간을 보내고 싶기 때문입니다.

그때가 되어도 어김없이 외국인처럼 비춰지는 외모와 영어로 시작되는 대화가 상상되지만 두 나라의 모습을 지닌 제 모습이 자랑스러울 것 같습니다.

저와 같은 다문화 가정에서 자란 친구들 혹은 그런 다문화 가정에서 자란 사람들을 대하는 여러분께 말씀드리고 싶습니다. 대부분의 우리, 즉 다문화 가정의 자녀는 한국인의 피가 섞였으니 당연히 한국 사람과 같은 모습을 지녀야 된다고 여겨지기 쉽습니다. 하지만 외국인으로서의 모습을 지니는 것이 자연스럽고 당연한 것임을 여러분들도 인지하셔야 한다고 생각합니다.

또한 외국에서 자라 한국 문화를 접하기 어려운 저와 같은 다문화 가정 친구들에게 비록 한국인으로서 모습을 발견하고 유지하는 것이 어렵더라도 조금씩 관심을 갖고 한국인으로서의 모습을 유지하는 게 진정한 자아 정체성을 찾아가는 과정이라고 말하고 싶습니다.

더 나아가 이렇게 다문화의 다양성과 고유성이 존중되어 가는 문화 정착은 관용이 있는 다채로운 한국 사회로 이끌어가는 지름길이라고 생각합니다.

제 이야기를 들어주신 여러분들께서 다문화 가정에 앞으로 조금 더 관심을 갖게 되신다면 제겐 큰 보람이 될 것 같습니다.

그리고 스페인과 한국이 결합한 효주 이야기를 귀 기울여 들어주신 여러분께 진심으로 감사드립니다.

한국의 전통문화, 효

하비엘 찬 포라스 리 / 스페인

안녕하십니까!

오늘 제가 여러분께 말씀드리고자 하는 것은 한국의 우수한 전통에 관해서입니다.

저는 한국을 방문하고, 한글학교에서 배워 한국은 여러 분야에서 우수한 전통을 가진 나라인 것을 알고 있습니다.

한국 음식은 바야흐로 세계화를 눈앞에 두고 있습니다. 김치, 불고기, 막걸리, 잡채 등은 세계인이 좋아하는 음식으로 자리를 잡고 있습니다. 이름만 들어도 침이 입안에 저절로 고이는 깊은 마력을 지니고 있습니다.

고려청자의 뛰어남도 세계가 알아주고 있습니다.

온돌에 대해서도 말씀을 드리지 않을 수 없습니다. 우리 조상이 만들어낸 과학적이고 합리적인 난방법으로, 방도 따뜻하게 하면서 밥도 할 수 있다니, 정말 일석이조의 획기적인 발명품이라 하지 않을 수 없겠습니다.

온돌이 일본이나 중국, 이곳 유럽에까지 선호하는 주거양식이 되고 있다니 진정한 한류의 선구자라고 이 연사는 여러분께 말씀드리고 싶습니다!!!

그러나 여기 이 연사, 감히 주장하고 싶은 것은 제가 지금까지 말씀드렸던 물리적인 전통보다 눈에 보이지 않는 정신적인 전통의 훌륭함에 대한 것입니다. 그것은 세계 어느 곳보다도 어르신을 공경하는 마음과, 부모에 대한 효가 지극한 아름다운 전통입니다.

제가 한국에 도착하자마자 제일 먼저 하는 일은 할아버지, 할머니를 뵙는 것입니다.

삼촌들이나 이모들이 처음에 제게 묻는 말도 "할아버지께 인사는 드렸느냐?"라는 질문입니다. 지금은 두 분 다 돌아가셔서, 한국에 가서 제일 먼저 하는 것은 할아버지, 할머니 산소를 찾는 일이 되고 말았습니다.

한국은 어르신들에게 예를 갖추는 것을 아주 중요하게 생각하는 나라입니다. 부모님을 섬기고 모시는 것을 당연하게 생각하는 나라입니다.

저는 한국의 이러한 전통이 매우 인간적이면서, 잃지 말고 이어져 가야 할 전통이라고 생각합니다.

물질이 우선이라고 생각하는 지금, 이 사회에서 이러한 정신적인 전통이야말로 무엇보다 우리가 자부를 가지며 지켜야 할 전통 아닙니까?

언젠가 이 사회가 정신을 추구하는 세상이 올 때는 한국의 이러한 전통이 빛을 볼 것입니다.

그때 우리는 진정한 리더로서 세계에 우뚝 설 것이라고, 이 연사는 여러분에게 소리 높여 말씀드리고 싶습니다!!!

한국 문화를 알리는 다리가 되리라
-다문화 가정의 한글과 한국 문화 교육의 필요성-

칸 아스마 / 영국

안녕하십니까?

저는 영국에 사는 칸 아스마입니다. 저한테는 개구쟁이 남동생과 예쁜 여동생이 있습니다.

엄마는 한국 사람이고, 아빠는 파키스탄 사람입니다. 엄마는 한국말로, 아빠는 파키스탄말을 해서 우리는 두 언어를 알아야 합니다. 우리 집은 두 문화가 섞여 있습니다. 오늘 저는 다문화 가정에서 자라는 저희들이 한글과 한국 문화 교육을 왜 받아야 하는지를 이야기하고자 이곳에 섰습니다.

우리 가족은 모두 영어를 합니다. 그래서 엄마 아빠가 서로 다른 나라 사람이지만 영어 하나만 배우면 살아가는 데 별로 불편함이 없습니다.

그런데 왜 우리는 한국어를 배우고 한국 문화를 배우기 위해 다른 사람들보다 더 많은 시간을 들여야 할까요?

2년 전 저는 영국 학제에서 중요한 11+라는 시험을 앞두고 한국 학교에 가는 일에 짜증이 났습니다. 토요일마다 엄마는 제가 한국 학교에 가길 원하셨습니다.

그리고 다른 아이들보다 한 시간 먼저 학교를 떠나 11+ 공부를 하게 했습니다. 다른 아이들보다 공부할 시간이 부족한 저에게 한국 학교를 꼭 보내시는 엄마의 고집을 알 수 없었습니다.

지난해 외할머니께서 영국에 오셔서 잠시 같이 지냈습니다. 외할머니는 영어를 못하십니다. 저희들에게 한국어만 하십니다.

할머니는 저희들을 위해 한국 음식을 해주셨습니다. 우리는 한국 학교에서 배운 기본 한국어밖에 몰랐습니다. 할머니와 이야기할 때마다 힘들었지만 할머니께서 우리를 위해 애쓰시고 사랑해 주시는데 한 마디라도 할머니가 알아들으시는 말로 해보려고 노력했습니다.

우리 셋 중 막내가 가장 한국말을 잘하고 잘 알아듣습니다. 막내는 아직 어려 할머니와 더 많은 시간을 가질 수 있었기 때문이지요. 할머니께서 영국에 계시는 동안 저도 한국 학교에 가는 것을 즐겼습니다. 배운 것을 할머니께 말할 수 있어서 좋았습니다.

우리 셋은 한국 음식을 아주 좋아합니다. 생일 때는 항시 미역국을 먹고, 금요일 저녁밥은 항시 콩나물을 넣은 비빔밥을 먹습니다.

한국 할머니가 영국에 있을 때는 봄에 고사리 뜯기, 여름에 베리 따기, 가을에는 도토리를 줍기를 함께 했습니다.

도토리로 묵을 만드는 할머니를 도우며 우리는 할머니의 문화를 배웠습니다. 파키스탄 할머니는 둥글게 자파티 만드는 법을 가르쳐 주셨고 만두처럼 생긴 파키스탄 스모삭을 함께 만들었습니다.

신기하고 다양한 문화를 우리 할머니에게서 배운 저는 런던 한국 학교에서 한국어를 더욱 열심히 배우게 되었고, 이젠 어디에서든 엄마에게 '사랑해'라며 한문자 메시지를 보내고, K-POP과 한국 드라마를 좋아하는 영국 친구들에게 전 한국어 선생님이 되었습니다.

이제 한국 학교 다니는 일이 재미있습니다. 영어만으로 충분히 살 수 있는 제가 왜 한국어를 배워야 하는지 알게 되었습니다.

외국에 사는, 그리고 다문화 가정에서 태어난 저에게 한국어는 숨 쉴 때 마시는 공기와 같이 함께 해야 할 언어가 되었습니다.

한국어를 배우는 것은 나 자신을 한국인으로 만들어 가는 것이고, 아빠와 엄마의 양쪽 문화 그리고 지금 살고 있는 영국의 문화를 알아가는 것은 곧 나의 사고를 넓히고 더 나아가 다양한 문화가 함께 하는 글로벌 시대에 올바른 꿈을 가진 세계인으로 클 수 있는 기회가 될 것입니다.

이제 한국의 기업과 한국 음식, 음악 그리고 한국 드라마는 세계 속에 알려져 있고 한국어를 배우려는 외국인이 많아졌다고 합니다. 우수한 한국어는 우리의 훌륭한 문화를 쉽게 가르칠 수 있는 좋은 다리 역할을 합니다. 그래서 우리는 더욱 열심히 한국어 배우는 데 관심을 가져야 합니다.

24개의 모음과 자음이 모여 모든 음을 만드는 과학적이며 독특한 문자를 만드신 세종대왕은 21세기 디지털 창조자로 불리는 스티브 잡스(Steve Jobs)보다도 더 훌륭한 분으로 우리 한국인은 존경해야 할 것입니다.

저는 앞으로 한국어를 더욱 열심히 공부하여 한국인의 자부심을 가지고, 한국 문화를 알리는 다리가 될 것을 약속합니다.

내가 왜 한국어를 완벽하게 배워야 할까?

슈바르호퍼 지윤 / 오스트리아

여러분 안녕하십니까?

제가 오늘 여기 선 이유는, 한국과 다른 나라의 문화교류에 대한 제 의지를 여러분들과 함께 나누고 싶어서입니다.

저희 아버지는 오스트리아 사람이고, 어머니는 한국 사람이라서 저는 두 문화를 갖고 태어났고 그 두 문화 속에서 자랐습니다.

저는 한국의 음식, 음악, 영화 그리고 한국 사람들의 유머를 좋아합니다. 그리고도 좋아하는 게 많습니다.

그중에 제가 특별히 좋아하는 것은 한국 드라마입니다. 요즘 저는 인기 많은 한국 TV 시트콤 〈하이킥〉을 즐겨 봅니다.

그 프로그램에서 영어 선생님 역할을 맡은 줄리언 강(Julien Kang)도 저와 비슷하게, 두 문화의 배경을 가지고 있습니다.

그 배우는 한국에서만 자란 보통 한국인들과는 다른 억양을 가지고 있습니다. 하지만 한국말을 잘하고, 한국 사람들의 마음을 이해하기 때문에, 사람들과 하나가 되어 정이 넘치는 연기를 펼치고 있다고 생각합니다.

저도 한국어를 배웠기 때문에만 한국의 여러 가지를 좋아할 수 있다고 생각합니다.

저는 어릴 적에 한국을 자주 방문했습니다. 아버지와 할아버지께서는 대화를 나누셨습니다. 두 분은 서로 마음은 통했지만, 서로의 언어는 이해하지 못했습니다. 그런데 두 분께서는 건배! 독일어로는 'Prost!'라는 말은 이해했습니다. 아마도 이 말이 가장 중요한 단어인가 봅니다.

저는 할아버지께서 하신 말씀을 아버지께 전했고, 아버지께서 하신 말씀을 할아버지께 전했습니다.

아버지를 도와드려서 자랑스러운 기분이 들었고, 할아버지께서 칭찬을 해주셔서 용기가 더 생겼습니다.

그런데 그보다 더 중요하다고 지금 생각하는 것은 그때 제가 두 분의 마음을 연결시켜 드렸다는 것입니다.

저는 앞으로도 한국말을 더 완벽하게 배우고 싶습니다. 그래서 한국의 마음과 문화를 교류하는 일에 기여하고 싶습니다.
그리고 지금 여러분들에게도 저와 함께 노력하자고 말씀드리고 싶습니다!

감사드립니다!

자랑스러운 한국인의 길

이보미(엘리사 가스탈디) / 이탈리아

안녕하십니까? 제 이름은 이보미입니다.

그리고 엘리사 가스탈디라고도 부릅니다.

제가 두 개의 이름을 가진 것같이, 저는 서로 다른 언어를 쓰시는 아버지, 어머니가 계십니다. 그래서 저는 어렸을 때부터 이탈리아어와 한국어를 같이 배웠습니다. 한국어는 어렵습니다. 그리고 한글은 더욱 어렵습니다.

하지만 어머니는 포기하지 말고 열심히 하라고 하십니다.

그것은 한글을 알아야 한국책을 읽을 수 있고 책을 읽어야 한국의 문화를 쉽게 접할 수 있기 때문이며 나아가 제가 발전하는 길이라고 하셨습니다.

여러분, 다문화 가정이라고 하여 한글 배우기를 소홀히 해서는 안 될 것입니다.

그 이유는,

첫째, 한글을 잘 알아야 한국 문화와 전통을 이해할 수 있습니다.

둘째, 한글을 잘 알아야 다른 나라 사람들에게도 한국을 알릴 수 있습니다.

셋째, 한글을 잘 알아야 자신감과 애국심을 가질 수 있습니다.

여러분, 한국어와 한글을 배우기 위해 노력하는 자세는 바로 나라를 사랑하는 마음입니다.

저는 앞으로도 열심히 공부하여 이탈리아와 한국의 문화와 전통을 세계에 널리 알리겠습니다. 그리하여 자랑스러운 한국인이 될 것을, 이 연사 소리 높여 외칩니다.

제2회

한글의 소중함

강희건 / 불가리아

안녕하십니까? 저는 불가리아에서 살고 있는 강희건입니다. 여러분! 인터넷에 얼마나 많은 비속어와 줄임말이 있는지 아십니까? 얼마 전까지는 저 역시 별 생각 없이 '힐', '찐따', '썩소' 등과 같은 줄임말을 사용했습니다. 그러다가 한글학교에서 한글의 유래와 우수성에 대해 배우게 되었고, 지금은 한글을 소중히 여기고 사랑하게 되었습니다. 한글은 우리가 올바르게 사용하고 지켜나가야 하는 소중한 우리의 유산입니다.

첫째, 한글은 국민을 위해 만들어진 글입니다. 세종대왕님께서 한자 사용을 어려워하는 백성을 불쌍히 여겨 한글을 만드셨기 때문에 한글에는 백성을 사랑하는 세종대왕님의 사랑이 담겨 있습니다. 왕이 직접 백성을 위해 글을 만든 나라는 우리나라 대한민국이 유일합니다.

둘째, 한글은 우리나라 언어에 가장 적합한 과학적인 우수한 문자입니다. 발음의 원리를 그대로 글자 모양에 적용하여 만들었기 때문에 배우기 매우 편리합니다. 우리나라의 문맹률이 1%도 안 되는 이유가 바로 이것입니다.

셋째, 한글은 한국인의 정체성입니다. 일제강점기 때 일본은 한국인의 정체성을 없애기 위해 한글 사용을 금지하고 일본어만을 사용하도록 하였습니다. 그러나 우리의 선조들은 몰래 집에서 한글을 공부하고 배워, 끝까지 지켜냈습니다. 한글을 지키는 것이 대한민국을 지키는 것이었기 때문입니다.

따라서 대한민국 국민을 위해 만들어진 과학적인 한글을 올바르게 사용하는 것이 우리나라 대한민국을 사랑하고 지키는 것입니다. 여러분, 우리 모두는 자랑스러운 한국인으로서 한글을 사랑하고 소중히 지켜 나가야 한다고, 이 연사 힘차게 외칩니다.

한국인의 긍지와 자부심

경진수 / 슬로바키아

안녕하세요. 여러분!

저는 다섯 살에 슬로바키아에 왔습니다.

슬로바키아에 가서 산다고 하니 할머니께서는 걱정도 많이 하셨습니다.

처음에는 매우 낯설어 외국인과 눈도 맞추지 못하고 혹 누가 말이라도 걸면 도망가고 싶었습니다.

그랬던 제가 이렇게 웅변대회에서 발표까지 하게 되었습니다.

그것은 한국인으로서 자신감과 긍지를 알리며 우리의 우수성을 말하고 싶어서입니다.

슬로바키아에는 기아자동차공장과 삼성공장이 있습니다.

어디를 가든지 우리 한국 자동차와 휴대전화, 텔레비전 등이 많이 보입니다.

그뿐이 아닙니다. 얼마 전 싸이의 〈강남 스타일〉 노래가 유행하고 있을 때, 설마 여기까지 이 노래가 라디오에서 흘러나오리라고는 생각조차 하지 못했습니다. 어찌나 반갑고 자랑스럽던지 저도 모르게 따라 흥얼거렸습니다.

제가 다니는 학교에서도 외국 친구들이 이 노래를 따라 부르면, 한국인이라는 것이 자랑스러웠습니다.

그래서 외국에 살면서 애국가를 부르지 못했는데 요즘 저도 모르게 애국가를 열심히 부르게 되니 이 얼마나 가슴 뿌듯한 일인지 한국인으로서 긍지와 자부심을 느낀다고 이 연사 자신 있게 외쳐 봅니다.

여러분!

가수 싸이가 미국에서 한국어 노래를 자신감 있게 부르고 방송에서 한국어로 가끔 얘기하는 모습이 참 보기 좋았습니다.

그것은 한국인이 지녀야 할 긍지와 자부심을 느끼고 있으며, 한국어를 세계 속에 알리는 그만의 방법이라고 생각합니다.

그리고 학교에 점심 도시락으로 김밥을 싸오면 외국 친구들이 하나만 달라고 야단입니다. 어디를 가든지 한국 상표가 보이고 우리 가요가 흘러나오며 우리의 먹거리가 있는 유럽.

이제는 자신 있게 말할 수 있습니다. 세계 속에 한국이 우뚝 설 날이 얼마 남지 않았다고, 이 연사 자신 있게 외칩니다.

감사합니다.

나의 꿈

김관우 / 프랑스

안녕하세요?

저는 프랑스 파리에서 온 김관우라고 합니다.

유럽에 살고 있는 한국 친구 여러분, 여러분이 살고 있는 나라와 도시는 어떠한가요? 저는 파리에서 잘 지내고 있습니다. 왜냐하면 에펠탑이 있으니까요! 에펠탑은 여러 가지 변신으로 저에게 감동을 선사합니다.

저는 그 에펠탑이 보이는 센강 옆에 살면서 버스를 타고 프랑스 학교에 다닙니다.

프랑스 학교뿐만 아니라 한글학교도 다니는데, 그 이유는 두 나라 말을 모두 잘하면 나중에 더 많은 일을 할 수 있기 때문입니다.

제가 한국말을 모르면 한국에 살고 있는 한국 사람들과 대화를 할 수 없습니다. 특히 할머니와 할아버지께서 제가 프랑스에서 어떻게 지내는지 많이 궁금해 하시는데, 프랑스어를 전혀 모르시기 때문에 제가 한국말을 배워서 잘 설명해 드리고 싶습니다.

그래서 한글학교를 5년 동안 다니면서 한글도 배우고 태권도, 사물놀이, 종이 접기, 그리고 K-POP을 배웠습니다. 제가 좋아하는 태권도는 벌써 초록띠입니다.

저는 프랑스 친구가 많이 있고, 중국 친구 Clark, 일본 친구 Kai 그리고 스리랑카 친구 Kevin도 있습니다. 가끔 그 친구들에게 한국에 대해서 이야기해 주고, 태권도 시범도 보여 주고, 한국말도 가르쳐 준답니다.

이렇게 두 나라 말을 열심히 배우면, 제 꿈을 이룰 수 있을 것입니다.

제 꿈이 무엇이냐고요 ? 제 꿈은 프랑스에서 한국말을 잘하는 의사가 되는 것입니다.

오랫동안 아프셨지만 프랑스말로 증세를 자세히 설명할 수 없어서, 병원에 갈 때마다 고생을 하셨던 아빠와 같은 한국 사람을 도와주고 싶어서입니다.

저는 말이 통하지 않아 병을 치료받을 수 없는 프랑스에 사는 한국 사람들, 또 한국에 사는 프랑스 사람들, 모두 치료해 줄 수 있는 훌륭한 의사가 되고 싶습니다.

제가 프랑스말과 한국말 공부를 열심히 해서, 한국의 가족들에게는 프랑스의 이야기를 해주고, 프랑스의 친구들에게는 한국을 알려주고, 나중에 의사가 되어 한국 사람들과 프랑스 사람들을 다 도울 수 있다면, 한국과 프랑스는 더 가까워질 것 같습니다.

한국 친구 여러분.

한국과 프랑스뿐만 아니라 한국과 유럽의 모든 나라가 친구처럼 가까워지게 하는 일, 서로 어려울 때 도와주는 일, 저와 함께 그 꿈을 이루어보지 않으시겠습니까?

제 말씀 들어주셔서 감사합니다.

프랑스 파리의 김관우였습니다.

세계적인 택견 스타를 꿈꾸며

김안젤라(김도연) / 프랑스

저는 파리한글학교에서 온 김도연입니다. 저는 파리에서 2년째 택견을 배우고 있고, 앞으로 한국을 빛낼 세계적인 택견 스타를 꿈꾸는 소녀 택견꾼입니다.

여러분! 택견을 아십니까?

진도견, 도사견 같은 개 종류라고요? 아닙니다.

아! 태권도의 원조라고요? 네, 그렇게도 말합니다. 그러나 정확하게 말씀드리자면 택견은 중요 무형문화재 제76호로 지정된 우리 민족 고유의 무예입니다. 그런데 어째서 이런 택견이 우리에게 잘 알려지지 않고, 낯설게 되었을까요?

그것은 지금도 독도를 자기네 땅이라 우기고, 과거에 우리에게 저지른 잘못을 사과조차 하지 않는 일본 때문이었습니다. 일제강점기 때, 일본은 우리 민족의 우수한 문화를 말살하려 택견을 금지하고 없애려 했습니다. 하지만 이런 악독한 탄압 속에서도 택견은 끈질기게 살아남았습니다. 더군다나 이제 택견은 전 세계에 널리 퍼져가고 있습니다.

여러분, 이 얼마나 다행스러운 일입니까!

그뿐만이 아닙니다. 바로 작년 11월 28일, 또 한 가지 아주 기쁜 소식이 있었습니다.

여러분~ 혹시 아시나요?

바로 택견이 유네스코 인류 무형유산으로 등재된 것입니다. 일본의 유도, 가라테, 검도도 아니요, 중국의 쿵후도 아닌 바로 우리의 택견이 무예 종목으로는 세계에서 유일하게 인류 무형유산으로 선정되었단 말입니다. 이것은 전 세계가 우리 민족문화의 우수성과 중요성을 인정한다는 증거일 것입니다. 우리에게 얼마나 큰 경사입니까?

여러분, 저는 파리에서 태어나 자랐기 때문에 택견이 무엇인지 몰랐습니다. 그러다가 한글학교에서 처음으로 택견을 배우게 되었습니다. 택견을 배우기 전에는 저는 학교에서 다르게 생긴 얼굴 때문에 놀림을 받고 주눅 들었습니다. 다른 외국에서 자라는 친구들도 한 번씩은 겪어 봤을 것입니다. 하지만 택견을 배운 후에는 완전히 바뀌었습니다.

"너는 왜 이렇게 생겼냐?"라고 물어보면, "그러는 너는 왜 그렇게 생겼냐고?"라고 당당하게 맞서 줍니다. 저를 가르쳐 주시는 택견 선생님은 택견이 너무 좋아 한국에서 여러 해 동안 택견을 배워 오셨고, 프랑스에 택견을 전파하시려고 애쓰시는 프랑스인입니다.

'우리 문화가 얼마나 좋으면 외국인이 택견을 배워서 가르칠까?' 하고 생각했습니다. 그리고 참 자랑스러웠습니다. 택견은 우리 조상의 지혜와 얼이 담긴 우리 민족의 놀이이자 무예입니다. 택견에는 세계의 평화와 인류의 행복을 위한 우리의 마음이 담겨 있다고 선생님께서 말씀해 주셨습니다. 이러한 드높은 뜻을 지녔기에 택견이 인류 무형유산으로 등재된 것이 아니겠습니까?

여러분!

그러나 이처럼 소중한 문화재를 정작 한국인인 저희들이 제대로 알지 못하고 있어 안타깝습니다. 파리의 제 한국 친구들에게 택견을 아냐고 물어보면 열이면 열, 다 모른다고 대답합니다. 얼마나 안타까운 일입니까? 그래서 저는 결심했습니다. 오히려 외국인이 그 가치를 먼저 알아보고 전파하려 애쓰는 우리 문화 택견을 제가 한번 나서서 전 세계에 알리겠노라고, 이 연사 두 주먹 불끈 쥐고 힘차게, 힘차게 외쳐봅니다.

우리말, 우리글 바로 쓰기

김현진 / 폴란드

여러분!

우리나라 사람들이 가장 많이 존경한다는 위인 세종대왕님을 아십니까!

아마 어린아이부터 어른들까지 모르는 사람이 없을 것입니다. 세종대왕님 께서는 이웃나라 중국의 한자로 인해 많은 어려움을 겪고 있는 백성들을 위해 누구나 배우기 쉽고, 쓰기 쉬운 한글을 창제하셨습니다.

선생님께서는 한글이 세계에서 유일하게 탄생기록을 가지고 있는 문자이며, 사람의 발음기관 모양의 자음과 천, 지, 인을 본떠 만든 모음을 조합하여 만든 과학적이고 체계적인 문자라고 말씀하시면서, 우리의 한글을 아끼고 사랑해야 한다고 강조하셨습니다. 그럼, 우리가 우리의 한글을 아끼고 사랑하는 방법에는 무엇이 있을까요?

첫째, 우리는 아름다운 우리의 말과 글을 바르게 사용해야 할 것입니다.

요즘 초등학생에서부터 어른들까지 카카오톡이라는 휴대폰 메신저가 인기를 끌면서 무분별한 인터넷 언어가 우리 생활에 깊숙이 뿌리내리고 있습니다.

간단하다는 이유로, 재미있다는 이유로 많은 사람들이 아무런 생각 없이 사용하고 있습니다. 하루가 다르게 생겨나는 인터넷 신조어들을 계속해서 사용한다면 나중에는 우리의 아름다운 한글이 사라져 버릴지도 모릅니다.

우리는 이상한 모양으로 변한 우리의 한글을 다시 바른 모양으로 되돌려 옳게 사용해야겠습니다.

둘째, 외래어보다는 순우리말을 사용해야겠습니다.

예전엔 외래어만 사용되었던 것이 요즘은 우리말과 외래어가 합쳐진 새로운 형태의 단어들이 사용되고 있습니다.

이런 단어들로 인해 아름다운 한글이 파괴되어 가는 모습 ……. 어떻게 생각하십니까? '벼리'나 '아띠' 같이 우리가 알지 못하는 예쁜 순우리말이 많이 있습니다. 이제부터라도 우리말, 우리글을 아끼고 사랑하는 마음으로 순우리말을 사용해야겠습니다.

세종대왕님께서 만드신 자랑스러운 한글!

우리 모두 한글을 아끼고 사랑하는 마음으로 우리말, 우리글을 올바르게 사용하는 데 앞장서야 한다고, 이 연사 소리 높여 주장합니다!

마드리드에서 품은 나의 꿈

윤찬희 / 스페인

제 이름은 윤찬희입니다. 외국 사람들이 '찬희'라는 이름을 발음하기 어려워 하지만 저는 제 이름이 좋습니다. 만약 한글이 없었다면, 제 이름이 '윤찬희'가 아닌 다른 외국 이름이 되었을지도 모릅니다. 그렇게 생각하니, 우리나라 한글이 얼마나 소중한 것인지를 느끼게 됩니다.

저는 스페인에서 태어났습니다. 엄마가 한글을 가르쳐 주신 덕분에 어려서 부터 한글을 알았습니다. 그러다가 스페인 유치원에 들어가서 스페인어를 배우기 시작했습니다. 처음엔 무슨 말인지 하나도 몰랐지만, 점점 스페인어를 배우는 것이 신기하고 재미있었습니다. 그 후로는 집에서 동생과 스페인어로 이야기하는 것이 더 좋았습니다.

그럴 때마다 부모님께서는 우리가 한국 사람으로서 한글을 알아야 하며, 집에서는 꼭 한국어로 말하라고 말씀하셨습니다.

그렇습니다! 우리는 한국 사람입니다. 우리에게는 한글이라는 훌륭한 언어가 있습니다. 한국 사람인 우리가 한글을 사랑하며 지키지 않으면, 누가 한글을 아끼겠습니까!

지금은 한국어와 스페인어로 쓰고 읽고 말할 줄 아는 사람이 되었습니다. 저는 이런 제가 자랑스럽습니다. 스페인 선생님과 친구들 중에 한글을 물어보기도 하고 배우고 싶어 하는 친구도 있습니다.

더 열심히 한글 공부를 하고, 한국 문화에 대해서도 많이 알아서, 한국에 대하여 전 세계 사람들에게 알려야 한다고, 이 연사 강력히 외칩니다!

칼을 약으로

이규림 / 네덜란드

여러분, 여러분은 말과 글로 된 칼을 본 적이 있으십니까? 그 칼을 맞은 채 고통스러워하는 사람을 본 적이 있으십니까? 그리고 가슴에서 피를 철철 흘리며 거리를 걷는 사람을 본 적이 있으십니까?

그 사람은 지인일 수도, 지금 바로 옆에 앉아 있는 사람일 수도 그리고 자기 자신일 수도 있습니다. 말과 글로 된 칼은 총기나 무기보다 훨씬 무섭고 아픕니다. 그리고 눈에 보이지 않아 피하기도 힘듭니다.

하지만 이 칼은 때때로 상처를 치유하는 약으로 변하기도 합니다. 오늘 이 자리에서 저는 우리의 말과 글을 칼 대신 약으로 써야 하는 이유에 대해서 말씀드리고 싶습니다. 옛날부터 엄마는 저나 제 동생이 나쁜 말을 하면 이 이야기를 들려주곤 하셨습니다.

좋은 말을 하면 입에서 온갖 보석과 금은보화가 나오고 나쁜 말을 하면 온갖 쓰레기와 지렁이 그리고 개구리가 나온다고 하셨습니다. 그래서 저와 제 동생은 싸우다가도 나쁜 말을 하게 되면 얼른 화장실로 뛰어가 양치질을 하곤 하였습니다. 전 세계에는 3,000여 개의 언어가 있습니다.

그러나 그중 사전이 있는 나라는 불과 20여 개밖에 되지 않습니다. 여러분은 말모이 작전에 대해 들어보셨습니까?

일제강점기, 우리말도 마음대로 쓰지 못하는 시대에 사람들은 말모이 작전에 들어갔습니다. 전국의 남녀노소 모두가 참여한 거대한 프로젝트였습니다.

조그만 쪽지에 그날그날 사용한 일상적인 단어부터 옛말, 그리고 방언을 적었고 사람들은 그 쪽지들을 조선어학회에 보냈습니다. 그러나 말모이 작전은 곧 일본에게 발각되었고 29명이 고문을 받게 되었습니다. 그리고 그중 2

명은 옥중에서 사망하기까지 하였습니다.

그리고 13년 후, 드디어 『조선어큰사전』을 출판하였습니다. 이렇게 많은 사람이 힘들게 소중한 목숨을 잃어가며 지켜낸 한국어를 요즈음 사람들은 욕과 나쁜 말, 인터넷에선 악성 댓글로 한국어의 중요성을 잊고 있습니다.

그분들의 피와 맞바꾼 우리말로 다른 사람의 가슴에 오히려 큰 상처를 주거나 스스로의 목숨을 포기하게 만든다는 것은 참으로 안타까운 일이 아니겠습니까?

저는 이렇게 생각합니다. 나 하나부터 다른 사람을 존중하고 위로하기 위해서 바르고 고운 우리말을 쓴다면 강도의 칼과 같은 무서운 욕과 폭언 대신 다른 사람의 상처를 치유하고 위로해 줄 수 있는 의사의 약으로서 아름다운 우리말이 될 수 있다고 믿습니다.

이것만이 말모이 작전을 수행하며 목숨까지 바친 우리 선조들의 은혜에 조금이라도 보답하는 길이라고 생각합니다.

여러분! 저와 함께 바르고 고운 말로 세상을 치유하는 의사가 되시지 않겠습니까? 감사합니다.

우리 한국의 멋

이주나 / 이탈리아

안녕하세요?

저는 로마한글학교 난초반에 다니고 있는 이주나라고 합니다.

이번 웅변에 대해 준비하면서 저는 한국에 대해서 자랑스러운 것이 무엇이 있을까 생각해 보았습니다.

저는 한국 사람이고 이탈리아에 살면서 많은 사람들이 한국에 대해 좋게 얘기하는 것을 많이 보고 기분이 좋은 적이 있었습니다. 그래서 그런 것들에 대해 여기서 얘기하려고 합니다.

제가 다니는 로마한글학교는 수업하기 전에 특별활동이 있습니다.

저는 한국무용을 배우고 있는데 아이들과 연습해서 일 년에 한 번씩 한국무용 발표를 합니다.

그런데 제가 다니는 외국인 학교에서 장기자랑을 한다고 했습니다. 저는 장기자랑 때 무엇을 해야 할지 몰랐는데, 엄마 아빠께서 한국무용이 어떨까 하셨습니다. 그래서 선생님께 말씀드렸더니 부채를 가져와서 연습을 하라고 그러셨습니다. 그래서 한국무용 부채를 가져가서 연습을 했습니다. 부채를 펴자 내 친구들이 "와우!"라고 하면서 예쁘다고 했습니다. 장기자랑 있는 날이 되어서 한복을 입고 부채도 가지고 갔습니다.

다들 신기한 눈으로 쳐다보았습니다. 선생님과 친구들은 우리 한복과 부채 춤을 좋아하였습니다. 한국무용이 끝나자 박수 소리도 무척 컸습니다.

그리고 요즘 외국인 아이들이 노래 〈강남 스타일〉에 대해서 이야기를 많이 합니다. 다들 춤도 따라하고 노래도 부릅니다.

어떤 아이는 '오빠' 발음을 잘못해서 '호빵'이라고 해서 아주 웃겼습니다. 어떤 때는 여기 로마에 있는 슈퍼에 가면 거기서도 〈강남 스타일〉 노래가 나옵니다. 그래서 저는 아주 자랑스럽습니다.

또 제가 다니고 있는 한글학교에 이탈리아 아이들이 한글을 배우러 나오고 있습니다.

이탈리아 아이들도 우리나라 한글을 배우러 다니는 걸 보니 한국말이 외국에서도 인기가 좋아지고 있습니다.

그리고 한국 음식을 외국 사람들이 좋아합니다. 저희 어머니께서는 한국 음식을 잘 만드십니다.

그래서 엄마 친구인 일본 아줌마들이 한국 음식을 만들고 싶다고 제 집에 오십니다. 그러면 엄마가 김밥 만드는 법, 그리고 김치 만들기를 보여 주고 맛있게 같이 먹습니다. 매워도 잘 드십니다.

우리나라의 힘이 커지고 있어서 저는 한국 사람인 것이 아주 자랑스럽습니다. 여러분! 우리나라가 자랑스럽지 않습니까?

감사합니다.

올바른 한글 사용

이하린 / 불가리아

안녕하십니까? 저는 불가리아에 살고 있는 이하린입니다. 여러분! 한글을 얼마나 올바르게 사용하고 계십니까?

혹시 자신도 모르게 줄임말이나 비속어를 쓰고 있지는 않습니까? 저는 올바르게 한글을 배워 나가고 있는 초등학생입니다. 그런데 인터넷에서 한글을 이상하게 사용하는 어른들을 많이 봅니다. 올바른 한글 사용은 우리가 당연히 지켜 나가야 하는 것입니다.

첫째, 한글은 백성들을 위해 세종대왕님께서 만드신 것입니다. 백성들을 위해 만드신 한글을 지켜 나가지 못하고 훼손한다는 것은 부끄러운 일입니다.

둘째, 한글에는 대한민국이 담겨 있습니다. 한글을 배우면서 한국의 문화도 배웁니다. 잘못된 한글을 사용한다는 것은 한국 문화를 잘못 배우게 되는 것입니다.

셋째, 한글은 한국인의 유산입니다. 잘못된 한글의 사용은 우리의 가장 소중한 유산을 해치는 것입니다.

따라서 세종대왕님이 만드셨고 우리의 문화가 담긴 소중한 한글을 올바르게 사용해야 한다고, 이 연사 힘차게 외칩니다.

우리는 움직이는 대한민국

이한아 / 아일랜드

안녕하십니까? 아일랜드에서 온 이한아입니다.

저는 한국에서 태어나 백일이 되기 전 파키스탄에 갔고, 8년 동안 살다가 올 2월 아일랜드로 왔습니다. 파키스탄과 아일랜드는 언어, 날씨뿐만 아니라 한국에 대한 생각도 달랐습니다.

파키스탄에서는 "한국은 선진국, 부자나라"라고 했습니다. 학교에 가져간 한국 학용품을 멋있다고 했고, 한국 과자나 김밥도 잘 먹었습니다.

그런데 아일랜드 친구들은 한국을 잘 몰랐습니다. 요즘 전 세계적으로 유명하다는 가수 싸이도 모르고, 삼성 핸드폰이 한국 제품인 것도 모릅니다. 그리고 제가 학교에 가져간 보리차는 오줌 같다고 하고, 삼각김밥은 화장실 냄새가 난다고 하니, 이를 어쩌면 좋습니까?

저는 그대로인데, 너무 다른 상황이 되었습니다. 그렇지만 제가 기죽어 살 수는 없습니다.

잠시 제 자랑을 하겠습니다. 저는 파키스탄에서 영어뿐 아니라 현지어인 우르드어도 잘하는 똑똑한 학생이었습니다.

물론 지금도 영어와 수학 시험은 거의 100점을 받고, 수영과 스쿼시도 잘합니다. 부모님께서는 제가 알파벳보다 한글을 먼저 배우고, 영리하며 민첩한 한국인 기질을 물려받았기 때문에 공부도, 운동도 잘하는 것이라고 합니다.

그렇습니다. 저는 부모님에게 한국인이라는 훌륭한 유전자를 물려받았고, 김치와 밥을 먹으며 자라 튼튼합니다.

작지만 강하고, 불가능을 가능으로 바꾸는 나라는 부모님을 통해 뼛속 깊이 전해져, 저는 대한민국 사람이 되었습니다.

아일랜드에서 제가 아무리 아이리시가 되려 해도, 사람들 눈에 저는 영어 잘하는 외국인일 뿐입니다. 제 뿌리를 버리고, 꽃만 가꾸려 한다면, 화병에 꽃이 시들 듯 저는 국적 없는 사람이 될 것입니다. 한국에서는 이방인, 아일랜드에서는 외국인이라면 얼마나 안타까울까요?

제가 파키스탄에서 당당하고, 아일랜드에서 조금 기죽었던 이유는 제 등 뒤에 대한민국이 있었기 때문입니다.

우리가 한국을 부끄러워한다면, 유럽인들도 한국을 하찮게 생각하겠죠? 유럽인들은 우리를 통해 대한민국을 평가할 것입니다.

그렇기 때문에 우리는 한국어와 한국 문화를 소중히 지켜야 합니다. 또한 우리가 지킨 양심과 환한 미소도 국가의 격이 될 것입니다.

여러분! 우리 한 명, 한 명이 바로 대한민국인 것을 기억합시다. 우리의 키가 매일매일 자라듯, 아름답고 성숙한 대한민국을 기대하고, 기대하는 바입니다.

"멋진 사람이 될래요"

임서연 / 체코

여러분.

저는 서울에서 태어나 지금은 체코 프라하에서 엄마 아빠와 살고 있는 임서연입니다. 체코 유치원에 다니는 저는 체코말로 말해야 하지만 아직은 잘 못합니다. 얼마 전 유치원에서 속상한 일이 생겼습니다. 친구가 가져온 그림책을 보고 있었는데 어떤 친구가 그림책을 빼앗으려다 그만 책이 찢어졌습니다. 그런데 그 친구는 제가 그랬다고 말했습니다. 저는 잘못이 없었지만 체코말로 설명할 수 없어서 너무 답답하여 그만 울어버렸습니다.

그렇게 아무 말도 못하고 울고만 있는 저를 친구들은 이상하게 바라봤습니다.

하지만 저는 용기를 내어 큰 목소리로 선생님께 도와달라고 부탁드렸습니다. 선생님께서는 친구들에게 잘 설명해 주셨습니다.

그 후로 친구들은 체코말을 잘하지 못해도 저를 울보라고 놀리지 않고 오히려 씩씩하고 용기 있다며 저를 아주 좋아하게 되었습니다. 요즘엔 저희 반 친구들에게 엄마, 아빠, 안녕이란 한국말을 가르쳐 주었습니다.

친구들은 한국말이 신기하고 재미있는지 자꾸 따라합니다. 이제는 체코말을 잘하지 못해도 기죽지 않습니다.

저는 씩씩한 대한민국 어린이입니다.

우리엄마는 저보고 음악가가 되어라 하시고, 우리 아빠는 의사 선생님이 되라고 하십니다.

저는 아직 뭐가 좋은지 잘 모르지만 지금은 그냥 밥도 잘 먹고 열심히 공부하여 멋진 사람이 되어보자고, 이 꼬마 힘차게 외칩니다.

자랑스런 한국인으로서
나아갈 길

정민준 / 덴마크

안녕하십니까? 저는 덴마크에서 온 일곱 살, 리고드스쿨 2학년 정민준입니다.

덴마크에는 한 살 때 왔습니다. 세 살이 되어서 덴마크 유치원에 다녔을 때, 그 유치원에서 유일한 외국 사람이었습니다.

그래서 '다니엘'이라는 영어 이름을 사용했습니다. 하지만 다섯 살이 되어서 국제학교인 리고드스쿨에 다니면서부터는 한국 이름인 민준을 쓰기로 했습니다.

지금은 여러 나라에서 온 친구들이 민준을 너무 잘 부릅니다. 어떤 친구는 엄마 아빠가 '민준아' 하고 부르는 것을 듣고 왜 '아'를 붙이는지 물어보았습니다. 그래서 저는 한국에서 이름을 부르는 방법을 잘 설명해 주었습니다.

그다음에 친구들이 저를 '민준아' 하고 부르면 친구들이 더 다정하게 느껴집니다. 또 친구들이 제가 한국말을 하는 것을 보고 한국말로 인사말을 물어보기도 합니다.

그러면 '안녕'이라고 알려주었습니다. 학교에서는 영어를 사용하지만 한글로 읽고 쓸 수 있는 것이 자랑스럽습니다.

저는 토요일마다 태권도를 배우고 있습니다. 처음에는 조금 어색했는데 지금은 너무 재미있고 좋습니다.

학교에서 영국에서 온 친구에게 태권도 발차기를 알려줬습니다. 그 친구는 지금 태권도를 배우기 시작했습니다. 저는 태권도가 한국의 것이어서 정말

자랑스럽습니다.

저는 축구를 좋아합니다. 그리고 한국 축구팀이 좋습니다. 저는 세 살배기 여동생 민아가 있습니다. 민아와 저는 이번 올림픽 축구경기를 보면서 집에서 직접 태극기를 만들었습니다.

그리고 '대한민국 짝짝짝짝짝'을 집이 떠내려 갈 만큼 크게 외치면서 응원했습니다.

한국팀이 경기에서 이겨서 너무 기뻤습니다.

저는 한국 사람으로 자부심을 느끼고 한글을 사랑하며 태권도도 열심히 배우겠습니다. 그래서 한국의 문화를 잘 전하는 씩씩하고 멋진 민준이가 되겠다고 작은 주먹 불끈 쥐고 힘차게 외칩니다.

나의 한글 사랑

주시은 / 덴마크

여러분 안녕하세요? 저는 덴마크에 사는 여덟 살 조시은입니다.

저는 네 살 때부터 엄마 손을 잡고 한글학교에 다녔습니다. 얼마 전에 한글 학교에서 한글로 그림 그리기를 했습니다.

한글을 보면 동그라미 모양도 있고 네모 모양도 있고 그리고 길쭉한 선 모양도 있습니다. 기억, 니은, 디귿의 자음과 아, 야, 어, 여의 모음을 길게 늘리고 동그랗게도 만들어보면 멋진 글자 그림이 만들어집니다.

한글은 영어의 a, b, c, d보다 적은 24개의 자음과 모음이 있습니다. 그렇지만 한글로는 모든 소리를 만들 수 있다고 하니 참 신기합니다.

정말 한글을 만든 세종대왕은 천재입니다.

그런데 지난여름, 날씨가 무척 더웠던 날, 우리 가족과 다른 한국 가족들이 함께 바닷가에서 고기를 구워 먹고 있었습니다. 재미있게 공놀이도 하고 연 날리기도 하고 맛있게 고기를 먹고 있을 때, 우리 모두가 지나가는 한 덴마크 아저씨를 쳐다보았습니다.

왜냐하면 그 덴마크 아저씨의 옷에 한글로 '사랑'이라고 크게 써 있었기 때문입니다. 나뿐만 아니라 한글을 배우기 시작한 지 얼마 안 된 내 동생도 한눈에 알아봤습니다. 한국 슈퍼가 하나도 없을 정도로 한국 사람이 적게 사는 덴마크에서 본 것이라 더 반가웠습니다.

저는 그 덴마크 아저씨에게 옷에 써 있는 글자가 한국말이고 무슨 뜻인지를 말해 주고 싶었습니다. 하지만 그때는 용기가 나지 않았습니다. 다음에 한국에 가면 저도 '사랑'이라는 예쁜 한글이 써 있는 옷을 사고 싶습니다. 그리고 외국 친구들에게 옷에 적힌 '사랑'이라는 말이 무슨 뜻인지 알려주고 아름다운 한글을 자랑하고 싶습니다.

그리고 얼마 전부터 덴마크 라디오에서 〈강남 스타일〉 노래를 자주 들을 수 있어서 기분이 참 좋았습니다. 하지만 많은 친구들이 한국 노래인지도 잘 모르고 따라 부릅니다.

그 친구들에게 이 노래가 한국 노래라고 자랑스럽게 이야기했습니다. 이제 한국어는 한국 사람뿐 아니라 많은 외국 사람도 배우고 따라하는 말이 되었습니다.

한국에 관심이 있는 친구들에게 한국을 잘 알리기 위해서는 내가 먼저 우리나라와 우리말에 대해 잘 알아야 한다는 것을 알았습니다.

앞으로는 한글학교에 빠지지 않고 열심히 다녀 선생님 말씀도 잘 듣고 숙제도 꼬박꼬박 잘하겠습니다.

우리 같은 한국 사람이 한글을 열심히 배우고 사랑하지 않는다면 누가 한글을 사랑할까요?

감사합니다.

한국어를 배워야 하는 이유

주이삭 / 스웨덴

안녕하세요? 저는 스웨덴 한국학교에 다니고 있는 주이삭입니다.

제가 태어났을 때 외할머니께서는 저를 타국이라고 부르셨습니다.

왜냐하면 제가 스웨덴에서 태어났기 때문입니다. 저는 누나 3명이 있고 형이 1명 있습니다. 누나와 형은 모두 한국에서 태어났고 저만 스웨덴에서 태어났습니다.

그래서 그런지 누나와 형은 한국말을 잘하는데 저는 한국어를 잘하지 못합니다. 오히려 스웨덴말이 더 쉽고 빨리 하게 됩니다. 누나는 제가 스웨덴말로 하면 들은체도 하지 않습니다. 엄마는, "어허, 한국말로" 다시 하라고 하십니다. 그리고 저를 한국학교에 토요일마다 가도록 하십니다. 다른 스웨덴 친구들은 일주일에 5일만 학교에 가는데 저는 6일이나 가야 하는 것이 힘듭니다.

제가 왜 한국어를 배워야 합니까? 한인 2세 여러분, 왜 우리가 한국어를 배워야 합니까?

저는 그 이유를 곰곰이 생각해 보았습니다.

첫째, 저는 한국인입니다.

제 여권에는 스웨덴 시민이라고 적혀 있습니다. 그래서 저는 저를 스웨덴 사람이라고 생각하였습니다. 하지만 저는 한국인 어머니와 아버지로부터 한국인의 피를 물려받았습니다. 한국인의 문화를 배우고 자랐습니다. 한국말을 듣고 자랐습니다. 친구들도 저를 한국인이라고 생각하고, 저에게 '오빤 강남 스타일'이 무슨 뜻인지 물어봅니다. 한국인인 제가 한국말을 잘 배워야 하는 것은 당연한 것입니다.

둘째, 한국에 가서 한국말로 대화하는 것입니다.

매년 여름에 저희 외할머니께서는 스웨덴에 오십니다. 저는 할머니 말씀을 잘 알아듣지 못할 때가 많습니다.

그리고 추석이나 설에 한국에 계신 할아버지와 할머니께 전화를 드리는데 제가 한국말을 잘 못해서 속상해 하시기도 합니다. 제가 힘들다고 한국어를 계속 배우지 않고 말하지 않으면 그분들과 대화를 할 수 없습니다.

그러므로 한국말로 유창하게 대화하기 위해 한국말을 열심히 배워야 합니다.

셋째, 저는 부모님으로부터 한국인의 전통을 물려받은 2세입니다.

한 나라의 말에는 그 나라의 전통, 문화, 관습 그리고 예절 등 모든 것이 포함되어 있습니다.

저희 부모님은 저에게 "한국에서는 이렇게 한단다"라고 자주 말씀하십니다. 그런데 한국말을 모르면 그것을 이해할 수 없습니다. 여러분 중에서도 저와 같이 부모님이 한국인이신 분이 있을 줄 압니다.

저와 여러분이 한국말을 열심히 배워 한국인의 전통과 문화를 이어나가야겠습니다.

한국이 자랑스런 이유

차현석 / 스페인

저는 마드리드 한인 초등학교 4학년 차현석이라고 합니다.

여러분들은 모두 한국어를 잘하시는지요? 저는 한국 사람이라고 해서 모두 한국어를 잘한다고 생각하지 않습니다.

예를 들어 저는 스페인에서 태어나 9년 동안 스페인에서 학교를 다녔습니다.

그래서 한국에서 공부하는 친구들에 비해 이해력이나 표현력이 많이 부족합니다.

하지만 한국어가 능숙하지 못하다는 이유로 한국을 싫어하거나 한국 사람이 아니라고 생각한 적은 없었습니다. 오히려 타지에서의 국어 공부는 저로 하여금 한국인으로서의 자부심을 일깨워 주기에 충분했습니다.

아직도 지난여름 런던올림픽 때의 자랑스런 한국 선수들이 생각납니다.

오랜 시간 땀 흘리며 연습해 올림픽에 참가하고 더욱이 세계선수들과 겨루어 메달까지 따는 모습은 어린 제가 보기에도 너무 감동적이어서 눈물까지 나왔습니다.

또한, 한국에서 보낸 여름방학 동안 국립박물관과 경복궁 등을 방문해 우리나라의 오랜 역사와 조상들이 남긴 유물을 보고 스페인 왕궁이 부럽지 않았으며 크고 넓으며 빠르기까지 한 지하철과 종이 한 조각, 담배꽁초 하나 보기 어려운 깨끗한 서울 시내를 스페인 사람들이 보고 깜짝 놀라는 모습을 상상해 보기도 했습니다.

더욱이 깨끗한 물이 흐르며 발을 담그고 놀 수 있는 청계천은 너무 재미있고 신기해 반 친구들을 초대해 모두에게 자랑하고 싶었습니다.

　이렇게 한국은 모두에게 보여 주고 자랑하고 싶은 좋은 나라, 나의 자랑스런 한국입니다.

　저 또한 그에 걸맞게 부끄럽지 않은 한국인이 되기 위해 앞으로 더욱 열심히 공부해 대한민국의 자랑스런 한국인이 될 수 있도록 최선을 다하겠습니다.

　감사합니다.

자랑스런 한국, 한국인

최영준 / 루마니아

안녕하십니까?

저는 루마니아에 살고 있는 최영준이라고 합니다. 두 살 때 한국을 떠나왔기 때문에 제가 한국 사람이라는 느낌을 강하게 느끼지 못하고 살아왔습니다. 그런 저에게 이번 런던올림픽은 제가 자랑스런 한국 사람이라는 소중한 깨달음을 선물해 주었습니다.

지금도 너무나 생생한 런던올림픽 그 감동의 순간을 여러분들도 기억하실 것입니다.

루마니아에서 살고 있기 때문에 한국 선수들의 경기를 텔레비전 중계로 볼 수 없었던 저는, 매일 아침마다 오늘의 경기일정을 확인하고 인터넷으로 중계를 챙겨 보며 경기 내내 열심히 응원했습니다.

한국 축구경기를 볼 때면 온 가족이 빨간 티셔츠를 입고 동네가 떠내려가듯 태극기를 흔들며 '대~한~민~국'을 외쳤고, 펜싱선수들이 심판 오심의 아픔을 딛고 최선을 다하는 모습에 눈물을 흘리기도 했습니다.

남자 샤브르 단체전에서 제가 살고 있는 루마니아와 결승전에서 만났는데 금메달을 획득해 애국가가 울려 퍼질 때엔 저도 함께 가슴에 손을 얹고 애국가를 불렀습니다. 그 기분은 하늘을 날아갈 듯이 통쾌하였습니다.

특히 4강에서 최강국 미국을 만나도 끝까지 최선을 다해 싸운 여자배구팀 선수들이 너무나도 자랑스럽고 존경스러웠습니다. 땅이 넓고 인구도 많은 미국, 중국, 러시아 그리고 주체국 영국에 이어 5위라는 아주 우수한 성적으로 대회를 마쳤습니다.

저희 어머니께서는 북한도 우리와 같은 동포라고 하시면서 함께 응원하자고 하셨습니다. 우리나라가 강대국에 의해 억울하게 일제강점기를 겪었고, 한국전쟁 후 분단이 된 지 벌써 60년이 되었다는 아픈 역사를 들려주셨습니다. 저는 아직 어려서 잘 알지는 못하지만 이런 뼈아픈 역사를 딛고 일어나, 지금은 세계의 주목을 받는 작지만 큰 힘을 가진 나라로 발전한 대한민국이 너무나도 놀랍고 자랑스럽습니다.

비록 땅도 좁고 인구도 적고 자원부족국가인 우리나라이지만 그 빛나는 투지와 노력으로 올림픽뿐만이 아니라, 세계 10대 경제대국이라는 기적을 이루어낸 대한민국! 우리는 자랑스런 한국인입니다!

오천년의 역사와 찬란한 문화를 가진 나라, 사계절 자연이 너무나도 아름다운나라, 지금은 세계 속에 우뚝 서 있는 대한민국! 자랑스런 한국인으로서 좋은 영향력으로 세계를 선도해 나갈 주역이 되겠다고, 이 연사 여러분 앞에서 다시 한 번 굳게 다짐합니다!

감사합니다.

나는 어느 나라 사람일까?

한서영 / 영국

안녕하세요?

저는 영국에서 온 한서영이라고 합니다. 여러분은 영국 하면 뭐가 생각나세요? 저희 아빠는 어릴 적 비틀스를 너무 좋아하셔서 팝송을 따라 부르셨다는데, 지금은 영국 사람들이 〈강남 스타일〉을 한국말로 부르며 말춤을 춘답니다.

저는 2003년 11월 영국에서 태어났습니다. 영국 텔레비전을 보고 친구들과 놀면서 저는 제가 영국인이라고 생각했답니다.

그래서 사람들이 저에게 "Where are you from?" 하고 물어보면 항상 "I was born in England So I am English"라고 대답했대요. 그렇지만 부모님은 집에서 한국말만 쓰게 하셨고 음식도 한국식이었습니다. 게다가 토요일에는 한국학교에 가야 해서 더 일찍 일어나야 했습니다. 숙제도 많고 친구들 생일파티에도 못 가고 저는 토요일이 너무 힘들었습니다.

어느 날 영국 학교에서 점심시간에 저랑 제일 친한 친구가 김밥을 보더니 "Soryoung! What is that? Smells disgusting!" 하면서 제 옆에 앉기를 싫어했습니다.

제 동생은 짜장밥을 싸갔던 날, 친구들이 똥이라고 놀렸다며 다시는 짜장밥을 싸지 말라고 엄마에게 화를 냈습니다.

그러던 어느 날 조회 시간이었습니다. 교장 선생님께서 우리 학교에 정말 귀한 손님들이 오셨다고 하셨습니다.

저는 "May be Japan, or China"라고 생각하고 있었습니다. 그런데 선생님께서 "They come from Korea"라고 하시는 거예요. 저는 너무 기뻐서 가슴이 막 쿵쾅거렸답니다. 조회가 끝난 후, 교장 선생님은 저와 제 동생을 부르셨고 저희는 어깨를 으쓱거리며 선생님들과 학교를 둘러보았답니다.

그 후 저희 학교에 코리안 클럽이 생겼습니다.

일주일에 한 번씩 한국 선생님이 오셔서 한국말을 가르쳐 주셨고, 한국 음식도 먹고, 사물놀이도 배웠습니다. 한국 음식을 싫어하던 제 친구들이 김밥과 김치, 빈대떡을 먹어 보며 맛있다고 했습니다.

요새는 친구들이 저희 집에 오면 "Can I have 김밥 for dinner, please" 라고 말한답니다. 이제 우리 학교에서는 확실히 한국이 대세입니다.

지난여름 런던올림픽, 한국과 영국이 축구 시합을 했을 때 저는 영국이 아닌 대한민국을 목이 터지게 외쳤고, 한국이 이긴 후 사물놀이에 맞춰 모두 함께 길에서 춤을 추었답니다.

저는 이제 사람들이 "Soryoung Where are you from?" 하고 물어보면 아주 기쁘고 자신 있게 "I am Korean"이라고 대답합니다.

그리고 이렇게 말하고 싶어요. 우리 가족 모두 자랑스런 한국 사람입니다!

감사합니다.

유럽한인 차세대로서 우리가 가야 할 길

강모세 / 체코

안녕하세요?

저는 프라하에 살고 있는 중학교 1학년 강모세입니다.

오늘 저는 여러분께 유럽에 살고 있는 저희가 대한민국 더 나아가 세계의 지도자로서 앞으로 어떤 길을 가야 하는지에 대한 제 생각을 말씀드리고자 합니다.

저는 자랑스러운 대한민국 사람입니다.

해외에 나와 살면 모두가 애국자가 된다고는 하지만 직접 나와 살면서 겪어보니 나라 사랑, 애국은 말로만 하는 것이 아니라 깊은 생각과 진솔한 행동이 따를 때에만 가능한 것이라는 것을 어렴풋이나마 깨닫게 되었습니다.

저희 부모님 세대와는 달리 요즘은 지구촌이라는 말이 유행할 만큼 해외여행도 예전에 비해 무척 쉬워졌습니다.

또 해외에 나와서 잠깐 사는 경우도 많고, 아예 저처럼 부모님을 따라 현지에서 터전을 잡고 살기도 합니다.

하지만 사람의 생각과 행동은 쉽사리 변화하기 어렵다는 이야기처럼 생활 환경은 바뀌어 가고 있지만 저희 자신은 그리 많이 바뀌지 않고 있습니다.

우리의 문화는 훌륭합니다. 예를 들어 해외에서 극찬하며 부러워하는 우리의 효 사상은 시간이나 공간을 초월해 이어나가야 하는 것입니다. 고요함과 움직임이 적절하게 조화된 우리의 것은 그 어디에 내놓아도 부끄럽지 않은 멋진 것임에 틀림없습니다. 하지만 세계 속의 한국인으로, 로마에 가면 로마법을 따르라는 말도 있듯, 현지에서는 우리의 밥상이 아닌 외국의 식탁 문화나 생활습관을 배우고 존중하려는 자세가 매우 필요하다고 여겨집니다.

한국은 이웃 나라들로부터 고요한 아침의 나라, 동방예의지국이라 불립니다. 엄청난 속도로 발전한 한국의 경제를 보고는 한강의 기적이라는 말도 생겼습니다.

여러분도 아시다시피 요즘 전 세계 구석구석에서 싸이의 〈강남 스타일〉 노래를 들을 수가 있습니다. 제가 다니고 있는 학교에서도 심심찮게 들을 수 있는데, 어느 날 보니 친구들이 싸이가 한국의 가수인지도 모르고 그저 노래만 따라 부르고 있었습니다. 그래서 제가 한국의 가수라고 가르쳐 주었습니다. 친구들 속에서 한국이란 나라는 아시아의 아주 조그만 나라로 알려졌을 뿐입니다. 가끔 몇몇의 한국인이 행동한 실수를 크게 부풀려서 우리나라 대한민국을 아주 우스운, 심하게 말하면 비문명국인 것처럼 말하는 경우도 있습니다.

하지만 사실 잘 알고 보면 한국의 우수한 기업들이 세계 속에서 눈부신 활약을 하고 있음을 알 수 있습니다. 특히 삼성전자제품은 세계적으로 그 품질의 우수성이 잘 알려져 어떤 기업에게도 뒤처지지 않고 오히려 선두에 서서 판매되고 있습니다. 또한 체코 공업도시인 오스트라바는 현대 자동차 공장이 활발하게 가동되고 있습니다. 이로 인해 체코와 유럽에 막대한 영향력을 주고 있습니다.

기업만 이렇게 활발한 활동을 하고 있는 것은 아닙니다. 저희 개개인은 또 어떻습니까. 현지학교든, 국제학교든 각 학교에서 한국 학생들이 선두 그룹에 속해 성적은 물론, 지도력, 성실, 교우관계, 선생님과의 관계 등 많은 부분에서 그 능력을 인정받고 있는 것이 저희 대한민국 차세대들입니다.

저는 한국처럼 작은 나라가 세계 강대국들 속에서 경쟁한다는 것에 큰 자부심을 느낍니다.

얼마 전 제30회 영국 하계올림픽에서 한국이 금메달 15개로 세계에서 5위를 차지했을 때 제 가슴은 감동으로 벅차올랐습니다. 그 많은 나라들을 제치고 종합 5위라니 말입니다.

각 경기를 끝낸 후 태극기가 가장 높이 올라가고 우리의 애국가가 우렁차게 울려 퍼질 때 그 감동은 한국 사람이라면 거의 비슷하지 않았을까요?

먼 과거는 차지하더라도 대한민국의 근대사와 현대사를 살펴보면 일제강점기를 거쳐 6·25전쟁을 겪었고 민주주의화되어 가는 과정에서 숱한 어려움을 겪었는데 이 모든 것을 지혜와 용기와 단결로 이겨내고 이젠 그 어떤 나라와 겨루어도 당당한 대한민국이 되었습니다.

한국 본토가 아닌 유럽에서 성장하는 저에게는 꿈과 비전이 있습니다.

저는 유럽 차세대 지도자가 될 것입니다.

어릴 적 저는 이런 노래를 불렀습니다.

"우주가 잘 되라고 지구가 생겼고, 지구가 잘 되라고 아시아가 생겼네. 아시아가 잘 되라고 대한민국이 생겼고, 대한민국이 잘 되라고 서울이 생겼네. 서울이 잘 되라고 우리가 생겼네."

우리는 작지만 우주를 이루는 작은 요소가 됩니다. 저는 제가 최선을 다하면 많은 사람에게 도움을 줄 수 있다고 생각합니다.

이것은 저 개인의 일이 될 수도 있겠습니다. 하지만 반기문 유엔 사무총장님을 비롯한 많은 분이 세계 곳곳에서 대한민국의 이름으로 많은 이에게 올바른 길을 보여 주고 있음을 볼 때 분명 저 개인의 일에서 더욱 크게 나아갈 것이라고 믿습니다.

현재 제가 처한 위치에서 앞으로 나아가야 할 바를 정확히 알고 실천하여 치열한 지구촌 경쟁 속에서 대한민국의 자부심과 긍지를 가지고 사는 세계 속의 한국인이 될 것입니다.

우선 제가 속한 신분인 학생의 본분을 성실하게 행하여 세상에 힘차게 나아갈 그 시간을 준비하겠습니다.

저희만을 위한 대한민국이 아니라 유럽과 더 나아가 세계 속의 많은 나라들과 서로 어우러지며 존중하며 선의의 경쟁을 하는 그런 대한민국을 만들겠습니다.

　현재 세상의 절반이 굶주림에 시달리고 있다고 하는데 저희들이 만들어 나갈 세상에는 가진 것을 서로 나누고 채워 주며 함께 걸어가는 그런 사람들이 좀 더 많아지도록 할 것입니다. 가족 이기주의, 국가 이기주의 등의 말보다는 '함께'하는 말이 더욱 보편화되도록 하겠습니다.

　하루 아니 한 시간이 멀다고 터져 나오는 끔찍한 소식이 아름답고, 닮고 싶고, 나누고 싶은 그런 소식으로 바뀌는 그런 세상을 만들어 나가겠습니다. 그러기 위해 지금의 어려움과 약간의 차별, 힘든 시간을 저는 반드시 이겨낼 것입니다. 대한의 아들답게 씩씩하게 용기 있게 하루하루 한 걸음 한 걸음 차곡차곡 준비하겠습니다.

　여러분 10년, 20년 뒤 세계가 좁다며 누비고 다닌 저희 차세대를 기억하고 기대해 주십시오.

　여러분께서 가꾸어 오신 대한민국, 이제는 저희들이 물려받아 더욱 멋진 나라가 되도록 하겠습니다.

　이제까지 제 생각을 들어주신 여러분께 머리 숙여 감사드립니다.

국토대장정을 마치고

고진석 / 스페인

지난여름, 유럽에서 태어난 청소년들에게 "남북 평화통일 기원 국토대장정"이라는 특별한 출범식이 서울에서 열렸습니다.

국토대장정에 참가한 우리들은, 살고 있는 나라와 언어가 다르고 우리말이 서투른 친구들도 많았으나, 단체생활을 하면서 계속 한국어로 소통하다 보니 우린 어느새 오랜 친구인 듯 가까움을 느꼈고, 정말 맛있는 전라도 음식을 먹으면서 우리들은 "겁~나게 맛있다~잉" 하며 전라도 사투리로 말하기도 하였습니다.

유럽 각국에서 온 친구들과의 만남, 화려한 물의 축제 여수엑스포, 자동차를 좋아하는 제 가슴을 설레게 한 영암 F1 경기장을 비롯하여 방문하는 곳마다 우리들을 따뜻하게 맞아주시는 친절함은 결코 잊을 수가 없으며, 도보 행군과 문화유적지의 견학은 아름답고 자랑스런 대한민국을 직접 배우는 데 너무나 행복한 시간들이었습니다.

그러나 안타깝게도 남과 북의 분단으로 막혀버린 국토대장정, 언젠가는 휴전선을 넘어 백두산까지 행군할 수 있도록 우리 민족의 소원인 남북 평화통일을 이루는 데 우리 모두 다 함께 노력하자고 이 연사!!! 여러분께 강력히 주장합니다!!!

여러분! 저는 독립기념관을 방문했을 때 우리 선조들이 일본군에게 짓밟히고 고통스러운 고문과 죽음을 당하는 모습에 왜? 일본은 우리나라를 침략 하였으며, 왜? 일본은 그들 전쟁에 우리나라 학생들까지 강제로 군대에 끌어갔는지……?

너무나 분하고 억울한 생각이 들었습니다.

하지만 우리 선조들은 그 어떠한 고통 속에서도 빼앗긴 나라를 되찾으려는 투철한 의지로, 온 국민이 목숨을 아끼지 않고, 한마음 한뜻으로 태극기를 흔들며, '대한독립만세'를 목이 터지게 외쳤습니다.

그러나 오늘날 일본은 과거 역사를 거짓으로 꾸며대고, 대한민국 영토인 독도를 자기네 땅이라고 억지를 쓰고 있으니, 이는 아직도 전쟁을 일으킨 잘 못을 반성할 줄 모르는 뻔뻔함이며, 한국인의 자존심을 건드리는 너무나 어리석은 짓이므로 일본은 모든 거짓말을 중단하고 진심으로 사과해야 할 것이며, 독도는 우리 땅!! 대한민국 땅!!이라고, 이 연사 여러분께 소리 높여 외칩니다!!!!!

감사합니다.

느낌이 좋아요

권태연 / 그리스

안녕하세요? 그리스 아테네에서 온 권태연입니다.

시험지를 받아 든 우리 학생들이 느낌이 좋은 날에는 어려운 문제도 술술 풀어 90점, 100점을 맞을 수도 있고, 유로파 축구선수 박지성 형도 발끝 느낌이 좋은 날에는 그물을 가르는 시원한 골을 터뜨려 대한민국 국민들의 가슴을 뻥 뚫리게 하고, 골프선수 신지애 누나 역시 느낌이 좋은 날에는 마음먹은 대로 골프공이 날아가 우승 트로피와 입 맞추는 꿀맛 같은 기쁨을 맛본답니다.

이처럼 느낌이 좋은 날에는 모든 일이 술술 풀려 알찬 열매를 맺게 되는데, 여러분!

지난 6년 동안 기념만 해오던 조국의 한글날을 다시 법정공휴일로 만들어 세종대왕의 업적을 기리기 위해 많은 분들이 뜻을 모으고 있다고 저희 아버지께서 말씀해 주셨습니다.

영국 옥스퍼드대학교에서도 세계 수많은 언어 가운데 우리 한글을 사용하기가 가장 편리하고 우수한 언어라고 치켜세웠고 K-POP과 〈강남 스타일〉 등 지구촌 사람들의 마음을 흔들어 놓고 있으니 머지않아 우리말만 잘해도 세계 각국의 원어민 강사로 일할 수 있겠다는 희망을 부풀게 합니다.

그렇다면 여러분! 이렇게 느낌이 좋은 우리 문화 분위기가 더욱 좋아지도록 힘을 보태주는 유럽한인 세종과 한글지킴이가 되어 나라 말씀이 세계유산으로 대접받는 자랑스런 우리말이 되도록 하자고 저 권태연 연사는 강력히 주장합니다.

여러분!

미래학자들은 말하기를, 지구상의 6,700여 개 언어 가운데 21세기 안에 대다수가 없어지고 영어나 중국어, 스페인어 정도만 살아남을 것으로 내다본다고 했고, 국립국어원 민현식 원장님께서도 "우리말을 지키지 못하면 자기 집에서만 쓰는 비공식 언어로 전락할 수 있다"라고 경고했으니, 화분 속의 예쁜 꽃을 가꾸듯 컴퓨터의 글도 올바로 쓰고 바른 말 고운 말 실천해 가는 1등 한인이 되기로 우리 모두 다짐해요.

이것이 바로 느낌 좋은 우리말에 날개를 달아 세계 속에 한국 문화를 드높이는 길이라고 저 권태연은 자신 있게 주장하는 바입니다.

감사합니다.

동포 2세의 한글과 문화 교육의 필요성

권혜린 / 폴란드

16년 전, 저는 매서운 추위가 시작되는 11월 말, 폴란드 중부지방의 비드고시치라는 작은 도시에서 태어났습니다.

당시 저희 부모님께서 회사일로 그쪽에 거주하고 있었기 때문이죠. 그래서인지 폴란드는 제 삶의 큰 일부가 되었습니다.

폴란드에서 태어났지만, 제 피 속에는 뜨겁게 달아오르는 한국인의 얼이 있기에, 항상 한국과 한국 문화에 본능적으로 관심이 많았습니다.

저는 바르샤바 한국 문화원이 주체하는 코리아 페스티벌 행사와 K-POP 행사에서 봉사활동을 자처했습니다.

한국 문화를 쉽게 알릴 수 있는 다양한 페스티벌에서 봉사활동을 하면서, 얼마나 많은 사람이, 한국을 사랑하고 한국의 문화에 관심을 가지고 있는지 저는 알게 되었습니다.

부모님의 교육적인 철학 때문에, 저는 국내에서 한국 문화를 체험할 수 있는 시간을 2~3년 정도 해왔습니다. 그럼에도 불구하고 저는 아직도 한국 문화와 한글이 어색하고, 때론 거리감이 있습니다.

그러니 국내에 살아보지 않은 외국 동포 2, 3세, 저와 같은 친구들은 한글과 한국의 문화를 얼마나 이해하기 어렵겠습니까?

저와 같이 외국에 오랫동안 살고 있는 동포 2세들은 영어나 현지 언어 등 일반 외국어보다, 한글쓰기를 어려워합니다. 심지어 서로 이야기할 때도 외국어로 대화합니다.

한글은 '훈민정음'이라 불리며, 백성을 가르치는 바른 언어라고 했습니다. 또한, 한글은 발음기관과 입 모양을 본떠 만든 언어로, 매우 과학적이고 실용적인 언어입니다. 이렇게 훌륭한 언어이지만 많은 동포 2세들을 포함한 다문화 자녀들이 한글 사용의 어려움을 겪고 있는 것은, 그들에게 한국 문화 체험과 한글 언어 교육이 부족했기 때문이 아니겠습니까?

그래서 저는, 부모님 중 한 분이 한국 사람이라면, 자기 몸속에서는 한국의 피가 흐르고 있다는 것을, 자녀들에게 반드시 깨우쳐야 할 필요가 있다고 생각합니다.

저는 현재 매주 토요일 바르샤바한인학교에서 한국어가 서툰 아이들, 특히 동포 2세나 다문화 가정의 자녀들의 수업을 돕고 있습니다. 이들은 분명 한국인이지만, 한국어와 문화교육에 소외되어 왔기 때문에, 그들이 정체성의 혼란을 겪고 있는 것을 느꼈습니다.

그러나 이들은 어려운 환경에서도 저와 함께 열심히 한국어 공부를 합니다.

이들에게 한국이란, 한국어란 무엇이겠습니까?

저는 잘 알고 있습니다. 이들에게 한국어란 단순한 언어가 아니라 바로 어머니, 아버지! 즉 자신의 뿌리라 믿고 있음이겠죠. 그래서 그들은 그렇게 열심히 한국어를 배우고 깨우치고자 하는 것 아니겠습니까?

저를 포함한 우리 동포 2세와, 다문화 가정에서 자란 아이들도 한글을 더 열심히 배우고 한국 문화를 이해하여, 한국을 알리는 데 힘을 쓰면, 반드시 우리나라 대한민국의 미래는 밝을 것입니다.

그러기 위해서는, 먼저 저부터 한국 문화를 알리고 한국어의 소중함을 깨우치겠습니다. 제가 하고 있는 작은 봉사활동 중에도 그 소중함을 알리기 위한 노력 또한 멈추지 않을 것입니다.

자……!

여러분도 저와 함께 이 보람된 일을 함께하지 않으시겠습니까?

감사합니다.

세계 속에 빛나는 대한민국

김다니엘 / 체코

저는 체코 프라하 한인학교에 다니는 김다니엘입니다. 부모님께서 으르렁거리는 사자굴에서도 살아남으라고 제 이름을 그렇게 지어주셨다고 생각합니다. 저는 지금 열세 살이지만 한국에서 3년 살고 나머지는 모두 외국에서 살았습니다.

체코에 산 지 5년이 되었지만 체코 학교로 옮긴 지는 1년이 되었습니다. 그동안 남몰래 많이 울었습니다.

'왜 이 어려운 체코어를 꼭 해야 돼나?'

친구들에게 "너는 아직도 체코어 제대로 못하냐?" 이런 소리를 들을 때는 두 주먹이 불끈불끈 울었고, 정상이 아닐 때가 한두 번이 아닙니다.

그때 부모님의 말씀이 생각났습니다.

"다니엘, 너의 꿈을 높게 가져라, 그러나 마음은 낮은 데서 시작하거라. 항상 사실을 직시하거라!"

제 꿈은 세계 평화에 이바지하고 유럽을 살리고 친환경 정책을 펴는 외교관이 되는 것이 제 꿈입니다.

열심히 컴퓨터에 빠져 있던 어느 날 갑자기 나에게 이런 소리가 들려왔습니다. "너는 누구냐?" "네가 이렇게 살아도 되니?"

집에 도착하자마자 내 방을 치우고 빨래도 개고 설거지도 했습니다. 내 마음에 큰 변화가 왔다는 걸 알았습니다.

"오늘 작은 실천에 무척 기쁘지?" 아버지, 어머니에게서 칭찬을 받으니까 기분이 좋았습니다. 얼마 전에 육상대회에 학교 대표로 뽑혔는데 친구들이

'떼창'으로 〈강남 스타일〉을 부르고 말춤을 추었습니다.

저는 아주 어깨가 으쓱했습니다. 쉬는 시간에 체코 친구들이 〈강남 스타일〉을 부를 때마다 흐뭇합니다.

옛날에 엄마가 공부할 때 아침 조회 때마다 "우리는 민족중흥의 역사적 사명을 띠고 이 땅에 태어났다. 조상의 빛난 얼을 오늘에 되살려, 안으로 자주독립의 자세를 확립하고 밖으로 인류 공영에 이바지할 때다"라고 가슴에 손을 얹고 고백하셨다고 했습니다. 저는 이 말을 들으며 '와, 이건 완전 대한민국 역사의식과 사명의식, 이거 짱이다'라고 생각했습니다.

유럽 친구들에게 우리나라가 얼마나 스포츠 강대국인지, IMF 위기를 어떻게 극복했는지, 6·25전쟁의 잿더미에서 왜 그렇게 빨리 일어날 수 있었던가에 대해 체코어로 설명해 줄 날을 기대합니다.

삼성 스마트폰을 손에 들고 귀에는 〈강남 스타일〉을 들으며 현대 자동차 타고 다니는 모습을 많이 볼 수 있습니다. 한국의 손기술은 아주 맵습니다. 국제기능올림픽대회에 참가한 후로 지금까지 17번 우승을 차지했습니다.

자동차 수리, 건설, 컴퓨터, 귀금속 공예, 실내장식, 인쇄, 통신 등에서 뛰어납니다. 저도 학교에서 '스뽀레첸스끼 친노스띠'라는 그룹에서 공예를 잘해서 칭찬을 받으니까 그 시간이 무척 기다려집니다.

우리 대한민국과 차세대는 세계적인 이슈를 해결해야 할 시간표가 왔습니다. G20개국 구성원의 인구를 합치면 전 세계 인구의 3분의 2에 달합니다.

또 이들의 국내총생산(GDP)를 합하면 전 세계의 85%에 해당하며 교역량은 80%를 차지하고 있습니다. 우리 한국이 G20개국 의장국이 되어 정상회의 주최국가가 된 것에 대해 저는 무척 자랑스럽습니다.

최근에 녹색기후기금(GCF)이 우리나라 송도에서 개최하게 됨으로써 한국은 100년, 200년 미래 인류 역사에 기여하게 되었습니다. 기후변화에 대비해 세운 우리나라의 녹색성장연구소 국제기구가 세계 속에서 인정을 받음으로써 국가의 위상은 한층 더 높아지게 되었습니다.

제가 친구들의 놀림에 이 두 주먹이 불끈거려도 참았습니다. 왜냐하면 나는 나를 놓치고 싶지 않았기 때문입니다. 오늘도 저는 이런 소리를 듣습니다. 너는 한국 사람이다. 인사만 잘해도 성공한다.

'네 방만 잘 치워도 성공한다. 오늘 작은 일을 실천해 보아라. 작은 것에 감사해라.'

우리가 살고 있는 유럽 주위를 둘러보면 성공한 한국인들이 너무 많습니다.

독일에서 강수진 씨는 지금도 왕성하게 발레리나로 활동하고 있습니다.

기형으로 변해 버린 그녀의 발을 보고 '세상에서 가장 아름다운 발을 가진 사람'이라고 말합니다.

그녀는 발레리나를 꿈꾸는 학생들에게 이렇게 말합니다.

"많이 먹지 말거라."

"지겹고 힘들어도 반복하라."

"조금 아파도 참거라."

여러분! 여러분의 꿈을 향해 빨리 달려가고 싶습니까? 그러면 지겹고 힘들어도 반복합시다.

최근 가수 싸이가 이런 말을 했습니다.

"지치면 지는 것이다."

"미치면 이기는 것이다."

우리에게는 대한민국 국민이라는 정체성이 있습니다. 유럽에 거주하시는 어른들이 우리들을 위해 만들어 주신 '유럽한인 차세대 기관을 통해 우리는 끈끈하게 네트워크를 구성하여 하나가 됩시다. 유럽 구석구석을 이해합시다.

대한민국에 대해 자긍심을 가집시다.

우리에게는 미래가 있습니다. 우리에겐 꿈이 있습니다. 세계가 우리를 부르고 있습니다.

당신은 비너스, 당신은 VIP입니다. 나 자신, 그리고 당신을 놓치지 마십시오. 감사합니다.

자랑스러운 한국, 한국인

김여은 / 이탈리아

안녕하세요. 밀라노한글학교 중등 2반에 다니는 김여은이라고 합니다.

주중에는 미국 학교인 American School of Milan에 가는데요. 요즘 저희 학교에서 유행하는 말이 하나 있습니다.

"Be Asian."

성공을 하고 싶다면, 선생님께 귀여움을 받고 싶다면, 친구들에게 인기가 많고 싶다면 아시아인이 되라는 말입니다.

그런데 도대체 왜, 키도 크고 예쁜 애들이 저처럼 눈도 작고, 키도 작고, 다리도 짧은 애를 곁에 두고 아시아인, 특히 한국인이 되고 싶어 하는 걸까요?

K-POP 때문에? 삼성, 현대, LG 같은 세계적인 기업 때문에?

저도 처음엔 왜 친구들이 그렇게 한국인이 되고 싶어 하는지 이해할 수가 없었습니다. 하지만 외모를 떠나 다른 한편으로 생각해 보면 저는 한국인이라는 사실이 너무 자랑스러웠던 적이 정말 많았던 것 같습니다.

아마 작년 4월쯤이었을 겁니다. 제가 다니고 있는 미국 학교에서 50주년을 맞이하는 큰 행사가 있었는데 저희 학교 이사장은 미국인 졸업생이 아닌, 한국인 졸업생을 초대해 저희 학교를 대표해 줄 것을 부탁하였습니다.

행사 날, 무대 뒤에서 부채춤을 준비하던 저는 무대 위에서 미국인 학교를 대표해 수많은 나라 사람들의 앞에서 멋있게 연설을 하던 한국인 선배님의 뒷모습을 보며 "어, 저 오빠 멋있네?"라는 말이 저절로 튀어나올 정도로 한국인이라는 사실이 자랑스러웠습니다.

그날, 저희 한국인 부채춤 팀은 자랑스런 선배님의 기를 이어받아 기립박

수를 받을 만큼 성공적인 무대를 끝마쳤고, 저는 새삼스럽게 부채춤을 만든 한국 조상님들도 너무 너무 자랑스럽게 느껴졌습니다.

제가 한국인이라는 게 이렇게 좋고 자랑스러웠던 적은 이뿐만이 아닙니다. 지난 10월에 학교에서 수학여행을 갔는데, 친구들이 요즘 유행하는 싸이의 〈강남 스타일〉의 말춤을 달리는 버스 안에서 추다가 선생님들께 매우 혼났습니다. 혼나는 것이 기분 좋은 것만은 아닌데 혼나면서도 실실 웃으며 제게 강남이 어디 있냐고 물어보던 친구들이 생각납니다.

싸이뿐 아니라 다른 한국 가수들의 노래와 춤을 외국인 친구들에게 가르쳐 줌으로써 외국 친구들이 한국과 한국의 문화를 자연스럽게 접하게 도울 수 있었던 저는 한국인이 노래 하나로 You Tube 조회 수를 5억 2,000만을 넘기게 할 만큼 우리나라를 알렸다는 게 너무 뿌듯합니다.

저희 엄마 아빠는 1998년 IMF 때 결혼을 하셨다고 합니다. 우리나라 경제가 너무 안 좋았었던 때인데요. 얼마나 경기가 나빴으면 저희 부모님 주변 사람들이 꼭 IMF 때 결혼을 해야겠냐고 하면서 모두 말렸다고 합니다.

그때 당시 우리나라의 많은 회사원이 울면서 회사를 떠났고 많은 회사와 공장이 문을 닫고 월급을 제대로 못 받을 정도로 어려울 때였으니 돈이 필요한 결혼식을 한다고 하니 주변에서 말릴 만했겠지요.

하지만 불과 10여 년이 채 지나지 않아 우리나라는 정보사회 세계정상회의인 WSIS의 개최국이 되었고, 세계 주요 기구 중에 하나인 UN 사무총장과 World Bank 총재를 배출해 내었고, 올해 10월에는 한국 송도에 GCF 유치를 할 만큼 강한 나라가 되었습니다.

지금 많은 유럽연합 국가들이 경제위기를 겪고 있습니다. 유럽 국민들은 경제를 살리려고 노력하기는커녕 정부에서 요구하는 경제 살리기 정책이 조금이라도 개인의 이익과 충돌하면 시위와 반대를 하고 있지요.

반면에 저는 IMF 때 한국 국민들이 각자 집에 있는 금을 갖다 팔아 정부의 빚을 갚아 나라를 살렸다는 말을 듣고 한국이라는 나라가, 한국 국민이라는 민족이 얼마나 강하고 자랑스러운 나라인지 다시 한 번 느낄 수 있었습니다.

여기 이 자리에 있는 우리 모두는 자랑스러운 한국 사람입니다. 그리고 우리는 한국 청소년들을 대표해 유럽에 나와 있습니다.

우리는 자랑스러운 대한민국 선배님들, 대한민국 가수들, 대한민국 기업들, 그리고 많은 한국 사람들이 외국에서 이뤄낸 것들과 다음 세대를 위해 만들어 놓은 길을 더 아름답고 자랑스럽게 만들 수 있는 힘도 있지만, 그것들을 한 번에 무너뜨릴 수 있는 힘도 가지고 있습니다.

여기에 있는 지금의 우리는 우리보다 앞서서 우리를 위해 노력해 온 선배들의 노력이 헛되이 되지 않도록, 그리고 앞으로 우리 뒤를 이어 세대를 이끌어 갈 후배들이 우리를 자랑스러워하고 고마워 할 수 있도록 열심히 또 열심히 살아야 하지 않겠습니까?

감사합니다.

자랑스런 우리글, 한글

김여호수아 / 체코

한국의 국토면적은 992만 6,000ha로 세계 230개국 중 작은 나라에 속합니다. 이 작은 나라는 불과 60여 년 전 모든 것을 잃었습니다.

일제로부터 36년 동안 식민지배를 막 벗어난 한국인들에게 전쟁은 너무나 가혹했습니다. 어느 누구도 미래나 내일 같은 섣부른 희망의 말들을 하지 않았습니다. 한국인들에게 내일이란 생존을 장담할 수 없는 또 다른 오늘이었고, 그들에게 허락된 것이라고는 생존을 위한 작은 기도뿐이었습니다. 전 세계 어느 나라도 한국보다 못사는 나라는 없었습니다.

이들에게 꿈이라고는 오직 굶지 않고 하루를 넘기는 것이었으며, 이 배고 픔이 다음 세대에 대물림되지 않기만을 바랐습니다.

이들에게 삶은 너무도 가혹했고, 이들이 곧 주저앉아 삶을 포기했다 해도 전혀 놀랍지 않았을 것입니다. 하지만 그들은 결코 포기하거나 도망가지 않았습니다. 비록 자신들에게는 내일이 없을지라도 자식들에게 있을 내일을 기도했습니다.

당시 유엔에 등록된 나라는 모두 120여 개국. 당시 1인당 국민소득이 태국이 220달러, 필리핀이 170달러인 데 비해 한국은 고작 76달러에 지나지 않았습니다. 인도 다음으로 못사는 나라가 바로 대한민국이었습니다. 하지만 지금의 한국은 짧은 기간 안에 비약적인 발전을 거듭하고 있습니다. 모든 면에서 한국은 전 세계에 당당한 국력을 드러내고 있습니다.

한국은 우리만의 고유한 언어인 한글이 있습니다.

이 한글은 15세기 세종대왕께서 집현전 학자들과 함께 만든 28자로 된 글자입니다. 지구상에 약 6,000개의 언어가 있지만, 현재 사용하고 있는 문자는 약 50개밖에 안 됩니다.

이 중에서 우리가 사용하고 있는 한글은 매우 독창적이며, 과학적인 문자로 세계인이 인정한 우수한 문자입니다.

28개의 문자로 세계에서 가장 많은 발음을 표기할 수 있는 문자가 바로 한글입니다. 이 한글이야말로 우리나라의 대표적인 자랑거리입니다.

읽고 쓰기가 쉬운 덕택으로 우리나라는 세계에서 가장 문맹률이 낮은 나라이기도 합니다. 한국인들에게 교육이란 삶 자체라 할 수 있을 만큼 우리나라 부모님들의 교육열은 어느 누구도 따라 오지 못하는 세계적인 수준입니다.

한국이 이룩한 경제성장과 민주화의 바탕에는 교육이 자리하고 있습니다. 세계적으로 유대인과 한국인이 가장 우수한 민족이라 할 수 있는데, 실제적으로 IQ가 가장 높은 나라 역시 한국입니다.

한국인은 성실한 근면과 노력, 우수한 머리로 인해 세계에서 두각을 드러내고 있습니다.

경제성장을 보겠습니다. 건설 산업 규모 세계 3위, 단일 원자력발전소 이용률 세계 5위, 철강 제조산업 세계 5위, 조선 산업 세계 1위, 세계무역 규모 10위권 진입, 자동차 생산 5위, 반도체 생산율 1위, LCD 생산산업 2위, 컴퓨터 보급률 및 인터넷 속도 1위, IT(정보기술) 분야에서 최고입니다.

스포츠와 세계를 열광시키고 있는 한류 열풍이 한국 사람인 것을 행복하게 하고, 자랑스러워하게 합니다.

올해 런던하계올림픽에서 한국의 성적은 5위, 세계를 주름 잡는 많은 나라들을 제치고, 작은 나라 한국이 종합 성적 5위를 하였던 것은 감격이었습니다.

근래에 한류 열풍으로 전 세계가 한국에 관심을 갖고 있습니다. K-POP을 중심으로 한국 가수들의 선전과 인기로 한국의 위상이 높아져 가고 있습니다.

최근에는 가수 싸이가 세계적인 가수로 떠오르고 있고, 이곳 체코에서도 그 인기를 실감하고 있습니다. 한국인은 스포츠, 학계, 각 분야에서 높은 성과를 올리고 있고, 문화적으로도 경쟁력을 키우고 있어서, 경제성장에 이어, 진일보된 제2의 성장을 하는 발판을 마련하고 있습니다. 또한 한국인들이 유엔 등 세계의 핵심적 주요 기구의 수장을 맡아 세계 공동체의 각 부문을 경영하고 있습니다.

세계평화를 다루는 범세계기구인 유엔 사무총장을 한국인으로서는 처음으로 반기문 총장이 맡고 있고, 전 세계의 금융과 개발지원을 다루는 세계은행 총재 역시 한국 동포입니다. 하지만 이것으로 우리는 만족을 하는 것이 아니라 우리는 더 강한 대한민국을 만들어야 한다고 생각합니다.

해방 이후 일본 같은 선진국을 따라가기 바빴지만, 현재 한국은 IT 분야에서는 최고입니다.

우리가 더욱더 노력을 해서 원천기술이나 기초 학문 분야도 더욱 발전시켜야, 우리나라의 미래가 밝아지고, 선진국으로 다가갈 수 있을 것이라 생각합니다. 저는 비록 한국이 아닌 체코에 살고 있지만, 한국인으로서 자긍심과 자부심을 가지고, 열심히 공부할 것입니다. 그래서 훌륭한 사람이 되어, 한국이 선진국으로 나아가는 데 필요한 사람이 되기를 원합니다.

사랑합니다. 나의 조국 대한민국!!!

새로운 고향

김영일 / 독일

여러분! 사람들은 왜 고향을 떠날까요?

고향에는 어릴 때부터 같이 자란 친구들도 있고, 언제나 포근하고 따뜻하게 쉴 수 있는 집이 있습니다.

그러나 고향에는 이 중요한 모든 것보다 더 중요한, 절대 잃을 수 없는 것이 있습니다. 바로 가족입니다. 가족은 언제나 내 편이고 내가 무엇을 하든 나를 지지해 주고 용기를 줍니다. 그리고 영원히 마르지 않는 사랑을 줍니다.

그런 고향을 떠난다는 것은 무엇을 의미할까요? 바로 고난과 외로움이 시작되었다는 것이 아닐까요? 그렇습니다!

과거 많은 한국 사람들이, 아니 지금도 고향을 떠나고 있습니다. 왜 그들은 따뜻하고 사랑이 넘치는 가족을 두고 먼 도시로 또는 먼 나라로 떠날까요?

다른 많은 이유가 있겠지만, 과거 우리 부모님 세대들이 고향을 떠날 때는 대부분 가난이 이유였습니다. 요즈음 고향을 떠나는 사람들은 그래도 많이 배우고 우리나라도 부강해져서 예전처럼 못 배우고 배고픈 서러움 때문은 아니라고 생각합니다.

하지만 우리 부모님께서 고향을 떠날 수밖에 없었을 때, 그때는 아직도 못 배우고, 배고프고, 없는 서러움이 많은 때였습니다.

우리 어머니는 30년 전에, 우리 아버지는 20년 전에 가족이 있는 고향을 떠나 이 먼 독일에 오셨습니다. 목적은 오직 하나! '돈 벌어서 다시 고향에 돌아가리라' 였습니다.

독일에서 두 분이 만나 한 가정을 이루게 되었습니다. 내 나라, 내 고향이 아닌 낯선 이국땅에 나만의 새로운 가족을 이룬 것입니다.

우리 부모님은 18년 전 처음으로 함부르크에 조그만 식당을 열었고, 1년 뒤에 저희 오빠가 또 2년 뒤에는 제가 태어났습니다. 식당을 처음 열었을 때, 그 동네에 아시아 식당이 하나뿐이어서 손님들이 아주 많았습니다.

그때 어머니는 임신한 상태에서도 그 힘든 식당일을 하셨습니다. 하지만 우리 부모님은 식당일로 정신이 없으셔도 아주 짧은 시간이나마 우리와 놀아 주셨고, 시간만 나면 우리를 위해 근처의 공원이나 도시로 소풍도 갔습니다. 매일매일 몸이 부서지도록 일만 하셔서 잠깐 시간이라도 나면 쉬고 싶으셨을 텐데, 모든 부모가 그렇듯, 우리 부모님도 자식을 위해 기꺼이 당신들의 시간을 포기하셨습니다. 그때가 우리 가족에게는 그나마 편안하고 행복했던 때였습니다.

그러나 세상은 늘 그렇듯 우리 부모님이 생각했던 대로, 바라는 대로 살게 되지는 않았던 것 같습니다. 일과 자식밖에 몰랐던 우리 부모님에게 과세라는 시련이 찾아왔습니다. 아마 여기 계신 분들 중에도 비슷한 경험을 하신 분들이 있으리라 생각합니다.

독일어가 서툴고 한국과 다른 세법을 정확히 이해하지 못했던 것이 문제가 되었던 것입니다. 두 분이 감당하기엔 너무도 벅찬 세금을 내기 위해 우리 부모님은 쉬는 날 없이 일하시면서도 우리를 매일 학교에 데려다 주셨습니다. 또 한글학교 행사나 한인 행사에도 참석하셨고, 다른 분들과 같이 사회봉사 활동도 하십니다. 이렇게 열심히 사시는 부모님의 모습을 볼 때마다 자연스럽게 저도 부모님처럼 살겠다고 다짐하게 됩니다.

저는 부모님을 그냥 사랑하는 게 아니라 진심으로 마음에서 우러나 사랑합니다.

우리 부모님께서 고향을 떠나 저에게 독일이라는 새로운 고향을 만들어 주셨듯, 저는 부모님께서 이 새로운 고향에서 편안하게 사실 수 있게 해드리고 싶습니다. 당신들이 떠나온 고향보다 더 따뜻하고 사랑이 넘치는 가족으로요. 어떻습니까? 여러분! 우리 부모님 '자랑스러운 한국인'으로 손색없지 않습니까? 감사합니다.

헝가리속의 한국 문화

김재욱 / 헝가리

안녕하세요? 저는 헝가리에 살고 있는 김재욱입니다.

유럽에 살면서 이렇게 많은 한국 사람들과 만나서 우리의 이야기를 맘껏 할 수 있다는 것이 얼마나 큰 행복인지 모릅니다. 오늘 저는 헝가리의 한국 문화에 대해서 이야기하고자 합니다.

제가 처음 헝가리에 온 지는 5년 전입니다. 삼성전자 관련 일을 하시는 아버지를 따라 이곳에 올 때 헝가리는 잠시 머물다 떠나는 간이역과도 같은 나라였습니다.

그래서 학교도 주저 없이 국제학교를 다녔고 오직 영어를 잘해야만 제가 인정받는 길이라고 생각했습니다. 세계 각지에서 모인 친구들과 학교에서는 맘껏 영어를 했지만 학교를 떠난 생활에서는 못 알아듣는 헝가리어를 해야만 의사소통이 되었습니다.

약국에 가서도 영어를 하면 못 알아듣는 약사가 어눌한 헝가리 단어 한마디를 몸으로 나타내면 신기하게도 약을 주곤 했습니다.

영어가 세계 공통어이지만 영어를 쓰는 나라가 아닌 곳에서는 거추장스러운 옷이 되는 곳이 헝가리였습니다.

3년을 국제학교를 다니던 제가 아버지의 권유로 헝가리 학교로 옮기게 되었습니다.

우리 가족이 언제 한국으로 돌아갈지 모르지만 영어만 고집하지 않고 현지 그 나라의 언어를 배워보자는 것이었습니다.

저는 처음에 무척 힘이 들었습니다. 영어를 잘하는 헝가리 선생님이 헝가리어를 영어로 바꿔서 문법을 설명해 주실 때마다 이 힘든 헝가리어를 배우라고 하신 아버지가 원망스러웠습니다.

학교생활에 적응하느라 하루하루가 힘든 2011년에 제가 사는 헝가리에 한국문화원이 생겼습니다. 한국 문화에 관심이 있는 헝가리인들에게 한국을 알리는 기회를 갖고자 마련되었다고는 하나 어린 제 생각에는 영어가 우선이지 한국이라는 나라도 모르는 헝가리에 한국어가 무슨 가치가 있을까 생각을 했습니다.

하지만 제 우려와는 정반대였습니다. 많은 헝가리 사람들이 자음과 모음으로 시작하는 기초 한국어 수업을 신청하고 김밥과 불고기를 만들며 한국의 K-POP에 빠져서 춤을 추고 헝가리 인재들이 한국의 대학에 교환학생으로 초청되어 그들의 젊음을 한국어 공부로 매진하는 것을 보고 놀라지 않을 수 없었습니다.

정작 나 스스로 소홀했던 한국의 문화에 대해서 헝가리인들은 열정을 가지고 한 가지씩 배우고자 노력을 하는데, 폼 나는 영어학교가 아니라 현지 헝가리 학교를 다닌다고 투덜대고 있는 내 모습이 얼마나 한심한지 느꼈습니다.

또한 이렇게 한국에 대해서 관심을 가지고 있는 헝가리인들에게는 영어가 아닌 나처럼 헝가리어를 잘하는 사람이 있어서 그들에게 한국을 알릴 수 있다면 이 또한 내 나라를 위하는 애국의 기회가 된다는 것을 마음 깊이 느꼈습니다.

여기 모인 여러분.

비록 우리는 한국을 떠나 있지만 우리의 행동 하나하나가 한국을 상징하고 있다는 사실을 잊지 마십시오. 〈강남 스타일〉을 흥얼거리는 외국 사람들을 보고 어깨가 으쓱하듯이 우리 모두 싸이가 될 그날이 올 때까지 각자의 위치에서 최선을 다합시다.

감사합니다.

미래는 우리

김진아 / 이탈리아

여러분.

저는 밀라노중학교 3학년에 재학 중인 김진아입니다.

이탈리아에서 태어났으며 세 살 때부터 밀라노한글학교를 다니기 시작해 지금까지도 다니고 있습니다.

여러분, 요즘 대한민국 아이들의 대통령 뽀로로 아시죠?

뽀로로는 이탈리아 TV에서도 방영되고 있는 국제적으로 인기가 있는 어린이 만화의 주인공입니다.

뽀로로는 새이긴 하나 날지 못하는 펭귄임에도 불구하고 하늘을 날고 싶어 하는 친구죠.

날개에 깃털도 붙여 보고 나뭇가지도 붙여보나 다 실패하게 되죠. 이런 수많은 실패와 좌절 속에서도 뽀로로는 엄청난 노력과 친구들의 도움으로 날게 됩니다.

자기 스스로 자기 날개로 꿈을 이루지 못하지만 비행기를 타며 하늘 높이 날게 됩니다. 한국의 발전 과정에도 비슷한 면이 있지 않습니까?

한국은 석유 같은 천연자원이 단 한 방울도 나오지 않는 나라입니다. 매우 작은 나라이고 더군다나 둘로 나뉘어 있습니다. 그런데 이런 작고 천연자원도 없는 나라가 매우 짧은 기간에 엄청난 발전을 하였습니다. 사람들은 자주 제게 일본인이냐고 물어봐 왔습니다. 그럴 때면 전 자연스럽게 한국인이라고, 일본인이 아니라고 대답하죠.

옛날에는 불쾌한 말을 들은 적이 많이 있었습니다.

한국이 어디에 있지? 들어본 적 없는데?라던가 심지어 "한국? 개 식용하는 나라 아냐? 징그러워." 진짜 이럴 땐 힘들었습니다. 그러면 난 아무도 모르는, 개를 먹는 이상한 나라 사람인가?라고 생각했죠. 그런데 언젠가부터 아주 큰 변화가 있었습니다. 제가 한국 사람이라는 것을 알게 되면 아주 좋아합니다. 본인들의 삼성이나 LG 휴대전화를 자랑할 뿐 아니라 빅뱅과 싸이 노래를 흥얼거리며 한국을 사랑한다고 까지 합니다.

말춤을 가르쳐 달라던가 노래들을 번역해 달라던가 또는 강남은 가봤냐는 등 아주 난리입니다. 그리고 저희 학교 애들이 스피커를 크게 틀어놓고 〈강남 스타일〉을 추고 있는 모습이 전 아주 자랑스러웠습니다. 그럴 때 제 어깨엔 힘이 들어가죠.

이게 바로 한국의 IT 산업뿐만 아니라 문화도 엄청나게 발전한 결과입니다. 요즘 K-POP 열풍이라는 말, 종종 듣지 않습니까?

이런 한국이 앞으로도 더욱더 발전해 나갈 수 있게 하려면, 한국의 미래인 우리가, 한국 청소년들이 나서야 합니다.

우리나라를 더 많이 알려야 합니다. 분야는 매우 다양하니 망설이지 마십시오. 도전하세요. 제 꿈은 지금의 싸이 같은 세계적인 가수가 되는 것입니다. 꿈을 이루는 게 아주 힘들겠지만 도전하고 노력할 겁니다.

우리나라의 이름을 세계에 알리겠습니다.

우리나라의 문화를 넓게 펼치겠습니다.

미래의 한국을 세계의 어느 나라보다도 훌륭하고 멋진 나라로 함께 만들어 갑시다. 지금도 우리에게 너무나 자랑스러운 우리 한국을 우리의 다음 세대의 아이들 눈에 더욱더 자랑스러운 나라를 보여 줍시다.

대한민국 파이팅!

우리 파이팅!

더욱더 멋진 미래를 같이 만들어 갑시다!

감사합니다.

세상을 밝게 비추는 사람

박세휘 / 스웨덴

안녕하세요? 북구의 아름다운 나라 스웨덴에서 온 박세휘입니다.

세상 세(世) 자, 밝을 휘(暉) 자, 넓은 세상을 밝게 비추는 사람이 되라는 뜻으로 부모님께서 지어주신 이름입니다.

저에게는 언니가 한 명 있습니다. 언니는 미국에서 그리고 저는 일본에서 태어나 스웨덴에서 자랐습니다.

많은 주변 사람들은 우리 가족을 국제적인 가족이라고 이야기합니다. 하지만 우리 가족은 어디에 살아도 뿌리는 변함없이 한국에 있음을, 마치 저희 부모님은 당연히 저희 부모님인 것처럼 자연스럽게 생각합니다.

물론 지금 살고 있는 스웨덴도 중요하지만 제 뿌리인 한국은 너무도 소중하고 자랑스런 곳입니다.

저는 한국에서 한 번도 살아본 적이 없지만 어렸을 적부터 주말에는 한국 학교를 다니며 한국어를 배우고, 한국의 역사를 공부하며 한국인으로서 자랐습니다. 한국 학교의 문화행사에서 한국무용을 배우고, 사물놀이 시간을 통해 전통 악기를 배우며 한국의 문화도 알게 되었습니다. 또한 한국의 명절을 즐기며 우리의 전통을 배웠습니다.

이렇게 한국어와 한국에 관해 공부하고 알게 되니 좋은 점이 참으로 많습니다. 그중에서도 제일 좋다고 생각하는 것은 멀리 떨어져 지내 가끔씩 만나는 할아버지, 할머니와 편안하게 한국어로 이야기할 수 있다는 것입니다. 한국어를 잘하지 못했다면 어떻게 되었을까 상상해 보는 것만으로도 마음이 아픕니다.

그 외에도 한국을 방문하면 언어의 어려움 없이 한국을 관광할 수 있으며,

혼자서도 상점에 가서 물건을 살 수 있습니다. 또한 재미있는 한국 드라마를 한국어로 볼 수 있고, 유행하는 한국의 가요도 모두 알아듣고 따라 부를 수 있습니다.

이것만이 아닙니다. 스웨덴 학교에서도 한국어는 도움이 됩니다.

저는 현재 스웨덴 고등학교의 국제반에 다니고 있어서 스웨덴 친구는 물론 세계 각국에서 모인 친구들과 함께 공부를 합니다. 이런 면에서 저희 반은 각 국가의 대표들이 모여서 공부하는 UN학급이라고 볼 수 있습니다. 물론 저는 한국을 대표하는 사람으로, 혼자의 박세휘가 아닌 한국의 대표 박세휘입니다. 저를 통해서 한국이라는 나라가 친구들에게 알려진다고 생각하면 큰 책임감도 느껴집니다.

세계의 여러 친구들과 공부하면서 누가 맞고 틀린 것이 아니라 서로 다른 것임을 알게 되었으며 또 우리 한국 고유의 것이 얼마나 특별하고 좋은지 알게 되고 소중하게 생각하게 되었습니다.

한국어를 잘할 수 있어서 저는 주저 없이 한국을 자랑하고 알릴 수 있습니다. 친구들에게 우리나라의 문화와 역사에 관해 설명해 줄 수 있다는 것은 신나고 의미 있는 일입니다. 또 요즘 세계적으로 인기 있는 노래 〈강남 스타일〉은 친구들도 좋아하는 곡입니다. 내용을 궁금해하는 친구들에게 한글 가사를 읽으며 설명해 줄 수 있다는 것도 참으로 즐거운 일입니다.

한국어를 공부한다는 것은 우리나라에 가까이 다가가는 가장 중요한 일, 그리고 우리나라를 세계에 알릴 수 있는 가장 중요한 일이라고 생각합니다. 그리고 진정한 한국인이 되는 길이라고 생각합니다.

물론 항상 한국어 공부를 즐겼던 것은 아닙니다. 때론 한국 학교 다니기 싫어하고 숙제도 하기 싫어서 게으름을 피우기도 하였습니다. 하지만 이제는 한국어를 공부한 것이 얼마나 도움이 되는지 새삼 느끼며 중요성을 잘 깨닫고 있습니다.

요즘 저는 한국 학교에서 보조 교사로서 봉사활동을 하고 있습니다. 공부를 도와주는 반은 아직 한글이 익숙하지 못하고 오히려 스웨덴어가 편한 동

생들이 공부하는 반입니
다. 가나다라를 하나씩
그리듯 쓰고 또 떠듬떠듬
한글을 읽으며 공부하는
동생들을 보면 제 어릴
적 모습이 상상이 되어
웃음이 나오기도 하고 기
특한 생각도 듭니다.

동생들도 저처럼 한국
을 사랑하고, 한국어를
잘할 수 있고 또한 한국
인임을 자랑스럽게 생각
할 수 있도록 도와주고 싶습니다. 그리고 한국어를 할 수 있어서 좋은 점을
동생들도 느끼게 해주고 싶습니다.

제가 웅변대회에 참석하고 있는 오늘도 한국어 수업이 있는 날입니다. 동
생들은 열심히 한글 공부를 하며 오늘은 왜 보조 선생님이 결석을 했는지 궁
금해할 겁니다. 다음 주에 학교에 가서 오늘의 웅변에 대해 동생들에게 이야
기를 해주겠습니다.

저는 우리나라 한국에 관해 보다 더 열심히 배워 한국을 세계의 많은 사람
들에게 널리 알리고 싶습니다. 그리고 스웨덴, 또 나아가 세계의 많은 나라들
의 좋은 점들을 배워서 한국에 전달하여 더 발전할 수 있도록 돕고 싶습니다.
저와 같은 의지를 가진 여러분 앞에 선 이 순간이 저에게는 매우 소중합니다.
그래서 여러분 앞에 약속하겠습니다. 부모님이 지어주신 자랑스러운 이름대
로 한국인으로서 세상을 밝게 비추는 사람이 되겠습니다.

감사합니다.

우리나라, 우리말 사랑

박온샘 / 독일

안녕하세요? 저는 독일 함부르크에서 태어난 박온샘입니다. 한국인이신 부모님, 남동생과 몇 년 전부터 비스바덴에 살고 있습니다.

저는 2년 전에 한 달 동안 사우스캐롤라이나주(South Carolina)에 있는 스파턴버그(Spartanburg)라는 조그만 도시에 영어를 배우러 교환학생으로 갔었고, 1년 반 전에 프랑스어를 배우기 위해 10개월 동안 스위스에 머문 적이 있었습니다. 저는 한국 부모님을 통해 이 세상에 태어났지만 키워주신 분은 아무래도 "Herr Deutschland"입니다. 그런 까닭에 우리말 사랑에 대해 개인적인 의견을 말하고 싶습니다.

우선 사랑이라는 말에 대해서 말씀드리고 싶습니다.

사랑이라는 단어에는 수많은 의미가 있습니다. 사람들 사이에 있을 수도 있고, 보이고 만질 수 있는 생물, 자연 그리고 우리가 평상시에 쓰는 물건들을 모두 사랑할 수 있습니다. 하지만 그것만 사랑할 수 있는 것은 아닙니다.

우리 눈에 보이지는 않지만 이 세상을 더욱 아름답고 살기 좋게 꾸미는 음악, 종교, 교육 등 같은 보물이 있습니다. 사람과 음악을 사랑할 수 있듯이 언어, 우리나라 말을 존경하고 사랑할 수 있다고 생각합니다.

제가 한국 사람으로서 독일 땅에 태어나 살다 보니, 사람들이 제 국적에 대해 물어본 적이 많이 있습니다. 한국 얼굴을 가지고 있는 여학생이 눈이 푸르고, 금발머리인 독일인들과 어울려 학교에 다니고, 음악을 하고 일상을 보내는데, 대체 한국인인지 독일인인지 궁금해하는 분들이 많습니다.

이것에 대해 질문하는 것은 이만큼 국적이 중요하다는 것을 증명합니다. 이미 말씀드렸지만, 저는 스위스에서 교환학생으로 학교를 다녔습니다. 그때 제가 처음 머물렀던 집의 주인 아주머니께서 제게 왜 독일 신분증이 없냐고 물어보셨습니다. 저는 한국인이라서 두 개의 여권을 가질 수 없다고 알려 드렸습니다. 그러나 그 아주머니는 알았다고 고개를 끄덕이기는커녕, 너는 독일에서 태어났고, 독일에서 살고 있고, 독일 친구들과 독일 학교에 다니기 때문에 한국 사람보다는 독일 사람이어야 한다고 말씀하셨습니다. 아주머니의 그 말은 오늘까지도 제 마음속에 깊은 상처를 남겼습니다.

저는 지금까지 이 질문에 대해 정확한 답을 할 수가 없습니다. 그것은 국적보다 사람을 사랑하고 한 사람이 가지고 있는 품위와 개성을 인정하기 때문입니다.

저는 지금까지 발견하지 못한 나라를 여행하는 것을 좋아하고, 사람들과 어울려 사는 것을 특히 즐깁니다. 그리고 무엇보다 사람들을 존중해야 한다고 생각합니다. 왜냐하면, 사람의 가치는 서류에 있지 않기 때문입니다.

그래서 저는 더욱더 우리나라 말을 사랑합니다. 아무리 독일, 스위스, 미국, 프랑스에 있어도 한국말을 쓸 때 특히 소속감을 깊게 느낍니다. 한국 음식, 한국인만 알아들을 수 있는 농담, 한국인들 사이에만 통하는 심성, 이 모든 것이 우리나라 말 속에 있고, 우리말로 표현할 수 있습니다.

예, 저는 우리나라와 우리말을 사랑합니다.

그러나 우리나라와 우리말을 사랑한다고 독일을 거부하거나, 누군가를 미워하지 않습니다.

저에게는 국적보다 사람이 중요하기 때문입니다. 그러니까 여러분. 잘난 척하기보다는 다른 사람들을 이해합시다. 남을 비웃지 말고 도와줍시다. 왜냐고요?

우리는 모두 똑같이 소중한 사람들이니까요.

자랑스런 한국, 한국인!

서은지 / 루마니아

한국! 큰 백성의 나라 대한민국. 유라시아 대륙 동쪽 끝자락의 태평양을 품은 작지만 큰 나라, 동방의 아침을 밝히는 예와 지의 나라.

우리 선조들은 농경문화를 근간으로 찬란한 민족 문화유산을 꽃피우고, 독창적인 정치, 종교, 언어를 발전시켜 왔습니다.

중국에서 수용된 문화는 우리 고유의 문화와 접목되어 창조적으로 발전되었고, 이웃 일본에 다양한 문화와 언어를 전해 주었습니다. 또한 통일신라시대와 고려시대, 조선시대를 걸쳐 불국사, 고려청자, 조선백자 등의 찬란한 문화유산을 남겼습니다.

근대 개화기 서구 열강의 침입하에서도 도전적으로 서구 문명을 수용하였고 일제 36년간의 강제 점령과 6·25전쟁의 동족상잔의 참혹한 시기에도 대한민국은 한민족 고유의 강인한 정신으로 시련을 딛고 일어나 한강의 기적을 이룩하여 전 세계를 놀라게 하였습니다. 그리고 이제 대한민국은 전 세계 10위의 경제 대국으로 우뚝 서게 되었습니다.

여러분!

저는 잠시, 오천 년의 역사라는 보물상자를 조심스럽게 열어봅니다. 숱한 외세의 침입과 수탈 속에서도 강인한 민족정신과 고유의 문화로 슬기롭게 위기를 극복한 선조들의 노력과 숭고한 희생의 역사 앞에 절로 머리가 숙여지며, 한없이 뜨거워지는 가슴을 느낍니다.

도전자 한국인! 동방의 큰 백성, 자랑스런 나의 선조 한국인, 나의 조국 한국입니다.

36년간의 식민통치와 위안부에 대한 역사적 참회도 하지 않은 채, 독도영토 분쟁을 일으켜 국제적 망신을 초래하는 가깝고도 먼 나라 일본이지만, 지하철 선로에 떨어진 일본인 취객을 구하고 살신성인(殺身成仁)한 사람도 고려대 유학생인 한국인입니다.

목마른 아프리카 사람들을 위해 우물을 파고 생명수를 끌어올리는 사람들, 암흑의 오지에 전깃불을 밝히는 사람들, 전쟁과 재해로 삶의 터전을 잃은 이들에게 달려가 구호의 손길을 펴는 사람들, 이 모두가 한국인입니다.

얼마 전 수단에서 선교 및 의료진료 활동을 펼치다 세상을 떠난 이태석 신부님의 숭고한 희생도 제가 한국인임을 자랑스럽게 합니다.

사막 불모지에 건물과 도로를 건설하며 무에서 유를 창조하는 불굴의 정신은 세계를 감탄시키기에 부족함이 없으며, 혁신적인 한국산 IT 제품과 자동차 등 'Made in Korea' 제품이 전 세계 가정 및 곳곳을 누비고 있습니다.

세계 각지의 TV, 영화관, 무대에서는 한류라는 이름으로 한국인의 문화예술이 60억 지구촌의 사랑을 받고 있으며, 많은 스포츠 스타들이 전 세계를 무대로 뛰고 있습니다. 싸이의 〈강남 스타일〉은 영국과 미국의 음악 차트를 석권하고, 남녀노소를 불문한 전 세계인이 K-POP에 열광하고 말춤을 추며 KOREA를 배우려 합니다.

5대양 6대주에 한국인의 열정과 위대함이 아로새겨집니다. 대륙과 인종, 문화와 세대의 간격을 과감히 뛰어넘는 "위대한 한국인!" 21세기 우리는 지금, 훌륭한 선조 앞에 결코 부끄럽지 않습니다. 그렇지만 자만하지 않고 더욱 노력한다면 위대한 역사를 써나갈 것입니다.

한국인이라는 이름 앞에 강인하고, 배려하고, 열정을 나누고, 아름답다는 진취적인 수식어가 계속 만들어질 것이라는 현실을 저는 굳게 믿고 있습니다!

감사합니다.

유럽한인 차세대로서
우리나라 알리기

이윤소 / 영국

2012년 세계 GDP 순위 15위. 한국은 매년 성장하고 있습니다. G20에도 속한 한국은 21세기의 경제 강국일 뿐만 아니라 문화, 그리고 스포츠 등 전반적인 부분에서 세계 강국의 새로운 경쟁국가가 되었습니다.

이러함에도 불구하고 아직까지도 대한민국에 대해 잘 모르는 사람들이 많습니다. 많은 사람들이 한국이란 아시아에 속한, 별 영향력이 없는 나라라고 생각하고 있습니다.

그리고 대다수의 제 친구들은 저를 만나기 전까지는 자신과 주위 사람들이 매일매일 쓰고 있는 삼성이나 LG, 또는 기아의 전자제품과 자동차들이 전부 다 일본이나 동유럽 어느 나라의 제품들이라고 생각하고 있었습니다. 여러분, 이 현실이 너무나도 안타깝지 않으십니까?

그래도 지금 대한민국은 너무나도 빨리 발전하고 경제도 넓혀가며 나날이 성장하는 나라이기 때문에 조금씩 존재감이 부각되고 있습니다.

제가 살고 있는 런던만 해도 매년 템스 축제 같은 행사들이 시내 한복판에서 열립니다. 이러한 축제들로 인해 외국인들도 우리나라를 접해 볼 수 있는 기회가 마련되고 있습니다.

깔끔하고 깊은 맛을 지닌 비빔밥, 한과 같은 우리나라의 전통 과자와 우아하고 맵시 있는 한복, 또 애절하고 웅장하게 울리는 〈아리랑〉을 느껴보면서 한국은 더 많은 이들의 머릿속에 남으리라 믿습니다. 더욱 감동적이었던 부분은 바로 태권도 시범이었습니다. 저는 태권도가 그렇게 훌륭한 운동인지 알지 못하였습니다. 나도 모르게 태권도에 몰입해 있는 동안, 주위의 수많은 외국인들은 탄성을 지르며 태권도에 열광하였습니다.

여기저기서 들려오는 환호성에 저는 그만 울컥하였습니다.

그곳에 있던 모든 한국 사람들이 저와 같은 심정이었을 것입니다. 이렇듯 훌륭한 문화유산을 가지고 있으면서도 이것을 널리 알리는 데는 미흡한 점이 많았습니다. 그리하여 저는 외국에서 일어나는 한국 축제들이 한국을 더 널리 알리는 데에 큰 영향을 끼친다고 생각합니다. 그리고 앞으로도 계속 이렇게 외국인들에게 한국의 문화가 더 친근하게 다가갈 수 있도록 노력하여야 한다고 생각합니다. 그러기 위해서는 문화적인 차원에서 우리나라를 홍보하고 알리는 것이 대단히 중요하다고 생각합니다. 한 예로 싸이의 〈강남 스타일〉로 인해, 'South Korea'를 알게 된 사람들도 많이 있습니다. 제 친구들도 삼성이 어느 나라 회사인지는 모를지언정 싸이가 한국 사람이라는 것은 알고 있습니다. 이렇듯 민간문화가 커다란 역할을 합니다.

또한 타지에 있는 한국인으로서, 아니, 타지에 있는 한국인이기 때문에 더 대한민국이라는 우리들의 나라에 끊임없는 관심과 자부심을 갖고 우리나라가 가지고 있는 남북분단, 독도분쟁, 그리고 여러 전쟁에서 속 치이고 짓밟힌 수많은 아픔을 더욱더 깊게 배우고 기억하고 가슴에 새기며 도움이 될 수 있는 일을 찾아 나아가는 것은 우리들에게 주어진 의무라고 생각합니다.

그리하여 이 마음가짐을 잘 유지하고 또 우리의 동포애적 성향을 발휘하여 서로 같은 민족끼리 돕고 단결하는 마음을 굳게 다져야 한다고 생각합니다.

뿐만 아니라 우리가 이방인으로서 속한 유럽이라는 사회에서 당당하고 굳세게 적응해 나가는 힘을 기르는 것 또한 중요하다고 생각합니다.

여러분, 우리 모두 우리나라, 대한민국의 아름다운 문화를 사랑하는 홍보대사가 됩시다.

자랑스러운 나의 조국

이준호 / 스페인

"동해물과 백두산이 마르고 닳도록 하느님이 보우하사 우리나라 만세……."

애국가를 들으면 가슴이 뭉클해집니다. 누가 가르쳐 준 것도 아닌데 가슴 속에 무엇인가 뜨거운 것이 올라옵니다. 이번 2012년 런던올림픽에서 우리나라는 전 세계 204개국 중에서 당당히 5위를 차지했습니다. 선수들의 값진 땀과 피나는 노력으로 놀라운 성과를 거두었습니다. 다른 나라 땅에서 태극기가 높이 올라갈 때 기뻤습니다. 내가 한국인이라는 사실이 무척 자랑스러웠습니다.

저는 다섯 살 때 가족과 함께 스페인에 왔습니다. 어릴 적에는 별다른 생각이 들지 않았습니다. 하지만 시간이 흐를수록 내가 다른 나라에 살고 있다는 사실을 깨닫게 되었습니다. 점점 더 한국과 관련된 것들에 관심을 갖게 되었습니다.

거리를 지나갈 때 한국 자동차인 현대나 기아 자동차를 보면 반가웠습니다. 엘지나 삼성의 전자제품들도 쉽게 눈에 띄었습니다. 최고의 기술을 자랑하는 한국 제품들이 세계 시장 곳곳을 누비는 모습이 자랑스러웠습니다. 저는 외국인 친구들에게 한국 기업이나 제품을 열심히 소개해 주었습니다.

또한 우리만의 문자인 한글을 사용하고 있다는 사실에 자부심을 느꼈습니다. 한글은 글자와 입안의 발성 모습이 일치하는 과학적 언어입니다. 세계의 거의 모든 소리를 한글로 표현할 수 있습니다. 세종대왕과 집현전 학자들이 각고 끝에 만들어낸 우리 민족의 독창적 고유 문자입니다. 영어나 스페인어보다 더 간결하고 쉽게 배울 수 있습니다. 이렇게 훌륭한 언어가 왜 세계 공용어로 안 쓰이는지 안타까웠습니다. 아마도 우리나라가 조금 더 국력을 키워야 될 것입니다.

저는 한국어를 공부하기 위해 매주 토요일마다 마드리드에 있는 한글학교에 갑니다. 집에서도 꼭 한국말을 씁니다. 부모님께서는 외국어를 잘하기 이전에 우리말을 먼저 잘해야 된다고 강조하셨습니다. 그래서 한국어 책도 틈틈이 읽고 있습니다. 그리고 한국 TV 방송도 열심히 봅니다. 저는 〈무한도전〉, 〈1박2일〉, 〈런닝맨〉 등 오락 예능 프로그램을 보면서 스트레스도 풀고 한국어를 즐깁니다.

요즘 한류 열풍이 거세게 불고 있습니다. 특히 K-POP은 아시아뿐만 아니라 유럽에서도 인기가 있습니다. 그러나 유럽에서 생활하고 있는 저는 그 인기를 실감하지 못했습니다. 아시아 쪽에서만 인기가 있는 줄 알았는데 싸이의 〈강남 스타일〉은 달랐습니다. 학교에서 휴식 시간에 외국인 친구들은 저한테 〈강남 스타일〉을 아느냐고 물어보거나 싸이의 말춤을 따라 췄습니다. 〈강남 스타일〉 뮤직 비디오의 링크를 SNS에 올리는 외국인 친구들도 많았습니다. 인터넷이라는 매체를 통해 한류는 급속도로 퍼지고 있습니다.

한류는 문화, 관광산업 이외에도 식품, IT, 자동차, 의류 등 제조업 전반에 긍정적인 파급효과를 가져오고 있습니다.

또한 대중문화의 수용 차원을 넘어 한국인과 한국 자체에 애정을 느껴 한국어를 익히거나 한국 제품을 사고 싶어 하는 사람들이 늘어났다고 합니다. 이런 현상들을 보면서 한국인으로서 자부심이 느껴집니다.

'외국에 나오면 애국자가 된다'라는 말을 들었습니다. 밖에 나오면 내 나라의 소중함을 더욱 깨닫게 된다는 뜻입니다.

외국에 살고 있지만 언제나 돌아갈 수 있는 나의 조국이 있어서 든든합니다.

그리고 감사합니다. 우리가 각자의 위치에서 최선을 다해 노력할 때 나의 조국은 더욱 발전할 것입니다.

세계 속으로 뻗어나가는 자랑스러운 나의 조국, 대한민국이여 영원하라!!!

차세대로서의 우리가 가야 하는 길

이혜수 / 루마니아

유럽에 사시는 여러분, 안녕하십니까?

저는 영국에서 태어나서 루마니아에서 17년째 살고 있는 이혜수라고 합니다. 제가 제 생각을 여러분과 함께 나눌 수 있는 기회를 주셔서 매우 감사합니다. 저는 유럽에 사는 2세대로서의 유익한 점들과 차세대를 위해서 우리가 무엇을 어떻게 하면 좋을지를 말씀을 드리고 싶습니다. 첫째는 우리가 유럽에 사는 한국인으로서, 한국 문화의 우수성을 알려야 하고, 둘째는 유럽에 사는 2세대로서 글로벌 리더로서 우리가 가야 할 길이 무엇인지를 몇 가지 말씀드리고자 합니다.

제가 루마니아에서 길을 걷다 보면, 사람들이 키네즈, 즉 중국인이라고 비웃습니다. 여러분들이 경험했다시피, 그 말 속에는 약간의 경멸이 포함 돼 있습니다. 그러나 제가 그들에게 한국인이라고 말하면 그들의 태도가 바뀝니다.

그 이유는, 한국의 경제나, 상품, 스포츠, 케이팝, 드라마 등을 통해서 루마니아인도 한국이 우수한 능력과 문화를 가진 민족이라는 것을 알기 때문이라고 생각합니다.

그래서 동유럽에 사는 2세대로서 한국의 우수한 문화와 전통을 이들에게도 알려줄 수 있으면 더욱 좋을 것이라고 생각합니다. 그러나 그들에게 한국의 문화를 알리려면 제가 먼저 잘 알아야 할 것입니다. 제가 어렸을 때 학교를 갔다 오면 매일 어머니께서는 한글 공부를 시키셨고, 또한 집에서는 반드시 한국말을 사용하게 함으로써 제가 한국인으로서의 정체성을 확실히 갖게 해주셨습니다. 또한 한국어를 배우면서 한국의 문화와 역사를 알게 되었고, 또 그것을 여러 사람들에게 알릴 수 있게 되었습니다. 우리의 태도는 우리나라를 대표하는 것입니다. 그래서 제가 최선을 다하고, 또 주변에 있는 현지인들에게 성실한 태도와 친절함과, 한국인의 예의범절로서 그들을 대할 때, 한국이 우수한 나라라고 인정하게 될 것입니다. 그들은 이미 드라마와 케이팝, 뉴스 등을 통해 한국을 접했지만, 이곳에 살고 있는 제가 한국인으로서의 자긍심을 가지고 그들에게 최선을 다하는 모습을 보여 줄 때, 그들이 한국을 직접 경험하게 된다고 저는 생각합니다.

제가 볼 때, 저는 그저 평범한 한 사람에 불과하지만 그들이 저를 볼 때는 늘 한국 사람으로서의 저를 보게 되기 때문입니다.

둘째로 유럽에서 자라나고 공부한 우리들은 한국에 사는 친구들과는 달리, 여러 나라 언어들을 쉽게 배울 수 있어 여러 언어를 구사할 수 있다는 장점이 있고, 또한 우수한 문화를 가진 한국인이라는 이점을 가졌기 때문에 훌륭한 글로벌 리더가 될 수 있다고 생각합니다. 또 한국인의 심장을 가지고 유럽의 문화를 누리며 살고 있는 우리 2세대들은 양 문화의 교량 역할을 할 수 있으며, 다양한 환경에서 살고 있는 사람들을 이해하기가 훨씬 수월합니다.

저는 영어로 공부하지만 루마니아에서 살아왔고, 국적은 한국입니다. 이러한 제 정체성은 여러 종류의 사람들을 이끌고 한국의 문화를 널리 알릴 수 있는 글로벌 리더가 될 수 있는 좋은 조건이 된다고 생각합니다. 제 친구들 중에서는 자기가 한국인이라는 것을 부끄러워하며 매우 싫어하는 친구가 있습니다. 이 친구는 한국 사람, 음악, 음식, 문화 등을 경멸하고 한국이라는 문화에서 더욱더 멀어지려고 합니다. 우리는 이미 한국인의 얼굴을 가지고 있어서 그것을 부인하는 것은 어차피 불가능한 일입니다. 그러므로 차라리 한국인이라는 현실을 받아들이고 당당하게 살아가야 할 것입니다. 유럽의 역사와 전통이나 문화가 세계에 영향을 주었지만, 동양의 역사와 문화도 그와 못지 않게 우수합니다. 유럽에 사는 2세대들은 한국 역사와 문화를 반드시 공부하여 한국의 좋은 문화의 강점을 유럽에 널리 알리는 차세대 리더가 되어야 할 것입니다.

한국인으로서 자부심

주기쁨 / 스웨덴

안녕하세요? 저는 스웨덴에서 고등학교 1학년에 다니는 주기쁨입니다.

여러분! 니하오! 곤니치와! 이 말들을 들어보신 적이 있습니까? 유럽인들이 우리를 처음 볼 때 하는 말입니다. 이곳에 계시는 모든 2세, 3세 한국인 여러분들은 이 말들을 한 번쯤 들어보셨을 것입니다.

이 시간 저는 우리가 한국인으로서 자부심을 왜 가져야 하는가를 전하기 위해 이 자리에 서게 되었습니다. 저는 2002년 8월, 만 일곱 살 때에 스웨덴으로 오게 되었습니다. 어린 마음에 그냥 여행인 줄 알고 즐겁고 가벼운 마음으로 기쁘게 따라오게 되었습니다.

그러나 그 기쁜 날도 잠시, 저는 현실을 알게 되었습니다. 학교에 다니게 되자마자 이상한 눈길을 받게 되었고 처음에 제가 말했던 그 두 나라의 인사말들을 어디 가든 듣게 되었습니다. 심지어 자기들의 눈을 아시아인처럼 찢으며 말하기도 하였습니다. 스웨덴 사람들은 한국이 어떤 나라인지 알지 못했고, 일본과 중국 사이에 있다고 설명을 해야만 알아들었습니다. 저는 날이 갈수록 자신감이 떨어졌고, 한국에 살았을 때 활발하고 모든 장기자랑에 참가했던 어린 저는 사람들이 많으면 구석에 가서 서 있게 되었습니다. 점점 관심받는 것에 질색하는 예민한 아이로 변해 가고 있었습니다. 친구들은 많았지만 나중엔 그중 많은 아이들이 그냥 다 제 수학능력을 좀 배우고자 했던 가짜 친구들인 것을 알게 되었습니다. 진짜 친구들 사이에서도 농담 삼아 저를 한국인이 아닌 다른 아시아인으로 놀릴 때가 많았습니다. 농담을 할 때에는 그냥 같이 웃고 즐거운 척하곤 했지만, 그 웃음은 그냥 가면일 뿐, 그 뒤에는 눈물을 흘려야 했습니다.

그러던 어느 날 엄마는 스웨덴 사람들이 더 많은 곳으로 이사를 가기로 마음먹으셨습니다.

저는 2층 집으로 이사를 간다고 하였을 때 너무나도 기뻐 어쩔 줄 몰라 하였습니다. 그러나 이사를 하면서 전학도 가게 되었고 제 어린 마음속에 있었던 깊은 상처는 더욱 심해졌습니다.

스웨덴 사람만 있는 학교라 처음에 스웨덴에 왔을 때 받았던 이상한 눈길들은 이것에 비해서 아무것도 아니었습니다. 어딜 둘러봐도 보이는 건 노랑 머리뿐이었습니다. 저랑 같은 반 친구들이 어울리기 싫어하는 것은 기본이었는데, 선생님이 제가 혼자인 것을 보시고 어떤 아이들한테 강제로 데리고 와서 저와 같이 있게 하셨습니다. 그들은 자기들과 다른 저랑 있는 것이 매우 싫었던지 선생님이 볼 때만 같이 놀다가 선생님이 가시면 아이들도 제 곁에서 사라져 버렸습니다. 저는 이때, 믿을 만한 사람은 선생님밖에 없구나 하며 살아가던 때였습니다.

저는 그때 가슴이 찢어질 듯 아팠고 이 세상에는 믿을 사람이 한 명도 없다고 다짐하게 되었습니다. 저는 제가 한국인인 것이 너무나도 싫어, 친구들 앞에서 엄마랑 전화할 때에 일부러 스웨덴어를 조금 섞었고, 아이들이 "너는 집에서 무엇을 먹니?" 하고 물으면 한국 음식이 아닌 스웨덴식 음식만 얘기해 주었습니다.

그렇게 한국인으로서의 자부심을 잃어가고 있었을 때 2012년! 세상을 뒤흔든 한국 가수 싸이의 컴백이 제 인생에 전환점이 되었습니다. 어디를 가도 싸이 이야기밖에 안 하고 싸이의 노래는 여기저기 쉴 틈 없이 틀어졌으며 아침에 방송되는 뉴스에서도 싸이 이야기와 같이 한국에 대한 이야기를 하는 것을 보고 저는 한국인으로서의 자부심이 커져갔습니다. 스웨덴 사람들은 한국하면 이제 아! 하며 아는 척을 했고, 한국에게 관심조차도 안 줬던 스웨덴 사람들이 2012년 9월 말쯤에는 플래시몹을 하게 되었습니다. 저는 제 친구들과 참가하기로 해서 아무 기대 없이 시내에 갔는데 그렇게 많은 사람들이 그 한곳에 모인 것을 스웨덴에서 10년을 살면서 처음으로 보게 되었습니다.

시간이 되자 한국 노래가 틀어지면서 여러 나라에서 온 사람들이 한 마음으로 같이 춤을 추는 것을 보자, 저는 가슴이 뭉클했습니다. 그다음 날 모든 스웨덴 사람들이 읽는 신문 두 페이지에 크게 실리고 K-POP 노래만 틀어주는 K-POP 클럽이 생기게 되었습니다. 저는 그 일들을 다 지켜보면서 한국인으로서 자부심을 크게 느끼고 이때까지 제가 자부심을 느껴야 했던 일들이 하나 둘씩 생각나기 시작하였습니다.

제일 크게 자부심을 느꼈던 것은 이명박 대통령님께서 스웨덴을 방문하셨을 때였습니다. 그때는 2009년 7월이었고 시내에 갔을 때에 태극기가 스웨덴 국기와 나란히 걸려 있었습니다. 저는 그것을 제 친구들한테 자랑했던 때가 생각났고 영광스럽게도 화동이 되어서 이명박 대통령님께 꽃도 주고 포옹도 하였습니다.

저는 어렸을 때에 한국 노래에 빠져 지금까지 미국 노래보다 한국 노래를 많이 듣고 있었고, 그 많은 가수들 중에서 소녀시대라는 한 그룹에 열성 팬이 되어 한국어를 열심히 듣고 보던 결과 이렇게 한국어를 잘하게 되었습니다.

한국은 한국전쟁 이후, 발전할 기대와 기회가 보이지 않았지만 50여 년 만에 눈 깜짝할 사이에 한국의 경제와 문화가 세상에 널리 퍼지게 되었고 지금도 아주 빠른 속도로 퍼지고 있습니다. 그리고 정말 유명한 가수들만 공연하는 미국 Madison Square Garden에 한국 그룹들이 공연까지 하게 되었습니다.

저는 이 모든 것을 보고서 자부심이 안 들을 수가 없었습니다.

그래서 저는 이렇게 외칩니다!

자신감과 한국인으로서 자부심이 없어 어깨를 움츠리고 다니는 한국인 2세, 3세들!

이제는 한국인으로서 자부심을 가지고 어깨를 펴고, 고개를 들고 당당하고 자신 있게 살아갑시다.

한인 차세대로서
우리가 가야 할 길

최유란 / 폴란드

안녕하십니까? 저는 폴란드 바르샤바에서 온 최유란입니다.

지난여름 올림픽 방송을 보았습니다. 박태환 선수가 실격판정을 받고 좌절한 표정으로 앉아 있는 모습을 보고 저는 저 자신의 눈에 눈물이 맺혀 흐르고 있는 것을 알았습니다.

어떻게든 뭐든 해주고 싶은 마음이 생겼습니다. 무엇인지 모를 뭉클함이 가슴을 짓누르고 있었던 것입니다. 또 얼마 전에는 폴란드 라디오에서 흘러나오는 음악을 듣다가 저도 모르게 리듬을 타는 것을 알았습니다. 그 음악은 싸이의 〈강남 스타일〉이었습니다.

이렇듯 한국인에 의한 축구경기가, 한국인에 의한 음악이 제가 사는 땅 폴란드에 울려 퍼질 때마다 저는 느껴지는 것이 두 가지 있습니다.

하나는 제 마음이 요동치고 있다는 것이고, 다른 하나는 주위 사람들인 현지인의 저에 대한 태도가 변하고 있다는 것입니다.

왜 제 마음이 요동치고 있을까요? 그것은 제가 한국인의 피를 받은 진짜 한국인이기 때문입니다. 저는 아버지를 따라 폴란드에 거주하고 있습니다.

폴란드에 살면서 저희 아버지는 항상 말씀하신 것이 있습니다.

"우리는 한국인이다. 우리의 뿌리는 한국이다. 한국인임을 부정하는 것은 우리 자신을 부정하는 것이다."

그렇습니다. 우리는 한국인입니다. 그것도 자랑스러운 한국인입니다.

이제는 더 이상 변방의 작은 조용한 나라가 아닙니다.

작지만 강한 나라, 세계경제의 흐름을 이끄는 나라, 최고의 자동차를 생산하는 나라, 최고의 스마트폰을 만드는 나라.

바로 이 나라가 우리의 조국 대한민국입니다.

이 나라가 세계의 중심에 설 수 있도록 우리는 모든 노력을 해야 하는 것입니다.

이를 위해 유럽 내 한인공동체의 건설, 올바른 한글 사용과 보급, 우수한 한국 문화의 전파, 다문화 가정에 대한 관심 등 우리가 해야만 하는 일들이 많이 있습니다.

저는 이 자리에서 제가 스스로 실천할 수 있는 몇 가지를 여러분에게 말씀드리고자 합니다.

첫째, 나 자신이 작은 외교관이라는 사실입니다.

내가 우리 대한민국을 대표하는 외교관이라는 생각을 가지고 모든 학교생활과 공동체 생활을 한다면 우리의 생활태도가 달라질 것이고 주위 사람들의 태도 또한 달라질 것입니다.

둘째, 내가 한국 문화 전도사라는 것입니다. 올바른 문화의식을 가지고 살아야 합니다. 나의 생활습관, 나의 작은 태도 하나하나가 쌓여서 한국의 문화가 이루어진다는 생각으로 우리의 아름다운 전통문화를 알린다면 우리 문화의 우수성이 증명될 것입니다.

셋째, 올바른 한글 사용입니다.

'멘붕', 'ㅋㅋㅋ' 등의 인터넷 신조어, 각종 약어 등이 즐비한 이때에 우리 한 사람 한사람이 올바른 한글 사용에 앞장선다면 한글의 우수성을 세계에 알리는 데 이바지할 것입니다. 언어는 곧 문화이고 자신의 정체성을 지키는 중요한 요소이기 때문입니다.

넷째, 다양한 한인공동체의 건설입니다.

이것은 거창한 얘기가 아닙니다. 내가 생활하고 있는 작은 사회에 내가 주인이 되어 한국 문화를 알리고, 한국의 음식을 알리고, 한국의 예절을 알리고, 한국인이 더 이상 변방의 나라가 아님을 알리는 것입니다.

또한 더 나아가 각국에 흩어져 있는 한인들과 다양한 분야의 네트워크를 만들어야 합니다.

한상 네트워크, 한인연합회 다 좋습니다. 하지만 제가 말씀 드리고자 하는 것은 한인학생회 네트워크, 한인 문화연대 등의 학생들의 손에 의해서 할 수 있는 것들입니다.

우리의 한인공동체는 자랑스러운 대한민국을 널리 알리고 세계와 더불어 살아갈 수 있는 나라를 건설하기 위한 역사적 사명을 가지고 있는 것입니다. 비록 사는 땅은 다르지만, 우리의 마음과 영혼, 핏줄 사이사이에는 한국인의 피가 흐르고, 한국인이 지녀야 할 자긍심을 가지고 있습니다.

이 모든 것을 실현하기에 우리가 한국인으로서 해야 할 일은 과연 무엇일까요? 지구촌이라는 넓은 바닷속에 대한민국의 문화 한 방울을 떨어뜨려 우리의 파도를 일으키기 위해서는 우선 나 자신이 먼저 모범을 보여야 합니다. 나의 몸과 마음 그리고 내 자아 속에는 먼 타국에 와 있음에도 '한국인'이라는 사실은 변하지 않음을 깊이 새겨두어야겠습니다.

감사합니다. 대한민국만세!!!

최고! 대한민국

현이은 / 이탈리아

안녕하십니까? 저는 이탈리아에서 태어나, 만 15년 동안 로마에 거주하고 있는 현이은입니다. 저는 오늘 여러분에게 대한민국이 얼마나 멋지고 훌륭한 나라인지 얘기할까 합니다.

저는 이탈리아라는 나라에 살면서 외국인이라는 이유만으로 항상 많은 관심과 시선을 받았습니다. 그래서 지금 이 시간에 저에게 일어났던 일들을 통해 여러분에게 한국의 위대함을 느끼게 하고 싶습니다. 제가 초등학교를 다닐 때까지만 해도 많은 사람들이 한국이라는 나라를 잘 알지 못했고 또한 역사나 문화·정치·경제 등 자세한 부분까지는 전혀 알지 못했습니다. 하지만 시간이 지날수록 한국의 놀라운 성장과 중요 국제행사를 통하여 점차 한국이라는 나라가 많이 알려지게 되었습니다. 저는 그러한 발전을 실감했습니다. 불과 몇 년 전까지만 해도 일부 소수에게나 알려졌던 한국은, 이 짧은 시간 동안 저를 그저 놀라게 만들었습니다. 개학하던 날 제 친구가 저에게 다가와 얘기했습니다. "난 네 나라를 너무나도 사랑한다."

전 이 말을 듣고서 믿겨지지가 않았습니다. 너무나도 놀라고 기뻐서 제 얼굴에는 저도 모르게 이미 미소가 가득했습니다.

저는 내 나라인 대한민국이 자랑스럽고, 제가 한국인이라는 게 자랑스럽습니다. 올 여름방학에는 7년 만에 한국에 다녀왔습니다. 도착하자마자 저는 말로 표현할 수 없는 감동을 받았습니다. 이탈리아와는 전혀 비교할 수 없는 나라가 바로 한국이라는 걸 저는 느낄 수 있었습니다. 그렇습니다. 저는 한국의 위대함을 보았습니다.

세계적으로 널리 알려진 삼성, LG, 현대, 기아 등의 기업뿐만 아니라 한국의 주거환경, 복지, 공공시설, 교통수단, 서비스, 경제력, 기술력 등 그 모든 것을 보고 저는 그저 감탄할 수밖에 없었습니다.

하지만 하나의 불편한 진실은, 모든 재외동포가 저와 같이 느끼지 못한다는 점입니다. 불행하게도 이곳저곳에 있는 재외동포들 중에는 한국의 대한 지식이나 정보가 없는 이들도 있습니다. 저는 이러한 문제가 안타깝지만 그렇다고 그저 간과할 수만은 없다고 봅니다. 과연 한 한국인에게 외국어나 외국의 문화 또는 역사가 얼마나 중요할까요? 물론 저도 한국을 아직 많이 알지 못하고 부족한 부분이 너무 많지만 전 더욱 노력해서 모두에게 인정받을 수 있는 진정한 한국인이 되고 싶습니다.

한국, 얼마나 멋지고 아름답습니까? 환상적이지 않습니까? 저는 대한민국이 지금보다 더 많은 발전을 할 수 있는 무한한 가능성이 있다고 봅니다. 그러한 발전을 향해 나아가는 우리나라를 위해, 최고의 나라가 되는 그날까지 우리 모두가 더욱더 자부심을 갖고 떳떳하고 자랑스럽게 한국이라는 나라를 널리 알릴 수 있는 한 사람, 한 한국인이 되었으면 합니다.

감사합니다.

한국의 고유 명절

갈렌티노 마리아 이레네 / 이탈리아

안녕하세요?

저는 이탈리아와 한국 두 나라의 국적이 있는 갈렌티노 마리아 이레네입니다. 두 나라를 갖고 있어서 두 나라 언어를 하는 것은 당연하다고 생각합니다. 오늘 제가 이야기하고 싶은 것은 계속 한글을 공부해야 하는 것과 한국 문화를 꼭 알아야 하는 것에 대해 이야기하겠습니다.

제가 이탈리아에서 학교를 다니고 있어서 한글을 공부할 수 있는 시간은 토요 한글학교 하고 엄마가 한국 분이시기에 한국어를 쓰는 시간입니다.

그래도 지금까지 계속 한글 공부를 해서 한국인이라는 것을 마음속에 느낍니다. 저희 부모님과 저희는 명절에 한국을 갑니다. 그리고 그곳에서 한국의 문화를 마음으로 느낍니다. "여러분 송편 만들어 보셨습니까?"

저는 추석이면 할머니랑 시골방앗간에서 쌀을 빻고 반죽을 하고 동그랗게 홈을 만들어 깨설탕을 넣고 반달 송편을 만듭니다. 성묘도 하고 온 가족이 모여 여러 가지 이야기도 나눕니다. 또 설날 아침에는 일찍부터 가족 어른들께 예쁜 한복을 입고 세배를 드립니다. 그러면 어른들께서 머리도 쓰다듬어 주시고 덕담으로 "예쁘게 자라거라", "건강하거라" 등의 이야기도 해주시고 세뱃돈도 주십니다. 제가 설을 좋아하는 이유이기도 합니다. 제가 다니는 이탈리아 토요한글학교에서는 한국무용도 하고 태권도도 배웁니다. 이 시간은 한글을 배우는 것보다 더 재미있고 더 많은 한국을 느낄 수 있습니다. 그 이유는 한국무용이고 한국태권도이기 때문입니다. 저는 이탈리아 도장에서 태권도를 동생과 같이 배웁니다.

이탈리아 사람들이 태권도를 할 때 명칭을 한국어로 쓰고 있어서 깜짝 놀란 적이 있었습니다. 제가 한글을 몰랐었다면 엄마가 한국 분이라는 것도 말하기 창피하지 않았을까요?"

"상단 발차기, 준비, 차렷, 경례." 이런 구호를 외칠 때 한국인인 저에겐 저절로 미소가 지워집니다. "이것이 바로 한국의 보물이구나."

그리고 이제는 세계의 사람들이 우리의 보물들을 사랑하고 있는데 우리가 모르면 되겠습니까! 열심히 한글을 익히고 이런 소중한 한국의 보물을 하나하나 배워가는 진짜 한국인이 되고 싶습니다.

저와 같은 다문화 가정 친구 여러분. "열심히 한글을 쓰십시오." "한국말로 대화하는 것 부끄러워하지 마십시오." 그리고 또 한 가지 한국 분이신 엄마 혹은 한국 분이신 아빠께 꼭 당부드립니다. 특히 저희 엄마께 말씀드리고 싶습니다!

"엄마! 제게 한국말만 해주세요!"

마지막으로 이번 웅변대회를 준비하면서 원고를 읽고 또 읽고 외우면서 한글을 잘하게 해주신 주최 측 선생님들과 저에게 이탈리아와 한국 문화를 잘 알 수 있도록 해주신 저희 엄마와 아빠, 한글 공부를 계속할 수 있는 곳, 이탈리아 로마 토요한글학교 교장 선생님께 감사드립니다.

난 자랑스러운 한국 스타일

김알렉산드라 / 덴마크

여러분! 안녕하세요? 저는 덴마크 코펜하겐에서 살고 있는 김알렉산드라라고 합니다. 저는 오늘 여러분에게 다문화 가정의 한글과 한국 문화에 대하여 이야기를 하고자 합니다.

저는 엄마가 한국인이고 아빠가 덴마크 사람입니다. 한국 부산에서 태어났지만, 세 살 때부터 영어로 말하는 국제학교에 다녔고, 제 한국말은 서툴렀습니다. 그러던 제가 일곱 살 때, 저희 가족 모두가 코펜하겐으로 이사를 오게 되었고, 다시 국제학교를 다니면서 한국말을 할 기회는 점점 더 멀어지게 되었습니다. 이것은 저뿐만이 아닐 것입니다. 여기 있는 다문화 가정을 가진 친구들 모두 저와 비슷할 것이라고 생각합니다.

하지만 제 생각을 바꾸게 한 작지만 중요한 일이 하나 있었습니다.

처음 학교 가는 날이었습니다. 저는 한국 음식을 너무나 좋아합니다. 그것을 아는 저희 엄마는 저에게 말하지 않고, 김밥을 맛있게 만들어 도시락으로 싸 주셨습니다. 점심시간에 너무 배가 고픈 저는 도시락 뚜껑을 열었고, 순간 김밥 냄새가 제 코를 찔렀습니다. 아차하고 너무 부끄러워서 도시락 뚜껑을 덮으려고 하는데, 옆에 있던 친구가 "Hey, what's that?" 하면서 친구들이 하나둘씩 모여들었습니다.

"Guys! Look, she has sushi!"

"I love sushi!"

"Can I have some. I'll give you some of my cookie!"

부끄러워 쥐구멍을 찾던 저는 갑자기 어깨가 으쓱해지면서 "It's not sushi, it's a Korean dish called Kimbab"이라고 설명해 주었습니다. 그

때 저는 일곱 살의 어린 마음으로는 설명할 수 없는 무언가를 느꼈습니다. 그것이 무엇이었을까요 여러분? 사실은 눈치 보지 않고 한국 음식을 마음껏 먹을 수 있어서 기뻤습니다.

하지만 이것 하나만은 분명하게 깨달았습니다. 제가 사랑하는 한국 문화, 그리고 제가 한국 사람인 것에 당당해지자!라는 것이었습니다.

저는 지금 열네 살이 되었습니다. 세계화 속, 특히 유럽 속에서의 한국 문화가 얼마나 큰 부분을 차지하는지 제 가까운 친구들을 통해서도 쉽게 알 수 있습니다.

그들은 한국 K-POP을 노래하고, 한국 음악에 맞춰 춤을 추며, 한국 드라마를 보고, 한국 음식을 즐겨 먹고 있습니다.

그리고 이제는 저희 모든 친구들이 저에게 김밥 하나만 달라고 부탁합니다. 여러분! 세상은 이렇게 변하고 있습니다.

그렇다면 유럽에서 자라나는 한인 차세대로서 제가 해야 할 일은 무엇일까요? 저는 우리 한 명 한 명이 한국을 대표하고 동시에 한국과 유럽의 다른 문화를 연결해 주는 징검다리 역할을 해야 한다고 생각합니다.

여러분, 저와 같이 다문화 가정에서 자란 우리들이 열심히 한글과 한국 문화를 배우고 자랑스럽게 생각한다면, 우리의 우수한 한국 문화는 우리들을 통해 더욱더 멋지게 발전하고 빛나게 될 것이라고 소리 높여 확신합니다.

감사합니다.

나의 일기

암만 클라라

새벽이니까 2일이라고 해야 되겠지요. 매일 쓰려고 작정한 일기를 첫 날부터 떼먹고 싶지 않아 우겨 가면 전 날짜를 씁니다.

송년회를 각자 친구들과 보낸 두 아들이 새해 초하룻날 오후 7시에나 돌아 왔습니다. 잘도 놀고 지냅니다. 방학이라지만 학교 다니는 것보다 더 바쁜 생활이네요. 늦게 자고 늦게 일어나는 게 밉상이지만 방학 아니면 이런 걸 언제 하나 싶어 놔두었습니다. 잠자는 사람은 절대 깨우지 않는 게 나의 철칙입니다.

나한테도 누군가 그래 좋으면 좋겠습니다.

침대를 같이 쓰는 옆 사람의 코고는 소리. 한밤중에 노인네처럼 잠에서 깨어 불을 켜고 책을 넘깁니다. 아침 6시만 되면 쿵쿵거리고 화장실 가는 소리가 들립니다. 다 합치면 난 깊은 잠을 절대 잘 수 없는 환경에서 살고 있습니다.

새해 첫날부터 실천하기로 한 것들 어디까지 왔을까요?

딱 한 개 종목만 실행하고 있습니다. 새벽에 하기로 한 체조는 8시에 하다가 하나둘씩 일어난 가족의 시선이 느껴집니다. 이에 반만 하다가 포기하고 일기라도 쓰자고 이 시간에 난리를 피우고 있습니다.

잡니다.

나의 한국 방문기

임니콜슨 / 루마니아

안녕하세요? 나는 루마니아의 아버지, 한국의 어머니에서 태어난 임니 콜슨입니다. 저는 가끔 여름방학이면 엄마의 나라 한국에 외할머니, 이모들, 누나들, 동생을 보러 한국을 방문합니다. 한국에 갈 때마다 꼭 하는 일이 있는데 태권도·수영·피아노 등을 배우러 다닙니다. 그중에서도 한국의 고유인 태권도를 배우는 데 정말 재미있습니다.

태권도는 무기를 사용하지 않고 오로지 손과 발을 사용해 방어와 공격의 기술을 익히는 무술로 정신과 신체의 훈련을 필요로 하는 운동입니다.

그래서 그런지 외국인들에게도 많이 알려지면서 학교에서 나의 별명은 성룡입니다.

한국은 아시아의 중국과 일본 사이의 아주 작은 나라입니다. 하지만 오천 년이라는 긴 역사를 가진 나라이고 엄마의 나라이므로, 더욱 한국을 사랑하고 자랑스럽게 생각합니다.

한국은 봄 여름 가을 겨울의 뚜렷한 사계절이 있는데 나는 여름방학에만 가다보면 여름의 날씨만 기억하게 됩니다. 또한 한국은 자랑거리가 많은 나라인데 대표적으로 한국의 수도인 서울은 인구가 가장 많고 높은 건물과 차로 가득 차 있으며 구경거리가 많습니다. 그중에서도 남산타워, 63빌딩, 남대문, 광화문 등을 구경했는데, 특히 남산타워에 갔을 때 서울 시내가 한눈에 들어와 감회가 새롭고 그래서 그런지 다른 지방 사람들도, 외국인들도 많이 찾게 되는 것 같습니다.

한국 음식의 종류도 다양하여 많은 음식을 먹었지만 그중에서도 한국의 밥상에 빠지지 않는 김치가 제일 맛있습니다. 김치에는 백김치·갓김치 등 많은 종류가 있다고 합니다. 아직 다 먹어보지는 못했지만 우리 몸에 좋은 영양소가 들어 있고 맛도 좋기 때문에 외국인들도 좋아하는 게 아닌가 싶습니다.

나는 주말마다 엄마와 같이 기차여행을 합니다. 가장 기억에 남는 것은 한국에서 가장 빠른 열차 KTX를 타고 경주를 거쳐 부산에 갔을 때입니다. 올여름이 유난히 더웠다고 하나 나는 그다지 더운 줄 모르고 다리가 아프도록 걸었습니다. 경주에서 많은 것을 보았지만 그중에서도 첨성대와 불국사가 인상에 남습니다. 첨성대는 동양에서 가장 오래되었다고 하니 그 단상의 과학 수준을 보여 주는 것이 아닌가 합니다. 정말 조상들의 힘이라 생각합니다.

또한 한국 하면 떠오르는 것이 있으니 바로 한글입니다. 한글은 세종대왕이 만드셨고 나 또한 TV에서 드라마를 통해 보아 알고 있습니다. 정말 대단하고 훌륭한 분이라고 생각합니다. 그러나 가끔씩 어려운 낱말은 발음이 정확하지 않아 따라하기가 싫지 않을 때도 있습니다. 내가 그럴 때마다 아빠도 나의 입모양 보면서 따라합니다.

루마니아에 있을 때는 몰랐지만 한국에는 유명한 사람들이 많이 있는 것 같습니다. 연예인도 많고 또 최근에 세계적으로 잘 알려진 싸이의 〈강남 스타일〉도 TV를 보고 따라하는 친구들도 있으니 말입니다. 한국에 있을 때 배웠더라면 학교에서 인기 짱일 텐데 말입니다.

아. 아쉽습니다. 나도 그처럼 한국에서뿐만 아이라 세계적으로 유명인사가 되는 것이 나의 꿈입니다. 그래서 열심히 노력하며 살 것입니다. 모든 한국인들이여, 미래를 위해 열심히 삽시다. 파이팅.

자랑스러운 한국인

토테브 데이빗 / 불가리아

안녕하십니까? 저는 불가리아에 살고 있는 데이빗입니다. 아빠는 불가리아 사람, 엄마는 한국 사람입니다. 여동생 이바나와 에스더가 있습니다.

한국에 두 번 갔다 왔습니다. 한국에서 할머니, 할아버지와 맛있는 한국 음식을 많이 먹었습니다. 한국의 자랑거리인 부산 해운대 바닷가에도 갔습니다.

저는 태권도를 배우고 있고 아주 좋아합니다. 나중에 커서 많은 한국 친구들과 함께 한국에서 살고 싶습니다.

그래서 한글 공부도 열심히 하고 있습니다.

저는 여러분 앞에서 제가 나중에 크면 반드시 훌륭한 일을 하는 자랑스러운 한국인이 될 것이라고 약속합니다.

미운 오리 새끼

한가브리엘 / 스페인

안녕하세요? 스페인에서 온 열네 살 한가브리엘입니다.

저는 수줍음이 많고 부끄러움을 많이 타는 성격입니다. 이 자리에서 이런 얘기를 하는 저 자신이 상상할 수 없을 정도입니다. 그래도 용기를 내보았습니다.

저는 어렸을 때부터 '치노', 그러니까 스페인어로 중국인으로 불려왔습니다.

어렸을 때는 그 말이 너무도 싫어서 한국인이신 우리 엄마를 원망하기도 하고, 그런 엄마와 결혼한 아빠까지도 원망했습니다. 그런 말로 놀리는 아이들을 때리고 싶은 적도 많았지만, 제가 오히려 맞을 것 같아서 참았습니다.

하지만 한국으로 방학 때 여행을 하고, 친척들을 만나고 여기저기 여행도 하면서 생각이 바뀌었습니다. 한국은 스페인과 달리 사람들이 어디를 가도 친절하고, 음식도 맛있으면서 건강식이 많고, 학생들의 교육에도 열심입니다. 세계적으로 뛰어난 삼성, LG, 현대 같은 회사도 많이 있습니다.

더구나 좋았던 것은 지하철과 버스를 많이 갈아타도 공짜입니다. 영화산업도 발달되어 김기덕 감독은 국제적인 상까지 탔습니다.

많은 한국의 가수들이 아시아에서 폭발적인 인기를 끌고 있습니다. 점점 미국과 유럽까지 유명세를 떨치고 있습니다.

그런데 제 주변의 스페인 친구들은 이런 한국의 발달된 모습을 무지스러울 정도로 모릅니다. 심지어, 어떤 아이들은 한국이 어디 있는지도 모릅니다. 제가 한국을 알게 되어, 점점 좋아지고 자랑스러워하게 된 것처럼 우리 친구들도 한국을 알게 되면, 분명 저처럼 미치도록 좋아하게 될 것입니다. 그중 한 명은 저처럼 미쳐 있는 친구도 있습니다.

중학생이 되어 가끔 친구들이 '소녀시대'라고 쓴 글씨나 '비스트' 등이라고 쓴 글씨를 가지고 와서 "이거 뭐라고 쓴 거야? 너 읽을 수 있니?"라고 물어보곤 합니다. 물론 제게는 식은 죽 먹기로 읽어주지요. 그럴 때 저를 경탄하면서 쳐다보는 친구들을 볼 때의 기분은 정말 삼삼합니다.

저희 반 모두는 제가 한국말을 하고 한국책을 읽을 수 있는 것을 부러워합니다. 심지어는 친구들의 부모님까지도 말입니다. '치노'라고 놀림을 당했던 저는 미운 오리 새끼의 백조와 같이 누구에게도 부러워할 저만의 특징을 찾았습니다.

그리고 보니 생각납니다. 어렸을 때 주변 어른들의 말씀들이. 한국에서는 "너는 서양인이라서 그런지 한자리에 점잖게 앉아 있구나!"라고 말씀하셨고, 스페인에서는 "너는 동양 피가 흘러서 그런지 조용하구나"라고들 하셨습니다. 지금까지 저는 제게 있었던 좋았던 점은 무시한 채, 제 작은 눈으로 놀림을 받았던 것만 불평하고 있었습니다.

백조로 다시 태어난 저는 미운 오리 새끼를 백조로 변하게 해준 한국이 얼마나 자랑스러운 나라인지 스페인 사람, 아니 유럽, 세계의 모든 사람에게 알려주겠습니다.

엄마, 한국에서 태어나 감사드립니다.

아빠, 한국 엄마와 결혼해 줘서 감사해요.

두 개의 앵글로 세계를 보며 자라는 나

힙스 유안 / 영국

안녕하세요? 저는 영국에서 온 힙스 유안입니다.

이곳에 오기 위한 준비를 하면서 저는, 저에게 한글학교와 한글이 왜 중요한지 다시 한 번 생각해 볼 수 있어 기쁘고 좋았습니다. 그럼, 지금부터 그 이야기를 들려 드리겠습니다.

엄마 손을 잡고 영문도 모른 채 한글학교에 다닌 것이 벌써 6년째 되었습니다. 자음을 익히고 모음을 익히고 드디어 한글을 띄엄띄엄 읽기 시작하던 제가 이제는 한자로 된 고사성어와 속담도 조금씩 이해하고 있습니다.

그리고 한국의 역사도 재미있게 배우고 있습니다. 물론 부족한 점이 많지만 중간에 포기하지 않고 이렇게 6년을 다닌 것만으로도 저는 저 자신을 참 자랑스럽게 생각합니다. 특히 재작년 여름에 한국에 가서 체험했던 특별한 경험은 제가 한글학교에서 한국말을 더욱 열심히 배우도록 도와주고 있는 고마운 경험이랍니다. 한국에서의 어느 더운 여름날 엄마께서는 웬만큼 한국말을 하는 저를 믿으시고 혼자 쇼핑을 가셨습니다. 아빠와 저와 동생은 시원한 극장에서 재미있는 영화를 보기로 하였습니다.

아빠께서는 한국말은 잘 못하셔서 그날 제가 극장표를 알아서 척척 사고 아빠와 동생을 안내했습니다. 옆에 서 계시던 아빠께서 그날의 저를 얼마나 자랑스러워하셨는지 모릅니다. 제가 아빠와 동생의 훌륭한 가이드 역할을 해 낸 것입니다. 그날의 뿌듯함을 저는 아직도 생생히 간직하고 있습니다.

그뿐만이 아닙니다. 외할머니댁 아파트 놀이터에서 한국 친구들도 금방 사귀었습니다. 제 외모가 아닌 한국말 덕분이지요. 제가 한국말은 잘하니까 아이들은 "와~ 외국인이 한국말을 잘 해!" 하고 신기해하면서 쉽게 다가왔습니다.

또, 예전에는 한국에 가면 엄마께서 혼자 통역을 하시느라 바쁘셨지만 이제는 그렇지 않습니다. 한글학교에 다니는 저와 제 동생 하나는 엄마의 도움 없이도 외할아버지 외할머니와 재미있게 이야기를 합니다. 저는 그 여름 이후로 한국말에 더욱 자신감이 생겼고 더욱 열심히 배우고 있습니다.

평소에도 한국말 덕분에 엄마와 더 많은 것을 나눌 수 있다는 것이 기쁩니다. 엄마는 오랫동안 영국 생활을 하셔서 영어를 잘하시지만 엄마와 눈을 맞추며 한국말을 할 때 가장 행복해하십니다. 매콤한 김치찌개까지 함께 먹으면서 한국말로 이야기하면 더욱 좋아하십니다. 그리고 저와 하나가 집에서 한국말로 엄마와 이야기하니까 아빠의 한국말도 더 많이 좋아지신 것 같습니다.

한글학교는 나의 또 다른 세계입니다. 영국 학교에 가면 'Euan Heapes'로서 제 자리가 있듯이 한글학교에 가면 힙스 유안으로서의 제 자리가 있습니다.

제가 좋아하는 한국 친구들이 있고, 친절하시고 칭찬을 아주 많이 해주시는 선생님들이 계신 한글학교……. 저는 이렇게 토요일마다 한글학교라는 '작은 한국'에 속해 있는 게 포근하고 또한 자랑스럽습니다.

엄마께서 제게 말씀하셨어요. 한글학교에서 한글과 한국에 대해 배우는 것은 제가 세상을 보는 눈을 하나 더 가지도록 해주는 것이라고요. 영국인이신 아빠와 한국인이신 엄마 덕분에 저는 두 나라의 문화를 배우고 두 나라의 말을 배우고 있습니다.

카메라의 앵글로 말씀드리면 제게는 세상을 보는 앵글이 하나가 아닌 두 개가 있는 것입니다. 두 가지 모두 열심히 배우고 익혀서 남들이 보지 못하는 부분까지 볼 수 있는 훌륭한 앵글을 갖도록 노력하려고 합니다.

세상은 항상 변하고 있습니다. 100년 전 세계 속의 한국과 지금의 한국을 생각해 보시면 알 수 있을 것입니다. 그러면 앞으로 20년, 50년 후 세계 속의 한국은 어떤 모습일까요? 한국에 대해서 알아가는 사람들이 점점 더 많아지고 있는 지금, 다이내믹 코리아의 미래에 저는 한발 더 앞서서 한국의 문화를 알리는 훌륭한 전도사 역할을 해나가고 싶습니다. 감사합니다.

한국 사랑

당링 / 독일

여러분 안녕하십니까!

제 이름은 링이고, 저는 베트남 사람입니다. 저는 2년 전부터 비스바덴한글학교에서 한국어를 배우고 있습니다. 그럼 저는 왜 한국어를 배우고 싶을까요?

저는 여러 언어를 말할 수 있습니다. 베트남어와 독일어를 말하고, 학교에서 영어, 프랑스어, 그리고 라틴어를 배웁니다. 하지만 한국어 배우기와 한글 역사와 한글 쓰기는 더 재미있습니다. 한국어는 소리가 예뻐요. 저는 그냥 이 소리를 좋아합니다. 저는 한국 문화를 사랑합니다. 한식을 좋아합니다. 돌솥 비빔밥은 정말 맛있습니다! 그리고 한식에는 반찬이 많습니다. 여러 가지 중에 골라 먹을 수 있습니다. 물론 한국 드라마와 음악도 사랑합니다.

저는 어떻게 한국말을 시작했을까요?

옛날에 제 친한 한국 친구가 저에게 한국어를 가르쳐 주었습니다. 저는 '언니와 오빠와 동생'이라는 말을 배웠습니다. 그리고 한국 노래 때문에 '사랑'이라는 말을 알게 되었어요. 가수들은 항상 사랑에 대해 노래해요. 그래서 저는 '오빠 사랑해'라고 말할 수 있게 되었습니다. 후에 저는 제 친구와 함께 한글학교를 다녔습니다. 우리 선생님은 정말 친절한 분입니다. 몇 주 전에 선생님 댁에서 수업을 했습니다. 우리는 같이 만두를 요리했습니다.

지금은 제 친구가 한국에 돌아가서 너무 보고 싶습니다. 그러나 괜찮습니다. 한글학교에서 새로운 친구들을 만났기 때문입니다. 그동안 저는 아주 좋은 한국 사람들을 많이 만났습니다. 저는 이 사람들과 한국 문화를 이해하고 싶어요. 그것이 제 행복이에요. 그래서 저는 한국어를 배우고 사랑합니다.

여러분 고맙습니다!

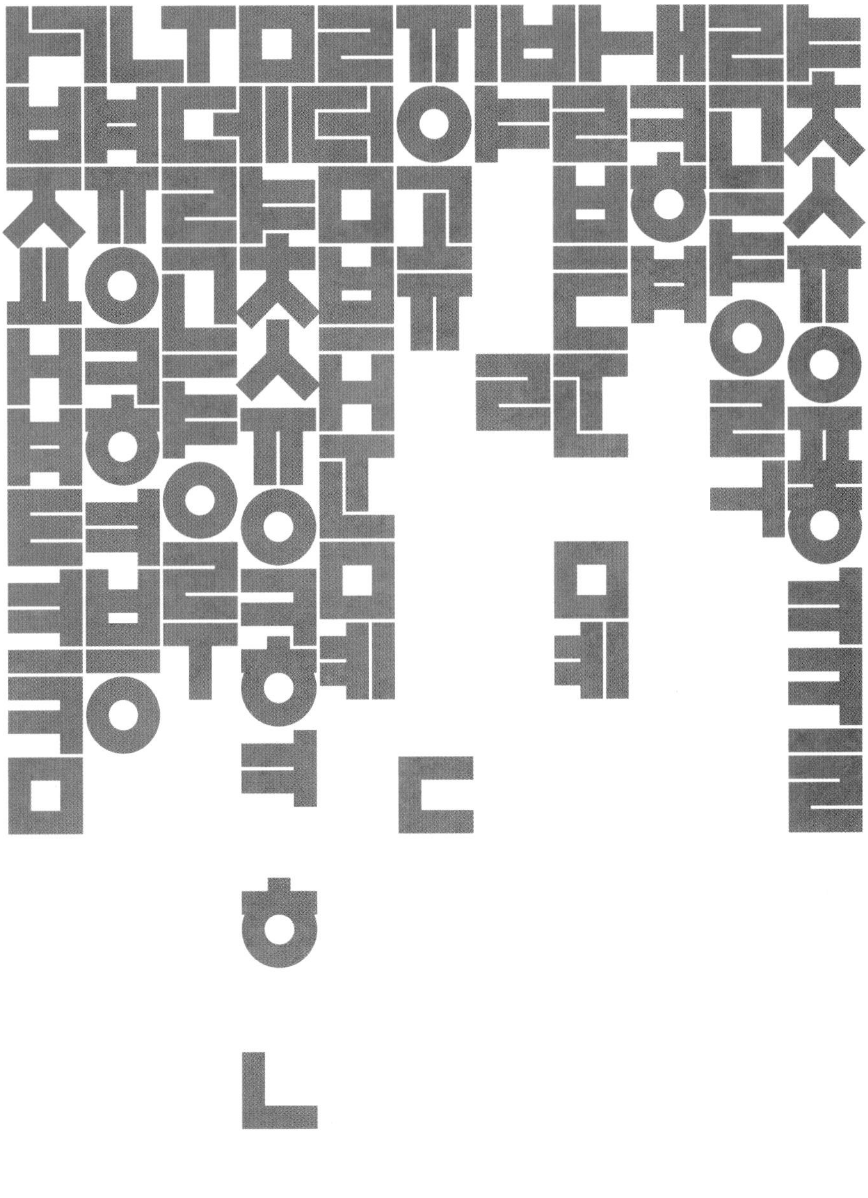

제3회

자랑스런 한국, 한국인

우사무엘 / 그리스

여러분!

여러분이 생각하는 한국 사람은 어떤 사람입니까?

중국이나 일본 사람과 생김새가 비슷한 사람입니까? 혹시 필리핀 사람보다 좀 잘난 사람입니까? 아니면, 유럽 사람들처럼 코도, 눈이 크지 않은, 좀 이상한 나라 사람입니까?

저는 아테네의 한 대학병원에서 태어났습니다. 놀이터에서 놀 때면 그리스 친구들 속에서 왠지 모르게 주눅이 들었습니다.

선생님들께서는 저를 다른 아이들과 똑같이 대해 주셨지만, 저 자신이 그들과 다르다는 걸 생각할 때 외롭고 힘들었습니다.

저를 모르는 아이들은 저를 볼 때 가끔씩 심심해서인지 "기네자끼, 기네자끼"라며 놀렸습니다.

'기네자끼'란 '중국 아이'라는 뜻입니다.

제가 초등학교에 들어가서도 이런 말은 계속되었습니다. 저는 자신이 한국인은 고사하고 동양 사람이라는 것이 힘들었습니다. 다른 아이들과 달리 눈도 작고, 코도 작고, 피부색도 좀 다른 것이 부담스러웠습니다.

왜 내 부모님은 한국 사람인 걸까? 왜 난 동양 사람이기 때문에 외로워야하는 걸까? 그러다가 재작년 저는 부모님과 한국을 방문하였습니다. 친척들도 만나고 사촌들과 어린이대공원과 동물원, 그리고 어린이 농촌체험 등 여러 곳을 방문하였습니다.

한국에는 사람도 많고, 교통시설도 그리스와 비교할 수 없을 정도로 편리하고 좋았습니다. 한국에는 없는 게 없어 보였고, 저와 비슷한 사람들, 아이들을 볼 수 있어서 좋았습니다. 그러다가 한 가지를 느끼게 되었습니다.

'아~내가 이 나라, 바로 이 나라, 한국 사람이구나! 한국이 이렇고, 한국 사람이 이렇구나!'

여러분, 여러분은 한국인으로서 어떤 자부심을 갖고 살고 있습니까?

저는 한국에서 저 자신을 발견하기 전에는 몰랐던 것을 하나씩 배우고 있습니다. 택시에서나 공항에서나 거리에서 그리스 사람들이 '현대', '삼성', '대우', '기아' 등 우리나라의 자동차와 전자제품, 배 등을 이야기할 때 제 가슴에 밀려오는 좋은 기분은 도대체 어떤 것일까요?

작년에는 아빠로부터 한국어를 배우는 태권도 사범님의 소개로 태권도 시범 세미나에 간 적이 있었습니다. 멋있는 태권도 시범을 보면서 제가 한국인이라는 것이 너무 자랑스러웠습니다.

학교에서 체육시간에 축구를 하면서 '지성 박'을 아냐고 물어오는 그리스 사람들과 친구들에게 나와 같은 한국 사람이라고 하는 것이 즐겁습니다.

얼마 전 전 세계를 떠들썩하게 했던 싸이의 〈강남 스타일〉 비디오를 아빠 엄마와 같이 보고 또 보았습니다. 〈강남 스타일〉 노래가 거리에서 들리면 마음이 즐거워졌습니다.

몇 년 전부터 저희 집에 한국어를 배우러 오는 그리스 사람들이 생겼습니다.

그들이 서투르게 "안녕하세요?" 하면서 한국어를 배우러 오고 가는 것이 반갑습니다.

제가 유치원 때부터 다니고 있는 한글학교에 한글을 배우려는 그리스 사람들이 생기고, 그리스 학생들을 위한 반이 생기더니, 어느새 40명을 넘었다고 합니다. 저는 한국어를 배우러 오는 그리스 사람들과 함께 한글학교에 가는 것이 즐겁습니다. 왜냐하면 한글학교에서만큼은 제가 주인이고 다른 그리스 학생들은 외국인이기 때문입니다.

여러분! 한국 사람이 누구냐고요?

이제 김치는 한국 사람만의 음식이 아닙니다. 전 세계 많은 사람들이 좋아합니다. 김밥도, 불고기도 이제 세상 모든 사람이 좋아하는 요리가 되었습니다.

저는 매운 음식을 좋아하지 않기 때문에 매운 김치, 매운 불고기를 좋아하지 않습니다. 그러나 저는 제 나라 한국이 칭찬받을 때 기분이 좋아집니다.

한국 사람은 "한국에는 공장도 많고 일자리도 많다"라고 하면 기분이 좋아집니다.

저는 그리스에서 태어나 자라 그리스 말을 한글보다 더 잘하지만 이 정도면 잘하는 편 아닌가요? 저는 그리스에서 한국어를 배우는 학생들처럼 "좀 앉아주시겠어요"라고 이상하게 말하지 않습니다. 저는 한국어를 잘 배우고 있는 대한민국의 사나이입니다. 한국 사람은 저처럼 우리 한글을 잊지 않고 유창하게, 한국인답게 잘하는 사람입니다.

저에게 한글을 가르쳐 주신 선생님들과 부모님께 감사드립니다.

또 한국 사람은 나라에 큰 일이 있을 때 나라 사랑의 마음을 뜨겁게 보여주는 사람입니다.

올림픽 때나 월드컵 때 한국 사람들이 뜨겁게 응원하는 모습을 전 세계인들이 보고 놀랐습니다. 이렇게 한국 사람은 '오~ 필승 코리아~', '대~한민국' 하면 '짜작작 짝짝' 뜨거운 박수로 대답하는 사람입니다.

그리고 마지막으로 대한민국 사람은 '동해물과 백두산이 마르고 닳도록' 애국가를 들으면 가슴이 뜨거워지는 사람입니다.

저는 이런 한국 사람으로 자라고 싶습니다. 이런 한국 사람이 좋고 이 한국 사람을 사랑합니다.

여러분도 진짜 한국 사람이 되고 싶지 않습니까?!!!!!!!

감사합니다.

유럽한인 차세대로서의
우리가 가야 할 길

우요안나 / 그리스

여러분, 여러분은 어떤 꿈을 꾸면서 살고 있습니까?

저는 성경에 요셉이라는 사람을 알고 있습니다.

그는 어릴 적 하나님이 그에게 준 꿈을 형들에게 말했다가 다른 나라에 노예로 팔려갔습니다. 그는 아마 죽고 싶었을 수도 있습니다.

그러나 그는 어릴 적 그의 하나님이 그에게 주신 꿈을 놓지 않고 수많은 어려움을 극복하여 결국 그 나라의 총리가 되었습니다.

여러분, 여러분의 삶에서 꿈은 어떤 것입니까?

저는 꿈이 제 삶에서 연필과 지우개 같은 줄 알았습니다.

연필로 제 꿈을 쓰고 다음에 지우개로 지우고, 또다시 연필로 새로운 꿈을 쓰고 그 꿈을 다시 지우개로 지우는 것처럼 꿈은 제가 가질 수 있고 다시 잊어버려서 제 삶과는 상관없는 것인 줄 알았습니다.

저는 그리스에서 태어나 자랐습니다.

저는 요셉처럼 힘들게 살지는 않았지만 그리스에서 태어나 자랐는데도 그리스 말을 잘 못해서 학교에서 친구들을 사귈 수도, 선생님께도 아무 말도 할 수 없었습니다.

그런데 제가 초등학교 2학년 때 저희 언어치료를 도와주신 선생님이 있었습니다. 선생님은 저를 항상 위로해 주시고 힘을 주시고 또 항상 칭찬해 주셨습니다.

이 선생님의 도움으로 저는 초등학교 3학년 봄부터 선생님과 반 아이들에게 입을 열기 시작했습니다.

제가 입을 열었을 때 친구들은 "요안나가 말한다. 요안나가 말했어. 뭐? 정말? 정말?" 모두 눈을 크게 뜨고 소리를 쳤습니다.

교실은 파티장이 되었습니다.

맨날 "조용해라"라고 소리치시고 화만 내시던 선생님께서도 환한 미소로 저를 바라보아 주시고 제 부모님께 "요안나가 오늘 저에게 대답을 했어요. 오늘 저, 너무 감동받았어요. 환상이었어요"라고 했습니다.

제가 학교 공부를 잘 따라가지 못할 때 '앙겔리끼'라는 언니 같은 선생님이 매주 제 그리스말과 수학, 역사 공부를 도와주었습니다.

앙겔리끼 선생님은 제가 자립적으로 공부할 수 있도록 도와주었고 항상 저에게 "요안나, 넌 할 수 있어"라고 용기를 주었습니다.

저는 유럽 아이들 속에서 다른 모습을 하고 있는 자신에 주눅들고 도망치고 싶을 때가 많았지만, 토요일에 아빠와 한글학교를 가는 시간은 즐거웠습니다.

선생님도 한국 분이고, 친구들도 모두 한국 사람이었습니다.

무엇보다 한글학교에서 지난 몇 년 동안 선생님들은 저를 행복하게 해주셨습니다. 이전 교장 선생님이셨던 저희 담임 선생님께서 내주시는 일기 숙제는 제일 많이 해 가고 싶었습니다.

왜냐하면 선생님의 칭찬을 더 많이 받고 싶었기 때문이었습니다. 그렇게 일기를 많이 쓰면서 저도 모르게 한국어 실력이 부쩍 늘게 되었습니다.

제 꿈은 어려서부터 간호사였습니다.

간호사가 멋있어 보이고 환자들이 치료받는데 의사를 도와주는 모습이 좋아 보였습니다.

저는 의사나 그보다 더 공부를 잘해야 될 수 있는 직업을 갖고 싶습니다.

제가 하고 싶은 일을 하면서 저는 저를 도와주셨던 여러 선생님들처럼 사람들에게 용기를 주는 사람이 되고 싶습니다.

그래서 사람을 살리는 사람이 되고 싶습니다.

헬렌 켈러(Helen Keller)가 위대한 사람이 되도록 도와준 앤 설리번(Anne Sullivan) 선생님을 아십니까?

세상에는 많은 훌륭한 사람들이 있지만 훌륭한 스승 없이 훌륭한 사람이 된 사람은 없습니다.

저는 이 유럽에서 저처럼 힘들고 어려운 사람들이 훌륭한 사람이 될 수 있도록 돕고 싶습니다.

학교에서 친구들과 생활하면서, 앞으로 제 직업을 갖고 살면서, 제 주변에 위로와 용기를 줄 수 있는 사람이 필요한 여러 사람들에게 용기를 주고 그들이 저처럼 꿈을 가질 수 있도록 돕는 유럽에서 한국인으로서 사람을 위대하게 되게 하는 사람이 싶습니다.

이렇게 꿈은 크게 갖는 것이 좋습니다.

왜냐하면 꿈은 그냥 갖고 잊어버리는 것이 아니고 요셉처럼 제 삶에서, 여러분의 삶에서 이루어가는 것이기 때문입니다.

여러분, 꿈은 분명히 모든 사람의 마음을 즐겁게 하는 것입니다.

꿈을 꾸는 사람들은 매사에 긍정적입니다. 요셉처럼 희망이 있고 힘이 있습니다. 꿈은 외국에서 살면서 여러 가지 어려움 속에 있는 우리에게 희망이 되며 힘이 될 것입니다.

꿈을 가진 민족에게는 밝은 미래가 있습니다.

이제 여러분은 무슨 꿈을 꾸며 살고 싶습니까? 그 꿈을 마음에 간직합시다. 그 꿈을 이루고자 일어납시다. 그 꿈을 향해 다 함께 뛰어갑시다.

여러분에게 어떤 어려움이 있을지라도 자랑스러운 한국인으로서 꿈을 가슴에 품고 함께 달려가자고 이 연사 힘차게, 힘차게 외칩니다.

검은 머리

고에스더유진 / 덴마크

안녕하세요!

저는 덴마크 코펜하겐에서 온 고에스더유진입니다. 영국 런던에서 태어나서 네 살 때 덴마크로 왔습니다. 지금은 데니쉬학교인 프레드릭 바포드 3학년입니다.

덴마크에 처음 왔을 때는 쓰는 말이 달라서 많이 힘들었습니다.

덴마크 친구들의 얼굴과 영국 친구들의 얼굴이 비슷해 보여서 영어로 말을 하면 못 알아들었고, 나 역시 친구들의 말을 못 알아들었습니다.

덴마크 학교에 가면서 덴마크어를 자연스럽게 배우고 친구들과 재미있게 지낼 수 있게 되었습니다.

그런데 갑자기 저에게 궁금한 점이 생겼습니다. 제가 친구들과 다르게 생겼다는 점입니다.

파란 눈에 하얀 얼굴 그리고 노란 머리가 저에겐 없었으니까요. 왜 나는 까만 눈에 까만 머리일까?

부모님은 제가 가장 한국적인 얼굴을 가졌다고 가끔 농담처럼 말씀하십니다. 그러시면서 "유진아! 백설공주가 어떤 머리 색깔을 가졌니? 노란 머리를 가져야만 예쁜 것은 아니야."

사실 저는 태어나서 한국에서 지낸 적이 석 달밖에 되지 않습니다.

한국 지하철에서 본 많은 까만 머리의 사람들을 기억합니다.

나랑 비슷한 얼굴에서 느껴지는 편안함 …… 그리고 가족에게서 느껴지는 따뜻함!

가끔 친구들이 저에게 물어봅니다.

"넌 어디에서 태어났어?"

"나? 런던에서 태어났는데."

그러면 "잉글리시니?"라고 하면 저는 또박또박 대답해 줍니다.

"나는 영국에서 태어났지만 한국 사람이야. 그리고 한국이 어디 있는지 아니?"

그러면서 지구 반대편에 있는 한국에 대해 이야기해 주곤 합니다.

저는 덴마크에 살고 있고 앞으로도 살 것입니다. 하지만 한 가지 다짐한 것이 있습니다.

나 고유진은 한글학교도 열심히 다니고 한글로 된 책도 많이 읽겠습니다. 그리고 자랑스러운 한국 사람으로서 한국을 알리는 멋진 사람(유진의 장래 희망)이 되겠습니다.

감사합니다.

나는 행복을 주는 마법사

김에밀리 / 덴마크

안녕하세요!

저는 덴마크에서 온 김에밀리입니다. 여러분! 먼저 제 얼굴을 보아 주세요. 보시는 것처럼, 저는 한국 사람의 얼굴을 갖고 태어나지는 않았습니다.

제가 살고 있는 아빠의 나라 덴마크에서는, 저는 단지 꿈 많은 평범한 열두 살의 여자아이입니다.

하지만 여름방학이 되어 엄마의 나라 한국에 갈 때마다, 저는 외국인, 아니면 우주에서 날아온 외계인이 되어버립니다. 길거리를 지나다니면 많은 사람들이 저를 쳐다보며 귓속말을 합니다.

동네 놀이터에서는 아이들이 "쟤 외국인 아니야?" 또는 " 미국 사람이야!" 라고 손가락질하기도 하고, 동물원 원숭이 보듯 쳐다보기도 합니다. 저는 그

대로인데, 장소에 따라 저를 보는 눈이 너무나 다릅니다. 이를 어떻게 하면 좋을까요?

하지만 제가 한국말을 하기 시작하면 그 어색한 분위기가 갑자기 사라집니다. 마치 제가 마법사가 되어 요술 주문을 외운 것같이 제 입에서 나오는 한국말은 알라딘의 요술 램프와 같은 신비한 마력이 있어 모든 사람의 생각과 행동을 바꾸어 놓습니다.

한국말을 잘하는 저는 어렸을 때부터 한글의 훌륭함을 경험을 통해 알게 되었습니다. 그래서 저는 한글을 '행복을 주는 언어'라고 말하고 싶습니다.

제가 한국말을 하면 저희 할머니와 할아버지, 그리고 모든 친척분이 당황해하지 않고 환한 미소가 담긴 행복한 표정으로 저를 대합니다. 그리고 한국에 있는 식당이나 백화점 등 어떤 장소를 가더라도, 만나는 모든 분이 칭찬해 주고 예뻐합니다. 저는 더 이상 외계인이 아니고, 행복을 주는 사람이 됩니다.

저는 지금 영어, 덴마크어, 한국어, 프랑스어, 독일어 5개 언어를 동시에 배우고 있습니다. 사실대로 말하자면 그중에서 한글이 가장 어렵습니다.

하지만 가장 어려운 한글을 먼저 배웠고, 지혜롭고 슬기로운 한국인의 자질을 물려받았기에 별 어려움 없이 공부를 잘 해나가고 있습니다. 저와 같이 다문화 가정에서 자란 친구들은 기본적으로 두 가지 이상의 언어를 구사할 능력이 있습니다. 그래서 저는 이 자리를 통해 이렇게 말하고 싶습니다.

여러분! 우리 다 함께 행복을 주는 우리의 한글을 제대로 배우고, 한국 문화를 우리의 뜨거운 가슴으로 느껴봅시다. 지금 전 유럽에서는 한류 열풍이 거세게 불고 있습니다.

한국의 IT 산업, 문화, K-POP 열풍 등 전 세계가 한국을 주목하고 있습니다.

우리 함께 더욱더 멋진 미래를 만들어 갑시다.

감사합니다.

걸어다니는 작은 한국

석샤론 / 독일

여러분 안녕하십니까?

저는 오늘 이 귀한 자리를 빌려 여러분께 제 한국 사랑에 관한 이야기를 들려드리려 합니다.

저는 독일에서 직장생활을 하시는 부모님으로 인해 독일에서 태어나고 자라, 얼마 전 열두 살이 되었습니다.

아빠는 오늘도 일을 하시느라 이곳에 참석하지 못하셨는데, 아마 오셔서 이렇게 유창한 한국말로 많은 사람들 앞에서 이야기를 하고 있는 저를 보셨다면 무척 자랑스러워하셨을 것입니다.

조금은 부끄러운 이야기이지만, 사실 저는 얼마 전 초등학교에 다닐 때까지만 해도 내가 한국인이라는 것이 부끄럽고 싫었습니다.

학교에서 유일한 동양인이었던 저를 친구들이 많이 놀렸기 때문입니다. 그래서 어느 날은 엄마에게 나도 독일 친구들처럼 머리를 노랗게 염색해 달라고 조르기도 하였습니다.

그리고 나와 똑같이 생긴 친구들이 있는 한글학교만 다니겠다고 울며 떼를 쓰기도 했습니다.

하지만 이제는 나의 검은 머리도, 작은 눈도 더 이상 부끄럽지 않습니다. 세계 어디를 가든 울려 퍼지는 한국의 K-POP과, 미국 영부인 미셸 오바마(Michelle Obama)도 직접 담아 먹는다는 세계적인 건강음식 김치가 내가 한국인임을 자랑스럽게 합니다.

또한 작년 런던에서 열린 올림픽에서 우리 한국 선수들이 금메달을 13개나 따서 세계 5위로 독일을 이겼을 땐, 눈이 작다며 학교에서 매일 나를 놀리던 친구에게 달려가 자랑하며 약을 올려주고 싶기도 했답니다.

비록 외국에서 나고 자랐지만 뼛속까지 한국인인 저는, 우리의 우상 싸이가 뚱뚱하고 못생겼다는 말을 들을 때면 두 주먹을 불끈 쥐게 되고, 하루라도 한국 음식을 먹지 않으면 속이 느끼해서 견딜 수가 없습니다.

이번 대회가 끝나고 나면 저는 집에 가서 돼지고기와 두부가 잔뜩 들어간 얼큰한 김치찌개를 꼭 먹어야 할 것 같습니다.

저는 어릴 적 세 살이 되어 유치원에 가면서부터 집에서 엄마에게 한글을 배웠습니다. 그리고 전교생이 네 명뿐이었던 작은 한글학교도 다니게 되었습니다.

엄마는 제가 다섯 살이 되었을 때부터 매일 한글로 일기를 쓰게 하셨습니다. 때로는 힘이 들고, 독일말로 이야기를 하면 못 알아듣는 척하시는 아빠 엄마가 밉기도 했습니다.

지금 생각해 보면 아마도 그때 "정말로 제 독일어를 못 알아들으셨던 게 아닌가 ……" 하는 생각도 듭니다만 ……. ^^

저는 지금도 집에서 부모님과 한국어로만 이야기를 합니다.

저는 한국어와 독일어 두 가지 언어를 할 수 있는 제가 자랑스럽습니다.

독일 사람들이 옆에 있어도 한국말로 엄마와 둘이서 비밀 이야기도 할 수 있고, 세계 60억 인구를 열광하게 하는 K-POP의 가사와 내용도 독일 친구들에게 가르쳐 줄 수 있기 때문입니다.

제가 이곳에 있는 지금 이 시간, 제가 다니는 작은 한글학교에서는 친구들과 동생들이 열심히 한글을 배우고 있습니다. 쉬는 시간 가끔씩 동생들 반에 가보면 한글을 배우느라 낑낑대고 있는 동생들의 모습이 귀엽기도 하고 우습기도 합니다.

그런 동생들을 보며 저는 꿈이 하나 생겼습니다. 앞으로도 우리의 자랑스러운 한글을 열심히 배워서 저처럼 외국에서 태어나고 자라는 동생들과 외국인들에게 한글을 가르치는 선생님이 되고 싶습니다.

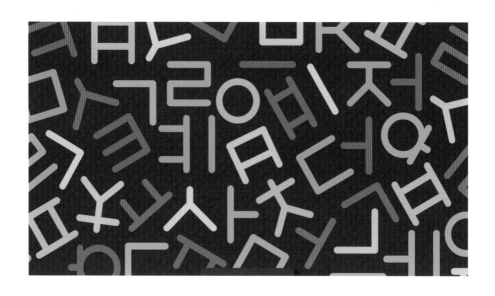

그리하여 유네스코가 그 독창성과 과학성을 인정하여 세계기록 문화유산으로 지정한 우리의 자랑스런 한글을 또 하나의 한류로 만들어 전 세계에 알리고 싶습니다.

아마도 제가 어른이 되었을 땐 한국어 선생님이 세계에서 가장 인기 있는 직업이 아닐까요?

생각만 해도 벌써 마음이 뿌듯해집니다.

유럽에 사는 우리 대한민국 어린이 청소년 여러분!

우리는 자랑스러운 대한민국을 조국으로 가지고 있는 대한의 아들딸들입니다.

앞으로도 우리의 자랑스러운 한글과 문화를 열심히 배워, 조국 앞에 당당하고 세계 속에 우뚝 선 걸어다니는 작은 한국이 되자고 힘주어 제의합니다.

대한민국 파이팅!!!

유럽한인 차세대들에게 주어진 과제

강미현 / 불가리아

지금 이 자리에는 저를 포함한 외국에서 거주하는 많은 차세대 학생들이 함께하고 있습니다.

외국에서 산다는 것은 한국에서만 사는 사람들에 비해 조금 더 특별한 많은 것들을 경험할 수 있습니다. 특히 언어적인 면에서 그렇습니다. 가정에서는 자연스럽게 모국어를 접하게 되지만, 학교를 비롯한 대부분의 장소에서 자연스럽게 현지어의 환경에서 살게 됩니다.

문화적으로는 부모님에 의해 한국적인 문화로 살아가는 반면에 학교에서는 현지의 문화로 살아가게 됩니다. 때문에 두 개 이상의 언어와 두 가지 이상의 문화적 환경에서 살아간다는 것은 당연하다고 할 수 있습니다. 그러한 면에서 볼 때에, 한인 차세대들은 모국인 한국과 우리가 살고 있는 유럽을 연결하는 다리와 같은 역할을 감당해야 한다고 생각합니다.

하지만 외국에서 산다는 것이 마냥 좋기만 한 것은 아닙니다. 사람이 두 개의 언어를 완벽하게 구사하기란 쉽지 않은 것처럼, 한인 차세대들은 모국어인 한국어 대신 현지어나 영어를 더 잘하게 되기 일쑤입니다. 또한 두 가지의 문화를 동시에 접하다 보니 한 가지에 완벽하게 적응하기도 쉽지 않습니다. 한국에서는 예의범절을 중요시하기 때문에 나보다 높으신 분에게 공손하게 대하는 것은 당연하지만, 유럽에서는 그렇지 않기 때문에 한국인들을 만날 때 어른을 공경하는 것이 다소 서툴 때도 있습니다.

그러면 이러한 어려움을 어떠한 방법으로 해결할 수 있을까요? 여러 가지 방법이 있겠지만 그중에서 저는 일기를 쓰는 것이 좋은 방법이라고 생각합니다. 하루일과를 모국어와 현지어로 적어보고 어떠한 차이점이 있는가를 비교해 보는 것입니다. 물론 쉬운 일은 아니지만 계속 적다보면 실력이 늘어 어느 순간 한국어를 현지어만큼 잘하게 된 자신을 보게 될 것입니다. 저도 매일은 아니더라도 일주일에 한 번은 일기를 적어봅니다.

그렇게 적어온 일기가 꽤 많은데요. 몇 달 전에 적은 일기들을 읽어보면 맞춤법이나 띄어쓰기를 잘못한 부분을 보면서 다시 한 번 정확한 표현에 대해서 생각합니다. 드라마를 보는 것도 한 가지 방법입니다.

한국 드라마에는 한국의 정서가 그대로 묻어 있기 때문에 한국의 문화를 이해하는 데 도움이 될 것입니다.

그러나 한국의 생활환경의 변화 속도와 현지의 변화 속도는 다를 수밖에 없습니다. 한국인들은 밤낮없이 일을 하기 때문에, 공간적으로 떨어져 있는 현지에서 한국의 변화 속도를 따라간다는 것은 무리가 있습니다.

우리는 현지의 속도에 맞춰 살기 때문에, 한국 친구들보다는 느리게 변화하는 환경에 적응해 가야 합니다.

그러면서도 한국 친구들의 생각과 수준에 뒤처지지 않기 위해 한국의 신간책, 뉴스와 신문을 자주 접하기 위해 노력해야 합니다.

한국이 아닌 유럽에서 사는 만큼 많은 혜택이 따르지만 또 그만큼의 힘듦과 어려움도 있습니다. 이러한 어려움을 극복하고 유럽과 한국을 연결하는 다리와 같은 역할이 되기 위해 열심히 노력할 것입니다.

멋지고 신나는 한국

이하린 / 불가리아

안녕하십니까?

저는 불가리아 소피아에 있는 119번 초등학교 2학년 이하린입니다.

불가리아는 건강한 요구르트와 깨끗한 자연을 가진 아름다운 나라입니다.

우리 반 선생님과 친구들은 모두 친절하고 좋은 사람들입니다.

그런데 얼마 전 저는 운동장에서 다른 반 남자아이들에게 중국 아이라고 놀림을 받고서 마음이 상하여 잠시 우울했던 적이 있었습니다.

'모두 나 같은 한국 아이들만 있는 한국에서 학교를 다닌다면 이런 일도 없고 좋을 텐데'라는 생각이 들기도 하였습니다.

그러나 저를 놀린 친구들이 제가 한국 사람이라는 것과 한국이 멋진 나라라는 것을 알게 된다면 좋은 친구가 될 수 있지 않을까요. 그래서 저는 한국의 자랑스러운 점들을 생각해 보았습니다.

첫째, 한국은 태권도의 고향입니다.

저는 불가리아 있지만 하늑 사범님께 열심히 태권도를 배우고 있습니다. 불가리아 친구들도 배우고 싶어 하는 태권도를 우리 조상들께서 만드셨고, 지금은 전 세계 사람들이 배워 올림픽에서도 경기한다는 것은 자랑스러운 일입니다.

둘째, 한국은 멋진 고궁과 아름다운 자연을 가진 나라입니다.

멋있는 지붕을 가진 경복궁과 울긋불긋한 치악산의 단풍을 본다면 틀림없이 우리 학교의 친구들도 한국의 아름다운 모습을 좋아하게 될 것입니다.

셋째, 한국은 신나는 나라입니다.

　멋진 스파트폰과 자동차도 만들고, 〈강남 스타일〉처럼 재미있는 춤도 추고, 맛있는 음식과 놀이동산도 많은 신나는 나라입니다.

　이렇게 한국의 멋진 점들을 생각해 보니, 제가 한국 사람인 것이 자랑스러워졌고, 불가리아 친구들에게 우리나라를 잘 알려 주고 싶은 생각이 더욱 들었습니다.

　제가 우리 학교의 불가리아 친구들에게 더 좋은 한국 친구가 될 수 있도록 공부도 열심히 하고 친구들과도 즐겁게 생활하겠다고, 이 연사 힘차게 다짐합니다.

자랑스런 한국인으로서

박세휘 / 스웨덴

지금으로부터 약 60년 전 어느 겨울날 한 소년이 동생들 앞에서 이야기를 합니다.

"아버지를 만나고 반드시 너희들을 데리러 올 거야. 조금만 기다리고 있어."

하지만 소년은 동생과의 약속을 지키지 못하고 다시는 고향으로 돌아갈 수 없었습니다.

시간은 흘러 그 소년은 어느새 일흔일곱 살, 한국에 살고 계신 저희 할아버지이십니다. 가장 행복해야 했던 어린 시절이 가난하고 고통스러웠으나 할아버지는 희망을 잃지 않고 하루하루를 열심히 노력하셨고 그래서 지금 우리 가족과 제가 이렇게 자랑스럽게 이 자리에 있을 수 있습니다.

이러한 이야기는 단지 저희 할아버지 그리고 저희 가족만의 이야기는 아닙니다.

많은 어려운 상황을 이겨내고 또 한마음 한뜻으로 가난한 나라 한국에서 자랑스러운 한국으로 만들어 놓으신 많은 한국 사람들의 이야기입니다.

전쟁 후 식량도 모자라고 가난으로 고생하던 우리나라 대한민국. 하지만 포기하지 않고 피와 땀을 흘리며 끝까지 노력했고 그 덕분에 우리는 짧은 시간에 큰 발전을 이룰 수 있었습니다. 가족을 위해서라면 나라를 위해서라면 멀고 낯선 타국에서도 무더운 건설 현장에서도 일을 하고 또 위험한 전쟁에도 기꺼이 달려갔습니다.

이러한 노력들이 없었다면 과연 우리의 현재 모습이 어땠을까요?

얼마 전 수업시간에 저희 선생님께서는 각 나라의 발전에 대해 설명을 하시며 유엔개발계획(United Nations Development Programme, UNDP)

이 발표한 인간개발지수(human development index) 순위를 보여 주셨습니다. 선생님은 현재 12위인 대한민국을 특별히 예로 들며 다른 나라들에 비해서 제일 빠르고 성공적으로 발전을 했다고 하셨습니다. 옆에 앉은 친구가 저를 보며 "최고!"라고 해주었습니다. 저는 어깨가 으쓱해지고 너무 자랑스러워 미소를 감추지 못했습니다.

대한민국은 이제 선진국 중의 하나, 세계적으로 경쟁할 수 있는 훌륭한 나라가 되었습니다. 이것이 바로 우리 한국인들의 노력 덕분이 아니겠습니까?

이것이 바로 대단한 사람들의 나라 대한민국이 아니겠습니까?

여러분! 이제 대한민국을 이끌고 나가는 것은 우리 차세대들의 임무입니다. 현재 대한민국의 차세대들은 전 세계에 널리 퍼져 있습니다.

저는 스웨덴의 국제고등학교에서 세계 여러 나라 친구들과 함께 공부하며 자신 있게 한국을 대표합니다. 다른 국제적인 한국 차세대도 각 나라에서 우리나라를 대표하며 자랑스럽게 세계에 보여 주어야 된다고 믿습니다.

대한민국이 얼마나 강인하고 위대한 나라인지 말입니다!

동생들과의 약속도 지키지 못한 슬픔과 가난의 어려움을 이겨내고 훌륭한 터전과 대한민국을 만들어 내신 저희 할아버지와 여러 어른들의 노력에 보답하겠습니다. 더욱더 발전시키고 세계의 모범이 되는 대한민국으로 이끌겠습니다.

여러분! 우리는 대한민국의 미래이며 대한민국의 보호자입니다.

우리 모두 함께 세계를 향해 나아가자고, 이 연사 강력히 외칩니다!

감사합니다.

자랑스러운 한국인

주기쁨 / 스웨덴

안녕하십니까? 저는 스웨덴에서 온 주기쁨이라고 합니다.

저는 여섯 살 때 부모님과 함께 한국을 떠나 스웨덴으로 와서 살았습니다.

스웨덴에 살면서 다른 학생들로부터 놀림을 많이 받았습니다. 그래서 한국 사람으로서 사는 것이 힘들었습니다.

전 한국인으로서 왜 자랑스러워야 해야 할까? 이 모든 것이 궁금해서 찾아보았습니다. 인터넷 검색사이트 구글에서 한국에 대해 조사해 보았습니다. '왜 한국인으로서 자랑스러워야 해야 하나.' 이렇게 이런저런 사이트를 헤매며 읽고 또 읽다 보니 정말 많은 이유를 찾게 되었습니다.

이유는, 한국은 문맹률이 1% 아래인 유일한 나라.

문자가 없는 나라들에게 UN이 제공하는 문자는 한글(아프리카에 있는 몇몇 나라들은 한글을 사용하고 있음).

IMF를 최단 기간에 극복한 나라. 전 세계에서 IQ 1위(홍콩은 나라가 아니므로).

수학 올림피아드 1위.

IT산업 일본을 제치고 1위.

핸드폰 보급률 세계1위.

세계 언어학자들이 한글을 세계 공통어로 쓰면 좋겠다고 인정.

미국도 무시하지 못하는 일본을 무시하는 가장 배짱(?) 있는 나라.

그리고 마지막으로 미국이랑 제대로 전쟁이 났을 때 3일 이상 버틸 수 있는 8개국 중 하나인 나라. 이것 말고 수도 없이 많은 자랑스러운 이유들이 있었지만 그 모든 것을 말하면 아마도 밤을 샐 것 같았기에 최대한 요약한 것입니다.

저는 이렇게 많은 자랑스러운 것들이 있는데 자신감이 없는 나를 보고 한심하다고 생각하였습니다. 일제강점기, 일본이 한국을 침략해 우리나라를 망치고 한국 사람들의 이름을 강제로 바꾸게 하고, 입에 담을 수 없는 끔찍한 일들을 저질렀지만, 그 모든 것을 이겨내고 이렇게 우뚝 선 대한민국을 보면 정말 뿌듯합니다. 6·25전쟁 이후 폐허가 되어 먹고 살기 힘들었을 때 전혀 알지 못하는 유럽, 특히 독일에 간호사, 광부로 와 힘들게 일하며 한국을 부흥시키고 중동에 노동자로 나아가 일하며 한국을 지금의 선진국 대열에 올려놓은 일들을 보며 다시금 자부심을 느끼게 됩니다.

자랑스럽다. 대한민국!

많은 한국인들은 한국을 떠나 미국이나 유럽 같은 살기 좋은 나라, 선진국들을 찾아 살고자 합니다. 그 나라에 살면서 그 나라 사람들처럼 살고자 합니다. 여기서 문제가 무엇입니까? 한국의 정체성을 잊고 산다는 겁니다. 이러할 때 후세들에게 영향이 나타납니다. 그 나라에 사는 2세 중 한국말을 잘 못하는 경우가 있습니다. 2세가 이렇다면 3세는 어떻겠습니까? 스웨덴은 입양동포가 많은 나라 중 하나입니다. 이들이 한국을 방문했을 때 정체성의 혼동을 느낍니다. 그중 한 가지 이유는 한국 사람이지만 한국말을 못하기 때문입니다. 한국에 가면 한국 사람이지만 한국말을 못해 한국인 대접을 못 받고, 스웨덴에 살면서도 외모 때문에 스웨덴 사람대접을 못 받습니다.

이스라엘 사람들은 한때 2000년 동안 나라 없이 떠돌아 살았습니다. 지금은 나라가 생겼지만 현재까지 이스라엘 언어와 문화가 아직까지 남아 있는 이유가 무엇이겠습니까? 이스라엘 사람들이 다른 나라에 살면서 이스라엘 사람들의 확실한 정체성을 갖고 살았기 때문입니다.

한국은 우리 할아버지 할머니의 나라요, 아버지 어머니의 나라입니다. 잘 살든 못 살든 나의 조국인 것입니다.

여러분! 이제부터라도 확실한 한국인의 정체성을 갖고 살아갑시다.

여러분! 한국인인 우리가 먼저 한국을 자랑스러워하지 않는다면 누가 한국을 자랑스러워할 수 있겠습니까? 그러니 여러분 먼저 우리가 우리의 모국을 사랑하고 자랑스럽게 여깁시다!!!!! 감사합니다.

한국 문화와 스페인 문화의 다른 점

가르시아 주딧 / 스페인

안녕하세요? 저는 가르시아 주딧입니다. 새로운 언어를 배우기 시작하면 그 언어를 모국어로 쓰는 나라의 관습과 풍습부터 알아야 합니다.

제가 아무리 한국어를 잘한다고 해도 한국의 풍습을 모른다면 한국인들은 저를 예의 없는 사람으로 생각할 것입니다.

그래서 저는 인터넷과 한국에 관한 책을 읽으면서 알아봤습니다.

한국에서는 서로 인사할 때 스페인에서처럼 볼에 입을 맞추지 않습니다. 그냥 윗몸을 숙여 인사를 합니다. 인사 받는 사람의 나이나 지위에 따라 머리 숙이는 정도가 다릅니다. 그러나 친한 동성 친구끼리 어깨동무를 하거나 손을 잡고 길을 걷는 것은 이상하게 생각하지 않습니다.

방바닥에 앉아서 먹고 자며, 집안에 들어갈 때는 신발을 벗지만 어른 앞에서 맨발은 예의에 벗어나므로 한국 집에 초대를 받으면 깨끗한 양말을 준비해야 합니다. 예전에는 식사 중 이야기하는 것을 금했는데 요즈음은 그렇지 않습니다. 식사 중 코를 푸는 것은 예의에 벗어납니다. 밥그릇이나 음식을 같이 쓰는 것은 예의에 벗어나지 않고 친하다는 표시이기도 합니다. 음식은 차례로 나오지 않고 모든 음식을 한상에 차려 놓고 먹습니다.

한국에서는 아이가 태어나자마자 한 살입니다. 다음 해 설을 새면 두 살이 됩니다. 그래서 한국 사람들은 우리와 같은 나이인데도 두 살이나 더 많다고 합니다. 명절은 항상 음력으로 지냅니다. 설날 전날에 자면 눈썹이 희게 된다 하여 밤을 새웁니다. 설날에는 어른들을 찾아가 세배하면 세뱃돈을 줍니다.

한국 문화를 알면 알수록 더 신기합니다. 한국을 방문하여 우리와 다른 한국 문화를 체험하고 싶습니다. 감사합니다.

세계 속에 한국의 딸

이정민 / 스페인

먼~ 이국땅에까지 와서 어려운 역경을 이겨내신 여러 부모님들 그리고 이 자리에 함께하신 어르신 여러분 안녕하십니까?

저는 한국의 딸 이정민입니다.

부모님의 이민 생활로 인해 스페인에서 태어나 살고 있지만 한국인이라는 정체성과 자부심을 잃지 않고 당당하고 자랑스럽게 살고 있습니다.

어려서 유치원과 초등학교를 다닐 때는 나의 생김새가 남과 다르고 집에서는 한국 사람의 예의범절과 학교에서는 스페인 문화의 가르침 속에서 적지 않은 갈등을 했고 중국인이라는 놀림 속에서 남몰래 눈물 흘리며 부모를 원망하며 나 자신의 가치성을 의심한 적도 있었습니다.

그러나 한국을 방문하고 부모님으로부터 오천년의 뿌리가 깊은 동방의 예의지국이며 평화를 사랑하는 백의민족이라는 것과 백성을 위하여 한글을 창제하셨다는 세종대왕, 목숨을 아끼지 않고 나라를 지키신 이순신 장군 등의 이야기를 듣고 또 국토대장정에 참석하면서 나와 같은 한인 2세들과 한마음으로 아름답고 푸른 조국 땅을 한 걸음 한 걸음 딛으면서 가슴속 깊이 타오르는 발전된 한국의 자랑스러움이 싹트기 시작했으며, 한국의 문화와 전자산업을 세계만방에 알려야겠다는 사명까지 생겼고 이 사명을 우리가 다해야 한다는 것을, 이 연사 힘차게 외치는 바입니다.

존경하는 어르신 여러분 외국 땅에 사시면서 차별과 열악한 환경 속에서 얼마나 고생이 많으셨습니까?

우리 자식들은 부당한 대우를 받지 않게 하기 위하여 헌신하시고 노력하셨다고 부모님으로부터 들었습니다.

많은 행사들과 이 웅변대회 또한 우리를 위한 그중의 하나라고 하셨습니다. 우리를 지켜보고 계신 부모님들과 어르신들께 진심으로 감사드립니다.

이 연사는 이 자리에서 여러분들께 약속드리고 싶습니다.

결코 부모님들의 피땀 어린 노력과 고생이 헛되지 아니하며 우리를 위해 다져 놓으신 기초가 발판이 되어 더 높은 곳을 향해 조국과 마음을 같이 하여 함께 나아가며 세계 속에 한국의 딸임을 자랑스럽게 여기고 세상을 품고 모든 사람을 수용할 수 있는 지적·인격적인 큰 그릇으로 넓히며 한국의 위상을 빛낼 리더로서의 비전을 가지고 최선의 노력을 다할 것을, 이 연사 굳게굳게 다짐하는 바입니다.

감사합니다.

우리말의 독창성과 실용성

최성필 / 스페인

안녕하세요? 스페인에서 온 최성필입니다.

저는 일곱 살 되던 해에 부모님을 따라 스페인으로 오게 되었습니다. 항상 겉모습도, 사고방식도 스페인 사람들과 달라 문화적인 혼동에 시달려왔습니다.

우선 제일 먼저 생각을 강요하는 것이 인사말입니다. 우리는 '안녕하세요?'라는 한마디로 하루 종일 상대방의 안부를 묻는 습관이 있습니다. 그러나 스페인 사람들은 다른 서양 사람들처럼 오전, 오후 그리고 밤의 인사말이 달라 인사를 해놓고도 반드시 제대로 인사를 했는지 속으로 재확인하는 시간이 제게는 필요했습니다.

이러한 말과 언어의 차이는 우리말의 독창성과 실용성을 다시 한 번 되새기게 합니다. 스페인 사람들에게는 일본 사람들처럼 발음이 안 되는 모음이 있습니다. 바로 모음 '어'의 발음이 존재하지 않습니다. 영어 수업시간에 우리 한글 모음 '어'를 섞어 정확히 영어 교과서를 읽어내면 스페인 친구들이 갑자기 부러운 얼굴로 저를 쳐다보곤 합니다.

우리말의 우수성을 인정한 스페인 친구 하나가 호기심이 가득 찬 얼굴로 제게 질문을 합니다. '감사합니다'라고 인사를 받으면 그 대답을 우리말로 어떻게 하느냐는 것이었습니다. '천만에요'라는 단어를 가르쳐 주고 한참 뒤에 그 친구가 하는 말을 그대로 적어 읽으면 '촌만에요'라고 들려서 마치 제가 비속어를 가르쳐 주었나 하는 착각이 들기도 합니다.

그리고 초고속을 요구하는 현대사회에서 극도로 응축된 단어를 사용하여 성별의 구분이 없이 빠르고 정확하게 자신의 의사를 표현할 수 있다는 측면에서도 우리말은 탁월한 능력을 보여 주어서 스페인에 살면서도 한류문화에 심취하게 되곤 합니다. 단어마다 남성 여성의 구분을 가진 스페인어와 비교할 때 인사말만큼이나 신속하게 의사 전달이 가능한 언어가 우리말 한글이기 때문입니다.

스페인 사람들이 한국의 컴퓨터 정보통신의 발달을 많이 부러워합니다. 우리말 한글이 천, 지, 인, 즉 점, 수평선 그리고 수직선으로 구성되어 있어 월등한 속도로 컴퓨터 정보화가 가능하기에 우월한 수준에 있음을 설명하면 고개를 갸웃거리기도 합니다. 그러나 휴대전화나 컴퓨터의 자판을 놓고 자세히 설명하면 바로 이해를 하곤 합니다. 그만큼 우리글의 실용성이 높은 수준에 있음을 보여 주는 좋은 예라고 할 수 있습니다.

스페인에서 살다 보면 느낄 수 있는 문화적인 충격은 우리말, 우리글이 가지고 있는 여러 장점 덕분에 조금씩 완화가 되어 제가 일상생활에서 부딪히게 되는 혼동을 점차 줄여 주고 있습니다. 몸은 스페인에 있지만 항상 제가 즐겨 듣는 음악은 한류 음악이고 조금이라도 더 마음에 끌리는 책도 우리말 서적이며, 간편한 통신수단으로 이용하는 휴대전화에서도 우리말이 가능한 카카오톡을 저는 더 애용하고 있습니다.

외국에서 살면서 가장 빠지기 쉬운 오류가 우리말을 무시하고 외국어를 유창하게 구사하는 흉내를 내는 것이라고 생각합니다. 현지인보다 더 유창하게 언어를 구사한다는 칭찬에 우쭐해질 수도 있습니다. 그러나 외국어는 우리말이 될 수 없다는 것을 한글의 독창성과 실용성을 이해하면 금방 깨닫게 됩니다. 하늘과 땅, 그리고 사람을 근본으로 하여 만들어내고 가장 간단한 점과 선을 이용하여 온갖 표현을 이루어내어 더욱 과학적인 언어로 인정받는 우리말, 한글을 저는 그래서 사랑합니다.

감사합니다!

나는 특별해

최세리 / 스페인

스페인 마드리드에서 태어나 마드리드에서 유치원을 졸업하고, 몸집은 작지만 초등학교 2학년 최세리입니다.

제가 다녔던 유치원에는 동양 사람도 저 하나, 한국 사람도 저 혼자였습니다. 그래서 저는 언제나 눈에 띄었습니다.

하하하, 큰 소리로 웃는 것도 눈에 띄고, 친구들과 떠드는 것도 눈에 띱니다. 유연하고 쭉 뻗은 제 다리 덕분에 발표회 때 제 자리는 언제나 가운데입니다.

저는 이런 특별함 때문에 스페인에서 한국인으로 사는 것이 좋습니다.

저는 대한민국의 대표 얼굴입니다.

그래서 토요일마다 엄마 손을 잡고 한글학교에 갑니다.

가, 나, 다로 시작한, 저는 지금 일기도 쓰고 독후감도 씁니다.

한국에서 할머니와도 이야기하고 오랜만에 만난 사촌 언니와도 깔깔 웃으며 이야기합니다.

"세리는 스페인에서 태어나 자랐는데도 한국말을 참 잘하는구나!"

칭찬 듣는 제가 자랑스럽지 않습니까?

"네 이름은 세실리아야, 니 이름은 까를로스야, 선생님의 성함은 마르따예요."

"안녕? 잘 가, 반가워!"

저는 친구들에게 예쁜 한국말을 알려 줍니다.

스페인에 사는 작은 소녀가 한국말을 가르치는 꼬마 선생님인 것이 대견하지 않습니까? 여러분!

"세리야, 너는 특별해, 세리야, 너는 대한민국의 대표 얼굴이야!"

그 말이 무슨 뜻인지 어리둥절했었지만 2학년이 된 지금 조금이나마 이해합니다.

인사도 잘해야 하고, 싸우면 절대 안 되고, 공부도 잘해야 한다는 뜻이란 걸 말입니다. 열심히 공부하고 부모님 말씀 잘 들어서 대한민국의 진정한 대표가 되겠다고 여러분 앞에, 이 연사 소리 높여 약속드립니다.

눈에 띄어서 좋습니다. 달라서 좋습니다. 특별해서 좋습니다.

더욱 자신 있고 당당하게 자라서 20년 뒤에 큰 한국을 만드는 데 밑거름이 되겠다고 다시 한 번 여러분 앞에 손가락 걸고 약속드립니다.

세계 속의 큰 한국

최현우 / 스페인

여행사를 운영하시는 부모님 덕분에 어려서부터 유럽, 아프리카 등을 여행 할 수 있었던 저는, 그때마다 세계 속에 한국을 발견하곤 합니다.

지난여름 미국 여행에서는 마치 한국에 있는 것 같은 착각이 들 정도로 많은 한국 분을 만났고, 거리마다 온통 한글로 적힌 빼곡히 들어선 간판을 볼 수 있었습니다.

'세상에 이게 뭐야?! 미국이야, 한국이야?!'

LA도, 뉴욕도, 버지니아도 미국 속 한국이란 생각이 들었습니다.

그곳에 사는 한국 분들 역시 한국인임을 자랑스럽게 여기며 살아가는 모습에 가슴이 뭉클했습니다.

세계지도 속 대한민국은 눈을 씻어야 찾을 수 있을 만큼 작고도 작습니다.

하지만 세계 여러 나라에 흩어져 살고 있는 한국인들은 저마다 큰 한국을 만들며 살아가고 있습니다.

한국말을 잊지 않고, 한국 사람임을 잊지 않고, 대한민국이 우리의 조국임을 잊지 않고 살아가는 그곳이 세계 속 큰 한국이 아니고 무엇이겠습니까, 여러분~~!

네 기쁨이 내 기쁨이다, 네 슬픔이 내 슬픔이다, 팔 걷어붙이고 하나 되는 그 뜨거움은 세계 속 큰 한국 어디에서나 볼 수 있습니다.

사는 나라도 다르고, 생김새도 저마다 다르지만, 여기 마드리드에 모여 한목소리로 한국인임을 이야기하는 이곳도 세계 속 큰 한국이 아니겠습니까?

한인학교, 한인성당, 한인교회 …… 한국 사람들이 모인 곳에선 언제나 인사 잘해라, 예의 바르게 행동해라 하시며 동방예의지국의 나라 대한민국의 사람임을 늘 강조하시는 부모님을 뵈면 여기도 또한 유럽 속 또 다른 한국이라는 생각을 하게 됩니다.

세계지도 속 작은 한국이지만 저마다 있는 곳에서 한국인임을 잊지 않고 살아가는 어른들의 도전정신, 개척정신을 본받아 작지만 큰 한국, 세계 속에 큰 대한민국을 만들어 가자고 이 연사, 두 손 모아 여러분께 부탁드립니다.

스페인 마드리드에서 작은 한국을 만들어가며 사는 최현우입니다.

가브리엘!
이 형님만 믿으면 되야~이!

한 가브리엘 프라스 리 / 스페인

"가브리엘! 이 형님만 믿으면 되야이!"

"누나가 국수 말아 줄께 국수 묵꼬 가!"

"이 삼촌 따라 갈껴 말껴?"

"이 사이다는 이모가 주는 서비스야~."

이번 국토대장정에서 들었던 정겨운 말들입니다.

여기에서 형님, 누나, 삼촌은 제 친 가족이 아니지만 저보다 나이가 많으면 다 형, 삼촌이 되고 이모, 누나가 됩니다. 한국은 온 나라 사람들이 한 가족 같습니다.

식당에서는 이모님, 아이스크림 가게에서는 누나, 주유소에서는 삼촌, 나이 있으신 손님들은 전부 어머니, 아버님이 됩니다.

저는 처음 보는 사람인데 마치 옛날부터 아는 사이인 것처럼 친하게 대하는 것이 신기했었습니다.

아줌마 대신 누나라고 부르면 아이스크림을 더 얹어 주는 걸까요? 이모라 하면, 삼촌이라 하면 김치 한 접시, 고기 한 점이라도 더 주는 걸까요?

아닙니다. 한국 사람들은 이렇듯 모두를 어머니, 아버지, 형, 누나, 이모, 삼촌 등 가족과 같은 호칭으로 대화합니다.

스페인에서는 아내의 아버지도, 남편의 어머니도 마리아, 다니엘이라고 이름을 부르지만, 한국은 결혼도 하기 전에 어머니, 아버지라 부르고, 친구들의 부모님에게도 모두 어머니, 아버지라고 부릅니다.

한국은 왜 모두를 가족의 호칭으로 부를까요?

이것은 유럽 사람은 절대로 가질 수 없는 *끈끈한* 가족애를 가지고 있기 때문이라고, 이 연사 힘차게 주장합니다.

태어나자마자 응애 응애 어미 잃은 심청이가 어떻게 죽지 않고 살아날 수 있었겠습니까?

한국이 어떻게 IMF의 어려움 속에서 헤어 나올 수가 있었겠습니까? 한 마음 가진 어미들의 젖동냥, 장롱 속에서 나온 아버지들의 금붙이가 그 답입니다. 한 민족 모두가 가족이라는 마음이 깊숙이 있었기 때문입니다.

이런 가족애의 단결심이 수천 년간의 수많은 외침에도 오천년이라는 역사를 꿋꿋이 지켜주었습니다.

유럽만이 아니라 옆 나라 중국·일본 등 어느 곳에서도 이러한 가족애로 뭉쳐진 저력을 찾기 어렵습니다.

저는 이런 정 많은 민족의 피를 가지고 있다는 것이 너무 자랑스럽습니다. 아무리 세월이 지나도 문화가 발달되어도 이런 한민족의 가족애는 꼭 지켜져야 한다고, 이 연사 소리 높여 외칩니다.

마드리드에서 온 반쪽 한국 사람인 가브리엘이었습니다.

감사합니다.

저는 날개가 두 개 있어요!!!

한멕켄나 / 아일랜드

안녕하세요? 여러분.

제 이름은 한멕켄나입니다. 우리 아빠는 아일랜드 사람이고 우리 엄마는 한국 사람입니다. 그래서 저는 오른쪽은 아이리시 날개, 왼쪽은 한국 날개로 나는 새와 같습니다.

저는 매주 토요일 더블린 한글학교에 다닙니다. 이번 여름 한국에 가기 전에는 제가 왜 한국말을 배워야 하는지 그저 귀찮기만 했습니다. 그런데 이번 여름에 한국에서 학교도 다니고 한국 친구도 사귀면서 한국말을 하는 것이 즐거워졌습니다. 학교에서 한국 음식도 골고루 먹었습니다.

처음에는 학교 급식이 좋았는데 한식만 계속 먹으니까 조금 질렸습니다. 그래도 떡국과 떡볶이는 여전히 좋아합니다.

저는 한국 학교에서 인기가 많았습니다. 그래서 새로운 선생님과 친구들이 저에게 한국 문화를 많이 가르쳐 주었습니다. 예를 들면 전에는 높임말이 어려웠는데, 이제는 훨씬 쉬워졌습니다. "여러분, 제가 하는 말 이해하십니까?" 그리고 어른들이 주시는 용돈을 두 손으로 공손하게 받을 줄도 압니다.

제가 한국에 있었을 때 자주 보던 프로그램은 붕어빵이었습니다. 연예인과 그 자녀들이 나와서 게임도 하고, 자녀들이 부모님에 대해 불평도 하는 프로그램입니다.

저도 우리 엄마 아빠에 대해 불평하는 것에 익숙하니까 좋아했습니다. 제가 그 프로그램을 좋아했던 이유는 재미도 있었지만 우리 할머니랑 함께 볼 수 있었기 때문입니다. 우리 할머니는 저에게는 살아계시는 유일한 조부모님입니다. 그래서 제게는 할머니와 한국말로 얘기하고 함께 웃을 수 있는 것이 중요합니다.

그리고 한국에서 가장 좋아했던 것 중 하나는 놀이공원입니다.

그런데 놀이공원에서 화장실을 찾다가 그만 길을 잃었습니다. 처음에는 겁이 났지만 용기를 내어 한국말로 길을 물어보고 결국 찾을 수 있었습니다. 또 가게 심부름도 참으로 즐거웠습니다. 아일랜드에는 가게가 멀리 있기 때문에 저 혼자 갈 수 없습니다. 그런데 한국에서는 가까이에 가게가 있어서 혼자 가서 물건을 살 수 있었습니다.

날씨가 더워서 고생도 했지만 즐거운 시간을 한국에서 보내고 저는 해마다 한국에 가고 싶어졌습니다. 한국이 좋아졌고 한국말의 소중함도 알게 되었습니다.

한국말과 한국 문화를 배우기 전에 저는 아이리시 날개는 있지만 한국 날개는 부러진 새와 같았습니다. 하지만 지금은 양쪽 날개로 날 수 있습니다.

감사합니다.

나는 자랑스런 대한민국 사람입니다

에이미 썬 싸이먼 / 영국

제 이름은 에이미 썬 싸이먼입니다. 저는 아홉 살이고 영국에서 태어나 살고 있지만 햄버거나 프라이드치킨보다 매운 김치와 떡볶이를 더 좋아하는 어린이입니다.

저는 여러분에게 제가 매일 다니고 있는 영국 학교와 토요일에만 가는 한국 학교에 대한 이야기를 하고 싶습니다.

첫 번째 이야기는 영국 학교 이야기입니다.

작년 9월에, 제가 다니는 학교에 새 교장 선생님께서 오셨습니다. 새 교장 선생님은 아주 엄격하셔서 학교에서는 절대 사탕이나 초콜릿 같은 단 음식은 먹지 못하게 했기 때문에 생일이 되어도 반 친구들에게 사탕이나 젤리를 나누어 줄 수 없게 되었습니다.

생일인 친구는 사탕 대신 연필이나 지우개를 나눠 주었지만 사탕을 받았을 때만큼 좋지는 않았습니다. 그러다가 드디어 기다리고 기다리던, 제 생일이 있는 6월이 되었습니다. 저는 들뜬 마음에 쇼핑을 하게 되면 항상 연필이나 지우개, 메모지 같은 것을 둘러보곤 했습니다. 친구들에게 선물할 생각에 제 눈에는 모든 것들이 다 예뻐 보였습니다.

그러나 어머니께서는 그런 것들은 너무 흔하고 친구들의 집에 많이 있을 테니 제가 한국인이라는 것을 알릴 수 있는 특별한 것을 만들어서 반 아이들에게 나누어 주는 것이 어떻겠냐고 하셨습니다. 처음에는 그것이 불가능할 것만 같았습니다. 왜냐하면 제 생일은 당시 이틀밖에 남지 않았는데 30명 모두에게 선물을 만들어 준다는 것이 어려워 보였기 때문입니다.

어머니께서는 책갈피를 만들어 보자고 하셨습니다. 한쪽 끝에는 친구들 이름을 영어로 적고 반대쪽 끝에는 한글로 이름을 적은 다음 코팅을 하는 것입니다. 그런데 우리 집에는 코팅기계가 없어서 어머니는 직접 종이를 잘라 비닐에 넣고 다리미를 이용해서 코팅을 하셨습니다. 동생 알렉스와 나는 책갈피를 함께 만드는 것이 정말 신이 나고 재미있었습니다. 이것이 바로 그 책갈피입니다.

우리 반 아이들은 제가 준 책갈피를 아주 좋아했습니다. 한글을 보며 신기해했고, 영어이름을 한국어로 쓸 수 있다는 것을 놀라워했습니다. 물론 학교 선생님께서도 제 책갈피를 보시고 감탄을 하셨습니다.

친구들은 이제 한글이 일본어나 중국의 한자와 다르다는 것을 알게 되었고 어떤 친구들은 스스로 한글 이름 쓰기를 연습하기도 했습니다. 또 어떤 친구들은 한국에 대해 많은 것을 물어보고 또 알고 싶어 했습니다. 저는 우리 반 친구들에게 특별한 선물을 할 수 있어서 좋았고, 한글의 아름다움을 알려 주게 되어 아주 기뻤습니다.

두 번째 이야기는 한국 학교 이야기입니다.

저는 작년 2학기부터 한국 학교를 다니고 있습니다. 우리 집은 한국 학교에서 약 1시간 동안 차를 타고 가야 하는 먼 곳에 있는 데다가 동생이 너무 어려서 다니지 못하고 있었습니다. 그러던 중에 어머니께서는 더 늦기 전에 한국어 공부를 시켜야 되겠다고 생각하셨고, 동생이 네 살이 되자 저희를 한국 학교에 보내셨습니다.

제 동생 알렉스는 토요일 아침 일찍 일어나는 것을 무척 힘들어 합니다. 지난 주에는 수업시간 중에 알렉스가 잠이 드는 바람에 어머니께서 교실에서부터 알렉스를 안고 내려오셔야만 했습니다. 다섯 살 알렉스에게는 학교에 오는 것이 아무래도 힘든 것 같습니다. 그러나 저는 한국 학교 가는 것이 즐겁기만 합니다. 먼저, 한국 학교를 다니면서 한글을 깨우쳤고, 이렇게 여러분 앞에서 이야기를 할 수 있을 만큼 말하기 실력도 많이 늘었기 때문입니다. 그뿐 아니라 한국 전통악기인 장구·징·북 같은 악기도 배웠고, 〈아리랑〉 같은 민요도 배웠습니다. 지난번 설날에 한국에 갔을 때에는 할머니 할아버지 앞에서 예쁜 한복을 입고 한국 학교에서 배운 〈아리랑〉을 불러 칭찬도 많이 받고 용돈도 받았답니다. 한국에 사시는 친척들이 제 유창한 한국어 실력에 깜짝 놀랄 때마다 저는 기분이 아주 좋습니다.

그리고 한국 학교를 다니며 제 이름에 숨어 있는 비밀을 발견했다는 것도 제 기쁨 중 하나입니다. 제 MIDDLE NAME은 SUN이고, 제 동생 ALEX가 MOON인 이유가 어머니께서 한국 전래동화 해님과 달님 이야기에 나오는 누나와 동생처럼 사이좋은 오누이가 되라는 뜻으로 그렇게 만드신 것이었다는 것을 알게 된 것입니다. 한국 학교에서 빌려다 본 전래동화를 읽어주시며 어머니께서 그렇게 말씀을 해주셨답니다.

제 이름을 한국의 전래동화에서 가져왔다는 것에 여러분도 깜짝 놀라셨죠?

제 이름에 한국적인 의미가 들어 있다는 것에 말입니다.

영어로 된 이름을 갖고 있지만 저는 한국인이고, 제 겉모습이 한국 사람들과 다르기는 하지만 저는 제가 분명 한국인이라고 생각합니다.

이제 다시 한 번 저를 소개하고 싶습니다.

저는 영국에 살고 있는 아홉 살 에이미 썬 싸이먼입니다. 그리고 저는 자랑스러운 한국인이랍니다.

감사합니다.

'작은 고추가 맵다' 자랑스러운 한국, 한국인

이예나 / 영국

여러분은 '작은 고추가 맵다'라는 말을 아십니까?

저는 어릴 적 아빠와 함께 세계지도를 펼치고 나라 찾기 게임을 한 적이 있습니다.

한국을 찾는 데 한참이나 걸렸습니다. 한국이 손가락 한 마디 크기로 너무 작았기 때문입니다. 한국은 미국이나 영국처럼 힘센 나라도 아니고 그래서 영국 뉴스에 자주 나오는 나라도 아닙니다.

하지만 저는 이런 한국이, 그리고 제가 한국 사람인 것이 자랑스럽습니다.

지난 런던올림픽에 저는 아빠와 함께 축구경기와 양궁시합에 응원을 갔었습니다. 거기에는 많은 다른 나라 사람들도 있었는데 한국 사람들의 응원 소리가 제일 컸습니다. 지금도 "대한민국!"이라는 응원 소리가 귓가에 울리는 것 같습니다.

키와 덩치가 훨씬 큰 외국 선수들을 제치고 한국이 이겼을 때는 저도 모르게 소리를 지르며 자리에서 일어났습니다. 상대편 나라 사람들도 엄지손가락을 치켜들며 넘버원 코리아라고 칭찬했답니다.

한국이 제 손가락 한 마디보다 작아 속상했었는데 올림픽에서는 200여 나라 중에서 열 손가락 안에 드는 엄청 큰 나라였습니다.

그런데 대한민국은 스포츠뿐만 아니라, 삼성 핸드폰으로, 현대와 기아 자동차로, 또 오대양을 누비는 많은 배를 만드는 나라로 유명합니다.

전 세계의 인터넷과 텔레비전에서는 싸이의 〈강남 스타일〉 노래가 흘러나

오고, 지금의 아프리카처럼 가난했던 나라가 60년 만에 세계경제 순위 12위가 될 정도로 부유해졌습니다.

이것이 어떻게 가능해졌을까요? 저희 부모님 말씀에 따르면, 한국인에게는 힘들수록 인내와 끈기를 가지고 열심히 살아가는 정신이 있기 때문이라고 합니다.

그래서 작지만 매운 맛을 톡톡히 내는 것이라고요. 저도 이렇게 매운 작은 고추로 커 나가기 위해 피곤하지만 토요일에 있는 한국 학교에 빠지지 않고 다니면서 한국말과 역사에 대해 더 열심히 공부할 뿐만 아니라, 제게 있는 재주를 최대한 살리며 멋진 한국인으로 자라갈 것입니다.

그래서 자랑스러운 또 하나의 한국인이 되겠다고 여기 있는 여러분들께 약속드립니다.

한국인의 정

차하나 / 영국

한국인만이 갖고 있는 특징 중에 '정'이란 것이 있어요. 한국을 경험한 외국인들도 한국인의 정이 매우 특별하다고 해요.

어느 한 미국인은 한국인의 정 때문에 국적을 바꾸었대요. 제가 처음 이 말을 들었을 때, 사실 무슨 뜻인지 잘 몰랐어요. 사전에서는 사랑, 친근감이라고 이야기해요. 그런데 뭐랄까요? 한국인의 정은 조금 다른 것 같아요.

저희 엄마는 한국 분이시고, 저희 아빠는 영국 분이십니다. 친할아버지는 돌아가셨는데, 친할머니는 아직도 맨체스터에 사세요. 외할아버지와 외할머니는 제가 태어나기 전에 돌아가셔서 한국의 외할머니와 외할아버지가 어떤 분이신지, 어떤 느낌인지 잘 몰라요. 그리고 저와 제 동생 행복이 둘 다 영국에서 태어나고 자라 한국에 대해서도 잘 모르고요.

하지만 저희 엄마의 고향인 부산에 진짜 외할머니와 외할아버지 같은 분이 계세요. 그것은 바로 선생님이신 우리 엄마의 20년 제자 은희 이모의 부모님이십니다.

엄마가 영국에서 결혼할 때부터 진짜 부모님처럼 챙겨 주셨대요.

제가 태어났을 때 제 배냇저고리도 만들어 주시고 엄마를 위해 미역도 챙겨서 한국에서 보내 주셨대요.

지금도 간장·된장·고추장·김치도 보내 주세요.

제가 제일 좋아하는 깨강정이랑 곶감도 직접 만들어서 보내 주시고, 밥을 잘 먹지 않는 행복이한테는 포도즙도 만들어서 보내 주세요.

작년 여름, 우리 가족은 엄마의 나라 한국, 엄마의 고향인 부산에 갔어요.

그때 은희 이모집에서 할머니와 할아버지를 처음 만났어요.

할머니는 매일 맛난 한국 음식을 만들어 주시고, 할아버지는 우리가 모기에 물릴까 봐 모기도 잡아주셨어요.

그리고 매일 잠자기 전 머리맡에서 저희가 잠들 때까지 동화책도 읽어주셨어요. 상상만 하던 진짜 외할머니 외할아버지를 만난 것 같아요.

돌아오는 날이 기억이 나요.

할머니께서 저를 꼭 껴안아 주시면서, "나는 네가 좋다. 그새 정이 들었다 아이가" 하셨어요.

정이 뭔지는 잘 모르지만, 저도 정을 느낀 것 같아요.

말로는 표현하기 힘든 따뜻함이 정인가 봐요.

지금도 할머니 할아버지는 매년 저희 생일에 생일선물과 편지를 보내 주세요. 편지는 항상 엄마가 대신 읽어주셨는데, 제가 직접 읽고 싶어서 한글을 배워야겠다고 결심했어요.

할머니, 할아버지한테서 느낀 정 때문일까요?

한국이, 한국인이 가지는 그 특별함이 더욱 궁금해졌어요.

저는 사실 한국인의 정이 어떤 건지 완벽하게는 몰라요. 그저 조금 느꼈을 뿐이에요.

그런데 그 작은 경험이 앞으로의 저를 완전히 바꿀 것 같아요. 이제부터 정이 가득한 따뜻한 한국인 차하나가 될 거예요.

그래서 많은 유럽 친구들에게 한국인만이 가지는 그 특별함을 전하고 싶어요.

고맙습니다.

미래의 얼굴

힙스 하나 / 영국

안녕하세요? 저는 영국에서 온 힙스 하나입니다.

여러분! 제 얼굴을 자세히 보세요. 저희 아빠는 영국 사람이고 엄마는 한국 사람이지만, 제 얼굴은 더 한국 사람에 가깝습니다.

엄마께서는 아마도 삼신할머니께서 저를 만드시다가 실수로 그만 한국가루를 더 많이 뿌리셔서 제 얼굴이 한국 사람에 더 가깝다고 하십니다.

제 얼굴은 영국, 아일랜드 그리고 한국이 잘 섞여 있습니다. 어떻습니까? 여러분! 결과가 꽤 괜찮지요?

저는 얼굴뿐만 아니라 저 힙스 하나의 머리에는 두 가지 말이 들어 있습니다. 그러니까 두 가지 말로 생각할 수 있습니다. 이렇게 두 가지 말을 해서 너무나도 자랑스러웠던 제 경험을 지금부터 말씀드리겠습니다.

작년에 제가 다니는 영국 학교에 한국 선생님들 50여 명이 영국의 학교를 둘러보시러 한국에서 오셨습니다. 교장 선생님께서는 저와 오빠를 부르셨습니다. 저희에게 한국말을 할 수 있냐고 물으셔서 저는 "Yes, I can!" 하고 자신 있게 대답했습니다. 교장 선생님께서는 오빠와 제가 에스코트 역할을 해야 된다고 말씀하셨습니다. 저는 무엇보다도 공부를 하지 않아도 된다는 생각에 신이 났습니다. 학교는 손님 맞을 준비에 바빴습니다. 그러는 도중 선생님 한분이 칠판에 한국말로 'Hello'와 'Welcome'을 쓸 수 있냐고 했습니다. 그래서 저는 '안녕하세요'를, 오빠는 '환영합니다'를 썼습니다. 영국 친구들과 선생님들은 박수를 치며 많은 칭찬을 해주셨습니다. 그리고 50여 명의 한국 선생님들은 저희를 보고 너무나 반가워하시며 특히 한국말을 잘하는 저를 아주 많이 대견해 하셨습니다. 저는 그날 정말 행복했습니다. 지금도 그날의 경험을 생각하면 어깨가 으쓱해집니다. 이제는 토요일 아침에도 벌떡 일어나서 한국 학교에 신나게 다니고 있습니다. 언젠가 또 제가 한국 사람들을, 영국 사람들을 도와줄 그날이 올 줄 모르니까요. 저는 그날 이후로 한국말에 더욱 자신감이 생겼고 더욱 열심히 배우고 있습니다.

다문화가족 여러분! 저처럼 이렇게 한글을, 한국 문화를 자랑스럽게 생각하며 유럽 사람들에게 보여 준다면 우리를 통해 한국 문화는 더욱 빛날 거라고 자신 있게 말씀드립니다.

여러분, 말이라는 건 무엇일까요?

말은 생각을 담는 그릇이라고 합니다. 제 머리에는, 제 가슴에는, 그리고 제 눈에는 이렇게 멋지고 다양하게 표현할 수 있는 한국의 그릇이 있습니다. 그리고 무엇보다도 제가 갖고 있는 한국의 그릇이 저는 무척 자랑스럽습니다.

삼신할머니가 실수로 한국가루를 제게 더 많이 쏟아부으셔서 저는 더 감사합니다. 영국에서 살기에 저는 한국가루가 더 많이 필요합니다.

세상은 빠른 속도로 변한다고 합니다. 문화는 이제 한곳에 머물러 있지 않습니다. 앞으로 문화는 제 얼굴 같은 형태로 변합니다. 다른 문화와 다른 문화가 섞여서 또 다른 문화를 낳습니다.

멋지고 다이내믹한 한국인의 유전인자를 고스란히 받은 제 얼굴은 이제 미래의 얼굴입니다.

여러분, 이제 이 미래의 얼굴로 많은 사람들을 이해할 수 있는, 그래서 도와줄 수 있는 훌륭한 세계인으로 자랄 것을 여러분 앞에서 굳게굳게 다짐합니다!

감사합니다.

꿈을 심는 나무

이유정 / 오스트리아

여러분 11177를 아시나요? 한글의 자음과 모음이 결합하여 만든 글자 수입니다.

세상의 어떤 소리도 글로 나타내는 한글을 만드신 세종대왕의 훈민정음은 유네스코 세계문화유산으로 지정되었습니다.

이러한 한글을 모국어로 배우고 비엔나한글학교에 다니는 것이 무척 자랑스럽고 즐겁습니다. 한글학교를 다니면서 제 마음에 든 내용이 있어서 소개하고자 합니다.

제목은 꿈을 심는 나무입니다.

옛날 조선시대에 과거시험에 합격한 한 젊은이가 배나무를 심고 있는 스승을 찾아가 인사를 하였습니다. 스승은 백성을 사랑하고 희망을 주는 사람이 되라고 하셨습니다.

젊은이는 스승의 말을 새겨듣고 충실하게 일을 하였습니다.

10년 후에 재상으로 승진한 젊은이는 다시 스승을 찾아갔습니다.

배나무에서 배를 따 대접하면서 하시는 말씀이 "이 배는 자네가 10년 전에 왔을 때 심은 나무에서 열린 배라네. 자네는 앞으로 1년을 보고 농사짓고, 10년을 보고 나무를 심고, 백년을 보고 인재를 키우세"라고 하셨습니다.

여러분 저는 스승의 말씀에서 깨달은 뜻을 여러분께 알리고 싶습니다. 사랑하는 부모님 사이에서 1년 동안 세상에 나올 준비를 하였고, 10년 동안 오스트리아 빈에 살면서 여러 나라 문화와 예술, 언어, 한국어와 역사를 배우고 있습니다. 앞으로 어른이 될 때까지 더 많은 학습을 바탕으로 넓은 세상에 나아갈 것입니다.

저는 나라를 위해 일하는 여성, 사람을 교육시키는 여성이 되고 싶습니다. 한국 역사 중에 최초의 여성 대통령이신 박근혜도 많은 준비를 하여 꿈을 이루셨다고 합니다.

여러분, 저도 지금은 어린 초등학생이지만 대한민국을 알리는 여성이 되기 위해서 꿈을 심어 나갈 것입니다.

여러분 제가 이처럼 꿈을 이루고 싶은 욕심이 생긴 것은 한국어가 제 마음을 움직이게 하였기 때문입니다.

독일어로 학교수업을 할 때와 한국어를 배울 때는 다가오는 느낌이 다릅니다. 비가 오거나 눈이 오거나 바람이 불어도 한글학교만 오면 한국 냄새가 가득합니다. 우리는 서로 사랑하고 통하는 전기가 있는 것 같습니다.

그리고 한국어는 나에게 잘 성장하라고 물을 주는 것 같습니다.

친구 여러분, 마음이 우울하고 괴롭거나 속이 상할 때 부모님께 혼이 났을 때는 한국어로 된 책을 읽으면 마음이 평온해지고 기분이 풀리게 됩니다.

두 번째로 학교에서 경험한 작은 일을 소개하고 싶습니다.

한국 사람이 저희 독일어 학교를 방문하였을 때 교장 선생님께서 저를 부르시더니 통역을 부탁하셨습니다. 자랑스럽게 한국어와 독일어로 통역을 한 적이 있습니다. 우리 반 친구들이 한국어를 잘하는 저를 무척 부러워했습니다. 집에 돌아온 저는 부모님께 한국어를 가르쳐 주신 것에 감사함을 느꼈습니다.

학교생활에 자신감이 생기고 빈에 사는 것이 즐겁습니다. 왜냐하면 꿈을 꾸게 한국어가 저를 도와주기 때문입니다.

꿈을 꾸게 하는 한국어.

어린이 여러분, 한국어는 많은 지혜와 희망을 줄 것입니다. 우리 모두 미래와 나라를 위해 꿈을 가집시다.

마지막으로 꿈을 꾸는 장소를 마련해 주신 한인 모든 분들께 진심으로 감사드립니다.

한국 전통의 우수성(한복에 대해서)

케찌아 코프 / 오스트리아

안녕하세요? 비엔나한글학교 1학년 케찌아 코프입니다.

저는 오늘 한국 전통의 우수성인 한복에 대해서 말씀드리고자 강단에 섰습니다.

저는 오늘 이 자리에 제가 평소에 즐겨 입는 한국의 고유 전통 의상인 한복을 입고 왔습니다. 어떠신가요?

저희 아빠는 독일 사람이고 저희 엄마는 한국 사람입니다.

그렇지만 저는 디언들(Drindl)보다 한복이 너무 좋습니다.

한국의 전통미를 상징하는 한복은 직선과 곡선이 어우려져 화려하고 단아한 자태를 풍깁니다.

특히 여자들이 입는 한복은 세계적으로도 아름다움을 인정받습니다.

팔을 끼워 넣어 입는 저고리는 상체를 작아 보이게 하고, 허리를 감아 입는 치마는 하체를 풍성하게 보이도록 만들어 균형을 잡아 줍니다.

한국 여성의 몸에는 물론 어느 나라 여성들의 체형에도 잘 어울린답니다.

이렇게 예쁜 한복을 한국 사람들이 많이많이 입었으면 좋겠습니다.

여러분!

한복을 입는다는 것은 곧 한국 문화를 알리는 것과 마찬가지라고 생각합니다.

저희들 모두 이 외국 땅에서 어디에서나 한복을 입어 한국을 자랑합시다!!!!!!!!!!!!

감사합니다.

한국을 알리자

김사랑 / 이탈리아

"Il mio nome e' Sara, 내 이름은 사라, 올해 아홉 살이 되었습니다."
이렇게 시작되는 글을 저는 방송국 아저씨들과 함께 녹음했습니다. 여름방학이 끝나고 한글학교 입학식을 하던 날 교장 선생님께서 우리 한글학교에 한국방송 EBS에서 촬영을 온다고 말씀하셨습니다. 저는 여름방학 동안 부산에 있는 외할머니 집에서 매일 매일 EBS 방송을 보았기 때문에 EBS를 잘 알고 있습니다. 한국 친구들이 방학 동안 보고 공부한다는 〈탐구생활〉도 보고 정말 재미있는 〈보니 하니〉도 나오는 그 EBS 방송. 그런데 그 방송국에서 우리 로마한글학교를 찍으러 온다니 정말 신나는 일입니다.

학교에서 집으로 돌아온 후 엄마는 "축하해! 사랑아" 하며 저를 부르셨습니다. 다음 주에 하는 한글학교 촬영은 한글날을 축하하는 방송인데 이탈리아에서 태어나 이탈리아 학교를 다니는 한국 어린이가 한글도 열심히 배운다는 내용에 제가 그 어린이가 되어 촬영한다고 얘기해 주셨습니다. 와! 저는 가슴이 뛰었습니다. 정말 기뻤습니다. 일주일 동안 한글학교 가는 토요일을 얼마나 기다렸는지 모릅니다.

드디어 토요일이 되었고 두근거리는 마음으로 한글학교에 일찍 도착했습니다. 두 분의 방송국 아저씨들을 만나 인사하고 촬영이 시작되었습니다. 아저씨는 저에게 "이렇게 걸어라, 저쪽을 보아라, 다시 하자" 등등 계속 똑같은 행동을 반복하게 하셨습니다. 제가 좋아하는 쉬는 시간에 친구들과 놀 시간도 없이 촬영이 계속되었지만 저는 하나도 힘들지 않았습니다. 왜냐하면 텔레비전에 나온다는 것은 너무 신나는 일이기 때문입니다. 그리고 마지막으로 제 목소리를 녹음해야 한다고 하셨습니다. 저는 이렇게 말했습니다.

"오늘은 토요일 아주 특별한 날이에요. 바로 한글을 가르쳐 주는 학교에 가는 날이거든요. 나와 같은 얼굴, 나와 같은 피부색, 나와 같은 친구들과 매주 한번 한글을 배웁니다. 엄마 아빠가 태어난 나라, 할아버지 할머니가 있는 대한민국에 대해서도 배웁니다. 이제는 아빠의 글, 엄마의 말로 이야기도 쓸 수 있습니다."

아저씨가 주신 글을 읽었지만 이 이야기는 바로 제 이야기였습니다. 저는 로마에서 태어나 이탈리아 초등학교에 다니고 있습니다. 저희 반에는 저 말고 외국인 친구가 없습니다. 처음 학교에 갔을 때와 매년 1학년 아이들이 새로 들어오면 저를 중국인이라고 놀립니다. 한국 사람이라고 말해 주어도 소용이 없습니다. 작년에 한국말을 물어보는 같은 반 친구에게 가르쳐 주었는데 그런 말은 세상에 없다고 말한 일 때문에 저는 속상했습니다. 있다고 말했지만 아무도 제 편을 들어주는 친구가 없었습니다. 어느 날 수영 선생님이 '차오'가 한국말로 뭐냐고 물어보았을 때 난 대답하지 않았습니다. 왜 그랬는지 모르겠습니다. 하지만 한글학교에 가는 일은 즐겁습니다. 나와 같은 친구들과 한글을 공부하고, 동요도 배우고 한국에 대해서 배우는 것이 정말 즐겁습니다. 그리고 쉬는 시간에 친구들과 노는 것은 더욱 재미있습니다. 엄마와 아빠가 태어나신 나라, 사랑하는 할아버지, 할머니, 이모, 삼촌이 계신 한국의 말과 글을 배우는 한글학교. 저는 촬영을 마치고 방송이 되는 날을 기다렸습니다.

그리고 드디어 한글날이 되어 한국에서 방송이 되었다고 했습니다. 나는 볼 수 없었지만 할아버지, 할머니, 이모, 삼촌, 고모, 큰아버지, 큰 엄마 …… 저희 모든 가족들이 저를 텔레비전에서 보셨다고, 예쁘게 나왔다고 전화해 주셨습니다. 저는 정말 행복했습니다. 그리고 학교에 가서 친구들에게 자랑도 했습니다. 이탈리아 텔레비전에 나왔다면 정말 좋았을 텐데 하는 생각이 들었습니다. 하지만 괜찮습니다. 저는 벌써 한글을 사랑하고 한글이 자랑스러운 한국 사람이 되었으니까요.

이제 저는 계속 열심히 한글학교에 다니고 한글을 배워서 한국 사람들과 한국 문화가 얼마나 훌륭한지 이탈리아에, 그리고 세계에 가르쳐 주는 사람이 될 것입니다. 감사합니다!!!

내가 소중하기 때문에
소중한 꿈을 꿈니다

원 폴리캅 / 이탈리아

저는 14년 전 로마에서 태어나, 한 번도 로마를 떠나 본 적이 없는 로마 토박이 원 폴리캅입니다. 폴리캅, 이름의 뜻은 많은 열매입니다. 부모님은 제가 제 인생에 많은 아름다운 열매를 맺으라고 이 이름을 지어 주셨습니다. 그런데 초등학교에 들어갔을 때 친구들은 제의 이름을 부르기보다는 "에이 치네세", "에이 제키찬"으로 불러 저를 많이 울렸습니다. 그러면 부모님은 "제키찬이 얼마나 멋있는데", "네가 열심히 공부하고 착하게 행동하면 한국 사람, 너를 좋아할 거야"라고 말씀해 주셨습니다. 그때 부모님은 야채가게를 하시며 로마 교민들에게 배추를 배달하셨습니다. 신선한 배추로 김치를 담가 드셨던 분 중에 아이를 갖게 되어, 아버지는 역시 김치가 최고라며 신나게 배달을 다니셨습니다. 그런데 마음이 약하셔서 돈은 못 버시고 야채를 많이 남겨 오셔서 우리 가족이 먹어야 했습니다. 그 덕분에 우리 형과 저는 이렇게 키가 크고 멋있는 미남이 되었고 김치 때문이었는지 저희 집에도 동생이 태어났습니다. 그러나 생활이 너무 어려웠기 때문에 갑자기 태어난 동생도, 야채장사를 하시는 부모님도 싫어졌습니다.

저희는 로마 외곽으로 이사를 가게 되었습니다. 새로운 반에는 외국인 친구 8명, 어깨에 힘을 주며 걷는 집시 친구 3명, 이탈리아 친구 10명이 있었습니다. 저보다 더 어려운 친구들을 보며 마음을 바꾸고자 노력했습니다. 땀을 흘리며 매일 친구들과 축구를 하고, 공부도 열심히 하여 좋은 성적을 받았고 결석을 자주 하는 집시 친구들에게 학교에 빠지지 말고 매일 오라고 조언도 해주었습니다. 그 당시 우리가 하나가 되는 것을 느꼈습니다. 내가 친구들과 다르다고 생각되지 않았습니다. 오히려 우리가 서로 다르기 때문에, 각 사람마다 소중하고 특별한 면이 있다고 생각되었습니다. 우리는 모두 소중합니다. 그렇지 않습니까? 여러분!

하나님께 감사하였을 때 하나님은 소중한 꿈을 주셨습니다. 저는 요리사가 되고 싶습니다. 요리를 통해 내 안에 있는 모든 것을 표현하고 싶고 굶주리는 나라에 가서 사람들에게 따뜻한 음식을 해드리고 싶습니다. 그런데 솔직히 말씀드리자면 할머니에서부터 어머님까지 요리를 별로 잘 하시는 편이 아닙니다. 그러나 요리에 뜨거운 열정을 가진 형 옆에서 저도 프라이팬을 잡다 보니, 요리에 대한 열정과 요리의 세계에 신기함이 생겼습니다. 그런데 어머님이 반대하셨습니다. 그래서 저는 "엄마, 저에게 요리라는 것은 한 접시에 나의 역사와 추억, 미술, 자연, 문화를 표현하는 것으로 보여요. 예를 들면 남북통일도 요리로 표현할 수 있다고 생각해요." 어머님은 높은 음으로 "그러니?" 하시며 결국 저에게 설득을 당하셨습니다. 저는 이번 9월 요리고등학교에 입학했습니다. 요리실습복 단추를 잠그며 요리사가 된 내 모습, 또 욕 잘하는 주방장님께 욕을 얻어먹는 상상도 합니다. 실제로 형과 함께 요리를 하며 기분 나쁠 때가 많습니다. 그러나 앞으로 욕을 더 많이 얻어먹고, 온 몸에 땀 냄새, 기름 냄새가 나고, 힘든 일이 닥쳐도 더욱 노력하겠습니다. 왜냐하면 나는 소중한 꿈을 준비하는 한국인이기 때문입니다. 여러분 인생을 이끄는 것은 환경과 상황이 아니라 바로 소중한 꿈이라고 생각합니다. 여러분! 여러분은 현재 어떤 꿈을 꾸십니까?

여러분은 유럽에서 태어난 한국인으로서 우리 조국 한국을 알리는 자랑스러운 한국인이 되고 싶지 않습니까? 소중한 유럽 차세대 여러분! 소중한 꿈을 향해 함께 나아갑시다! 감사합니다.

나는 나의 조국 대한민국을 사랑합니다

이보미 / 이탈리아

안녕하세요? 제 한국 이름은 이보미입니다. 작년 런던올림픽 때의 일입니다. 남자 펜싱 4강전에서 이탈리아와 한국이 만났습니다. 아빠와 엄마 그리고 제 동생은 TV 앞에서 경기가 시작하기를 기다리고 있었습니다. 그때 아빠가 먼저 "코리아, 코리아"를 외치셨습니다. 우리 아빠는 이탈리아 사람이십니다. 그러자 엄마도 "이탈리아, 이탈리아"를 외치셨습니다. 저는 조금 망설이다가 엄마와 같이 이탈리아를 응원했습니다. 그리고 경기는 한국의 승리로 끝났습니다. 그런데 이게 웬일인가요?

코리아를 외치시던 아빠는 몹시 실망하시고 이탈리아를 외치시던 엄마는 만세를 부르시며 나와 내 동생을 끌어안고 좋아하셨습니다.

저는 어리둥절했습니다. 그래서 엄마에게 "엄마, 이탈리아 응원한 거 아니었어?"라고 물었습니다. 그러자 엄마는 "그러게 …… 그런데 한국이 이기니까 너무 좋다. 엄마는 어쩔 수 없는 한국 사람인가 봐" 하셨습니다. 그래서 저는 "그럼, 난 이탈리아 사람이기도 하고 한국 사람이기도 하는데 난 누구를 응원해야 하는 거야?"라고 물었습니다. 그러자 엄마는 조금 생각하시더니 이렇게 말씀하셨습니다. "우와~ 보미야, 너는 사랑하는 나라가 둘이나 있구나! 좋겠다." 저는 솔직히 뭐가 좋은지 몰랐습니다. 그리고 엄마는 그런 저를 보시고 또 물으셨습니다. "보미야, 너는 한국을 사랑하니?"

사실 저는 엄마 뱃속에 있을 때부터 한국말을 배웠습니다. 그래서 이탈리아말보다 한국말을 먼저 했고 이탈리아 학교보다 한글학교를 먼저 다녔습니다.

그리고 방학 때는 한국도 자주 갔습니다. 그런데도 "한국을 사랑하니?"라는 질문에 선뜻 대답을 하지 못했습니다. 그러자 엄마는 저에게 독도 이야기를 들려주셨습니다. 그리고 어떻게 우리나라가 일본의 식민지가 되었는지 또 유관순, 안중근 의사의 이야기도 책으로 읽게 되었습니다.

아픈 우리 역사를 알수록 저는 점점 화가 났습니다. 그리고 가슴이 아팠습니다. 그래서 저는 엄마에게 어떻게 이런 일이 일어나게 됐는지 따져 물었습니다. 그러자 엄마는 웃으시면서 "우리 보미가 한국을 정말 많이 사랑하는구나!" 하셨습니다.

그렇습니다. 여러분, 제가 이렇게 가슴이 아프고 화가 나는 것은 제가 한국을 알고 한국을 사랑하는 한국 사람이기 때문입니다.

저는 이탈리아 친구들이 〈강남 스타일〉을 부르면 신이 나고 삼성 핸드폰이 최고라고 하면 우쭐하게 됩니다. 그리고 한국 친구들이 피자를 좋아하고 이탈리아 옷들이 예쁘다고 하면 자랑스럽습니다. 왜냐하면 저에게는 이탈리아와 대한민국 모두가 자랑스러운 나의 조국이기 때문입니다.

그래서 저와 같은 다문화 가정의 아이들은 할 일이 두 배나 많습니다. 그래도 저는 배울 것입니다. 한국어와 한국 문화와 한국 역사를 …… 그래서 저희 조국들이 서로를 필요로 할 때 제가 그곳에 있겠습니다. 그리고 이렇게 말할 것입니다.

"나는 나의 조국 대한민국을 사랑합니다."

세계 속의 대한민국 어린이

강소망 / 체코

제 머리카락은 까맣고, 얼굴색은 조금 까무잡잡하며, 얼굴형은 달걀형으로, 한국 사람이 볼 때는 뭐라 말할 것 없는 한국인입니다. 그러나 이곳 유럽의 다양한 인종에 섞이다 보면, 제 모습은 오리무중이 됩니다. 많은 사람들이 저에게 물었습니다.

"당신은 일본에서 왔습니까?"

"중국에서 왔습니까? 아니면 베트남에서 왔습니까?"

저는 고개를 저을 수밖에 없었습니다.

그런데 몇 달 전 저희 새로운 학교 선생님께서는 저를 보시고 "너는 중국, 일본, 몽골, 한국 중에서 어디서 왔니?"라고 물어보셨습니다. 저는 선생님께서 한국이라는 나라를 아시고 계신다는 것을 알고 무척 놀랐고, 기뻤습니다. 항상 자기소개를 할 때마다 친구들과 선생님들은 한국이라는 나라를 생소하게 여겼습니다. 하지만 이 선생님께서는 한국을 알고 계셨고, 삼성과 엘지 등 우수한 전자제품의 나라라고 친구들에게 말씀해 주셨습니다.

그렇습니다. 유럽에서의 한국은, 아니 전 세계에서의 한국은 전자제품뿐만 아니라 자동차와 음악, 더 나아가 음식까지도 그 이름을 날리고 있습니다. 그 밖에도 한국의 전통 무술인 태권도는 이미 전 세계에 알려졌으며, K-POP

또한 머리 색깔과 눈동자 색깔이 다른 외국인들에게 잘 알려져 한국의 매력을 더해 주고 있습니다.

제가 아는 어떤 체코 사람은 한국 노래를 부르고, 한국 드라마를 보며, 한국 음식을 먹습니다.

한국어를 배우기 위해 아예, 한국 사람의 집에 들어가 살고 있습니다.

이제 저는 누군가 "너는 어디서 왔느냐?"라고 물어본다면, 당당하게 "한국에서 왔습니다. 저는 한국 사람입니다"라고 말할 수 있게 되었습니다.

여러분, 한국은 위대한 나라입니다. 세계가 인정하고, 감탄하는 한글!

세계경제 대국으로 우뚝 서 가는 나라! 그리고 세계 각처에서 비중한 자리를 차지하며, 그 힘을 자랑하는 우수한 인재들!

어떻습니까? 여러분, 계속해서 고개만 저으시겠습니까? 아니면 당당하게 한국, 한국 사람이라고 말을 하시겠습니까?

이제는 저희 차례입니다.

위대한 대한민국의 저력과 가능성을 세계만방에 알릴 것을, 이 연사 여러분에게 힘차게 외칩니다.

유럽 차세대가 가져야 할 리더십

김다니엘 / 체코

안녕하세요! 저는 유럽한인 차세대 김다니엘이라고 합니다.

저는 체코 프라하한글학교에 다니고 있습니다.

저는 리더십의 관한 책을 자주 읽습니다. 최근에 반기문 총장에 관한 책과 기사를 읽었습니다.

그분에게는 장점이 많지만 특히 부드럽고 따뜻한 리더십이 가슴에 와닿습니다. 강력한 카리스마를 지니고 독재를 했던 루마니아의 니콜라에 차우셰스쿠(Nicolae Ceauşescu)나 리비아의 무아마르 카다피(Muammar Qaddafi)는 분노한 민심 앞에 사살되었습니다.

그러나 반기문 유엔 사무총장은 상대가 누구든지 친절하게 베풀었습니다.

반기문 총장이 겸손하게 인간관계를 형성할 수 있었던 것은 어머니의 교육이 지대한 영향을 끼쳤습니다.

외교정책으로 인해 다른 의견을 가진 사람은 있을지 몰라도, 그를 인간적으로 싫어하는 사람은 거의 없었습니다.

시간이 지나면서 반기문 총장의 따뜻한 리더십은 세계 지도자들의 마음을 얻었습니다.

저는 학교에서 친구들과 대화를 할 때면 항상 친구들의 말을 존중하고 들으려고 노력합니다.

우리가 살고 있는 이 땅, 이 나라, 이 대륙에서 가장 중요한 시간은 사람의 말을 듣는 자세와 상대방을 배려하는 모습을 보여 주는 것이라고 생각합니다.

지금 세계 곳곳에는 기근과 지진, 마약과 각종 질병에 시달리고 있습니다. 제가 살고 있는 유럽 체코에는 베트남, 중앙아시아, 우크라이나 등지에서 온 다양한 다민족이 살고 있습니다. 이들은 밤낮으로 힘들게 일하고 있습니다. 이분들에게 필요한 것은 따뜻한 한마디 말일 것입니다.

한국인이 가지고 있는 좋은 문화가 많이 있습니다.

K-POP, 뛰어난 IT 기술, 훌륭한 김치와 같은 음식문화 봉사를 할 수 있습니다. 이러한 문화 행사를 통해 많은 민족들이 한국에 대해 좋은 인상을 갖게 될 것입니다.

타인을 소중한 존재로 대할 때 우리에게 돌아오는 것은 기쁨과 행복이며 서로 성장하게 될 것입니다.

『서번트 리더십』이란 책에 이런 글이 있습니다. "누구든지 리더가 되고 싶으면 먼저 봉사하는 법부터 깨우쳐라."

유럽에 살고 있는 우리에게 반기문 총장의 따뜻한 리더십은 우리에게 본을 보여 줍니다.

여러분!

여러분의 삶 속에서 다른 사람에게 영향력을 줄 수 있다면 당신이 바로 리더입니다.

자랑하고 싶은 우리나라의 전통문화

공민서 / 폴란드

여러분, 안녕하세요? 저는 폴란드 바르샤바의 American School 3학년에 다니고 있습니다.

얼마 전 저희 학교에서는 UN데이라고 하는 비교적 큰 규모의 국제문화행사를 가졌습니다.

이 행사는 각 나라에서 모인 학생과 학부모들이 제각각 그 나라 고유의 전통 의상을 입고, 고유 음식을 나눠먹으며 전통문화를 소개하는 자리였습니다.

이 행사에서 단연 최고의 인기 코너는 한국의 전통놀이와 음식문화를 체험하는 자리였습니다.

한복 입어 보기, 투호 놀이, 김밥 만들기, 잡채 맛보기 등에는 외국의 학생과 학부모들이 끊임없이 줄을 서 있었습니다.

저희 반 친구들도 행사 전부터 한국 코너에 대해서 가장 기대한다고 관심을 보였습니다.

이유는 제 생일파티에서 처음 먹어본 한국 음식을 기억하고 있었기 때문입니다.

각자 나라를 대표하는 요리들로 점심이 준비되었고, 한국 음식으로는 불고기와 잡채, 김밥 등을 선보였습니다. 친구들과 부모님들은 특히 불고기를 무척 맛있어 했습니다. 또 김치가 없었던 것에 아쉬움을 표현하기도 했습니다.

심지어 일부 외국 학부모들의 성화에 못 이겨 어머니께선 외국인을 위한 한국 요리 강습 자리를 마련하기로 약속도 하셨습니다.

그렇습니다.

외국인들은 단지 형식적으로나 예의상으로 우리 음식이 맛있다고 하는 것 같지 않습니다. 진심으로 좋아하고 관심을 가지고 있지만, 단지 접할 기회가 많지 않아서 대중화되지 못한 것이 사실임을 느끼게 되었습니다.

1년에 한 번 있는 큰 행사에서 잘 알지 못했던 작은 나라 한국을 알리는 데 전통문화와 음식이 얼마나 큰 역할을 하는지 이곳 폴란드에서 치른 행사를 통해서 저는 알게 되었습니다.

저는 너무나도 우리나라가 자랑스러웠고 훌륭한 전통을 갖게 해주신 우리 조상들에게 감사하고 싶었습니다.

여러분.

우리는 스스로 이렇게 말하곤 합니다.

"한국 음식은 만들기도 어렵고 시간이 많이 걸린다. 맵거나 자극적이며 냄새도 많이 난다."

"한복은 화려하지만 한 땀 한 땀 너무 많은 정성을 들여야 하고, 입어보면 편하지 않아 보인다."

하지만 그렇게 해서 만들어진 전통 음식과 한복에 대한 평가는 어떻습니까?

매워서 혀를 내둘러가면서도 김치를 또 맛보기 위해 열광하는 모습, 한복의 화려한 색상과 맵시 있는 곡선에 매료된 많은 외국인들이 한복을 한 번 입어 보기 위해 줄 서는 모습을 상상해 보십시오.

그렇습니다.

스시, 케밥, 피자와 파스타보다는 비빔밥과 불고기, 김치가 더 고급스럽고 그 어느 음식에서도 맛 볼 수 없는 깊은 맛이 있다고 외국인들이 말합니다.

이제는 우리가 가진 전통문화의 가치를 이해하고 자신감 있게 세계무대에 소개해야 한다고, 이 연사 강력하게 주장합니다.

한국어 교육의 필요성

권성현 / 폴란드

저는 한국에서의 교육은 어린 시절 어린이집에 다녔던 2년이 전부입니다.

그래서 국내의 제 또래에 비해, 아직도 한국 문화와 한국어 사용에 어려움을 느끼고 있습니다.

저희 부모님은 제가 폴란드에 살면서 한국 사람으로서, 모르는 것을 배우도록 많은 기회를 만들어 줍니다.

한 예로, 저는 텔레비전을 보고 싶을 때는 아직도 부모님의 눈치를 많이 봅니다. 그러나 뉴스와 역사 드라마는 마음 놓고 누워서도 볼 수 있는 특권이 있습니다.

왜냐하면, 제가 한국인이라 한국의 문화와 한국 역사를 텔레비전을 통해서도 배울 수 있을 것 이라고 부모님은 믿고 있기 때문입니다.

여러분!

여러분들의 장래 희망은 무엇입니까?

제 장래 희망은 축구선수입니다. 제가 몸무게가 많이 나간다면서 축구선수는 안 된다고 많이 얘기하지만 그래도 저는 훌륭한 축구선수가 되고 싶습니다.

그래서 제가 다니는 학교의 주말 축구클럽에서 축구를 배우고 싶은데, 부모님은 어떠한 일이 있어도 주말엔 한글학교에서 한글을 배우고, 한국인의 문화를 배우라고 합니다.

정말 이해가 되지 않는 이 결정을 저는 지금도 묵묵히 따르고 있습니다.

여러분, 여러분은 제 이 결정을 어떻게 생각하십니까?

그것뿐만이 아닙니다. 추가로 한글교육과 한문교육도 필요하다고 하여, 매주 목요일은 국어책 읽기와 한문 과외수업도 합니다. 그렇다고 제가 국어를 잘하고, 한문을 잘 알고 있는 것도 아닌데 말입니다.

솔직히 부모님의 등쌀에 제가 얼마나 힘들겠습니까?

여러분들도 제 입장을 이해하시겠습니까?

그러나 저는 이제야 그 말씀을 이해하겠습니다.

왜냐하면, 제가 옆집의 폴란드 친구와 축구를 할 때는 폴란드어로 합니다. 학교에서는 영어로 수업을 받습니다.

그리고 집에서는 당연히 한국어를 사용합니다. 제가 한국인이라는 사실은 옆집의 친구도 알고, 학교의 친구들과 선생님들도 다 압니다.

3개 언어를 동시에 배우는 어려움은 있지만, 만일 제가 한국어를 모른다면, 과연 우리 학교의 친구들이나 폴란드 친구들이 저를 한국 사람이라고 인정할 수 있겠습니까?

저는 정말 축구가 하고 싶지만, 한국어와 한국 문화를 배우는 주말의 한글학교를 즐겁게 다닐 것입니다.

자, 여러분들도!

저와 함께 한국인임을 자랑스럽게 생각하고, 한국어와 우리 문화를 배우는데, 힘써 주십시오!

감사합니다.

우리말 바로 쓰기

김준하 / 폴란드

우리나라는 지금까지 약 600년 동안 한국어를 써왔습니다. 백성들이 나라의 보배라고 생각했던 세종대왕은 대부분 문맹이었던 백성들에게 한자 말고 더 쉽지만 과학적인 언어를 만들기 위해 훈민정음을 창제했습니다. 나중에 일본의 식민지가 되었을 때도 한국의 전통 말고도 한국어를 많이 발전시키기 위해 피와 땀 흘려서 지금, 우리가 쓰는 한국어가 탄생했습니다. 그때까지만 해도, 한국어는 외래어와 많이 섞이지 않은 전통어로만 된 단어가 대부분이었습니다. 하지만 세월이 흐르면서, 사람들의 삶과 일이 복잡해지면서, 한국어도 모습이 많이 달라졌습니다. 인터넷과 핸드폰 문자 말고도, 바쁜 요즘 사회 때문에 그렇게 바뀌었을 수도 있습니다. 한국어는 이렇게, 계속 바뀌고 외계어로 바뀌고 있습니다.

전 세계적으로 유명해진 가수 PSY는 자신의 노래와 명성을 알렸을 뿐만 아니라, 한국인의 전통과 언어의 중요함을 강조했습니다. PSY 덕분에 많은 외국인들도 한국어를 배우기 시작했습니다. PSY의 〈강남 스타일〉이 제 학교 친구들에게도 알려지기 시작했을 때, 몇몇 친구는 한국인이 되고 싶다거나, 한국어는 신기하게 발음된다는 말을 했습니다. 또한 한국어를 배우고 싶다고 말한 친구도 생겼습니다. 이렇게 한국이 발전을 거듭하면서 뒤따라오는 긍정적인 측면도 많지만, 부정적인 측면도 덩달아서 생깁니다. 이렇게 외국인들이 한국어를 배우는 것은 우리나라가 미국처럼 이름만 들으면 힘이 느껴지는 나라가 되는 첫 디딤돌이라고 저는 생각합니다. 하지만 여기서 문제가 생길 수 있습니다. 외국인들이 잘못된 한국어를 배우게 될 때는, 한국인의 문화가 잘못 전해질 수 있을 것입니다. 이렇게 되면, 어떤 좋고 나쁜 정보가 외국인들에게 전해졌을지 누가 알겠습니까?

그러면 이런 외계어를 어떻게 기억 속에 묻어두고 올바른 한국어를 다시 쓸 수 있을까요? 우선, 우리말 바로 쓰기 행사 같은 것을 많이 해야 합니다. 사람들은 되풀이되는 말을 들으면, 그 말을 저절로 외우게 됩니다. 그러므로 저는 우리말 바로 쓰기 행사와 같은 것을 자주 하면 우리말을 바로 쓰려고 하는 사람들이 더 늘어날 것이라고 생각합니다. 최근에도 삼성과 같은 대기업체가 한글날을 맞이하여, 우리말 바로 쓰기 운동을 실시했습니다. 일본이나 다른 나라에서 가지고 온 전문 용어를 한국어로 쓰는 행사였습니다. 이렇게 대기업들이 좋은 롤모델이 되면, 소기업뿐만 아니라 많은 사람이 바로 제대로 쓰기 시작할 것입니다.

대기업, 소기업의 행사에서 얘기했듯이, 우리나라는 많은 외래어를 가지고 와서 씁니다. 회사에서, 공공장소에서, 그리고 학교에서 외래어들을 많이 쓰고 있습니다. 그리고 해마다 새로운 외래어 단어들이 들어오고 생기는데, 이렇게 되면 우리의 진정한 글자는 시간이 지날수록 하나하나씩 없어질 것입니다. 그렇게 되면, 우리 전통적인 문자도 하나하나 없어지고, 영어나 일본어를 쓰게 될 수도 있습니다. 이런 일이 일어나지 않게 하려면, 우리가 직접 단어를 고유의 말로 바꾸거나 만들어야 합니다. 북한은 도넛을 가락지빵, 아이스크림을 아이스케키라고 합니다. 이런 문화적인 관점에서 보면, 북한이 우리보다 더 낫다고도 볼 수 있다고 저는 생각합니다.

제가 지금까지 말한 것을 보면, 우리의 문자가 엄청나게 뛰어나는 것을 모르는 우리나라가 민망스러울 수 있습니다. 하지만 지금부터라도 한국어를 다시 제대로 쓰기 시작하면, 늦지 않았다고 봅니다. 지금부터 우리말 바로 쓰기라는 주제로 행사를 자주 열고, 외국인에게 한국어와 한국 문화의 중요성과 신뢰성을 보이고, 몇몇 외래어만 한국화하면, 한국어의 뛰어난 과학성과 쉬운 언어라는 것을 우리가 직접 느낄 수 있을 것입니다.

나의 정체성 찾기

박찬엽 / 폴란드

안녕하십니까?

저는 열네 살 박찬엽입니다.

저는 부모님을 따라서 인도, 중국, 케냐에서 지내다 지금은 폴란드에서 생활하고 있습니다. 인도, 중국, 케냐 친구들이 많이 보고 싶습니다.

다른 나라의 문화를 배우고 경험할 수 있다는 것은 제 미래에 큰 장점이라고 생각하면서 친구들과 함께하였기에 즐겁게 보냈습니다.

어린 시절을 다른 문화권에서 자라서 저는 한국인도, 외국인도 아닌 채로 자라왔습니다. 외국에서는 제가 늘 타국인이었습니다.

그런 혼돈 속에서 어디에서든 주인의식을 누리지 못하고 소속감도 느끼지 못하는 저를 발견했습니다.

어른이 되어서 홀로 서게 될 때 내가 어디에 있으며, 어디에 속하는지, 또 무엇을 위해서 어디에서 살아야 할 것인지에 대해 고민했습니다.

다양한 경험과 기회가 있었지만 저는 혼돈과 외로움을 느꼈습니다.

많은 나라의 문화를 경험하고 산지식을 얻고 배우는 만큼 나 자신의 진정한 뿌리가 어디 있나? 하고 고민하며 살았습니다.

내 마음을 열고 두 정서를 충분히 이해하고 잃어버린 나의 정체성을 찾아내는 것이 무엇보다 절실했습니다.

그런 저에게 저희 부모님은 이렇게 말씀하셨습니다.

"한국인의 피를 받고, 한국인임을 자랑스럽게 느껴야 한다."

"한국 문화를 많이 알고 이해하고, 한국 유산에 대해 감사하며 한국을 사랑할 때 나 자신도 사랑할 수 있다."

한국에 대한 긍정적인 참여와 역사에 대해 알아야 한다는 것이었습니다.

저희 부모님은 항상 예의를 중요시하며 우리말로 말하고 듣고 쓰고 읽을 줄 알아야 한다면서 자연스럽게 우리 문화를 접할 수 있도록 해주셨습니다.

공부도 중요하지만 한국의 뿌리를 알고, 예의바른 사람이 되는 것이 더욱 중요하다고 하셨습니다.

제가 이방인이 아닌 한국인으로 살아가기 위해서는 한국어를 잘해야만 할 것입니다.

한국어를 잘해야지, 다른 언어도 잘할 수 있기 때문입니다.

영어를 잘해야지, 국제적인 아이라고 생각하는 잘못된 인식도 버려야 합니다. 내가 먼저 한국인이라는 정체성에 확신을 가진다면, 내 삶의 목적이나 목표를 쉽게 세울 수 있고, 나 자신을 충분히 정의내릴 수 있을 거라 생각합니다.

저는 자유롭게 열린 마음으로 다양한 세상을 경험할 수 있도록 많은 문화를 이해할 것입니다.

여러 나라 문화를 긍정적인 자세로 수용하며 받아들인다면 한국을 넘어 국제적인 청년으로 자랄 수 있을 거라 저는 믿습니다.

서로 다른 민족과 문화 간의 벽을 허물고 평화와 축복의 다리 역할을 하는 저 자신이 되리라 다짐합니다.

한국인의 정체성을 잃은 것이 아니라 두 정서를 충분히 이해하고 쉽게 적응할 수 있는 국제적인 저, 박찬엽이 되리라 확신합니다.

한국인으로서 한국말을 쓰고, 읽을 줄 알아야 하며, 문화와 역사를 아는 건강한 나를 발견하고 세계를 이끌 한국의 인재와 지도자가 되겠다고 확신하며 선포합니다.

감사합니다.

'칭 쳉 총'

박해윤 / 폴란드

안녕하십니까?

저는 폴란드 바르샤바에 살고 있는 박해윤입니다. 제가 기억이 나지 않는 2005년, 제가 세 살 때 저와 저희 가족은 폴란드라는 이름 모를 곳에 오게 되었습니다. 다르게 생긴 사람들, 다른 색깔의 눈과 코 모든 것들이 저와 저희 가족을 압박했습니다.

저희 가족이 처음으로 정착한 도시는 키엘체라는 작은 도시입니다. 한국 사람은 전혀 없는 곳입니다. 저희 가족은 그런 키엘체에서 새로운 삶을 시작하였습니다. 저희 가족이 식당에라도 가게 되면, 모든 사람들의 구경거리가 되었습니다. 저 동양 사람들은 무엇을 먹고 사나, 어떻게 먹나 뭐, 이런 것들이 현지인들에게는 무척이나 궁금한가 봅니다. 저희가 어떤 음식을 시킨 것도 소문나고, 어떤 음식을 남긴 것도 소문나고 참으로 저희 가족은 무척이나 유명인사가 되었습니다.

'칭 쳉 총'이란 말을 아십니까? 이 말은 동양인의 작은 눈, 코, 이마를 놀리는 폴란드 말입니다. 간혹 지나가다 이런 말을 듣게 되면 처음에는 무슨 말인지 몰라서 "징쿠예, 고맙습니다"라고 대답을 했습니다.

저는 이러한 분위기 속에서 제가 어느 나라 사람인지도 모르고 살았습니다. 물론 그때에는 한글도 읽지도 쓰지도 못했습니다. 유치원에도 가기 싫었습니다. 물론 절 받아주지도 않았습니다. 유치원에 다니게 되면서 조금씩 현지 폴란드어를 듣게 되었고 말하게 되기 시작했습니다.

어느 날 유치원에서 유엔데이 행사를 하게 되었습니다.

저희 부모님은 한국 음식을 준비하셨고, 저는 한복이라는 요상한 옷을 입게 되었습니다. 뛰어 놀기에 불편하고 특히 화장실이 급할 때는 뭐 이런 옷이 있나 했습니다. 저희 가족 모두는 한국 음식과 여러 가지 한국의 물건을 전시하였습니다. 그때 유치원 친구가 저에게 물었습니다. 자기 이름을 한국말로 써달라고 …… 아 이런 일이 저는 제 이름도 못쓰는데 그 녀석은 자기 이름을 그것도 한국어로 써 달랍니다. 폴란드 사람 이름은 폴란드 말로 써야 되는 거 아닙니까? 전 그 녀석이 내민 하얀 종이 위에 제가 평소 즐겨 보아서 어느 정도 그릴 줄 알았던 단 하나의 한국말로 된 그것 "포켓몬"이라고 써서, 아니 그려 주었습니다. 그 녀석은 그게 자기 이름이라고 매우 좋아했습니다.

전 엄마에게 나도 한국어를 배우고 싶다고 해서 엄마는 아기공룡 둘리가 나오는 한국어 프로그램을 구해 주셨습니다. 매일 저는 아기공룡 둘리와 함께 한글의 세계에 빠지게 되었습니다. 저희 한국어 선생님은 아기공룡 둘리입니다.

텔레비전의 축구경기 중 동양인 선수를 발견했습니다. 누구인지 궁금했습니다. 바로 박지성 선수였습니다. 저는 그 선수를 보자마자 그냥 주먹에 힘이 들어갔습니다. 그냥 좋았습니다. 폴란드 친구들에게 자랑했습니다.

박지성 선수를 아냐고, 그것도 모르냐고 핀잔도 주었습니다. 마음이 들떴습니다. 저는 한국인이기 때문입니다.

여러분, 제 기억에는 한국 생활의 기억이 거의 없습니다. 방학 때 잠깐 방문하는 한국 생활은 맛있는 음식 먹기에 시간이 모자란 것뿐이었습니다. 이제 저는 이 유럽 땅에서 한국인으로 당당한 한국인으로 서고자 합니다.

이 웅변대회에서 저는 다짐을 하고자 합니다. 당당한 한국인으로서 세계 속에 빛나는 한국인으로서 살아가겠습니다.

그러기 위해서 저는, 첫째, 대한민국의 자랑거리를 찾겠습니다.

둘째, 친구들에게 제대로 된 한국어로 이름을 써 주겠습니다.

셋째, 항상 한국인으로 사는 것이 얼마나 기쁘고 힘찬 일인지 느끼며 살겠습니다.

이러한 것들을 항상 마음에 새기고, 자랑스런 대한민국을 가슴에 품고 살아가겠노라고, 이 연사 여러분께 외칩니다.

문화적 긍지로 민족 정체성을
이어온 한국인

이예주/ 폴란드

지금으로부터 14년 전, 저는 생후 8개월 때 비행기 좌석 앞에 매달린 바구니에 눕힌 채로 폴란드로 왔으며, 이후 줄곧 이곳에서 살고 있습니다. 저는 폴란드 유치원을 다녔고 초등학교부터는 영국계 국제학교를 다니고 있습니다. 하지만 부모님의 큰 관심 속에 저 자신이 한국인이라는 것을 단 하루도 잊은 적이 없으며, 제 조국 한국에 대해서도 큰 자부심을 지니고 있습니다.

제 정체성을 바로 잡아주기 위한 부모님의 노력은 제 유치원 시절부터 본격적으로 시작되었습니다.

저희 부모님께서는 폴란드 유치원에서 알파벳을 배우자마자 서둘러 한글을 가르쳐 주셨지요. 당시에 마땅한 교재도 없었는데도 인터넷에 나와 있는 자료로 어머니에게 한글을 배웠고, 평소에 가족 간 대화에서도 폴란드어나 영어 단어를 섞어서 쓰는 것을 엄격하게 제한받았답니다.

저희 아버지께서는 저에게 지금도 한국의 중학생들이 공부하는 교재로 매주 3시간 이상 한국어를 지도해 주십니다.

그 결과 지금 저는 한국에 있는 저와 비슷한 또래의 학생들과 비교해도 별 차이가 없는 한국어 실력을 갖게 되었지요. 예전에는 몰랐지만 부모님의 이러한 정성이 오늘날 한국인으로서의 제 정체성을 바로 세워주셨음을 깨닫게 되어 감사함을 느낍니다.

브로츠와프한글학교에서는 중학생들을 대상으로 한국 역사 수업이 있습니다. 저는 이 수업을 통해 우리 한국인이 얼마나 강한 생명력을 지닌 위대한

민족이라는 사실을 깨닫게 되었답니다.

과거 우리 조상들과 경쟁했던 흉노족, 돌궐족, 거란족, 여진족(만주족)이 중국 한족에 동화되어 오늘날 민족 자체가 거의 사라진 것에 비해 우리는 당당하게 독립국가로서 정체성을 이어가고 있다는 사실을 배울 수 있었지요.

또한 아시아와 유럽에 걸쳐 대제국을 이룩하였던 몽골족의 후예들은 절반은 중국의 자치구가 되어 있고, 나머지 독립 국가인 외몽골 사람들은 이제 자기 나라 GDP의 1/4을 한국에서 일하며 벌어간다고 합니다.

이뿐만이 아닙니다. 제2차 세계대전에서 일본이 패망한 결과로 광복을 맞이하기는 하였지만, 강한 민족적 긍지를 바탕으로 희망을 잃지 않고, 후손들을 위한 미래를 꿈꾸며 고통을 참아낸 우리 조상들의 노력이 없었다면 우리의 독립과 번영은 불가능하였을 것입니다.

한때 독립국이었던 오키나와는 우리와 달리 지금까지도 독립을 얻지 못하고 일본의 일부분으로 존재하고 있다는 사실에서 우리 민족의 위대함을 실감할 수 있었습니다.

제가 한국인이라는 사실에 자부심을 느끼는 또 다른 이유는 우리 민족은 독창적인 문화로 세계를 이끌어 왔다는 점이지요.

세계 최초로 금속활자를 발명해 낸 우리 한국인의 앞선 정보 통신 능력은 오늘날 세계 최고 수준의 IT 산업 국가를 가능하게 하였으며, 가장 과학적이고 가장 체계적인 문자인 한글은 자신의 생각을 글로 표현하지 못했던 당시 조선 백성들의 어려움을 극복함은 물론, 오늘날 전 세계에 자신의 문자를 가지지 못한 민족들을 위해 새로운 가능성을 열어주고 있습니다.

대한민국은 지혜로운 조상들이 일구어낸 문화적 전통을 21세기 인류 평화를 위해 모범적으로 실현해 나갈 나라입니다.

실제로 전 세계적으로 해마다 점점 많은 외국인들이 한국어와 한국 문화를 배우고 있습니다. 또한 다른 지역에 비해 상대적으로 한류 열풍이 약했던 유럽에서도 최근 몇 년 사이에 한국과 한국 문화에 관한 관심이 점점 뜨겁게 달아오르고 있음을 느낄 수 있습니다. 제가 살고 있는 브로츠와프에서는 폴란드 사람들이 우리들에게 "곤니치와"나 "니하오"보다는 "안녕하세요"라고 인사하는 것을 훨씬 자주 접하곤 한답니다.

독립운동을 위해 평생을 바치신 김구 선생님께서는 "인류의 정신을 배양하는 것은 오직 문화이다. 나는 우리나라가 남의 것을 모방하는 나라가 되지 말고, 이러한 높고 새로운 문화의 근원이 되고 목표가 되고, 모범이 되기를 원한다"라고 말씀하셨습니다.

저는 김구 선생님의 말씀처럼 '우리 민족이 통일을 이루고, 진정한 세계의 평화가 우리나라로 말미암아서 세계에 실현되기'를 가슴에 품고 언제 어디서나 당당히 이름을 밝힐 수 있는 자랑스런 한국인으로 살고 싶습니다.

저는 한국인임이 자랑스럽습니다.

유럽한인 차세대로서의
우리가 가야 할 길

이정환 / 폴란드

여러분 안녕하십니까? 바르샤바에 살고 있는 이정환(LEE JEONG WHAN)입니다.

오늘 유럽한인 차세대 한국어 웅변대회를 통해 유럽 각지의 많은 한인 이웃들을 만날 수 있음을 무척 기쁘게 생각합니다.

저는 요즘 기분이 참 좋습니다.

왜냐하면 제가 아시아를 넘어 이미 유럽에 부는 한류 열풍의 중심에 있는 아이돌 그룹 'FT ISLAND'의 노래에 푹 빠지니 덩달아 아시안 친구들, 유러피언 친구들이 모두 좋아한다고 합니다. 역시 좋은 것은 누구나 좋아하게 됩니다.

저 또한 기분이 좋습니다. 왜냐하면 제가 지금 유럽연합에 살고 있기 때문입니다.

유럽 28개국이 하나의 시장, 유로화라는 하나의 통화로 세계시장에서 경쟁력을 높이기 위해 만든 경제 공동체에서 시작하여 이제는 정치 사회면에서도 하나가 되기 위해 나아가고 있습니다.

자그마치 5억 명이 넘는 인구, 1인당 국민소득이 3만 달러가 넘어 성장 잠재력과 구매력이 무한한 이 큰 시장에서 우리는 무엇을 할 수 있겠습니까? 아니 무엇을 해야 하겠습니까?

우리는 무엇이든 할 수 있고 또한 어떤 것이라도 해야 합니다. 부지런한 농부에게 넓은 들판은 그의 꿈을 펼칠, 이상을 실현할 기회입니다.

부지런한 농부가 된다면, 그래서 누구에게나 열려 있는 들판이라면 저는 이곳에 제 꿈을 심겠습니다. 제 이상을 심겠습니다. 제 미래를 심겠습니다.

그리고 가꾸겠습니다. 정성을 다하여 가꾸겠습니다.

가을이 되어 들판이 무르익으면 비단 농부만이 행복한 것은 아닙니다. 그의 가족과 이웃과 그를 사랑하는 모든 이들이 행복할 수 있습니다.

나와 내 가족과 내가 사랑하는 모든 이들이 행복할 수 있다면 이 들판에 내 꿈과 이상과 미래를 심어볼 가치가 충분하지 않겠습니까? 여러분.

우리의 부모님께서 자식의 바른 성장을 위해, 훌륭하게 키우기 위해 얼마나 애쓰시는지 잘 알고 있습니다. 아주 유명하거나 큰 기업을 경영하지는 않지만 항상 최선을 다해 열심히, 정직하게 살아가는 모습으로 저에게 가르침을 주십니다.

당신의 희생을 바쳐 자식들을 당신보다는 더 훌륭하게 키우겠다는 우리의 국민성이 오늘날 대한민국의 발전을 이끈 근원이라고 믿기에 충분한 이유입니다. 교훈은 멀리서 찾을 필요가 없습니다. 제가 보고 듣고 느낄 수 있는 이런 부모님의 모습이 이미 나의 교훈입니다.

이제서야 깨닫게 되는 것은 이것이 바로 우리 한국인이 해외의 낯선 환경, 새로운 환경에서도 다른 국가의 어느 국민들보다 앞서 어려움을 헤쳐 나가고 경쟁에서 이길 수 있는 원동력이 아니겠습니까?

한인 차세대 여러분!

우리가 가야 할 정해진 길은 없습니다. 그렇기 때문에 더 많은 길이 있고, 더 넓은 길이 있고 또한 여전히 더 큰 가능성이 있는 것입니다.

한인 차세대로서 우리 젊은이들은 우리의 몸과 능력을, 가진 모든 것을 활용할 준비를 해야 합니다. 한국인으로서의 긍지를 잃지 않고, 다가오는 미래를 기다릴 것이 아니라 지혜와 노력으로 다가올 미래를 향해 나아갈 때에 우리는 이 시대의, 세계의 진정한 리더가 될 수 있다는 것을 확신합니다.

감사합니다.

한국어와 한국인

김관우 / 프랑스

저는 프랑스 파리에서 태어나서 지금까지 살고 있고, 저희 부모님은 한국인이십니다. 집에서는 어릴 때부터 부모님이 한국어를 가르쳐 주셨는데, 부모님은 한국인이라서 한국어를 쓰시니까 저도 한국어를 배워야 한다고만 생각했었습니다. 저는 여덟 살 때까지 누가 물어보면 프랑스인이라고 대답했었습니다. 부모님은 제가 한국인이라고 자주 말씀해 주셨지만, '나는 프랑스에서 태어났고 프랑스에서 사니까, 내 친구들처럼 나도 프랑스인이야'라고 생각했었습니다.

그런데 어느 날 공원에서 친구들과 놀고 있는데, 지나가던 아이들이 저를 보고 '중국 오리'라고 놀렸습니다. 저는 "나는 프랑스 사람이야"라고 프랑스어로 소리쳤지만, 속으로는 내가 중국인이라고 놀림을 받는 게, 이상하기도 하고 왠지 속상하고 슬프기도 해서 엄마한테 말씀드렸습니다. 엄마는 '중국 오리'라는 말은 중국인의 걸음걸이가 뒤뚱뒤뚱 움직이는 오리를 닮았다며, 프랑스인들이 중국인을 나쁘게 놀리는 말이라고 하셨습니다.

그리고 프랑스에는 중국인뿐만 아니라 다른 외국인을 놀리는 말도 많다고 하셨습니다. 저는 그때 처음으로 제가 프랑스인과 다르다는 것도, 또 제가 프랑스인이 아니라 프랑스에 살고 있는 외국인이라는 것도 알게 되었습니다. 그리고 나서 '내가 외국인이라면 분명히 중국인은 아닌데 그렇다면 어느 나라 사람일까?' 하고 생각해 보게 되었습니다. 그 답은 저도 제 부모님처럼 한국인이라는 것이었습니다.

프랑스 초등학교에 다니게 되면서 친구들이 많이 생겼는데, 제 친구들 중에는 저처럼 외국인도 있습니다. 제일 친한 중국 친구 크라크, 스리랑카 친구

케빈, 그리고 다음 학년부터 일본에서 프랑스 학교를 다니게 되는, 아빠가 프랑스인이고 엄마가 일본인인 레아가 외국인입니다. 제 친구들도 저처럼 놀림을 받은 적이 있다고 했습니다. 저도 제 친구들도 프랑스어를 잘하지만 외국인이라고 놀림을 받는 이유는 얼굴이 프랑스인과 다르게 생겼기 때문일 것입니다. 그래서 저는 '얼굴이 한국 사람처럼 생겼으니까 한국인이구나'라고 생각했습니다.

이렇게 '부모님이 한국인이고 한국인의 얼굴을 가진 나는 당연히 한국인이 되는구나'라고 생각하고 있었는데, 아빠가 한국인의 모습을 했다고 다 한국인이 아니라는 말씀을 해주셨습니다. 아빠는 한 나라의 말이야말로 그 나라를 나타내 주는 것이기 때문에, 한국인이라면 반드시 한국어를 잘해야 된다고 설명해 주셨습니다. 그리고 저를 한글학교에 보내셨습니다.

저는 한글학교를 6년째 다니고 있고 한국으로 치면 초등학교 6학년인 반에 있습니다. 올해는 한국 문학을 배우기 시작했습니다. 선생님께서 한국 문학 작품을 읽으면 한국인의 생각과 한국 문화를 알 수 있게 된다고 말씀하셔서, 문학작품이 아직 어렵기는 하지만 엄마한테 물어보기도 하고, 얘기도 하면서, 이해해 보려고 노력하고 있습니다.

다른 숙제들도 있습니다. 한국어 시를 옮겨 적어야 하고, 감상문도 쓰고, 문법, 맞춤법, 어휘 숙제에다가 틀린 단어는 세 번씩이나 써야 합니다. 엄마가 숙제를 도와주시면서 "와, 엄마도 다 잊어버린 문법을 우리 아들이 더 잘 아네"라고 칭찬을 해주시곤 하십니다. 칭찬을 듣고 한국어가 는다는 생각이 들면 기분이 좋기도 하지만 힘들 때도 많습니다. 저는 프랑스 친구들이 학교에 가지 않는 수요일 오후에도 한글학교에 가야 하고 숙제도 훨씬 더 많이 해야 하기 때문입니다. 저는 친구들이 많아서 재미있게 지내는데, 그 친구들이 수요일 오후에 생일 초대를 하면 갈 수가 없어서 너무 속상할 때도 있습니다.

하지만 한글학교를 빠진 적은 없습니다. 부모님께서는 "프랑스 학교와 한글학교는 다른 취미 활동과는 달리 내가 선택할 수 없다"라고 하십니다. 작년에도 한글학교에서 개근상을 받았는데 부모님은 다른 어떤 상보다 개근상을 중요하게 생각하시면서, 힘들더라도 지금 한국어를 제대로 배우지 않으면 나중에 프랑스에 사는 대부분의 한국 아이들처럼 한국어로 질문을 하면 프랑스어로 대답하게 된다고 주의를 주십니다.

저는 집에서는 한국어를 합니다. 집에서 프랑스어를 하면 아빠한테 혼이 나니까요. 그런데 프랑스에 살고 있는 제 한국 사촌들이 집에 놀러 오면 프랑스어를 하게 됩니다. 그럴 때마다 아빠는 "한국말! 너희들, 프랑스어를 쓰면서 놀려면 만나지 마!"라고 화를 내시면서 "학교에서 하루 종일 프랑스어를 했을 텐데 너희들끼리 만났을 때만이라도 제발 한국어를 사용해라. 그렇지 않으면 한국어를 다 잊어버린다" 하며 걱정하십니다. 그래서 저도 한국어를 많이 사용하려고 노력하고 있는데 자꾸 프랑스어가 입에서 나와서 걱정이 됩니다.

"한국어를 잊어버리면 너희들은 프랑스인도 될 수 없고 한국인도 될 수 없다."

아빠가 하신 이 말씀은 늘 제 마음에 남아 있습니다. 한국어를 잊어버리면 결국 한국을 잊어버리게 되는 것이고, 그렇게 되면 저와 저희 부모님의 뿌리인 우리나라를 잊어버리게 된다는 뜻일 것입니다.

저는 이제 제가 한국인이라는 것을 잘 알고 있습니다. 그리고 저는 부모님이 한국인이라서 또는 얼굴이 한국인이라서 한국인이 아닌 한국어를 잘하는 한국인이 되고 싶습니다. 앞으로도 제가 한국인인 것을 잊어버리지 않게 한국어 공부도 더 열심히 하고 한국 역사와 문화에 관한 책들을 지금보다 더 많이 읽어야겠습니다.

저처럼 프랑스에서 태어나서 살고 있는 한국인이 많습니다. 하지만 한국어를 하지 못하는 한국인들도 프랑스에서 본 적이 있습니다. 한국인이 한국어를 하지 못한다면 부끄러울 것 같습니다. 한국인으로서 우리 스스로에게 당당히 한국인이라고 말할 수 있으려면, 또 한국에 대해서 잘 알려면, 무엇보다 한국어를 잘해야 될 것입니다. 프랑스의 한국인들, 또 다른 외국에 사는 한국인들 모두 한국어를 많이 쓰고 사랑했으면 좋겠습니다. 한국어를 사랑하고 지키는 것은 한국인인 우리가 우리 자신을 사랑하고, 우리나라인 한국을 지키는 일이니까요.

제4회

사랑합니다! 나의 조국 대한민국을

한주리 / 네덜란드

재작년 가을 로테르담한글학교에서는 아주 큰 추석 행사를 했습니다. 네덜란드에 사는 한국 사람들과 외국인들이 함께 모여 한복 입어 보기와 명절놀이도 하고 맛있는 한국 음식도 먹으면서 즐거운 시간을 보냈습니다. 애국가를 부르고 나서 한국과 관련된 동영상을 보았는데, 저는 6·25전쟁을 치른 직후 지독히도 가난했던 우리나라의 모습에 큰 충격을 받았고, 또한 60년 만에 우리나라가 이렇게 발전했다는 것에 놀랐습니다. 우리 오빠가 4년 전에 인도에 가서 찍은 사진 속 인도의 모습과 지금 우리나라의 모습은 아주 다르지만, 당시 우리나라는 인도 다음으로 가난한 나라였다고 합니다.

아시아에서 가장 큰 백화점이 있고, 세계에서 가장 빠른 인터넷을 지니고 있는 지금의 우리나라를 보고 불과 60년 전만 해도 세계에서 가장 가난한 나라였다는 것을 누가 상상할 수 있겠습니까? 하지만 이것이 사실입니다. 대한민국은 이제 OECD 국가 중 하나이고 이제는 우리가 받았던 도움을 다른 국가들에게 베풀고 있습니다. 우리 민족은 유럽의 국가들이 수백 년 동안 해온 경제발전을 불과 30년 동안 해낸 것입니다. 이것을 우리는 한강의 기적이라고 부릅니다.

1945년 일제의 억압에서 겨우 벗어날 수 있었던 우리 민족은 곧 6·25전쟁이라는 민족끼리의 전쟁을 겪게 되었고, 전쟁 이후 대한민국은 참담했습니다. 하지만 우리 대한민국의 부모들은 자식들에게 가난을 물려주지 않기 위해서 몸이 으스러질 때까지 일을 했습니다. 먼 나라에 가서 온갖 허드렛일을 하면서도 자랑스런 대한민국을 만들어 나갈 자식들을 교육시키는 것에 몸과 마음을 다 바쳤습니다.

저는 초등학교 때 밀라노에서 국제학교를 다니다가 한국에 돌아가 2년 동안 한국에서 학교를 다녔습니다. 그때 저는 우리나라 어른들은 왜 이렇게 힘들게 일을 하고 우리나라 아이들은 왜 이렇게 고생을 해가며 공부를 해야 할까 하는 생각을 했습니다. 그런데 이제 알 것 같습니다. 지금의 대한민국을 만든 것은 바로 교육! 그것이었습니다. 부모들의 희생으로 그리고 자식들의 열심으로 개미처럼 일구어 나갔기 때문에 눈부시게 빛나는 현재의 대한민국을 만들 수 있었던 것입니다.

재작년 여름방학에 한국에 갔을 때 저는 오빠와 'Global Youth Forum'에 참가했습니다. 우리처럼 외국에서 사는 한국 아이들이 모여 멘토 선생님들과 한국 문화를 체험했는데, 저는 우리나라 아이들이 공부만 잘하는 것이 아니라 개성이 넘치고 끼도 많다는 것을 알게 되었습니다. KBS 아나운서랑 목소리가 똑같아서 'KBS'라는 별명을 얻게 된 오빠, 포스터를 화가 못지않게 그렸던 지우 오빠, 노래를 열심히 불러서 만능 엔터테이너로 등극했던 우리 오빠, 최고 매너남이었던 쌍둥이 Kobert와 Peter 오빠⋯⋯ 저는 얼굴이 하얗다고 '토끼'라는 별명을 얻었는데 우리는 모두 꿀벌, 오징어, 오랄비 등등의 별명을 하나씩 갖게 되었습니다.

템플 스테이를 하면서 108배를 체험하기도 하고 조별 미션을 수행하기도 하면서 우리는 그야말로 뜨겁게 친해졌습니다. 저는 10년을 해외에서 지냈고 외국 친구들이 대부분이지만 외국 친구들과 지낼 때와는 다른 느낌을 받았습니다. 일주일간이었지만 우리는 너무 잘 통했고 서로가 서로를 너무 잘 이해할 수 있었습니다. 아마 우리가 모두 대한민국의 아이들이기 때문인 것 같았습니다. 우리는 헤어질 때 몇 번이나 다시 끌어안고 울었고 손을 흔들고 가다가 또 다시 달려가 얼싸안고 울었습니다. 지금도 우리는 서로 연락을 하며 지냅니다. 저는 믿습니다. 우리는 앞으로 더 훌륭한 대한민국을 이끌어 갈 글로벌 리더가 될 것이라는 것을 말입니다.

저는 제가 한국인이라는 것이 자랑스럽습니다. 저는 사랑합니다. 나의 조국 대한민국을, 그리고 자랑스런 한국인들을!

예진이의 학교생활

고레이첼 예진 / 덴마크

안녕하세요!

저는 덴마크에 사는 고레이첼 예진이라고 합니다.

해외에 사시는 여러분들은 한복을 일 년에 몇 번이나 입으세요?

설날이나 추석 때 입으시나요?

저는 한복을 너무 좋아한답니다. 사실 저는 한복이 우리나라 전통 의상인 줄은 처음엔 몰랐어요. 그냥 옷이 너무 아름다워서 좋아한답니다.

한국에서 살지 않아서 저에겐 많이 입을 기회가 없었는데요. 다행이 매번 우리나라에서 가족들이 보내 준답니다.

빨갛고 치마가 신데렐라 치마처럼 넓고, 입으면 아래가 통통한 한복이 너무나 아름다웠지요. 그리고 세트로 같이 도착한 꼬마 고무신과 오색의 파랑, 하양, 빨강, 노랑, 초록의 줄무늬가 들어간 저고리가 너무 마음에 들었어요.

그 후 저는 거의 매일 한복을 입고 집에서 놀았고, 거의 집에서 일상복이 되었답니다.

그러던 중 저는 한복을 입고 학교에 가고 싶었습니다.

그래서 아버지에게 물어보았고, 아버지는 놀라시는 눈치로 "그래라" 하셨습니다.

그날 저녁 학교 친구들에게 보여 줄 생각을 하니 너무나 기뻤습니다.

그리고 다음 날 저희 학교는 버스로 두 정거장이기 때문에 걸어가기로 했습니다. 덩달아 언니도 같이 한복을 입었고, 길거리를 걸어가고 있었습니다.

그러자 이상하게도, 모든 사람들이 저희를 쳐다보면서 웃고, 아름답다고 말해 주었습니다.

약간의 수줍음도 있었지만, 너무나 좋았지요.

학교에 가서는 모든 친구들과 선생님들도 너무나 아름답다고 해주었습니다. 그리고 너무나 입어보고 싶다고 졸랐습니다.

그 후 몇 번 더 한복을 입고 학교에 갔고, 저는 너무나도 예쁜 드레스 한복을 제가 커서 입을 수 없을 때까지 가끔 입고 다녔습니다. 그때마다 너무 기분이 좋았고, 친구들도 더 대한민국에 대하여 알고 싶어 했습니다.

여러분!! 일 년에 한두 번 한복을 입어 보는 건 어떠세요?

코리아 엔젤

석샤론 / 독일

여러분! 여러분들은 동양의 작은 나라, 한국에서 온 천사들이란 이름의 '코리아 엔젤'을 아십니까? 불과 50여 년 전, 식민지 지배를 막 벗어난 우린 전쟁으로 인해 또다시 모든 걸 잃었습니다.

그런 우리 민족에게 꿈이라고는 배고픔을 대물림하지 않는 것이었습니다. 그렇게 지독한 가난에 시달리던 세계에서 가장 가난했던 작은 나라가 오늘날 선진국 대열에 우뚝 섰습니다.

자랑스런 그 이름, 바로 우리의 조국 대한민국입니다.

여러분!

1964년 12월 독일 함보튼 탄광에 애국가가 울려 퍼지던 그날 대통령도 새까만 얼굴의 광부들도 함께 울었습니다.

그리고 다시는 가난으로 인해 후손들이 머나 먼 타국으로 팔려오지 않기를, 그들은 다짐하고 또 다짐했습니다.

가난한 조국을 위해 말도 통하지 않은 이역만리 먼 타국에 와 광부로, 간호사로 꽃다운 청춘을 바쳐 차가운 빵조각으로 끼니를 때우며 월급의 80퍼센트가 넘는 외화를 고국으로 송금한 그들로 인해 우리나라 경제는 다시 일어설 수 있었습니다.

그들의 애국심과 성실함에 감동받은 독일인들은 그들을 '코리아 엔젤'이라 불렀습니다.

우리 가족이 자주 가는 한국 식당의 주인 할아버지, 한국 식품점 사장님, 제가 다니는 작은 한글학교에서 봉사하고 계시는 저희 교장 선생님, 바로 그분들의 이야기입니다.

독일에서 태어나고 자란 저는 몰랐습니다.

독일 친구 모두가 갖고 싶어 하는 세계 최고의 핸드폰, 전자제품 가게 진열대의 맨 앞자리를 차지하고 있는 커다란 스마트 TV, 옆집의 독일 아저씨가 타고 다니시며 자랑하시는 한국의 자동차, 한류에 푹 빠져 한글을 배우러 한글학교에 오는 독일 친구들을 보며, 한국은 그저 원래부터 잘 사는 나라인 줄 알았습니다. 하지만 나의 조국 대한민국은 그분들의 피와 땀으로 세워진 나라였던 것입니다.

광부 할아버지, 간호사 할머니, 지금 보고 계십니까?

당신들께서 평생을 바라던 소원이 지금 이루어졌습니다.

당신들의 땀과 노력으로 가난하던 조국은 오늘날 세계 최고의 전자제품과 자동차를 생산하며 세계 60억 인구를 열광시키는 한류를 만들어내며 경제적·문화적으로 세계 속에 우뚝 섰습니다.

그래서 외국에서 나고 자란 우리 2세들은 우리보다 키도 크고 덩치도 큰 외국 친구들 사이에서도 기죽지 않고 우리의 조국 대한민국을 자랑스럽게 여기며 이렇게 당당하게 살아가고 있습니다.

고맙습니다. 그리고 사랑합니다. 자랑스런 나의 조국 대한민국!

이곳에 모인 어린이 청소년 여러분, 이제 우리의 차례입니다.

외국에서 나고 자랐으며 이중의 언어를 사용하는 우리는 우리의 조국을 위해 할 일이 두 배나 많습니다.

우리의 조국인 대한민국은 물론이요. 우리가 나고 자란 각자의 나라도 우리의 제2의 조국이기 때문입니다.

그래서 나는 배워야 합니다. 한국어와 한국의 문화, 한국의 역사를 ……

그래서 나의 조국 대한민국이 나를 필요로 할 때 제2의 '코리아 엔젤'이 되어 제가 그곳에 있겠습니다.

여기에 자리한 대한민국 어린이 청소년 여러분, 그때 여러분도 저와 함께 하지 않으시겠습니까!

다리가 되어

피네 쿨만 / 독일

저는 한국인 엄마와 독일인 아빠 사이에서 태어났습니다. 이러한 저는 한국 사람도 아니고, 독일 사람도 아닌 것 같은 상황을 자주 만납니다. 독일 학교에서 한국에 대한 이야기가 나오면 모든 아이들이 다 저를 쳐다봅니다.

한국에 대해서 저에게 물어보며 저를 당연히 한국 사람으로 대합니다. 그러나 제가 한국에 가면 사람들이 저를 손가락질 하면서 외국인이나 백인이라고 속삭이며, 또 좀 이상하다는 눈치로 쳐다봅니다. 이럴 때 저는 독일이든 한국이든 그 어디도 소속되지 않는다는 느낌이 들고, 제 정체성에 대한 질문을 스스로 하게 됩니다.

어려서부터 독일과 한국의 두 문화의 충돌로 갈등이 많았습니다. 엄마가 우리를 키우는 방식은 독일 엄마들과는 많이 달랐습니다.

예를 들면, 독일에서는 공부를 잘하는 것보다 친구들이랑 지내면서 사회적인 능력을 키우는 것, 또 자신감과 자립심을 기르는 것을 훨씬 중요하게 여깁니다. 또한 이름 있는 유명한 대학보다는 전공이나 개인적인 능력을 중요시합니다. 저는 이렇게 서로 다른 독일과 한국 문화 사이에서 혼란과 불만을 갖기도 했습니다.

얼마 전 학교 수업 중에 세계의 글로벌화에 대해 토론을 하면서 여러 나라의 문화에 대해 이야기를 나눈 적이 있습니다. 저는 그때 한국의 문화를 생각해 보았습니다.

첫 번째로 생각난 것은 한국 사람들의 열심이었습니다. 특히 학생들은 학교 수업 후에 여러 학원을 다니는 것, 밤늦게까지 수업을 하는 것, 또 주말에도 도서관에 가서 공부를 하는 것 등은 독일 학생들이 생각할 수 없는 것입니다.

또 다른 점은 한국 부모님들의 자식에 대한 열정과 헌신입니다. 가정형편이 어려워도 자녀들을 대학에 보내는 것입니다. 교육비를 위해 집을 팔기도 하고, 빚을 내기도 하는 등 자녀들을 위해 아끼지 않고 모든 것을 희생하는 것입니다. 어떻게 보면 한국의 교육에 대한 열정은 자녀들보다 부모님들에게 더 있는 것 같습니다.

물이 반 정도 들어 있는 컵을 보면서 어떤 사람은 물이 반밖에 없다고 하고, 또 어떤 사람은 물이 반이나 들어 있다고 합니다. 사람마다 반응이 다릅니다.

그렇듯이 제가 처한 현실도 어떻게 보느냐에 따라 상황이 달라집니다.

독일 사람도 한국 사람도 아닌 것 같은 정체성의 혼란을, 지금은 독일 사람이면서 동시에 한국 사람인 나의 특별한 정체성을 찾게 됩니다.

독일 문화와 한국 문화를 동시에 체험하면서 저는 저도 모르는 사이에 두 문화를 이해하며 담아내고 있었습니다. 그리고 보니 저희 가정은 다문화를 배우며 훈련하는 좋은 장소였습니다.

혼란과 갈등을 겪기도 하지만 더불어 문화의 다양성과 깊이도 배웁니다. 가정에서부터 다른 문화에 적응하는 능력, 다른 사람을 이해하는 능력을 기르고 있습니다.

제 이러한 다문화 가정의 특성을 살려 한국과 독일 두 나라의 상처를 껴안고, 장점을 이끌어내며 두 나라를 연결하는 다리가 되고 싶습니다.

한글과 한국 문화

피오나 쿨만 / 독일

한글은 오랜 시간 저를 따라다니며 괴롭히는, 그러나 뛰어넘어야 할 산입니다. 이미 10년 넘게 한글학교를 다녔지만, 아직도 한글이 어렵고 자신이 없습니다. 그렇지만 언어를 배우면서 많은 유익함을 함께 얻게 됩니다. 언어를 따라 그 문화를 자연스럽게 배우게 되는데, 언어는 그 문화를 반영하고 있기 때문입니다.

토요일마다 다니는 한글학교에서는 한글도 배우지만 장구와 꽹과리 등 한국 전통악기를 배우며 여러 행사에서 연주를 합니다.

학예회 발표회나 여러 대회들은 한국 문화를 경험해 보며 배우게 하는 좋은 기회입니다. 그중 제가 '통일 골든벨'에 참여하면서 배운 것은 또 다른 새로운 경험이었습니다.

새로운 한글 단어가 너무 많아 다 이해할 수 없어서 처음에는 외우듯이 통일 골든벨 문제지를 공부해 나갔습니다. 그렇게 공부하면서 한국 역사와 정치를 조금씩 알게 되었는데, 오히려 지금은 독일 역사와 정치보다도 더 잘 알게 되었습니다. 그중에서도 특히 저에게 감동이 되었던 두 운동이 있습니다.

첫째는, 1960년대부터 가난에서 벗어나기 위해 전 국민이 함께 노력한 새마을 운동입니다. 둘째는 1997년에 경제위기를 겪게 되면서 전 국민이 나라 경제를 돕기 위해 결혼반지, 금메달 등 집에 있는 금을 내놓은 금모으기 운동입니다. 이런 운동은 똑같은 경제적 위기에 있는 유럽의 그리스나 다른 나라에서는 찾아보기 힘든 것입니다. 이 운동들은 모두 자기 개인의 유익과 부를 이루기보다는 나라를 우선으로 생각하는 하나가 된 모습입니다. 몇몇 사람의 의지로 끝나는 것이 아니라 전 국민이 하나가 된 것을 보며 감동을 받았습니다.

저는 이러한 한국의 하나가 되는 민족성이, 한국의 가족이 그 뿌리가 아닌가 생각해 보았습니다. 한국은 가족들의 정이 매우 깊습니다. 이것은 제가 독일과 한국 문화에서 쉽게 차이를 느꼈던 것이기도 합니다.

예를 들면 저희 한국 친척들을 통해서도 잘 알 수 있습니다. 작년 여름에 저희는 5년 만에 한국을 방문했는데, 엄마의 가족들이 다 모여 모두 20명이 함께 제주도 가족여행을 했습니다. 그런 대가족 여행은 독일에서 하기 어려운 여행이지요. 우리는 함께 시간을 보내면서 함께 밥을 먹고 함께 잠을 자면서 가족이 하나가 되는 것을 느꼈습니다. 한국에 가면 너무나 다르게 가족의 정다움과 소중함을 느낍니다. 그래서 저는 새마을 운동이나 금모으기 운동도 가족이 뜨겁게 하나가 되는 것처럼 민족이 큰 가족이 되어 하나가 된 것이 아닌가 생각해 보았습니다.

엄마가 한국 사람이라서 배우게 된 한글.

한글을 배우며 한국을 알게 됩니다. 이처럼 언어의 역할이 얼마나 큰 것인지 깨닫게 됩니다. 이제 한글은 제 삶에서 중요한 부분을 차지하고 있습니다. 여전히 한글은 저에게 쉽지 않지만, 포기할 수 없는 소중한 재산입니다.

한글은 엄마와 통하고, 한국과 통하는 길이기 때문입니다.

차세대 대통령은 바로 나!!!

이기상 / 루마니아

안녕하세요!

저는 드라큘라로 유명한 루마니아에서 온 이기상입니다.

저희 아빠는 한국인이고 엄마는 루마니아인입니다.

제 나이는 열 살인데요. 정확히 5년은 한국에서, 5년은 루마니아에서 살고 있습니다.

한국에 살 때는 제 얼굴을 보고 한국 사람들은 엄마를 많이 닮았다고 하고, 지금 루마니아 사람들은 아빠를 많이 닮았다고들 합니다.

정말 그런지 나중에 여러분들이 알려 주세요.

저도 정말 궁금하거든요.

제가 한국에 살 때부터 지금까지 할머니 할아버지와 함께 살고 있습니다.

엄마 아빠는 많이 바쁘셔서 방과 후에는 거의 조부모님들과 시간을 보내고 있습니다. 그래서 할머니로부터 한국에 대한 많은 이야기뿐만 아니라 풍습, 전통, 심지어는 전설 같은 것도 많이 듣고 있습니다.

할머니께서는 항상 많은 이야기를 해주시고는 하시는 말씀이 "기상이 너는 한국 사람이야"라고 말씀하십니다. 엄마가 들으시면 섭섭하실 텐데요.

루마니아에서는 〈KBS WORLD〉라는 한국 방송이 나오는데 할머니 할아버지께서 즐겨 보십니다. 물론 저도 좋아합니다. 제가 가장 좋아하는 프로는 〈개그 콘서트〉인데 '도찐개찐'이란 개그가 가장 재미있어요.

루마니아 사람들도 한국 방송을 많이들 즐겨 보고 있습니다. 특히 한국 드라마와 K-POP을 많이 좋아합니다.

그래서인지 한국에 관심 있는 사람들을 루마니아에서는 쉽게 찾아볼 수 있습니다.

아빠 말씀으로는 한국을 사랑하는 모임 회원만 2,000명이 넘는데요.

엄마 아빠께서 한국 식당을 하고 계셔서 한국 음식과 한국에 관심 있는 루마니아 사람들을 많이 만나게 되는데요. 루마니아 사람들이 한국 음식뿐만 아니라 한국을 알고 싶어서 우리 식당에 많이 오고 있습니다.

정말 생각보다 많은 루마니아 사람들이 한국을 좋아하는 것 같습니다.

제가 가장 좋아하는 음식은 김치찌개와 꽃게탕인데요. 맵지만 정말 맛있어요. 그런데 루마니아 사람들도 김치를 엄청 좋아합니다.

할머니 말씀이 김치에 인이 배겨서 좋아한데요. 참 재미있는 것 같아요.

또한 한국말을 배우고 싶어 하는 루마니아 사람들이 많습니다. 그래서 루마니아 사람 중에서 가장 한국말을 잘하시는 우리 엄마가 한국말을 재미있게 가르쳐 주시고 계십니다. 그런 엄마가 저는 자랑스럽습니다.

한번은 엄마께 왜 루마니아 사람들은 한국말을 배우고 싶어 하는지 여쭤보니까, 그 이유는 한국을 제대로 알고 한국에 가서 한국 친구도 사귀고 싶어서 한국말을 배운다고 했습니다. 이럴 정도로 한국이 인기가 많아요. 정말 대한민국이 자랑스럽습니다. 여기 루마니아 사람들에게 한국은 최첨단 과학기술을 가지고 있고, 두뇌가 세계에서 가장 좋은 사람이라고 알려져 있습니다.

그래서인지 학교에서 제 별명이 수학 천재인데요. 수학이 가장 재미있습니다. 당연히 저도 한국 사람이니까요.

제 꿈은 루마니아 대통령이 되는 겁니다. 이번 루마니아 대통령 선거에서 독일 사람인 클라우스 요하니스(Klaus Iohannis)라는 분이 루마니아 대통령이 됐는데요. 한국 사람인 저도 루마니아 대통령이 될 수 있다고 생각합니다. 열심히 공부해서 한국 사람의 매운맛을 보여 드리겠습니다.

대한의 아들, 이기상을 꼭 기억해 주시고 지켜봐 주세요.

대단히 감사합니다.

특별한 소명

이유정 / 루마니아

얼마 전에 저는 제가 평범한 학생이 아니라 조금은 특별한 한국 학생이라는 것을 깨달았습니다. 대부분의 한국 학생들이 국내에서 공부할 때, 지금 이 대회에 나와 있는 학생들처럼, 저는 외국에서 공부를 할 수 있는 기회를 얻었기 때문입니다. 해외 수학의 가장 큰 장점을 제게 물으신다면 저는 같은 민족이 아닌 다른 나라의 사람들과 소통하며 새로운 문화를 접할 수 있다는 점이라고 대답할 것입니다.

따라서 해외에서 공부한다는 것은 제 삶에 있어서 분명히 유익한 경험입니다. 하지만 모든 일에는 빛과 그림자가 있듯이, 저는 해외에서 생활하며 자연스레 '우리 것'에 대한 의식이 점차 희미해져 갔던 것 같습니다.

그러던 중 어느 날, 저는 점심으로 김밥을 싸가게 되었습니다. 아무런 생각 없이 김밥을 입에 넣으려던 찰나, 제 친구가 "어, 스시다!" 하고 외쳤고, 저는 아이들에게 순식간에 둘러싸였습니다. 아이들은 서로 앞 다투어 김밥을 먹기를 원했고 저는 예상치 못했던 이런 상황이 신기하면서도 기분이 좋았습니다. 반면 아이들이 김밥을 '스시'라고 오해하고 있었다는 점이 아쉽기도 했습니다. 그러나 충분히 있을 수 있는 오해라고 생각하여 굳이 사실을 바로잡으려 노력하지 않았던 것 같습니다.

하지만 점차 아이들이 김밥을 스시라고 잘못 부르는 상황이 반복되자 저는 마음이 점차 불편해졌고 이러한 상황이 계속 반복되지 않도록 김밥이라는 이름을 널리 알리기로 결심했습니다. 따라서 그날 이후, 아이들이 잘못된 이름을 부를 때마다 저는 "스시는 일본 음식이고, 김밥은 한국 음식이야"라고 말해 주었던 기억이 납니다.

아울러 김밥은 스시보다 들어가는 재료가 더 많기 때문에 더욱더 다양한 맛을 낼 수 있다는 점을 친구들에게 언급하는 것도 잊지 않았습니다.

물론, 스시와 구분지을 수 있도록 김밥을 알리는 과정이 쉽지는 않았습니다. 김밥을 스시라고 부르는 친구들은 여느 때와 같이 있었고 그들의 인식을 바꾸는 일은 노력과 인내심을 요했습니다.

하지만 저는 이 안타까운 상황을 개선하길 원했기 때문에 두 음식의 차이점을 제 친구들에게 일일이 설명했던 것 같습니다. 다행히도 꾸준히 김밥의 존재를 알린 결과, 김밥을 스시라고 부르는 아이들이 줄어들기 시작했습니다. 예를 들어, 김밥을 손으로 가리키며 서툰 발음으로 "김밥"이라고 말하는 아이들이 늘어나고, 도리어 다른 외국인들에게 "이건 스시가 아니라 김밥이야"라고 바로잡는 학생들도 생겼던 것입니다. 이렇게 김밥이 세계 각국의 아이들에게 널리 퍼지는 모습을 보며 저는 마음에서 우러나오는 뿌듯함을 느꼈습니다. 그리고 이 감정은 지금까지도 제가 경험했던 다른 어떤 종류의 뿌듯함보다 더 인상 깊게 남아 있습니다.

김밥에는 여러 가지 재료가 들어가지만 김이 있어야 그 재료가 다양한 맛을 낼 수 있습니다. 마찬가지로, 우리 문화는 매우 다양하지만 그 다양한 요소들이 제 '맛'을 내려면 저희 한인 청소년들이 제 역할을 해야 한다고 생각합니다. 그러므로 우리 한인 청소년들은 한국 문화의 우수성을 바르게 그리고 널리 알려야 할 의무가 있습니다. 따라서 저는, 저를 포함한 여러분 모두가 단지 한 국가에 소속되어 있는 평범한 학생들이 아니라, 우리나라를 대표하고 우리 문화의 우수성을 널리 알릴 의무가 있는, 조금은 특별한 소명을 갖고 있는 학생들이라고 믿습니다.

감사합니다.

한인 차세대의 나아갈 길

이혜진 / 루마니아

오늘 저는 '한인 차세대의 나아갈 길'이라는 제목으로 말씀드리려고 합니다. 이 주제는 외국에 나와서 살아가고 있는 저희들에게는 매우 중요한 문제가 아닐 수 없습니다.

저는 루마니아에서 태어나서 자랐습니다. 어릴 때 루마니아 유치원을 다니면서부터 이 나라 사람들의 문화와 언어를 익혔습니다. 부모님은 선교사이시기 때문에 제 의지와 관계없이 항상 루마니아 현지인들과 삶을 같이하였고 엠케이학교(선교사 자녀학교)를 다니면서부터는 루마니아 문화와 더불어 미국 문화를 체험하게 되었습니다. 그러니까 가족과는 한국인처럼, 거리와 교회에서는 루마니아인처럼, 그리고 학교에서는 미국인처럼 살게 되었고, 결국 이 세 문화는 제 삶에 복잡하게 자리를 잡게 되었습니다.

저는 공부를 계속 영어로 해왔기 때문에 한국어 표현도 서툴고 한국어로 쓰는 것과 읽는 것보다는 영어로 쓰고 말하는 것이 더 편하고 빠릅니다. 한국에서 살아본 적도 없어서 부모님이 가르쳐 주신 것 외에는 한국의 문화와 관습도 많이 알지 못합니다. 이런 모습을 가진 저에게는 가장 답하기 어려운 질문이 하나 있습니다. 그것은 'Where are you from?', '너는 어디서 왔니?'라는 질문입니다. 하지만 TCK, 즉 제3문화 아이들 혹은 저와 같이 혈통, 교육받는 언어와 거주국이 다른 제4문화를 가진 아이들에게는 이 질문이 단순히 장소 혹은 국가라는 의미만이 아닌, 정체성에 대한 질문으로 들립니다. 말로는 쉽게 한국인이라고 답을 하고 한국을 사랑하고 자랑스럽게 여기지만 "내가 과연 한국인인가?" 하는 질문을 하게 됩니다. 그러나 처음에는 혼란스럽던 정체성에 대한 감정과 생각이 제게 더 큰 문을 열어주게 되리라고는 생각하지 못했습니다.

저는 자신이 어떤 문화에 속하는지도 모르고 그런 혼란 가운데 살아가는 제 모습이 너무 싫고 때로는 한국인으로 살지 못하게 루마니아에 오셔서 사는 부모님이 원망스럽기도 했습니다.

그러나 지금은 절대로 아닙니다. 어느 날 이런 생각이 들었습니다. "굳이 내가 그들의 문화에 완전히 속하려고 노력해야 할까? 그들의 문화에 속하는 것이 나에게 정말 좋은 것일까?" 그때 저는 내가 다르다는 것이 부끄러운 일이 아니라는 생각이 들면서, 내 모습을 그대로 인정하고 오히려 지금의 나로서 할 수 있는 장점을 찾아보기로 결심했습니다. 그래서 저와 같은 TCK인 차세대들에게 다음과 같이 권하고 싶습니다.

차세대 여러분, 부정적인 생각에서 벗어나 오히려 TCK로 태어나게 해주신 부모님께 감사하십시오!

우리는 다릅니다. 그러나 다른 것이 나쁜 것은 아닙니다. 세상이 발전한 이유는 무엇인가 다른 사람들로 인해 가능했던 것입니다.

그들의 공통점은 자신의 특성을 살려 더 좋은 세상을 위해 노력했다는 것입니다. 그러므로 우리는 TCK로서의 정체성을 인정하고 품어야 합니다.

우리는 다양성과 차이에 대한 수용능력이 높기 때문에 모든 연령과 여러 문화의 사람과 자연스럽게 소통할 수 있고, 변화에 대한 마음이 열려 있어서 문화의 경계선을 넘어갈 수 있는 넓은 시야를 가졌습니다.

그러므로 어떤 한 문화에 속하지 못한다고 자책하지 마십시오. 그리고 그들과 다르고 같아질 수 없다고 좌절하지 마십시오. 지식과 경험이 부족하다면, 채우고 성장하십시오! 우리는 단점보다 장점이 더 많고, 더 큰 잠재력을 가지고 있습니다. 오늘의 현실보다는 내일의 가능성을 보시고 도전하십시오! 세상은 자신감을 가지고 도전하는 자들에게 열려 있습니다.

감사합니다.

세계인의 마음을 하나로 만드는 한국인

박나연 / 스웨덴

(가야금 연주 ─ 곡명: 〈아리랑〉)

안녕하세요?

저는 스웨덴에서 살고 있는 비스초등학교에 다니는, 일곱 살 박나연입니다.

여러분! 조금 전에 제가 연주한 곡 다들 알고 계시죠?

맞아요! 바로 〈아리랑〉입니다.

참 신기한 거는요~ 한국의 민요 〈아리랑〉을 들으면 세계인의 마음이 하나가 된다는 거예요. 그래서 오늘은 자랑스러운 한국의 힘! 세계인의 마음을 하나로 만든 한국인을 소개해 보겠습니다.

여러분 저를 따라와 주세요!

첫째, '오빠 ~ 강남 스타일!!' 바로 가수 싸이입니다.

싸이는 〈강남 스타일〉 노래로 전 세계인에게 말춤 열풍을 불어왔는데요. 말춤으로 세계인들을 하나로 만든 싸이! 정말 자랑스러운 한국인입니다.

둘째, 피겨 여왕 김연아 선수입니다.

여러분도 김연아 선수의 경기 보셨죠? 저도 김연아 선수의 경기를 보면서 열심히 응원했는데요. 스포츠 정신으로 세계인의 마음을 하나로 만든 멋진 인물이랍니다.

셋째, 지구 대통령 반기문 유엔 사무총장입니다.

반기문 유엔 사무총장은 평화를 사랑하는 마음으로 세계인을 하나로 만들었다고 해요.

여러분! 저도 이다음에 어른이 되면 세계인을 하나로 만드는 아나운서가 되고 싶습니다.

바르고 고운 말로 또박또박, 전 세계에 좋은 소식을 알려 드릴게요!

여러분도 한국인으로서, 세계인을 하나로 묶는 꿈을 키워보시는 건 어떨까요?

지금까지 저, 박나연의 이야기를 들어주셔서 감사합니다.

원리가 정확한
코리아 글자, 한글

엘리샤 와그너 / 스위스

안녕하십니까? 저는 엘리샤 와그너입니다.

저희 아빠는 스위스 사람이고, 엄마는 코리아 사람이에요.

저는 엄마를 통해서 코리아의 한글을 배우며, 한글이 매우 우수하다고 생각하게 되었습니다.

먼 옛날부터 코리아는 중국의 한자를 빌려와 썼지만 말과 글이 너무 어렵고 글자의 수가 많아 일반 사람들은 제대로 배우고 쓸 수가 없고 뜻도 나타내기가 힘들어 했습니다. 또한 좋은 책도 읽을 수가 없었지요.

이를 딱하게 여긴 세종대왕님께서는 모든 사람들이 쉽게 쓰고 배울 수 있는 한글을 만들었습니다.

한글은 1443년에 완성되어 3년 동안 미리 써보게 한 후 1446년에 반포되었습니다.

이러한 한글에는 ㄱ, ㄴ, ㅁ, ㅅ, ㅇ 등 소리를 낼 때 목구멍, 입술, 혀, 이 등의 모양을 본떠서 자음을 만들었고 둥근 하늘은 •(ㅏ), 평평한 땅은 ㅡ, 사람을 상징하는 ㅣ의 3가지 기호를 조합해서 모음을 만들었지요.

그것이 바로 우리의 한글입니다.

전 세계에는 약 7,000여 개의 언어가 있는데, 그중 2주마다 한 개의 언어가 사라지고 있답니다.

인도네시아의 찌아짜아족은 문화와 역사가 사라질 위기에 처했다고 합니다. 그들에게는 말은 있으나 표기할 언어가 없어서 후대에 문화와 역사를 전

할 길이 없다고 합니다. 그러던 중 찌아찌아족은 말을 표기할 글자를 찾게 되었고 결국은 한글을 선택하였습니다.

한글은 글자를 만든 사람과 반포 날짜 그리고 원리가 정확하게 알려져 있는 매우 과학적인 글자로 세계 언어학자들이 입을 모아 칭찬하는 글자랍니다.

이런 한글이 얼마나 훌륭한지 알겠지요?

여러분! 어떠한 일과 어떠한 소리를 마음대로 쓰며 표현할 수 있는 코리아의 글자, 한글에게 박수를 주시지 않으시렵니까?

저는 이 훌륭한 글자를 가진 엄마의 나라, 대한민국의 한글이 자랑스럽습니다.

감사합니다.

아름다운 우리 한글

자랑스런 대한민국

이민주 / 스페인

"차렷!, 열중 쉬어!, 차렷!, 국기에 대하여 경례! 바로."

매일 오후, 아빠의 체육관에서 엄마의 나라, 대한민국 국기 앞에서 가슴에 손을 얹고 제 구령에 맞춰 스페인 학생들이 맹세를 다짐한 후 태권도 연습을 합니다.

'앞차기, 돌려차기, 손 돌려 낚아채기.'

발음하기 어려운 용어이지만 저마다 똑같이 흉내 내려고 안간힘을 쓰는 모습에 저는 어깨가 으쓱합니다.

자랑스런 부모님, 자랑스런 태권도, 자랑스런 대한민국!

저는 대한민국이 자랑스럽습니다!!

2년 전, 서울에서 한~참 떨어진 광주에 갔었습니다.

'태권도 아카데미'가 열린 그곳에는 50개가 넘는 나라에서 태권도를 사랑하는 사람들이 많~이 모였더군요.

미국 사람, 스페인 사람, 아프리카 사람. 너나 할 것 없이 같은 옷을 입고, 같은 구령에 맞춰, 같은 동작으로 땀 흘리는 모습을 상상해 보십시오.

우리나라 태권도가 자랑스럽지 않습니까, 여러분!!!

우리나라에 흩어져 수많은 국가에서 태권도를 가르치고 피땀 흘려 애쓰시는 사범님들께 큰 ~ 절 올리고 싶습니다.

스페인인 아빠, 한국인 엄마 사이에서 태어났기에 저는 이쪽저쪽을 모두 닮은 '깔로리나 민주'입니다

저를 모르는 아이들은 가끔 '치나'라고 놀리지만 저는 부끄럽지 않습니다.

대한민국을 좋아하고 대한민국이 자랑스럽기 때문입니다.

저는 대한민국이 자랑스럽습니다!!!

해마다 여름이 오면 저는 한국에 갑니다.

한국의 문화와 풍습, 그리고 한국말을 배우기 위한 부모님의 배려입니다.

한국에 가면 사람들이 친절하고, 예쁜 학용품도 많고, 뜨끈한 찜질방도 있고, 용돈을 건네주시는 친척분들이 계십니다.

그중에서도 빼놓을 수 없는 기쁨 중에 하나가 맛있는 먹거리입니다.

김치, 된장찌개, 김밥, 잡채, 콩국수 ……. 이루 다 헤아릴 수 없는 맛있는 음식을 생각하면 지금도 침이 고입니다.

언젠가 갖가지 한국 음식 앞에서 어쩔 줄 몰라하는 페루 친구에게 하나하나 설명해 주며 함께 먹어보자 했더니 용기를 내어 조금씩 먹더군요. 그러더니 입술에 양념을 묻혀가며 안되는 젓가락질을 연습하며 먹기 시작했습니다.

신기했습니다. 엄마는 제게 말씀하셨습니다. "한국 음식은 외국인에게 거부감이 없어."

재미있는 놀거리에, 신기한 볼거리, 맛있는 먹거리.

저는 대한민국이 자랑스럽습니다!!

제 몸 속에는 대한민국의 피가 흐릅니다.

몸은 스페인에 있고, 스페인 문화를 접하며 살고 있지만 불쑥불쑥 대한민국의 피를 가진 나를 보며, 부모님처럼 열심히 살아 전 세계에서 인정받는 사람이 되자고 이 연사 여러분 앞에 굳게 다짐합니다!!!!!

자랑스런 부모님, 자랑스런 한국인.

저는 대한민국이 자랑스럽습니다!!!!

하비와 백호

이시은 / 스페인

"연탄재 함부로 발로 차지 마라.

너는 누구에게 단 한 번이라도 뜨거운 사람이었느냐?"

안도현 시인 〈너에게 묻는다〉의 한 구절입니다.

'연탄'이라는 단어 하나도 뜨거움으로, 때로는 따뜻함으로 혹은 아픔으로 다가옵니다. 저희 아버지는 '연탄' 하면 따뜻한 구들방 아랫목, 미끄러운 눈길에 뿌리던 연탄재와 그 연탄재를 굴려 눈사람 만들던 어린 시절이 떠오른다고 하십니다.

이처럼 같은 말도 사람에 따라 다르게 다가올 수 있습니다.

여러분은 어떻습니까? 자신에게 더욱 소중한 말, 단어가 있습니까?

제게는 저를 엄청나게 사랑하고 아껴주시던 할아버지가 계셨습니다. 모두들 제가 할아버지를 붕어빵 같이 닮았다고 합니다. 저는 할아버지를 '하비'라 불렀습니다. 그런데 너무나 건강하시던 '하비'는 저희 가족이 스페인에 온 지 3년 만에 갑자기 돌아가셨습니다. 그 이후로 제게 '하비'라는 말은 더 이상 만날 수 없는 할아버지를 향한 그리움의 단어입니다. 제게 '하비'라는 말은 사랑하는 할아버지와 함께한 시간이 모두 담겨 있는 추억의 앨범입니다.

어느 날 여행에서 돌아오신 '하비'는 제게 흰 호랑이, '백호' 인형을 선물해 주십니다. 저와 10년 넘게 함께한 친구이자 '하비'의 추억이 담긴 또 하나의 앨범입니다. 그래서 '백호'는 '하비'와 함께 지금도 제게 특별한 단어이자 제 보물 1호입니다.

그런데 이런 특별한 단어들을 지금까지 간직할 수 있었는 이유를 생각해 보니, 결국 한글학교 덕분입니다. 처음에는 다들 늦잠 자는 토요일에 일찍 일어나는 것도 싫었고, 어려운 글짓기 숙제도 울면서 해야 했습니다. 혼자만 학교 친구 생일파티에 가지 못한 설움에 투정도 여러 번 부렸습니다. 하지만 이제 와서 보니 천만 다행입니다. 만약 그때 우리말, 우리글을 멀리 했더라면 한국어, 한글은 어느새 어렵게만 느껴지고, '하비'와 '백호'도 이미 잊혀 가는 빛바랜 단어가 됐을 겁니다. 한국책만 보면 외국어처럼 어렵게 느껴져서 자연스레 움츠러들어 피했을 겁니다. 제일 좋아하는 '한국사' 책은 말할 것도 없고, 『강아지 똥』, 『몽실언니』와 같은 우리 이야기도, 『풀빵 엄마』, 『연탄길』 같은 감동적인 책도 읽지 못했을 겁니다.

여러분께 묻습니다. 우리말은 여러분께 어떤 의미입니까? 더 특별하게 다가오는 말, 단어가 있습니까? 제게 우리말은 소중한 사람, 기억, 추억이 깃든 물건과 저를 이어주는 다리입니다. 우리말을 소중히 하지 않았다면 어쩌면 저는 '하비'나 '백호'라는 단어와 함께 할아버지와의 추억도 잃어버렸을지 모릅니다.

제게 우리말은 제 가장 좋은 친구 중의 하나인 '책'과 저를 이어주는 다리입니다. 그 책들이 없었으면 저는 지금과 다른 사람이 되었을 겁니다. 그렇기에, 저는 지금 여러분 앞에서 다시 한 번 다짐합니다. 앞으로도 꾸준히 우리말, 우리글을 더욱 소중히 여기고 지켜나갈 것을 다짐합니다.

무지갯빛 색동옷

전사라 / 스페인

우리 엄마가 태어난 곳은 동쪽 땅 한국! 우리 아빠가 태어난 곳은 서쪽 땅 스페인! 아주 먼 곳인데, 엄마 아빠는 서로 만나 저를 낳으셨습니다. 제가 태어났을 때, 엄마는 무슨 자장가를 부를지 몰라 '동해물과 백두산이 마르고 닳도록 ……'를 불러주었고, 그다음부터 〈애국가〉는 제가 잘 때 듣는 자장가가 되었습니다. 이런 저는 스페인에 살면서 한국의 명절인 설이 되면 엄마와 저와 동생 에바는 색색의 색동저고리를 입었습니다.

그게 마치 무지개 같아 동생과 저는 손을 잡고 빙글빙글 돌며 놀았습니다.

아빠 역시 색동옷은 아니지만, 장모님이 사주신 옷이라며 한복을 입고 좋아하셨습니다. 한복을 입은 우리 가족이 마드리드 거리를 걸으면 모두 다가와 예쁘다고 같이 사진 찍자고 했고, 그럴 때면 저는 무지갯빛 한복이 너무나 자랑스러웠습니다.

스페인 2월이면 카니발 축제를 하는데, 제 친구들은 백설공주와 신데렐라, 라푼젤 등 동화 속 공주님처럼 옷을 입고 축제에 왔고 저는 한복을 입고 축제에 갔습니다. 친구들과 선생님들은 제 한복을 보고 색동의 제 옷이 예쁘다고 만져 보며 저를 '동방의 공주님'이라고 불러주었습니다. 저는 무지갯빛 예쁜 내 한복이 고마웠습니다. 스페인에서 축제를 하면 사람들이 스페인 전통 옷을 입고 참가합니다. 그 모습이 좋아서인지 많은 사람이 스페인에 찾아오는데, 엄마는 요즘 한국 명절에 한복을 입는 모습이 많이 없어져 간다고 아쉬워하십니다. 그래서 저는 오늘 이 자리에서 여러분께 말씀드리고 싶습니다.

명절 때가 되면 우리의 한복을 많이 입어, 아름다운 우리의 문화를 잘 가꾸어 나가자고, 작은 입 모아 힘차게 외쳐 봅니다.

근육 기억을 아십니까?

조한이 / 스페인

안녕하십니까? 저는 스페인 바르셀로나한글학교 중등반 조한이입니다.

여러분, '근육 기억'을 아십니까? '근육 기억'은 말 그대로 우리 몸의 근육에도 기억이 있어, 우리 몸이 저절로 반응을 한다는 뜻입니다.

'근육 기억'은 태권도 사범님이신 저희 아버지가 항상 학생들에게 강조하는 말입니다.

그리고 제가 한글학교에 가기 싫어할 때면, 어김없이 늘 꺼내시는 말입니다. "한이야, 우리 몸의 근육에도 기억이 있어. 오늘 하루 빠지면, 내일도 빠지고 싶고, 그러면 너도 모르게 곧 습관이 되어 있을 거야."

이 말을 들으며, 저는 네 살 때부터 지금까지, 저도 모르게 한글학교에 가는 것이 습관이 되었습니다. 이제는 매주 토요일 오전 8시 반이면, 자동으로 잠에서 깨어나 오전 10시면 어느새 저도 모르게 한글학교에 가 있습니다. 이렇게 매주 그리고 매년, 그렇게 10년 동안 저는 변함없이 한글학교에 나가고 있습니다.

하지만 최근 들어 저에게는 한 가지 고민이 생겼습니다. 그것은 바로 더 이상 한글학교에서 제 또래의 친구들을 볼 수 없다는 것입니다. 함께 한국어를 공부하며 재미있게 지냈던 친구들이 해마다 하나둘씩 줄더니, 어느새 제 옆자리는 텅 비게 되었습니다. 대신에, 또래 친구들의 그 빈자리를, 벨라루스에서 온 외국인 알레시아 언니가 채우고 있습니다.

10년이면 강산도 변한다더니, 친구들의 마음도 강산처럼 변한 것일까요? 그 많던 제 친구들은 어디로 갔을까요? 왜 더 이상 한글학교에 나오지 않는 걸까요?

친구들은 이렇게 이야기합니다.

"한글학교에 안 가도, 방학 때 한국에 가면 돼."

"나중에 필요하면, 한국에서 학원 다니면 돼."

"한국어로 말할 수 있는데, 한글학교에 왜 가?"

제 친구들 모두 한국인이라 한국어를 배워야 한다는 생각은 하고 있습니다. 다만, 한국어를 계속 공부해야 되는 이유와 그 방법에 대해서는 다른 생각을 갖고 있는 것 같습니다.

저는 우리 반 알레시아 언니에게 호기심이 생겼습니다. '한국인도 아닌데, 왜 한국어를 공부할까?', '다른 친구들처럼 언니도 한국어로 듣고 말하기는 어느 정도 되는데, 왜 한글학교에 나올까?'

알레시아 언니는 이렇게 말합니다. "한국이 좋아서 한국어를 공부하기 시작했어요. 그리고 이제는 배운 한국어를 까먹지 않기 위해 한글학교에 나와요. 일주일에 한번이지만, 이렇게라도 안 하면 금방 까먹어요."

한국인인 우리보다 한국을 더 사랑하는 알레시아 언니의 말은 저를 부끄럽게 하였습니다. 그리고 잔소리처럼 들렸던 아버지의 '근육 기억'을 다시 한번 생각해 보았습니다.

우리 몸의 600개가 넘는 근육이 어느 날 갑자기 사라지지 않듯이, 우리의 한국어 실력도 어느 날 갑자기 사라지지 않을 것입니다. 하지만 우리가 운동을 게을리하거나 중단하면 우리 몸의 근육은 줄어듭니다. 마찬가지로, 우리가 지금의 한국어 실력에 안주한다면, 우리의 한국어 근육은 약해질 것입니다. 어쩌면, 우리가 한국어 공부를 계속해야 하는 이유가 여기에 있지 않을까요?

또한, 우리가 한글학교에 가야 하는 이유도 재외동포나 다문화 가정이라는 신분에 있다기보다는 우리가 처해 있는 환경에 있다고 생각합니다. 왜냐하면 우리는 한국처럼 언제나 한국어를 사용할 수 있는 곳에 살고 있는 것이 아니라, 한국어를 익히고 계속 발전시키기에 더 많은 노력을 필요로 하는 곳에 살고 있기 때문입니다.

일주일에 한 번 3시간은 그리 많은 시간은 아닙니다. 하지만 한글학교에 가는 그 시간이 어떤 친구들에게는 매우 아까운 시간일 수 있습니다. 주말 오전 시간은 평소에 못 잤던 잠을 더 잘 수 있고, 공부보다 더 재미있는 일을 할 수 있는 시간이기 때문입니다.

하지만 그 시간도 우리 몸에 기억으로 남아 우리의 습관이 될 수 있는 시간입니다. 어느 날 갑자기 한국어 실력이 늘 수 없습니다. 또한, 한국인이라고 모두가 한국어를 잘할 수도 없습니다. 마찬가지로 재외동포라서 혹은 다문화 가정이라서 모두가 두 가지 언어를 자유자재로 구사할 수 있는 것도 아닙니다. 모든 것이 우리의 노력 없이는 불가능한 것입니다.

저는 스페인 카탈루냐에 살고 있습니다. 그래서 카탈루냐어를 알아야 합니다. 다른 친구들처럼 영어도 공부해야 합니다. 그리고 제2 외국어로, 독일어도 공부해야 합니다.

더욱이 아버지가 물려주신 스페인어와 어머니가 물려주신 한국어도 소홀히 할 수 없습니다.

스페인 카탈루냐 재외동포로서 남들보다 더 많은 언어를 알아야 합니다. 어떻게 보면 이러한 환경이 힘들고 불편한 것일 수 있습니다.

하지만 저는 재외동포로 태어난 것을 자랑스럽고 감사하게 생각합니다. 남들보다 더 많은 노력을 기울여야 하지만 남들보다 더 많은 기회를 가졌기 때문입니다.

나와 한글학교의 만남

클라라 / 이탈리아

여러분 안녕하세요?

저는 이탈리아 로마에서 온 클라라라고 합니다. 여기에 선 저를 보시면서 제가 한국어를 잘할 거라고 생각하시겠지만 사실은 그렇지 않습니다. 여러분 앞에서 이렇게 발표를 하기 위해 열심히 준비했고 정말 힘들게 외웠습니다. 오늘은 '나와 한글학교의 만남'이란 제목으로 이야기를 시작하겠습니다.

저희 부모님이신 프랑스 아버지와 한국 어머니는 로마에서 조금 떨어진 작은 마을에서 30년 넘게 살고 계십니다. 15년 전 그곳에서 태어난 저는 제 위로 대학생인 오빠가 두 명 있습니다. 어머니는 우리에게 세 살이 될 때까지 한국어를 하셨고 프랑스어를 먼저 쓰던 오빠들과 달리 저는 한국어를 더 빨리 사용했다고 들었습니다.

집에서는 모두 프랑스어를 했고, 어머니가 저희들 앞에서만 하시던 한국어는 저희 세 남매가 각자 유치원을 들어가던 해부터 멈춰 버렸습니다.

그 이유는 어느 해 가을, 유치원을 시작한 큰 오빠로부터 시작됩니다. 그날 교실에 들어선 세 살배기 큰오빠는 학교가 끝날 때까지 입 한번 열지 않았다고 합니다. 선생님과 아이들이 하는 말을 하나도 알아듣지 못했기 때문이지요. 3개월 후 크리스마스 방학이 시작될 때 오빠가 입을 열기 시작하더라는 말을 어머니는 선생님을 통해 들으셨습니다. 석 달 동안 침묵으로 보낸 오빠지만 유치원 학예회에 자기가 쓴 시를 반 대표로 발표했습니다.

큰오빠가 프랑스어와 한국어 외에 새로 배워야 했던 이탈리아어가 생긴 그 해부터 어머니는 아이들의 언어교육에 대한 생각을 달리하셨습니다. 어린 나이에 많은 언어를 한꺼번에 배우는 것에 대한 장점과 단점을 판단하셔야 했기 때문입니다. 유치원에 입학한 큰오빠에게는 처음 시작하는 이탈리아어가 중요했고 그래서 어머니는 그냥 한국어를 접어두셨습니다.

그와 똑같은 일이 둘째오빠에 이어 제 차례가 올 때까지 반복되었고 집에서 한국어를 쓰는 일은 조금씩 사라지기 시작했습니다. 한국말을 잘 못하는 저희 셋 때문에 아쉬워하신 할아버지께 어머니는 늘 죄송한 마음을 안고 계셨습니다.

어머니는 아이들이 커서 스스로 한국어를 배우겠다면 그때 해도 된다는 생각을 하셨고, 우리들에게 그래도 조금은 익숙한 언어이기 때문에 어려움이 덜하리라 믿으셨습니다.

그러던 중 몇 년 전 한국에 갔을 때 특별한 일이 있었습니다. 그리고 그 일은 얼마 후에 제가 로마의 한글학교를 찾게 된 계기가 되었습니다.

그러니까 5년 전 여름방학 때 서울에서 오빠들과 빵을 사러 제과점에 들어갔을 때입니다. 우리 순서를 기다리며 저희끼리 말을 하는데 갑자기 뒤에서 "어디서 왔어요?"라고 누군가 물었습니다.

뒤를 돌아다 보니 한국인이 아니고 한 서양 아저씨가 파란 눈으로 우리를 쳐다보고 있었습니다. 우리 셋 중 겨우 입을 연 작은오빠는 "이탈리아"라고 말했습니다.

그런데 더 놀라운 일이 이어졌습니다. 우리가 손가락으로 가리키며 빵을 고르고 나서입니다. 그 아저씨의 차례가 되었습니다.

"이 빵, 오늘 아침에 만든 것 맞죠?"

"너무 많이 구워진 것 빼고 생크림 적은 걸로 골라 주세요."

우리 셋은 조용히 그 아저씨의 놀라운 한국어를 들으며 신기하게 바라보고만 있었습니다. 할머니댁에 있으며 봤던 한국 영화에서 말 잘하는 외국인 배우들을 봤지만 한국어를 실제로 잘하는 외국인을 우리가 직접 만나기는 그날이 처음이었습니다.

저와 오빠들은 서울에 있는 동안 한국어를 조금 배우지만 이탈리아에 돌아오면 점차 잊어버리곤 했습니다. 그런데 그해 여름방학이 끝나고 집에 온 후 어머니가 한글학교에 가보겠느냐고 물으셨습니다. 한국말도 못하고 또 모르는 아이들 사이에 있는 게 겁이나 망설였지만 한번 배워볼까 하는 호기심도 생겼습니다.

그건 바로 서울에서 본 한국말 잘하던 외국 아저씨가 떠올랐기 때문입니다. 그래서 토요일에는 쉬고 싶다는 두 오빠들은 그냥 놔두고 저 혼자만 로마 한글학교에 첫 발을 디뎠습니다. 저보다 많이 어린아이들과 첫 수업을 시작했는데 벌써 5년이 되어갑니다.

이제는 저와 같은 나이의 친구들과 한 반에서 공부하고 비록 제가 배우는 내용은 몇 학년 더 아래지만 수업이 재미있습니다. 받아쓰기는 여전히 실수가 많고 읽는 것도 빠르진 않지만 알아듣는 게 많이 늘어갑니다. 무엇보다 말실수를 할까 겁내는 일도 줄었습니다.

그리고 지난여름에 다시 서울에 갔었습니다. 한글학교에 다니면서 배우기 시작한 태권도를 방학에도 계속하려고 할머니댁 근처의 태권도 도장에 갔습니다. 거기서 만난 제 또래의 몇몇 아이와 금방 친해졌고 매일 훈련이 끝난 후 동네를 걸으며 떡볶이와 오뎅을 먹는 건 새로운 즐거움이었습니다. 친구들을 따라 맛있는 음료수와 책과 예쁜 장식이 가득한 카페에도 가봤습니다.

이젠 제 나이의 한국 친구들이 무슨 생각을 하고, 어떻게 학교를 다니며 여가시간도 없는 하루를 무엇으로 보내는지 조금씩 알게 되었습니다. 집 밖에서 저 혼자 한국 문화를 제 나름대로 이해하고 경험하게 된 소중한 배움이었습니다. 더 중요한 사실은 그렇게 서울 친구들과의 교류가 가능했던 건 한글학교를 다니며 말문이 트이게 된 덕택입니다.

한국말을 아직도 잘 못하지만 가끔 한마디씩 한국어 표현을 쓰면 어머니는 입 끝이 귀에 걸리는 함박웃음을 보이십니다. 그리고 무엇보다 편리한 건 집에서 아무도 모르게 어머니하고 단 둘이 통하는 비밀 언어가 생겼다는 겁니다. 그래서 한국어를 조금 이해하는 오빠 앞에서는 일부러 어려운 단어를 골라 사용해 못 알아듣게 합니다.

저는 한글학교에 가는 게 마치 여행을 떠나는 것과 같다고 생각합니다. 다른 언어와 문화를 경험하고 이해하는 배움의 여행입니다.

언어란 단지 단어의 뜻을 전하는 의사 표현에만 쓰이는 게 아니며 그 언어를 사용하는 나라의 문화와 그 문화 속에 살고 있는 사람들까지 이해하는 데도 도움이 됩니다.

그래서 세상에는 다른 문화가 많고 다른 언어도 있고 다른 생각들이 존재한다는 걸 받아들이고 배움으로써 다른 많은 이 세상 사람들을 이해하는 데도 큰 힘이 될 거라 봅니다.

로마한글학교에 이탈리아 아이들도 배우러 옵니다. 그 아이들은 정말 이 어려운 한국어를 혼자 공부해야 하지만 한국인 어머니나 아버지를 둔 저희들에겐 그래도 한국어를 자주 접할 기회가 있으니 큰 혜택이 아닙니까?

저는 지금 무조건 한국어를 배워야 한다고 말씀드리는 게 아닙니다.

저는 지금 한국어를 배우면서 얻게 된 보람과 즐거움에 대해 자랑하고 싶은 겁니다. 그래서 더 열심히 그리고 재미있게 한글학교를 다닙니다. 또 제가 한글학교를 다닐 수 있는 곳에서 사는 걸 큰 행운이라 생각합니다.

그렇기 때문에 이렇게 한국어를 배우고 싶도록 동기부여를 해준 말 잘하던 그 파란 눈의 아저씨가 고마워집니다.

감사합니다.

CLARA AMMANN.

우리나라의 우수한 전통을
알립시다!

곽주영 / 이탈리아

저는 2003년 8월 15일 광복절에 이탈리아 밀라노에서 태어났습니다.

18개월부터 줄곧 이탈리아 교육을 받았습니다. 초등학교 때 저희 학년에 동양인 남자애로는, 필리핀 친구 몇 명을 빼고 저 혼자였습니다.

어떤 아이들은 저를 치네제라고 불렀습니다. 치네제는 중국인이라는 뜻입니다. 그러면 저는 "나는 한국인이야!"라고 말했지만, 아이들은 계속 치네제라 놀려서 싸운 적도 있습니다.

엄마는 지금은 속상하겠지만, 아이들이 한국이나 동양에 대해서 잘 모르고 아직 어려서 그렇다고 했습니다.

그러니 "네가 잘 배워서 친구들에게 가르쳐 주어야 한다"라고 말씀하셨습니다. 우리나라는 작은 나라이지만 이탈리아나 중국처럼 우수한 문화를 갖고 있는 민족이며, 어떠한 부분은 더 훌륭한 것도 많다고 하셨습니다.

50년 전만 해도 외국의 도움을 받아야만 했던 민족이, 지금은 오히려 많은 나라를 돕는 나라가 되었다고 합니다.

우리 민족이 어려움을 그렇게 빨리 극복하고, 도움을 주는 나라가 된 것이 자랑스러웠습니다. 초등학교 4~5학년 때 어떤 친구가 한국은 특별히 발명한 게 없다고 말한 적이 있었습니다. 제가 책에서 읽은, 우리 민족이 만들어낸 발명품을 말해도 믿지 않았습니다.

엄마는, 그래서 한국인인, 우리는 이탈리아 공부뿐 아니라, 한국말과 한국 문화에 대해 잘 공부해야 한다고 말씀하셨습니다.

한국책 읽기를 좋아하는 저는 책과 인터넷을 통해 우리나라에 대해 더 많이 알게 되었고, 우리 조상들이 만들어낸 많은 우수한 전통과 역사에 대해 알게 되었습니다.

예를 들어 최초의 금속활자는 고려에서 만들어졌고 그 금속활자로 만든 책은 독일보다 70여 년 더 앞서 만들어졌다는 것입니다.

그리고 아주 의외이고 재미있는 것은 '신기전'이라는 로켓입니다. 그 로켓은 최초로 우리나라에서 만들어졌는데, 서양보다 약 360년 정도 빠르다고 『WHY』라는 책에서 읽었습니다. 그리고 세종 23년 때 당시 세자였던 문종이 발명한 측우기 또한 서양보다 200년이나 앞선 것이라고 합니다.

제 생각에 그중에 최고는 지금 우리가 쓰고 있는 한글이라 생각합니다.

저는 한글과 이탈리아어, 영어를 공부하고, 사용하고 있습니다.

한글은 한 글자에 한 발음을 하지만 영어 같이 한 글자에 많은 발음을 하는 언어도 있습니다. Man, park, face, fall, rare, an, 이러한 말들은 다 a가 있는데 발음할 때 조금씩 다릅니다. 또 한글은 영어보다 단순한 조합으로 만들어집니다.

이처럼 한글은 세계 공용어인 영어보다 더 체계적이고 과학적이라고 합니다. 그래서 외국 학자들도 한글을 극찬한다고 합니다.

저도 우리조상들이 우리에게 준 너무나 좋은 유산이라고 생각합니다.

저는 이번 기회를 통해 우리나라에 참 훌륭한 것이 많다는 것을 다시 한 번 생각하게 되었습니다.

또 우리나라에 대해서 알리는 것이 참 중요한 일 이라는 생각이 들었습니다. 우리나라에 대해서 알리는 것은 외국인만을 위한 일이 아니라고 생각합니다. 작은 나라이지만 우수한 문화와 전통을 가진 우리를 더 발전시킬 수 있는 일이라고 생각합니다.

무엇보다 해외에 사는 저 같은 한국 어린이에게 우리나라에 대한 자부심을 높이는 일이라 강력히 주장합니다!!

한국을 전하는 문화의 외교관

권시은 / 이탈리아

안녕하세요?

저는 친구들과 피자를 먹으면서 수다 떨기를 좋아하고, 셀카 찍기가 취미이며, 세상에서 무서울 것이 하나도 없다는 중학교 2학년 밀라노한글학교의 권시은입니다.

저는 10년 전 다섯 살 때 부모님을 따라 한국을 떠나 낯선 이탈리아에 처음 왔습니다. 그땐 놀이터에서 놀다가 남들과 다른 외모로 중국인이라는 놀림을 받고 울며 집에 돌아오는 날도 많았습니다. 하지만 이젠 그런 놀림쯤은 당당하게 맞서 싸울 수 있게 몸도 마음도 성장하였습니다.

이탈리아에서는 한국 어머니들을 MADRE TIGRE, 즉 '호랑이 어머니'라고 부릅니다.

자식들 교육에 관심이 많고 매우 엄격하기 때문인데요. 저희 어머니도 대표적인 호랑이 어머니 중의 한 사람입니다. 맹자 어머니 못지않은 저희 어머니는 한글학교 옆으로 이사했고 집에서는 한국어만 사용하게 하고 한국어로 된 책을 읽고 한국어로 독후감을 쓰도록 지도했습니다. 방학에는 한국의 곳곳을 여행하며 책에서 보던 한국의 문화를 직접 경험할 기회를 주었습니다. 그러나 두 문화를 동시에 접하는 제 마음은 여전히 혼란과 갈등의 연속이었습니다.

그러던 어느 날, 서울에 다녀온 이탈리아 가족을 만나게 되었습니다. 그 가족의 큰딸 발렌티나는 서울은 이탈리아보다 10년은 앞선 미래도시라며 높은 빌딩 숲, 언제 어디서나 되는 인터넷, 새벽녘의 동대문 시장에서 보게 된 다이내믹한 한국과 열심히 일하고 대화하기 좋아하고, 다른 사람들과 함께 어울려 노는 방법도 아는 한국 사람에 관해 이야기하며 부러워했습니다. 발렌티나는 한국을 동경하게 되었고, 베네치아대학의 동양학과에 들어가 한국어를 공부해 한국에서 일하는 것이 꿈이라고 했습니다. 그 얘기를 듣는 순간 저는 한국 사람이라는 것이 너무나도 자랑스러웠습니다.

어머니께서 어렸을 때부터 읽어주셨던 수많은 한국의 책과 한국인임을 자랑스럽게 생각하게 하는 이야기들은 지금도 제 마음 깊은 곳에서 항상 머물고 있습니다. 그리고 앞으로 이곳 생활을 하면서 부딪히게 되는 많은 어려움을 극복해 낼 수 있는 지혜가 될 것입니다.

유럽에 계신 어린이, 청소년 여러분. 우리는 우리가 원하든, 원하지 않든, 이곳에 온 순간부터 한국을 대표하는 국가대표가 되었습니다. 우리의 친구들, 주변 사람들은 우리를 통해 한국을 알아가게 될 것입니다.

나의 행동 하나하나가 우리의 자랑스러운 대한민국을 대표한다는 것을 잊지 맙시다. 지금부터라도 한국의 역사와 문화를 좀 더 깊이 있게 배우고 익혀서 한국에 대해 잘 모르거나 왜곡된 시선을 가진 유럽의 친구들에게 우리의 대한민국을 소개합시다. 반만년의 한국 문화의 전통과 한국전쟁 후 폐허가 된 땅에서 이루어낸 한강의 기적, 그리고 오늘날 세계문화를 선도하는 한류 문화 등 각자의 자리에서 대한민국에 대해 자랑스럽게 말해 줄 수 있는 문화의 외교관이 되자고, 이 연사 소리 높여 외칩니다.

뿌리 깊은 나무

권영우 / 이탈리아

여러분!

〈뿌리 깊은 나무〉라는 드라마를 보셨습니까?

아직 못 보셨다고요?

인터넷에 올라와 있으니까 가족들과 함께 꼭 보시기 바랍니다.

모든 학문에 능통한 세종대왕이 세계에서 가장 쉽고 체계적인 문자인 훈민정음을 반포하기 전 백성들을 위해 고뇌하는 모습과 여러 가지 사건을 재미있게 보았습니다. 저는 요즈음, 틈만 나면 마치 드라마에 나오는 무술의 대가가 된 것처럼 착각 속에 빠져 장난감 칼을 휘두르곤 합니다.

어머니께서는 실수로 부딪혀서 물건을 떨어뜨릴 때마다 집에 남아나는 것이 없겠다며 한숨을 내쉬곤 하십니다. 아마도 어른들은 이런 재미있는 놀이를 이해 못 하시는 것 같습니다.

저는 한 살 때 부모님을 따라 밀라노에 와서 지금은 한글학교 4학년에 다니는 아홉 살 권영우라고 합니다.

이탈리아 선생님들은 저에게 이탈리아 친구들보다 이탈리아어를 더 잘한다고 칭찬하시고, 누나와 이탈리아어로 이야기하는 것이 훨씬 편한 저에게 어머니는 집에서만큼은 꼭 한국어를 쓰라고 하십니다.

우리 집엔 한국어로 된 책이 대부분입니다. 그 많은 한글책을 어머니는 누나한테도 매일 저녁 읽어주셨고, 요즈음은 제게도 자기 전에 꼭 읽어주십니다. 한국의 전래동화, 위인전, 한국의 역사 등 어머니께서 읽어주시는 책 속에서 저는 우리나라의 문화와 전통, 그리고 한국어의 우수성 등을 배울 수 있었습니다.

토요일만 되면 밀라노한글학교에 가는 것이 기다려집니다. 왜냐하면, 이탈리아 친구들이 아닌 똑같은 머리 색깔의 한국 친구들과 한국말로 떠들며 놀 수 있고 또한 한글책을 마음껏 읽을 수 있으니까요.

요즈음 재미있게 보고 있는 〈비정상회담〉이나 다른 TV 프로그램에서 한국어를 유창하게 하는 외국인들을 보면서 저는 그들보다 더 열심히 한국어 공부를 해야겠다고 다짐을 하곤 합니다.

이제 저는 어머니가 왜 그렇게 한국말을 열심히 가르치셨는지 조금은 알 것 같습니다. 그 이유는 모국어를 잘해야만 외국어도 잘할 수 있고, 항상 제 뿌리는 한국이라는 것을 잊지 않게 하려는 것이었습니다.

비록 외국에 살지만, 우리의 소중한 문화인 한글을 사랑하고 바르게 알리는 것만이 우리의 자랑스러운 전통문화가 세계 속의 한국 문화로 발전할 수 있는 밑거름이 될 것이라고, 이 연사 소리 높여 외칩니다.

한글학교, 그리고 우리말의 소중함

이주나 / 이탈리아

여러분, 안녕하세요? 저는 이탈리아에서 온 이주나입니다. 저는 여러분께 '한글학교 그리고 우리말의 소중함'이라는 주제로 한국 사람에게 한국말이 얼마나 중요한지 말씀드리겠습니다.

제가 한국어를 배우는 이유는 한국 사람을 만났을 때 한국말을 할 줄 알아야 된다고 생각하기 때문입니다. 만약 제가 한국에 가서 한국어를 잘 못한다면 할머니 할아버지와 이야기할 때 얼마나 답답하겠습니까? 그렇다고 나이 많으신 할머니 할아버지께 이탈리아어를 배우시라고 할 수는 없지 않습니까? 그러므로 당연히 제가 한국말을 열심히 배워야지요.

제가 한국에 가서 사람들과 말을 할 때 그 사람들은 제가 외국에서 태어나서 외국에서 산다는 걸 전혀 눈치채지 못합니다. 제 한국말 발음이 정확하고 또렷하기 때문입니다. 또 작년 여름 한국에서 지하철을 타고 어디 갈 때 제가 혼자 무인 매표소에서 티켓을 구입했습니다.

저는 순서대로 당황하지 않고 제 표뿐만 아니라 어머니표도 끊어드렸습니다. 제가 한국말을 모르면 어떻게 할 수 있었을까요? 이게 다 제가 한글학교에 꼬박 꼬박 다니고 선생님들께서 사랑하는 마음으로 한국말을 열심히 가르쳐 주신 덕분 아니겠습니까!!!

저는 만 네 살 때부터 로마한글학교에 다니기 시작했습니다. 그때 저는 이탈리아 유치원에 다닐 때였습니다. 저는 기억이 안 나는데 어머니께서 딸기를 사오셨는데 저는 그걸 보고 "야, 내가 좋아하는 프라골라 맛있겠다!!"라고 했다고 합니다. 딸기라는 말은 생각이 안 나고 이탈리아말이 먼저 나온 거죠. 또 하나 웃겼던 일은 제가 "새똥"을 보고 "똥새"라고 해서 어머니가 깔깔깔 웃으시며 말씀하셨다고 합니다. "주나야, 똥새는 이탈리아말 식의 순서이고 한국말로는 새똥이라고 한단다."

그때만 해도 저는 정말 'ㄱ', 'ㄴ'도 모르고 한글학교에 입학했습니다. 언젠가 아빠께서 말씀하셨습니다. "우리나라 속담 중에 낫 놓고 기역자도 모른다는 말이 있단다. 우리 주나가 그땐 그랬지. 허허허허." 그리고 또 말씀하셨습니다. "주나야, 우리는 한국 사람이란다. 한국 사람이 한국말을 못한다는 것은 뿌리 없는 나무처럼 되는 거야. 뿌리 없는 나무는 힘이 없기 때문에 쓰러지고 만다. 그러니까 우리의 뿌리는 한국이라는 걸 잊지 말고 한국말을 열심히 공부해야 된다."

그렇습니다. 제가 외국에 살고 있지만 저는 한국 사람이고, 앞으로 어디서 무얼 하든 자랑스러운 한국 사람으로 살아간다는 것입니다.

그러므로 우리나라가 더 강한 나라가 되는데 도움이 되려면 저부터 우리말을 소중히 지키고, 훌륭한 한국 사람이 되기 위해 열심히 노력하겠다고, 이 연사 힘차게!! 힘차게!! 외칩니다!!

감사합니다.

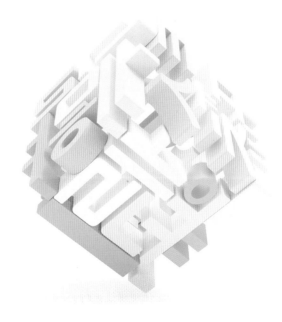

차세대의 한국 자랑거리가 되자

전인배 / 이탈리아

안녕하세요?

로마에서 온 전인배입니다.

저는 우리 차세대가 가야 할 길의 대해서 생각해 봤습니다.

대한민국은 전쟁이 끝난 후로 60여 년간 정말 크게 성장을 했습니다. IT 산업 분야에서는 이제 한국은 세계에서 제일 발달된 나라 중 하나가 되었고, 조선 사업이나 자동차 사업도 전 세계에서 인정받는 나라가 되었습니다.

제가 작년에 한국에 갔다 와서 가장 크게 느낀 것 중에 하나가 바로 이것이었습니다.

한국은 정말 바쁜 사회였습니다.

학생들은 학교와 학원 스트레스, 고3들은 수능 준비 스트레스, 직장인들은 회사 스트레스 등 많은 사람들이 힘들게 살고 있었습니다.

저는 길거리를 지나다니는 사람들 얼굴에서 여유라는 것을 보지 못했습니다. 오늘날의 한국이 있게 된 것은, 제 생각으로는 다른 나라보다 더욱 빠르고 열심히 일한 결과인 것 같습니다.

모든 분야에서 한국은 남들보다 너무나도 빨리 발전을 했습니다.

바로 이것이 한국의 장점이라고 생각하지만 한국 학생들은 너무나도 바쁜 사회에서 생각할 수 있는 여유가 많이 부족하다고 생각합니다.

하루 종일 학교와 학원을 다니기 때문에 자기의 꿈이나 자기가 정말 좋아하는 것을 찾을 만한 여유를 사회가 주지 않는 것 같습니다.

한 조사 결과에 따르면, 한국 학생들 수학 실력은 세계에서 1, 2위 안에 들지만 그 과목에 대한 흥미지수는 최하위권이라고 합니다.

한국이 지금까지 과학 분야에서 아직 노벨상을 받지 못한 이유가 될 수 있을 것이라 생각합니다.

그래서 저는 우리 차세대가 가야 할 길이 바로 개발의 길이라고 생각합니다. 제가 사는 이탈리아는 모든 것이 한국에 비하면 느리지만 학교에서 가르치는 과목은 생각을 많이 할 수 있도록 하는 나라입니다.

그렇기 때문에 이탈리아는 디자인 분야에서 세계 최첨단을 달리고 있는 것입니다.

우리는 한국에 살지 않고 유럽에 살고 있지만 어떻게 보면 한국에는 없는 여유를 누릴 수 있는 장점이 있다고 생각합니다.

한국의 자랑스러운 것들을 알리는 것도 중요하지만 이제는 우리 차세대가 한국의 자랑거리가 돼야 한다고 생각합니다.

한국의 많은 사람들은 대학을 졸업하고 안정된 직장, 높은 연봉을 찾기에 급급하지만 제 생각에는 우리 차세대는 한국을 위해 도전을 더 많이 하면 어떨까 생각합니다.

우리가 정말 하고 싶은 것이 있다면 그것을 이룰 때까지 열심히 노력한다면, 미래에는 우리가 자랑스런 한국인이 되지 않을까 하는 생각이 듭니다.

유럽에 사는 우리 차세대는 두 개의 문화를 접할 수 있기 때문에 이것은 너무나도 큰 장점이고 또한 그 장점을 가지고 한국에 사는 저희 또래의 아이들보다 세계로 나갈 수 있는 기회가 더 많다고 생각합니다.

여러분, 한국에는 직장인 하나가 더 필요하지 않습니다.

우리는 한국의 이름을 걸고 더 큰 세계에서 더 큰 꿈을 이루는 것이 우리 차세대가 가야 할 길이라고 믿습니다. 감사합니다.

더불어 함께 사는 1등 의식

김다니엘 / 체코

저 김다니엘의 드럼 치는 실력은 누나의 피아노와 형의 기타와 더불어 멋진 하모니를 만들어 냅니다. 저 혼자 두드렸으면 소음이 됐을 텐데 말입니다.

한국은 6·25전쟁 후 국민소득 100달러에서 국민소득 3만 달러 시대가 됐습니다.

저희 아버지의 세대를 통해 한국은 경제적으로 세계에서 우뚝 서는 국가가 되었습니다. 97.7%나 되는 스마트폰과 모바일 뱅킹 사용, 성형수술, 대학 진학률이 1위입니다. 삼성과 LG의 TV는 전 세계 점유율을 70%나 차지하고 있습니다.

그렇지만 우리는 지금까지 겉모습만 추구하고 경쟁의 구도 속에서 살아온 결과로 한국 사회에 부끄러운 1등이 많습니다. 숙제와 학업 스트레스 때문에 청소년 행복지수가 OECD 국가 중에 최하위입니다. 그뿐만이 아닙니다. 자살률, 출산율, 이혼율 모두 1위입니다.

여러분, 이제는 모든 사람과 더불어 살기 위해서는 진정한 1등 국가의식을 생각해야 할 때라고, 이 연사 믿습니다.

반기문 유엔사무총장의 송년사에서 이런 글을 읽었습니다.

"건물은 높아졌지만 인격은 더 작아졌고, 고속도로는 넓어졌지만 시야는 더 좁아졌다."

우리 차세대들은 학교에서 공부만 할 것이 아니라 타인의 말을 경청하고 소통하는 자세가 필요합니다.

생명존중의 가치를 배우고 정신적 내면을 건강하게 키워야 할 것입니다. 이 사회에 공의가 살아나야 하고 정의가 세워져야 합니다.

사랑과 관심이 없으면 우울증, 정신병, 마약, 게임, 각종 중독으로 빠질 수 밖에 없습니다.

여러분, 물질이나 1등이 성공의 기준이 아니라 이웃과 더불어 함께 살 수 있도록 하는 것이 성공의 기준이라고, 이 연사 주장합니다.

우리 차세대는 상부상조하는 조상들의 두레정신을 회복해야 합니다. 과부를 도와주고 아픈 사람의 농사일을 도와주는 넉넉한 마음으로 서로 뭉쳐야 합니다.

제 드럼은 누나의 피아노와 형의 기타가 어울려 아름다운 하모니를 이루어 멋진 음악을 선사합니다.

여러분, 진정 21세기에 더불어 함께 사는 1등 국가의식을 갖고 유럽의 차세대가 되기를, 이 연사 힘차게 외칩니다.

일이관지

김관우 / 프랑스

저는 프랑스에서 온 경주 김씨, 김관우라고 합니다. 저는 아기 때부터 에펠탑을 좋아했습니다. 그래서 어머니께서 에펠탑이 잘 보이는 트로카데로 광장으로 유모차에 저를 태우고 매일 출근하시다시피 하셨답니다.

지금도 그때의 설렘이 느껴질 정도로 에펠탑을 좋아했던 저는 제가 프랑스 인이라고 생각했습니다. 부모님이 제가 한국인이라고 자주 말씀해 주셨지만, 그래도 저는 제가 프랑스인이라고 우겼다고 합니다.

어느 날, 공원에서 놀고 있는데 옆에 있던 아이들이 저를 '신덕(Chine Duck, 중국오리)이라고 부르면서 키득키득 웃고 놀려댔습니다. '학교에 가면 친구들이 나를 위로해 주겠지'라고 생각해서 친구들에게 이야기를 했더니 제 친구들마저도 저에게 '신덕, 신덕'이라며 위로는커녕 저를 따돌리기까지 했습니다.

화도 나도 어이도 없고 …… 집으로 돌아와 그 얘기를 했더니 어머니께서 앞으로 아이들이 너를 신덕이라고 놀리면 "아니야! 나는 코리아덕, 너희들은 프랑스덕이야"라고 대꾸해 주라고 말씀하셨습니다. 그리고 프랑스에는 중국 인뿐만 아니라 다른 외국인을 놀리는 말도 많다고 하셨습니다. 그때 저는 처음으로 제가 프랑스인이 아닌, 프랑스에 살고 있는 한국인이라는 것을 깨달았습니다.

부모님께서는 제가 프랑스 학교에 입학한 해부터 한글학교에도 보내셨습니다. 제가 한국인이라는 것을 깨닫고 난 다음부터는, '한국인이라면 반드시 한국어를 제대로 배워야 한다'는 부모님 말씀이 제 머릿속에, 제 가슴속에 콱 박혀 버렸습니다. 그래서 수요일마다 숙제가 힘들어도, 비가 오나 눈이 오나,

심지어 감기에 걸려 열이 나는 날도 약 먹고 한글학교에 가라고 하시는 부모님의 말씀을 들었습니다.

저는 한글학교 공부도 열심히 해야 했지만, 프랑스 학교 공부도 아주 잘해야 했습니다. 제가 시험에서 100점 만점에 95점을 받아 와도 아버지께서는 도대체 만족하지 않으셨습니다. 그래서 "아버지, 제가 전교 1등도 하고 점수도 잘 받아 오는데 왜 만족을 못하십니까?"라고 물었더니 "너는 한국인 아이가! 그니까 프랑스 아들보다 공부를 쪼매 잘해서는 안 되고 억수로 잘해야 되는 기라. 알긋나?"라고 하십니다.

아버지께서는 프랑스에서 경영학 박사과정을 우수한 성적으로 마치신 후 취업을 하시려고 수백, 수천 통의 이력서를 보내셨으나 결국은 이루지 못하고 작은 회사를 차렸답니다. 아버지는 한국인이 프랑스에서 성공하기 위해서는 월등한 실력이 있어야 된다는 것을 이미 경험하셨기 때문에 제게 그런 말씀을 하셨다고 어머님이 알려주셨습니다.

두 분의 말씀을 듣고, 저는 제가 왜 한글학교도 프랑스 학교도 그토록 열심히 다녀야 하는지 알 수 있었습니다. 오랫동안 맞추지 못한 퍼즐이 완성되는 느낌이었습니다.

그리고 『삼국사기』를 지은 경주 김씨인 저희 조상님, 김부식 공의 글에 나오는 '일이관지', 즉 '충분히 생각한 후 한 번 뜻을 세우면 포기하지 말고 끝까지 간다'를 떠올리며 제 뜻을 세웠습니다. 한국어를 잘 배워서 제 뿌리를 튼튼하게 한 후 프랑스어를 통해 꽃을 활짝 피우는 것, 이것이 제 뜻입니다. 저는 이 뜻을 위해 일이관지하겠습니다.

유럽에 살고 있는 한국 친구 여러분!

여러분과 저는 한국이라는 같은 뿌리를 가졌습니다. 한국의 뿌리가 프랑스에서, 독일에서, 불가리아에서, 온 유럽에서 멋지게 꽃을 피울 수 있도록 저와 함께 노력해 보시지 않으시겠습니까?

감사합니다.

한글은 일석삼조

양우리(Maucorps Daniel) / 프랑스

안녕하세요? 저희 엄마는 한국 사람이고, 저희 아빠는 프랑스 사람입니다. 그래서 저는 한국 사람도 되고 프랑스 사람도 됩니다. 그렇다고 제게 한국말도 쉽고, 프랑스말도 쉬울까요? 솔직히 프랑스말은 배우기가 쉽습니다. 누워서 떡먹기이지요. 하지만 한국말은 배우기가 엄청 어렵습니다. 그야말로 산 넘어 산입니다. 프랑스말과는 달리, 한국말은 한글학교에 7년간 다니면서 배워도 여전히 어렵기만 합니다.

산 넘어 산. 나의 첫 번째 산은 어렸을 때 한국말 말더듬이가 되었던 것입니다. 한국말만 하려고 하면 무슨 말을 어찌해야 할지 몰라 말을 더듬게 되었습니다. 그 이후로 저희 가족은 프랑스말로만 대화를 했고, 말더듬이는 오래가지 않았습니다.

두 번째 산은 제가 여섯 살 때, 한글학교를 시작한 지 2년째 되었던 해의 일입니다. 한글학교는 재미있었습니다. 하지만 집에 돌아와서부터가 문제였습니다. "숙제!" 그때 선생님이 숙제를 너무 많이 내주셔서 제가 한글학교에 갈 때마다 배가 아팠습니다. 걱정이 되신 엄마가 저를 의사 선생님께 데리고 갔는데, 스트레스성이라는 진단을 받았답니다. 고민하시던 엄마는 결국 저한테 한글학교를 그만두게 하려고 하셨습니다.

그런데 제가 한글학교에 다니겠다고 떼를 썼습니다. 왜냐고요? 아빠가 생각나서요. 아빠는 한국에 가면 벙어리가 됩니다. 엄마의 가족은 아무도 프랑스말을 할 줄 모르고, 아빠는 한국말을 할 줄 모르기 때문이지요. 아빠는 손짓 발짓으로 조금 노력하다가 곧 아무 말도 하지 않고 그냥 먹기만 합니다. 아빠는 아직도 엄마에게 혼납니다. 10년 넘게 같이 살아도 여전히 한마디도 못한다고. 그럴 때마다 아빠의 그 큰 코가 납작해집니다. 그래서 저는 아빠한 테 약속을 드렸습니다. "아빠, 걱정 마세요!. 제가 있잖아요? 제가 한국말을 열심히 공부해서 아빠를 도와드릴게요."

그 이후로 저는 한글학교에 계속 다녔습니다. 그 결과, 한국에 가면 저는 아빠의 통역사로 변합니다. 이모나 사촌형들과 대화할 때에도, 식당에서 음식을 시킬 때에도, 관광을 할 때에도 저는 아빠에게 꼭 필요한 사람이 됩니다.

한 번은 택시를 타고 가다가, 한국 음식을 엄청 좋아하시는 아빠가 제게 물었습니다.

"저 식당에 사람이 엄청 많다. 맛있겠는데? 식당 이름이 뭐냐?"

"한우천국이요. 한국 소고기를 먹는 곳이에요. 저긴 죽마고우라고 쓰여 있고, 어릴 때 친구라는 뜻이에요."

택시기사 아저씨는 저희들이 무슨 말을 하고 있는지 엄마에게 물으셨고, 저희가 외국에서 온 것을 아시고는, 고사성어까지 아는 제가 기특하다고 택시비도 안 받으셨습니다. 엄마는 미소를 지으셨고, 아빠는 '역시' 하시며 제게 엄지손가락을 들어 보이셨습니다.

저는 어깨가 으쓱해졌습니다. 그때 저는 알았습니다. 제가 한국말을 잘하면 엄마도, 아빠도, 저도 기쁘다는 것을요. 그래서 한글은 일석삼조입니다.

작년 9월에 저는 프랑스에서 중학생이 되었습니다. 엄마는 저에게 한글학교에 계속 다닐 것인지를 결정하라고 하셨습니다.

중학생이라서 시간도 많지 않으니까 한글학교는 그만 다녀도 된다고 하셨습니다. 그러나 저는 힘차게 대답했습니다. "엄마, 한글학교에 계속 다니고 싶습니다. 가서 한국말을 더 열심히 배우겠습니다."

감사합니다.

나의 한국어

전혜지(Marie Moreau) / 프랑스

여러분, 제가 읊는 시조 한 수 들어보시겠어요?

이런들 어떠하리, 저런들 어떠하리.
만수산 드렁칡이 얽혀진들 어떠하리.
우리도 이같이 하여 백년까지 누리리라.

　제가 처음으로 외웠던 한국 시, 더 정확히는 고려 말에 이방원이 지은 시조 〈하여가〉입니다. 단 세 줄로 된 하여가, 쉽게 외울 수 있을까요? 한국어로 된 시를 외우고 이 가슴으로 느낀다는 것, 저로서는 정말 어려운 일이었습니다.

　저는 한글학교에서 많은 것을 배웠는데, 그중에서도 저한테 제일 힘들었던 한국어 공부가 바로 시를 외우는 것이었습니다.

　이 짧은 〈하여가〉를 외우기 위해, 저는 읽고 또 읽으면서 무려 두 시간 동안이나 제 방안을 뱅뱅 돌아야만 했습니다. 마침내 〈하여가〉를 다 외우게 되었을 때, 저는 자신이 너무나 자랑스러웠습니다. 그리고 신기하게도 시를 외우기 시작하고부터 제가 몰랐던 새로운 한국의 세상 하나가 제 앞에 열리는 것이었습니다. 그 세상에서 저는 윤동주의 〈서시〉를 가장 좋아하는 소녀가 되었습니다.

　글짓기도 처음에는 어려웠습니다. 제 한국어 어휘가 부족해서 글을 한 번 쓰려면 몇 시간을 끙끙거려야 했습니다. 선생님이 빨간색 펜으로 고친 내용이 오히려 제 글보다 두 배, 세 배 많았습니다. 그런데 제가 쓴 글이 한 편, 두

편 쌓여가면서, 제 생각이 한국어로 표현되기 시작했을 때의 기쁨! 그 기쁨에, 저는 한국어로 글쓰는 것을 무척 좋아하게 되었습니다.

시와 글짓기처럼 제가 가장 어려워했던 것이 제가 가장 좋아하는 것이 되는 경험을 하면서, 저는 열심히 더 열심히 공부했습니다. 제 한국어 실력이 느는 만큼, 한국어로 할 수 있는 것이 늘어났고, 한국에 대해서 아는 것도 늘어났습니다. 그러면서 저는 제 마음의 변화를 느꼈습니다. '아, 내가 정말 한국 사람이고, 한국을 정말 사랑하는구나.'

한국어를 잘하게 된 덕분에, 저는 요즘 K-POP에 푹 빠져 있습니다. 엄마랑 둘이 앉아 슬픈 한국 드라마를 보면서 눈물 콧물을 흘리며 크리넥스 한 통을 다 비웁니다. 〈개그 콘서트〉를 보면서 배꼽이 빠지도록 웃습니다. 그리고 얼마 전에는 한국 소설『몽실 언니』를 정말 감동적으로 읽었습니다.

저 자신과 한국을 다시 발견하고 사랑할 수 있게 해준 한국어. 그래서 저는 한국어를 더 잘하고 싶고, 한국어로 더 많은 사람들을 만나고 싶고, 한국어로 더 많은 것을 해보고 싶습니다.

그래서 저는 지금 이 자리에 서 있습니다.

한국 어린이, 청소년 여러분, 한국어 공부 열심히 합시다. 그러면 한국, 우리나라가, 우리들 앞에 활짝 펼쳐질 것입니다.

감사합니다.

한국의 우수성

김재욱 / 헝가리

안녕하십니까? 저는 헝가리에 살고 있는 중3 김재욱입니다.

아버지를 따라 헝가리에 온 지 7년이 되었고, 누구보다도 헝가리를 좋아합니다.

빵을 먹으면서도 김치가 생각나고 교과서에 한국에 대한 내용이 적혀 있으면 가슴 한켠이 뿌듯한 저는 한국 사람입니다. 저는 헝가리 현지학교를 다니고 있습니다.

배우기 어렵기로 알려져 있는 헝가리어는 이유 없이 암기해야 하는 단어가 많습니다. 저는 오늘 한글의 우수성을 이야기하려고 합니다.

한글은 세종 25년, 세종대왕과 집현전 학자들이 만들었고, 훈민정음, 즉 '백성을 가르치는 바른 소리'라는 뜻으로 시작했습니다.

다른 나라 문자에 영향을 받지 않고 오직 목소리와, 발음과 천지인 모양을 본떠 24개의 문자를 익히면 낱말을 만들 수 있는 과학적인 글이 한글입니다. 기역에서 키역 그리고 쌍기역은 연관성 있게 움직이는 반면, 제가 배우는 헝가리어는 어른들도 모르거나 지방에 따라 다르게 발음하는 단어들이 있어서 아직도 서툴 때가 많습니다.

임금이 백성들의 어려움을 보고 그들을 사랑하여 만든 우리 글, 한글은 유네스코 세계유산에 등재되어 있는 놀라운 글입니다. 한 가지 아쉬운 점이 있다면, 제가 사는 헝가리도 헝가리어를 쓰지만 요즘 젊은이들은 세계 공용어인 영어를 더 열심히 배우고 있습니다. 물론, 영어가 나쁘다는 것은 아닙니다. 나 또한 영어공부를 하고 있지만 세계 공용어가 영어가 아닌 한글이었다면 얼마나 좋았을까 할 때가 있습니다. Mother보다는 엄마가 훨씬 정감 있지 않습니까? 한글이 세계 공용어가 되려면 한글이 수많은 사람에게서 쓰여야 하겠지요.

제가 초등학교 6학년 때 처음 헝가리 학교에 입학했을 때는 공부가 어렵고, 친구들 하고 어울리기가 힘들었습니다. 그들 틈에 섞여 거의 4년을 열심히 노력하여 지금은 아무 문제없이 다니고 있습니다. 나의 단짝 친구 Balázs가 어느 날 인터넷으로 스스로 한국어를 배웠다며 본인의 이름을 한국어로 말하고, 한글로 몇 단어를 적고 읽을 때 저는 놀라지 않을 수 없었습니다. 지금도 꾸준히 인터넷으로 한글 공부를 하고 동화책을 빌려달라는 친구를 보면, 한글은 외국인들도 쉽게 배울 수 있다는 것을 증명하고 있습니다.

사랑하는 친구 여러분, 외국어를 유창하게 하는 것도 중요하지만 제 친구도 독학하는 한글이 얼마나 우수하고, 독창적인 언어인지를 먼저 알아야 합니다. 그래야만 타지에서도 우리가 한국인임을 잊지 않고 살아갈 수 있는 힘이 된다는 것을 저는 가슴 깊이 느끼며 외치고 싶습니다.

한국어가 세계 공용어가 되는 그날까지 우리의 노력을 멈추어서는 안 될 것입니다.

감사합니다!

제5회

내가 바로 한국 문화의 전도사, 한국말 지킴이!!

이예빈 / 스페인

저는 한국이 좋습니다. 하지만 저희 가족은 매년 한국을 가지는 못합니다. 그래서 한국 이 더 그립습니다. 2년 전 여름에 오랜만에 한국을 갔습니다.

몇 년 만에 저희를 본 할머니 할아버지께서는 저희가 너무 많이 컸다며 신기해도 하시고 한국말을 잘한다며 기특해하기도 하셨습니다.

아빠의 형제들은 모두 6남매나 됩니다.

제 사촌형제들까지 모두 모이면 거의 30명이나 되는 대식구랍니다.

바쁜 시간 속에서도 저희와의 추억을 만들어 주시려고 그 많은 식구들이 경주로 함께 여행을 떠났습니다. 저는 그게 무척 고마웠습니다.

천년고도 경주에는 독특한 모양의 첨성대, 뒷동산처럼 커다란 왕릉, 그리고 그 유명한 석굴암까지, '우와~' 하는 감탄사가 절로 나오는 소중한 문화유산이 참 많았습니다. 가족들과의 즐거운 시간은 어느새 아름다운 추억이 되고, 두 달간의 한국에서의 생활은 정말 눈 깜짝할 사이에 지나갔습니다.

한국에 사는 가족들과 헤어질 때면 언제나 슬펐습니다. 조금 있으면 한국을 떠난다는 생각을 하니 눈물이 왈칵 났습니다. 그래서 서울로 오는 차 안에서 울면서 졸랐습니다.

"아빠, 우리 딱 1년만 한국에서 살면 안 돼요? 정말 딱 1년 만요. 난 한국이 좋은데, 할머니 할아버지도 계시고 삼촌, 이모, 고모, 언니, 오빠들이 있는 한국이 좋은데, 왜 스페인으로 가야 해요. 딱 1년만 한국에서 살아요. 네?" 하면서 엉엉 울었습니다.

나중에 들었는데, 언니도 제 나이 때쯤 한국을 다녀오는 비행기 안에서 이렇게 물었답니다. "아빠 우리는 왜 스페인에서 살아야 해요?" 언니의 이 물음에는 참 많은 의미가 담겨 있는 것 같습니다.

아빠는 이렇게 대답하셨답니다.

"응, 그건 아빠가 스페인에 터전을 잡고 일을 하고 있기 때문이란다."

그렇습니다. 우리 한인 차세대는 부모님께서 외국에서 살고 계시기에 함께 이 머나먼 타국에서 살아야 하는 운명을 타고났습니다. 한국에서 살고 싶어도 살 수 없는 팔자입니다. 여러분은 이런 팔자를 원망해 보신 적 없습니까? 저도 한때는 그랬지만 이제는 그러지 않습니다.

저는 한국 드라마를 좋아합니다. 요즘은 〈무림학교〉라는 드라마에 푹 빠져서 보고 있습니다. 저는 K-POP도 좋아하고, 한국 음식도 너무나 좋아합니다. 그래서 보시다시피 이렇게 건강하고 튼튼합니다. 그리고 저는 한국을 사랑합니다. 한국에 자주 가고 싶습니다. 아니 한국에서 살고 싶습니다.

이렇게 한국을 사랑하고 한국 문화와 음식을 좋아하면서도 스페인에서 살아야 하는 제가 앞으로 어떻게 사는 게 좋을지 고민해 보았습니다.

〈강남 스타일〉 빼고는 한국 노래도 모르고, 한국 음식은 맛본 적도 없고, 한국말은 더더욱 모르는 스페인 친구들과 내가 좋아하는 한국 노래와, 한국 음식에 대해 얘기 나누고 간단한 한국말로라도 대화를 하기 위해서는 내가 직접 가르쳐야겠다는 생각을 하게 되었습니다. 그리고 실천해 보았습니다.

스페인 학교에 매일 한글 동화책을 가져가기 시작했습니다.

먼저 친구들한테 가나다라를 읽는 법부터 가르치고, 동화책 한글 밑에 스페인어로 발음을 써주었습니다.

'안녕하세요', '감사합니다' 이런 중요한 말은 따로 가르쳐 주기도 했습니다. 이제 제 친구들은 저희 엄마 아빠를 보면 '안녕~', '안녕하세요'라고 인사합니다. 동화책과 함께 아침마다 매일 가방에 넣어가는 것이 바로 한국 과자입니다. 친구들과 함께 한국 과자를 나눠 먹을 때 친구들이 좋아하는 모습을 보면 저도 기분이 좋아집니다.

어떤 친구들은 이제 한국 슈퍼에 직접 가서 이것저것 사먹기도 하고, 온라인으로 주문해서 사먹기도 합니다.

친구들이 저와 같이 한국 노래를 듣고 즐거워하며 춤까지 추는 건 이제 일상이 되었습니다.

여러분!

한국 음식을 알리고, K-POP을 듣게 해서, 서서히 한국 문화에 젖어들게 하는 제가 바로 차세대 한국 문화의 전도사 아닙니까?

세계의 언어 중 곧 사라지는 언어가 2,500여 종이나 된다고 하는데, 한국말을 지키기 위해 친구들에게 한국말을 가르치는 제가 바로 한국말 지킴이 아닙니까?

유럽에 사는 한인 차세대 모두가, 우리가 사랑하는 한국 문화를 알리고, 독창적인 우리 한글을 사랑하고 전파한다면 우리 한인 사회의 미래는 아주 밝을 것이라고, 이 건강한 어린 연사 힘차게, 힘차게 외칩니다.

김치

케찌아 코프 / 오스트리아

안녕하세요? 비엔나한글학교 3학년 케찌아 코프입니다. 오늘 저는 우리나라 사람들이 가장 즐겨 먹는 한국 전통 음식인 김치에 대해서 알려드리고자 강단에 섰습니다. 김치란 …… 우리 한국 사람들이 가장 즐겨 먹는 음식의 하나로 배추, 무 등을 고춧가루와 갖은 양념으로 버무려 채소의 젖산 발효에 의해 만들어지는 한국 음식입니다.

옛날 옛적에는 김치를 '지'라고 불렀답니다.

시대가 변하여 김지→지희→짐채→딤채의 소리나는 발음 역현상이 일어나서 오늘날 김치가 된 것이라고 합니다.

우리 집에는 딤채 김치냉장고가 있습니다. 여기서 나온 딤채라는 걸 이제서야 깨달았습니다.

여러분! 김치 종류가 얼마나 많은지 아시나요? 무려 31개 종류의 김치가 있다고 합니다. 배추김치, 갓김치, 깍두기, 총각김치, 보쌈김치, 동치미, 겉절이 등…….

보지도 듣지도 못한 김치가 이렇게 많다니 대단하지요?

우리 집에서는 우리 엄마와 오빠만 김치를 먹습니다. 우리 외할머니께서 우리 아빠를 위해 하나도 안 매운 백김치를 담아 주셨는데 우리 아빠는 그래도 맵다고 호들갑이셨어요.

한국말 제대로 못하는 우리 아빠가 제일 잘 하시는 말은 '안녕하세요'이고, 두 번째로는 '이 김치 너무 매워요'라는 말을 잘 외우셔서 사용하시곤 합니다.

여러분!

김치에는 많은 영양가가 있습니다. 저칼로리 식품으로 열량이 적어 체중조절을 할 수 있어 이보다 좋은 음식은 없다고 봅니다.

예전 공포에 떨던 사스(SARS) 전염병에도 우리나라 사람들은 김치 때문에 거뜬하게 건강을 지켰습니다.

숙성된 김치에는 유산균이 장을 깨끗이 하여 각종 병 치료에 도움을 줍니다.

여러분! 우리 모두 김치를 사랑하여 많이 먹고 건강한 체력을 만들어 한국인의 김치를 널리 알립시다!!!!!!!!

감사합니다.

자부심

홍성오 / 오스트리아

안녕하세요?

음악의 도시 빈에서 태어나 초등학교를 다니는 4학년 홍성오입니다.

얼마 전까지 "나는 왜 친구들과 다를까?"라고 고민하기 시작하였습니다. 동양인이어서 놀림을 받을 때, 친구들과 의견이 잘 안 통할 때, 독일어 문장이 어색하고 이해하지 못할 때, 이러한 상황이 불만스럽기도 하고 마음의 상처를 받기도 하였습니다.

그럴 때 어머니의 권유로 우리나라 전통무술인 해동검도를 시작하게 되었

습니다. 해동검도에서는 검도와 태권도, 활쏘기를 배웁니다. 검정색 검도복을 입고 검을 들고 있으면 마음이 한곳으로 모여 집중이 잘 됩니다. 몸을 곧게 하고 활을 당겨 쏘아 정중앙에 꽂히면 기분이 정말 좋습니다. 온몸에 힘을 모아 발차기를 하면 가슴이 탁 트이고 스트레스가 풀립니다.

그래서 해동검도는 내가 가장 좋아하는 운동이 되었습니다. 해동검도로 인하여 유명한 위인전에 나오는 사람들의 용맹함을 좋아하게 되었습니다. 활을 잘 쏘는 고구려를 세운 주몽 왕, 조선을 건국한 이성계 장군, 임진왜란을 성공적으로 이끈 이순신 장군은 나에게 용기와 자신감을 갖도록 힘을 주었습니다. 위인들 모두가 해동검도를 잘하는 용맹스러운 애국자이셨기 때문입니다.

여러분! 나는 한국인입니다. 내 몸 안에는 해동검도의 용감한 피가 흐른다는 것을 깨달았습니다.

이제는 전 세계 친구들과도 함께 어울릴 수 있는 당당한 한국 어린이가 되었습니다.

친구들 앞에서 나의 생각과 의견을 자신 있게 말할 수 있는 용기가 생겼습니다. 나는 자랑스러운 한국인이 된 것입니다. 내가 가장 좋아하는 말 '총공격'을 외치며 이곳 빈에서 힘을 다해 씩씩하게 자랄 것입니다.

어린이 여러분! 용기와 자신감은 우리의 꿈을 크게 할 것입니다. 우리 모두 전진합시다.

신기한 마법상자

이서윤 / 이탈리아

안녕하세요? 이탈리아 로마한글학교에 다니는 이서윤입니다.

저는 한국에서 태어나 한 살 때 이탈리아로 와서 살고 있습니다. 저는 지금 초등학교 4학년이며 학교생활이 즐겁습니다. 학교에 있을 때 저는 마치 이탈리아 사람인 것 같은 생각이 들지만 거울을 보면 저는 한국 사람 이라는 걸 알게 됩니다. 반대로 한국 친구들과 있을 때는 한국 사람인 것 같은 생각이 들고 거울을 봐도 역시 한국 사람입니다.

제가 이렇게 느끼는 이유는 바로 언어 때문이라고 생각합니다. 제가 아무리 이탈리아어를 잘하고 실력이 뛰어날지라도 이탈리아 사람은 결코 될 수 없습니다. 왜냐하면 저는 분명한 한국 사람이기 때문입니다. 그래서 한글은 제게 너무 중요하고 한글을 배울 수 있는 한글학교도 정말 중요한 곳입니다.

그런데 신기하고 재미있는 점은 저는 한글학교에 공부하러 가기보다 한국 친구들을 만나 놀기 위해 간다는 것입니다. 하지만 한글학교를 갔다 오면 늘 뭔가를 배워 오게 된다는 점이 신기하고, 그래서 저에게 한글학교는 마치 토요일마다 열리는 마법상자 같습니다. 그리고 한글학교에서는 한글뿐 아니라 다양한 것을 배울 수 있는데 그중에서 가장 기억에 남는 것은 고전무용을 배워 한복을 입고 부채춤으로 발표회를 했던 것과 〈겨울왕국〉 주제곡을 친구들과 함께 한국말로 부르며 춤을 추었던 것입니다. 이 글을 쓰면서 저는 새롭게 다짐을 합니다. 이제 놀기보다는 한글과 한국에 대해 더 많이 배우려는 마음으로 한글학교에 가야겠습니다. 그래서 한국에서 학교를 다니는 친구들과 겨루어 뒤지지 않고 어떤 대화도 막힘없이 잘 할 수 있는 당당한 한국 사람 이서윤이 되기 위해 더 열심히 공부하겠습니다. 감사합니다.

자랑스런 한국인임을 잊지 않겠습니다

김웅연 / 그리스

여러분, 안녕하세요? 저는 그리스에 살고 있는 김웅연입니다. 저는 몇 년 전 한국에서 그리스라는 나라로 와서 학교에 다니게 되었습니다. 처음에는 새로운 환경이 낯설어 친구들이 축구를 하러 운동장으로 뛰어가는 것을 저는 그냥 지켜보고만 있었습니다. 저는 쉬는 시간마다 책상에 앉아서 혼자 점심만 먹고 있었습니다. 몇 달 뒤 얼굴의 V라인은 사라지고 배, 엉덩이가 뚱뚱해서 앞뒤로 튀어나왔다고 아프로뒤태라는 별명도 가지게 되었습니다. 저는 살이 많이 쪄 있는 자신을 발견하고는 뚱뚱해지는 것이 싫어서 학교에서 매일 할 수 있고, 주말에도 집 근처 운동장에서 뛸 수 있으니 축구를 해야겠다는 생각이 들었습니다.

한국에서는 1, 2학년 때는 축구를 하는 친구들이 없었기에 저는 축구의 규칙과 하는 방법도 전혀 몰랐습니다. 축구를 해야겠다고 결심하고 경기규칙과 하는 방법도 열심히 공부를 했습니다. 학교에서 처음으로 운동장으로 뛰어나가 친구들과 축구를 하려고 하였습니다. 친구들이 낯선 동양인이라 끼워주지 않을 것 같아 며칠을 망설였습니다. 그러다가 그리스 유소년 축구팀에도 가입을 하였고, 그리스어도 조금씩 늘어가고 그리스 문화에도 익숙해졌습니다. 친구도 점점 많아지고 친국들은 한국에 관심을 가지기 시작했습니다. 하지만 친구들에게 한국에 대해 알려주어야겠다는 생각이나, 제가 한국인이라는 것을 자랑스럽게 이야기해야겠다는 생각은 하지 못했습니다.

그러던 어느 날, 운동장에서 그리스 선수들이 훈련을 하기에, 사인을 받고 싶어 종이와 펜을 들고 다가갔습니다. 그리스 선수는 제게 사인을 해준 뒤 저에게 어느 나라 사람이냐고 물어보았습니다. "Hey! Where are you from?" 저는 대답하기를 망설였습니다. 언젠가 친구들이 한국을 작고 힘없는 나라라고 한 적이 있었기 때문입니다. 한국에서 왔다고 대답을 하고서, 그 선수가 무슨 말을 할지 궁금했습니다. 여러분 그때 그가 뭐라고 했을까요? "Korea! Cha Bum!" 저는 놀랐습니다. 외국인 선수가 한국의 차범근 선수를 알고 있었습니다. 그 선수는 제게 차범근 선수는 자신의 우상이라고 하였습니다. 저는 그 말을 듣고 무척 자랑스러웠고 어깨가 으쓱하였습니다.

한편 부끄럽기도 했습니다. 저는 축구를 하면서 메시나 호날두 같은 외국인 선수들만 멋지다고 생각하였지, 한국 축구선수에게는 관심을 두지 않았습니다. 그 선수가 가고 나서 저는 생각해 보았습니다. 한국은 이미 세계인들에게 여러 면에서 실력을 인정받고, 세계 곳곳에서 활약하고 있는 뛰어난 한국 선수들도 아주 많았습니다. 저는 한국이 우리가 생각하고 있는 이상으로 자랑스런 나라임을 새삼 깨달았습니다. 그 후 경기가 있으면 저는 한국인 선수들처럼 한국을 알리고 싶어서 더욱더 경기에 열심히 임합니다. 그리고 골을 넣고 태극기를 들어올리곤 합니다. 그때 모든 사람들이 박수를 쳐주면 기분이 정말 좋습니다. 눈물이 납니다. 경기는 져도 많은 것을 느낍니다. 그 뒤로 친구들이 저에게 어디서 왔냐고 물으면 저는 자랑스럽게 대답합니다.

"I'm from Korea, a country of great football players. I'm going to be one of them."

한국인과 유럽인들은 언어도, 외도도 다르지만 축구로 소통할 수 있습니다. 축구뿐만이 아닙니다. 우리 한 사람 한 사람이 각자 맡은 자리에서 최선을 다하고 실력을 발휘한다면 세계 전체가 우리 대한민국의 무대가 될 것입니다. 여러분 한국인의 자부심은 멀리서 찾을 수 있는 것이 아닙니다. 오늘 하루 여기 이곳에서 우리는 자랑스런 한국인으로 우뚝 설 수 있습니다. 감사합니다.

소원에서 꿈으로

김알렉산드라 / 덴마크

안녕하세요?

저는 국제비즈니스고등학교 2학년에 재학 중인 김알렉산드라입니다.

여러분, 여러분의 꿈은 무엇입니까?

꿈.

소원.

네이버 한국어사전을 찾아보면, 꿈은 '실현하고 싶은 희망이나 이상'을, 소원은' 바라고 원함'이라고 설명합니다. 즉 정말 간절한 소원은 꿈으로 연결되는 것을 의미하고 있습니다.

제가 어렸을 때 한글학교를 다니면서 배운 동요 중 하나가 "우리의 소원은 통일~ 꿈에도 소원은 통일"이었습니다. 그때는 그 동요는 단지 노래 가사였지, 무엇을 의미하는지 전혀 몰랐습니다.

전 지금 17살이 되었습니다. 웅변대회에 나올 수 있는 마지막 나이이기도 하지요. 17살 꿈 많은 소녀인 제가 알고 있는 한국은 케이팝. 또 제가 알고 있는 한국은 김치와 맛있는 한국 음식. 또 제가 정말 잘 알고 있는 한국은 드라마를 최고로 잘 만드는 나라. 월화 드라마, 수목 드라마, 주말 드라마, 일일 드라마. 정말 종류도 많고 다양합니다.

하지만 제가 비즈니스 공부를 하면서 알게 된 중요한 사실이 하나 있습니다. 여러분, 비즈니스에서 가장 중요한 것은 무엇일까요? 돈?

네, 뭐니 뭐니 해도 머니는 정말 중요하죠.

비즈니스에서 가장 중요한 것은, 상대방의 역사와 문화를 충분히 이해하는 바로 그 시점으로부터, 제대로 된 비즈니스가 시작되는 것입니다.

유럽에서 살고 있는 저는 유럽 사람이 이해하기 힘든 아시아 문화와 역사를 학교에서 공부하고 있습니다. 저는 엄마가 한국 사람이어서 비교적 쉽게 아시아의 문화와 역사를 이해하고 받아들입니다. 그리고 아시아의 문화와 역사를 배우면서 자연스럽게 한국의 아픈 역사를 알게 되었습니다.

북한에서 탈출한 사람들이 들려주는 이야기, 그리고 그와 관련된 동영상을 보면서 제가 자주 보던 화려하고 재미있는 한국 드라마가 아닌, 정말 제 눈으로 보면서도 도저히 믿을 수 없는 충격적인 현실을 보게 되었고 듣게 되었습니다.

왜! 저와 같은 한국말을 사용하는 그들이 배가 고파 굶어 죽어야 하는지?

왜! 북한 어린이들은 구걸할 자유조차도 없는지?

왜! 그들은 그렇게 살아야만 하는 건지?

왜, 왜, 왜, 모든 게 의문투성이였습니다.

그때 제가 찾은 대안은 통일이었습니다. 통일 없이는 대안이 없습니다.

그래서 저는 이 자리를 통해 이렇게 말하고 싶습니다. 여러분, 통일 한국은 저희에게 세계로 통하는 길을 연결시켜 줄 것입니다. 상상해 보십시오. 하나가 된 한국이 중국, 러시아를 건너 유럽과 연결되는 통일 대륙 열차. 생각만 해도 가슴 뛰는 일이 아닙니까?!

통일, 쉬운 일은 아닙니다. 돈, 많이 듭니다. 그러나 그 통일 비용은 무의미한 소비나 지출이 아니고 저희 새로운 세대들을 위한 투자입니다.

제가 어렸을 때 불렀던 그 동요 속의 우리의 소원, 통일. 그 통일이 되면, 10년, 20년 뒤, 우리 유럽한인 차세대들의 꿈은 더욱더 커질 것이라고 믿습니다.

감사합니다.

아리랑! 세계를 품다

석샤론 / 독일

아리랑 아리랑 아라리요~ 아리랑 고개로 넘어간다~

고국을 떠나 이역만리 먼 타국에 사는 우리들에게 듣기만 해도 눈물이 나는 노래, 바로 〈아리랑〉입니다. 음악을 전공하신 부모님의 영향으로 매년 참가하는 독일의 음악 콩쿠르에서 나의 첫 곡은 언제나 〈아리랑〉으로 시작됩니다.

제가 아홉 살 되던 해 저는 독일 청소년 음악 콩쿠르 성악 부문 최초 최연소 1등을 거머쥐며 〈아리랑〉과 함께 독일 신문에 실렸고 많은 축하와 칭찬을 받았습니다.

그렇습니다. 저는 독일에서 태어나고 자랐지만 〈아리랑〉을 부르고 알리며, 피자보다 김치전을, 파스타보다 떡볶이에 열광하는 뼛속까지 한국인, 독일 속의 걸어다니는 작은 한국으로 당당하고 자랑스럽게 살아가고 있습니다.

사 실 어려서 유치원과 초등학교를 다니면서는 너무나 한국적이고 엄격하신 부모님의 가르침과 독일의 문화 사이에서 적지 않은 갈등도 했었고, 친구들과 다른 생김새로 중국인이라는 놀림 속에 때론 남몰래 눈물을 흘리며 부모님을 원망하기도 하였습니다. 그런데 이렇게 생김새도 다르고 말도 통하지 않아 유치원에 적응하기도 힘들었던 저를 부모님께서는 세 살도 되기 전부터 한글학교에 입학시키셨습니다.

그리고 그때부터 저를 닦달하기 시작하시며 서서히 한국 호랑이 엄마의 본색을 드러내기 시작하셨습니다.

주말 늦잠은 먼 나라 이야기이며, 친구들의 생일파티는 빠지기 일쑤였습니다.

그런 부모님의 등쌀로 다섯 살 때부터는 매일 한글로 일기를 써야 했고, 글자인지 그림인지도 알 수 없었던 한자 공부까지 해야 했습니다.

애국가 4절을 모두 외워 받아쓰기를 하게 하셨고 태극기의 건곤감리 청홍백 의미를 설명하시며 대한민국 국민으로서 마땅히 알아야 할 것들을 강조하셨습니다.

지금도 집에서는 한국어만 써야 하는 것은 물론, 정확한 한국어 발음을 위해 매일 한국 뉴스를 들어야 합니다.

'호랑이 엄마'의 한국식 교육은 비단 한국어뿐만이 아닙니다. 어른을 만나면 배꼽인사를 해야 하고 설날엔 온 식구가 한복을 입고 컴퓨터 앞에 서서 한국에 계신 할아버지 할머니께 세배를 합니다.

추석엔 함께 송편을 빚고, 매년 12월에는 수십 포기의 김장을 하시는 한국 아줌마의 저력을 발휘하시며 저에게 직접 한국을 느끼고 경험하게 하십니다.

그런 유난스런 부모님, 특히 엄마의 치맛바람으로 오늘도 저는 비행기를 두 번이나 갈아타고 지금 이 시간 이곳에 서 있습니다.

아마도 이번 대회를 위해 여기에 모인 어린이 청소년 여러분들 또한 저와 비슷한 처지일 거라 생각하며 여기에 계신 부모님들 또한 저희 부모님과 같은 치맛바람 바짓바람의 주인공이실 거라 저는 확신합니다. 사실 전 얼마 전 까지만 해도 그러한 부모님께 불만이 참 많았습니다.

하지만 제가 자라 조금씩 철이 들며 부모님께서 왜 그렇게 한국적인 예절 을 강조하시며 교육에 열을 올리시는지 알게 되었습니다.

6·25전쟁 이후 세계에서 가장 가난했던 우리의 조국은 오늘날 세계 최고 의 전자제품과 자동차를 생산하고, 세계 60억 인구를 열광시키는 한류를 만 들어내며 경제적·문화적으로 세계 속에 우뚝 섰습니다.

그래서 외국에서 나고 자란 우리 2세들은 우리보다 키도 크고 덩치도 큰 유럽 친구들 사이에서도 기죽지 않고 우리의 조국 대한민국을 자랑스럽게 여 기며 이렇게 당당하게 살아가고 있습니다.

그것은 바로 세계에서 둘째가라면 서러워할 우리네 부모님들의 뜨거운 교 육열 덕분이 며, 외국에서 태어나고 자랐지만 자랑스런 대한민국의 후손임을 우리 자녀들의 가슴에 새겨주신 덕분입니다.

청소년을 위한 많은 행사와 이번 웅변대회 또한 우리 자녀들을 위한 것이 라고 생각합니다. 여기에 계신 부모님들, 어르신들 참으로 고맙습니다.

이 연사 이 자리에서 여러분들께 약속드립니다.

부모님들의 피땀 어린 노력과 정성이 결코 헛되지 아니하며, 우리를 위해 다져놓으신 기초가 발판이 되어 우리의 조국 대한민국을 가슴에 품고 더 나 아가 세계를 품으며, 조국 앞에 당당하고 세계 속에 우뚝 선 자랑스런 대한의 딸로 자라겠다고, 이 연사 여러분 앞에 당당히 약속합니다.

자랑스런 한국인

김동환 / 오스트리아

안녕하십니까? 음악공부를 하는 엄마와 누나를 따라 빈으로 유학 온 김동환입니다. 저희 아빠는 한국에 혼자 계십니다. 일명 기러기 아빠지요^^~ 엄마와 누나, 그리고 저를 이곳에 보내신 아빠는 한국인에 대한 긍지와 자부심을 가지고 열심히 공부하라고 아낌없는 응원과 지원을 보내 주십니다.

유럽에 살면서 한국에 살 때에는 몰랐던 조국에 대한 사랑과 동경이 훨씬 커졌습니다. 왜냐하면 외국 사람들 손에 쥐어져 있는 휴대폰의 절반 이상이 삼성과 엘지 제품이고 싸이와 케이팝을 좋아하고 한국에 관심을 가지고 궁금해하는 사실이 매우 자랑스럽습니다.

두 번째 여러분도 잘 아시는 아시아 최초 한국인 반기문 유엔 사무총장은 청소년들에게 큰 모티브를 주셨습니다. 저는 그분의 애국정신을 본받게 되었습니다.

세 번째로 한국은 면적도 큰 나라들 사이에 끼어 있는 작은 나라임에도 불구하고 수없이 많은 이웃과의 전쟁을 치러 이겨내 나라를 지켜냈습니다. 그중에서 12척의 배로 나라를 위기에서 구해낸 이순신 장군의 명량해전이 으뜸입니다. 위기를 기회로 만드는 강한 민족성과 도전정신은 자라나는 청소년들이 배워야 할 점입니다.

마지막으로 6·25전쟁 때 폐허가 된 땅에서 지금 같은 경제발전을 이룬 민족정신과 개척정신은 세계를 놀라게 한 힘이라고 생각합니다.

절망과 좌절에도 강해지는 우리 민족의 유전자의 힘은 결국 포기하지도 기죽지도 않는 열정이 대한민국을 만들어 냈다고 생각합니다. (강조) 그 힘이 저에게도 있습니다.

 이러한 정신으로 아직은 어리지만 목표를 향하여 (점점 크게) 다양한 문화와 언어를 공부하고 도전하여 넓은 세상으로 나아갈 것입니다. 진정한 한국인으로 한국인의 정체성을 잃지 않고 (강조) 유구한 역사를 지키는 사람이 되겠습니다.

 여러분! 우리는 할 수 있습니다.

 헌신적인 교육과 사랑으로 배우고 노력할 때 위기를 극복하는 도전정신과 개척정신이 생기지 않을까요?

 대한민국의 자랑스러운 아들 김동환은 반드시 위기를 극복하여 나라를 위한 한국 사람이 되겠습니다.

 우리는 대한민국의 자랑스러운 아들과 딸들입니다!

 우리 모두 힘을 합하여 자랑스러운 한국인으로 살아갑시다!

 감사합니다.

세상에 하나뿐인 태극기

김성령 / 이탈리아

안녕하십니까? 저는 로마한글학교에서 온 김성령입니다. 여러분은 '대한민국' 하면 가장 생각나는 것이 무엇입니까? 저는 우리나라를 떠올리면 세상의 하나뿐인 태극기가 생각납니다. 저는 다섯 살 때 로마한글학교를 다니기 시작했습니다.

학교에서는 태극기를 그리는 대회가 있었습니다. 저도 그 대회에 참가해서 다른 친구들처럼 열심히 태극기를 그리고 좋은 상도 받았습니다. 하지만 왠지 모르게 저보다 못한 것 같았던 친구들이 더 나은 상을 받는 것을 보고는 이해가 안 갔습니다. 질투심에 저도 모르게 이런 말을 했습니다. "태극기는 왜 그리는 걸까? 우리나라의 국기는 또 왜 이렇게 어렵지?" 등의 생각 때문에 잘못 없는 애꿎은 태극기에만 '상처'를 주었습니다. 그렇게 몇 년 동안 저는 태극기를 그저 어렵고 뜻도 없는 국기라고만 생각했습니다.

그러던 어느 날, 저는 미술에 관심을 갖기 시작했습니다. 곧 우리나라의 전통적인 문양과 색채 등에 반하게 되었고, 그러던 중 문득 태극기에 대해서도 궁금해져 그 역사와 뜻에 대해 찾아보았습니다.

태극기는 대한민국의 대표적인 상징이자 우리나라의 국기입니다.

태극기의 모양을 전체적으로 보면 흰색 바탕의 동그란 태극 문양이 있고, 검은 막대 모양의 건, 곤, 감, 리의 사괘가 태극 문양을 감싸고 있습니다. 흰색 바탕은 우리 민족성, 태극 문양은 양과 음을, 그리고 사괘는 자연적인 여러 가지 뜻을 가지고 있습니다. 태극기의 뜻이 이렇게 깊은 줄 몰랐던 저는, 어렸을 때 우리나라의 국기를 좋지 않게 받아들인 것에 대해 반성하는 마음을 갖게 되었습니다.

또한 우리나라 국기는 오랜 시간을 거쳐 우리가 지금 그리는 태극기가 되기까지 123년이나 걸렸습니다.

1882년, 우리나라의 고종 황제는 청나라의 요구를 거부하고 태극 문양을 흰색 바탕에 빨강과 파랑으로 그려 넣어 임시 국기로 사용하였습니다. 그 후 27년간 '조선 국기'로 불리다가 1919년 3월 1일에 대한독립운동 이후 '태극기'라는 이름을 갖게 되었습니다.

태극기는 1882년 이후로부터 항상 우리가 지켜왔습니다. 그리고 지금도 이 태극기를 우리는 유지하고 있고, 앞으로도 우리나라 국기는 태극기였으면 하는 바람입니다.

이탈리아 친구들이 "왜 대한민국 사람들은 이렇게 어려운 국기를 그려?" 하고 물어본 적이 많았습니다. 어렸을 때에는 '진짜 왜 그럴까? 왜 우리나라는 국기가 이렇게 어렵지?' 하고 속으로 생각했습니다. 하지만 제 지금 생각은 예전과 다릅니다.

태극기는 그리기 어려운 면도 있지만, 독창적이고 아름다운 장점이 있습니다. 그것은 우리 민족이 지혜롭고 생각도 남다르기에 이런 멋진 국기를 만들지 않았을까 생각합니다.

올림픽 등 많은 대회에서 선수들이 금메달을 땄을 때 울려 퍼지던 애국가와 하늘 높이 올라가던 태극기를 본 적이 있으실 겁니다.

그 모습을 보았을 때 여러분은 어떠셨나요? 아주 자랑스럽지 않으셨습니까? 저 또한 그렇습니다. 그렇기 때문에 저도 여러분께 자랑스런 태극기를 많이 볼 수 있는 기회를 만들어 드리도록 노력하겠습니다!

"태극기가 바람에 펄럭입니다~하늘 높이 아름답게 펄럭입니다."

감사합니다!

자랑스런 우리 전통 가락

유지윤 / 이탈리아

안녕하십니까? 저는 이탈리아 로마한글학교에서 온 유지윤입니다. 저는 오늘 "자랑스러운 우리 전통 가락"에 대해서 이야기하려고 합니다.

이탈리아에선 외국인으로 살아가기엔 힘든 일이 참 많습니다. 특히 이탈리아 학교에 다니는 것은 정말 힘이 듭니다. 언어에 대한 스트레스와 동양인에 대한 선생님들의 편견 속에서 치르는 시험 등 모든 것이 싫어질 때도 있습니다.

저는 아직도 중학교 졸업시험만 생각하면 속이 울렁거립니다. 시험을 준비하는 과정에서 제일 고민을 많이 했던 과목은 바로 음악이었는데, 왜냐하면 주제가 정해지지 않은 자유곡을 연주하는 것이었기 때문입니다.

많은 고민 끝에 저희 부모님께서는 한국을 알리는 의미로 〈아리랑〉을 연주하면 좋을 것 같다고 권유하셨습니다. 하지만 저는 로마에서 태어 나 한국의 전통 소리를 접할 수 있는 기회가 없었기 때문에 처음에는 〈아리랑〉 가락에 담겨 있는 한국인의 정서를 알지 못했습니다. 연습을 하면서 조금씩 그 가락의 아름다움을 느끼게 되었습니다.

시험 날 많은 선생님들 앞에서 〈아리랑〉 연주를 하였고, 음악 선생님께서는 이 음악이 무슨 곡이냐고 물어보셨습니다. 저는 너무 뿌듯하게 〈아리랑〉에 대해서 설명하고 선생님께서는 바로 그 자리에서 바로 악보를 복사하시고 이탈리아 학생들과 연주하라고 말씀하셨습니다. 그때 제 마음속에 벅차오르는 무언가가 느껴졌습니다.

그리고 일 년 후 또 한 번 졸업시험 때와 같은 벅차오르는 감정을 느꼈는데, 바로 한·이 수교 130주년 기념행사 때였습니다. 비보이들의 현대 춤에 국악을 접목시킨 리듬이 들려올 때 그곳에 참석했던 한국과 이탈리아의 청소년 모두는 두 나라를 뛰어넘어 그 가락 속에서 함께 흥겨워했습니다.

이렇게 우리 전통 가락에 대해 뿌듯함을 느끼고 나니 제가 바라보는 시선 또한 바뀌고 달라졌습니다.

작년에는 특별히 밀라노에서 엑스포가 개최되었습니다. 엑스포는 말 그대로 세계 박람회입니다. 제가 살고 있는 이탈리아에서 한국관을 볼 수 있다는 마음에 많은 기대를 하며 밀라노를 향하였습니다.

한국관 앞에 줄이 너무 길어 여러 나라 관을 먼저 둘러본 후 조금 늦게 한국관에 도착했을 때 어디선가 들려오는 익숙한 가락에 이끌려 발길을 옮겼더니 국악 가락에 맞춰 춤추는 비보이들이 있었습니다.

이미 많은 이탈리아인들이 리듬에 맞춰 흥겨워하고 있었고 또 다른 젊은이들은 춤을 추고 있었습니다. 아마 제가 수줍음을 덜 탔다면 저도 춤을 추었겠

지요. 너무나 흥겨운 그 가락에 이미 취해 있었거든요. 앞서 말씀드렸던 그런 경험을 하지 못했다면 그 가락의 흥겨움과 뿌듯함을 그냥 스쳐 지나갔을지도 모르겠습니다.

이런 하나하나의 일들은 더욱더 저에게 소중한 기억과 감동으로 남아서 이제 국악은 저에게 있어 흥미롭고 아름다운 소리로 남게 되었습니다.

현재 국악은 다양한 시도를 통해 모든 사람에게 친근하게 다가갈 수 있도록 연주되고 유럽의 많은 도시에서 뜨거운 반응으로 공연을 이어가고 있습니다.

얼마 전, 신문기사를 통해 파리에서 열린 종묘제례악의 공연이 5번이나 되는 커튼콜로 성황리에 마쳤다는 소식도 알게 되었습니다. 여러분 정말 뿌듯하지 않으십니까?

K-POP이라는 음악뿐만 아니라 국악과 민요의 가락이 이탈리아 그리고 전 세계에 울려 퍼진다면 저 같은 교민 2세에게 한국인이라는 자부심이 더 커질 것만 같습니다. 이제부터라도 전통 가락에 더 관심을 가지며 배울 기회가 있다면 그 기회를 통해 우리 민족만의 흥과 가락을 제 주변에 있는 이탈리아 친구들에게 가르쳐 주고 싶습니다. 그러기 위해선 먼저 국악에 나오는 추임새인 '얼쑤'라는 한국말부터 알려주면 더 재미있게 가르쳐 줄 수 있겠지요?

저는 바라봅니다. 언젠가는 K-POP으로 한국을 알리는 것과 더불어 우리의 전통 음악으로도 많은 외국 사람들에게 한국의 아름다움을 알리고 더 나아가 그 과정 속에서 우리 모두 하나가 되는 길 말입니다.

여러분, 나의 바람을 응원해 주시는 의미로 다 같이 '얼쑤'라고 외쳐 주지 않으시겠습니까? 하나, 둘, 셋 얼쑤~

감사합니다.

세계의 미래와 차세대 역할

김다니엘 / 체코

1945년 8·15해방 후 우리나라는 또다시 6·25전쟁을 치른 후 폐허가 되었습니다. 최근에는 북한이 핵실험을 하고 미사일을 발사하고 전쟁의 위기감 속에서도 한국은 지금까지 고속성장을 하면서 잘사는 나라가 됐습니다.

이제는 한국이 포함된 IT 산업의 틱스(TICKs)시대가 왔습니다. 타이완, 인도, 중국, 한국 시대를 의미하는 것입니다.

지금은 한국이 전 세계에 쓰임을 받는 시대가 되었습니다.

시대시대마다 쓰임을 받는 국가와 인물이 있었습니다.

조선시대 과학시대를 열고 싶어 하는 세종대왕 앞에 천민 신분이어도 장영실은 왕 앞에 섰습니다. 그는 해시계, 천문관측대 혼천의, 물시계 등을 만들어 15세기 한국을 과학의 나라로 만들었습니다.

여러분, 이 시대적 요청 앞에 우리 차세대는 어떤 마음의 자세를 가져야 할까요?

일제강점기에 국권회복운동을 일으켰던 신채호 선생님은 역사를 잊은 민족에게는 미래가 없다고 말했습니다.

TV에서 한 리포트가 청소년을 인터뷰한 내용을 보았습니다.

"3·1절이 뭐예요?"

"아, 예, 공휴일이요"라고 대답했습니다.

공휴일이 아니라 일제강점기에 만세시위운동을 통해 한국이 자유국민임을 세계만방에 알린 사건이자 기념일입니다.

여러분! 우리나라의 역사를 올바르게 세워나가고 한국인의 뿌리를 찾아야 한다고, 이 연사 주장합니다.

한류(Korean Wave)라는 매력적인 소프트파워를 통해 21세기 문화강국의 역할을 수행해야 할 것입니다. 세계문화계를 강타한 한국을 향해 미래학자로 손꼽히는 짐 데이터(Jim Dator) 교수는 "미래 세계의 중심은 한국이 될 것"이라고 전망했습니다.

저는 작년 한인회 송년회 때 품행제로 케이팝 노래와 춤을 췄습니다. 그리고 케이팝 현지 문화행사 때 저는 자주 참석해서 제 또래들과 대화를 나눕니다. 한국어를 배우고 싶어 하는 친구들에게 한국어를 가르치고 있습니다. 지난 크리스마스 때는 '탄일종이 땡땡땡'으로 시작하는 한국 캐럴송을 가르쳐 주니까 너무 즐거워했습니다.

여러분, 한반도는 남한과 북한, 해외 181개국에 흩어진 재외동포를 합하면 8,000만 명이나 됩니다. 이 시대는 한국을 부르고 있습니다. 한국인으로서 정체성을 확립해야 합니다. 더 큰 자긍심을 가져야 합니다.

여러분, 미래 지구촌의 평화와 번영에 이바지해야 한다고, 이 연사 외칩니다!

나는 인내와 도전을 배우는 한국인

우사무엘 / 그리스

안녕하세요? 제 이름은 우사무엘입니다. 저는 아테네에서 태어나 지금 중학교 1학년에 다니고 있습니다.

저는 친구들이 '한국'이라는 말을 하면 정말 좋습니다. 다른 사람들이 한국에 대해 물어보거나, 한국어로 어떤 단어를 말해 달라고 할 때에도 기분이 좋습니다. 그것은 제가 한국인이라는 것이 자랑스럽기 때문입니다.

처음에는 그리스 아이들과 대화하면서 주눅 많이 들었습니다. 제가 그리스 아이들과 외모가 많이 다르다는 점 때문이었습니다.

어렸을 때부터 그리스에 살면서 여러 놀림과 상처를 받았습니다. 그리스어도 잘 모르고 말도 잘 안 한다고 놀림을 받다가 결국 참지 못해 눈물을 흘리기도 했습니다. 몇 번이나 '나는 왜 한국인일까? 그리스 아이들과 모습이 비슷했으면 말을 할 때 덜 힘들 텐데' 하고 생각하기도 하였습니다.

하지만 이제는 그런 생각이 들지 않습니다. 한국인이라는 것은 자랑스러운 일이라고 생각합니다. 제가 4학년 때 한 친구가 저에게 물어보았습니다. "너희 나라에는 가장 유명한 것이 무엇이니?" 저는 잠시 생각해 보았습니다.

한국은 그리스와는 다릅니다. 관광업이 크게 발달한 그리스는 파르테논처럼 외국인들에게 널리 알려져 인파를 모으는 문화유적지는 아직 없습니다. 하지만 한국은 뛰어난 기술력과 근면성으로 잘 알려져 있다고 이야기해 주었습니다.

천연자원은 풍부하지 않지만, 세계 어느 나라에도 뒤지지 않는 수준의 자동차와 선박, 전자제품을 생산합니다. 한국에서 생산된 자동차가 그리스 거리 곳곳을 누비고, 한국 기업이 만든 지하철이 그리스 지하 곳곳을 연결합니다. 또 그리스에는 전통적으로 해운이 발달하여 있는데, 이곳 해운업체들이 주로 수입하는 선박도 대부분 한국산입니다.

저는 이제 이런 사실을 주변의 그리스 친구들에게 자랑스럽게 이야기할 수 있습니다. 그리고 나는 한국인이라고 자신 있게 이야기합니다!

또 한국인은 근면함과 끈기로 무엇이든지 해 내고야 마는 근성을 지니고 있습니다. 한국은 작은 나라이지만 박태환, 김연아 선수처럼 세계 최고의 스포츠 스타들을 배출해 냈습니다.

끊임없는 연습과 노력으로 유럽에서 인기를 모으는 한국 가수들도 적지 않아 한국의 위상이 높아졌음을 더욱 실감합니다. 한국전쟁의 폐허 속에서도 오직 근면과 성실로 어려움을 극복해 내고 경제성장을 이룩한 한국인, 좀처럼 포기할 줄 모르는 한국인의 끈기와 인내심을 저는 자랑스럽게 이야기합니다!

앞으로 한국은 더욱 다양한 분야에서 널리 알려지고 세계 여러 나라들과 한층 더 활발히 교류하게 될 것입니다.

유럽에 살고 있는 우리 한국인 차세대는 이를 위해 매우 중요한 역할을 할 수 있습니다. 우리는 이곳의 문화를 존중하고 융화하면서도, 동시에 한 사람 한 사람이 한국을 대표하는 존재임을 되새겨야 할 것입니다.

그리하여 한국의 문화를 이곳에 소개하고, 각국 사람들이 한국을 한층 더 가깝게 느끼며 알아갈 수 있도록 해야 할 것입니다.

그런 의미에서 저는 유럽에 살고 있는 한국인이라는 나의 정체성이 매우 특별하고 소중한 것이라고 믿습니다.

앞으로 한국의 역사와 문화에 대해 더 열심히 공부하고, 친구들에게 이것을 잘 알려 줄 수 있는 자랑스런 한국인이 되고 싶습니다. 우리는 자랑스러운 한국인입니다! 나는 내 나라가 자랑스럽습니다!

한국의 자랑, 한글

김태현 / 그리스

안녕하세요? 저는 그리스에서 학교를 다니고 있는 김태현입니다. 이번에, 저는 오래전부터 자랑스럽게 여겨왔지만 자랑할 곳이 없어 마음속에 보따리처럼 꽁꽁 숨겨 두었던 한국의 자랑스러운 점에 대해 이야기해 보고자 합니다.

한국은 작은 나라였습니다. 힘도 없었습니다. 그러나 지금, 외국인들에게 한국에 대해 연상되는 것을 물으면 어떤 대답이 들려오는지 아십니까? 바로 한국인의 현명함, 높은 노동력 그리고 끈기라고 합니다. 많은 어려움을 겪었지만, 끈기와 현명함으로 그 무수히 많은 화살을 막아낸 한국을 존경한다고 합니다. 1910년부터 45년, 36년간의 일제강점기, 1950년부터 53년까지 3년간의 한국전쟁, 1997년 IMF 금융위기, 엄청난 숫자의 강력한 화살이 날아왔지만, 저희는 전부 막아냈습니다. 또 극복했습니다. 이 화살을 어떻게 막아냈을까요? 화살을 막기 위해 만든 방패는 무엇이었을까요?

저는 그런 끈기와 현명함보다 높은 교육열이 방패를 만든 주재료라고 생각합니다. 그렇다면 그 높은 교육열은 무엇이 있었기 때문에 가능했을까요? 많은 사람들이 무언가를 배우기 위해선 읽고 쓰기 쉬운 글자가 뒷받침되어야 하지 않을까요? 그럼, 그 글자는 무엇이었을까요? 바로 한글입니다.

현시대의 여러 학자들이 말하길, 한글은 가장 독창적이며 우수하다고 합니다. 그럴 만도 하지요. 한 나라의 왕이 만백성의 뜻을 무한히 펼치고자 해주기 위해 읽기도 쉽고 배우기도 쉬운 글자라는 것을 만들었는데, 당연하지요. 또 한 나라의 왕이 글자를 만들었다는 것부터가 이례적인 일입니다. 더욱이 당대 최고의 학자들과 더불어 3년간 치열한 연구와 실험을 거쳐서 말입니다.

저는 기본적인 생활을 하기 위해 필요한 중국의 수많은 한자와, 발음하기에 따라 말이 달라지는 이중성이 있는 영어와 달리, 적은 수의 음운으로 거의 모든 말소리를 완벽하게 표기할 수 있으며 배우기도 쉬운 한글만이 진정한 글자라고 자부합니다. 제가 처음 그리스에 왔을 때, 이제 막 사귀었던 친구가 장난으로 한글을 알려줄 수 있냐고 물었습니다. '호기심' 때문이었겠지요. 그러나 그 호기심은 놀라움과 경이로움으로 바뀌었습니다. 한글의 위대함을 몸소 체험한 것이지요. 저는 그 친구에게 진짜 두세 시간 동안 한글을 알려주었고, 그 두세 시간 동안 한글을 배운 친구는 이제, 자음과 모음을 읽을 수 있을 정도로 한글을 터득했습니다. 한글이 얼마나 배우기 쉬운지 또 얼마나 편한지 제대로 알려줄 수 있어 저는 기뻤고, 또 한편으로는 뿌듯했습니다. 또 다른 친구들에게도 알려주고 싶다는 마음이 들었습니다.

또 어떤 날은 학교에서 친구가 비타민 음료를 들고 와 '그것 참 누리끼리하다'라고 말하려 했지만, '누리끼리하다'라는 단어가 생각이 나지 않아 말을 할 수 없었습니다. 그래서 집에 와서 사전을 찾아보았습니다. 그러나 영어에는 '누리끼리하다'라는 표현을 대체할 수 있는 단어가 그저 '노란색이다'라고 한정적으로 말할 수밖에 없는 것을 알고 가슴이 답답하였습니다. 또 완벽한 줄 알았던 이러한 영어 표현의 한계 때문에 다시 한 번 한국어의 큰 장점인 풍부한 표현력에 감탄하였습니다. 풍부한 어휘로 인해 말에 재미와 활력을 더해 주어 사람들 사이의 소통을 촉진시켜 줌과 동시에 좀 더 섬세한 관찰과 인식을 가능케 해주는 한글이 더 위대하게 보였습니다.

여러분, 유럽한인 차세대로서 저희는 한국이라는 나라를 대표해 이러한 한국의 자랑스러운 글과 우수한 한국어를 널리 알려야 할 것입니다. 또 한글과 한국어의 우수성을 널리 알릴 수 있다는 것에 대해 저는 정말 감사하고 한편으로는 가슴이 뭉클하기도 합니다. 우리는 한 나라의 자랑거리를 넘어 세계의 문화유산으로 인정받기에 부족함이 없는 한글, 한국어를 더욱 사랑하는 마음을 가져야 합니다. 그리고 그럴 때 어느새 '나는 자랑스런 대한민국 의 한국인이다'라는 것을 깊이 새길 수 있으리라고 믿습니다. 감사합니다.

어렵게 배운 한국말,
이제는 한국을 알리는 한국인

이수산나 / 그리스

여러분!! 만화책 하면 어떤 생각이 드십니까?

별로 유익하지 않은 책, 어린이들이나 할일 없는 사람들이 웃기 위해 보는 책이라고 생각할 것입니다. 만약 어떤 아이가 만화책을 계속 보고 있다면 하라는 공부는 안 하고 놀고 있다고 생각할 것입니다.

그러나 저는 이 만화책을 통해 한국어를 배웠습니다. 저희 부모님은 한국인이시고 저는 14년 전 그리스에서 태어났습니다. 집에서는 한국어, 유치원에서는 그리스어를 사용했던 저는 말을 배우는 데 많은 어려움이 있었습니다. 그래서 초등학교 1학년 때까지 한국말을 제대로 하지 못했습니다. 저희 아버지는 제가 어릴 적 한글의 모음과 자음표를 크게 만들어 제 머리맡에 붙여 놓고 시간이 날 때마다 기역, 니은, 디귿을 가르쳐 주셨습니다. 심지어 두 살 위 인 언니도 저를 앉혀놓고 선생님처럼 가르쳐 주었습니다. 그럼에도 불구하고 저에게 한국어는 너무나 어려웠습니다.

이런 제가 한국어에 흥미를 갖게 된 것은 한국어로 된 학습 만화책을 보면서였습니다. 초등학교 1학년 때 부모님께서 대량으로 학습 만화책을 한국에서 사오셨습니다. 저는 그 만화책을 보면서 한국어가 너무 재미있었습니다. 우주, 갯벌, 별자리, 응급처치, 식물, 동물은 물론 똥에 이르기까지 다양한 내용을 다룬 책을 읽으면서 많은 지식을 얻었고 그 어려워 보이던 한국어를 쉽게 배울 수 있었습니다. 책들이 너무 재미있어서 읽고 또 읽었습니다. 그래서 50권에 가까운 모든 책을 30번 이상 족히 읽어 일명 학습 만화의 도사가 되었습니다. 그 후 저는 깨알같이 쓰여진 다른 한국어 책도 열심히 읽었습니다.

이는 제가 예전엔 상상도 못했던 일이었습니다. 그리고 어디서든지 한국인들을 만나면 주저 없이 대화를 할 수 있었습니다.

한번은 아크로폴리스에 견학을 갔다가 한국인들을 만나 이야기를 나누었습니다. 그분들은 저에게 어떻게 한국말을 그렇게 잘하느냐고 칭찬했습니다. 한국에 방문할 때마다 친척들이나 아는 분들도 저에게 한국말을 잘한다고 칭찬해 주십니다. 제가 다니는 학교에는 한국의 드라마나 음악에 관심 있는 친구들이 있습니다. 그중 한 친구는 한국말을 배우려고 여러 말을 물어봅니다. 저는 그 친구에게 한국어도 가르쳐 주고 가끔씩 재미있는 한국말을 알려주기도 합니다. 얼마 전 제가 "간장 공장 공장장은 장 공장장이요. 된장 공장 공장장은 강 공장장이다"라는 말을 하자 친구들이 매우 재미있어 했습니다.

여러분! 한때 그리스어는 오늘날 영어처럼 사용했던 말이었습니다. 이 그리스어를 사용하는 사람들이 한국어를 배우고 한국의 문화에 관심을 갖는다는 것이 참으로 놀랍지 않습니까? 이것은 우리나라가 많이 발전했고 강대국이 되었다는 뜻이며, 세계 곳곳에 살고 있는 우리 한국인들이 한국을 열심히 알리고 있다는 뜻이기도 합니다. 저도 이처럼 그리스에 자랑스런 한국을 알리는 사람이 되고 싶습니다.

여러분!! 제가 만약 한국말을 못했다면 한국말이나 한국에 대해 친구들이 물어볼 때 참으로 창피했을 것입니다. 그리고 그리스에 살면서 한국인도 아니고 그리스인도 아닌 채 살아갔을 것입니다. 그러나 저는 이제 한국말을 잘할 뿐 아니라 그리스 사람들에게 한국을 알리는 사람이 되었습니다. 저에게 있어 한국어는 단순한 말이 아니라 한국을 알아가는 열쇠입니다. 따라서 한국인이라면 반드시 한국어를 배우고 잘 말해야 한다고 생각합니다. 한국인이라면 더 열심히 한국어를 가르치고, 더 열심히 한국어를 배우고 더 열심히 한국어를 사랑해야 한다고, 이 시간 이 연사 소리 높여 외칩니다.

진정한 리더란?

윤민경 / 그리스

여러분!

저는 오늘, 대한민국의 차세대로서! 이 시대의 진정한 글로벌 리더로서! 나아가야 할 방향에 대한 나의 작은 생각을 말해 보고자 이 자리에 섰습니다.

제가 중학교를 처음 들어갔을 때, 아시아인을 비하하는 듯한 학생들의 말과 행동에 당황스러웠던 기억이 아직도 또렷합니다. 그러던 어느 날, 교장 선생님의 제안으로 우리나라, 대한민국을 소개하는 발표를 하게 되었습니다.

저희 학년 전체 아이들 약 100여 명과, 초대된 대사님, 학부모님들 및 여러 선생님들 앞에서 진행된 발표였기에 사뭇 긴장도 되었습니다.

거의 한 달간 준비를 하여 한글의 우수성과 독창성, 오천년 역사와 전통문화, 음식, K-POP 등을 소개했는데, 반응이 기대 이상이었습니다. 그 후로 저를 놀리는 아이도 없었을 뿐더러, 그리스 친구들도 많이 생겼습니다. 자국 문화에 대한 자부심이 높은 유럽인들도, 한국의 오랜 역사와 독특한 문화에 감탄해 하는 것이 무척 자랑스러웠습니다.

그러나 이제 우리에게는 보다 성숙하고 유연한 태도 또한 필요합니다.

여러분! 스웨덴의 혼성 그룹 아바! 그들이 부른 '승자는 모든 것을 갖는다'라는 뜻의 〈Winner takes it all〉이란 곡을 아십니까? (~The Winner takes it all, the Loser standing small Beside the victory That's her destiny~~~)

그렇습니다! 요즘은 승자가 모든 것을 차지하는 냉혹한 경쟁시대입니다. 남을 이겨야만 살아남을 수 있습니다.

하지만 여러분! 영원한 승자가 과연 있습니까? 저는 이제 우리 대한민국도 승패에 연연하는 태도를 넘어설 필요가 있다고 생각합니다. 우리 것에 자부심을 갖되, 세계 여러 나라들과 보다 적극적으로 화합하려는 열린 태도와 유연성이 필요합니다.

요즘은 인터넷을 통해 국가 간 장벽이 사라져 지구촌 모든 사람이 실시간으로 정보를 공유하고 여러 나라의 언어와 문화를 습득할 수 있는 기회도 많아졌습니다. 다른 문화를 가진 사람들과 소통하고 나눔으로써 그들과 진정한 친구가 되어보는 것은 어떨까요?

다름, 즉 "Difference"를 틀림이 아닌, 다양함으로 수용할 때 그들 또한 마음을 열고 우리를 인정하고 따를 것입니다.

여러분!!!! 이태석 신부님을 아십니까? 〈울지 마 톤즈〉라는 영화를 기억하십니까? 그분은 아프리카 남수단 톤즈라는 작은 마을의 가난한 아이들을 위해 봉사활동을 하시다가 돌아가셨습니다.

천주교 신부님이셨기에 그저 종교적 신념만으로 헌신적인 봉사를 하셨던 걸까요? 아닙니다! 종교를 떠나서 그분은 인종에 대한 어떠한 편견도 없었기에! 열린 마음과 따뜻함이 있었기에! 나눔과 배려를 실천하실 수 있었던 것입니다. 저는 그분이야말로 진정한 승자이며 또한 이 시대가 원하는 글로벌 리더라고 확신합니다.

여러분! 다양한 문화적 체험을 바탕으로 얻은 유연한 생각. 그리고 내 것도 내줄 수 있는 아량. 나눔과 베풂이 있는 우리 한국인의 따뜻한 정. 이러한 것들을 가슴에 품고 이 시대의 참다운 승자가 되자고, 이 시대의 진정한 글로벌 리더가 되자고, 이 연사 힘차게, 힘차게 외칩니다.

감사합니다.

불가리아 사람? 한국 사람?

오주은 / 불가리아

안녕하세요? 저는 소피아한글학교에 다니고 있는 오주은입니다.

아슬라말리꿈! 하이! 즈 드라베이떼! 안녕하세요!

여러분께서는 지금 제가 한 말을 이해하셨습니까? 네, 방금 제가 한 말은 제가 살았던 곳의 인사말입니다. 저는 파키스탄, 미국, 한국, 그리고 지금은 불가리아에 살고 있습니다.

선교사이신 부모님을 따라 저는 16년의 제 삶에서 많은 나라를 체험해 볼 수 있었는데 그 나라를 이해하기 위해서는 그 나라의 언어를 꼭 익혀야 한다는 부모님의 말씀에 따라 저는 제가 살고 있는 국가의 언어는 완벽하게는 아닐지라도 일상 대화가 가능한 정도로 구사할 수 있고 지금은 영어와 불가리아어로 대학입시를 준비할 수 있는 정도에 이르렀습니다.

대단하다고 생각하지 않으십니까? 하지만 역시나 한국인인 저에게 가장 중요한 언어는 한국어이고, 말씀드렸던 나라 중에 한국에서 제일 적은 기간을 살았습니다. 하지만 그래도 용기 내어 다리가 덜덜 떨릴지언정 한국어로 오늘 웅변을 하는 이곳에 서 있는 제가 저 스스로 자랑스러운데, 이것은 더 대단한 일이라고 생각하지 않으십니까? 여러분!

이제부터 오늘 여러분들께 들려드리고자 하는 제 이야기를 시작하려 합니다.

9학년 1학기 말 때쯤 불가리아 고등학교가 어느 정도 익숙해졌을 때쯤 저는 학교에서 4박 5일간의 스키캠프에 가게 되었습니다. 처음에는 두렵고 떨리는 마음으로 갔지만 하루하루 시간이 지날수록 학교 안에 있었을 때는 알지 못했던 또 다른 것을 느끼며 불가리아 사람들과 함께인 제가 너무나 자연스럽고 편하기까지 했습니다. 그러다 보니 이 친구들과 더욱 가까워지기 위해 그들의 행동이나 손짓, 말투를 따라하였습니다. 그런 제가 스스로 자랑스럽기까지 했습니다.

　나도 이만큼 잘한다고! 나도 너희들과 다를 것이 없다고!

　그런데 그렇게 지내다 보니 어느새 저는 평소 제가 생각한 대로 이야기하고 행동하는 더 이상의 제가 아니었습니다. 어떻게 하면 더 저들과 같아 보일지, 때로는 나와 맞지 않는 불가리아 사람들만의 말에도 마음은 아닌데 맞장구치고 있는 제 모습을 보게 된 것입니다.

　그러던 어느 날 불가리아 학교의 반 친구가 저에게 이렇게 이야기하였습니다. "주은! 넌 이제 불가리아 사람 흉내를 잘 내는구나!"

　아니, 이게 무슨 말입니까? 전 친구들과 허물없이 지내기 위해 그들처럼 행동하였고 그들의 사고로 이야기하기 위해 노력했는데 그들의 나에 대한 평가는 불가리아 사람을 흉내 내는 여전한 외국인이었던 것이 아닙니까!!!!

　친구들의 이러한 평가는 저를 한참 혼란에 휩싸이게 하였습니다. 그런데 그즈음 어느 날 한글학교에 갔는데 저희 한국 친구들이 저에게 말하였습니다. "주은이는 이제 정말 불가리아 사람이 다 되었구나?"

　불가리아 친구들에게는 불가리아인을 흉내 내는 어설픈 외국인이었던 것이고 한국 친구들에겐 불가리아인을 닮아가고 있는, 이도 저도 아닌 애매한 사람이 되어가고 있었던 것입니다. '두 가지 삶'을 사는, 어디에도 속해 있지 않은 '애매한 아이'가 되어버렸다고 생각하니 제가 너무나 한심하고 바보 같았습니다.

　원래의 나는 누구이며, 나는 왜 이곳에서 불가리아 사람들을 흉내 내고 있는지, 생각하니 머리는 복잡하고 마음은 답답해서 오히려 불가리아를 잘 모르고 불가리아어를 잘못했던 때보다 더 두렵기 시작했습니다.

　그때쯤 불가리아에서 유럽한인 차세대 한국어 웅변대회에 참관하였습니다.

　많은 나라에서 온 친구들의 다양한 이야기를 한자리에서 듣게 되었습니다.

  듣다 보니 그 친구들의 한결같은 공통점이 있었습니다. 그것은 바로 그들이 그 나라 사람들과 같아지게 되기 위해 얼마나 노력했나가 아닌, 그곳에서 한국인으로서의 정체성을 잃지 않기 위한 노력이 있었다는 것이었습니다.

  각 연사들의 삶의 경험에서 나온 이야기들이 저에게는 풀지 못하고 힘들어하던 것에 대한 열쇠와도 같았습니다.

  물론 열쇠가 저의 그동안의 모든 고민을 씻어주진 못하겠지만 적어도 제가 어떻게 살아가야 하는지, 어느 방향으로 가야 하는지에 대해서 알게 해주었습니다. 제가 어느 곳에서도 자랑스럽고 당당하게 살 수 있는 방법은 그 나라 사람이 되는 것이 아닌 한국인으로서의 확실한 정체성을 가지고 그들과 하모니를 이루는 것임을 깨닫게 되었습니다.

  여러분!!! 여러분은 진정한 한국인으로 살아가고 있습니까?

  유럽에 사는 우리는 우리가 가지고 있는 자랑스러운 한국인으로서의 정체성을 잃지 말고 어느 곳에서든지 우리나라를 빛내는 그런 자랑스러운 한국인으로서의 삶을 살아가야 한다고 이 연사, 간곡히 외치는 바입니다!!

우리말, 우리글 바로알기

박원희 / 불가리아

안녕하세요? 저는 현재 불가리아 소피아에서 공부하고 있는 박원희라고 합니다. 어렸을 때부터 타지생활을 한 터라 대한민국은 저에게 있어 정말 보고 싶고 또 소중한 모국입니다. 그래서인지 또래 친구들보다 한국에 대한 관심이 조금 더 많습니다.

여러분, 혹시 '낫닝겐', '빠순이', '쩐다'라는 말을 들어보셨습니까? 아마 제 또래인 친구들은 이들 단어의 뜻을 알고 있고 이미 하루에도 몇 번씩 쓰는 말일 것입니다. 하지만 몇몇 분의 어른은 이들 단어의 뜻을 잘 모를 겁니다.

그렇습니다. 신조어는 세대 간의 의사소통을 단절시킵니다. 같은 문화권, 같은 언어를 사용하는 사람임에도 불구하고 신조어는 신세대와 기성시대를 나누는 새로운 형태의 언어입니다. 10년 전까지만 해도 이런 말들은 우리나라에 없던 말들이었는데 말이죠. 그리고 시간이 흐르면 흐를수록 더 심해지는 이런 옳지 않은 언어 습관은 고유의 우리 언어 '한글'을 파괴합니다.

얼마 전 저는 제 가족과 함께 예능을 보다가 재미있는 장면을 보았습니다. 한 외국인 출연자가 음식의 맛을 표현하는데 '정말 맛있어요'가 아닌 '꿀맛', '존맛'이라는 단어를 사용했던 것입니다. 외국인 출연자의 맛깔나는 표현에 저희 가족은 모두 다 배꼽 잡아 웃었습니다. 하지만 여러분, 이게 마냥 웃고 넘어갈 일인지 그저 재미있는 일인지 생각해 봐야 합니다. 외국인이 엉뚱한 표현을 하게 된 이유는 어쩌면 우리의 잘못된 언어습관 때문일지도 모릅니다. 그리고 만약 우리가 올바른 한국어를 사용했다면 외국인의 대답은 분명 달랐을 것입니다.

한글을 올바르게 사용한다는 것, 한국인으로서 가장 기본적인 것임에도 불구하고 가장 지키기 어려운 것입니다. 일상생활에서 신조어는 이미 많은 비중을 차지하였고, IT 발달로 인해 신조어는 더 이상 사라지지 않는 하나의 문화가 되었습니다.

그러나 우리 모두가 조금씩 노력한다면, 한글에 대한 관심을 조금 더 가지게 된다면 분명 외국인들에게 대한민국은 자기 자신의 언어를 사랑하고 지켜낼 수 있는 나라로 인식될 것입니다.

여러분, 한글은 대한민국에게 있어 정말 소중한 언어이고 가장 큰 자랑거리입니다. 한글은 세종대왕이 '한문을 공부할 기회가 없는 일반 백성들도 문자를 배우게 하겠다'라는 취지에서 집현전 학자들과 함께 연구해 만든 한국 고유의 언어입니다.

발성기관의 모양과 천지인을 이용해 창제된 한글은 과학성을 방증하는 대표적 문자이며, 세계 문자 가운데 유일하게 창제자, 반포일 등이 상세히 기록되어 있다는 점에서 역사적 가치를 지니고 있습니다. 이러한 점에서 한글은 우리가 더더욱 지켜야 할 언어입니다.

외국에 산다는 것, 외국어를 한다는 것은 한인 차세대로서 큰 기회와 큰 장점이지만 한국인으로서 한글을 제대로 사용해야만 진정한 한국인이라고 말할 수 있지 않겠습니까?

지금 우리가 사용하는 신조어는 잠시 흘러가는 유행일 뿐이지만 우리의 한글은 절대 변치 말아야 할 언어입니다.

여러분들도 저와 같은 마음이길, 저를 온전히 이해하셨을 거라 생각하고 이 연설을 끝내겠습니다.

감사합니다.

소중한 새끼손가락, 독도

강미현 / 불가리아

안녕하십니까? 저는 불가리아에서 온 강미현입니다.

저는 오늘 여러분께 독도에 대한 이야기를, 더 정확하게는 독도에 대한 제 생각을 이야기하려 합니다. '독도는 우리 땅!' 한글도 모르던 시절부터 외쳤던 말이자 흥얼거리던 노래의 제목입니다. 그때는 노래가사의 의미도 모른 채 언니, 오빠들을 따라 불렀고, 학교에 입학하고 나서도 가사만 알았지 큰 의미를 부여하지는 않았습니다. 그런데 고등학생이 되고 나서부터 조국에 대한 제 생각이 조금씩 바뀌었고, 더불어 독도에도 관심을 갖기 시작했습니다. 그 이유는 소중한 우리의 것을 탐내는 이웃 나라 일본의 욕심을 인식하게 되었기 때문입니다.

독도가 원래부터 한국의 땅이었고 세계에게 잘못된 사실을 알리고 있는 나라는 한국이 아니라 일본이라는 것, 여러분 모두 잘 알고 계시리라 생각합니다. 독도는 512년 『삼국사기』에 실린 이름 '우산국'을 시작으로, 1432년에 편찬된 『세종실록지리지』에도 명확하게 우리의 땅이라고 기록되어 있습니다. 일본도 독도는 자기네 땅이 아니라고 했지만, 1905년에 독도를 일본 영토로 강제 편입합니다. 이때부터 한국과 일본 사이의 독도 논쟁은 시작되었습니다. 일제강점기에는 빼앗겼던 독도를 해방과 동시에 한국이 되찾게 되지만, 때는 이미 일본이 독도를 자기네 땅이라고 우기고 있었던 때였습니다.

저는 어릴 때 독도의 역사와 왜 독도를 우리 땅이라고 주장하는지 이유도 모르고, 그저 모두가 그렇게 말하니까 그런가 보다라고 생각했습니다. 하지만 점점 나이를 먹고 생각도 자라면서 예전에 알고 들었던 독도가 다르게 느껴졌습니다. '왜 독도를 일본에게 양보해 줄 수 없고 꼭 우리 땅이어야만 할까?'라는 생각이 들었습니다. 독도는 군사적 가치, 경제적 가치, 관광 가치 등을 포함한 굉장히 가치가 높은 영토입니다. 하지만 이러한 물질적 가치보다도 예부터 선조들의 피와 땀으로 보존하여 우리에게 물려준 땅이기에 독도의 가치가 더욱 높게 평가되는 것입니다. 열 손가락 깨물어 안 아픈 손가락이 없듯, 비록 한국의 작은 일부분에 불과하지만 독도를 잃어버리는 것은 민족의 아픔이 될 수 있습니다.

하루는 학교에서 지리 수업시간에 선생님이 세계지도를 나눠 주신 적이 있습니다. 저는 본능적으로 불가리아보다 한국에 먼저 눈이 갔고 동해가 어떻게 표기되어 있는가를 확인했습니다. 그런데 동해는 '일본해'라고 표기되어 있었습니다. 그것을 본 저는 화가 났고 일본이 뻔뻔함을 넘어 도가 지나치고 있다는 생각이 들었습니다. 그러면서 독도를 소유한다는 것은 영토뿐만 아니라 독도가 끼고 있는 바다인 영해와 하늘인 영공까지 포함된다는 사실을 알게 되었습니다.

여러분! 옛날부터 선조들이 지켜온 땅이고, 지금도 정부가 독도는 우리 땅임을 세계에 알리려고 여러 정책을 시행하는데, 어찌 제가 독도는 한국 땅이라 말하고 싶어 하지 않을 수 있겠습니까? 역사 속에도 고스란히 우리의 영토라고 표기되어 있는데, 어찌 독도가 우리 땅임을 자랑스러워하지 않을 수 있겠습니까?

독도는 단어 앞에 덕지덕지 붙어 있는 수식어를 벗겨버린, 그 모습 그대로 우리의 것이니까 더 빛나고 사랑할 만한 가치가 있다고 말하고 싶습니다. 대한민국의 끝에서 화룡점정을 찍어주는 독도가 있기에 한국은 세계에서 더욱 빛이 납니다. 독도는 이전에도, 지금도 그리고 앞으로도 영원히 한국의 땅으로 남을 것입니다. 왜냐하면, 부모님으로부터 물려받은 새끼손가락이 내 몸의 일부이듯, 독도 역시 선조로부터 물려받은 우리의 소중한 지체이기에 그것을 지키려는 우리의 노력은 계속될 것이기 때문입니다.

감사합니다.

뿌리 깊은 나무

김에밀리 / 덴마크

안녕하세요? 저는 덴마크에서 온 김에밀리입니다. 먼저, 제가 좋아하는 글을 하나 소개하겠습니다.

"뿌리가 깊은 나무는 바람에 흔들리지 않으므로 꽃 좋고 열매 많으니. 샘이 깊은 물은 가뭄에 끊이지 않으므로 내가 되어 바다에 가느니."

여러분, 잘 알고 계시는 시 중 하나이지요?

네, 맞습니다. 한글을 발명하신 세종대왕님의 책 『용비어천가』에 있는 시입니다. 저는 이 시를 한글이 아닌 영어로 먼저 알았습니다. 왜냐하면 영어와 한글 두 개의 언어로 된 한국을 소개하는 책을 엄마가 선물로 주셨기 때문입니다. 이 책처럼 저는 두 개의 언어로 말하고 생각할 수 있는 다문화 가정 속에서 자라고 있습니다.

여러분, 제가 외모로만 보면 어느 나라 사람 같아 보이나요?

덴마크에서 저는 평범한 덴마크 사람이지만, 한국에 갈 때마다 항상 재밌는 일이 일어나곤 합니다.

작년 여름, 경주에 있는 한 워터파크에 갔습니다. 미끄럼틀을 타려고 기다리고 있는데, 제 외모만 보고 당황한 직원들이 영어로 더듬더듬 설명을 하려고 했습니다.

"어 …… 어 …… 웨이 트어미니트, 웨이트어미니트 …… 우짜노 …… 나 영어 못 하는데."

저는 살짝 웃으면서 "저 한국말 억수로 잘하는데, 예 ……"라고 구수한 사투리로 말하니 그 어색한 분위기가 싹 사라졌습니다. 이렇듯 제가 한국말을 하게 된 이유는 제가 네 살 때부터 엄마 손을 잡고 한글학교에 다녔기 때문입니다.

저는 한글학교에 다니는 것이 매우 좋았습니다. 항상 맨 앞에 앉아 선생님 말씀을 열심히 듣고, 동요를 배울 때는 제일 큰 소리로 노래를 불렀습니다.

다른 친구들이 장난을 치거나 수업을 방해할 때는, 제 눈으로 이렇게 쳐다보면 떠들던 친구들이 놀라서 조용해지곤 했습니다. 특히 연극을 하거나 발표를 할 때면, 새벽부터 일어나서 혼자 연습하는 것이 좋았습니다.

지금은 한글학교가 없는 곳에서 학교를 다니고 있지만, 7년간 다닌 한글학교는 제 뿌리가 되었습니다.

어렸을 때부터 독창적이고 과학적인 한글을 배웠고 불가능을 가능으로 바꾸는 나라 한국. 한국인 엄마의 훌륭한 유전자를 물려받고, 영리하고 민첩한 한국인의 기질을 백 프로 물려받은 저는 지금 영어·덴마크어·한국어·프랑스어·독일어의 5개국 언어를 아무런 어려움 없이 동시에 배우고 있습니다.

나뭇잎이 아무리 무성해도 뿌리가 온전치 못하면 금방 쓰러지는 것이 자연의 진리입니다. 저는 한글을 사랑하는 한국인이라는 튼튼한 뿌리를 갖고, 거센 폭풍우가 휘몰아쳐도 결코 쓰러지지 않는, 아름다운 꽃과 풍성한 열매를 맺는 한 그루 나무가 되겠습니다.

심한 가뭄에도 마르지 않는 샘물이 퐁퐁 솟아나 시냇물이 되고 바다가 되어, 세계라는 대양을 향해 크게 뻗어나가는 사람이 되겠습니다. 여러분, 저와 함께 뿌리가 깊은 나무, 샘이 깊은 물이 되어, 다 같이 멋진 미래를 만들어 갑시다!

한국 김치의 우월함

와그너 엘리샤 / 스위스

안녕하십니까? 저는 스위스 초등학교 3학년에 다니는 엘리샤 와그너입니다. 작년 여름에 처음으로 저희 가족 모두가 엄마의 고향 한국을 방문했습니다. 그 전까지는 엄마와 동생 그리고 저만 다녔는데, 작년엔 아빠께서 10년 만에 한국의 지인들을 방문하시며 함께 가족여행을 하게 되었습니다. 여행도중 자주 식당에 들어가 음식을 먹으면 언제나 빠지지 않는 게 있었습니다. 그것은 바로 김치였습니다. 스위스에서 엄마가 만들어 주신 김치는 그리 맵고 짜지 않았는데 한국에서 먹게 된 김치들은 너무나 다르고 맵고 짰지만 나도 모르게 자꾸 손이 갔었습니다.

하루는 외할아버지와 함께 식당에서 아구찜이라는 음식을 주문하고 기다리던 중 아구찜이 나오기 전 당연히 김치와 여러 반찬이 먼저 나왔습니다. 아빠와 함께 두세 접시의 김치를 먹다가 아빠는 맵다고 하시며 젓가락을 내려 놓고 저는 계속 먹으며 여러 번 김치를 더 달라고 주인 아저씨께 이야기하였습니다. 아저씨께서는 처음엔 두세 접시로 생각하다가 6번째에는 저보고 "무슨 외국 아이가 맵고 짠 김치를 잘 먹느냐며 김치값을 따로 내야 한다"라고 하셔서 제가 놀라자, 외할아버지께선 빙그레 웃으시며 "우리 이 사위는 처음 한국에 왔을 땐 매일 김치뿐만 아니라 고추장까지 한 접시씩 먹고도 스위스 갈 때는 한보따리씩 가방에 넣어 간 사람입니다. 당연히 그의 딸이니 김치를 좋아하지요"라며 식당 아저씨께 답변하신 후 두 분이 한참 웃으시며 이야기를 하셨습니다.

거기서 중요한 이야기를 들었습니다.

김장김치는 싱싱한 채소가 부족한 추운 겨울철에 비타민 공급원이 되었다는 사실입니다. 제가 살고 있는 스위스 또한 추운 겨울에 꼭 치즈 퐁듀를 먹습니다. 퐁듀와 김치 이 두 음식은 발효식품이라는 점이 닮았기 때문입니다. 얼마 전 제가 김치에 대해 궁금해하니 엄마께서 김치에 관한 자료를 인터넷에서 찾아보여 주셨습니다. 그 후 저는 김치에 대한 자세한 정보를 알게 되었습니다.

서울에서 궁중을 중심으로 발달했다는 배추김치, 보쌈김치, 백김치. 경기도에선 모양이 화려한 씨도리김치, 오이김치. 충청도의 소박하고 담백한 호박, 가지김치. 전라도의 다양한 젓갈과 고추양념을 많이 사용한 갓김치, 고들빼기김치. 제주도의 양념을 적게 하고 본연의 맛을 살린 갓물김치, 전복 김치, 톳김치. 경상도의 맵고 얼얼하며, 간이 짠 깻잎김치, 부추김치. 강원도 산간과 해양 지역에서 나는 재료를 활용한 더덕김치, 해물김치, 오징어김치 등 다양한 김치가 한국 밥상에선 빠지지 않는다는 사실입니다.

4주 동안 한국 여행을 하면서 어느덧 그 맛에 더욱 익숙해진 김치, 그 김치가 아주 맛이 있었습니다.

무, 배추, 오이 등을 저농도 소금에 절여 고추·파·마늘·생강·젓갈 등 양념에 절인 김치가 지금은 우리 집 식탁에 빼놓을 수 없는 음식이 되었습니다.

얼마 전 알게 되었지만 한국에선 김치를 커다란 공장에서 수만 톤씩 만들어 유럽, 아메리카, 아프리카, 오세아니아 주 등 세계 여러 나라에 수출한다는 사실에 깜짝 놀랐습니다.

여러 나라 세계인들이 모두 건강식으로 좋아하는 한국의 김치. 저는 이 김치가 세계의 음식으로 우뚝 서길 희망합니다.

감사합니다.

두 날개 멋진 비행기

전사라 / 스위스

비행기를 보고 있으면 참 신기합니다. 여러 번 비행기를 타 봤지만 이렇게 큰 게 높은 하늘을 날아간다는 게 믿기지 않습니다.

누구나 날개를 펴고 날아가는 비행기를 보면 설레는 것 같습니다. 저에게도 두 날개가 있습니다.

엄마가 달아주신 빨강, 파랑의 태극무늬 날개와 아빠가 달아주신 정열의 날개입니다. 저는 이제 이 비행기를 타고 높이높이 날아 볼까 합니다.

토요일 아침이면 저와 동생들은 잠옷을 입고 침대에서 뒹굴뒹굴 놀고 싶다고 투정을 하지만 평소와 다른 가방을 들고 한글학교로 가야 합니다. 일기 2편, 독후감 1편, 받아쓰기 3번을 매주 해야 하는데 스페인 학교 숙제도 많은 제겐 힘이 듭니다. 엄마는 직장에 다니시느라 토요일도 자주 근무를 하기 때문에 한글 과외 선생님이 숙제를 봐주시고, 한글학교에는 대부분 아빠가 저희 3남매를 데려다 주십니다.

저희 반 친구 중 제가 유일한 다문화 가정 아이인데, 받침이 자주 틀리고 책 내용이 어렵지만 저는 친구들과 같이 공부하고 숙제하고 시험도 봅니다. '발가락이 꼼틀꼼틀 자기들끼리 좋다고 논다'를 재미있는 부분이라고 생각하였다면, 그 까닭으로 알맞은 것은 무엇입니까? 답은 바로 발가락이 생각이 있는 것처럼 표현하였다는 겁니다.

엄마는 맞는 답을 찾아내는 저를 보고 눈이 휘둥그레지시며 함박웃음을 지으십니다. 웃는 엄마의 모습에 덩달아 저도 행복해집니다. 설날 한국 할머니께 전화로 "새해 복 많이 받으세요"라고 인사할 수 있는 것도 매주 토요일 열심히 한글을 배운 덕분입니다. 이렇게 유럽에서도 우리의 태극무늬 날개는 튼튼해져 가고 있습니다.

여러분 ! 이렇게 한글공부를 위해 애쓰는 한글학교 선생님, 엄마, 아빠 그리고 저를 위해 박수를 보내 주지 않으시렵니까?

제 얼굴에는 여러 나라가 있습니다. 한국에선 서양 아이라 하고, 유럽에서는 동양 아이라고 합니다. 그러다 그들과 같은 말을 하게 되면 그때서야 편안한 얼굴로 저와 이야기를 합니다. 말이 통한다는 건 닫힌 비밀의 문을 여는 마법의 열쇠 같습니다. 제 나이 아홉 살 한국에는 2번 갔습니다. 그런데도 친척을 만나면 마치 어제 만난 것처럼 반갑고 금세 가까워지는데 아마도 제게 마법의 열쇠가 있기 때문인 것 같습니다. 한글학교와 엄마, 아빠 그리고 이와 같은 웅변대회가 있기에 저는 마법의 열쇠를 가질 수 있게 되었습니다.

제 꿈은 발명가인데, 엄마는 한국의 시를 제대로 번역해 보면 좋겠다며, 고모처럼 유엔의 번역가가 되어보라고 하십니다. 그러려면 생각과 마음을 여는 마법의 열쇠가 꼭 필요할 것입니다. 3학년 사회 기말고사 시험문제처럼 저는 오늘도 지금 살고 있는 이곳 유럽의 문화를 잘 배워 나가고, 또 한글과 한국 문화도 사랑하며 배워 나가려고 합니다.

이제 곧 멋진 태극무늬와 더불어 양 날개를 펴고 세상으로 날아가 꽉 닫힌 비밀의 문을 열어갈 비행기가 많아질 것입니다.

여러분!

저희들이 유럽에서 한글과 한국 문화를 잘 배워 나가는 건 쉬운 일은 아닙니다. 그러나 저희가 더 멀리 더 높이 날아갈 수 있도록 양 날개가 튼튼해 질 수 있도록 계속 힘써 주시고, 지켜봐 달라고, 이 연사 이 자리를 통해 힘차게 힘차게 외쳐 봅니다.

한국말! 이제 무섭지 않아요

대니얼 쥴리 / 오스트리아

"I'm scared! 樹里の言うこと誰もわからなかったらどうする?"

한국말을 거의 못하는 제게 한글학교를 다녀보자고 엄마가 얘기했을 때, "나 무서워! 쥴리가 하는 말 아무도 못 알아들으면 어떻게?"

저는 이렇게 대답했어요.

저는 한글학교를 가는 게 무서웠어요. 저희 아빠는 미국 사람이고, 저희 엄마는 한국 사람이지만 어릴 때부터 일본에서 살았어요. 그래서 저는 영어와 일본어를 할 수 있어요. 하지만 엄마의 모국어, 한국말은 배울 기회가 없어서 잘하지 못했어요. 다행히 같은 미국 학교를 다니는 친구 미나도 한글학교에 간다고 해서 용기를 내어 함께 다니기 시작했어요.

한글학교 가는 첫째 날, 저는 주차장에서 학교까지 씽씽카를 타고 갔어요. 씽씽카를 타는 것이 재미있어서 한글학교 가는 것이 신났어요.

둘째 날, 한글학교 식당에서 김밥이랑 만두를 사먹었어요.

"만두는 정~말 맛 있어요."

그리고 셋째 날, 신기하게도 아주 조금씩 한국말이 들리기 시작했어요.

몇 달 후에는 "김밥 주세요! 단무지 빼고요!"라고 혼자서 음식도 사먹었어요. 뿌듯했어요. 그렇게 하루하루 한글학교를 다니면서 저는 한국말을 열심히 배웠어요.

저는 아직 한 번도 한국에 가보지 못했어요. 하지만 한국말을 배우면서 조금씩 한국에 대해서 알고 싶어졌어요.

그래서 지금은 빨리 한국에 가보고 싶어요. 한국에 가면 매일 삼겹살을 구

워서 먹고 싶고, 길거리 쇼핑도 하고, 제가 좋아하는 K-POP도 많이 듣고 싶어요.

저는 지금 무척 기대가 됩니다.

처음에는 무서웠던 한국말이 한글학교를 다니면서 재미있어졌고, 엄마가 보는 한국 드라마를 가끔 함께 보면서 한국에 대해서 더 궁금해졌어요. 또 지금은 비엔나한인어린이합창단에서 한국 노래도 불러요. 그리고 오늘, 저는 이 자리에서 한국말로 '웅변'이라는 새로운 도전을 하고 있어요. 앞으로 저는 한국에 관한 많은 것에 도전하기 위해서 더욱 열심히 한국말을 공부 할 거예요.

한국말! 이제는 하나도 무섭지 않아요!!

감사합니다.

먼 나라, 가까운 나라

전혜민 / 프랑스

안녕하세요?

지금 여러분이 살고 있는 나라에서 우리나라 한국은 몇 시간 거리에 있습니까? 제가 살고 있는 프랑스에서 한국은 비행기로 11시간 거리에 있습니다. 지구의 반 바퀴를 돌아서 가야 하는 거리, 그 거리만큼 한국은 우리에게 먼 나라일까요?

저희 어머니께서는 한국말을 잘하게 하려고 다섯 살이었던 저를 두 달 동안 한국에 혼자 보내셨습니다.

한글도 모르고 한국말도 거의 이해하지 못했던 저는, 유치원이 끝나고 외할머니 집에 돌아와 부모님이 보고 싶어, 매일 펑펑 울기만 했습니다. 한국에서의 제 시간은 그렇게 어렵게 시작되었습니다.

프랑스에 돌아와서는 수요일마다 한글학교에 다녀야 했습니다. 1시간이나 걸려 숨도 쉴 수 없는 만원 지하철을 타고 한글학교에 도착하면 저는 이미 지칠 대로 지쳐 있었습니다.

수업을 마치면 저와 언니는 모두 다 돌아간 교문 앞에서, 20분도 넘게 일이 끝나자마자 달려오시는 어머니를 기다려야 했습니다. 특히 겨울에는 춥고 더 피곤했습니다.

한글학교에서 공개수업이 있던 어느 날, 저는 다른 날과 똑같이 외투도 벗지 않고 손을 바지주머니에 넣은 채, 딴 생각을 하며 수업이 끝나기만을 기다리고 있었습니다. 그러다 어머니와 눈이 마주쳤습니다. 그리고 어머니의 눈에서 흘러내리고 있는 눈물을 보았습니다.

그때부터 저는 한국어를 누구보다 열심히 공부했습니다. 큰 소리로 반복해서 한국 동화책을 읽고, 일기도 매일 길게 썼습니다. 두꺼운 책 한 권을 다 베껴 쓰기도 했습니다.

처음에는 공부해야 할 게 많았지만 포기하지 않고 계속 노력했습니다.

다섯 살에서 7년이 지나 열두 살이 된 작년 여름, 저는 한국에 다시 혼자 가게 되었습니다.

그사이 늘어난 한국어 실력 덕분에, 저는 한국의 친구들과 얘기를 하고, 노래방에 가서 K-POP 노래도 실컷 불렀습니다.

낮에는 미술학원에 가서, 제가 좋아하는 한국 민화를 시간 가는 줄 모르고 그렸습니다. 밤에는 외할머니와 같이 본 드라마에 대해 이야기를 하다 잠이 들곤 했습니다.

저는 한국의 역사, 특히 한국전쟁에 대해 관심이 많았는데, 전쟁을 직접 겪으신 외할머니의 생생한 피난살이 이야기를 들으면서 많은 것을 알게 되었습니다.

그리고 일산에 있는 장애인복지센터에서 2주 동안 봉사활동을 하며 장애인들과 친구가 될 수 있었습니다.

저는 한국에서 두 달 동안 즐겁고 보람되게 방학을 보냈습니다. 저희 나라인 한국은 더 이상 제게 어려움이 아니라 큰 행복이었습니다.

7년 만에 제 시간을 그렇게 바꾸어놓은 것은 바로 한국어였습니다. 제가 한국어를 열심히 공부하지 않았다면, 제 나라인 한국은 여전히 멀게만 느껴졌을지 모릅니다.

한국어는 한국인인 저에게 한국의 친구를, 한국의 가족을, 한국의 문화를, 그리고 한국의 역사를 더 가까워지게 해주었다고, 이 자리에서 저는 자신 있게 큰 소리로 외쳐 말하고 싶습니다.

한국을 생각하며, 이 자리에 모이신 어린이, 청소년 여러분, 한국은 긴 시간 비행기를 타고 가야 하는, 멀리 있는 나라지만, 프랑스에서도, 그리스에서도, 유럽 어디에서도 우리 마음에서는 가장 가까운 나라가 될 수 있습니다.

한국이 가장 가까운 나의 나라, 우리의 나라가 될 수 있도록 우리의 말과 글을 더 사랑하고 더 열심히 공부합시다.

더 열심히 공부하고 더 많이 사랑합시다.

감사합니다.

"너무 좋아요"

김옥주 소설가

"제 방식대로 말하자면 저는 손흥민의 나라에서 태어나 루카 모드리치의 나라에서 살고 있는 13살의 남자아이입니다."

한국어 웅변대회 원고를 읽으며 무릎을 쳤습니다. 참 이 시대에 어울리는 자기소개말이라는 생각이 들어서입니다. '제 방식'을 선택했고, 자신의 삶에서 의미 있는 인물을 통해 지구인의 한 사람임을 외치고 있더군요.

웅변대회 참가자들은 진지하게 자신이 누구인지, 꿈이 무엇인지, 우리 모두에게 진실로 필요한 게 무엇인지 고민하고 있었습니다. 그런 고민을 유럽한인 차세대의 입으로 들려주어서 더욱 귀가 기울여졌습니다. '숲에서 나와야 숲이 보인다'는 말이 있습니다. 유럽한인 차세대는 코리아라는 숲을 나가서 코리안이라는 숲을 보기 때문입니다. 유럽한인 차세대는 보다 올곧은 눈으로 그 숲에 관한 얘기를 들려줄 것이기 때문입니다.

자신이 생각하는 웅변은 서로를 잘 알기 위한 말하기라는 주장에도 생각을 같이합니다. 서로를 잘 아는 일은 사람과 사람 사이에도, 나라와 나라 사이에도 필요합니다. 잘할 때 잘한다고 칭찬하는지, 잘하라고 비판하는지를 구분할 수 있어야 비로소 서로를 잘 알 수 있지 않을까요. 그래서 웅변이 필요하다고 생각한다는 뜻입니다. 우리 유럽한인 차세대가 그렇게 서로를 잘 알 수 있으면 좋겠습니다.

우리말에는 '숲이 커야 짐승이 나온다'는 말도 있습니다. 체격이 큰 사람이 마음도 그만큼 넓음을 비유적으로 이르는 말이라고 표준국어대사전에 실려 있지요. 그렇다고 큰 체격에 비례해서 마음이 커지는 않을 것입니다. 마음그릇이 커지도록 많이 읽고, 많이 보고, 많이 생각해야 할 것입니다. 유럽한인 차세대의 원고는 이미 참가자들이 그렇게 하고 있음을 읽을 수 있었습니다. 코리안이라는 숲이 지구인 숲이 될 것을 믿습니다. 코리안 숲을 넘어서는 큰 커뮤니티에서 훌륭한 리더가 나올 테니까요. 삼밭의 쑥은 삼대만큼 크게 자란다고 하지요. 코리안 숲에서 코리안 문화를 성숙시킨 산삼 같은 특별한 인물이 되어, 유럽인 숲에서 인류의 삶을 지키는 큰 인물이 나오기를 기대합니다.

게임에서라도 남산타워에서 번지점프를 하고, 갯벌에서 썰매를 타고, 독도에서 수영을 하는 모험을 꿈꾸는 사람도 있더군요. 참으로 눈시울이 뜨거워지는 바람입니다. 코리안이라는 숲 밖 멀리에서 솟는 그리움이 읽혀졌습니다.

웅변은 이렇게 그 마음 깊이가 상대방에게 오롯이 전해지는 것이라 생각합니다. 한 낱말, 한 문장이 차곡차곡 쌓여 그 마음 깊이가 또 다른 숲이 되는 것이 웅변일 것입니다.

유럽한인 차세대 웅변 원고를 읽으며 코리안이라는 숲을 진하게 생각해 본 소중한 시간이 되었음을 감사드립니다.

Ⅱ

대한인, 역사와 오늘 그리고 우리들

제 II 부
대한인, 역사와 오늘 그리고 우리들

제 3 장

헤이그, 이준 열사 · 이준아카데미

관장 송창주

이준열사기념관 25주년 보고(1995.8.5~2020.8.5)

이준열사기념관(Yi Jun Peace Museum)은 1995년 8월 5일 헤이그 시내 바 겐슈트라트(Wagenstraat) 124/124A(Hotel De Jong) 이준(李儁) 열사의 순국 현장에 세워진 유럽 유일의 선열기념관입니다. 독립운동 40년사에서 초창기인 1907년의 독립운동지에 세워진 '헤이그 이준열사기념관은 한국의 역사문화의 영토'입니다.

이준 열사는 1907년 6월 15일부터 헤이그에서 개최된 제2차 만국평화회의 (The Hague Peace Conference)에 이상설(李相卨), 이위종(李瑋鍾)과 함께 한 국(대한제국) 대표로 참석하기 위하여, 당시 Hotel De Jong이란 이름의 이 집 에 머무시면서 구국활동을 하시다가, 1907년 7월 14일 이곳에서 순국하셨습니 다.

1993년 2월 9일 네덜란드에 등록한 (사)이준아카데미(대표 이기항)가 이 집 을 헤이그시로부터 매입하여 기념관(Museum)을 세웠습니다.

* 설립 목적

첫 번째 목적은 순국선열 유적지를 보존하는 한편(Preservation of Historical Site of Independence Movement, 1907), 두 번째 목적은 국내 외로부터 찾아오는 내방객들에게 나라사랑(愛國), 평화사랑(平和)을 교육하는 것이 목적이었습니다(Education of Country Love & Peace Love through History of Homeland).

1993년 등록된 기념관의 영어 이름을 'Yi Jun Peace Museum'으로 하였고, 개관 이후 지난 25년간 다음과 같은 일을 진행해 오고 있습니다.

* 이준열사기념관(Yi Jun Peace Museum) 사업

첫 번째, 교육 사업을 진행하였습니다. 내방하는 분들에게 평화회의 및 대한의 세 명의 특사의 활동을 설명함으로써 교육적 이해를 전했고, 2006년부터 정부(국가보훈처)의 지원을 받아, 네덜란드뿐만 아니라 인근 국가인 벨기에와 독일에 있는 주말 한글학교 학생들을 단체로 초청하여 1일 역사교육을 실시하였습니다.

그리고 2012년부터는 해마다 11월에 내방하는 방문자들에게 '잊지 말자, 을사늑약' 캠페인을 시행해 오고 있습니다. 1905년 11월 17~18일 일본에 의하여 한국은 사실상 일본에게 주권을 빼앗겼는데, 세월이 흐르며 우리가 이를 잊어가고 있기 때문입니다.

두 번째, Peace Forum입니다. 1997년 이준 열사 순국 90주기를 기하여 '한민족평화제전(The International Peace Conference on Korea)'을 개최하였습니다. 이 제전에서 본국 정신계의 큰 어른이신 김수환 추기경이 참석하여 "한반도 평화를 위한 헤이그 선언"을 발표하여, 교착상태에 있는 남북(南北)의 평화 프로세스(Process)를 촉구한 바 있습니다. 1999년 5월 11~15일, 헤이그에서 개최된 제1차 만국평화회의 100주년 기념식 기간 중, 또다시 한민족평화제전을 개최하고 한국·일본·영국 등의 학자들을 초청하여 평화를 주제로 한 학술 포럼

을 개최하였습니다.

세 번째, 이준열사기념관 25년의 가장 큰 행사로는 2007년 개최한 '이준 열사 순국 100주년 기념식'이었습니다. 한국 역사상 최초로 개최된 선열 100주년 기념식은 국가보훈처가 주최하고, 현지 이준아카데미가 주관한 이 기념식에는 국내뿐 아니라, 유럽 10여 개국에서 700여 명의 동포들이 참석하여 유럽한인 역사상 최대의 기념식을 거행하였습니다. 2일에 걸쳐 거행된 기념식의 내용은 아래와 같습니다.

기념식 전날인 7월 13일 헤이그 시내 머큐르 호텔에서 국내외 저명학자들을 초청하여 국제학술발표회를 개최하였습니다. 그리고 그다음 날인 7월 14일 헤이그 시내 Nieuwe Kerk에서 이준열사 순국 100주년 기념식을 거행하였습니다. 본국 정부를 대표한 김정복 국가보훈처장을 비롯한 관계자 일행이 참석하였습니다. 본국 국회를 대표하여 한·네 의원 친선협회장인 김형오 의원(후에 국회의장)을 단장으로 하는 의원 다섯 분이 참석하였습니다. 그리고 국가 원로이신 이홍구 전 국무총리가 참석하여 기념식을 더욱 빛내주셨습니다. 네덜란드 측에서는 Deetman 헤이그 시장을 비롯한 여러 귀빈들이 참석해 주셨습니다.

한편, 동아일보 김학준 사장을 비롯한 68명이, '이준 열사의 길을 따라' 100년 전 이준 열사 일행인 헤이그 특사가 오셨던 시베리아 철도를 따라 Den Haag HS Station에 내려, 태극기를 휘날리며 헤이그 시내를 시가행진하여 기념식에 참석하였습니다. 그런데 이들의 행렬에는 청주에서 온 '9 Dragon'이라는 예술단이 특별한 차림으로 함께 행진하여 헤이그 시민들의 눈길을 끌었습니다.

그리고 부속 행사로 헤이그 시청인 Atrium Hall에서는 한국 음식 시식회와 태권도 시범 행사가 있었고, 스헤베닝겐(Scheveningen) 바닷가에서는 어린이들이 참가한 평화의 연날리기 대회가 열렸습니다.

이날 오후 3시에는 헤이그 교외 Leichendam 시에서는 감리교 신경하 감독 회장 등 본국의 감리교 교단의 여러 감독들이 참가한 이준열사기념교회 현판식이 거행되었습니다.

〈이준 열사 동상〉

이와 같이 700여 명의 국내외 동포들이 참가한 이준 열사 순국 100주년 기념식은 막을 내렸습니다.

네 번째, 기념관 내방객들에 관하여 말씀드리겠습니다. 개관 초기에는 주로 본국에서 소수의 동포들이 기념관을 방문하였으나 해를 거듭할수록 차차 그 숫자가 늘어나 COVID-19 전인 2019년에는 무려 7,000여 명(개관 후 90,000~100,000명)이 방문했습니다. 본국에서 어린 학생에서부터 연로하신 어른뿐 아니라 정부의 고위 공무원들과 국회의원들 각각 모든 분야의 분들께서 계속 방문하고 계십니다. 한국인만 아니라 여러 나라의 외국인들, 그리고 미주 지역을 비롯한 해외 교포들의 방문도 차차 증가하고 있습니다. 특기할 점은 다수의 일본인들과 북한 동포들도 기념관을 찾아왔습니다.

지난 25년간 다양한 분들을 맞이하면서 써두었던 감상문 하나를 읽어드리고, 기념관 25주년에 관한 말씀을 마치겠습니다.

〈 감동의 메아리 〉
여러 사람들이, 이곳 이준열사기념관에 와서 울고 갔습니다.
한국 사람들은 슬퍼서 울고, 북한 사람들은 속으로 울었습니다.
그리고 일본인들은 사죄의 눈물을 흘렸습니다.
그리고 그때 일을 알지 못했던 학생들도, 그들의 할아버지
할머니 때에 있었던 슬픈 이야기를 들으며 같이 울었습니다.
많은 사람들이, 그날만은 '人生의 참'을 생각했습니다.
사람은 어떻게 살아야 하고, 또 어떻게 죽어야 하나?!
그리고 살아도 살지 아니함이 있고,
죽어도 영생하는 참 삶의 진리(眞理)를 깨닫고 갔습니다.
모든 사람들이, 한 마음 되어 '세상의 참'을 생각했습니다.
나라는 무엇이고, 정의(정의)는 무엇인가?
그리고 또 평화(平和)는 얼마나 소중한가를……
크게 그리고 깊이 깨닫고 갔습니다.
민족 수난기를 살았던 한 위대한 한국인(이준 열사)의
참 삶과 큰 죽음을 보고 느낀 많은 사람들의 감동이
긴 메아리가 되어, 아직도 이곳에 와 보지 못한 더
많은 이들의 가슴에까지 울려 퍼지기를 소원합니다.
감사합니다.

'2020년 8월 5일 개관 25주년 기념식에서'

파리강화회의

편집부

"대표부 사무실을 기념관으로 만들자!"

〈우사 김규식 박사〉

〈김규식 박사 젊었을 때 모습〉

〈김규식 박사 부조〉

1919년 3월 13일 프랑스 남부 지중해 연안인 마르세유 항구에 30대 중 후반의 대한인 네 명이 배에서 내렸다. 이들은 2월부터 6월까지 개최되는 파리강화회의에 한국의 대표로 참석하기 위해서 왔다. 중국 상하이에서 출발하여 홍콩을 경유했다. 네 사람 중 단장 겸 수석대표는 우사(尤史) 김규식(金奎植, 1881~1950) 박사였다. 나머지 대표 세 사람은 김탕, 조소앙(趙素昂), 여운홍(呂運弘)이다. 이들이 파리에 도착하자마자 한 일은 업무를 볼 사무실 구하기였다. 이내 구했다. 파리 제9구 샤토덩가 38번지였다. 이

〈파리위원부 건물〉

들이 파리에 급파된 배경은 이러했다. 세계는 제1차 세계대전 종전 후 승전국(연합국) 측이 패전국(독일)을 상대로 전쟁배상금 청구를 협의하도록 되어 있었다. 연합국 측에서 프랑스와 영국을 중심으로 하여 32개국이 참석했다. 한 해 전인 1918년에는 미국 대통령 우드로 윌슨(Woodrow Wilson)에 의하여 민족자결주의가 선언되었다. 어느 무엇보다 일제로부터 독립이 급했던 우리나라였다. 일제의 강압에서 벗어나기 위하여 세계열강이 참여하는 파리강화회의를 최대한 활용하기로 했다. 파리강화회의에서 전 세계를 향하여 우리나라의 독립을 호소하고자 한 것이다. 이때가 우리나라는 일제의 강압에 의해 영어의 몸이 된 지 10년째가 되는 해였다. 백성 누구라도 사슬에서 벗어나는 것이 우선이었고 민족 최대의 당면과제였다. 강압 통치는 점차 무단으로 치달아 억압의 강도를 멈추지 않고 있었다. 일제의 말살정책에 의해 오천년 배달민족은 흔적조차 남기지 못하고 사라질 판이었다. 그야말로 조국의 앞날은 백척간두, 바람 앞에 등불이었다. 이때였다. 국내와 국외의 선각자들에 의해 조국의 독립을 고무하는 비밀결사가 숨 가쁘게 이뤄지고 있었다. 그 무대는 중국을 위시한 국외와 그리고 국내에서 동시에 그리고 주도면밀하게 진행되었다. 국외 망명지사 중 신규식(申圭植)과 홍명희(洪命憙), 박은식(朴殷植) 그리고 여운형(呂運亨) 등 일단의 중국에 정치적으로 망명한 지사들이 핵심을 이뤘다. 아울러 핵심인물을 보좌했던 젊은 이론가이자 삼균주의 창시자였던 30대 초반의 소앙(素昻) 조용은(趙鏞殷 1887~1958)도 있었다. 그는 이미 1900년 초에 일본에 유학하여 메이지대학을 졸업하였고, 유학생 시절에는 을사늑약을 반대하는 소요를 도쿄 일원에서 일으켜 일본 당국에 요시찰 인물로 찍혀 있었다. 그는 학업을

〈파리강화회의 비, 서울 장충단〉

끝내고 귀국하자마자 중국으로 망명했다. 자신의 의지를 펼쳐 보이려 했던 것이다. 이렇게 조소앙이 망명하여 활동 중일 때 세계는 파리강화회의가 준비되고 있었다. 일제에 구금당한 민족과 독립지사들은 이 회담이 조국을 구할 수 있는 절호의 기회로 보았다. 국외와 국내에선 강화회의에 참석하기 위하여 분주하게 움직였다. 민족 안에 처음이다시피 민족 대동단결정신 하나로 뭉쳤다. 대표단도 일사불란하게 구성했다. 후선에서의 방략도 입체적으로 주도면밀하게 준비했다. 바로 이렇게 준비되어 민족적 열기로 분출되어 성사된 것이 오늘 우리 민족사에 자랑스럽고 우뚝 솟은 3·1독립운동이었고, 상하이임시정부 수립이었다. 민족적인 양대 거사를 통하여 민족 자주의 의사를 만방에 밝힌 것은 두말할 것이 없다. 결국 3·1독립선언과 상하이임시정부 수립은 파리강화회의를 겨냥해 민족적으로 혼연일체 대동단결정신 아래 기획되었고, 이는 성공리에 집행되었다.

민족적으로 일대 거사였던 3·1독립운동과 상하이시정부 수립의 결정적 계기는 이와 같이 파리강화회의가 중심에 있었음을 우리 모두는 분명하게 알고 있어야 한다. 강화회의 기간 중 국내에선 소요를 일으켜서 대내외에 독립의 의지를 천명하고, 참석하는 대표들에게 힘을 실어주기 위해서였다. 당시 주권이 없는 나라로서 국외에 망명정부를 세워 회의에 참석하는 대표들에게 대표성도 부여하기 위함이었다. 따라서 지금과 같이 나라 안에서만 3·1독립운동과 상하이임시정부 수립에만 초점을 두어 기념하는 것은 온당치가 않다. 양대 거사가 있게 한 파리강화회의를 어떤 식으로든 동시에 기념할 수 있어야 한다. 그래야만 우리 국민뿐만이 아니라 지나간 역사에서 우리 민족의 의지를 제대로 알아주지 않

〈조소앙 동상〉

았던 세계열강에게 이제라도 자주적 민족성을 뚜렷하게 알려줄 수 있도록 해야
한다.

　현재 파리에는 대표부가 쓰던 사무실 건물이 옛 모습 그대로 보존되어 있다.
진정으로 양대 민족적 거사를 기념하려 한다면 이 건물부터 확보해야 한다. 후
세에까지 영원히 기념할 수 있도록 하자면 건물 확보는 두말할 것이 없다. 이제
더 이상 미뤄서는 안 된다. 오늘 우리 한민족으로서 자랑스러운 역사의 자존과
흔적을 명실공히 지켜서 보존해야 하는 것은 너무나 당연하다 할 것이다.

독일로 간 광부·간호사

독일, 『교포신문』 편집장 조인학

2023년 12월이면 한국과 독일 정부가 협약을 맺고 한국의 젊은이들이 독일 광산에 도착한 지 60주년이 됩니다. 1977년까지 8,000여 명의 한국인이 광부가 되어 독일 지하에서 노동을 했고, 이들의 뒤를 이어 1만여 명의 한국인 간호사가 독일 병원으로 파견되었습니다.

광부와 간호사 파독 배경

1) 한국

1960년대 한국은 이전까지 주로 미국에서 무상원조를 받아오던 상황에서 미국이 서구 경제 회복과 자국 국제수지 악화에 따라 기존의 무상원조를 줄이는 상황에 놓이게 되어, 다른 서방 국가에 대해서도 경제 지원의 유치를 시도하게 됩니다.

서독은 1961년 3월 기술원조협정 체결을 시작으로 정부 차원의 협력이 시작되었으며, 1961년 12월 '한·독 정부 간의 경제 및 기술협조에 관한 의정서'를 체결하면서 공공과 상업차관 합계 1억 5,000만 마르크(당시 환율로 3,700만 달러 상당)의 유상원조를 제공하였습니다.

양국 간의 이와 같은 합의는 당시 자금이 필요했던 한국의 이해에 부합하는 것이었습니다. 독일로 파견된 인력들이 한국으로 돈을 송금하는 것도 도움이 되었지만, 이 협정으로 인해 또 다른 커다란 문제를 해결할 수 있었습니다. 당시 약 30%에 육박하던 한국의 높은 실업률을 해소할 수 있었습니다.

1960년대 초의 광부협정은 커다란 기회였습니다. 게다가 당시 해외 출국 규제가 엄격했기 때문에 해외로 나갈 수 있는 몇 안 되는 기회이기도 했습니다.

2) 독일

〈광부1진 기념사진〉

1960년대에는 독일 광산의 인력 수요가 컸는데, 독일은 한국 광부들을 통해 인력 부족 현상을 해소하고자 했습니다. 이로 인해 이른바 '서독 파견 한국 광부 임시 고용계획'이 탄생합니다. 한 차례 문서교환이 이루어진 후 1963년 12월 7일, 16일 협정이 발효되었는데, 이 협정은 이례적인 것이었습니다. 독일이 유럽권 밖의 국가와 체결한 최초의 협정이었기 때문입니다.

독일은 당시 광부뿐만 아니라 간호사도 필요했습니다. 독일의 여러 수도회와 한국 내 독일 가톨릭교회는 1950년대 말부터 이미 한국 간호사들의 독일 파견을 소개하고 중개하기 시작했습니다. 하지만 광부협정에 상응하는 한국 간호사의 독일 파견에 관한 공식 협정은 1971년 7월 26일에서야 비로소 체결됩니다.

한국 광부, 간호사들 독일에 오다

1963년 12월 22일 파독 광부 1차 1진 123명이 독일 뒤셀도르프공항에 도착합니다. 이어 1966년 1월 31일에는 128명의 한국 간호사들이 프랑크푸르트에 도착합니다. 이렇게 파독 광부와 간호사들의 역사가 시작됩니다.

파견 시기와 파견인원은 출처마다 어느 정도 차이가 있지만, 현재 정부의 공식적인 집계인 2008년 과거사정리위원회 조사에서는 1963~1977년 사이 광부 7,936명, 간호요원 1만 1,057명, 총 1만 8,993명으로 밝히고 있습니다.

과거사정리위원회에 따르면, 이들이 1965~1975년의 10년간 고국에 송금한 액수가 총 1억 153만 달러에 달합니다. 위원회의 설명에 따르면, 연평균 1,000만 달러가 넘는 액수로 당시 총 수출액 대비 1.6~1.9%(1965~1967년 경우)에 해당합니다.

　과거사정리위원회는 "1달러의 외화도 소중했던 당시 경제상황을 고려할 때 파독 광부와 간호사들이 송금한 돈은 국제수지 개선 및 국민소득 향상, 나아가 한국 경제성장에 상당한 기여를 했다"라고 말했습니다.

　한국인 광부들과 한국 간호사들은 성실성과 직업에 대한 헌신과 전문성으로 독일에서 크게 인정을 받았습니다.

파독 광부와 간호사들의 독일 정착

〈2022 노동절 행사 1〉

〈2022 노동절 행사 2〉

　계약기간 이후에는 대다수 간호사가 계약을 연장하고 독일에서 살게 되었습니다. 광부 가운데 60%가량은 독일에 남아(이들의 1/3은 뒷날 미국으로 이민), 독일 한인사회의 중심을 이루고 살았습니다. 1960년대는 합법적인 이민이 시작된 때였기 때문에, 이 기회에 미국 및 다른 국가로 이민하는 인구가 늘던 시기였습니다.

　그러나 이들이 독일 정착과정에서 독일 정부와의 힘겨운 싸움도 있었습니다. 대표적인 것이 간호사들의 체류 투쟁이었습니다.

　1973~1974년 제1차 석유파동이 있고 나서부터 독일의 경제상황은 달라지기 시작했습니다. 병원 당국에서는 경제 불안정에 따른 지출 감소의 일환책으로 약 10~11%의 직원을 줄이기로 결정했습니다. 이러한 타격을 맨 먼저 외국인들이 받게 된 것은 두말할 나위가 없습니다.

파독 한국인 노동자들도 이러한 사회적 분위기를 피해 갈 수 없었습니다. 대량 해고사태와 귀환 압력이 잇따랐고, 1977년을 끝으로 한국인 광부들의 파독이 종결되었습니다.

이러한 분위기 속에서 곳곳의 병원에서 한국 간호사들이 속속 퇴직을 당하고 있었고, 특히 뮌헨의 어느 병원에서는 17명이 집단해고당하는 사태가 발생했습니다.

이러한 집단해고와 강제추방 조치에 항거해서 한국 간호사들은 자연스럽게 뭉쳤고, 일련의 조치에 대응해 나가기 시작했습니다.

약 2년 동안의 체류투쟁으로 1978년 6월 2일자로 독일 연방 상원에서 외국인 법을 개정 확정(Beschluß des Bundesrates zur Auslaendergesetzes)하는 최종 결정에 따라, 독일 전국 도시에 외국인청이 행정 시행하게 되었으며 완전 법제화한 한국인들의 요구가 전적으로 받아들여졌습니다.

또한 역시 부양 자녀(따로 노동허가 없이 18세까지 동거 체류 허용)들에 대한 가족 체류 문제까지도 다시는 어떤 제약도 받지 않도록 제도화되었습니다.

이러한 과정을 통해 파독 광부와 간호사들은 독일에 정착할 권리를 얻게 되었습니다.

파독 광부 간호사들 현황

이로써 독일에 남은 대부분의 여성들은 정년까지 간호사로서 일을 계속했습니다. 그 가운데 일부는 대학교육을 받고 의사나 화가 또는 다른 직종으로 전업하기도 했지만 대체로 원래 해오던 일에 계속 종사했습니다.

남성들은 대부분 광산일을 접었는데, 공식적으로는 1977년 10월 25일자로 그들의 광부로서의 취업이 종료되었습니다. 물론 이미 고용된 이들 중에 1998년에는 30여 명이 캄프린트포드에서 일하고 있었고, 2004년까지 광산을 지킨 이도 있었습니다. 그러나 대부분은 자동차 공장이나 제약회사 또는 철강회사,

전자회사 등에서 일했습니다.

현재 파독 광부들은 광부일을 할 때 들었던 '글뤽 아우프(gluück auf, 광산에서 일할 때 사고가 생기지 않고 무사히 작업을 마치길 바라는 뜻의 인사)'라는 말을 자신들의 모토로 쓰고 있으며, 이 인사말에서 이름을 따온 '글뤽아우프' 단체를 통해 서로의 친목을 이어가고 있습니다.

파독 간호사의 경우, 1983년 사단법인 재독한인간호사회를 결성하여 오늘날까지 파독 간호사들의 마음의 고향 역할을 하고 있습니다.

파독 광부와 간호사들의 단체인 글뤽아우프회와 재독한인간호협회 두 단체는 재독한인사회의 형성과 발전에 중추적인 역할을 수행하였습니다.

‒ 사단법인) 재독한인글뤽아우프회

‒ 주소: Meistersingerstr, 90 45307 Essen, Germany

〈독일 에센에 있는 한인문화회관(광부회관)〉

한글에 담긴 세종대왕의 사상(上)

〈세종대왕 동상〉

'나라말'이 중국과 달라 문자와 통하지 않으니 …… 애민 군주 세종, 독창성과 탁월함 갖춘 한글 만들다.

한글은 인류 역사에서 가장 최근에 탄생한 글자다. 동시에 인류의 지적 성장, 향상된 사고능력, 과학의 발전, 진보된 사상(인간주의)이 반영된 결과물이다. 특히 개인이 목적의식을 가지고 단기간에 창작한 글자란 점에서 주목받는다. '표음문자'여서 학습하기 쉽고 사용이 편리하다. 논리적인 음운체계 덕분에 사용자가 수리적 사고에 익숙해질 수 있다. 그 때문에 많은 학자가 한글의 우수성을 인정했고, 구조와 제정 방식에 관심이 많다.

나는 역사학자로서 한글을 창조한 목적이 궁금했다. 세종은 세상을 변혁시킬 능력을 소유한 최고의 권력자였다. 국가경영자인 동시에 뛰어난 학자였다. 그렇다면 한글 창제에 그의 사상과 구현 방식(논리)이 반영된 것은 분명하다.

홍익인간 사상과 '3의 논리'

이는 집현전 학자들과 함께 제정하는 과정에서도 드러났다. 1446년 반포한 훈민정음 해례에는 '나라말이 중국과 달라 문자와 서로 통하지 않으니'라고 목적을 표시했다. 당시 한자의 음과 훈을 빌려 우리말을 표기하던 이두(吏讀)는 불편하기 그지없었다. 세종이 사정을 '어엿비' 여긴 '어린 백성(愚民)'은 그리스나 로마의 특수한 시민이나 절대왕정이 무너지고 등장한 신사(부르주아지)가 아니었다.

세종의 정책 근간은 백성의 생활 편의와 풍족함을 실현하는 일이었다. 『농사직설(農事直說)』을 편찬하고 측우기를 만들어 농사에 도움을 준 점, 조세를 감면해 '공평화'를 도모한 점에서 드러난다. 그뿐 아니라 의창, 혜민서, 활인서 등을 설치해 백성의 굶주림과 질병을 치료해 주었다. 당시 이미 공노비에게 출산휴가를 주는 법까지 제정했다. 이렇듯 세종은 모든 백성이 자기 존재를 과시하고, 감정과 의사를 솔직하고 쉽게 표현할 수 있는 '기호(code)'를 가져야 한다고 확신했다.

세종이 혁신적인 인간주의와 실천을 추진하게 만든 힘과 사상은 무엇일까? 뛰어난 성리학자였으므로 그 영향을 받은 것은 분명하다. 실제로 훈민정음 해례에도 '태극도설', '음양오행설' 등의 강한 연관성을 표현하고, 그 때문에 일부에서는 '송학사상'의 영향도 거론한다. 하지만 세조 3년에 내린 이른바 '구서령'에서 확인하듯 그 시대에는 『고조선비사(古朝鮮祕詞)』, 『조대기(朝代記)』 등을 비롯해 역사 및 전통 신앙과 연관된 책이 많았다. 단군 의식이 강하고 다독가였던 세종이 가졌던 인본사상 근저에는 '홍익인간'이 집약된 우리 사상이 있었을 가능성이 크다.

표음문자 한글, 우수한 컴퓨터 언어

한글은 체계의 독창성과 탁월함 때문에 '옛글자설', '파스타 문자설', 심지어는 '창살설' 등 모방성이 제기되었다. 하지만 한글은 상징문자나 표의문자가 아니라 표음문자다. 말을 만드는 이빨[齒]·혀[舌]·목구멍[咽喉] 등 발성기관의 형태를 차용하고, 28개 기호를 초성음·중성음·종성음으로 구분한 뒤 각각 순서와 비율을 계산해 조합했다. 따라서 조합 능력이 향상된 현대문명에 가장 적합하고 우수한 컴퓨터 언어가 된 것이다.

그런데 조합에는 반드시 구성 '논리(logic)'와 '의미(meaning)'가 있다. 자음은 오음, 오성의 음상에서 확인되듯, 오행사상과 연관이 깊다. 또한 필요성의 반영인지, 논리적인 필연인지 중성글자인 모음은 기본자 '·, ㅡ, ㅣ'를 기본으로 변형된다. 이는 천원(天圓)·지방(地方)·인위(人位)의 3재를 의미하고, 1·2·3이라는 수리를 반영한다. 상용화된 문자는 인간의 가치관, 사회체제, 문화의 성격에 영향을 끼친다. 그렇다면 명민한 세종은 '훈민정음'을 통해 신조선에 인간주의, 합일과 상생의 가치관을 이식시키려는 의도가 있지 않았을까?

〈앙구일부 1〉

〈앙구일부 2〉

〈측우기〉

한글에 담긴 세종대왕의 사상(下)

권력 유지를 위해 한자 고수하는 기득권자에 대응 …… 모든 사람이
이용할 수 있는 훈민정음 만들어

　세종은 『용비어천가(龍飛御天歌)』,『농사직설』 등과 『월인천강지곡(月印千江之曲)』 500여 곡을 비롯해 『석보상절(釋譜詳節)』 같은 불교 서적에 훈민정음을 활용했다. 이후 신권(臣權)에 대항해 왕권을 강화하고 백성을 보호하려는 왕들은 『훈몽자회(訓蒙字會)』,『삼강행실도(三綱行實圖)』,『소학(小學)』,『천자문(千字文)』과 각종 의서 편찬에 훈민정음을 이용했다. 하지만 이 '기적의 문자' 훈민정음은 공문서 등 국가의 공적 역할은 하지 못하고, '언문', '암글', '중글' 등의 비칭으로 불렸다. 그런데 훈민정음은 왜 450여 년 만인 1894~96년 갑오개혁 때야 비로소 나라글로 인정받았을까?

　그 이유를 몇 가지로 나누어 볼 수 있다.
　첫째, 조선시대에 '문자'는 필수적인 기호가 아니었다. 우리 문화는 동북아시아의 생태 환경과 유별난 역사, 생물학적 특성 탓에 샤머니즘에 영향을 받았다. 그러므로 매우 감성적이었고, 논리나 합리적인 사고에 서툴렀으며, 사회구조의 필요성도 약했다. 또한 조선은 농업 중심의 씨족공동체 사회였다. 따라서 상업과 산업이 발달한 사회보다 거래와 소통이 덜 필요했고, 효율적이고 계량적인 문자가 크게 필요하지 않았다.
　둘째, 한글의 사용을 적극적으로 반대하는 세력이 있었다. 성리학자는 신분적으로는 양반이고, 경제적으로 유일한 재화이자 생산수단인 토지를 소유한 자들이었다. 또한 문화적으로 도덕과 학문·예술을 장려하고 보급하며 감독하는 고

위 관리 또는 출세를 고대하는 예비군이었다. 더구나 사대교린 정책을 추진했고, 자의식도 부족했으므로 임금의 한글 창제를 반대했다. 이들은 끝까지 한자와 한문을 고집했다.

어려운 한자 …… 해석에도 유추 심해

한자는 '동이인'들이 처음 만들어 한족이 주도했지만, 중국을 다스린 다수 종족의 역사와 문화가 합쳐지면서 완성되었다. 따라서 역사의 노정과 다양성, 노력을 높이 평가하지만 비합리적인 구성 때문에 해석에 유추가 심하다. 또 비논리적이므로 내용과 논지가 불명확하다. 따라서 사용 과정에서 갈등과 오해를 초래하여 방어 전략으로 유연성, 추상성, 풍부함, 깊이 등을 강조했다. 이는 중국 문학, 사상, 예술의 장점으로 포장되었다. 무엇보다 구성이 어렵고 복잡한 글자가 많아 긴 시간과 큰돈을 투자하지 않으면 습득과 활용이 불가능하다. 따라서 소수 지배계급 위주의 사회와 교조적 문화의 양산으로 귀결될 수밖에 없다.

나는 때때로 의구심을 갖는다. 조선조 학자들의 한문 실력으로 우주의 본질과 세계의 현상을 제대로 표현하고, '이기론(理氣論)', '성정론(性情論)' 등 형이상학적 논쟁을 깊이 있게 벌일 수 있었을까? 인간의 복잡하고 미묘한 감정을 표현하는 데도 서툴렀을 것이고, 이에 학문·문화·예술도 발전하지 못했다는 생각이 든다. 더구나 농업·어업·상업·산업 등의 기술과 지식을 표현하기는 더욱 힘들었을 것이다.

성리학자들이 훈민정음을 배격한 이유

성리학자들은 비효율적이고 학습이 어려운 한자를 고수하면서 왜 훈민정음은 용도폐기했을까? 태생적으로 특권 세력인 그들은 항구적인 권력의 독점과 유지가 필요했다. 그러기 위해서는 백성들을 우민화하고, 자신들과의 차이점을 강조해 우월성을 강요할 도구로 '한자'라는 기호를 독점하는 게 효율적이었다. 결과적으로 조선은 유추에 근거한 자기주장이 강한 교조적 사회, 실생활을 무시하고 관념적인 지식인이 권력을 독점하는 체제가 되었다. 또한 성리학과 실체가 불분명한 중국에 사대하는 독특한 나라가 되었다. 현명하고 통찰력이 강한 임금 세종은 이러한 위험성을 간파하고, 이를 방어할 목적의 하나로 모든 사람이 이용할 수 있는 '훈민정음'을 창제했을지도 모른다. 한글은 나라의 멸망과 식민지라는 아픔을 겪고, 500년 만에 화려한 부활을 했다. 민주주의, 산업화, 정보화라는 새로운 문명의 시대를 맞아 표기방식의 효율성, 신속한 판단과 응용능력 향상에 적합한 기호로, 디지털 문명의 선도국이 되는 데 큰 공을 세운 것이다.

'역사의 천재'인 세종대왕은 권력의 탈취, 생산양식의 변화, 감성에 호소하는 선동이 아니라 합리적인 정책과 지식의 전수, 기호 사용의 평등한 기회를 제공하면서 이상세계를 건설하려 한 혁명가였다.

〈대마도 만관교 부근 해안〉

의사소통 체계를 넘어선 영원한 아름다움
-위대한 예술가 이도를 기리며-

대담 : 한재준(서울여대 교수)
조한영(배재중 교사)

광화문역 9번 출구에 도착했다. '사람이 쉬고 걷기 편한 광화문 광장'이란 문구를 바라보며 최근 새롭게 단장한 광장으로 서서히 걸어 오른다. 북악의 산봉우리가 보이더니 이내 '세종대왕상'이 두 눈에 들어온다. 왼쪽에는 세종문화회관이 있고, 첨단 도시의 상징인 듯 오른쪽 건물 전체를 휘감은 커다란 전광판에는 범(호랑이)이 자유로이 뛰놀며 인왕산을 향해 포효한다. 뒤를 보니 이순신 장군의 위용이 멋스럽다.

〈흥례문〉

가히 이곳을 '서울의 으뜸'이라 여길 만하다 생각하며 하늘과 땅, 그리고 사람의 어울림을 상상해 본다. 광화문을 지나 흥례문(興禮門)이 보이는 경복궁매표소 앞 아침 9시, 드디어 한재준 교수님을 만난다. 위대한 이도(李祹)의 예술세계로 한 발 내딛는 발걸음에 설렘 가득하다.

조한영: 안녕하세요? 한재준 교수님! 처음 뵙겠습니다.
한재준: 조한영 선생님! 만나서 반갑습니다. 일찍 오셨습니다.
조한영: 인간 이도를 만나러 가는 길이 몹시 설렙니다. 제가 훈민정음의 철학적·과학적 원리 등은 어느 정도 알고 있었는데, 예술성은 그동안 특별히 생각해 보지 않았습니다. 그래서 오늘 교수님 말씀이 몹시 기대됩니다.

〈경복궁〉

〈근정전〉

한재준: 아, 그러시군요! 그럼 저와 함께 경복궁을 거닐며 예술가 이도의 세상으로 건너가 보시겠습니다.

조한영: 네 좋습니다. 오늘 하루 잘 부탁드립니다.

한재준: 경복궁은 한양으로 수도를 옮긴 후 태조 4년(1395)에 처음 세운 조선왕조 법궁(왕이 거처하는 궁궐 가운데 으뜸이 되는 궁궐)입니다. '경복'에는 '새 왕조가 큰 복을 누려 번영할 것'이라는 의미가 담겨 있는데, 세종대왕을 생각하면 그 예지가 참 잘 맞아 보입니다. 흥례문 그리고 이곳 금천을 지나야 비로소 신성한 왕의 공간이라 할 수 있습니다. 영제교를 건너시기 전에 왼쪽 조형물 천록을 한번 보실까요? 대학 재학 시절 제가 사진에 담아 교수님께 보여 드리고 칭찬 들었던 기억이 새롭습니다.

조한영: 경복에 그런 의미가 담겨 있었군요! 천록은 낯설지만 왠지 친근하게 느껴집니다. 저기 보이는 것이 근정전(勤政殿)입니까?

한재준: 네, 그렇습니다. 근정은 '천하의 일을 부지런히 잘 다스리다'라는 의미가 담겨 있습니다. 왕의 위엄을 드러내는 곳으로, 국가의 공식 행사를 치르던 곳입니다. 조선 4대 임금 세종대왕(1397~1450)은 소리가 나고 들리는 이치를 분석하고 자연의 원리를 응용하여 독특한 체계의 훈민정음을 1443년에 창제하셨습니다. 그리고 1446년 이곳에서 세상에 반포하셨습니다.

조한영: 그럼, 근정전은 훈민정음의 성지라고도 할 수 있겠습니다.

한재준: 네, 그렇습니다. 근정전뿐만 아니라 계속 둘러보실 경복궁 곳곳은 모두 성지 중의 성지입니다. 인류 역사상 가장 놀라운 창조적 사건, 훈민정음 창제가 바로 이곳에서 이루어졌습니다. 우리 모두에게 영원한 감동을 주는 정말로 소중한 옛터입니다. 한 나라의 왕이 백성을 위하고 아끼는 마음으로 문자 체계를 만들었다는 것은 그 자체만으로도 놀라운 사건입니다. 그 문자가 오늘날 널리 퍼져 활용되고 있는 것이 그저 신기할 따름입니다.

조한영: 신기에 가까운 문자 창제는 어떻게 가능했을까요? 세종대왕은 정말 언어 천재였을까요?

한재준: 이도는 왕세자가 되기 이전부터 책을 가까이 했고 높은 학식과 교양을 두루 갖추었습니다. 당시 정치적인 상황이나 성리학을 중시했던 교육 여건도 분명 한몫했습니다. 그런데 특히 제가 주목한 점은 세종의 어진 성품, 모든 일에 정성을 다하는 태도와 실천력입니다. 이런 배경에서 백성을 사랑하고 존중하는 마음이 움터 진정 쓸모 있는 의사소통 체계를 만들기 위해 우주와 자연의 원리를 응용할 수 있었다고 생각합니다. 세종 이도와 그가 만든 훈민정음을 보면 창작 동기와 태도가 얼마나 중요하며, 한 사람의 예술가가 인류에게 미칠 수 있는 영향력이 얼마나 클 수 있는가를 실감하게 됩니다. 저는 훈민정음이 의사소통 체계를 넘어서는 인간이 만든 완벽한 예술 작품 그 자체라고 생각합니다. 그래서 인간 이도를 위대한 예술가로 흠모하고 있습니다. 자, 그럼 이제 왕 이전에 인간이었던 이도의 고뇌의 시공간으로 이동해 그의 숨결을 느껴 보실까요?

〈사정전〉

조한영: 네, 알겠습니다. 정성을 다하는 태도와 실천력! 예술가 이도! 저도 이전과 또 다른 흠모와 존경의 마음이 생

〈강녕전〉

〈흠경각〉

깁니다. 저기 사정전은 무엇인 가를 생각하는 공간입니까?

한재준: 왕이 공식적인 업 무를 처리하던 장소가 사정전 (思政殿)입니다. 사정전 좌우 에 만춘전(萬春殿)과 천추전 (千秋殿)이 있는데 이 두 건물 은 모두 세종 이도가 창건하였 습니다. 봄, 가을 번갈아 사용 한 개인 업무공간이었던 이곳 에서 집현전 학자들을 많이 만 났고, 밤늦도록 글을 읽었다 고 합니다. 뒤쪽에 있는 강녕 전(康寧殿)은 침실인데 대신들과 업무를 보는 집무 공간으로도 활용하고 비밀리 에 왕자와 공주들을 부를 수 있는 공간이어서 훈민정음 창제 추정지 중 한곳입 니다. 뒤로 돌아 앞에 있는 근정전을 한번 보시겠습니까? 강녕전에서 사정전 그 리고 근정전까지 이렇게 이어지는 공간 배치가 정말 멋있지 않습니까? 세종대 왕은 침실에서 집무실로, 집무실에서 침실을 오가며 나라와 백성을 위한 큰일들 을 이루셨습니다.

조한영: 세종이 대왕인 이유를 조금 더 확실히 알겠습니다. 제가 〈천문〉이란 영화를 아주 재미있게 보았는데 강녕전 왼쪽에 있는 건물이 흠경각입니까?

한재준: 아, 그러셨군요. 맞습니다. 세종은 1438년 대호군 장영실(蔣英實)에 게 흠경각 건립을 명하고 물시계인 자격루 옥루와 해시계 앙부일구 등의 시간 측정기구, 천문 관측기구 간의를 설치하였습니다. 자격루에서 공식 시간을 알리 면 근정전 앞에 있는 월화문과 광화문의 종소리로 전해지고, 한양 한 바퀴를 돌 아 마침내 보신각에서 하루에 세 번 종이 울렸습니다. 이렇게 백성에게 시간이

〈경회루〉

〈수정전〉

라는 중요한 정보를 전달할 수 있게 되었는데, 이 시간은 당시 조선의 표준시라고 할 수 있을 것입니다. 또한 훈민정음을 창제할 때 여러 가지 실험과 검토를 진행한 공간으로 짐작하기도 합니다. 자, 이제 경회루를 보시면서 수정전으로 가보시겠습니다.

조한영: 경회루의 풍광을 보니 '한국의 미'가 떠오릅니다. 저 앞에서 세종대왕께서 행차하시는 것 같습니다.

한재준: 아, 그러십니까! 조 선생님은 상상력도 풍부하십니다. 저처럼 세종대왕의 매력에 흠뻑 빠지신 것 같습니다. 집현전은 세종 2년(1420)에 만들어진 학문 연구기관입니다. 왕에게 경서와 사서를 강론하는 강연, 세자를 교육하는 서연, 도서의 수집 보관 및 이용, 학문 활동, 각종 사서 편찬과 주해 사업, 국왕의 자문 대비 등의 업무를 담당하는 곳이었는데 고종 때 다시 복원하면서 '수정전'이라는 이름을 붙였습니다. 바로 이곳입니다. 예전에는 사정전과 수정전이 회랑으로 연결되어 있었는데, 측면에 회랑이 있었던 흔적이 남아 있습니다. 저기 수정전 바로 앞 나무 그늘 아래에서 차 한잔 하실까요?

조한영: 네, 감사합니다. 차 맛이 아주 좋습니다. 오늘 경복궁이 사극의 한 장면 아니, 역사의 현장 같은 생생함으로 다가옵니다. 교수님은 홍익대학교에서 디자인을 전공하신 것으로 알고 있습니다. 그런데 훈민정음에 대한 관심은 언제부터 어떤 생각에서 비롯되었습니까?

한재준: 대학 시절에 저는, 이 땅에서 디자인을 공부하면서 '왜 디자인 태도와

철학은 남의 나라 남의 생각을 통해서 배워야만 하는가'라는 강한 의문을 가졌습니다. '디자인'이란 무엇인가? 비록 어휘는 서양에서 왔지만, 우리에게, 우리 문화 속에, 우리 조상들에게도 그 내용의 밑뿌리가 되는 생각이 있지 않았겠는가? 그런 게 없는 사람들이 한복을 만들고, 불국사를 세우고, 조선백자와 한글까지 만들었겠는가? 과연 우리가 언제부터 정치도, 경제도, 과학도, 문화도 심지어는 철학까지도 모두 서양에 의존해 왔는가……. 언제까지 그렇게 살아가야 하는가. 그렇다면, 앞으로도 늘 그들의 주변국 또는 문화 속국의 입장에서 벗어날 수 없는 것인가. 도대체 왜 그래야만 하는가. 왜 그렇게 살아가야만 하는가. 정체성을 잃고 방황하던 시기의 생각이었습니다. 아직도 제 마음 한구석에 이런 생각이 스칠 때가 있습니다. 다행스럽게도, 대학 2~3학년 무렵에 한글이라는 대상을 새롭게 볼 수 있는 기회를 가지게 되었고, 대학원에 진학하면서 한글에 대한 관심과 애정이 깊어졌습니다. 내가 누구인지, 어디로 가야 하는지 방황하던 중 어둠 속 저편에서 한줄기 밝은 빛, '한글 정신'을 발견했습니다.

조한영: '한글 정신' 혹은 '세종대왕 정신'에 대해 조금 더 말씀 부탁드립니다.

한재준: 디자이너, 예술가 이도는 우주 질서와 자연의 이치를 남다르게 꿰뚫어 보았습니다. '다름'과 '소통'의 진정한 가치를 깨달았으며, 사용자를 존중하는 '배려'와 '실용 정신'을 디자인에 충실히 반영하였습니다. 디자인의 동기와 발상이 독특하고, 통합적인 디자인 태도, 방법이 훌륭합니다. 제자 체계와 원리의 확장성이 매우 높아 앞으로도 지속적으로 진화할 여지를 충분히 갖추었습니다. 이러한 한글은 한국어를 표기하는 한국 사람들만의 글자가 아니라, 세계 어느 곳 누구에게나 활용될 수 있는 하나의 의사소통 체계로서 가능성과 가치를 지니고 있습니다. 훈민정음의 궁극적 목적은 문자 의사소통을 넘어 백성의 풍요로운 삶을 지향하고 있습니다. 이것이 바로 한글 정신, 세종대왕 정신의 핵심이라 생각합니다.

조한영: 교수님 말씀을 듣다 보니 지금 펼쳐 보여 주시는 훈민정음 해례본이 정말 대단하고 매우 소중한 책이라 다시 한 번 생각하게 됩니다.

한재준: 네, 정말 국보 중 국보입니다. 저는 훈민정음 해례본이 디자인 해설서

라고도 생각하는데요. 이 책에는 디자인 철학과 원리, 활용 방법 등이 자세히 밝혀져 있습니다. 착상이 독특하고 과정이 치밀하여 570여 년 전 내용이라는 사실이 믿기 어려울 정도입니다. 디자인이 어떻게 존재해야 하며 디자이너가 어떤 태도를 가져야 하는가를 명쾌히 말하고 있습니다. 우리 한글이 크고 멋지게 디자인되었음을 입증하고 있는 것입니다. 한글의 특별한 가치와 그것을 창작과 디자인에 응용할 수 있는 실마리로 소개할 수 있는 근거가 이 책에 있습니다. 한글이 지속 가능한 디자인이라고 말할 수 있는 이유도 여기에 모두 기록되어 있습니다. 33장 66면으로 구성된 이 책에는 세종의 한글 창제 의도와 목적, 각 자모에 대한 설명, 디자인 방향과 원리, 자모의 조합방식과 체계, 활용 방법 등이 예시와 함께 다루어졌습니다.

〈영추문〉

조한영: 정말 새삼 놀랍습니다. 우리글은 의사소통 체계를 넘어선 영원할 아름다움이 담겨 있는 예술 작품이란 생각에 공감합니다. 오늘 이곳 경복궁에서 위대한 예술가 이도의 숨결을 느끼게 해주셔서 정말 감사합니다.

한재준: 저 역시 오늘 매우 즐거운 시간이었습니다. 자, 그럼 영추문을 통과하여 '세종 나신 터' 근처에서 맛있는 점심을 드시러 가실까요?

위대한 예술가 인간 이도! 그를 경복궁에서 만난 매 순간이 한재준 교수님의 해설로 경이로웠다. 문득 한재준 교수님이 그간 무슨 일들을 하셨나 궁금했다. 여러 자료를 검색해 보니 '공한체(공병우 박사와 한재준 교수의 성을 따 붙인 이름)', '꼴뜻소리글자', '슈 이야기', '한글 씨알', '한글·아트' 그리고 '하늘 아(•)'가 지금 사용되지 않는 안타까움에 '하늘 아(•)'를 다시 살려 우리글과 우리말의 본모습을 되찾겠다는 말씀 등이 눈에 들어온다. 교수님은 서촌 20곳 이상의 장소에 한글 작품 설치를 직접 계획하고 계신다고 한다. 앞으로 서촌 나들이가 더욱 기대된다.

　가을을 맞이하는 영추문을 지나니 여름 햇살이 조금 덜 뜨겁다. 서촌 골목길로 이동하니 이도가 태어난 준수방 추정지에 '세종 나신 터' 표지석이 정말 있다. 만약 대한민국 수도 서울에서 단 하루가 주어진다면 위대한 예술가 이도의 숨결을 한재준 교수님과 함께 꼭 느껴보자! 그리고 세종대왕께서 꿈꾸셨던 것처럼 우리 모두 풍요롭고 행복한 삶을 일궈나가자!

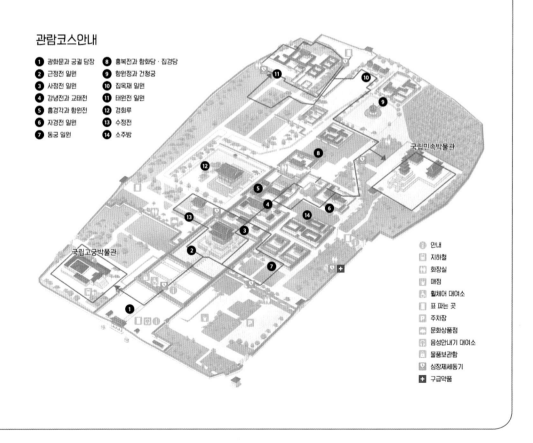

관람코스안내

① 광화문과 궁궐 담장
② 근정전 일원
③ 사정전 일원
④ 강녕전과 교태전
⑤ 흠경각과 함원전
⑥ 자경전 일원
⑦ 동궁 일원
⑧ 흠복전과 함화당 · 집경당
⑨ 향원정과 건청궁
⑩ 집옥재 일원
⑪ 태원전 일원
⑫ 경회루
⑬ 수정전
⑭ 소주방

국립민속박물관
국립고궁박물관

ℹ 안내
🚇 지하철
🚻 화장실
🏪 매점
♿ 휠체어 대여소
🎫 표 파는 곳
🅿 주차장
🏬 문화상품점
🎧 음성안내기 대여소
🛅 물품보관함
💓 심장제세동기
➕ 구급약품

고래나라, 코리아

소설가 김옥주

『AI시대에 만나는 훈민정음』

내가 2021년에 탈고한 소설 제목이다. 우리나라 역사상 최고의 임금인 세종대왕(世宗大王), 아니 '누리마루 큰임금'이 만드신 훈민정음을 인공지능시대라고 일컫는 이 시대에 되새겨보자는 뜻으로 쓴 작품이다. 작품 속에서도 말했지만, 한글을 비롯한 우리나라 전통문화를 해외에서 오랫동안 활동한 안목으로 해석하신, 코리안신대륙발견모임과 세계전통해양문화연구소 대표 김성규 선생님의 글을 읽고 작품에 담아냈다.

인간과자연사에서 펴낸 이 책의 주인공은 웅변대회 참가자들이다. 참가자들이여, '을'이라는 글자를 보면 어떤 생각이 떠오르는가. 참가자들이 남다른 생각을 하면서 살아가고 있다고 믿어지기에 물어보고 싶다. '을'은 시(詩) 한 편이다. 제목은 '해돋이'다. 단 한 글자로 된 시 한 편. '을'을 읽으며 '해돋이'가 그려진다면 한국어에 익숙한 사람임을 스스로 인정해도 좋다. '해돋이 을'은 『AI시대에 만나는 훈민정음』의 첫 꼭지이다.

나는 詩(시) 대신 'poem'도 잠시 생각했더랬다. 웅변대회 참가자들은 한자보다 영어에 더 익숙하지 않을까 해서다. 영어가 손꼽히는 공용어이기 때문이기도 해서다. 굳이 '詩'라고 해야 했다. 내가 쓰는 글에는 한자어가 많다. 우리 한국어에서 한자어를 쓰지 않고 한 편의 글을 쓰기는 매우 어렵다. 이것은 우리가 우리말과 우리글의 맛과 멋을 잘 몰랐기 때문이며, 맛과 멋을 알고자 애쓰지 않은 탓이며, 우리가 가진 것보다 남의 손과 남의 품에 있는 걸 부러워했기 때문이 아닐까 한다.

그래서 '날달철설'도 『AI시대에 만나는 훈민정음』의 한 꼭지를 이루었다. '해돋이 을'을 곰곰이 생각해 본 후에는 '날달철설'이 무슨 뜻인지도 생각해 보자. 우리말과 우리글의 맛과 멋이 풍겨 나올 것이다. 『AI시대에 만나는 훈민정음』에는 '르이야기'라는 꼭지도 있는데, 내용 중에는 지금까지 보지 못한 발상으로 지어 아주 새로운, '(ㄱㄴㄷㄹㅂㅅㅇㅈㅊㅋㅌㅍㅎ) + (ㅏㅓㅗㅜㅡㅣ) + (ㄹ)'로 시작되는 14연의 '르사향곡(思鄕曲)' 한글대잔치가 벌어진다. 이 14연의 한글시도 김성규 선생님의 작품이다. 서양에서 만든 많은 말은 라틴어에서 비롯되었다. 서양문화의 한 뿌리는 라틴어. 동양문화의 한 뿌리는 한자라지만, 14연 '르사향곡'을 읽으면 한글 또한 한자에 견줄 수 있을 만큼 문화의 고갱이라는 생각이 든다.

　우리나라는 남과 북으로 갈라져 있어 휴전선 아래에서 유라시아의 큰 땅덩어리와 땅으로 이어지지 않는 작은 섬나라에 지나지 않는다고 아무리 강조해도 동해와 서해와 남해의 바닷길을 가진 해양국가임을 부정할 수는 없다. 우리의 역사를 보면 일찍이 코리아는 바다나라, 고래역사의 나라였다. 코리아는 고려시대에 국제적으로 알려진 나라 이름이 아니고 그 이전 신라시대, 삼국시대에 이미 고래였다.

〈독도 까꿍, 펜화, 38×50cm〉

〈통구미 부루스, 펜화, 38×50cm〉

난 고래를 좋아한다. 〈이상한 변호사 우영우〉보다 훨씬 오래전부터. 언제나 고래사랑에 빠져 있다. 우리가 세계전통 고래 문화의 종주국이어서도 그렇고, 외국에 나가 고래 투어선을 타고 고래를 직접 보아서도 그렇다. 1910년대에 동해 바다에서 귀신고래를 본 로이 채프먼 앤드루스(Roy Chapman Andrews)는 '물 반 고래 반'이라고 학계에 보고했다고 한다. 코리안 스탁 오브 그레이웨일. 귀신고래 분류에서 일본도 중국도 아닌 코리아가 들어간 이름이다. 일제강점기 때 고래 사냥을 시작한 일본 포경선 때문에 위험을 느낀 고래가 이제는 겨울을 나고 새끼를 기르기 위해서 태평양 서안으로 제대로 찾아오지 않고 있다. 그래서 지금 우리는 고래를 만나기가 무척 어렵다. 난 동해안을 거닐면서도, 울릉도 왕복선 갑판에서도 쉽게 "와, 고래다!"라고 외칠 수 있기를 소망한다. 그 염원을 담아 '환희의 동해' 시리즈로 펜화 고래를 그려오고 있다. 몇십 년 동안 펜화를 그려온 허진석 작가님의 사사에 힘을 얻어, 태평양에 닿아 있는 동해를 나타내기에 가장 적절한 섬인 울릉도와 독도를 원경으로 담았다. 그래서 그림 제목이 '독도 까꿍'과 '통구미 부루스'다.

아무리 깊은 산속에 있더라도 그 집이 크고 당당하게 보이면 우리는 '고래 등 같은'이라는 수식어를 사용하는 데 조금도 주저함이 없었다. 소 등도, 말 등도 아닌 고래 등이었다. 우리는 고함을 지를 때 고래고래 고함을 친다고 말한다. 바다에 고래가 나타났을 때 그 기쁨과 감격을 함께 나누고자 고래고래라고 외쳤을 거라고 짐작할 수 있다. 우리말 속에는 원시시대부터 지구인이 숭배했던 바로 그 고래가 녹아들어 있다. 이렇게 흔히 사용하는 말 속에 고래가, 고래 문화가 녹아 있는 말이 지구상에 그리 흔치는 않을 것이다.

고래 얘기라면 세계에서 가장 오래되고, 가장 많은 고래를 새긴 울산반구대고래암각화가 중요한 위치에 있다. 반구대고래암각화를 오랫동안 연구해 오신 김성규 선생님의 빛나는 업적으로 인해 수천 년 전 선사인의 얘기에 흥미진진하게 동참할 수가 있다. 김성규 선생님의 전통 해양문화에 깃든 고래 얘기는 여러 날 밤새워 들어도 시간이 모자랄 정도로 무궁무진하다. 그야말로 김성규 선생님의 고래 얘기는 동서양은 물론 남북극을 오가고, 수천 년을 넘나들면서 종횡무진으로 전개되기 때문이다.

　웅변대회 참가자들의 부모님이나 조부모님 세대는 여름철에 곧잘 미역(멱)을 감고 놀았다. 냇물은 물론 강물이나 바닷물에 들어가 몸을 담그고 씻거나 노는 일을 미역 감는다고 했다. 왜 미역을 감는다고 했을까. 고래가 미역 감는 모습을 보고 배웠다는 김성규 선생님의 연구 결과가 쌓여 있다. 조선시대 문헌『오주연문장전산고(五洲衍文長箋散稿)』에는 고래가 새끼를 낳은 후 미역을 먹는 것을 보고 배워서 아기를 낳은 산모가 미역을 먹는다는 기록이 있다고 한다. 오늘날도 생일날에 미역국을 먹는 민족이 코리안이다. 고래나라 사람이다.

　알류샨열도의 아막낙섬에서 3,000년 전 온돌터가 발굴되었다. 미국 고고학회에서 발표한 아막낙섬의 온돌터 발굴과 그곳에서 함께 발굴된 3,000년 전 고래뼈 탈은 코리안이 신대륙을 발견했다는 김성규 선생님의 학설이 바탕이 되었다. 고래뼈 탈은 1960년대에 함경도 서포항에서 발굴된 고래뼈 탈과 일치한다. 온돌에는 구들고래가 있다. 구들고래를 통해 방바닥을 따뜻하게 해 겨울을 났던 민족이 코리안이다. 우리말을 통해 우리는 우리가 고래 문화의 종주국임을 내세울 수가 있다.

　우리나라가 고래 문화의 종주국이라면 오늘날도 그 흔적을 발견하기가 그리 어렵지는 않을 것이다. 조선 왕조의 도읍지 서울에는 궁궐이 여럿 있다. 경복궁에서 일월오악도가 그려진 임금의 자리를 확인하는 것은 어렵지 않다. '오악'이야말로 청해파 넘실거리는 바다의 고래 모습이다.『조선왕조실록』을 비롯한 조

〈오악(五岳), 펜화, 50×76cm〉

선의 문헌에도 고래 문화가 보인다. 고래 구들에 몸을 누이고서 고래 척추뼈가 그대로 드러난 천장을 보며 살다가 고래처럼 생긴 무덤에 고래장 되어 묻히는 우리 민족이고 보면 고래고래 고함이라는 말도 우리의 전통적인 고래 문화의 하나라는 것이 자랑스럽다.

〈하트 2, 펜화, 50×76cm〉

나에겐 27개월 된 손자가 있다. 손자는 찰흙을 곧잘 가지고 논다. 할머니를 닮았는지 고래를 좋아하는 손자가 찰흙을 길게 빚어 고래라 하기에 내가 어설프게 꼬리를 만들어 붙였다. 손자가 그 고래꼬리를 망설임 없이 하트라 했다. 그렇다. 하트 마크는 고래꼬리를 흉내 낸 것이다. 피리든 목나발이든 바이올린이든 바다에서 악기를 연주했을 때 고래가 자기 짝인 줄 알고 꼬리를 세우고 악기 소리를 따라 움직이는 동영상이 검색된다. 우리집 강아지가 반갑다고 꼬리를 친다는 동요가 있다. 사람에게도 꼬리 친다고 말하지 않는가. 사랑의 하트다.

선사시대 바닷길을 가려면 가벼운 가죽배가 필요하다. 가죽배 중에서 가죽으로 만든 카약(kayak)은 이누이트족이 처음 만들었다고 알려져 있다. 김성규 선생님은 물에 띄우는 가락을 코리안들이 만들어 일상생활에 사용했고, 베링해로 가져가 세계적인 카약의 어원이 되었다고 한다. 삼국시대 이전에 낙동강 물길을 이용하던 가락이라는 나라가 한반도 남쪽에 있었다. 지금도 경상남도 사투리로 배를 가약이라고 하는 곳이 있다. 가락은 한자로 駕洛(가락)으로 기록되었다. 지금 이 글은 학문을 연마하려는 생각으로 쓰는 것이 아니기에 이 정도에서 그칠 것이다. 내가 하고자 하는 말은 우리말에 아주 오래된 지구인의 문화가 녹아들어가 있음을 말하고자 하는 것이다. 우리말의 맛과 멋에 잠시나마 젖어보자는 것이다.

지구상에 있는 동물 중 가장 거대한 몸집의 고래. 코끼리 27마리의 몸무게를 합쳐야 대형고래 한 마리가 된다는 글을 읽은 적이 있다. 고래는 가장 먼 거리를 이동하는 동물이기도 하다. 우리의 전통 고래 문화를 담은 『반구대 고래길』과 고래라는 이름의 청소년까지 등장하는 『AI시대에 만나는 훈민정음』의 주역인 코리안신대륙발견모임의 창설자이면서 대표인 김성규 선생님이 고등학생 대상 강연에서 '고래처럼 큰 숨을 쉬고, 고래처럼 먼 길을 가라'고 말한 적이 있다. 어떤 학급의 앞쪽 교실 게시판에는 이 말이 커다랗게 붙어 있었다.

우리 모두 고래꿈을 꾸어 보자. 바다의 고래가 오지 않으면 인생의 고래가 올지도 모른다.

누리마루 큰임금(세종대왕)은 생각했을 것이다. 굳이 표현하지 않아도 후손들이 누리마루 큰임금의 뜻을 헤아려 줄 것이라고.

Ⅱ

대한인, 역사와 오늘 그리고 우리들

제 II 부
대한인, 역사와 오늘 그리고 우리들

제 4 장

소식겸 안내

제2회 꿈과 기적을 향한
청소년 통일캠프 베를린에서 개최

-베를린 통일캠프-

〈2022 꿈과 기적을 향한 청소년 통일캠프 베를린, 독일연방의사당〉

　　유럽한인총연합회(회장 유제헌)는 지난 2019년 제1회 대회에 이어 제2회 청
소년 통일캠프를 동서독 분단과 평화통일의 현장인 베를린에서 7월 25일부터
30일까지 5박 6일의 일정으로 개최하였다.

　　제2회 꿈과 희망을 향한 청소년 통일캠프가 유럽한인총연합회의 주최로 베를
린 일대에서 개최되었다. 본 행사는 재외동포재단의 후원과 통일부, 주독일한국
대사관 및 재독한인총연합회, 민주평통 북유럽협의회 및 유럽 각 국가의 한인회
후원과 한국의 사단법인 이어짐의 협력으로 개최되었다.

〈2022 꿈과 기적을 향한 청소년 통일캠프 발대식,
Comfort Hotel 회의실〉

중고등학생을 대상으로 하는 통일캠프는 지난 2019년 독일 헤센주와 동독 지역 국경이 접한 포인트 알파(Point Alpha)에서 시작해 아이제나흐(Eisennach), 바이마르(Weimar), 라이프치히(Leipzig)를 거치며 성공적으로 행사를 마친 후 코로나의 여파로 잠시 중단되었다. 그 후 동서 독일 통일을 이룬 지 32년이 되는 해, 2022년에 베를린 지역에서 열리게 되었으며, 유럽에서 14명, 한국에서 30명의 학생과 인솔교사 및 학부모 등 70여 명이 참석했다.

통일캠프는 7월 25일 베를린 리히텐베르크(Lichtenberg) 지역에 위치한 컴포트 호텔(Comfort Hotel)에 여정을 풀고, 26일 아침 통일캠프 발대식을 시작으로 5일간의 일정이 시작되었다.

발대식에서 통일캠프를 주최한 유럽한인총연합회 유제헌 회장은 환영사에서 "아직 코로나가 끝나지 않아 행사 개최에 용기가 필요했습니다. 행사 개최를 결정하고 오늘 여러분들의 얼굴을 대하게 되니 결정을 잘했다는 생각을 갖게 됩니다. 통일의 길에도 용기가 필요합니다. 이번에 참석한 여러분들에게는 주입식으로 지식을 전달하기보다는 동서독이 분단의 과정과 평화통일을 이룬 역사적인 사실의 현장을 직접 눈으로 보고 손으로 만져 보시고 가슴을 울려 주는 감동이

〈유제헌 유럽한인총연합회 회장〉

〈박선유 민주평통 북유럽협의회장〉

〈박원재 주독일 통일관〉

〈윤영상 한국팀 단장〉

생길 수 있기를 바랍니다. 또한 통일캠프를 통해서 만난 친구들과 가깝게 소통하며, 만남과 감동이 살아가는 앞날에 큰 꿈이 되고 현실로 이뤄질 수 있기를 바랍니다. 참석하신 모든 분들을 환영합니다"라고 했다.

주독일 박원재 통일관은 "평화통일을 이룬 독일에 오신 모든 분들을 환영한다. 동서독이 평화적으로 통일을 이룬 이곳에서 교훈을 얻고, 여러분들이 살아갈 통일 한반도의 미래에 대해서도 고민할 수 있는 기회가 되기를 바랍니다"라고 했으며, 한국팀 단장으로 참석한 윤영상 사단법인 이어짐의 이사는 "통일캠프에 초대를 해주신 유럽한인총연합회에 감사드립니다. 금년도 초에 통일캠프 개최에 대해 소통을 하면서 아직 코로나 상황이 불확실하니 통일캠프를 다음 해로 미루면 어떨까 생각을 했는데 용기를 갖고 추진하신 유제헌 회장님의 결단에 잘했다는 생각을 갖게 됩니다. 통일의 문제도 필요하다는 공감대가 더욱 확산되어 기적처럼 이뤄지면 좋겠습니다"라고 했다.

둘째 날에는 발대식을 마친 캠프팀은 루터의 종교개혁 도시 비텐부르크 (Wittenburg)를 방문했다. 청소년 통일캠프 참가자들은 6개조로 나눠 대표와 지도교사를 배정하고, 2대의 버스에 탑승해 목적지로 달리는 동안 비가 내려 걱정을 했으나 버스에서 내리는 시간부터는 화창한 날씨로 우리 일행을 반겨 주었다.

셋째 날에는 베를린 돔과 베를린 장벽이 있는 이스트 사이드 갤러리(East Side Gallery)와 장벽 공원(Mauer Park)을 방문했다. 이스트 사이드 갤러리는 슈프레강을 사이에 두고 동서 베를린이 갈라져 대치했던 곳에 설치되었던 1.3km의 장벽을 보존하고, 105개의 그림으로 분단의 아픔과 평화와 통일의 중요성을 말해 주고 있는 곳이다. 장벽 공원은 당시의 장벽과 동베를린 쪽에 설치된 장벽의 중간지대에는 동베를린을 탈출하려는 사람들을 막기 위해 지뢰나 전기 철조망, 센서로 감지해 사격을 하는 자동소총 등이 설치되어 있었다고 한다.

동독 국경을 넘어오다 희생당한 사람들은 327명이며, 베를린 장벽을 넘다가 목숨을 잃은 분들은 139명으로 알려져 있으며 최고령자는 81세, 최연소자는 생후 6개월의 아기였다고 한다. 마지막으로 장벽을 넘다가 생명을 잃은 분은 21살의 젊은이로 베를린 장벽이 무너지기 9개월 전이라, 보는 이들의 마음을 더욱 아프게 한다.

〈베를린 대성당〉

베를린에 소재한 한국문화원 강당에서 주독일 박원재 통일관의 한반도 통일에 대한 강연과 동서분단을 직접 체험한 동독 출신의 울리케 아우가(Ulike Auga) 함부르크대학 교수의 증언을 경청하며 당시 동서독이 처했던 모습을 떠올려 보았다.

넷째 날에는 나치시대에 만들어진 작센하우젠(Sachsenhausen) 수용소와 한반도에서 3·8선이 생기게 된 회담이 열린 장소로 알려진 포츠담(Potsdam)을 방문했다. 작센하우젠 수용소는 정치범, 종교적·사상적 범죄자, 동성연애자들 및 유대인들을 수용했던 곳으로 생체실험 등의 잔악한 만행을 저지른 곳으로,

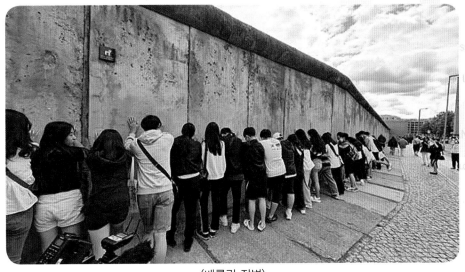

〈베를린 장벽〉

가죽 구두의 질을 시험하기 위해서 하루 종일 돌길을 걷게 했다는 그 길을 걸으며 잘못된 역사의 교훈을 되새겼다.

포츠담에서는 프로이센 왕국의 아름다운 여름궁전인 상수시 궁전과 포츠담 회담으로 잘 알려진 체칠린엔 호프 궁을 방문해, 회담 당시의 역사적인 내용을 자세히 들으며, 남북분단과 3·8도선이 확정된 과정을 되돌아보는 시간을 가졌다.

다섯째 날은 캠프의 마지막 날이다. 동서 베를린이 나뉘고 미

군과 소련군이 대치했던 체크포인트 찰리(Checkpoint Charlie, 베를린 장벽의 가장 유명한 검문소로 미군이 붙인 이름)에서부터 동서독을 가로지르던 장벽의 선을 오가며, 동서독 통일의 상징이 된 브란덴부르크 문(Brandenburg Gate)을 향해 한반도의 통일을 꿈꾸며 행진했다. 그리고 한반도의 통일이 어서 오기를 바라며 브란덴부르크 문의 광장에서 평화통일을 크게 외쳤다.

그리고 독일 국회의사당, 승리의 여신상과 빌헬름 교회를 방문했다. 빌헬름 교회는 제2차 세계대전으로 파괴된 상처를 보존해 전쟁기념교회로 불리기도 한다.

꿈과 기적을 향한 청소년 통일캠프 해단 문화행사

청소년 통일캠프의 마지막 일정인 해단식 행사는 통일정이 있는 주독일대한민국대사관 정원에서 개최되었다.

국민의례에 이어 유제헌 회장의 인사말, 조현옥 대사의 축사, 정성규 재독한인총연합 회장의 격려사와 첼로(김지영), 피아노(김지영), 테너(김현중) 그리고 한국에서 참가한 이정민 피아니스트의 공연과 6개 팀으로 나눠 캠프 동안 팀별 활동과 토론을 하며 준비한 팀별 발표회와 수료증 수여 순으로 진행되었다.

팀별 발표회는 참가한 학생들이 열심히 토론하고 준비한 것을 느낄 수 있는 뜨거운 열기와 한국에서는 통일에 대해서 별로 관심이 없었는데, 이곳에 와서 장벽과 통일된 모습을 보고 우리나라의 통일에 대해서 관심을 갖게 되었다. 통일이 왜 필요한지 느끼게 되었다는 의견이 많았다. 함께 참가한 한 부모는 5일

동안 살펴봤는데 너무 잘 왔다는 생각을 하게 되었으며, 아이들이 며칠 사이에 훌쩍 큰 것 같다고 했다.

여섯째 날에는 새벽 6시에 떠나는 유럽 아이들을 배웅하며, 부둥켜안고 울음을 터뜨리는 아이들 그리고 한국에서 온 42명을 실은 버스가 출발하자 아이들은 눈물을 펑펑 흘리며 아쉬워했다. 이 작별을 하는 모습에서 짧은 5박 6일간의 일정 동안 첫날 어색했던 아이들이 어느새 친구가 되고 마음을 주고받을 수 있다는 놀라운 기적이 벌어지고 있었다. 이 뜻깊은 통일캠프로 한국에서 온 학생 및 동행자 모두가 코로나 테스트 음성이라는 기적은 벌써 이뤄지고 있다는 것을 느끼게 한다.

통일의 현재와 우리의 길

"통일에 대해 알 기회가 없었는데 이번 계기로 통일은 우리들이 만들어가야 하는 역사이며 가치라는 점을 생각하게 되었어요."(발표 내용 중에서)

해단식 행사에서 유제헌 회장은 "친구 여러분! 이번 통일캠프는 보다 자유롭

게 대화와 토론하고 분단과 통일의 현장에서 가슴으로 느끼는 기회가 되었으면
했는데 여러분들의 표정을 보니 성공적인 캠프였다는 생각이 듭니다. 그리고 그
감동이 통일을 향한 파도가 되어 남과 북이 함께 만들어가는 통일의 문을 열 수
있기를 소망합니다. 짧은 기간이었지만 행복했습니다"라고 소감을 밝혔다.

캠프를 위해서 휴가를 내 전체 일정을 준비하고 도운 유럽한인총연합회의 최
영근 사무총장님, 최경하 문화이사님, 강병일 교육이사님, 표락선 체육이사님
과 윤세철 부회장님, 김학순 부회장님, 윤혜숙 고문님, 김용길 이사님 그리고 특
별히 시간을 내 가이드를 담당해 주신 박병옥 선생님 및 물심양면으로 도와주신
베를린 동포들에게도 감사의 말씀을 전했다.

조현옥 주독일대한민국 대사는 "오늘은 대사관이 열린 이래 젊은 학생들이
가장 많이 온 날이라며, 통일의 현장에 오신 모든 분들에게 감사드립니다. 동서
독 통일의 교훈을 잘 배워서 한반도 통일의 앞날을 준비하는 여러분들이 되기를
바란다"라고 소감을 말했다.

〈브란덴부르크 문〉

정성규 재독한인총연합회장은 평화통일의 현장인 독일, 베를린에 오신 모든 분들을 환영하며, 이곳에서 배우고 느낀 내용을 한국의 친구들에게도 알려주기를 바란다고 인사를 했다.

2021년 국가별 재외동포현황표

전 세계에 재외동포가 730만 명이 거주하는 것으로 조사됐다.

(서울=월드코리안신문)
출처: 월드코리안뉴스
http://www.worldkorean.net

외교부는 외국에 체류 또는 거주하는 국가별 재외동포의 현황을 조사·집계한 '2021 재외동포현황' 자료를 12월 24일 공개했다. 외교부는 홀수년마다 재외공관을 통해 전년 말 기준 동포현황을 파악하고 있으며, 동 현황은 △인구센서스, 이민국 자료 등 공식 통계 △공관 직접 조사 △재외국민등록부 등 민원처리자료 △동포단체 자료 등을 활용해 산출한 추산·추정치이다.

'2021 재외동포현황'에 따르면 올해 재외동포 수는 2년 전인 2019년(749만 3,000명)과 비교해 약 16만 8,000명이 감소했다. 2000년 이후의 재외동포 수를 보면 565만 명(2001년), 663만 명(2005년), 716만 명(2011년), 753만 명(2017년) 등 2017년까지 꾸준히 증가하다가 이후 조금씩 줄어드는 경향을 보이고 있다.

재외동포 수를 대륙별로 보면 동북아시아 316만 9,000명, 남아시아태평양 48만 9,000명, 북미 387만 1,000명, 중남미 9만 명, 유럽 67만 7,000명, 아프리카 9,000명, 중동 1만 8,000명이다. 재외동포 다수 거주국을 보면 미국(263만 3,000명), 중국(235만 명), 일본(81만 8,000명), 캐나다(23만 7,000명), 우즈베키스탄(17만 5,000명), 러시아(16만 8,000명), 호주(15만 8,000명), 베트남(15만 6,000명), 카자흐스탄(10만 9,000명), 독일(4만 7,000명) 등이 상위권에 위치해 있다.

미국은 2년 전보다 8만 6,000명 늘었고 중국과 일본은 각각 11만 명, 6,000명 줄었다. 외교부는 193개국을 조사했는데 재외동포가 1만 명 이상인 국가는 26개국, 1,000명 이상인 국가는 57개국이다. 재외동포가 1명도 없는 국가는 13개국이며, 10명 미만인 국가는 31개인 것으로 조사됐다. 다음은 국가별 재외동포현황이다.

[2021 국가별 재외동포현황]

(합 : 7,325,000명)

1. 미국 2,633,777명	13. 뉴질랜드 33,812명	25. 인도 10,674명
2. 중국 2,350,422명	14. 필리핀 33,032명	26. 캄보디아 10,608명
3. 일본 818,865명	15. 프랑스 25,417명	27. 아랍에미리트 9,642명
4. 캐나다 237,364명	16. 아르헨티나 22,847명	28. 네덜란드 9,473명
5. 우즈베키스탄 175,865명	17. 싱가포르 20,983명	29. 덴마크 8,694명
6. 러시아 168,526명	18. 태국 18,130명	30. 노르웨이 7,744명
7. 호주 158,103명	19. 키르기즈공화국 18,106명	31. 과테말라 5,629명
8. 베트남 156,330명	20. 인도네시아 17,297명	32. 대만 5,527명
9. 카자흐스탄 109,495명	21. 말레이시아 13,667명	33. 벨기에 5,277명
10. 독일 47,428명	22. 우크라이나 13,524명	34. 파라과이 4,833명
11. 영국 36,690명	23. 스웨덴 13,055명	35. 헝가리 4,544명
12. 브라질 36,540명	24. 멕시코 11,107명	36. 스페인 4,530명

37. 이탈리아 4,089명	62. 콜롬비아 793명	87. 포르투갈 265명
38. 스위스 3,882명	63. 타지키스탄 757명	88. 불가리아 256명
39. 남아프리카공화국 3,357명	64. 이집트 750명	89. 세네갈 255명
40. 터키 2,727명	65. 쿠웨이트 740명	90. 우루과이 197명
41. 오스트리아 2,720명	66. 니카라과 730명	91. 르완다 193명
42. 폴란드 2,635명	67. 파키스탄 673명	92. 바레인 193명
43. 미얀마 2,537명	68. 우간다 672명	93. 엘살바도르 178명
44. 체코 2,505명	69. 에콰도르 653명	94. 이란 178명
45. 칠레 2,402명	70. 네팔 648명	95. 모잠비크 176명
46. 사우디아라비아 1,864명	71. 볼리비아 557명	96. 마다가스카르 175명
47. 카타르 1,782명	72. 도미니카공화국 551명	97. 코트디부아르 175명
48. 페루 1,654명	73. 알제리 534명	98. 크로아티아 175명
49. 방글라데시 1611명	74. 탄자니아 527명	99. 온두라스 172명
50. 몽골 1,545명	75. 이스라엘 500명	100. 레바논 170명
51. 라오스 1,502명	76. 가나 440명	101. 브루나이 168명
52. 슬로바키아 1,493명	77. 파나마 426명	102. 잠비아 167명
53. 벨라루스 1,333명	78. 코스타리카 405명	103. 몰타 166명
54. 피지 1,189명	79. 나이지리아 374명	104. 파푸아뉴기니 161명
55. 아일랜드 1,181명	80. 아르메니아 364명	105. 튀니지 160명
56. 케냐 1,141명	81. 모로코 352명	106. 아제르바이잔 158명
57. 투르크메니스탄 939명	82. 에티오피아 344명	107. 베네수엘라 154명
58. 이라크 860명	83. 루마니아 329명	108. 아이티 151명
59. 룩셈부르크 858명	84. 요르단 312명	109. 조지아 151명
60. 핀란드 850명	85. 그리스 292명	110. 말라위 144명
61. 스리랑카 824명	86. 오만 273명	111. 세르비아 142명

112. 콩고민주공화국 126명	135. 라트비아 46명	158. 기니비사우 13명
113. 동티모르 125명	136. 슬로베니아 46명	159. 부탄 12명
114. 보츠와나 120명	137. 라이베리아 44명	160. 차드 12명
115. 자메이카 116명	138. 시에라리온 44명	161. 중앙아프리카공화국 11명
116. 알바니아 102명	139. 수단 40명	162. 마이크로네시아 10명
117. 앙골라 100명	140. 감비아 39명	163. 보스니아헤르체고비나 10명
118. 에스와티니 97명	141. 아프가니스탄 39명	164. 몰디브 8명
119. 짐바브웨 92명	142. 나미비아 35명	165. 지부티 7명
120. 에스토니아 84명	143. 쿠바 32명	166. 몬테네그로 6명
121. 몰도바 82명	144. 트리니다드토바고 31명	167. 코모로 6명
122. 솔로몬제도 80명	145. 니제르 30명	168. 키리바시공화국 6명
123. 적도기니 70명	146. 베냉 27명	169. 리비아 5명
124. 카메룬 69명	147. 리투아니아 26명	170. 세이셸공화국 5명
125. 가봉 64명	148. 팔라우 26명	171. 세인트루시아 4명
126. 모리셔스 63명	149. 코소보 23명	172. 바베이도스 3명
127. 모리타니아 61명	150. 부룬디 21명	173. 안도라 3명
128. 토고 61명	151. 아이슬란드 21명	174. 예멘 3명
129. 그레나다 60명	152. 말리 20명	175. 콩고공화국 3명
130. 바누아투 60명	153. 북마케도니아 20명	176. 카보베르데 2명
131. 사이프러스 50명	154. 통가 18명	177. 레소토 1명
132. 수리남 48명	155. 남수단 16명	178. 리히텐슈타인 1명
133. 부르키나파소 47명	156. 마셜제도 15명	179. 바하마 1명
134. 기니 46명	157. 벨리즈 15명	180. 산마리노 1명

자랑스런 우리 아이들

- 1판 1쇄 인쇄 : 2022년 10월 5일
- 1판 1쇄 발행 : 2022년 10월 15일

- 지은이   유럽한인총연합회 편

- 펴낸이   이호림
- 펴낸곳   인간과자연사
- 출판등록   1997년 11월 20일 제 1-2250호
- 주소   (03173)서울시 종로구 당주동 2-2 영진빌딩 605호
- 대표전화   010-7645-4916
- 이메일   hnpub@hanmail.net
- 인쇄   천일 02-2265-6666

- ISBN   978-89-87944-70-8(43800)

책을 읽고...